9

STEPHEN KING

스티븐 킹 | 그것(하)

9

STEPHEN KING

스티븐 킹 | 그것(하)

정진영 옮김

황금가지

IT

by Stephen King

Korean translation edition is published by arrangement with

Stephen King c/o The Lotts Agency Ltd. through Danny Hong Agency.

이 책의 한국어 판 저작권은 대니홍 에이전시를 통해

The Lotts Agency Ltd.와 독점 계약한 ㈜민음인에 있습니다.

차 례

제4부 1958년 7월

에디의 불운 9

또 다른 실종자, 패트릭 혹스테터의 죽음 79

새총 134

데리: 네 번째 삽화 195

제5부 쿠드 의식

밤을 지키고 서서 221

원이 완성되다 360

도시의 지하에서 396

쿠드 의식 464

터널 밖으로 525

데리: 마지막 삽화 565

빌 덴브로, 번개처럼 달리다 2 585

IT

제4부 1958년 7월

나를 감싸고 불을 기다리는, 그대 나른함이여,
나는 그대의 아름다움에,
그대의 아름다움에 갈 곳을 잃었네.

— 윌리엄 칼로스 윌리엄스, 『패터슨』—

....

내가 태어나던 날
의사는 내 볼기짝을 때리며 말했지.

"큰일 하겠구나, 귀여운 아가."

— 시드니 사이먼, 「마이 툿 툿」—

에디의 불운

리처드가 말을 끝내자 모두 고개를 끄덕인다. 에디는 그들과 함께 고개를 끄덕이고, 그들과 함께 기억을 되살리면서 언제 갑자기 왼팔에 고통이 달려들었는지 떠올린다. 달려들었다? 아니, 갈가리 후벼 파는 기분이었다. 누군가 녹슨 톱으로 뼈를 자르는 느낌이라고 할까. 그는 인상을 잔뜩 찌푸린 채, 점퍼 호주머니에 들어 있는 여러 개의 약병 중에서 두통약을 꺼낸다. 진통제 두 알을 진과 오렌지를 섞은 주스와 함께 벌컥 들이켠다. 하루 종일 팔이 아팠다. 처음엔 종종 날씨가 습해지면 찾아오는 신경통이거니 생각했다. 그러나 리처드의 이야기를 듣다 보니 새로운 기억이 떠올라 그 고통의 정체를 알려 주었다. 이제 더 이상 더디게만 느껴지는 기억의 오솔길은 아니었다. 이제 기억은 롱아일랜드의 고속도로를 따라 질주해 들어온다.

5년 전, 정기 검진을 받을 당시(에디는 6주마다 병원에서 종합 검진을 받는다), 의사는 아무렇지 않게 말했다. "이곳을 오래전에 다치셨나 보군요……. 어렸을 때 혹시 나무 같은 데서 떨어지진 않았나요?"

"그랬던 것 같기도 하네요." 에디는 고개를 끄덕였다. 물론 그가 나무에 올라가는 모습을 보거나 들었다면, 어머니는 그대로 실신해 뇌진탕으로 돌아가셨을지 모른다는 말까지는 로빈슨 박사에게 시시콜콜 밝힐 생각이 없었다. 솔직히 어떻게 팔을 다쳤는지 전혀 기억나지 않았다. 별로 중요한 문제는 아니라고 생각했다(하지만 지금 에디는 의자 색깔 하나만 바뀌어도 대번에 소란을 일으키는 자신이 왜 당시에는 이상하게 여기지 못했을까 의아했다). 그러나 당시에는 예전에 팔이 부러졌다는 사실을, 그가 기억하지도 기억할 필요도 없는 아주 오래 전에 무슨 일이 벌어졌든 신경 쓸 이유가 없다고 생각했다. 비 오는 날 오랫동안 운전을 할 때면 팔이 욱신거렸으나 아스피린 한두 알이면 충분했다. 대단한 일도 아니었다.

하지만 지금은 신경이 곤두선다. 미친 사람이 녹슨 톱날을 갈며 뼈를 악기 삼아 연주하는 느낌, 그리고 그 일이 있은 후 사나흘 뒤 병원에 입원해 있다가 밤에 문득 느꼈던 기분을 기억한다. 그 무더운 여름 밤, 땀에 흥건히 젖은 병원 침대에 누워 간호사가 약을 갖고 오기를 기다리는 동안 불현듯 눈물이 두 뺨을 타고 귓가로 흘러들었고, 미치광이가 뼈에 대고 톱질하는 것처럼 몹시 아팠다.

'이 기억을 없앨 수만 있다면, 관장하듯 두뇌를 세척하는 약을 사고 말겠어. 정신을 비워 버리는 거야.' 라고 에디는 생각한다.

에디는 자기도 모르게 말한다. "내 팔을 부러뜨린 놈은 헨리 바워스였어. 기억나?"

마이클이 고개를 끄덕인다. "패트릭 헉스테터가 사라지기 직전이었지, 아마. 날짜는 정확하게 기억나지 않아."

"나는 기억나." 에디는 담담하게 말한다. "7월 20일이었어. 헉스테터의 실종 사건이 알려진 게 언제더라……, 23일이었나?"

"22일이야." 비벌리 로건이 말한다. 하지만 어떻게 그렇게 장담할 수 있는지 그 이유만은 말하지 않는다. 그녀는 헉스테터를 데려가는 모습을 목격했기 때문에 장담할 수 있는 것이다. 그때는 잘못 봤다고 친구들에게 말했지만 지금은 패트릭 헉스테터가 미쳤다는, 헨리 바워스보다 훨씬 더 미쳤다는 사실을 의심 없이 받아들인다. 지금이라도 말할 수 있겠지만 지금은 에디의 차례인 것 같다. 그녀는 다음에 말할 생각이고, 아마 벤이 그해 7월의 절정……, 감히 엄두도 내지 못했던 은 탄환에 대해 말해 줄지 모른다. 그녀는 그 악몽에도 지켜야 할 묵계가 한 가지 있다고 생각한다. 그러나 떨칠 수 없는 광기의 환희는 어찌 설명할 수 있을까? 그 환희를 마지막으로 느낀 게 언제였던가? 그녀는 좀처럼 가만히 앉아 있을 수 없다.

"7월 20일." 에디는 생각에 골몰한 채 탁자 위의 흡입기를 이리저리 굴린다. "연기 구덩이 의식이 있고 사나흘 지났을 무렵. 그때부터 여름 내내 나는 팔에 깁스를 하고 있었어, 기억나?"

리처드는 이제 모든 기억이 떠오른다는 식으로 이마를 탁 때린다. 빌은 즐겁기도 하고 불안하기도 한 표정으로 생각에 잠겼다가 문득 리처드가 「비버는 해결사」에 나오는 배우와 닮았다고 느낀다. "그래, 생각나! 니볼트 가의 저택에 갔을 때도 깁스를 하고 있었지? 그리고 나중에……, 어둠 속에서……." 그러나 리처드는 당황한 표정으로 고개를 살짝 흔든다.

"왜, 리, 리처드, 뭔데?" 빌이 묻는다.

"그 부분은 아직 기억나지 않아." 리처드는 시인한다. "너는 기억나?"

빌은 천천히 고개를 젓는다.

"헉스테터는 그날도 놈들과 함께 있었어." 리처드가 말한다. "그때가 그 아이를 마지막으로 본 날이야. 아마 피터 고든의 자리를 대신했던 모양이야. 헨리 녀석은 돌싸움을 하다 피터가 도망쳐서 빼 버리고 싶었을 테니까."

"그 아이들 모두 죽었잖아, 그렇지?" 비벌리가 조용히 묻는다. "지미 컬럼이 죽은 다음에는 헨리 바워스의 패거리만 죽었어."

"헨리만 제외하고." 마이클은 마이크로필름 레코더에 매달린 풍선을 바라보며 말한다. "헨리는 지금 제니퍼 힐에 있지. 오거스타에 있는 정신 병원 말이야."

"네 팔이 부러졌을 때 무, 무, 무슨 일이 벌어졌지, 에, 에디?"

"말을 더 심하게 더듬는구나, 빌." 에디는 심각하게 말하고 술을 단번에 들이켠다.

"신경 쓰지 마. 그, 그 말이나 해 봐."

"그래, 어서 말해 봐." 비벌리가 되풀이하고 에디의 팔에 살짝 손을 얹는다. 에디는 팔에서 또 한번 홧홧한 통증을 느낀다.

"알았어." 에디는 다시 채운 술잔을 물끄러미 바라보다가 말을 잇는다. "병원에서 퇴원해서 집으로 돌아온 지 이틀인가 지났을 때였어. 너희들이 모두 집에 찾아와서 은구슬을 보여 줬어. 기억나, 빌?"

빌은 고개를 끄덕인다.

에디는 비벌리를 바라본다. "빌이 그 은구슬을 쏠 수 있을지 비벌리 너한테 물었어……. 네가 시력이 가장 좋았으니까. 너는 할 수 없을 것 같다고……, 무척 겁에 질려 있었어. 그리고 네가 뭐라고 다른 말을 했지만, 지금은 정확히 기억나지 않아. 아마…….” 에디는 혀를 내밀고 무엇인가를 떼어 내듯 손가락으로 혀끝을 만지작거린다. 리처드와 벤은 얼굴을 찌푸린다. “헉스테터 얘기를 했던 것 같아.”

“맞아. 일단 그 부분은 네 얘기를 다 듣고 난 다음에 말할 테니까 계속해 봐.” 비벌리가 맞장구를 친다.

“그리고 너희들이 모두 돌아간 다음 어머니와 대판 싸웠어. 다시는 너희들과 어울려 다니지 말라고, 어머니가 노발대발하셨거든. 물론 어머니는 나한테 그러겠다는 약속을 받아낼 자신도 있었고, 그 방법도 잘 알고 계셔서…….”

빌은 고개를 다시 끄덕인다. 기이한 정신 분열증 환자의 얼굴을 하고 있던 카스브랙 부인, 냉혹하고 사납고 비참하며 동시에 겁에 질려 있던 에디의 어머니를 기억할 수 있다.

“그래, 아마 어머니는 나를 굴복시킬 수도 있었을 거야. 하지만 헨리가 내 팔을 부러뜨린 날 이후 내게 변화가 생겼어. 모든 게 송두리째 흔들리는 기분이었지.”

에디는 잠시 웃다가 생각에 골몰한다. ‘송두리째 흔들리는 기분, 맞아……. 다른 말이 없을까? 속내를 제대로 표현할 수 없을 때 좋은 말이 어디 없을까? 헨리가 내 팔을 부러뜨리기 전까지는 책과 영화 속에서 다른 삶을 꿈꾸었지만 실제로 그런 일은 벌어지지 않았어……. 책이나 영화 속에서 나는 자유로웠지. 책과 영화에서라면 타운 하우스 객실에 약병이 가득한 가방을 갖다 놓지 않아도 되니까. 마이라와 결혼도 안 했을 거고 이 망할 흡입기도

필요없지. 책과 영화에서라면 말이야. 왜냐하면…….'

모두가 지켜보는 가운데 갑자기 에디의 흡입기가 저절로 탁자 위를 굴러간다. 흡입기가 구르면서 마라카스라틴아메리카 리듬악기의 한 가지처럼, 작은 뼈다귀처럼……, 작은 웃음소리처럼 메마른 소리가 난다. 흡입기는 리처드와 벤이 앉아 있는 곳까지 굴러가다 풀쩍 허공으로 뛰어올랐다가 곤두박질친다. 리처드는 화들짝 놀란 표정이고, 빌이 소리친다. "마, 마, 만지지 마!"

"풍선!" 벤의 다급한 외침에 모두 돌아본다.

마이크로필름 레코더에 매달린 풍선 두 개에 "천식 약은 폐암의 원인이 됩니다!"라고 적혀 있다. 그 밑에 그려진 건 해골이다.

풍선은 동시에 터져 버린다.

그 모습을 바라보다 에디는 입술이 바짝 타 들어가고, 빗장을 지르듯 가슴속이 답답해지는 익숙한 감각을 느낀다.

빌이 에디를 돌아본다. "누가 무, 무슨 말을 한 거야? 그놈들이 뭐, 뭐, 뭐라고 했어?"

에디는 입술에 침을 바르며 호흡기가 떨어진 바닥을 응시하지만 가까이 갈 엄두는 내지 못한다. 저 안에 무엇이 들어 있을지 누가 알아?

에디는 그날이 20일이며 얼마나 무더웠던가를, 어머니가 준 수표 한 장과 분량을 제외하고 세세히 적은 약품 목록, 1달러의 용돈을 생각한다.

"킨 씨였어. 킨 씨가 그랬어." 에디는 자신의 힘없는 목소리가 아득하게 느껴진다.

"데리에서 가장 친절한 사람은 아니었지." 마이클이 말한다.

에디는 생각에 골몰해 마이클의 말을 거의 듣지 못한다.

그렇다, 정말 무더운 날이었다. 하지만 센터 가 약국 안은 시원했다. 천장에 달린 선풍기가 천천히 돌아가고, 온갖 약 냄새가 기분 좋게 풍겨 나왔다. 건강을 파는 가게, 그의 어머니는 대 놓고 말한 적은 없지만 그렇게 확신했고 그의 생체 시계도 11시 30분이 약국에 가는 것으로 맞춰져 있었다. 에디는 그 점에 대해서든, 아니면 다른 어떤 것에 대해서든 어머니가 틀렸을 거라고는 전혀 의심하지 않았다.

'킨 씨가 그걸 끝낸 거지.' 에디는 기분 좋은 분노 속에 생각한다.

그는 만화책이 놓인 선반에서 혹시 「배트맨」이나 「슈퍼보이」, 그가 가장 좋아하는 「플라스틱맨」 후편이 나왔나 잠시 뒤적였다. 어머니한테 받아온 약품 목록(다른 어머니들 같았으면 식료품 가게에 심부름을 시키겠지만 그는 약국에 더 자주 들렀다)과 돈을 킨 씨에게 건네주었다. 킨 씨는 일일이 값을 계산하고 영수증을 써 주었다. 에디에게 필요한 절차는 그게 전부였다. 어머니한테 갖다 줄 세 장의 처방전과 강장제 한 병, 왜냐하면 그때 어머니가 묘한 여운을 남기며 "철분이 가득 들어 있단다, 에디. 여자는 남자보다 철분이 더 필요하거든." 하고 말했으니까. 거기다 그가 먹을 비타민과 어린이 종합 영양제까지……, 물론 천식 약도 당연히 들어 있었다.

늘 그런 식이었다. 조금 후면, 그는 용돈을 들고 코스텔로 상가에 들러 막대 사탕 두 개와 펩시콜라를 살 터였다. 사탕을 물고 콜라를 마시며 집에 가는 동안 내내 주머니 속의 잔돈을 짤랑거릴 터였다. 그러나 그날은 달랐다. 집이 아니라 병원에서 그 일과를 마쳐야 했으니까. 그것은 확실히 달랐고, 달라지기 시작한 것은 킨 씨가 에디를 불렀을 때부터였다. 여느 때처럼 불룩한 흰색 약 가방에 영수증을 함께 넣어 주는 대신 잊어 먹지 않게 주머니에 넣으라고 말했기 때문이다. 킨 씨는 그를 생각에 잠겨 쳐다보다가 말했다.

"잠깐……

들어왔다가 갈래, 에디? 할 말이 있다."

에디는 약간 겁먹은 표정으로 눈을 껌벅이며 그를 바라보았다. 혹시 가게 물건을 훔쳤다고 의심하는지도 몰랐다. 센터 가 약국에 들어올 때면 항상 눈에 띄는 표지가 문가에 붙어 있었다. 누군가를 고발하는 모양으로 큼지막하게 쓰인 검은색 글자여서 리처드 토저도 안경 없이 읽을 만했다. "가게 물건을 훔치는 짓은 '심심풀이 장난' 도 '멋진 일' 도 '그냥 넘길 일' 도 아닙니다. 범죄입니다. 고발당할 수 있으니 조심하세요!"

에디는 한번도 가게 물건을 훔친 적이 없지만 그 표지만 보면 죄진 느낌이었고, 킨 씨가 에디도 모르는 자신의 모습까지 훤히 꿰뚫고 있다는 생각이 들곤 했다.

"크림소다 먹을래?" 킨 씨의 말은 더욱 에디를 당황하게 만들었다.

"저기요……."

"아, 괜찮아, 항상 이곳에 준비해 두니까. 아저씨는 이맘때 꼭 크림소다를 먹거든. 살을 뺄 생각이 없다면 힘을 내는 덴 크림소다가 그만이지. 우리 둘 다 살이 찔까 봐 걱정 안 해도 될 것 같구나. 집사람은 내가 쇠꼬챙이 같다고 하더라. 네 친구들 중에 한스컴이라는 아이가 있지, 그 아이 정도 되면 살을 빼야 할 거야. 어때, 먹고 싶지 않니, 에디?"

"근데 어머니께서 약국에 들렀다가 곧장 집으로 돌아오……."

"너는 초콜릿을 아주 좋아할 것 같구나. 그럼 너는 초콜릿 크림소다로 할까?" 킨 씨의 눈빛은 사막의 돌비늘에 내리쬐는 햇빛처럼 반짝거렸다. 어쩌면 킨 씨는 서부물을 쓰는 맥스 브랜드와 아키 조이스렌의 열렬한 애독자일 거라고 에디는 생각했다.

"좋아요." 에디는 결국 킨 씨의 청을 거절하지 못했다. 킨 씨가 콧잔등 위로 금테 안경을 추켜올리자 에디는 조바심이 났다. 초조하면서도 은근히 즐기고 있는 듯한 표정 때문이다. 에디는 킨 씨의 사무실에 들어가고 싶지 않았다. 크림소다는 문제가 아니었다. 전혀. 문제가 무엇이든, 좋은 일은 아닐 거라고 생각했다.

'혹시 내가 암에 걸렸다고 알려 주려는 건지 몰라. 백혈병 같은 병. 이걸 어쩐담!' 에디는 문득 그런 생각이 들었다.

'야, 바보처럼 굴지 좀 마.' 에디는 버벅이 빌이라면 이런 상황에서 뭐라고 했을까 떠올렸다. 버벅이 빌의 모습이 어느새 레인지 라이더미국 서부영화 텔레비전 연속물의 조크 마호니로 바뀌었는데, 마호니는 에디가 가장 좋아하는 영웅이었다. 이유는 설명할 수 없어도 에디에게 버벅이 빌은 누구보다 훌륭한 인물이었다. '에디, 저 사람은 의사가 아니라 약사란 말이야, 그러니 바보처럼 굴지 마.' 하지만 에디의 불안감은 쉽게 사라지지 않았다.

킨 씨가 조제실 칸막이 문을 들어 올리며 앙상한 손가락으로 어서 오라고 손짓했다. 에디는 주춤주춤 따라갔다.

여점원 루비가 금전 등록기 옆에 앉아 《실버 스크린》을 읽고 있었다.

"루비, 크림소다 두 잔만 부탁해. 하나는 초콜릿, 하나는 커피 크림소다로."

"알았어요." 킨 씨의 말에 루비는 읽던 잡지 사이에 껌 종이를 끼워 넣고 일어섰다.

"사무실로 갖다 줘."

"예."

"녀석, 잡아먹지 않을 테니 걱정 마라." 그러고는 킨 씨가 진짜로 윙크를 하는 바람에 에디는 깜짝 놀랐다.

조제실 뒤에 처음 들어와 본 에디는 온갖 약병과 알약, 단지들에 시선을 빼앗겼다. 그는 자신이 졸라서 그곳에 들어온 것처럼 킨 씨의 막자사발과 막자, 저울, 캡슐이 가득한 유리병 따위를 호기심 어린 눈길로 바라보았다. 하지만 킨 씨는 에디의 등을 떠밀어 사무실로 들어간 다음 문을 닫았다. 찰칵 하는 문 소리를 듣는 순간, 에디의 가슴도 쾅 닫히고 숨이 가빠졌다. 약 가방 안에 새로 채운 흡입기가 들어 있었지만, 무엇보다 이곳에서 빨리 나가야 마음이 가뿐해질 것 같았다.

감초가 가득 담긴 병 하나가 킨 씨의 책상 구석에 놓여 있었다. 그는 그 병을 가리켰다.

"아니요, 괜찮아요." 에디는 예의 바르게 사양했다.

킨 씨는 회전의자에 앉았다. 서랍을 열고 무엇인가를 꺼냈다. 그가 꺼낸 물건을 기다란 감초 병 옆에 놓자 에디는 온몸이 굳는 느낌이었다. 흡입기였다. 킨 씨는 벽에 걸린 달력에 머리가 닿을 정도로 몸을 뒤로 젖혔다. 달력의 사진에도 알약이 빼곡이 담겨 있었다. 항암제, 그리고…….

킨 씨가 말하려고 입을 벌렸을 때, 에디의 머릿속에는 언젠가 신발 가게에서 벌어진 일, 그러니까 엑스레이 기계에 발을 집어넣었다고 비명을 지르던 어머니의 울부짖음이 생생하게 떠돌았다. 에디는 킨 씨의 입에서 이런 말이 튀어나올 거라고 확신했다. "에디, 의사 중에서 열에 아홉은 천식 약 때문에 암에 걸릴 수 있다고 생각한단다. 신발 가게에 있는 엑스레이 기계처럼 말이다. 너도 이미 암에 걸려 있는지 몰라. 너도 이제 제대로 알고 있어야 해."

그러나 정작 킨 씨가 꺼낸 말은 너무 뜻밖이어서 에디는 한동안 멍한 표정만 짓고 있었다. 그는 킨 씨의 책상 맞은편 곧은 나무 의자에 얼간이처럼 앉아 있을 뿐이었다.

"벌써 오래됐구나."

에디는 입을 열었다가 이내 다물어 버렸다.

"몇 살이더라, 에디? 열한 살인가, 맞지?"

"예, 선생님." 에디의 목소리는 모기 소리만 했다. 숨이 막혔다. 아직은 끓는 주전자처럼 씩씩대지 않았지만(실제로 에디는 자신이 주전자가 된 느낌이었다. 누군가 어서 불을 꺼 줘! 이제 곧 끓을 거야!) 이는 시간문제였다. 에디는 킨 씨의 책상에 놓인 흡입기를 애타게 바라보다 뭔가 다른 말을 덧붙여야 할 것 같아 말했다. "이번 11월에 열두 살이 돼요."

킨 씨는 고개를 끄덕이며 텔레비전 광고에 나오는 약사처럼 양손을 모아 쥐고 상체를 내밀었다. 형광등 불빛에 안경알이 번뜩였다. "위약이라는 말 들어 봤니, 에디?"

에디는 초조하게 어림짐작해 보다 마침내 대답했다. "젖소의 몸에 있는 걸로 우유가 나오는 것들요, 아닌가요?"

킨 씨는 웃음을 터뜨리며 의자에서 몸을 뒤로 저었다. "아니다." 에디는 머리카락까지 벌겋게 타 들어가는 느낌이었다. 숨결에서 새된 소리가 흘러나오기 시작했다. "위약이라는 건……."

노크 소리가 들렸다. 루비가 유리 잔에 담긴 크림소다를 양손에 하나씩 들고 나타났다. "네가 초콜릿이겠지." 그녀는 에디를 바라보며 씩 웃었다. 에디도 할 수 있는 한 최대로 마주 웃어 주었지만 그때처럼 크림소다가 관심 밖이었던 때는 한번도 없었을 것이다. 흐릿하면서도 또렷한 느낌, 그래서 에디는 두려웠다. 속옷 바람으로 핸도어 박사의 진찰대에 누워 의사가 들어오기를 기다리며, 대기실 소파 하나를 몽땅 차지하고 앉아 경건하게 책을 읽고 있을 어머니를 떠올릴 때의 두려움이라고 할까(어머니는 대부분 노먼 빈센트 필의 『긍정적으로 사고하라』나 자비스의 『버몬트 지방의 민간 요법』 같은 책을 읽었다). 발가벗긴 채 무기력하게, 에디는 그 두 사람 사이에 갇힌 것 같았다.

루비가 사무실에서 나가자, 에디는 소다를 살짝 들이켰지만 아무 맛도 느낄 수 없었다.

킨 씨는 문이 닫힐 때까지 기다렸다가 다시금 돌비늘에 비친 햇살처럼 메마른 미소를 지었다. "긴장 풀라고, 에디. 너를 잡아먹거나 해칠 생각이 없다니까 그러는구나."

에디가 그 말에 고개를 끄덕인 이유는 킨 씨가 어른이고, 어른이 하는 말에는 어떤 식으로든 무조건 그렇다고 대답하는 편이 좋다고 생각했기 때문이다(어머니도 늘 그렇게 가르쳤다). 하지만 속마음은 달랐다. '그놈의 헛소리는 아까도 했잖아요.' 소독기가 열리고 오싹한 알코올 냄새가 날 때 의사도 그와 비슷한 말을 하곤 했다. 주사기 냄새든 헛소리든 다를 바 없었다. 약간 따끔거릴 정도니까 언제 주사를 놨는지도 모를걸 하고 어른이 말한다면 죽을 만큼 아프다는 뜻이니까.

에디는 다시 한번 소다를 살짝 들이켰지만 역시 아무 맛도 없었다. 그저 숨을 쉴 수 있을 만큼만 막힌 목구멍이 뚫렸으면 하는 바람뿐이었다. 책상 위에 놓인 흡입기에 손을 뻗고 싶었지만 그럴 엄두가 나지 않았다. 문득 이상한 생각이 들었다. 킨 씨는 분명 에디가 흡입기를 사용하고 싶지만 그러지 못한다는 사실을 빤히 알고 있는 것 같았다. 어쩌면 킨 씨는 에디를

(고문할)

괴롭힐 생각인지 몰랐다. 너무 엉뚱한 생각은 아닐까? 어른(더구나 킨 씨처럼 건전한 어른)이 무엇 때문에 에디 같은 꼬마를 괴롭히겠는가? 그럴 리 없었다. 그런 생각을 떠올린다는 사실만으로 에디가 지금까지 믿었던 세상이 몽땅 잘못됐다는 말이나 다름없었다.

하지만 에디는 오아시스를 코앞에 두고 사막에서 목말라 죽어가는 기분이었다. 책상 너머 돌비늘처럼 웃고 있는 킨 씨의 눈빛은 여전했다.

에디는 문득 황무지에서 친구들과 함께 있었으면 좋겠다는 생각이 간절해졌다. 태어나서 지금까지 자란 도시의 지하에서 하수관과 배수구를 이용해 이곳저곳을 기어다니는 거대한 괴물과 맞

서 싸워야 한다고 생각하면 오금이 저릴 만큼 두려웠지만……, 사무실에 있는 건 그보다 더 끔찍했다. 잡아먹지 않을 테니 염려 말라는 어른과는 또 어떻게 싸워야 한단 말인가? 이상한 질문이나 하며 "벌써 오래됐구나."처럼 야릇하면서도 불길한 말을 꺼내는 어른과 과연 제대로 싸울 수 있을까?

이런저런 잡념 속에서 에디는 불현듯 유년 시절의 진리를 깨달았다. '어른들이야말로 진짜 괴물이다.' 대단할 것도 없는 생각이며, 계시처럼 떠오른 것도 아니어서 딩동댕거리는 차임벨 소리를 기대할 수도 없었다. 그저 쓸모없는 잡념처럼 떠올랐다가 더 묵직한 생각에 쫓겨 이내 사라졌다. '흡입기가 필요해. 여기서 나가고 싶단 말이야.'

"마음 편히 생각해라. 에디, 너한테 가장 큰 문제는 항상 너무 긴장하고 굳어 있다는 점이야. 예를 들어 천식만 해도 그렇다. 자, 이걸 봐라."

킨 씨는 서랍을 열고 안쪽을 더듬거리더니 풍선 하나를 꺼냈다. 그는 왜소한 가슴을 힘껏 부풀리고(순풍에 가볍게 흔들리는 돛단배처럼 넥타이가 까닥거렸다) 풍선을 불었다. "센터 가 약국", 풍선에 새겨진 글자가 나타났다. "조제, 생필품, 조루 치료제 일절". 킨 씨는 바람이 새지 않도록 풍선 주둥이를 붙잡은 채 에디 앞으로 내밀었다.

"이 풍선을 허파라고 가정해 보자. 에디, 네 허파 말이다. 물론 허파가 두 개니까 풍선도 두 개 있어야 하지만, 지금은 풍선이 하나밖에 남아 있지 않구나. 성탄절에……."

"아저씨, 저 흡입기 좀 써도 될까요?"

에디의 머릿속이 쿵쾅거렸다. 기관지가 완전히 막힌 느낌이었다. 심장 박동도 빨라지고 이마에 땀방울이 맺혔다. 책상 한 편에 놓인 초콜릿 크림소다에는 체리가 살짝 크림 속에 파묻혀 있었다.

"조금만 기다려라. 우선은 내 말을 잘 들어, 에디. 너를 도와주려는 거야. 누군가 나서야 될 때니까. 루스 핸도어 박사는 그럴 만한 위인이 아니니까 내가 나서는 수밖에 없지. 네 허파는 이 풍선과 같은데, 다만 허파 주위를 근육이 감싸고 있다는 점이 다르다. 사람의 팔과 같은 근육 말이다, 알아듣겠니? 건강한 사람의 경우, 그 근육들 덕분에 허파가 쉽게 부풀었다가 오므라들지. 하지만 건강한 사람들도 계속 긴장하고 제대로 쉬지 못하면 근육들이 제 기능을 하지 못해. 봐라!"

킨 씨는 앙상하고 기미 낀 손으로 풍선을 쥐더니 힘을 주기 시작했다. 풍선이 터질 듯이 부풀자, 에디는 인상을 찌푸린 채 언제 '펑' 하는 들려올지 몰라 조바심이 났다. 또 한 차례 숨이 막혔다. 에디는 곧바로 책상 위로 손을 뻗쳐 호흡기를 움켜잡았다. 그러나 어깨에 부딪힌 크림소다 유리 잔이 책상 밑으로 떨어져 산산이 부서지고 말았다.

에디의 귓가에 유리 깨지는 소리가 아득하게 들려왔다. 무턱대고 호흡기 뚜껑을 열어 노즐을 입속에 넣고 방아쇠를 당겼다. 숨을 힘껏 들이마시자 예의 발작적인 공포가 몰려들었다. '엄마 숨이 막혀요, 숨을 쉴 수가 없어요, 오, 하느님, 당신의 유순한 어린 양이 숨을 쉴 수 없답니다, 도와주세요, 제발, 죽고 싶지 않아요, 죽고 싶지 않아요, 제발…….'

흡입기에서 발사된 액체 분말이 목구멍을 넓혀 주자 곧 숨이 돌아왔다.

"죄송해요." 에디는 울다시피 말했다. "유리를 깨서 죄송해요……. 제가 깨끗하게 청소하고 유리 값도 물어낼게요……. 엄마한테는 말씀하지 마세요, 네? 죄송해요, 아저씨. 숨을 쉴 수 없어서……."

다시 똑똑 노크 소리가 나더니 루비가 머리를 들이밀었다. "아무 일……."

"없어. 괜찮으니, 나가서 일 봐요." 킨 씨가 날카롭게 말했다.

"그러세요, 실례했습니다." 루비가 눈을 굴리더니 문을 닫았다.

에디의 목구멍에서 다시 씩씩대는 소리가 들려왔다. 다시 흡입기를 들이마시고 더듬더듬 죄송하다는 말을 되풀이했다. 킨 씨가 웃고 있다는 사실을 깨닫고는 겨우 죄송하다는 말을 그만둘 수 있었다. 하지만 여전히 메마른 웃음이었다. 킨 씨는 두 손을 모아 배에 올려놓았다. 풍선은 책상 위에 그대로 놓여 있었다. 문득 풍선을 치우고 싶은 마음이 들었지만 실천할 수 없는 노릇이었다. 킨 씨는 에디가 천식 발작을 한 모습이 반쯤 마신 커피 소다보다 흥미롭다는 표정이었다.

"괜찮다. 루비가 나중에 치울 거다. 솔직히 말하자면 네가 유리잔을 깨서 오히려 반가운데. 유리 잔을 깼다고 네 어머니한테 말하지 않을 테니, 너도 우리 둘이 지금 한 얘기를 비밀로 하기로 약속하자."

"그럼요, 약속할게요." 에디가 간절히 말했다.

"좋아, 이제 서로 지켜야 할 비밀이 생긴 셈이구나. 그리고 넌 이제 기분이 한결 좋아졌지, 그렇지?"

에디는 고개를 끄덕였다.

"왜지?"

"예? 그러니까……, 약을 먹었으니까요." 에디는 학교에서 정확한 답을 몰라 얼버무리며 캐시 선생님을 바라볼 때처럼 킨 씨를 쳐다보았다.

"하지만 너는 아무 약도 먹지 않았는걸. 네가 먹은 게 바로 위약이다. 에디, 위약이란 약처럼 생기고 약 맛이 나지만 진짜 약은 아니야. 실제로 아무 약도 들어 있지 않거든. 그래도 약이라고 부른다면 아주 특별한 약이라고 해 두지. 머리에 사용하는 약 말이다. 무슨 말인지 알겠니, 에디? 머리에 쓰는 약이다."

물론 에디는 그 말을 이해할 수 있었다. 킨 씨는 지금 에디가 미쳤다고 말하는 것이다. 그러나 더듬더듬 이렇게 말했다.

"아니요, 무슨 말씀인지 모르겠어요."

"재미있는 얘기 하나 해 주지. 1954년, 드폴 대학교에서 암 환자를 대상으로 의학 실험을 한 적이 있어. 100명의 환자한테 알약을 나눠 주었지. 의사들은 그 약을 먹으면 뛰어난 효과가 있을 거라고 환자들에게 말했지만 실제로는 그중 쉰 명에게 위약을 주었다……. 그러니까 환자 중에서 쉰 명이 먹은 알약이란 게 사실은 엠앤엠스 초콜릿에다 진짜 약처럼 빨간색 코팅을 한 거였지."

킨 씨는 이상한 웃음소리를 냈다. 의학 실험이 아니라 무슨 장난 친 이야기를 들려주는 사람 같았다.

"100명의 환자 중에서 아흔세 명이 몸이 좋아졌다고 말했고, 실제로 여든한 명이 검사 결과 전보다 나아진 것으로 드러났지.

자, 그게 무슨 의미일까? 그 실험에서 어떤 결론을 내릴 수 있겠니, 에디?"

"모르겠어요." 에디는 기어 들어가는 목소리로 답했다.

킨 씨는 진지한 표정으로 머리를 툭툭 두들기며 말했다. "대부분의 질병은 여기에서 시작된다. 내 생각은 그렇다. 오래전부터 약국을 운영해 왔고, 드폴 대학에서 실험을 하기 몇 년 전부터 나도 위약 효과에 대해 여러 가지 느낀 점이 많았다. 대부분 나이 든 사람들이 위약을 먹지. 노인들은 의사를 찾아가 자기가 심장병이나 암 아니면 당뇨병 등등 중병에 걸렸다고 말해. 하지만 실제로 병에 걸린 경우는 많지 않아. 그저 나이가 들어서 몸이 안 좋은 것뿐이거든. 하지만 의사들이 무엇을 할 수 있겠니? 노인들에게 오래된 시계의 태엽이 고장난 것과 같으니 염려 말라고 말할까? 흥! 그런 일은 불가능해. 의사들도 돈을 벌어야 하니까." 킨 씨의 표정은 웃음과 냉소를 반씩 섞어 놓은 것 같았다.

에디는 묵묵히 앉아서 어서 그 모든 상황이 끝나기를, 끝나기를, 끝나기만을 기다렸다. '너는 아무 약도 먹지 않았는걸.' 그 말이 머릿속에서 댕그랑거렸다.

"의사들은 그렇게 말하지 않아. 나도 마찬가지야. 애써 복잡하게 만들 필요가 없잖니? 종종 노인들 중에 아무것도 씌어 있지 않은 처방전을 들고 오는 사람들이 있는데, 그 뜻은 '위약'이나 약맛이 나는 알약 스물다섯 알을 주라는 의미지. 피어슨 박사는 그런 식으로 처방전을 보내."

킨 씨는 소리 내서 웃다가 커피 소다를 한 모금 들이켰다. "자, 그렇다면 문제가 뭘까?"

에디는 그저 앉아 있기만 했고 킨 씨가 자기 말에 답했다. "아니, 무슨 문제가 있겠어! 전혀 문제 없다고!"

"어쨌든……, 보통은 그래. 위약은 노인들에겐 축복이다. 그리고 암이나 퇴행성 심장병을 비롯해 우리가 아직 원인을 밝혀 내지 못한 희귀병이나 불치병에 걸린 사람들, 또 너와 같은 아이들한테도 효과가 있지, 에디! 그런 경우에 환자들이 한결 나아졌다고 느낀다면 해될 게 뭐냐? 에디, 네게 뭔가 해롭더냐?"

"아니요, 선생님." 에디는 바닥에 흩어진 초콜릿 아이스크림과 소다수와 유리 조각들을 내려다보았다. 그 한복판에 체리가 고개를 내밀고 끔찍한 범죄 현장을 고발하는 것 같았다. 난장판인 바닥을 바라보고 있자니 다시 가슴이 답답해지기 시작했다.

"아이크와 마이크 같은 거야! 사람들은 비슷하다고 생각하거든! 5년 전인가, 베넌 마이트랜드라는 사람이 식도암에 걸렸을 때(암 중에서도 특히 고통스럽지) 의사들이 아무리 애써도 통증이 사라지지 않았다. 나는 사탕으로 만든 알약을 가지고 그 사람이 입원한 병원에 찾아갔지. 나하고는 둘도 없는 친구였거든. 나는 그 친구에게 이렇게 말했지. '베넌, 이건 임상 실험 중인 특수 진통제일세. 의사들도 모르는 일이니까, 내가 가져왔다는 소릴 입밖에 내지 말게. 자신할 순 없지만 효험이 있을 것 같아. 고통이 아주 심할 경우에 먹되, 하루에 한 알 이상은 절대 금물일세.' 그 친구는 고맙다며 눈물까지 흘렸다. 에디, 눈물까지 흘렸어! 게다가 그 약이 효과를 발휘했지! 정말이야! 사탕 알약에 불과했지만 그 친구의 고통을 말끔히 없애 주었거든……. 고통이 바로 여기에 있었으니까."

심각한 표정으로 킨 씨는 다시 머리를 톡톡 두들겼다.

"제 약도 아주 잘 들어요."

"나도 알고 있다." 킨 씨가 대답하고는 어른들의 불쾌한 자기만족의 미소를 지었다. "그 약이 네 머리에 효과가 있기 때문에 가슴에도 잘 드는 거야. 에디, 수산화물은 맹물에다 장뇌를 타서 약 맛이 나게 만든 거야."

"아니에요." 에디의 숨결이 다시 새된 소리로 바뀌기 시작했다.

킨 씨는 소다를 약간 들이켜고 숟가락으로 아이스크림을 떠먹다가 손수건으로 턱을 훔쳤다. 그동안 에디는 흡입기를 다시 입 안에 집어넣었다.

"이제 가 봐야겠어요."

"이제 곧 얘기가 끝날 테니 조금만 기다리렴."

"싫어요! 갈래요. 돈도 드렸으니까 가도 되잖아요!"

"끝까지 들어주었으면 좋겠구나." 킨 씨의 말에 에디는 위압당한 듯 그대로 의자에 주저앉았다. 어른들이 종종 힘으로 밀어붙일 때는 정말 싫었다. 정말.

"루스 핸도어 박사한테도 책임이 있어. 너무 마음이 약하거든. 그리고 네가 병에 걸렸다고 믿는 네 어머니한테도 책임이 있지. 에디, 너는 그 중간에 낀 상황이야."

"저는 미치지 않았어요." 에디는 속삭이듯 말했고, 단어들이 간신히 쉰 소리로 나왔다.

킨 씨의 의자에서 괴물 귀뚜라미의 울음처럼 삐걱대는 소리가 들려왔다. "뭐라고?"

"저는 미치지 않았다고요!" 에디가 소리쳤다. 그러고는 즉시 불쌍한 홍조가 얼굴에 피어올랐다.

킨 씨는 말없이 웃고 있었다. 네 맘대로 생각해라, 그런 표정이었다. 네 맘대로 생각해라, 나도 내 맘대로 생각할 테니까.

"내가 말하고 싶은 건, 에디, 네 몸에 아무 이상이 없다는 거다. 네 허파에는 천식이 없어. 네 머릿속에 있는 거야."

"제가 미쳤다는 말씀이죠."

킨 씨는 상체를 앞으로 내밀며 깍지 낀 손 너머로 에디를 빤히 바라보았다.

"모르겠구나. 네 생각에는 네가 미친 것 같니?" 그가 부드럽게 말했다.

"모두 거짓말이에요!" 에디의 갑작스런 외침은 가슴이 꽉 막힌 상황에서도 거침없이 흘러나왔다. 에디는 빌을 떠올리며, 그 아이라면 이런 모욕에 어떻게 대처할까 생각했다. 빌이라면 더듬거리든 아니든 무슨 말을 해야 할지 분명하게 알고 있으리라. 빌은 용기를 내는 방법을 알고 있었다. "모두 새빨간 거짓말이에요! 저는 천식 환자예요. 천식 환자라고요!"

"맞다." 킨 씨의 메마른 미소가 이번에는 해골바가지의 웃음처럼 변했다. "하지만 누가 너한테 천식을 주었지, 에디?"

에디의 머릿속은 쿵쾅대고 빙빙 소용돌이쳤다. 금방이라도 토할 것 같았다.

"4년 전, 그러니까 드폴 대학교에서 의학 실험을 했던 1954년부터 핸도어 박사가 네게 수산화물을 처방하기 시작했지. 수소와 산소를 물에 섞은 거 말이다. 나는 그때부터 박사의 처방이 잘못됐다고 반대해 왔지만 앞으로는 그러지 않을 생각이야. 너의 천식 약은 몸이 아니라 머리에 작용하는 거다. 횡경막이 지나치게 긴장해서 생긴 결과인데, 원인은 네 마음에……, 아니면 네 어머니한테 있어. 네 몸엔 아무 이상이 없어."

숨막히는 침묵이 흘렀다.

에디는 의자에 가만히 앉아 있었지만, 마음속은 격한 파도에 휩쓸려 있었다. 잠깐 동안 킨 씨가 사실을 말해 준 것이라는 생각이 들기도 했지만 그 결과를 받아들일 자신이 없었다. 무엇 때문에 킨 씨가 그토록 진지한 얼굴로 거짓말을 하는 걸까?

킨 씨는 여전히 메마르고 잔인한 사막의 미소를 번뜩이고 있었다.

'나는 천식을 앓고 있어. 당연하지. 헨리 바워스가 내 코를 후려쳤을 때도, 황무지에 빌과 함께 댐을 만들었던 날도 천식 때문에 죽을 뻔했잖아. 그런데도 그 모든 것이 그저……, 내 마음 때문이라고?'

하지만 아저씨가 왜 거짓말을 할까? (몇 년 후, 도서관에서 에디는 자신에게 그보다 끔찍한 질문을 할 것이다. 왜 아저씨가 진실을 말해 줬을까?)

어렴풋하게 킨 씨의 말이 들려왔다. "널 줄곧 지켜봐 왔다, 에디. 지금 와서 이런 말을 하는 이유는 너도 이제는 이해할 만한 나이가 됐고, 무엇보다 네게 친구들이 생겼기 때문이다. 좋은 친구들이지, 안 그래?"

"그래요."

킨 씨는 의자를 뒤로 젖히고(다시 귀뚜라미 소리가 들렸다) 윙크를 할 생각인지는 모르겠지만 아무튼 한쪽 눈을 감고 에디를 바라보았다. "그리고 네 어머니가 친구들을 별로 좋아하지 않는다는 데 내기하마, 그렇지?"

"아니에요, 엄마도 좋아하세요." 그러나 에디는 문득 리처드 토저를 가리켜 되바라진 놈이라고 못 박고("입버릇이 정말 안 좋더구나……. 게다가 입내까지, 세상에나, 에디……, 그 녀석 분명 담배를 피울 게다."), 스탠리는 유대인이니 절대 돈 같은 건 꿔 주지 말 것이며, 빌 덴브로와 '뚱보'에게도 노골적으로 적개심을 나타내던 어머니를 떠올렸다.

에디는 킨 씨에게 같은 말을 되풀이했다. "엄마도 친구들을 무척 좋아하세요."

"그러시니? 아무튼 네 어머니가 좋아하든 말든, 너한테는 분명히 친구들이 생긴 거야. 네 문제를 친구들과 상의해도 좋을 것 같구나. 그러니까……, 신경성 질병 말이다. 친구들이 뭐라고 하는지 한번 들어보렴."

에디는 아무 대답도 하지 않았다. 더 이상 킨 씨와 말을 끌지 않는 편이 나을 성싶었다. 무엇보다 금방이라도 울음이 터질 것 같아 불안했다.

"좋아! 이 정도면 내 얘기는 끝난 것 같다, 에디. 혹시 마음이 상했다면 사과하마. 아저씨는 나름대로 이렇게 하는 것이 내 의무라고 생각했다. 아저……."

킨 씨가 말을 끝내기도 전에, 에디는 흡입기와 흰색 약 가방과 어린이 영양제를 낚아채서 쏜살같이 문 쪽으로 달려갔다. 바닥에 흩어진 아이스크림에 미끄러져 넘어질 뻔했다. 곧바로 센터 가 약국에서 튀어나와 숨을 쌕쌕거리며 내달렸다. 영화 잡지에 머물

렸던 루비의 시선이 에디를 따라가다 입까지 쩍 벌어졌다.

킨 씨가 줄곧 사무실 문가에 서서 수척하고 말끔하며 골똘한 미소를 띤 채, 꼴사납게 도망치는 자신의 모습을 지켜보고 있다고 에디는 생각했다.

에디는 캔자스와 메인, 센터 가가 만나는 삼거리 모퉁이로 접어들고 나서야 멈추어 섰다. 버스 정류장 옆의 야트막한 돌담에 걸터앉아 깊숙이 흡입기를 빨아들였다. 약 냄새와 함께 목구멍이 약간 끈적끈적해지는 느낌이 들자("물속에 장뇌를 탔을 뿐이야."), 그날 또다시 흡입기를 사용해야 할 일이 생긴다면 속에 든 것을 다 토할지 모른다고 생각했다.

흡입기를 주머니에 집어넣고 메인 가와 업마일 언덕을 오르내리는 차량 행렬을 물끄러미 바라보았다. 아무것도 생각하고 싶지 않았다. 이글대는 태양 빛이 몹시 눈부셨다. 차가 지나갈 때마다 반사광이 번뜩였고 관자놀이 부분이 욱신거리기 시작했다. 그가 킨 씨에게 계속 화낼 이유는 없지만 킨 씨는 에디를 나쁘게 볼 이유가 많았다. 에디 카스브랙에게 무척 기분이 상했을 것이다. 빌 덴브로는 자신이 한 일을 후회하느라 시간을 낭비하지 않겠지만 에디는 어쩔 수 없었다.

무엇보다 킨 씨가 한 말이 무슨 의미인지 무척 궁금했다. 그래서 그의 말마따나, 황무지에 가서 아이들에게 모든 사실을 알리고 그들의 생각을 들어보고 싶었다. 그러나 당장은 곤란했다. 어머니가 집에서 에디가 약을 갖고 돌아오기를 기다리고 있을 테고

("네 마음에……, 아니면 네 어머니에게 있어.")

속히 돌아가지 않으면

("네 어머니는 네가 병에 걸렸다고 믿고")

소란이 일 게 뻔했다. 어머니는 에디가 빌이나 리처드나 '유대인 아이'(어머니는 스탠리를 유대인 아이라고 부르는 것이 결코 편견이 아니라 어려운 말을 완곡하게 돌려서 표현하는 방법이라고 우겼지만)와 함께 있을 거라고 생각할지도 모른다. 그렇게 삼거리 모퉁이에서 두서없는 생각을 정리하려고 애쓰다가, 문득 어머니가 친구 중에 검둥이와 여자 아이, 가슴이 나오고 제법 여자 티가 나는 애까지 있다는 사실을 알면 뭐라고 할지 알았다.

에디는 천천히 업마일 언덕을 향해 발걸음을 옮기면서, 찌는 듯한 태양 아래 그 가파른 언덕을 올라갈 생각에 벌써부터 막막했다. 보도에 달걀을 갖다 놓으면 그대로 프라이가 될 정도로 뜨거웠다. 어서 방학이 끝나 새 학년, 새 선생님과 함께 공부하고 싶다는 생각이 처음으로 들었다. 그래서 어서 그 끔찍한 여름이 막을 내렸으면 하는 심정이었다.

언덕 중간, 앞으로 27년 후 빌 덴브로가 실버를 다시 찾게 될 그곳에 멈춰 서서, 에디는 주머니에서 흡입기를 다시 꺼냈다. 수산화물 액체 분말. 흡입기에 씌어진 약품 이름이었다. "원하는 만큼 투여할 것".

갑자기 뇌리를 스치는 생각이 있었다. "원하는 만큼 투여할 것." 아직 어리고 머리에 피도 안 말랐지만(이 역시 어머니의 '완곡하게 돌려서' 표현하는 말 중 하나였다) 열한 살짜리 어린아이라도 약을 줄 때 곁에다 "원하는 만큼 투여할 것"이라고 적지는 않을 것 같았다. 마음대로 약을 먹어도 좋다는 말은 곧 언제든지 죽고 싶으면 죽으라는 말이나 똑같았다. 아스피린을 계속 먹어 댄다면 죽을 거라는 생각 정도는 열한 살짜리 아이에게도 그리 어려운 추론이 아니었다.

에디는 흡입기를 노려보았고, 나이 든 아주머니가 그런 그를 이상한 눈초리로 힐끔거리며 지나가는 사실도 눈치 채지 못했다. 까닭 모를 배신감이 느껴졌다. 그래서 문득 그 플라스틱 흡입기를 하수구에 처박고 싶었다. 그래! 안 될 게 뭐야? 하수구에 처넣으면 그것이 나타나 지하 터널과 배수구로 흡입기를 가져가겠지. 볼썽사나운 낮도깨비 같은 놈아, 너도 위약이나 처먹어라! 에디는 폭소를 터뜨리며 실제로 흡입기를 하수구에 처넣으려고 했다. 그러나 습관이란 또 얼마나 강한가 말이다. 에디는 흡입기를 오른쪽 바지 호주머니에 그대로 찔러 넣고, 간간이 울리는 경적 소리와 배시 공원 버스의 배기 가스도 아랑곳없이 묵묵히 걸어가기 시작했다. 얼마 후면 크나큰 불상사를 당할 곳에 가까워진다는 사실 역시 알 길이 없었다.

25분 후, 양손에 펩시콜라와 용돈 받은 기념으로 산 막대 사탕 두개를 집어 들고 코스텔로 상가에서 나왔을 때, 에디는 헨리 바워스, 빅터 크리스, 무스 새들러, 패트릭 헉스테터가 구멍가게 왼쪽 자갈밭에 쪼그리고 앉아 있는 모습을 발견하고 소스라치게 놀랐다. 처음에는 끼리끼리 모여 앉아 무슨 작당을 하고 있나 싶었지만, 가만히 보니 빅터의 야구복 상의에다 동전을 담고 있었다. 여름 방학 보충 수업 교재는 한쪽 구석에 아무렇게나 팽개쳐진 상태였다.

여느 때 같으면 에디는 슬그머니 상점 안으로 들어가 제드로 씨에게 뒷문으로 나가게 해 달라고 부탁했겠지만, 그날은 처음부터 평상시와 거리가 멀었다. 에디는 그 자리에 꼼짝도 못한 채, 한 손으로 담배 광고("담배 본연의 맛, 윈스턴, 위대한 담배만이 지닐 수 있는 멋진 담배 연기"라는 문구와 함께 "필립 모리스, 위스턴으로 바꿔 주세요."라고 심부름하는 아이가 외치는 그림)가 붙은 상점 출입문을 붙잡고, 다른 손으로 갈색 식료품 가방과 흰색 약 가방을 얼싸안았다.

빅터 크리스가 에디를 발견하곤 헨리의 옆구리를 쿡쿡 찔렀다. 헨리와 헉스테터가 차례로 얼굴을 들었다. 동전 세는 데 정신이 팔려 있던 무스도 잠시 후 갑작스러운 침묵이 이상했던지 천천히 얼굴을 들었다.

헨리는 자리에서 일어서더니 무릎에 달라붙은 자갈 먼지를 툭툭 떨어냈다. 반창고를 붙인 코 양쪽에 얇은 부목까지 댄 채, 코맹맹이 소리와 경적 소리가 뒤섞인 목소리로 소리쳤다.

"야, 이거 죽겠네, 저게 누구야, 돌팔매질 선수 아냐. 친구 놈들은 어디 있냐, 새끼야? 집 안에서 코나 처박고 있냐?"

에디는 말없이 고개를 젓다가 또 한번 실수한 것을 깨달았다.

헨리의 웃음이 더 커졌다. "그래, 그거 참 잘됐네. 하나씩 잡아 족쳐도 좋겠지. 개새끼, 이리 못 와?"

빅터가 헨리 옆에 섰다. 패트릭 헉스테터도 그들 옆으로 발을 질질 끌고 와서, 학교에서 낯익은 모습처럼 느끼하고 얼뜬 웃음을 지었다. 무스도 그들을 따라 일어섰다.

"이리 오라고, 개새끼야. 돌 던진 얘기 좀 해 보자니까. 얘기 좀 하자고, 엉?"

이쯤 되면 상점으로 들어가 봤자 소용없었다. 어른이 있는 상점 안으로 들어갈 생각이었으면 진작 그래야 했다. 에디가 뒷걸음치는 순간, 헨리가 득달같이 달려들어 에디를 움켜잡았다. 헨리는 에디의 팔을 우악스레 잡아끌었고 표정도 싸늘하게 변해 있었다. 상점 출입문에서 에디의 손도 이내 떨어졌다. 휙 잡아끌리는 바람에 빅터가 거칠게 낚아채지 않았다면 에디는 그대로 자갈밭에 머리부터 곤두박질쳤을 것이다. 빅터가 에디를 홱 밀쳤다. 에디는 두 바퀴 뱅그르르 돌다가 가까스로 균형을 잡았다. 3미터쯤 거리를 두고 네 명의 아이들이 그와 마주하고 있었고, 헨리가 빙글거리며 다른 아이들보다 약간 나와 있었다. 에디는 목덜미에서 털이 곤두서는 것을 느꼈다.

헨리의 뒤로 왼쪽에 패트릭 헉스테터가 유령처럼 서 있었다. 에디는 헨리 패거리에 있는 헉스테터를 그날 처음으로 맞닥뜨렸다. 아랫배가 허리띠 위로 불룩 튀어나올 정도로 뚱뚱했다. 허리띠 버클에 레드 라이더가 그려져 있었다. 동글동글한 얼굴은 크림처럼 새하얀색이었다. 하지만 햇볕에 약간 그을린 흔적도 보였다. 특히 콧잔등이 벗겨져 날개처럼 양쪽 뺨으로 퍼져 있었다. 학교에 다닐 때 패트릭은 녹색 플라스틱 자로 파리를 때려잡아 필통에 넣어 두곤 했다. 종종 운동장에서 만나는 다른 반 아이들에게 수집해 놓은 파리를 보여 줄 때면, 옅은 녹색 눈동자가 맑고 사려 깊은 인상을 주기도 했다. 죽은 파리를 보여 주는 동안 상대방이 뭐라고 하든 말 한마디 않는 아이였다. 그는 그럴 때의 표정을 하고 서 있었다.

“뭘 망설이시나, 짱돌?” 헨리가 그들 사이의 공간으로 나섰다. “어서 돌멩이라도 하나 집지그래?”

“날 내버려 둬.” 에디가 떨리는 목소리로 말했다.

“날 내버려 둬.” 헨리는 겁먹은 표정으로 손까지 흔들며 에디의 말을 흉내 냈다. 빅터가 소리 내서 웃었다. “싫다면 어쩔래, 짱돌, 엉?” 헨리의 주먹이 전광석화처럼 총소리를 내며 에디의 뺨으로 날아들었다. 에디의 얼굴이 뒤로 휙 젖혀졌다. 왼쪽 눈에서 눈물이 흘러나왔다.

“친구들은 모두 집에 있단 말이야.” 에디가 말했다.

“친구들은 모두 집에 있단 말이야. 흐흐흑! 흑흑! 흐흐흑!” 패트릭 헉스테터가 우는 흉내를 내다 말고 에디의 오른쪽으로 다가왔다.

에디가 그쪽으로 얼굴을 돌리자, 또 한 차례 헨리의 주먹이 날아들었고, 이번에는 다른 쪽 뺨에서 불똥이 튀었다.

‘울면 안 돼, 저놈들이 바라는 게 그거야. 빌이라면 절대 울지 않아. 너도 울면 안 돼…….’

빅터가 성큼 앞으로 나오더니 에디의 멱살을 잡았다. 에디는 물러서다가 발 뒤에 넙죽 엎드려 있던 헉스테터에 걸려 벌러덩 넘어지고 말았다. 등과 손에 자갈이 튀었다. 몸에서 바람 빠지듯 퍽 하는 소리가 들렸다.

잠깐 사이 헨리 바워스가 에디의 배를 깔고 앉아 무릎으로 두 팔을 짓눌렀다.

“돌멩이를 집어 보라니까, 짱돌 새끼야?” 헨리는 에디를 내려다보며 윽박질렀고, 에디는 팔의 고통과 숨막힘보다는 헨리의 미친 듯한 눈빛 때문에 더욱 겁에 질렸다. 헨리는 미치광이였다. 어느 쪽에선가 패트릭의 낄낄대는 웃음소리가 들려왔다.

"돌을 던지고 싶어? 엉? 자, 돌 여기 있다! 여기! 돌은 얼마든지 있어!"

헨리는 자갈을 한 움큼 집어 에디의 얼굴에 뿌렸다. 이어서 자갈로 에디의 살갗을 문지르고, 뺨과 눈꺼풀과 입술을 짓이겼다. 에디는 비명을 질렀다.

"돌멩이 줄까? 돌을 준다니까! 자, 여기, 짱돌 새끼야! 돌멩이 줄까! 알았어! 알았어! 알았다니까!"

헨리가 이번에는 자갈을 에디의 입속에 처넣어서 잇몸이 찢기고 이빨이 부러졌다. 입 안에서 불꽃이 튀는 것 같았다. 에디는 다시 비명을 지르며 자갈을 뱉었다.

"더 줄까? 좋아? 몇 개만 더 먹지그래? 몇 개만 더……."

"그만두지 못해! 이놈들, 이놈! 그만둬! 너, 이놈! 당장 그만두지 못해! 당장! 내 말 안 들려? 그만두라니까!"

눈물로 얼룩진 에디의 시선으로 큼지막한 손이 내려와 헨리의 목덜미와 바짓가랑이를 움켜잡는 모습이 보였다. 헨리는 휙 잡아당겨져 에디에게서 떨어졌다. 헨리는 바로 일어섰다. 에디는 더 천천히 일어섰다. 일어서려고 안간힘을 썼지만 두 다리가 후들거렸다. 숨을 몰아쉬며 입에서 피 묻은 자갈 부스러기를 뱉었다.

기다란 흰색 앞치마를 두르고 험악한 표정으로 서 있는 사람은 제드로 씨였다. 헨리가 7센티미터는 더 크고 체중도 20킬로그램은 더 무거워 보였지만, 제드로 씨의 얼굴에서 두려운 표정이라곤 찾아보기 힘들었다. 그는 어른이었고 헨리는 아이였기 때문이다. 하지만 에디는 이번만큼은 그런 게 아무 의미 없다고 생각했다. 제드로 씨는 깨닫지 못했다. 헨리가 미쳤다는 사실 말이다.

"여기서 썩 꺼져." 제드로 씨는 포악하게 일그러진 헨리와 코끝이 마주칠 정도로 가까이 다가섰다. "다시는 이곳에 얼씬도 마. 여기서 말썽 피우는 꼴은 못 본다. 넷이 달려들어 한 아이를 괴롭히는 꼴은 못 봐. 너희들 어머니가 뭐라고 하시겠니?"

그는 격노한 눈빛으로 다른 아이들을 노려보았다. 무스와 빅터는 고개를 떨구고 애꿎은 운동화만 바라보았다. 패트릭만 고개를 뻣뻣이 치켜들고 멍한 눈길로 제드로 씨를 응시하고 있었다. 제드로 씨는 다시 헨리를 보았고 "자, 각자 자전거를 챙겨서……." 까지 말했을 때 헨리가 그를 강하게 밀쳤다.

뒤로 넘어질 듯 휘청거리는 제드로 씨의 발꿈치에서 자갈이 튀어 올랐고, 얼굴에 우스울 정도로 멍한 표정이 떠올랐다. 그는 가게 계단에 걸려 그대로 털썩 주저앉았다.

"이게 무슨 짓……."

헨리의 그림자가 제드로 씨 위로 드리워졌다. "안으로 들어가." 헨리가 말했다.

"네 이놈……." 이번에는 제드로 씨 자신이 입을 다물었다. 그도 결국에는 에디처럼 헨리의 눈에서 광기의 빛을 읽은 것이다. 벌떡 일어나는 그의 앞치마가 펄럭거렸다. 황급히 계단을 오르다가 맨 위 계단에서 중심을 잃고 한쪽 무릎이 꺾였다. 곧바로 일어섰지만 두 다리가 후들대는 모습에서 순식간에 어른의 권위를 송두리째 빼앗기고 당황하는 기색이 역력했다.

그는 계단 위에서 고함을 질렀다. "경찰을 부르겠다!"

헨리가 곧장 뛰어 올라갈 태세를 취하자, 제드로 씨는 흠칫 물러섰다. 에디는 이제 다 끝났다고 생각했다. 도저히 믿어지지 않는 상황이었지만 실제로 에디를 보호해 줄 사람은 아무도 없었다. 도망쳐야 했다.

헨리가 계단 밑에 버티고 서서 제드로 씨를 노려보는 동안, 다른 아이들은 어른까지 제압한 뜻밖의 성공에 어리둥절한 표정이었고(패트릭 헉스테터는 조금도 겁에 질린 표정이 아니었다) 에디는 도망칠 기회를 엿보고 있었다. 에디는 획 몸을 돌리더니 달리기 시작했다.

헨리가 이글대는 눈빛으로 돌아서면서 소리쳤다. "잡아!"

천식이든 아니든, 에디는 그날따라 아주 잘 달렸다. 순식간에 15미터 이상 간격이 벌어졌고, 에디는 운동화가 땅에 닿는지조차 분간이 안 될 정도로 날아가는 기분이었다. 한동안 헨리 패거리보다 빨리 달릴 수 있다는 생각에 짜릿한 전율까지 느꼈다.

캔자스 가에 접어들기 직전, 그곳만 지나면 안전하다고 생각하는데, 세발자전거를 탄 꼬마 아이가 갑자기 보도로 달려 나왔다. 전력질주 중이던 에디는 방향을 틀어 아이를 피하는 것보다는 그대로 아이를 뛰어넘는 편이 낫겠다고 생각했다(아이의 이름은 리처드 코원으로 커서 결혼하여 프레드릭 코원의 아버지가 될 것이다. 그리고 그 아들은 화장실 변기에 빠져 죽고, 검은 연기처럼 변기에서 솟아오른 정체불명의 존재에게 군데군데 뜯어 먹혀 형체를 알아볼 수 없는 시체로 발견될 터이다).

그런데 에디의 발이 세발자전거 뒷부분에 닿는 순간, 이 모험심 강한 꼬맹이는 벌떡 일어서서 자전거가 무슨 스쿠터나 되는 듯이 힘껏 페달을 밟았다. 아직 태어나지도 않은 아들을 27년 후 그것에게 무참히 잃어버릴 운명의 리처드 코윈, 그 꼬맹이가 하필 자전거에 무척 서툴렀다는 게 에디에게는 화근이었다. 아무튼 에디는 공중으로 솟구쳤다. 어깨부터 바닥에 떨어져 3미터쯤 미끄러지면서 팔꿈치와 무릎이 다 까졌다. 에디가 일어서려는데 헨리가 바주카포처럼 날아들었다. 에디는 그대로 다시 내동댕이쳐져 콘크리트 바닥에 코를 찧고 말았다. 피가 쏟아졌다.

헨리는 공수 부대원처럼 재빨리 균형을 잡고 일어섰다. 그러고는 잽싸게 에디의 목덜미와 팔목을 움켜잡았다. 퉁퉁 부어오른 코에서 뿜어지는 거친 숨결이 몹시 뜨겁고 축축했다.

"돌멩이 줄까, 짱돌 새끼야? 줄게! 개새끼야!" 그는 에디의 팔을 등 뒤로 꺾어 올리며 씩씩거렸다. "짱돌 새끼한테 짱돌이 필요하겠지, 엉?" 그는 에디의 팔목을 더 위로 꺾었다. 에디는 비명을 질렀다. 뒤쪽에서 다른 아이들이 뛰어오는 소리가 들렸고 세발자전거를 탄 꼬맹이는 엉엉 울음을 터뜨렸다. '꼬맹이, 우리 클럽에 들어와라.' 에디는 고통과 두려움과 눈물이 뒤범벅인 상황에서도 엉뚱한 생각을 떠올렸고, 당나귀처럼 히이잉 괴상한 웃음을 터뜨렸다.

"오, 지금 재밌어 죽겠다 이거냐?" 헨리가 곧바로 으름장을 놨지만 분노보다는 깜짝 놀란 목소리였다. "재밌어 죽겠다?" 에디는 헨리의 목소리에서 두려움이 느껴진다고 생각했다. 몇 년이 지난 후 에디는 '그때 헨리는 분명 두려워했어.'라고 생각할 터이다.

에디는 헨리의 손아귀에서 벗어나려고 팔목을 비틀어 보았다.

팔목이 땀으로 미끈거려 잘하면 빠져나올 수 있을 것 같았다. 하지만 헨리는 더욱 억세게 에디의 팔목을 꺾었다. 에디의 팔뚝에서 마른나무가 빙판에 떨어지는 소리가 들려왔다. 팔뚝이 부러지는 순간, 에디는 아찔하고 오싹한 고통에 하늘이 노래졌다. 비명을 질렀지만 꿈결처럼 아득하게 들려왔다. 눈앞이 전부 잿빛으로 변하자 헨리가 그를 밀쳤다. 에디는 둥실둥실 떠 있다가 바닥에 서서히 떨어지는 기분이 들었다. 바닥에 부딪힐 때, 그는 사지가 툭툭 끊어지는 소리를 들었다. 낡은 보도 돌비늘에 점점이 흩뿌려진 7월의 햇살이 참으로 아름답다는 생각이 들었다. 곧이어 햇살이 꿈틀대며 다른 것으로 변하는 느낌이었다. 거북이를 닮았다.

에디는 곧 기절할 듯했고, 부러진 팔뚝에서 또 한번 통증이 달려들었다. 날카롭고 황홀하며 화끈거리는 것이 지독히도 고통스러웠다. 뼈가 부러져 다른 뼈와 맞부딪치면서 모든 뼈마디가 산산조각 난 느낌이었다. 너무 아파 자기도 모르게 혀를 깨물었고 입속에 피비린내가 진동했다. 에디는 몸을 굴려 똑바로 누워 헨리와 빅터와 패트릭을 올려다보았다. 그들은 끔찍할 정도로 커 보였고, 관을 메고 왔다가 무덤 속을 뚫어지게 바라보는 사람들처럼 아득히 멀어 보였다.

"마음에 드나, 짱돌 새끼야?" 하늘 꼭대기에서 흘러나온 듯한 헨리의 목소리가 천천히 에디의 귓가로 내려앉았다. "기분이 째지지, 짱돌? 좋아 죽겠지, 엉?"

패트릭 헉스테터가 키득거렸다.

"네 아버지는 미쳤어." 에디는 자기가 하는 소릴 들었다. "너도 미쳤어."

느닷없이 뺨이라도 맞은 사람처럼 헨리의 얼굴에서 잔인한 미소가 단번에 사라졌다. 그가 발길질을 하려고 힘껏 한쪽 발을 뒤로 제치는 순간……, 여전히 뜨거운 오후 거리에 사이렌 소리가 울렸다. 헨리는 멈칫했다. 빅터와 무스가 불안한 기색으로 주위를 두리번거렸다.

"헨리, 빨리 튀는 게 좋을 것 같아." 무스가 말했다.

"그래, 어서 도망치는 게 상책이야." 빅터가 말했다. 그 목소리들이 왜 그리도 아득한지! 풍선을 든 광대처럼 그들은 둥둥 떠 있는 것 같았다. 빅터는 곧바로 도서관 쪽으로 뛰기 시작해서 매캐런 공원 쪽으로 방향을 틀었다.

헨리는 그때까지도 머뭇거리며 사이렌 소리가 다른 일 때문일 거라고 기대하는 눈치였다. 그러나 소리는 더 가까워졌다. "운좋은 줄 알아, 씹할 놈아." 헨리와 무스는 곧바로 빅터의 뒤를 따라 뛰어갔다.

패트릭 헉스테터는 잠깐 더 머물렀다. "이건 작은 보너스야." 패트릭이 특유의 낮고 쉰 목소리로 속삭였다. 그는 숨을 있는 힘껏 들이마시더니 땀과 피로 얼룩진 에디의 얼굴에 가래침을 뱉었다. "싫으면 한번에 먹지 않아도 돼." 패트릭의 얼굴이 기묘한 미소로 일그러졌다. "아껴 두었다가 나중에 먹으라고." 그러고 나서 그는 천천히 몸을 돌려 역시 사라졌다.

에디는 성한 팔을 들어 가래침을 닦아 내려고 했지만 조금만 움직여도 온몸이 부서질 듯 아팠다.

'약국에 갈 때까지만 해도, 코스텔로 상가 주변에서 팔이 부러지고 패트릭 헉스테터의 가래침 세례를 받을 거라고는 꿈에도 상

상 못했잖아? 펩시콜라도 못 먹었잖아. 산다는 건 정말이지 뜻밖의 일들로 채워져 있는 거야, 안 그래?'

에디는 뜻밖에도 웃음을 터뜨렸다. 웃는 바람에 부러진 팔이 또 욱신거렸지만 기분은 좋았다. 깨달은 게 또 하나 있었다. 천식이 없었다는 사실 말이다. 그때까지는 적어도 숨을 쉬기가 불편하지 않았다. 괜찮은 발견이었다. 앞으로는 흡입기를 입에 넣지 않아도 될 것 같았다. 앞으로 천 년 동안은.

사이렌 소리가 무척 가까워졌다. 에디가 눈을 감자 눈꺼풀의 붉은 속살이 보였다. 그리고 붉은색은 이내 검은색으로 변해 어둠의 장막처럼 시야를 뒤덮었다. 세발자전거를 타던 꼬맹이가 그를 내려다보고 있었다.

"형아, 괜찮아?" 꼬마 아이가 물었다.

"내가 괜찮아 보이니?"

"아니, 많이 아픈 것 같아." 꼬맹이는 이내 자전거 페달을 밟고 멀어지며 「골짜기의 농부」를 흥얼거렸다.

에디는 다시 낄낄 웃기 시작했다. 순찰차가 주변에서 멈춰 서는 소리가 들렸다. 넬 씨는 도보 순찰 대원이지만 그래도 그 아저씨가 지금 순찰차를 타고 온 경찰이었으면 좋겠다고 생각했다.

'왜 미친놈처럼 웃지?'

에디는 고통과 그보다 더 강렬한 안도감 외에 아무런 생각도 들지 않았다. 그저 끔찍할 정도로 팔이 부러진 상태에서도 여전히 살아 있기 때문에 웃음이 나왔을 뿐, 달리 이유가 있을까? 아주 오랜 시간이 흐른 후, 에디는 데리 시립 도서관에서 진과 오렌지 주스와 흡입기를 앞에 두고 앉아, 친구들에게 그때의 일을 들려주다 웃음에 다른 이유가 있었음을 깨닫는다. 그 이유를 이해할 만큼 성인이 되었지만 딱히 어떤 말로 설명하기는 여전히 어려웠다.

"그것이 내가 살면서 처음으로 느낀 진짜 고통이었어." 그는 친구들에게 말할 것이다. "그 고통은 내가 그러리라 생각했던 것과 완전히 달랐어. 몸으로만 끝난 게 아니었지. 내 생각엔……, 그게 나한테 어떤 비유의 근거가 된 것 같아. 고통스럽지만 그럼에도, 고통 속에서 여전히 존재할 수 있음을 발견할 거지."

에디가 오른쪽으로 겨우 고개를 돌리자, 큼지막한 검은색 타이어와 크롬 도금한 바퀴에서 파란색 불빛이 번뜩이고 있었다. 그리고 넬 씨의 음성이 들려왔다. 넬 씨 자신의 음성이라기보다는 리처드 토저 식 아일랜드 경찰관의 성대모사와 흡사해서 오히려 전형적인 아일랜드 인처럼 느껴지는 목소리였다. 하지만……, 그 목소리는 너무 멀리서 들렸다.

"맙소사, 카스브랙 아니냐!"

에디는 정신을 잃었다.

한 번을 제외하면 에디의 의식은 한동안 돌아오지 않았다.

구급차 안에서 잠시 의식이 돌아왔다. 넬 씨가 맞은편에 앉아 자그만 갈색 병을 홀짝이며 『배심원』이라는 책을 읽고 있었다. 언뜻 본 책표지의 여자는, 에디가 그때까지 본 여자 중에서 가장 큰 젖가슴을 드러내고 있었다. 에디는 운전석 쪽을 바라보았다. 운전사가 싱글벙글하며 에디를 바라보았다. 분장과 분가루로 검푸르게 변한 얼굴과 새 동전처럼 반짝이는 눈동자, 그는 페니와이스였다.

"넬 아저씨." 에디는 목이 잠겼다.

넬 씨가 얼굴을 들더니 미소를 띠었다. "괜찮니? 아무튼 또 만나다니 반갑구나."

"운전사……, 운전사……."

"걱정 마라, 금방 병원에 도착할 테니까. 한 모금 마셔라. 기분이 좋아질 거야." 넬 씨는 갈색 병을 에디에게 내밀었다.

에디는 불처럼 뜨거운 액체를 마셨다. 기침을 하자 곧바로 팔에 통증이 달려들었다. 다시 운전석을 바라보았다. 상고머리를 한 남자가 앉아 있었다. 광대가 아니었다.

에디의 정신은 다시 가물가물해지기 시작했다.

한참 후, 병원 응급실에서 간호사가 에디의 얼굴에서 자갈과 뒤섞여 엉겨 붙은 피와 콧물을 닦아 냈다. 쓰라렸지만 한편으로는 개운했다. 문득 밖에서 점점 요란해지는 어머니의 목소리가 들려오자, 에디는 간호사에게 제발 어머니를 들여보내지 말라고 부탁하고 싶었지만 입이 떨어지지 않았다.

"그 아이가 죽을지도 모르나요? 말해 봐요!" 에디의 어머니는 고함을 지르고 있었다. "내 말 안 들려요? 내겐 알 권리가 있고, 그 아이를 만나 볼 권리가 있단 말이에요! 당신들 고발하겠어! 내가 아는 변호사가 몇 명인 줄 알아? 가장 친한 친구들 중에도 변호사가 수두룩하단 말이야!"

앳된 얼굴의 간호사가 에디에게 말했다. "억지로 말할 필요 없다." 그녀의 젖가슴이 팔에 와 닿는 느낌이 들었다. 문득 간호사가 비벌리 마시라는 엉뚱한 생각이 들었지만, 이내 에디는 다시 정신을 잃었다.

정신이 들었을 때는 어머니가 병실에 들어와 핸도어 박사를 들볶는 중이었다. 소니아 카스브랙은 덩치가 우람했다. 스타킹에 감싸인 두 다리는 통나무 같았지만 이상할 정도로 매끄러웠다. 붉은 립스틱을 제외하고 얼굴은 온통 하얗게 질려 있었다.

"엄마." 에디는 가까스로 입을 열었다. "괜찮아요……, 저는 괜찮아요……."

"아니, 너는 괜찮지 않아." 카스브랙 부인은 신음했다. 두 손을 쥐어짜듯 맞잡은 모습이었다. 뼈마디에서 우두둑 하는 소리까지 들려왔다. 에디는 폭발 직전의 어머니를 바라보다, 이번 일로 또 어머니가 얼마나 충격을 받고 광분할지 벌써부터 숨통이 죄는 느낌이었다. 심장마비가 일어날지도 모르니 제발 좀 진정하라고 말하고 싶었지만 그럴 수 없었다. 목구멍이 말라붙었다.

"너는 괜찮지 않아. 하지만 곧 괜찮아질 거야. 엄마가 약속하마. 너는 곧 훌훌 털고 일어날 거야. 필요하다면 책에 나오는 유명한 전문의까지 모두 불러올 테니까. 오, 에디……, 에디……, 팔을 다치다니 불쌍해서 어쩌니……."

그녀는 갑자기 통곡했다. 에디의 얼굴을 닦아 준 간호사가 냉랭한 표정으로 그녀를 바라보았다. 소니아 카스브랙의 고약한 독창이 거의 끝나기를 기다려 핸도어 박사가 더듬더듬 입을 열었다. "소니아……, 이봐요, 소니아……, 소니아……?"

핸도어 박사는 비쩍 마른 체구에 맥 빠진 모습이었고, 제대로 자라지도 않는 콧수염을 삐뚤삐뚤 깎아서 항상 왼쪽이 더 길었다. 그는 초조한 기색이 역력했다. 에디는 그날 아침 킨 씨가 한 말을 떠올린 탓에, 핸도어 박사에게 그리 좋은 감정이 아니었다.

이윽고 마음을 다잡았는지 루스 핸도어 박사가 다시 힘겹게 입을 열었다. "마음을 진정할 수 없다면 여기서 나가셔야 합니다. 소니아."

소니아가 득달같이 돌아서는 바람에 핸도어는 움찔했다.

"그럴 수 없어요! 그 따위 말은 아예 꺼내지도 마세요! 저렇게 신음하며 누워 있는 애가 바로 내 아들이란 말이에요! 내 아들이 고통으로 몸부림치며 저기 누워 있다고요!"

그때 에디가 힘껏 목청을 높이자 모두들 흠칫 놀랐다. "여기서 나가세요, 엄마. 치료를 받다가 아파서 소리를 지를지도 몰라요. 그러니까 엄마가 없는 편이 제 마음이 편할 것 같아요."

소니아는 소스라치게 놀라고……, 상처받은 표정으로 돌아섰다. 그녀의 얼굴을 바라보면서 에디는 가슴이 막혀 숨을 쉴 수 없었다.

"절대 그런 일은 없어! 에디, 어떻게 그런 말을 엄마한테 할 수 있니! 너는 지금 제정신이 아냐! 지금 무슨 말을 지껄이는지도 모른다고! 그뿐이야!"

간호사가 차분한 음성으로 말했다. "저는 자초지종이 뭔지도 모르고 알고 싶지도 않아요. 다만 저희가 지금 아드님의 팔을 치료해야 하는데 아무것도 못한 채 언제까지 우두커니 서 있어야 하는지 알고 싶군요."

"아가씨, 지금 누구한테……." 소니아의 음성은 가장 격분했을 때처럼 고음으로 갈라졌다.

"고정하세요, 소니아. 여기서 말싸움을 하고 있을 때가 아니잖아요. 에디를 치료하는 게 급선무예요." 핸도어 박사가 말했다.

소니아는 아무 말 없이 돌아섰지만 위급한 상황에 처한 새끼를 구하려는 어미 곰처럼 이글대는 눈동자엔 나중에 간호사를 가만두지 않겠다는 위협이 담겨 있었다. 물론 고발도 불사하겠다는 의미였다. 그러나 이내 눈빛은 흐릿하고 맥 빠진 모습으로 바뀌고 말았다. 그녀가 에디의 손을 꽉 움켜잡자, 그는 너무 아파서 인상을 찌푸렸다.

"상황이 안 좋지만 곧 나을 거야. 그럼, 곧 낫고말고. 엄마가 약속하마."

"알아요, 엄마. 흡입기 좀 주실래요?" 에디는 숨을 씩씩거리며 힘겹게 말했다.

"그럼, 주고말고."

소니아 카스브랙은 괴상한 범죄를 저지른 피고에게 유죄를 선고하는 판사처럼 의기양양하게 간호사를 바라보았다. "내 아들은 천식을 앓고 있어요. 아주 심각하지만 정말이지 대견하게 견디고 있거든요."

"훌륭하군요." 간호사는 무덤덤하게 대꾸했다.

에디는 어머니가 갖다 준 흡입기를 힘껏 빨아들였다. 잠시 후 핸도어 박사는 에디의 부러진 팔을 진찰하기 시작했다. 조심스러운 손길이었지만 견디기 어려울 정도로 고통이 심했다. 에디는 비명이 나올 것 같아 이를 악물었다. 비명을 질렀다가는 어머니도 따라서 통곡할까 봐 겁났다. 굵은 땀방울이 이마에 맺혔다.

"애가 아파하잖아요. 진찰한답시고 일부러 아프게 하는 것 다 않아요! 그럴 필요 없잖아요. 그만둬요! 애를 아프게 할 필요는 없잖아요. 저렇게 연약한 아이는 그 정도의 고통도 감당할 수 없다고요!"

간호사의 격분한 눈동자와 핸도어 박사의 지치고 불안한 눈동자가 마주쳤다. 두 사람 사이에 암묵적인 대화가 오갔다. 한쪽 눈빛이 '저 여자를 당장 내보내세요, 선생님.' 하고 말했지만 다른 눈빛은 힘없이 내리깔며 '그럴 수 없소. 도저히 그럴 순 없어요.' 라고 말하는 것 같았다.

고통의 내부는 아주 깨끗하고 맑았으며(에디는 물론 그런 경험을 자주하고 싶지 않았다. 그 대가가 너무 컸다), 말없는 깨달음 속에서 킨 씨가 한 말의 의미를 모두 이해했다. 흡입기에는 향료가 섞인 물 말고 아무것도 들어 있지 않았다. 천식은 에디의 목구멍이나 가슴, 폐가 아니라 머릿속에 있었다. 에디는 앞으로 어떤 식으로든 그 진실에 대처해야 했다.

고통 속에서 바라본 어머니의 모습도 또렷했다. 새로 산 드레스에 치장한 꽃 장식, 겨드랑이 밑에 흥건히 고인 땀방울. 해어진 구두가 차례차례 눈에 들어왔다. 두툼한 눈꺼풀에 파묻혀 단춧구멍처럼 작은 눈동자가 돌연 섬뜩했다. 약탈자의 것처럼 번뜩이는 눈빛은 니볼트 가 29번지 지하실에서 기어 나온 문둥이를 닮았다. '자, 괜찮대도……. 도망쳐 봐야 소용없다, 에디…….'

핸도어 박사는 에디의 부러진 팔을 부드럽게 붙잡더니 꽉 눌렀다. 숨막히는 고통에 에디는 정신을 잃었다.

에디의 입을 통해 액체가 넘어갔고 핸도어 박사는 골절 부위를 살피기 시작했다. 에디는 핸도어 박사가 어머니에게 생목 골절미성숙한 뼈의 한쪽이 부러진 경우이며, 아이들에게 흔히 있는 일이라고 말하는 소리를 들었다.

"아이들이 나무에서 떨어지거나 하면 흔히 당하는 골절입니다."

소니아는 그 말을 듣자마자 불같이 화를 냈다. "에디는 나무에 올라가지 않아요! 솔직히 말씀해 주세요! 얼마나 안 좋은 거죠?"

간호사가 에디에게 알약 하나를 주었다. 그녀의 가슴이 에디의 어깨를 지그시 누르자, 불안한 마음이 한결 가라앉는 느낌이었다. 정신이 몽롱한 가운데서도 간호사의 화난 표정이 보였다. 에디는 속으로 중얼거렸다. '엄마는 문둥이가 아니야, 제발 그런 생각 좀 그만 해. 엄마가 나를 괴롭히는 건 사랑하기 때문이야.' 그러나 간호사의 화난 얼굴은 좀처럼 누그러들지 않았다.

휠체어에 실려 복도를 지나가는 느낌과 함께 어딘가에서 어머니의 음성이 희미하게 메아리쳤다. "면회 시간이라뇨? 그 따위 말은 집어치워요. 저 아이는 내 아들이란 말이에요!"

보는 것이 희미해지고 멀어졌다. 에디는 어머니가 멀어져 가는 느낌이 좋았다. 고통이 사라지면서 맑은 정신도 사라졌다. 아무것도 생각하고 싶지 않았다. 그대로 멀리 흘러가고 싶었다. 오른팔이 무척 무겁게 느껴졌다. 팔에 깁스를 했는지 궁금했다. 팔을 확인해 보고 싶었지만 마음대로 움직일 수 없었다. 어디선가 라디오 소리가 들려오고 환자복을 입은 사람들이 유령처럼 널찍한 복도를 오가고……, 몹시 무더웠다. 입원실에 실려 왔을 때, 핏빛처럼 달아오른 태양이 저무는 광경을 바라보며 에디는 또 엉뚱한

생각을 했다. '광대의 큼지막한 단추랑 닮았구나.'

"자, 에디, 걸어 봐."

불현듯 들린 말대로 에디는 실제로 걸을 수 있었다. 바삭바삭하고 시원한 침대 시트 위로 몸이 미끄러졌다. 곧이어 그 목소리는 밤이 되면 통증이 올지 모르지만, 견딜 수 없을 정도가 아니라면 진통제를 달라고 벨을 누르지 말라고 했다. 에디는 물을 마시고 싶다고 했다. 휜 빨대와 함께 물 잔이 나타났다. 시원하고 맛이 좋았다. 단숨에 물 잔을 비웠다.

한밤에 지독한 고통이 찾아왔다. 에디는 침대에 누워 왼손에 호출 버튼을 쥐고 있었지만 누르지 않았다. 바깥에는 천둥과 함께 비바람이 몰아쳤고, 푸르스름한 백색 섬광이 번뜩이자, 에디는 행여 전기 불꽃이 하늘에 그어 놓은 괴물의 얼굴이라도 볼까봐 이내 창가에서 고개를 돌려 버렸다.

이윽고 에디는 잠이 들어 꿈을 꾸었다. 꿈속에서 빌, 벤, 리처드, 스탠리, 마이클, 비벌리가 자전거를 타고 병원을 찾아왔다(리처드는 빌의 실버를 함께 타고 왔다). 놀랍게도 비벌리는 드레스 차림이었다. 「내셔널 지오그래픽」에서 본 카리브 해처럼 산뜻한 녹색 옷이었다. 에디는 드레스 입은 비벌리의 모습을 처음 보았다. 그의 기억으로는 청바지나 경륜 선수 같은 타이츠에 여자 아이들이 '학교 패션'이라고 부르는 치마와 블라우스를 입은 모습이 고작이었다. 게다가 블라우스는 대개 둥근 칼라에 흰색이었고, 치마는 무릎 부분을 덮을 정도로 길게 주름 잡힌 것이었다.

꿈속에서 친구들은 면회 시간인 오후 2시에 맞춰 병원에 도착했고, 오전 11시부터 참을성 있게 기다린 에디의 어머니는 아이들을 보자마자 버럭 고함부터 질렀다. '너희들이 감히 입원실에 한 발이라도 들여 놓을 생각이라면 단단히 각오해야 할걸.'

그녀는 길길이 소리쳤고, 줄곧 그녀와 함께 대기실에서 기다리고 있던(그때까지는 한쪽 구석에서 《룩》으로 얼굴을 덮고 있었지만) 페니와이스가 훌쩍 일어서더니 흰색 장갑 낀 손으로 박수치는 흉내를 내기 시작했다. 그가 덩실덩실 춤추며 현란한 공중제비를 선보이는 동안 카스브랙 부인은 에디의 왕따 친구들에게 화를 냈다. 아이들은 하나 둘씩 쭈뼛거리며 빌의 등 뒤로 몸을 숨겼다. 빌은 안색이 약간 창백해 보였지만 침착하게 그 자리에 서서 청바지 주머니에 두 손을 찔러 넣은 모습이었다(빌을 포함해서 아이들은 자신들이 움츠러든 사실을 깨닫지 못했다). 페니와이스를 본 사람은 에디뿐이었지만……, 엄마 품에 평화롭게 안겨 있던 갓난아이 하나가 갑자기 자지러지게 울기 시작했다.

'그 정도 했으면 됐잖아! 너희들이 어떤 놈들인지 내가 모를 줄 알아! 학교에서 말썽만 일으키고 경찰서나 들락거리겠지! 내 아들이 마음에 안 든다고 해서 네놈들이 그런 짓을 할 권리는 없어! 내가 에디한테 그렇게 말하니까 에디도 그렇다고 하더라. 너희들한테 꺼지라고, 이젠 더 이상 어울릴 생각이 없다고 전해 달라고 했어. 우정이니 뭐니 다신 네놈들 꼴을 보고 싶지 않대! 네놈들 전부! 물론 에디가 그렇게 하면 네놈들이 수작을 부릴 테지만 내 말 똑똑히 들어! 내 아들, 에디는 지금 병원 신세를 지고 있단 말이야! 그토록 약하디약한 아이를…….'

페니와이스는 덩실덩실 춤을 추다가 이번에는 물구나무를 섰다. 꿈속이지만 히죽 웃는 얼굴이 눈앞에서처럼 선명했고, 아이들 사이에 농간을 부려 그들간의 유대감을 깨뜨리려는 의도까지 분명히 드러났다. 불결한 황홀경에 취해 페니와이스는 공중제비를 연속으로 두 번 돌고 난 후 익살맞은 표정으로 어머니의 뺨에 입맞추었다.

'에디를 저, 저렇게 만든 아, 아이들은 저, 저희가 아니라…….' 빌이 힘겹게 입을 열었다.

'어디다 말대꾸야! 감히 나한테 말대꾸할 생각 마! 더 이상 네 놈들 볼일 없다고 말했잖아! 끝이라고 끝!'

카스브랙 부인은 아예 울부짖었다. 수련의가 헐레벌떡 대기실로 뛰어와 조용히 하든가 병원에서 나가라고 그녀에게 말했다. 페니와이스는 슬그머니 꽁무니를 빼고 멀어지면서 모습이 변하기 시작했다. 문둥이와 미라와 새가 나타났다. 곧이어 늑대 인간과 기이하게 일그러진 질레트 면도날을 이빨 대신 번뜩이는 흡혈귀가 뒤를 이었다. 그리고 프랑켄슈타인, 그 다음에는 살찐 조가비처럼 생긴 괴물이 입을 열었다 닫았다 했다. 그러나 페니와이스가 완전히 사라지기 직전 에디는 가장 끔찍한 모습을 보았다. 엄마의 얼굴이었다.

'아냐! 아냐! 엄마가 아냐!' 에디는 비명을 지르려고 했다.

그러나 주위에는 아무도 없었다. 비명소리를 들을 아무도. 조금씩 흐릿해지는 꿈속에서 에디는 자신의 목소리를 누구도 들을 수 없다는 서늘하고도 오싹한 공포를 느꼈다. 에디는 죽은 채였다. 그것에게 죽임을 당한 후였다. 에디는 유령이었다.

에디의 친구들을 보기 좋게 쫓아 버린 소니아 카스브랙은 승리감에 도취해 있었지만, 다음 날인 7월 21일 오후 에디의 입원실에 들어서자마자 승리감은 연기처럼 사라지고 말았다. 그녀는 왜 의기양양했던 기분이 단번에 사라지고, 그 대신 까닭 모를 두려움에 사로잡혔는지 알 수 없었다. 딱히 이유라고 할 만한 것이 있다면 아들의 창백한 얼굴에 드러난 무엇이었다. 고통도 걱정도 아닌, 아무튼 그녀가 처음으로 대하는 기묘한 표정. 게다가 그 표정은 섬뜩하기 짝이 없었다. 섬뜩하고 위협적이며 단호했다.

에디의 친구와 어머니가 충돌한 곳은 에디의 꿈처럼 대기실이 아니었다. 소니아 카스브랙은 아들의 '친구들'이 병원에 찾아오리라 예상하고 있었다. 천식이 있는 아들에게 담배를 피우라고 부추기고, 저녁때까지 쏘다니며 필시 못된 짓만 골라서 하며, 결국엔 아들의 팔을 부러뜨린 잘난 친구들 말이다. 그녀는 모든 사실을 이웃에 사는 반 프렛 부인에게 털어놓았다. "때가 온 거예요." 카스브랙 부인은 자못 엄숙하게 말했다. "본때를 보여 줘야 할 때가 온 거죠." 반 프렛 부인은 피부병 때문에 고생이 이만저만 아니고, 동정심이 많아 특히 소니아 카스브랙의 얘기라면 전적으로 맞장구를 쳐 주는 인물이었지만 그때만큼은 사정이 달랐다.

"에디가 친구를 사귀었다니 나 같으면 무척 기쁠 것 같은데요." 반 프렛 부인은 7월의 시원한 아침나절 첫 주에 빨래를 널며 말했다. "게다가 다른 아이들과 함께 다니면 훨씬 안전하지 않겠어요, 카스브랙 부인? 요사이 마을에서 가엾은 아이들이 줄줄이 살해당하는 상황이니 더욱 그렇잖아요?"

카스브랙 부인은 흥 하고 코방귀를 뀌었지만(나중에는 보기 좋게 대꾸할 만한 말들이 숱하게 떠올랐지만 당시에는 뭐라고 할 말이 없었다), 그날 저녁 반 프렛 부인이 전화를 걸어 약간 걱정스러운 말투로 평소처럼 비노에 있는 성모 마리아 성당에 함께 가자고 했을 때는 집에서 좀 쉬어야겠다며 매정하게 거절해 버렸다.

그녀는 반 프렛 부인이 이제 좀 정신이 번쩍 들 거라고 생각했다. 그해 여름 데리에서 벌어지는 위험한 일이 엽기적인 어린이 살인만은 아니라는 것을 반 프렛 부인도 제대로 알아야 한다는 생각 때문이었다. 그녀의 아들, 에디가 고통에 신음하며 데리 홈 병원에 누워 있고 앞으로 오른팔을 영영 못쓸지도 모르며, 사실 그런 얘기를 주위에서 찾아보면 수두룩했으니까 말이다…….

신이여, 제발 그런 일이 없기를. 부러진 뼛조각이 혈관을 타고 가서 심장을 찔러 즉사할지도 몰랐다. 물론 신께서 그런 일을 허락하지 않으시겠지만 주변 얘기를 듣다 보면 그런 일이 드물지는 않으니 결국 그녀 생각에는 신의 자비만 바랄 상황이 아니었다. 불행한 경우가 있게 마련이니까.

그래서 카스브랙 부인은 홈 병원의 현관 그늘 아래서 오랫동안 배회하며 아이들이 나타나면 그 얼어죽을 우정의 대가가 무엇인지, 같잖은 또래 의식 때문에 소중한 아들의 팔을 부러뜨리고 병원에서 기약 없이 고통에 신음하게 만들었는지 호되게 따질 생각이었다.

실제로 아이들이 나타났을 때, 카스브랙 부인은 그들을 단번에 알아보았고, 그중에 '검둥이'가 끼어 있다는 사실에 경악을 금치 못했다. 그녀가 인종차별주의자이기 때문은 아니었다. 그녀는 흑인도 자유롭게 버스를 타고 원하는 곳에 갈 수 있으며, 백인들과 함께 식당에서 식사할 수 있고, 백인(여자)을 성가시게 하지만 않는다면 극장에서 얼마든지 좌석 하나를 차지할 권리가 있다고 생각했다. 그러나 그녀는 유유상종 이론을 굳게 믿었다. 지빠귀는 울새가 아니라 같은 지빠귀 무리와 함께 난다. 찌르레기는 찌르레기끼리 날아갈 뿐 파랑새나 나이팅게일과는 어울리지 않는다. 그처럼 굳은 신조를 놓고 볼 때, 마이클 핸론이 마치 백인의 일부인 양 자전거를 함께 타고 나타난 사실은 그녀에게 분노와 충격에 버금갈 만큼 즉각적이고 단호한 입장 정리를 요구했다. 에디가 곁에 있다면 당연히 그녀의 비난을 감수해야 했을 것이다. '네 친구라는 것들 중에 검둥이가 있다는 사실을 숨겼단 말이지.'

아무튼 그녀는 20분 후에 아들이 깁스한 팔 하나를 가슴에 매달고 누워 있는 병실로 들어갔다(그 모습을 보기만 해도 가슴이 천 갈래 만 갈래 찢어지는 것 같았다). 아쉬운 소리 한번 안 하고 아이들을 그대로 내쫓아서 마음이 뿌듯했다. 물론 그중에는 지독히도 말을 더듬는 빌 덴브로라는 아이가 감히 그녀에게 말대꾸를 할 뻔했다. 게다가 여자 아이가 창녀처럼 천한 눈길로 그녀를 바라보았지만(로어 메인 가 아니면 그보다 더 추한 곳에서 사는 계집아이가 뻔했다) 그녀는 현명하게 입막음을 해 놓았다. 만약 그 아이가 그녀를 힐끔거리기라도 했다면 한바탕 심한 욕을 해 줄 참이었다. 남자 아이들이랑 몰려다니는 계집아이에게 어울릴 법한 욕말이다. 꼬리표가 따라다니게 마련인 여자 아이가 에디의 곁을 얼씬거리게 놔둘 수는 없었다.

그 밖에 다른 아이들은 그저 발끝만 내려다보고 있었다. 그녀가 예상한 바였다. 할 말을 일사천리로 끝내자 아이들은 서둘러

자전거를 타고 도망치듯 사라졌다. 덴브로라는 아이의 볼썽사나운 자전거에 리처드라는 아이가 함께 타고 가는 모습을 지켜보다. 그녀는 그 위험천만한 자전거에 에디가 팔다리, 목과 생명까지 담보로 하고 몇 번이나 올라탔을까 생각하니 절로 가슴이 내려앉았다.

'널 위해서다, 에디.' 그녀는 머리를 꼿꼿이 세우고 병실로 들어서며 생각했다. '처음에는 약간 실망할 수도 있을 거야. 당연하지. 그러나 아이들보다 부모가 더 나은 법이란다. 그래서 신께서도 먼저 부모에게 아이들을 인도하고 가르치고……, 보호하라고 정해 놓으신 거지.' 처음엔 실망하고 마음 아프겠지만 나중에는 이해할 일이었다. 그리고 그녀가 일말의 안도감을 느꼈다면 전적으로 아들을 위함이지 자신을 위함이 아니었다. 물론 못된 아이들에게서 아들을 구해 낸 사실까지 고려한다면 그녀 자신의 안도감이라고 말해도 좋으리라.

그러나 이제 카스브랙 부인은 기묘하리만큼 불편한 심정으로 아들의 눈을 바라보면서 안도감이 순식간에 사라졌음을 깨달았다. 에디는 그녀의 예상과 달리 잠들어 있지 않았다. 약 기운에 취해 몽롱하고 정신이 빠져 꾸벅꾸벅 조는 대신에 날카롭고 집요한 시선을 보내고 있었다. 부드럽게 힐끔거리는 특유의 눈길과도 사뭇 달랐다. 벤 한스컴처럼(물론 소니아는 모르는 사실이지만) 에디도 상대방의 기분을 살피기 위해 재빨리 힐금거리고 이내 시선을 피하는 아이였다. 그러나 지금의 에디는 그녀를 똑바로 응시했고('약물 효과일 거야. 맞아. 바로 그거야.' 그녀는 내심 생각하며 나중에 반드시 핸도어 박사에게 이를 알아봐야겠다고 마음먹었다),

눈길을 피한 사람은 결국 그녀 자신이었다. '나를 무척이나 기다리고 있었던 거야.' 그렇게 생각하자 당연히 기뻤지만(엄마를 기다리는 아이란 신이 가장 좋아할 창조물 중 하나일 테니까)…….

"엄마는 내 친구들을 쫓아 버렸어요." 단호하게 흘러나온 말 속엔 어떤 의심도 의문도 없었다.

그녀는 속이 뜨끔하면서 죄책감 같은 것이 든다고('저 아이가 어떻게 알았담? 알 수가 없는데!') 생각했지만 이내 그런 감정을 느낀 자신에게(에디에게) 분노가 치솟았다. 그래서 그녀는 아들에게 상냥한 미소를 지어 보였다.

"오늘은 좀 나은 것 같니, 에디?"

그건 적절한 대응이었다. 병원 앞에서 벌어진 일을 그새 누가 에디에게 일러바친 모양이었다. 누군가(멍청한 자원 봉사자나 전날 마주쳤던 무능하고 되바라진 간호사 같은) 그랬을 것이다.

"오늘 기분은 좀 어떠신가, 우리 강아지?" 그녀는 다시 한번 물었지만 에디는 대답이 없었다. 말소리를 알아듣지 못하는 것 같았다. 그때까지 읽은 의학 소설에서 골절상이 청각에도 영향을 미친다는 말은 떠오르지 않았지만 그녀는 그런 경우도 가능하다는 쪽으로 가닥을 잡았다.

에디는 여전히 묵묵부답이었다.

그녀는 한쪽 구석으로 다가가면서도 내심 불안해하고 머뭇거리는 자신의 모습에 화가 치밀었다. 전에는 에디 앞에서 그런 감정을 한번도 느껴 본 일이 없었다. 이제 막 꿈틀대기 시작한 분노의 감정도 내부 깊숙한 곳에서 묵직하게 울렸다. 어쩌자고 에디는 자기를 위해 발 벗고 나선 어미한테 그런 몹쓸 감정을 느끼게 하는 걸까, 그런 권리가 어디 있단 말인가?

"핸도어 박사님을 만나고 오는 길인데, 곧 말짱해질 거란다." 카스브랙 부인은 서둘러 침대 옆의 곧은 등받이 의자에 앉았다. "물론 약간만 문제가 생겨도 포틀랜드에 있는 전문의를 찾아갈 생각이다. 필요하다면 보스턴에라도 갈 거다." 그녀는 선심이라도 쓰듯 환하게 웃었다. 그러나 에디는 웃지 않았다. 여전히 아무 말도 하지 않았다.

"에디, 내 말 듣고 있니?"

"제 친구들을 쫓아 버렸어요." 에디가 되풀이했다.

"그랬지." 그녀는 말을 내뱉고는 이내 입을 다물었다. 게임이 시작된 셈이다. 그녀는 슬쩍 에디를 바라보았다.

그러나 이상한 일이, 정말이지 끔찍한 일이 벌어졌다. 에디의 눈동자가……, 점점 부풀어 올랐다. 눈동자의 회색 반점까지 폭풍우를 예고하는 구름처럼 움직였다. 에디는 몽롱한 것도, 얼빠진 상태도 아니었다. 그녀에게 화를 내는 것인데……, 그녀는 돌연 그 방에 아들 이외의 다른 무엇이 있다는 생각에 두려움을 느꼈다. 그녀는 시선을 떨어뜨리고 핸드백을 더듬었다. 휴지를 찾기 위해서였다.

"그래, 내가 그 아이들을 쫓아 버렸다." 그녀는 자신의 목소리가 충분히 강하고 흔들림 없다고 자신했다……. 에디를 똑바로 바라보지 않는 경우에는 그랬다. "너는 크게 다쳤어, 에디. 지금 당장은 엄마 말고 면회 오는 사람이 필요 없어. 그리고 그런 아이들은 앞으로도 면회 올 필요 없고. 그놈들만 아니었어도, 너는 지금 집에서 텔레비전을 보거나 차고에서 조립식 자동차로 경주 놀이를 하고 있었을 거야."

에디는 꿈에서 조립식 자동차를 만들어 뱅고어까지 갔더랬다. 경주에서 우승한 부상으로 애크런과 오하이오까지 가는 비싼 항공권을 받아 국제 조립식 자동차 박람회에 참가하기도 했다. 물론 붕붕 경기장에서 적황색 상자와 바퀴를 떼어 낸 장난감 자동차를 타고 경주를 벌였다. 꿈이었으니까 가능한 일이지, 카스브랙 부인에게 실제 자동차 경주라는 말은 씨도 안 먹히는 소리였다. 그녀는 데리든 뱅고어든, 물론 애크런이든 에디가 그런 기묘한 장치를 타고 위험을 무릅쓰게 놔둘 생각이 전혀 없었다. 에디가 그녀에게 알린 바로는, 바퀴 달린 적황색 상자를 타고 브레이크 장치도 없이 언덕에서 죽어라 미끄러져 내려오는 것이 경주라니 더욱 기가 막혔다. 그러나 그녀의 어머니는 종종 모르는 게 약이라는 속담을 인용하였다(거기다 "정직이 최선이다."라는 속담도 즐겨 썼으며, 카스브랙 부인의 기억에도 자신의 어머니 역시 다른 사람들처럼 상황에 따라 두 가지 속담을 융통성 있게 활용했다는 생각이 들었다).

"제 친구들이 팔을 부러뜨린 게 아니란 말이에요." 에디의 음성은 몹시 차분했다. "어젯밤에 핸도어 박사님한테도 얘기했고, 오늘 아침 넬 아저씨가 왔을 때도 말했어요. 헨리 바워스가 내 팔을 부러뜨렸어요. 몇몇 아이들이 더 있었지만 제 팔을 부러뜨린 아이는 헨리예요. 그때 제가 친구들이랑 함께 있었다면 그런 일은 벌어지지 않았을 거예요. 제가 혼자였기 때문에 그런 일을 당한 거라고요."

카스브랙은 에디의 말을 듣다가 친구가 있으면 더 안전하다는 반 프렛 부인의 말을 떠올렸고 이내 격한 분노가 되살아났다. 그녀는 고개를 치켜들었다. "그게 문제가 아니잖아! 너도 알잖니? 헨리 바워스가 왜 네 팔을 분질러 놨는지 나도 알아. 그 아일랜드 경찰관이 집에도 왔다 갔으니까. 너와 친구들이 그 덩치 큰 아이에게 대드는 바람에 보복을 당한 거라며? 만약에 네가 엄마 말대로 얌전히 집에만 있고 그런 아이들과 상종 안 했으면 이런 일이 벌어졌겠니?"

"아니요. 더 끔찍한 일이 벌어졌겠죠."

"에디, 농담하지 마라."

"진심이에요." 에디가 말했고, 그녀는 에디의 말과 함께 파도처럼 강한 힘이 밀려드는 것을 느꼈다. "빌과 나머지 친구들이 다시 올 거예요, 엄마. 저는 알 수 있거든요. 그 아이들이 다시 오면 그땐 내쫓지 마세요. 한마디도 하지 마세요. 걔들은 제 친구이고, 엄마가 혼자 될까 봐 두렵다고 해서 제 친구들을 빼앗을 순 없어요."

그녀는 어안이 벙벙하고 겁에 질려 에디를 쏘아보았다. 눈물이 하염없이 흘러내려 화장이 지워졌다. "네가 지금 엄마한테 하는 말투라는 게 정말 대단하구나. 네 '친구들'도 이런 식으로 말하겠지. 그 아이들한테 말투까지 배운 게야."

그녀는 눈물을 흘리며 좀더 안전해진 느낌이 들었다. 대개는 그녀가 울면 에디도 따라 울었다. 혹자는 저급한 무기라고 말할지 모르지만, 아들을 보호하는 데 진짜로 저급한 무기가 어디 있단 말인가? 그녀는 아니라고 생각했다.

그녀는 눈물을 줄줄 흘리며 억장이 무너지는 비애와 상실감, 배신감에 치를 떨었다. 여느 때 같았으면 에디는 그녀의 눈물과 비통한 흐느낌에 아무런 대응을 하지 못했다. 얼마 후면 숨을 헐떡이며 조금씩 쌔근거리게 마련인데, 그쯤 되면 싸움이 끝났다는 신호이자 그녀가 또 한번……, 물론 에디를 위해 승리를 기록하는 예고편이었다. 늘 에디를 위한 승리였다.

그러나 그녀는 에디의 얼굴 표정이 오히려 더 단호해졌을 뿐 조금도 변하지 않았다는 사실에 깜짝 놀라, 흐느낌이 절정으로 치달았다. 물론 에디의 표정에도 슬픔이 묻어 있기는 했지만 그마저 그녀를 두렵게 만들었다. 그 슬픔은 어린이가 아니라 어른의 것이었고, 에디가 어른이 된다는 사실을 떠올리기만 해도 그녀의 가슴속에서 공포에 질린 작은 새가 파닥거렸다. 어쩌다 한번씩 에디가 데리 직업 학교나 오로노의 메인 주립 대학교 또는 뱅고어의 허슨 대학교가 아닌 다른 곳으로 진학해 집에서 통학할 수 없는 일이 생기면, 여자를 만나 결혼이라도 하겠다고 하면 어쩌나 하는 생각이 들 때도 그런 두려움에 사로잡히곤 했다. 그때도 에디의 마음속에 나를 위한 공간이 남아 있을까? 그 생경하고 악몽 같은 생각이 떠오를 때마다 겁에 질린 작은 새가 목놓아 울었다. 그때가 오면 내가 있어야 할 자리는 어디지? 사랑한다, 에디! 너를 사랑해! 항상 너를 걱정하고 사랑한다, 얘야! 너는 요리도 못하고 옷도 제때 갈아입지 못하고 속옷도 빨지 못하잖니! 아니, 네가 그럴 필요가 뭐 있어? 네게 필요한 건 이 어미가 죄다 알고 있다! 내가 알고 행하는 모든 게 오로지 너를 위해서라고!

에디가 혼잣말처럼 말했다. "엄마를 사랑해요. 하지만 제 친구들도 역시 사랑해요. 엄마는……, 엄마는 지금 저 때문이 아니라 자신 때문에 울고 있잖아요."

"에디, 너무하는구나." 그녀는 나지막이 속삭이다 이내 또 눈물을 주르르 흘렸다. 방금 전의 눈물이 계산적이었다면 이번에는 달랐다. 그녀는 나름대로 강한 여자였다. 남편을 땅속에 묻으면서도 통곡 한번 하지 않았고, 불경기의 구인란 속에서도 일자리를 얻었으며, 홀몸으로 아들을 키우며 온몸으로 세상과 싸워 왔다. 그녀는 지금 오랜만에 처음으로 꾸밈없는 눈물을 흘리고 있었다. 아마 에디가 다섯 살 무렵 기관지염에 걸려, 고통과 고열 속에서 숨을 할딱이며 기침을 하다가 그대로 죽을지도 모른다는 두려움에 사로잡혔을 때 이후 처음이었을 것이다. 그녀는 이제 아들의 표정에 나타난 낯설고 끔찍한 어른의 표정 때문에 울었다. 아들을 걱정하는 마음에 두려움을 느끼면서도, 한편으로 그 아들이 그녀를 두렵게 만들었고, 특히 아들을 둘러싼 광채……, 그녀에게 무언으로 강요하는 듯한 기묘한 빛이 섬뜩하기만 했다.

"엄마와 친구들 중 한쪽을 택하라고 억지 부리지 마세요." 에디의 목소리에서 불안하고 긴장한 기색이 역력했지만, 여전히 절제된 힘이 느껴졌다. "그건 옳지 않은 일이니까요."

"걔들은 나쁜 친구들이야, 에디!" 그녀는 미친 사람처럼 울부짖었다. "그 아이들이 나쁘다는 건 내가 잘 알아. 이 가슴으로 빤히 느껴진단 말이야. 걔들은 너를 아프게 하고 비참하게 만들 뿐이야!"

말을 끝내자 가슴이 사늘하게 식었다. 여름 태양 아래 빨강 머리칼을 이글거리며 바지주머니에 두 손을 쑤셔 넣은 채, 그녀 앞에 버티고 섰던 빌 덴브로를 마주보는 느낌 때문이었다. 그 아이의 눈빛은 너무도 으스스하고 기이했으며 아득했는데……, 에디의 눈빛이 바로 그랬다.

지금 에디를 휘감고 있는 광채 역시 빌의 그것과 닮은 게 아닐까? 똑같지만 에디 쪽이 훨씬 강하게 느껴지는 건 아닐까? 그녀는 그렇다고 생각했다.

"엄마……."

그녀가 갑자기 벌떡 일어서는 바람에 의자가 뒤로 넘어질 뻔했다. "오늘 밤에 다시 오마. 네가 엄마한테 하는 말투 때문에 너무 놀라고 고통스럽구나. 엄마는 확신한다. 너는……, 너는……." 그녀는 그날의 불상사가 아니었다면 아들에게 해 주려고 준비한 마음속의 말을 찾아 더듬거렸다. "너는 큰 사고를 당했지만 곧 괜찮아질 거야. 두고 봐, 엄마 말이 틀리나. 그리고 걔들은 나쁜 친구들이야. 우리랑 어울리지 않아. 네게도 어울리지 않아. 엄마가 전에 한번이라도 틀린 말을 한 적이 있는지 너 스스로 곰곰이 생각해 봐라. 생각해 보고……, 또……."

'나는 지금 도망치고 있는 거야!' 그녀는 메스껍고 참담한 심정에 사로잡혔다. '지금 내 아들을 피해 도망가고 있잖아! 오, 하느님 제발, 어떻게 이런 일이!'

"엄마."

한순간 그녀는 도망칠 뻔했고, 이제는 그가 두려웠다. 물론 그는 에디라고 할 수 없는 그 이상의 존재였다. 그녀는 아들에게서 그의 '친구들' 또는 그 이상의 다른 존재를 느꼈으며, 언제든지 그녀에게 와락 달려들 것만 같았다. 기관지염에 걸려 고열에 시달리며 사경을 헤매던 다섯 살 때처럼 에디는 지금 무엇인가에 사로잡힌 느낌이었다.

그녀는 문 손잡이를 어루만지며 에디가 또 무슨 말을 할지 몰라 두려움을 느꼈고……, 무슨 말이든 너무 뜻밖이라 도저히 이해하지 못할 것 같았다. 걱정과 불안감이 시멘트 더미처럼 그녀의 가슴으로 쇄도해 떨어졌으며 이러다가 기절할지도 모른다는 생각이 들었다.

"킨 아저씨가 그러셨어요. 내 천식 약은 그냥 물이래요."

"뭐? 뭐라고?" 그녀는 불똥이 튀는 눈빛으로 에디를 보았다.

"그냥 물요. 약 맛이 나게 물에다 약간 다른 걸 집어넣었을 뿐이래요. 아저씨는 그걸 '위약'이라고 하던데요."

"거짓말이야! 새빨간 거짓말! 킨 씨가 왜 너한테 그런 거짓말을 했을까? 아무튼 데리에 약국이 그곳 하나는 아니니까, 그러……."

"아저씨가 한 말을 곰곰이 생각해 봤어요." 에디는 온화하면서도 엄한 눈길로 어머니를 바라보며 말을 이었다. "제 생각엔 아저씨 말씀이 사실인 것 같아요."

"에디, 그 사람이 거짓말을 한 거야!" 공포가 돌아왔다, 날갯짓하며.

"거짓말이라면 겉에 경고 같은 것이 적혀 있었을 거예요. 너무 많이 사용하면 죽는다든가, 부작용이 있으니 조심하라고 말이에요. 게다가……."

"에디, 더 이상 듣고 싶지 않다!" 그녀는 버럭 고함을 지르더니 손으로 귀를 틀어막았다. "너는……, 너는……, 너는 지금 원래의 네 모습이 아니야. 그게 문제야!"

"의사의 처방전 없이 쉽게 약국에서 살 수 있는 약에도 그런 경고쯤은 적혀 있어요." 에디는 변함없이 차분한 목소리로 말했다.

그녀는 뚫어질 듯 바라보는 에디의 잿빛 눈동자에 갇혀 시선을 외면할 수도 꼼짝할 수도 없었다. "어린이용 감기약에도……, 엄마의 강장제에도 경고문이 적혀 있어요."

에디는 잠시 말을 멈추었다. 그녀의 손이 귀에서 툭 떨어졌다. 두 손을 들고 있기가 너무 힘들었다. 그것들은 몹시도 무거워 보였다.

"그리고……, 그런 사실을 엄마도 알고 계셨다는 생각이 들어요."

"에디!" 그녀는 거의 통곡하듯 아들의 이름을 불렀다.

"왜냐하면……." 에디는 아무 소리도 못 들은 것처럼 말을 계속했고, 이제는 낯을 찌부린 채 그 문제에 집중하고 있었다. "어른들이라면 약에 대해 저보다 훨씬 잘 알고 있을 테니까요. 저는 하루에 대여섯 번 정도 흡입기를 사용해요. 흡입기를 사용하다 조금이라도 문제가 생길 수 있다면, 엄마는 제게 함부로 흡입기를 사용하지 못하게 하셨을 거예요. 엄마가 늘 말씀하신 것처럼 저를 보호하는 일이 엄마의 임무니까요. 그래서……, 엄마는 알고 계셨던 거예요, 그렇죠? 천식 약이 그냥 물이라는 사실을 엄마도 알고 계신 거죠?"

그녀는 아무 말도 하지 않았다. 입술이 파르르 떨렸다. 얼굴 전체에 경련이 이는 것 같았다. 그녀는 더 이상 울지 않았다. 울 소도 없을 만큼 겁이 났다.

"만약 알고 계셨다면 왜 그동안 아무 말씀도 안 하셨는지 알고 싶어요. 대충은 알겠지만 엄마가 왜 저한테 물을 약이라고 하셨는지 궁금해요. 그리고 천식이 여기에 있다고 믿게 하셨는지도 알고 싶어요." 에디는 가슴을 가리키며 말했다. "킨 아저씨는 저의 천식이 여기에 있다고 하셨거든요." 에디는 머리를 가리켰다.

카스브랙 부인은 모든 것을 설명해 줄 수 있다고 생각했다. 차분하고 논리적으로 설명할 수 있을 것 같았다. 에디가 다섯 살 때 자칫 죽을 수도 있다고 생각한 일, 그보다 2년 전 남편 프랭크를 잃고 무척 힘겨웠던 일 들을 말할 수 있으리라 여겼다. 관심과 사랑만이 자식을 보호할 수 있으며, 비료를 주고 잡초를 뽑고 때때로 문제가 생기면 가지를 치고 화단을 가꾸듯 아이를 키워야 한다는 깨달음을 알려 주고 싶었다. 특히 에디처럼 연약한 아이들에겐 실제로 몸이 아픈 것보다 아프다고 생각하게 하는 편이 훨씬 이롭다는 사실도 설명 못할 것이 없었다. 그리고 지독히도 우둔한 의사들을 탓하고 놀라운 사랑의 힘을 강조하는 것으로 이야기를 마무리할 수 있었다. 그녀가 아는 한 에디는 천식을 앓고 있으므로 의사들이 무슨 생각을 하든 무슨 약을 처방하든 상관없다고 말할 생각이었다. 그녀는 아들을 위해서라면 약사들이 막자사발을 사용할 때보다 더 뛰어난 약을 만들어 낼 수 있다고 말하고 싶었다. '에디, 그건 약이다. 엄마의 사랑이 그걸 약으로 만든 거야. 네가 나를 원하고 내가 하도록 둔다면 나는 그럴 수 있어. 그것이 바로 애정 어린 엄마들에게 신이 주신 놀라운 능력이지. 제발, 에디, 제발, 엄마가 너를 얼마나 사랑하는지 믿어 주렴.'

그러나 끝내 그녀는 아무 말도 못했다. 두려움이 너무 컸다.

"하지만 말할 가치도 없는 건지 모르겠어요. 킨 아저씨가 농담을 했을지도 모르니까요. 어른들은……, 가끔씩 아이들한테 장난을 치잖아요. 아이들은 무엇이든 거의 믿으니까요. 아이들한테 그런 짓을 하는 건 비열하지만 어른들은 종종 그렇게 하니까요."

"바로 그거야." 소니아 카스브랙은 열성적으로 말했다. "어른들이라는 것이 농담을 좋아하고 때로는 멍청하기 짝이 없는 데다……, 비열하고……, 또……."

"그래서 빌이랑 다른 친구들에게 부탁할 생각이에요. 제가 천식 약을 제대로 사용하는지 지켜봐 달라고 말이에요. 그게 가장 좋은 방법이겠죠, 엄마?"

그녀는 이미 돌이키기에 너무 늦었고, 감쪽같고 잔인하게 덫에 걸려들었음을 깨달았다. 에디는 협박에 가까운 말을 했지만 그녀가 선택할 방법이 달리 있을까? 그녀는 어떻게 그토록 어미한테 계산적이고 지능적일 수 있는지 묻고 싶었다. 그러나 입을 열었다가 이내 다물어 버렸다. 분위기로 봐선 또 어떤 말대꾸를 거침없이 해댈지 몰랐다.

그러나 그녀는 한 가지 사실만은 알고 있었다. 딱 한 가지 분명한 사실, 그녀가 앞으로 그 참견 잘하는 킨 씨의 약국에는 죽어도 발을 들여놓지 않을 거라는 점이었다.

이상할 정도로 주저하는 듯한 에디의 목소리에 그녀는 퍼뜩 정신을 차렸다. "엄마?"

그녀가 올려다보니 다시 에디로 돌아와 있었다. 딱 에디였다. 그녀는 반갑게 그에게로 갔다.

"엄마를 껴안아도 돼요?"

그녀는 부러진 팔이 다칠세라(또는 뼛조각이 혈관을 타고 흘러가다 심장을 찔러, 아들을 죽인 어머니라는 오명을 쓰지 않으려고) 조심조심 에디를 보듬었고, 에디도 그녀를 껴안았다.

어머니가 돌아간 시간은 절묘할 정도로 딱 맞아떨어졌다. 에디는 어머니와 논쟁하는 동안 숨이 점점 막히고 폐와 목구멍까지 진공 상태처럼 답답해져 질식할지 모른다는 생각이 들었다.

어머니가 병실에서 나간 후에야 격하게 숨을 몰아쉬기 시작했다. 꽉 막혀 버린 목구멍에서 시큼한 공기가 불에 달구어진 쇠꼬챙이처럼 위아래를 들쑤셨다. 급하게 흡입기를 움켜잡느라 팔이 몹시 아팠지만 그 정도는 오히려 참을 만했다. 흡입기를 입속에 집어넣고 길게 방아쇠를 당겼다. 목구멍 깊숙이 안개처럼 빨려드는 미세한 물방울에서 장뇌 맛이 느껴졌다. '위약이라도 상관없어. 효과만 있다면 그까짓 말장난은 아무래도 좋아.'

베개를 받치고 눈을 감자, 어머니가 병실에 찾아온 이후 처음으로 제대로 숨을 쉴 수 있었다. 몹시 두려웠다. 어머니한테 한 말투나 태도는 에디 자신의 것이면서도 또 전혀 아니었다. 에디의 마음을 움직이는 다른 어떤 힘이 있었고……, 어머니 역시 그 힘을 느낀 것이 분명했다. 에디는 어머니의 떨리는 눈동자와 입술에서 그런 사실을 깨달았다. 그 힘이 악한 것인지는 알 수 없었지만 두려울 만큼 강렬했다. 그것은 정말로 무시무시한 놀이공원의 기구를 타면서 무슨 일이 닥치든 일단 멈출 때까지는 내릴 수 없음을 깨닫는 것과 비슷했다.

돌아보지 말자고 에디는 생각했다. 깁스한 팔뚝에서 뜨겁고 따끔한 무게가 느껴졌다. '끝을 볼 때까지는 누구도 집에 돌아갈 수 없는 거야. 하지만 너무, 너무 무서워.' 에디는 어머니에게 친구들과 떼어 놓지 말라고 분명하게 말했지만 정작 솔직한 이유만은 밝히지 않았다. 혼자서는 해낼 수 없다는 사실 말이다.

에디는 잠시 훌쩍이다 불안한 잠속으로 빠져 들었다. 어둠 속에서 양수기 같은 기계들이 끝없이 돌아가는 꿈이었다.

빌을 비롯해 왕따 클럽의 아이들이 다시 병원을 찾았을 때는 또 한 차례 금방이라도 비가 퍼부을 듯 잔뜩 찌푸린 날씨였다. 에디는 병실로 들어서는 아이들의 모습에 그리 놀라지 않았다. 그들이 다시 오리라 이미 예상했다.

하루 종일 무더웠고(나중에 사람들은 7월 셋째 주 여름 날씨 치고도 이상할 만큼 무더웠다고 입을 모았다) 오후 4시께 검붉은 소나기구름이 번개를 동반하고 하늘을 뒤덮기 시작했다. 사람들은 약간 불안한 기색으로 종종걸음 치며 연신 하늘을 힐끔거렸다. 저녁 무렵이면 필시 큰비가 내리고 공기 중에 머금은 축축한 습기가 빗물로 씻길 것 같았다. 여름 내내 사람의 발길에서 멀어진 데리 공원과 놀이터는 저녁 6시쯤에 완전히 텅 비어 있었다. 아직 빗방울은 떨어지지 않았고, 그네는 기묘한 노란색 섬광 아래 쓸쓸히 매달려 있었다. 천둥 소리가 나지막이 으르렁대고, 어디선가 개 짖는 소리와 아우터 메인 가의 웅얼대는 차량 소리가 왕따 클럽의 아이들이 나타나기 전까지 에디의 병실 창가를 서성였다.

빌이 제일 먼저 들어왔고 리처드가 뒤를 따랐다. 비벌리와 스탠리, 그 뒤로 마이클의 모습이 보였다. 벤이 맨 마지막으로 들어왔다. 흰색 터틀넥 스웨터 차림의 벤은 어딘지 매우 불편한 기색이었다.

그들은 심각한 표정으로 에디의 침대를 에워쌌다. 리처드마저 웃음기 없는 얼굴이었다.

'이 녀석들 표정 좀 보게.' 에디는 멍하니 그들의 얼굴을 바라보았다. '이크, 정말 으스스한 얼굴들이군!'

에디는 그날 오후 어머니가 자신에게서 발견했을 묘한 표정을 아이들의 얼굴에서 발견했다. 힘과 무력감이 뒤엉킨 기묘한 표정이었다. 번갯불이 스칠 때마다 아이들의 얼굴은 더욱 괴괴한 유령처럼 느껴져 멀리서 음산한 그림자를 바라보는 것 같았다.

'우리 모두 어딘가를 지나가고 있어. 새로운 곳으로, 그곳으로 가는 갈림길에 서 있는 느낌이야. 하지만 그곳에 과연 무엇이 있을까? 우리는 어디로 가고 있는 거지? 어디로?' 에디는 속으로 생각했다.

"아, 안녕, 에, 에디. 어, 어때?"

"좋아, 빌." 에디는 빌에게 웃어 보이려고 애썼다.

"어제도 잘 지냈겠지, 아마." 마이클이 말했다. 곧바로 천둥 소리가 들려왔다. 스탠드 불빛도 꺼진 어두운 병실에서 아이들의 얼굴이 섬광에 스쳐 드러났다 사라졌다 했다. 에디는 그 시간 데리 상공에서 번뜩이고 있을 섬광을 떠올렸다. 섬광은 고즈넉한 매캐런 공원을 지나면서 흐릿하고 나른한 빛으로 변해 키스 다리의 지붕에 난 구멍을 채우고, 켄더스키그 하천에서 갈라져 황무지로 흘러드는 얕은 시냇물을 침침한 유리처럼 비출 거라고 생각했다. 소나기구름이 짙어질수록 데리 초등학교 뒤편에서 섬뜩하게 기울어질 시소의 모습도 떠올랐다. 불길한 섬광과 함께 도시 전체가 잠들었거나……, 죽어 버린 듯한 적막감이 밀려들었다.

"응, 어제도 아주 잘 지냈어."

"내일 모, 모레 저녁에 영화를 보, 보러 갈 거야. 영화가 새, 새로 바뀐대. 영화를 본 다, 다음에 그걸 마, 만들 거야. 총, 총, 총……."

"은총알." 리처드가 대신 말했다.

"내 생각에는……."

"만들어 보는 거야." 벤이 조용히 말했다. "총알을 만들 수 있을지는 자신이 없지만 생각만 하고 있을 수는 없어. 우리가 어른이라……."

"그래, 우리가 어른이었다면 세상이 훨씬 좋았겠지." 비벌리가 말했다. "어른들은 뭐든 만들어 낼 수 있잖아, 안 그래? 뭐든 마음대로 할 수 있고, 결과도 항상 옳으니까." 비벌리는 귀에 거슬리는 초조한 소리로 웃음을 터뜨렸다. "빌이 나더러 그걸 쏘래. 에디, 그게 상상이 돼? 내 이름은 명사수 비벌리라네."

"너희들이 무슨 말을 하는 건지 모르겠어." 에디는 그렇게 말했지만 알 것 같았다. 어쨌든 어떤 그림인가가 그려졌다.

벤이 자초지종을 설명하기 시작했다. 벤의 은화 중 한 개를 녹여 볼 베어링보다 작은 은구슬 두 개를 만들 생각이라고 했다. 그리고 늑대 인간이 실제로 니볼트 가 29번지에 살고 있다면, 비벌리가 빌의 백발백중 새총과 은구슬로 그놈의 머리를 날려 버릴 작정이라는 것이다. '늑대 인간이여, 안녕.'이라고. 무엇보다 숱한 얼굴로 출몰하는 그것의 정체가 늑대 인간이라면 그것과도 작별을 고하는 셈이다.

리처드가 웃으며 고개를 끄덕이자 에디의 얼굴에 묘한 표정이 떠올랐다.

"이봐, 사나이, 네 기분을 충분히 알겠어. 빌이 아버지의 총이 아니라 새총을 사용하자고 말할 때부터 총알로 쓸 만한 구슬이 남아 있기는 할까 의심스럽더군. 그런데 오늘 오후에……." 리처드는 말을 멈추고 목청을 가다듬었다. '네 엄마가 우리를 내쫓은 다음에' 라고 말을 꺼내려다 그만둔 것이다. "오늘 오후에 쓰레기 매립장에 갔어. 빌이 백발백중 새총을 가져왔거든. 자, 이걸 봐." 리처드는 호주머니에서 납작해진 델몬트 파인애플 깡통을 꺼냈다. 깡통 중간에 직경 4센티미터 정도의 구멍이 뚫려 있었다. "비벌리가 6미터 거리에서 돌멩이로 맞힌 거야. 어때, 38구경 총알 구멍 같잖아. 이 촉새님이 보기엔 총알 구멍이란 말씀이야. 촉새님 가라사대, 내가 그렇다면 그런 것이니라."

"깡통에 구멍이나 뚫는 거랑은 달라." 비벌리가 말했다. "깡통이 아니라 다른……, 살아 있는 거라면……. 빌, 나는 자신 없어. 그건 네가 해야 해. 진심이야."

"아, 아냐. 우리 모, 모두 돌아가면서 해, 해야 해. 이, 일이 어떻게 됐는지 너도 봐, 봤잖아."

"어떻게 됐는데?" 에디가 물었다. 빌이 천천히 더듬거리며 설명했다. 그러는 사이에 비벌리는 창문 밖을 바라보고 있었는데, 입술을 하도 세게 물어 하얄 정도였다. 그녀는 자신에게조차 설명할 수 없는 이유로, 겁먹은 것 이상이었다. 그녀는 오늘 일어났던 일로 깊이 당황해 있었다. 오늘 밤 여기 오는 길에 그녀는 은총알을 만들어야 한다고 다시 한번 열심히 논쟁했다……. 그것은 때가 왔을 때 그 총알들이 실제 효력을 발휘할 거라고 비벌리가 빌이나 리처드보다 더 확신해서가 아니라, 그 저택에서 뭔 일이

벌어진다면 무기가 누군가의

(빌의)

손에 있어야 하기 때문이었다.

그러나 사실은 사실이었다. 그들은 6미터 거리에 열 개의 깡통을 세워 놓고 각자 빌의 새총과 돌멩이로 열 번씩 쏘았다. 리처드는 깡통 열 개 중 하나를 맞추었고(한 발은 아슬아슬하게 빗나갔다), 벤은 두 개, 빌은 네 개, 마이클은 다섯 개였다.

비벌리는 아예 목표를 조준하지 않고 건성으로 새총을 쐈지만 열 개 중에서 아홉 개의 깡통을 정통으로 맞추었다. 열 번째 깡통은 다른 곳에 먼저 맞고 튀어 오른 돌멩이에 가장자리가 스치면서 쓰러졌다.

"하지만 먼저 초, 총알을 마, 만들어야 해."

"내일 모레 밤에? 그때쯤이면 퇴원할 수 있을 거야." 에디가 말했다. 물론 어머니는 안 된다고 하겠지만……, 예전처럼 극구 말리지는 못할 것 같았다. 그날 오후 어머니가 병실에 들른 이후에는.

"팔이 아프니?" 비벌리가 물었다. 그녀는 작은 꽃 장식이 달린 분홍색 드레스(에디가 꿈에서 본 것과는 달랐다. 아마 그날 오후에 엄마에게 쫓겨 돌아갈 때도 그 옷을 입고 있었으리라)를 입고 있었다. 실크인지 나일론인지 모르겠지만 스타킹도 신었다. 아주 어른스러우면서도 천진난만한 모습이 소꿉놀이를 하는 어린 소녀 같았다. 표정도 꿈꾸듯 아득해 보였다. 에디는 '잠을 잘 때 표정이 꼭 지금과 같겠지.' 라고 생각했다.

"그렇게 많이 아프진 않아."

그들이 이런저런 이야기를 하는 동안, 이따금 천둥 소리가 그들의 대화를 방해했다. 에디는 그날 오후에 그들이 병원에 왔다가 무슨 일을 당했는지 묻지 않았고, 그들도 모른 척했다. 리처드는 요요를 꺼내 회전 기술을 두 차례 선보인 후 다시 집어넣었다.

이야기 소리가 점점 잦아들고, 한동안 침묵이 흐르는 사이 찰칵 하는 소리가 들려서 에디는 서둘러 주위를 두리번거렸다. 빌이 무엇인가를 꺼내 들자 에디는 순간 가슴이 철렁 내려앉았다. 언뜻 칼이라는 생각이 들었던 것이다. 그러나 그때 마침 스탠리가 에디의 머리맡에서 비켜서자 어슴푸레한 불빛에 드러난 것은 볼펜이었다. 불빛이 새어 드니 아이들의 얼굴이 예전의 익숙한 모습으로 돌아왔다.

"깁스에다 사인해야지." 빌이 에디를 빤히 바라보며 말했다.

'그게 전부는 아닐걸.' 에디의 뇌리에 불현듯 스치는 생각이 있었다. '계약이겠지. 계약이야, 빌, 안 그래? 우리가 하나가 된다는 서약 같은 것 말이야.' 에디는 무서웠고……, 그런 자신이 부끄러워 화가 났다. 그해 여름이 오기 전에 팔이 부러졌다면 누가 그의 부러진 팔에 사인을 해 주었을까? 어머니, 어쩌면 핸도어 박사 정도가 고작이었겠지? 헤이븐에 사는 이모들?

그들은 에디의 친구였고 어머니의 말은 사실이 아니었다. 그들은 나쁜 친구가 아니었다. 에디는 좋은 친구니 나쁜 친구니 하는 말은 없다고 생각했다. 아플 때 옆에 있어 주고 너무 외롭지 않게 해 주는 친구, 그저 친구만 있을 뿐이다. 함께 두려워하고 희망을 품고 이 세상을 어떻게든 살 수 있다면, 그게 바로 친구일지 모른다. 필요하다면 목숨까지 바칠 수 있는 친구 말이다. 좋은 친구란 존재하지 않는다. 나쁜 친구도 없다. 그저 내가 원하고, 함께 있고자 하는 누군가가 있을 뿐이다. 그들은 내 가슴에 그들만의 집을 짓고 있다.

"좋아. 정말 좋은 생각이야, 빌." 에디는 자기도 모르게 약간 목이 메었다.

빌이 자못 엄숙한 표정으로 몸을 숙이더니 에디의 팔을 감싸고 있는 두툼한 깁스 붕대에 큼지막하게 이름을 적었다. 리처드는 한껏 멋을 부린 필체로 이름을 적었다. 벤의 필체는 퍼진 몸매와 달리 날렵하게 한쪽으로 기울어 있었다. 약간만 건드려도 그대로 쓰러질 듯한 글자였다. 마이클 핸론의 글씨는 큼지막했으며, 왼손잡이여서 그런지 필체의 각도가 약간 어색해 보였다. 마이클은 팔꿈치 부분에 원을 그리듯 이름을 썼다. 비벌리가 몸을 구부렸을 때 에디는 희미한 꽃향기를 맡았다. 그녀는 둥그스름한 필체를 사용했다. 맨 마지막에 팔목 부분에 씌어진 스탠리의 이름은 깨알처럼 촘촘하고 빽빽한 필체였다.

그들은 모두 물러서서 작품을 감상하듯 에디의 팔을 바라보았다. 바깥에서 다시 둔중한 천둥 소리가 들려왔다. 번뜩이는 섬광이 병원의 목조 외벽을 훑고 지나갔다.

"끝이야?" 에디가 물었다.

빌이 고개를 끄덕였다. "내, 내일 모레 저녁, 오, 올 수 있으면 우리 지, 집으로 와."

에디도 고개를 끄덕였고, 그것으로 그 문제도 일단락되었다.

또 한 차례 두서없는 이야기들이 오가기 시작했다. 그중에는 그해 7월 데리 시를 들썩이게 만들었던 화제의 사건도 있었다. 의붓아들인 돌시를 몽둥이로 때려 죽인 것과 돌시의 형인 에디 코코랜의 실종 때문에 열린 리처드 매클린의 재판이 그것이었다. 매클린은 이틀 동안 증인석에 앉아 흐느껴 울며 포기하거나 자백하려 하지 않았는데, 왕따 클럽은 실제로 매클린이 에디 코코랜의 실종과는 아무 관련이 없을 거라고 생각했다. 코코랜은 어디론가 도망쳤거나…… 아니면 '그것'에 붙잡혀 갔을지 몰랐다.

그들은 7시 15분에 돌아갔고 그때까지도 빗방울은 떨어지지 않았다. 에디의 어머니가 다시 병실을 찾았다가 돌아간 지 한참 후에도 태풍 전의 고요처럼 하늘은 잔뜩 위협적인 분위기만 자아냈다(에디의 어머니는 아들의 팔에 빼곡이 들어찬 이름을 보고 소스라치게 놀랐으며, 다음날 퇴원하겠다는 단호한 말에 잔뜩 겁까지 집어먹었다. 그녀는 적어도 일주일 동안은 절대 안정을 취해야 부러진 뼈가 간신히 제자리를 찾을 거라고 생각했다).

결국 금방이라도 뇌우를 퍼부을 것 같던 소나기구름은 뿔뿔이 흩어졌다가 사라졌다. 데리에는 한 방울의 비도 내리지 않았다. 축축한 습기는 여전했지만 사람들은 현관이나 잔디밭, 정원의 그물 침대에서 잠을 청했다.

비는 다음날부터 내리기 시작했으며, 비벌리가 패트릭 헉스테터에게 벌어진 끔찍한 일을 목격한 지 얼마 후였다.

또 다른 실종자, 패트릭 헉스테터의 죽음

에디는 말을 끝내고 떨리는 손으로 또 한 잔의 술을 따랐다. 그가 비벌리를 바라보며 말한다. "너는 그것을 봤지, 그렇지? 내 팔뚝에다 서명한 다음 날, 그것이 패트릭 헉스테터를 데려가는 광경을 목격한 거야."

모두 앞쪽으로 다가앉는다.

비벌리는 붉은 머리칼을 쓸어 넘긴다. 안색이 몹시 창백하다. 불안한 손길로 한 개비만 남은 담배를 집어 들고 라이터를 켠다. 담배 끝이 흔들려 라이터 불이 제대로 닿지 않는다. 잠시 후 빌이 그녀의 손목을 가볍게 받쳐 주고서야 담뱃불이 겨우 붙는다. 비벌리는 고맙다는 표정으로 빌을 바라보고 푸르스름한 잿빛 연기를 뿜는다.

"그래, 봤어." 그녀는 몸을 부르르 떨었다.

"그 녀석은 미, 미, 미쳤어." 빌은 그렇게 말하다가 생각에 빠진다. '헨리 바워스가 그해 여름 패트릭 헉스테터 같은 어중이와 어울렸다는 사실만 봐도……, 뭔가 조짐이 심상찮았던 건 아닐까? 헨리 자신도 나름대로 힘이나 영향력이 약해졌거나, 광기가 절정에 달해 헉스테터 같은 놈팡이까지 괜찮아 보였는지 모르지. 그 당시에는 두 녀석 모두 비슷한 상황이었어. 헨리가 점점……,

뭐라고 할까? 퇴행? 적절한 표현일까? 그래, 녀석에게 벌어진 일이나 그 말로를 생각하면 그다지 틀린 말은 아니야.'

'그 생각이 옳다는 걸 받쳐 주는 다른 게 또 있어.' 빌은 생각에 골몰한다. 하지만 아직은 기억이 희미하다. 그와 리처드와 비벌리가 트래커 형제의 트럭 차고에 갔을 때(아마 8월 초순으로, 헨리를 미치게 만들었던 여름 방학 보충 수업도 막 끝났을 무렵) 빅터 크리스가 다가오지 않았던가? 겁에 잔뜩 질린 표정으로? 분명히 그랬다. 일련의 사건이 그때부터 파국으로 치달았고, 데리의 모든 아이들이 그 사실을 느끼고 있었던 건 아닐까. 특히 왕따 클럽과 헨리 패거리가 거의 모든 상황을 몸으로 체감했던 것 같았다. 물론 그런 사실은 나중에 좀더 분명해질 테지만.

"그래, 빌의 말이 옳아." 비벌리는 담담하게 말한다. "패트릭 헉스테터는 미친놈이었어. 여자 아이들은 학교에서 누구도 그 아이 앞자리에 앉지 않으려고 했으니까. 그랬다가는 산수 시간이든 작문 시간이든 곧바로 손 하나가 슬금슬금 기어오르는데……, 깃털처럼 가벼우면서도 후텁지근하고 끈끈한 손길 말이야. 교묘하고 징그러운 느낌." 그녀가 마른침을 삼키자 목구멍에서 꼴깍하는 소리가 들린다. 나머지 사람들은 진지한 눈빛으로 그녀를 바라보고 있다.

"옆구리 아니면 가슴에 말이야. 그만 한 나이의 여자 애들 대부분은 아직 가슴이 채 성숙하지도 않았어. 하지만 패트릭은 그런 건 아무래도 좋았나 봐.

그놈의 손길이 느껴지고……, 깜짝 놀라 몸을 피하거나 돌아보면 패트릭이 두툼한 입술을 히죽거리며 앉아 있는 거야. 앞에다 필통을 올려놓고…….”

“파리로 가득 차 있지.” 리처드가 불쑥 말한다. “맞아. 녹색 플라스틱 자로 파리를 잡아서 필통에 넣어 뒀으니까. 그 필통 모양까지 생각나는걸. 붉은 색깔에 흰색 물결 무늬 뚜껑이 달려 있었어.”

에디가 고개를 끄덕이고 있다.

“획 돌아보면 그 아이가 히죽거리다가 어떤 때는 필통을 열어 보이기도 했어. 그 안에 죽은 파리가 가득했지.” 비벌리가 말했다. “그런데 가장 끔찍한 건 그 아이가 웃으면서 아무 말도 하지 않는 거야. 더글러스 선생님도 알고 계셨어. 그레타 보위도 그 아이에 대해 선생님한테 말한 일이 있고, 샐리 뮬러도 아마 뭐라고 했던 것 같아. 하지만 더글러스 선생님도 그 아이를 무서워했던 거지.”

벤은 의자를 뒤로 쭉 제쳤고 목 뒤로 두 손을 깍지 껴, 레이스 장식처럼 손이 나와 있다. 비벌리는 언뜻 벤을 바라보며 여전히 예전의 뚱보가 그처럼 날씬해졌다는 사실이 믿어지지 않는 눈치다.

“네 말이 맞아, 비벌리.” 벤이 말한다.

“패, 패트릭한테 무슨 일이 버, 벌어진 거지, 비벌리?” 빌이 묻는다.

비벌리는 다시 침을 삼키면서 그날 황무지에서 목격한 일의 끔찍한 기분을 떨치려고 애쓴다. 롤러스케이트를 어깨에 멘 그녀는, 세인트 크리스핀 소로에서 미끄러지는 바람에 깨진 무릎에서 여전히 따끔거리는 아픔을 느꼈다. 세인트 크리스핀 소로는 비좁은 3차선 도로인데 끝이 매우 가파른 내리막길(지금도 경사가 가파르다)을 이루며 황무지로 연결되었다. 그녀는 짧은(팬티가 보일락 말락 할 정도로 아주 짧은) 데님 치마를 입고 있었다는 사실도 기억한다(아, 그때의 기억이란 정말이지, 한꺼번에 떠오를 때는 너무도 선명하고 강렬했다). 1년 전부터 조금씩 도드라지는 곡선과 여성스러운 분위기 때문에 몸매에 특히 관심이 많은 때였다. 물론 그 때문에 거울을 자주 들여다보기도 했지만, 갈수록 아버지의 성미가 날카로워져 따귀를 때리거나 주먹질을 심하게 하는 경우가 많았던 이유도 컸다. 아버지는 점점 더 불안해지고 자기만의 세계에 갇히는 것 같아서 비벌리는 그가 가까이 있으면 몹시 초조하고, 특히 손찌검당한 흔적이 여간 신경 쓰이지 않았다. 적어도 그해 여름까지는 느끼지 못했던 이상한 냄새, 비벌리가 혼자 있을 때는 안 그런데 아버지와 단둘이 있게 되면 영락없이 그들 사이에 묘한 냄새가 나는 것 같았다. 어머니가 없을 때는 유독 그 냄새가 지독해졌다. 무더운 여름이 깊어 갈수록 아버지가 집에 있는 일이 점점 줄어든 걸로 보아, 아버지도 느끼고 있었던 모양이다. 물론 아버지가 여름철 볼링 리그에 참가하고, 친구인 조 테멜리의 자동차를 고쳐 주느라 바빴기 때문이기도 하지만 그 냄새도 상당한 이유가 됐을 것이다. 두 사람 모두 그 냄새를 원치 않았지만, 7월의 폭염 속에서 그들은 무기력할 뿐 딱히 없앨 방법을 찾지 못했다.

수백, 수천 마리의 새들이 집집 지붕마다, 전선마다, 텔레비전 안테나마다 내려앉는 모습이 다시 비벌리의 기억 속으로 흘러든다.

"옻나무." 비벌리가 갑자기 큰 소리로 말한다.

"뭐, 뭐, 뭐라고?"

"옻나무였던 것 같아." 비벌리는 느릿느릿 말하며 빌을 바라본다. "아니, 아닌 것 같아. 그냥 옻나무라는 느낌만 들어. 마이클, 혹시?"

"네가 말할 차례야." 마이클이 말한다. "때가 되면 내가 할 말이 있겠지. 지금은 네가 기억하는 부분만 얘기하면 돼."

파란색 치마가 생각나, 비벌리는 그렇게 말하고 싶다. 아주 색 바랜 치마였다고, 엉덩이에 얼마나 착 달라붙었는지 모르겠다고 말하고 싶다. 한쪽 주머니에는 담배 한 갑을 넣고, 다른 쪽에는 백발백중 새총을 넣고…….

"새총 생각나?" 비벌리는 리처드에게 묻지만 그들 모두가 고개를 끄덕인다. "빌이 내게 주었지. 나는 받고 싶지 않았지만……, 빌이……." 비벌리는 약간 맥 빠진 표정으로 빌에게 미소 짓는다. "빌이 일단 말하면 우리 중 누구도 싫다고 할 수 없었으니까. 그래서 그날도 내가 새총을 갖고 있었던 것 같아. 연습하려고. 실제로 새총을 쓸 수 있을지 자신은 없었지만……. 결국 그날 사용하고 말았지. 정말 끔찍했어. 지금도 생각조차 하기 힘들거든. 나도 한 발 맞았으니까. 여길 봐."

비벌리가 팔을 들어 뒤집어 보이자, 위팔에 동그랗게 주름진 상처 하나가 나타난다. 마치 시거 담배를 살갗에 대고 지진 듯한 동그란 상처다. 약간 함몰된 상처를 들여다보다 마이클 핸론은 자기도 모르게 진저리를 친다. 뜻밖에 튀어나온 에디와 킨 씨의 일처럼, 상처 역시 그가 전혀 예상치 못한 이야기의 한 부분이다.

"리처드, 네가 한 말 중에 딱 들어맞는 게 하나 있더라." 비벌리가 말한다. "새총이 살인 병기라는 말 말이야. 새총을 갖고 다니는 게 무서우면서도 기분이 좋았다고 해야 할까."

리처드는 웃으면서 비벌리의 등을 두드린다. "젠장, 네가 왜 그 말을 안 꺼내나 했다, 이 멍청한 아가씨야."

"정말이야? 정말 알고 있었어?"

"그럼, 정말이지. 네 눈에 다 씌어 있는데, 뭐."

"내 말은 새총이 장난감에 지나지 않는다고 생각했지만 사실은 그게 아니었다는 거야. 실제로 구멍을 뚫었잖아."

"그날 어딘가에 멋지게 구멍을 냈지." 벤이 기분 좋게 말한다.

그녀는 고개를 끄덕인다.

"그럼, 그게 패트……."

"아냐, 절대 아냐! 그건 다른 사람이었어……, 잠깐만." 비벌리는 담배를 끄고 술잔을 들이켜며 마음을 진정시키려고 애쓴다. 마침내 안정을 되찾은 모습이다. 글쎄……, 과연 진정이 됐는지는 알 수 없다. 그러나 그녀에게 그날 밤 주어진 몫이 있다면 그 일을 밝히는 것이라는 느낌만은 어쩌지 못한다. "그날 롤러스케이트를 타다가 된통 넘어졌어. 그래서 황무지에 가서 새총 연습이나 할 생각이었어. 제일 먼저 아지트에 가서 혹시 너희들이 있나 봤지만, 아무도 없더라고. 연기 냄새가 나더라. 그 연기 냄새 정말 오래갔지?"

모두 씩 웃으며 고개를 끄덕인다.

"우린 그 연기 냄새를 끝내 몰아내지 못했어, 그렇지?" 벤이 말한다.

"아무튼 나는 쓰레기 매립장으로 갔어. 거기에 가면 새총 연습할 만한 것들이 많으니까. 살아 있는 쥐까지 연습용으로 쏠 수 있잖아."

그녀는 잠시 말을 멈춘다. 이마에 미세한 땀방울이 맺혔다.

"솔직히 제일 쏴 보고 싶었던 게 쥐였거든. 살아 있는 거 말이야. 갈매기는 말고. 그걸 쏠 수는 없잖아. 하지만 쥐라면……, 해 볼 만하다고 생각했어.

올드케이프 쪽이 아니라 캔자스 가에서 매립장으로 들어간 게 천만다행이었어. 올드케이프 쪽은 철둑만 덩그러니 놓여 있어서 사람들 눈에 쉽게 띄니까. 그 아이들이 나를 봤다면 무슨 일이 벌어졌을지 생각만 해도 끔찍해."

"보, 보다니, 누, 누가?"

"그 녀석들 말이야. 헨리 바워스, 빅터 크리스, 트림쟁이 허긴스, 패트릭 헉스테터. 그놈들이 모두 쓰레기 매립장에서……."

느닷없이 비벌리가 아이처럼 키득거리는 바람에 모두 놀란 표정인데, 그녀는 얼굴까지 발갛게 달아올라 있다. 눈물이 찔끔거릴 때까지 그녀의 키득거림은 좀처럼 멈추지 않는다.

"대체 무슨 일인데 그래, 비벌리? 재미있는 농담이면 같이 좀 웃자." 리처드가 말한다.

"아, 그래, 정말 재미있는 농담이지. 웃겨도 보통 웃기는 게 아니었으니까. 하지만 그 아이들이 나를 봤다면 아마 죽이려고 들었을 거야."

"아, 이제 생각났어! 네가 우리한테 말한 적이 있잖아!" 벤이 소리치더니 역시 웃기 시작한다.

몸까지 들썩이며 낄낄대면서 비벌리가 가까스로 말을 잇는다. "바지를 훌렁 내리고 방귀에다 불을 붙이고 있더라고."

일순 태풍이 휘몰아치고 난 후의 적막감처럼 침묵이 흐르더니,

이내 모두들 웃느라 정신이 없다. 도서관에 때아닌 웃음소리가 끝없이 메아리친다.

패트릭 헉스테터가 죽은 사연을 좀더 정확하게 말하기 위해서는 비벌리가 캔자스 가 방면에서 기이한 소행성대에 진입하듯 쓰레기 매립장으로 다가간 시점에서 시작할 필요가 있을 것이다. 그 중간에 지저분하기 짝이 없는 길 하나(분명히 마을 길 중 하나이며 올드라임이라는 이름까지 있었다)가 나타났다. 그 길은 캔자스 가에서 쓰레기 매립장으로 연결된, 황무지로 들어가는 유일한 길이라고 할 수 있으며, 실제로 시청의 쓰레기 트럭들도 그 길을 이용했다. 비벌리는 올드라임 도로와 약간 떨어진 곳으로 따라갔다. 에디의 팔이 부러진 이후에 그녀는 좀 더 신중해져 있었다(그녀가 보기엔 친구들 모두 그랬다). 특히 혼자 있을 땐 더 조심했다.

비벌리는 무성한 수풀을 따라 불그스름하고 반들반들한 잎사귀의 옻나무를 요리조리 피해 갔다. 어느새 매립장의 썩은 냄새와 갈매기의 울음소리가 가까워졌다. 왼쪽 잎사귀 사이로 언뜻언뜻 올드라임 도로가 스쳤다.

모두 비벌리를 바라보며 다시 이야기를 시작할 때까지 기다리고 있다. 그녀는 담뱃갑을 만지작거리지만 이미 담배는 다 피운 상태다. 리처드가 아무 말 없이 자신의 담배를 건넨다.

그녀는 담뱃불을 붙이며 주위를 한번 둘러본다.

"캔자스 가 방면에서 쓰레기 매립장을 들어가는데 뭐라고 할까……,

기묘한 소행성대 같은 곳으로 들어가는 기분이었다. 쓰레기 행성 지대. 처음에는 쑥쑥 빠지는 질펀한 땅바닥과 무성한 수풀 말고 특별한 것이 없었지만, 얼마쯤 더 가 보니 매립장의 흔적이 나타났다. 스파게티 소스가 든 녹슨 깡통이나 크림소다 병이 아무렇게나 뒹굴며 벌레들을 유혹하고 맥주병들도 심심찮게 널려 있었다. 나무 사이에 걸린 알루미늄 은박지에서 햇살이 번뜩이기도 했다. 침대 용수철이나(매립장에 굳이 가고 싶지 않다면 그쯤에서 돌아오는 게 상책이다) 강아지가 물고 다니다 떨어뜨린 뼈다귀도 눈에 띄었다.

매립장 자체는 그리 나쁘다고 할 수 없었고, 비벌리는 오히려 꽤 흥미진진한 곳이라고 생각했다. 불쾌한(꺼림칙하고 으스스한) 것은 매립장이 펼쳐져 있는 광경이었다. 쓰레기 행성 지대처럼.

비벌리는 매립장 가까지 다가갔다. 수목의 대부분을 차지하는 전나무도 거목으로 바뀌고 수풀도 듬성듬성해지는 지점이었다. 갈매기 떼가 단단히 화가 나 투덜대듯 기이하게 울고, 타다 만 그을음 냄새가 짙게 배어 있었다.

비벌리의 오른쪽으로 가문비나무 밑동에 살짝 걸쳐진 물건은 녹슨 아마나 냉장고였다. 비벌리는 냉장고를 바라보다 문득 3학년 때 일일 교사로 초빙된 경찰관의 말이 떠올랐다. 그때 경찰관은 버려진 냉장고가 매우 위험하다면서, 아이들이 그 주변에서 술래잡기를 하다가 냉장고 안에서 그대로 죽는 경우가 있다고 했다. 하지만 비벌리는 그 낡은 냉장고 속에 뭐 하러 들어갈까 생각하다가 갑자기 들려온 외침과 웃음소리에 화들짝 놀라고 말았다. 비벌리의 얼굴에 계면쩍은 미소가 떠올랐다. 친구들이다. 연기 냄새 때문에 아지트를 벗어나 매립장에 와 있다고 생각했다. 돌을 던져 빈 병을 깨거나 이것저것 물건을 뒤적이고 있을 터였다.

비벌리의 발걸음이 조금 빨라졌고, 넘어져 깨진 무릎 따위는 문제가 되지 않았다. 어서 아이들을 보고 싶다는……, 그녀처럼 붉은색 머리칼을 지닌 아이를 보고 싶다는 생각뿐이었다. 이상야릇할 정도로 매력적인 그 아이의 곁눈질과 미소가 보고 싶었다. 누군가를 진정으로 사랑하기에는 아직 어린 나이라 기껏해야 '푹 빠지는' 수준이겠지만, 그래도 그녀는 빌을 사랑했다. 걸음이 빨라질수록 어깨에 걸친 롤러스케이트가 덩실덩실 춤을 추었고 뒷주머니에서 새총이 빠끔히 비어져 나왔다.

비벌리는 하마터면 그들이 친구들이 아니라 헨리 패거리라는 사실을 깨닫기도 전에 매립장 한복판으로 뛰어들 뻔했다.

그녀가 덤불에서 빠져나와 전방 60미터쯤 펼쳐진 가파른 오르막길로 접어들자, 자갈을 따라 쌓인 쓰레기 더미가 햇빛을 받아 반짝거렸다. 맨디 파지오의 불도저가 왼쪽에 버려져 있었다. 앞쪽에는 버려진 차들이 늘어서 있었다. 차들은 한 달마다 포틀랜드로 실려 가 폐차 처리되지만, 그때는 열 대도 넘는 차들이 너덜너덜한 바퀴에 의지해 겨우 앉아 있거나 옆으로 누워 있기도 하고, 죽은 개처럼 벌러덩 나자빠져 있기도 했다. 차들은 두 줄로 늘어서 있었다. 비벌리는 지저분한 통로처럼 생긴 자동차 사이를 사이버 펑크 시대의 신부처럼 걸어가면서 새총으로 차량 유리를 깰 수 있을지 잠시 생각에 잠겼다. 파란색 치마 주머니에 연습용 탄약으로 사용할 작은 쇠구슬이 불룩하게 튀어나와 있었다.

여러 목소리와 웃음소리가 들려오는 곳은 버려진 차 뒤편으로,

매립장의 가장자리 부근이었다. 맨 끝에 널브러진 차는 앞쪽이 완전히 떨어져 나간 스튜드베이커인데, 비벌리가 막 그곳을 지나쳤을 때였다. 반가운 인사말이 목구멍까지 치솟았다가 덜컥 내려앉았다. 어느새 치켜 올라간 한쪽 손은 미처 내려가지도 못하고 갑자기 시들시들한 모양으로 허공에 멍하니 걸려 있었다.

비벌리가 맨 처음 얼굴까지 벌겋게 달아오르며 떠올린 생각은 '이런 맙소사, 죄다 발가벗고 무슨 짓들을 하는 거지?' 였다.

그러나 곧바로 그들을 알아보고는 겁에 질렸다. 반 토막난 스튜드베이커 앞에서 그녀는 꼼짝도 못한 채 얼어붙었다. 어쩌면 그들의 눈에 단번에 띌지 몰랐다. 그들 중 누군가 쪼그리고 앉은 상태에서 얼굴만 들었어도, 보통 키에 롤러스케이트를 한쪽 어깨에 메고 한쪽 무릎에선 여전히 피를 흘리며, 시뻘겋게 달아오른 얼굴로 입을 쩍 벌리고 선 여자 아이를 발견했을 것이다.

스튜드베이커 뒤로 가까스로 몸을 숨기면서 비벌리는 그들이 완전히 알몸은 아니라는 사실을 알아챘다. 네 명 모두 셔츠를 입고, 다만 팬티와 바지를 발목까지 내리고 있는 꼴이 쉬라도 하려는 모습 같았다(그처럼 가슴이 철렁 내려앉는 순간에도 걸음마를 막 배울 때 엄마가 쉬이 하던 소리가 떠오르다니 이상했다). 하지만 다 큰 사내아이 네 명이 한꺼번에 쉬를 할 이유가 있을까?

일단 그들의 시야에서 벗어나자, 비벌리는 속히 그곳에서 도망쳐야겠다고 생각했다. 가슴이 콩닥거리고, 아드레날린이 솟구치며 근육이 팽팽하게 부풀었다. 주위를 두리번거리며 친구들인 줄 알고 좀 전에 서둘러 달려왔던 길목을 살펴보았다. 특히 아이들이 있는 왼쪽 차량은 사이가 성긴 상태로, 일주일 전쯤 분쇄기나

불도저가 와서 아무렇게나 휘저어 놓은 것 같았다. 그곳까지 걸어오는 동안 적어도 몇 번 이상은 모습이 그대로 노출됐을 확률이 컸다. 다시 도망친다면 방금 전처럼 모습이 드러날 것이고, 이번에도 운이 좋을지는 장담할 수 없었다.

게다가 약간 부끄러운 호기심까지 동했다. 대체 무슨 짓을 하는 것인지 몹시 궁금했다.

비벌리는 조심스레 아이들 쪽을 힐끔거렸다.

헨리와 빅터 크리스가 그녀와 거의 정면으로 엉거주춤 서 있었다. 헨리의 왼쪽에 있는 아이는 패트릭 헉스테터였다. 트림쟁이 허긴스는 그녀를 향해 등을 돌린 자세였다. 엄청나게 크고 털이 북슬북슬한 트림쟁이의 엉덩이를 정면에서 바라보고 있자니, 비벌리는 갑자기 진저 에일탄산수에 생강의 풍미와 단맛을 가한 것 잔에 머리를 처박은 것처럼 그르렁거리며 발작적으로 웃음이 치밀었다. 두 손으로 입을 틀어막고 다시 스튜드베이커 뒤로 몸을 움츠렸지만 웃음을 참기가 몹시 힘들었다.

'어서 이곳을 빠져나가야 해, 비벌리. 잡혔다가는…….'

비벌리는 여전히 입을 틀어막은 채 차량 사이를 바라보았다. 통로의 폭이 3미터쯤 됐으며 잡초 사이로 깡통과 잡동사니들이 뒹굴었다. 도망치다 소리라도 내는 날이면…… 특히 당장은 이상한 짓거리에 정신이 팔려 있지만 그 짓도 시들해지면 언제 들킬지 모를 일이었다. 그곳까지 어떻게 그리 천연덕스럽게 걸어왔는지 생각하니 피가 얼어붙는 느낌이었다. 게다가……, 대체 저 자식들이 무슨 짓을 하고 있는 걸까?

비벌리는 다시 살짝 고개를 빼고 이번에는 찬찬히 살펴보았다.

여기저기 교과서와 종이 뭉치들이 아무렇게나 팽개쳐져 있었다. 여름 방학 보충 수업이 끝나고 그곳에 온 지 얼마 안 된 모양인데, 아이들은 여름 보충 수업을 '바보 학교'나 '재탕 학교'라고 부르곤 했다. 그런데 헨리와 빅터가 정면에 있었으므로 그들의 물건이 훤히 눈에 들어왔다. 1년 전인가, 브렌다 애로스미스가 보여 준 도색 잡지 외에 남자의 물건을 실제로 본 것은 그때가 처음이었다. 잡지 사진에서는 솔직히 제대로 볼 만한 부분이 없었다. 비벌리의 눈에는 다리 사이에 매달린 작은 튜브처럼 보였다. 헨리의 것은 크기가 작고 털도 별로 없었지만, 빅터의 것은 아주 큼지막한 데다 새카만 털로 뒤덮여 있었다.

'빌에게도 저런 물건이 달려 있겠지.' 비벌리는 문득 그런 생각을 하다가 온몸이 불덩이처럼 달아오르고 정신이 아득해질 정도로 거친 파도가 확 밀려들어서 속까지 울렁거렸다. 어쩌면 벤 한스컴이 여름 방학하던 날, 계단에서 그녀의 발목 장식대와 그곳에 번득이는 햇살을 바라보며 느낀 감정과 비슷했겠지만……, 벤의 감정에는 지금의 비벌리처럼 공포가 섞여 있지는 않았다.

비벌리는 다시 뒤쪽을 살펴보았다. 차량 사이의 통로를 지나 황무지의 안전한 쉼터까지 이르는 길목은 너무도 멀어 보였다. 몸을 움직인다는 것 자체가 두려웠다. 자기들의 물건까지 봤다는 걸 안다면, 그녀를 가만두지 않을 터였다. 그냥 몇 대 맞고 끝날 수 있을 것 같지도 않았다. 묵사발이 될 정도로 두들겨 맞을 게 뻔했다.

트림쟁이 허긴스가 갑자기 소리를 지르는 바람에 비벌리는 깜짝 놀랐고, 헨리가 고함을 질렀다. "8센티미터! 지랄하지 마, 트림쟁이! 8센티미터라니까, 안 그래, 빅터?"

빅터가 그렇다고 맞장구치자 모두 괴물 같은 웃음을 터뜨렸다.

비벌리는 고물 스튜드베이커 옆으로 해서 다시 아이들 쪽을 기웃거렸다.

패트릭 헉스테터가 엉거주춤한 자세로 헨리의 얼굴 바로 앞까지 엉덩이를 치켜들고 있었다. 헨리의 손에서 은색 물체가 반짝였다. 비벌리는 가만히 살펴보다가 그것이 라이터임을 알았다.

"나오려는 순간에 말하란 말이야." 헨리의 음성이었다.

"알았어. 때가 되면 말해 줄게. 준비……! 준비, 나온다, 나온다! 발사……, 지금이야!"

헨리가 라이터를 켰다. 곧바로 기막힐 정도로 시원스레 뿜어지는 방귀 소리가 들렸다. 혹시나 다른 소리일까 고민할 필요도 없었다. 비벌리도 집에서 보통 콩 요리를 먹고 난 토요일 저녁이면 심심찮게 들어 온 소리였다. 주로 콩을 말끔하게 비우는 사람은 아버지였다. 패트릭이 방귀를 뀌는 순간 헨리가 라이터를 켜자, 비벌리의 눈이 또 한번 휘둥그레졌다. 패트릭의 엉덩이에서 파란색 불꽃이 뿜어졌다. 비벌리의 눈에는 가스버너에 있는 점화기의 불꽃처럼 보였다.

아이들의 한바탕 웃음이 시끄럽게 울리는 가운데, 비벌리는 다시 차 뒤로 몸을 숨겼지만 이번에도 웃음이 목구멍까지 차올랐다. 간신히 웃음을 참으면서도 딱히 즐거운 마음은 아니었다. 해괴망측하다는 표현 외에는 달리 설명할 길이 없는 데다, 마음속 깊은 바닥을 후려치는 웃음의 정체는 거의 공포에 가까웠다. 눈앞에서 벌어진 일에 어떻게 대처할지 몰랐으므로 웃지 않을 도리도 없었다. 아이들의 물건을 봤다는 충격도 한몫했지만, 그렇다고 그게 전부는 아니었다. 어차피 모양은 달라도 여자아이나 남자 아이 모두 저마다 물건이 있다는 사실 정도는 전부터 알고 있었으니까. 그저 이론적인 부분을 직접 눈으로 보고 확인한 것에 지나지 않았다. 하지만 그들이 지금 하는 짓거리는 너무도 낯설고 우스꽝스러운 데다 원시적이어서 웃음이 미친 듯이 흘러나오는 데도 절박한 심정을 떨쳐 버릴 수 없었다.

'그만.' 비벌리는 그 말이 절박한 마음에 해답이라도 되듯 속으로 되뇌었다. '웃지 마, 들킬지 모르니까, 제발 웃지 말라니까, 비벌리!'

그러나 웃음을 멈출 수 없었다. 기껏해야 소리 나지 않게 웃음을 억누르고 큭큭 하는 정도가 전부였다. 두 손으로 여전히 입을 틀어막았지만 사과처럼 빨개진 얼굴에 눈물이 줄줄 흘렀다.

"제기랄, 아프단 말이야!" 빅터가 소리쳤다.

"30센티미터! 야, 정말 미치겠다, 빅터, 30센티미터라니까! 울 엄마 이름을 걸고 맹세한다!" 헨리가 미친 사람처럼 떠들었다.

"우라질, 30센티미터든 뭐든 신경 안 써. 지금 내 엉덩이가 불에 뎄단 말이야!" 빅터는 아예 울부짖다시피 했는데, 그럴수록 다른 아이들은 웃기 바빴다. 비벌리도 킥킥대며 언젠가 텔레비전에서 본 영화를 떠올렸다. 존 홀이 나오는 영화였다. 어느 정글 부족에 관한 이야기로, 신성한 의식을 치르는 그 부족은 남자의 성기 모양을 한 커다란 석조 우상에다 제물을 바쳤다. 그 생각 때문에 더 더욱 웃음이 멈춰지지 않아서 미칠 것 같았다. 게다가 웃음은 점점 억눌린 비명으로 바뀌었다. 배가 몹시 아프고, 눈물이 흘렀다.

헨리, 빅터, 트림쟁이, 패트릭 헉스테터가 그 무더운 7월의 오후 쓰레기 매립장에서 방귀 불붙이기 시합을 하게 된 직접적인 원인은 레나 대번포트 때문이었다.

헨리는 삶은 콩 요리를 많이 먹었다가는 결과가 어떻게 되는지 불 보듯 잘 알고 있었다. 그 결과는 그가 아직 어린애였을 때 아버지의 무릎에서 배운 작은 노래 속에 가장 잘 표현되어 있었다. '콩, 콩은 음악적인 열매! 많이 먹을수록 많이 뀐다! 많이 뀔수록 속이 가뿐해진다! 그래서 또 다른 음식을 먹을 수 있다!'

레나 대번포트와 헨리의 아버지는 8년 가까이 밀월 관계를 맺어 왔다. 그녀는 펑퍼짐한 몸매에 나이는 마흔이었고 대체로 추레한 몰골이었다. 헨리는 레나와 아버지가 종종 잠자리를 같이한다고 짐작은 하면서도, 레나 대번포트 같은 여자와 살을 섞겠다고 나설 남자가 세상에 있을지 상상조차 가지 않았다.

레나의 콩은 그녀만의 자랑거리였다. 그녀는 토요일 밤에 콩을 물에 푹 담가 놓았다가 일요일 하루 종일 약한 불에 끓였다. 헨리도 그녀의 콩 요리가 나쁘지 않다고 생각했지만(어쨌든 입속에 쑤셔 넣고 씹을 만했다) 8년이란 세월 동안 똑같은 음식을 한결같이 맛있게 먹을 수는 없는 노릇이었다.

게다가 레나는 콩 요리를 조금씩 하는 걸로는 성이 차지 않았다. 그녀는 직업적 소명 의식으로 콩을 요리했다. 일요일 저녁이면 낡아 빠진 녹색 고물차를 몰고 나타나는데(세상에서 가장 어린 제물 같은, 고무로 만든 갓난아이 인형을 백미러에 매달고) 뒷좌석의 50리터짜리 양철통에는 어김없이 바워스네 별식 콩 요리가 김을 모락모락 피우고 있게 마련이었다. 세 사람은 그날 밤부터 콩을 먹어치우기 시작했다. (레나는 끊임없이 자신의 콩 요리에 대해 장광설을 늘어놓지만, 제정신이 아닌 부치 바워스는 그저 중얼거리며 빵과 콩 주스를 들이켜거나 라디오에서 야구 중계가 시작되면 그녀에게 입 닥치라고 고함을 질렀다. 한편 헨리 바워스는 묵묵히 창가를 바라보며 자신에게 할당된 콩 요리를 먹었고, 마이클 핸론의 강아지 칩스를 독살하면 어떨까 생각해 낸 것도 콩 요리를 통한 명상의 결과였다.) 부치는 다음날 밤에 남은 콩을 섞어 또 다른 콩 요리를 만들었다. 화요일과 수요일, 헨리는 큼지막한 상자에 콩을 잔뜩 담아서 학교에 가져갔다. 창문을 아무리 열어 놓아도 헨리의 집에 있는 두 개의 침실은 방귀 냄새가 가실 날이 없었다. 부치는 먹다 남은 콩을 이리저리 섞어 두 마리 돼지 빕과 보브에게 먹였다. 레나는 일주일 동안 코빼기도 보이지 않다가 일요일 저녁이면 어김없이 콩이 든 50리터짜리 양철통을 싣고 나타났고, 전과 똑같은 과정을 되풀이했다.

그날 아침 헨리는 꽤 많은 양의 콩을 담아 왔고, 네 사람은 그날 오후 내내 놀이터의 커다란 느릅나무 그늘 아래 앉아서 콩을 먹기 시작했다. 그들은 더 이상 입에 쑤셔 넣을 수 없을 때까지 콩을 먹었다.

한 여름의 평일 오후를 오붓하게 보낼 수 있겠다며 쓰레기 매립장에나 가자고 제안한 아이는 패트릭 혹스테터였다. 그들이 그곳에 도착했을 무렵에는 콩 요리의 효과가 절정에 달해 있었다.

비벌리는 조금씩 웃음을 참을 수 있었다. 어쨌든 그곳에서 속히 빠져나가야 한다는 사실은 분명했다. 그곳에 멍하니 있는 것보다는 위험을 무릅쓰고라도 도망치는 편이 훨씬 나았다. 아이들이 한창 괴상한 짓거리에 빠져 있으니, 최악의 경우라도 비벌리는 얼마간의 차이를 벌려 놓고 도망칠 수 있었다(그리고 어쩔 수 없는 상황까지 벌어진다면, 새총 몇 발을 쏴서 겁주면 될 것 같았다).

비벌리가 살며시 기어가려는데 빅터의 목소리가 들렸다.

"가 봐야겠어, 헨리. 아빠가 오늘 옥수수 따는 일을 도와달라고 하셨거든."

"젠장, 네가 없어도 다 하게 돼 있어."

"아냐, 안 가면 맞아 죽을 거야. 그러잖아도 어제 일 때문에 분위기가 아주 안 좋단 말이야."

"그럼, 그 새끼가 살살 약 올리는데 가만 놔두란 말이야."

비벌리는 혹시 아이들이 에디의 팔 부러뜨린 이야기를 하는 게 아닌가 싶어 귀를 쫑긋 세웠다.

"아무튼 난 가야 해."

"똥구멍이 데서 그런가 보지." 패트릭이 말했다.

"입 조심해라, 상판. 네 얼굴을 지져 버리기 전에." 빅터가 말했다.

"나도 가 봐야겠는걸." 이번에는 트림쟁이가 말했다.

"네 아버지도 너더러 옥수수를 따래?" 헨리가 노기등등한 목소리로 물었다. 어쩌면 헨리 나름대로 살살 약 올리려고 생각해 낸 말인지도 몰랐다. 트림쟁이의 아버지는 죽었기 때문이다.

"아니. 잡지를 배달하러 가야 해. 오늘 밤이거든."

"뭐, 잡지?" 헨리는 화가 난 데다 이제는 심사가 완전히 틀어진 모양이었다.

"일이야. 돈을 버니까." 트림쟁이는 참을성 있게 대꾸했다.

헨리가 갑자기 웩웩 하며 토하는 시늉을 해서 비벌리는 다시 그쪽으로 얼굴을 내밀었다. 빅터와 트림쟁이는 바지를 올리고 허리띠를 채우는 중이었다. 헨리와 패트릭은 여전히 바지를 내린 채 쭈그리고 있었다. 헨리의 손에서 라이터 불빛이 번쩍였다.

"너까지 꽁무니 빼려는 건 아니지?" 헨리는 패트릭에게 물었다.

"아니."

"너는 옥수수를 따거나 엿 같은 일을 안 해도 되냐?"

"응."

"그럼 나중에 보자, 헨리." 트림쟁이가 머뭇거리며 말했다.

"그러지, 뭐." 헨리는 트림쟁이의 투박하게 생긴 작업화 앞에다 침을 뱉었다.

빅터와 트림쟁이가 폐차들이 쌓인 곳으로 걸어왔다. 비벌리가 몸을 바짝 웅크린 스튜드베이커 쪽이었다. 비벌리는 처음에 온몸을 잔뜩 웅크리고 놀란 토끼처럼 오들오들 떨었다. 그러나 이내 왼쪽으로 살짝 몸을 틀어 스튜드베이커와 그 옆의 문짝 없이 버려진 포드 자동차 사이에 시선을 못 박았다. 그리고 잠시 숨을 멈추고 양쪽을 살피면서 다가오는 발소리에 귀 기울였다. 입 안은 바짝 마르고 땀방울에 등허리가 간지럽고 잔뜩 조바심이 났다. 에디처럼 깁스를 한 채 왕따 클럽의 이름을 빼곡이 적고 누워 있는 자신의 모습이 떠올랐다. 그녀는 재빨리 포드 자동차의 조수석으로 뛰어들었다. 지저분한 바닥에 최대한 몸을 작게 웅크렸다. 자동차 안은 펄펄 끓는 가마솥처럼 뜨거웠고, 썩은 내와 먼지, 쥐똥 냄새가 뒤섞여 기를 쓰고 기침을 참아야 했다. 트림쟁이와 빅터가 두런두런 속닥거리며 다가왔다. 그들은 그대로 비벌리가 있는 포드 자동차를 지나갔다.

비벌리는 숨을 죽여 재빨리 입을 틀어막고 기침을 세 번 억눌렀다.

잘하면 도망칠 수도 있겠다는 생각이 들었다. 포드 자동차의 운전석으로 옮긴 다음 통로로 빠져나가 조심조심 그곳을 떠나는 방법이 최선이었다. 그녀는 해낼 수 있을 거라 믿었지만, 들킬 뻔했다는 충격이 최소한 당분간은 그녀의 용기를 앗아갔다. 포드 자동차 안에 그대로 있는 편이 안전할 것 같았다. 빅터와 트림쟁이가 그곳을 떠났고, 나머지 두 아이도 이내 갈 터였다. 그러고 나면 아지트로 돌아갈 수 있다. 새총 연습 따위는 머릿속에서 사라진 지 오래였다.

게다가, 비벌리는 오줌이 마려웠다.

'제발, 제발, 이놈들아, 여기서 사라져라. 꾸물대지 말고 제발 좀 꺼지라니까!'

잠시 후, 웃음과 고통이 뒤섞인 듯한 패트릭의 기묘한 목소리가 들려왔다.

"15센티미터! 야, 이거 완전히 토치램프잖아! 죽이는데!" 헨리가 소리쳤다.

잠시 침묵이 흘렀다. 비벌리의 등으로 굵은 땀방울이 흘러내렸다. 포드 자동차의 깨진 차창으로 햇볕이 파고들어 목덜미에 뜨겁게 내리쬐었다. 묵직한 방광이 곧 터질 듯했다.

몹시 불편한 상황이었지만 꾸벅꾸벅 잠까지 밀려들었다. 헨리가 난데없이 고함을 지르자, 비벌리는 자기도 모르게 비명을 지를 뻔했다.

"헉스테터, 이 새끼야! 내 궁둥이가 타 버렸잖아! 라이터로 지금 뭐하는 거야, 이 새끼야?"

"25센티미터." 패트릭은 낄낄거렸다. 그 웃음소리에 비벌리는 음식 접시에서 벌레 한 마리가 꿈틀대는 모습을 지켜볼 때처럼 마음 한편이 싸늘해지며 욕지기가 치밀었다. "25센티미터라니까, 헨리. 새파란색이야. 정말 25센티미터라고, 맹세해!"

"라이터 내놔." 헨리가 퉁명스럽게 말했다.

'어서, 어서, 이 골통들아, 제발 좀 꺼지라니까!'

패트릭이 뭐라고 다시 속삭였지만 이번에는 비벌리가 알아들을 수 없을 정도로 작은 목소리였다. 찌는 듯한 폭염 속에서 그녀가 당장 바랄 수 있는 것은 바람 한 점이었다.

"보여 줄 게 있어." 패트릭이 말했다.

"뭔데?" 헨리가 물었다.

"일단 봐." 패트릭이 잠시 말을 멈추었다가 이렇게 덧붙였다. "뿅 가는 기분일 거야."

"뭔데 그러냐니까?"

갑자기 아무 소리도 들리지 않았다.

'저놈들이 무슨 짓을 하건 보고 싶지 않아. 이번에는 자칫 들킬지도 모른단 말이야. 솔직히 지금까지는 운이 좋았던 거야. 그러니까, 숙녀 분, 까불지 말고 가만 있으라고. 절대 저쪽으로 기웃거리지 말고…….'

그러나 비벌리의 분별력도 호기심 앞에는 별 소용이 없었다.

침묵에서 어딘가 낯설고 약간 오싹한 것이 느껴졌다. 그녀는 포드 자동차의 차창 너머로 조금씩 시선을 들었다. 들킬 염려는 안 해도 될 것 같았다. 두 아이 모두 패트릭이 하는 행동에 정신이 팔려 있었다. 비벌리는 눈앞의 광경을 이해할 수 없었지만 그것이 추잡한 짓이라는 것은 알았다……, 패트릭이 워낙 이상한 녀석이라 무슨 짓을 하리라고 예상했기 때문은 아니었다.

패트릭의 한쪽 손은 헨리의 사타구니에, 다른 손은 자신의 사타구니에 자리잡고 있었다. 한쪽 손으로 헨리의 물건을 부드럽게 주물럭거리며, 다른 손으로는 자신의 물건을 비볐다. 정확히 말하자면 그냥 비비는 것이 아니라 잡아당겼다가 놓았다 하며 뭔가……, 쥐어짜듯 했다.

'대체 무슨 짓을 하고 있는 거야?' 비벌리는 어리둥절하고 당황했다.

무슨 짓인지는 알 수 없어도 덜컥 겁이 났다. 욕실 배수 구멍에서 핏줄기가 솟구쳐 사방으로 튀어 오른 뒤로 그처럼 두려운 광경은 처음이었다. 이 짓을 그녀가 봤다는 걸 그들이 아는 날에는 호되게 당할 것 같았다. 아니, 어쩌면 그녀를 정말 죽일지도 몰랐다. 그러나 비벌리는 시선을 돌릴 수 없었다.

패트릭의 물건이 약간 길어졌지만 별 차이는 없었다. 사타구니에 매달린 모양이 뼈 없는 뱀 같았다. 그러나 헨리의 물건은 몰라볼 정도로 커졌다. 물건이 단단하게 곧추서서 배꼽을 찌를 기세였다. 패트릭의 손이 헨리의 물건을 위아래로 움직이다가 살짝 쥔 후 다시 움직이고, 이따금 물건 밑의 묵직한 주머니 같은 것을 간질거리기도 했다.

'저게 불알인가 보네. 남자 아이들이 내내 저런 걸 달고 돌아다닌다는 얘긴가? 맙소사, 나라면 돌 거야!' 그때 마음 한편에서 이렇게 속살거렸다. '빌도 가지고 있을걸.' 자기도 모르게 그녀는 마음속으로 빌의 고환을 쥐고 잔처럼 손으로 감싸쥔 채 그 느낌이 어떨까 시험하는 상상을 해 보았다……. 그러자 또다시 흥분이 온몸을 꿰뚫고 내달리며 성난 불꽃을 번쩍였다.

헨리는 넋 나간 표정으로 패트릭의 손을 내려다보았다. 옆에 놓인 라이터가 뜨거운 폭염을 반사했다.

"빨아 줄까?" 패트릭이 물었다. 두툼한 입술이 헤벌쭉 열려 있었다.

"뭐?" 헨리는 달콤한 꿈에서 깨어나듯 놀란 표정으로 되물었다.

"하고 싶으면 내 입으로 네 걸 빨아 준다고. 돈은 필요없……."

헨리는 주먹을 반쯤 움켜쥐더니 냅다 패트릭의 얼굴을 후려쳤다. 패트릭이 얼굴을 감싸며 고꾸라졌다. 머리가 자갈에 부딪히는 소리가 들렸다. 비벌리는 잽싸게 몸을 웅크리며 얕은 신음을 억눌렀다. 패트릭을 쓰러뜨린 후, 돌아서는 헨리와 조수석에 웅크리고 있던 자신의 눈길이 마주친 느낌이 들었다.

'이크, 제발 햇빛에 눈이 부셔 못 봤어야 하는데. 그래, 까불거리며 엿보는 게 아니었어. 하느님, 제발.'

숨막히는 시간이 흘렀다. 흰색 블라우스가 땀으로 젖어 벽지처럼 몸에 들러붙었다. 굵은 땀방울이 햇빛에 익은 팔뚝에 송골송골 맺혔다. 방광이 터질 것처럼 아팠다. 금방이라도 오줌이 나올 것 같았다. 자포자기의 심정으로 어서 헨리의 성난 얼굴이 차창에 비추기를 기다렸다. 곱씹어 봐도 그가 못 봤을 확률은 없었다. 아마 그녀를 거칠게 차 안에서 끌어낸 다음 발길질부터 할 것이다. 그리고……, 훨씬 두렵고 끔찍한 생각이 떠올랐다. 한편으론 오줌을 참느라 온몸이 뒤틀리는 기분이었다. 헨리가 자신의 물건으로 그녀에게 무슨 짓을 하지는 않을까? 비벌리는 충분히 그러고도 남을 거라고 생각했다. 오싹한 깨달음에 숨이 막혀 가슴이 터질 것 같았다. 헨리가 자신의 물건을 그녀의 몸속에 집어넣으려고 한다면, 그 자리에서 미쳐 버릴지도 몰랐다.

'제발, 하느님 제발, 들키지 않게 해 주세요. 제발, 예?'

그때 헨리의 목소리가 들렸는데, 겁에 질린 비벌리에겐 귓가에서 속삭이듯 가까이 느껴졌다. "내가 변태인 줄 알아, 이 새끼야?"

좀더 멀리서 패트릭의 목소리가 흘러나왔다. "너도 좋아했잖아."

"좋아하긴, 누가 좋아했다고 그래! 오늘 일 어디 가서 주둥이 함부로 놀려 봐라, 죽여 버릴 테니까! 알았어, 이 호모 새끼야!" 헨리는 버럭 고함을 질렀다.

"딱딱해졌잖아." 패트릭이 말했다. 목소리에 웃음기가 묻어 있었다. 비벌리는 헨리를 무척 두려워했지만 그런 상황에서 패트릭이 웃은 것에 놀라지 않았다. 패트릭은 미치광이였고, 어쩌면 헨리보다 훨씬 미쳤는지도 몰랐다. 미친 사람 눈에는 뵈는 게 없다는 말도 있으니까. "난 봤다고."

패트릭의 목소리가 다시 들려오는가 싶더니, 곧이어 자갈 밟는 소리가 가까워졌다. 비벌리는 고개를 들다가 눈이 휘둥그레졌다.

포드 자동차의 차창 바로 앞에 헨리의 뒤통수가 나타났다. 패트릭을 바라보느라 돌아서 있지만 고개만 살짝 돌려도…….

"주둥아리 놀려 봐라, 네가 호모라는 걸 까발릴 테니까. 그러고 나서 목을 따 버리겠어."

"겁주지 마, 헨리." 패트릭이 낄낄대며 말했다. "하지만 네가 1달러만 주면 입 다물고 있을걸."

헨리가 불편한 기색으로 이리저리 몸을 흔들었다. 그가 약간 몸을 돌리자 뒤통수 대신 옆얼굴의 4분의 1 정도가 비벌리에게 드러났다. '제발, 하느님, 제발.' 절박한 심정으로 기도해 보지만 방광에서 느껴지는 묵직한 고통도 참기 어려웠다.

"주둥아리 놀리면……." 헨리는 목소리에 지그시 힘을 주다가 의도적으로 잠시 뜸을 들였다. "네가 고양이들을 어떻게 했는지 까발려 주겠어. 아, 개도 있지. 짭새들한테 그 냉장고에 대해 말해 줄 생각이야. 그럼 어떻게 될까, 헉스테터? 너는 그날로 일급 정신병원에 처박힐걸."

패트릭은 아무 말도 하지 않았다.

헨리는 포드 자동차의 보닛을 손가락으로 두드렸다. "내 말 알아들어?"

"알았어." 패트릭은 한풀 꺾인 목소리로 대꾸했다. 약간 겁먹은 느낌이 전해졌다. 하지만 갑자기 버럭 소리를 질렀다. "너도 좋아했잖아! 딱딱해졌어! 내가 본 것 중에서 가장 컸단 말이야!"

"그래, 엄청 많은 자지를 보고 돌아다녔겠지, 이 호모 새끼야. 너는 냉장고만 기억해 두면 돼. 네놈의 냉장고 말이야. 그리고 또 한번 나한테 기어오르면 그땐 개박살날 줄 알아."

패트릭은 잠잠했다.

헨리가 걷기 시작했다. 비벌리는 재빨리 고개를 돌리고 포드 자동차의 운전석 옆을 지나가는 헨리의 모습을 엿보았다. 헨리가 약간만 고개를 왼쪽으로 돌려도 비벌리를 볼 수 있었을 것이다. 그러나 그는 곧장 걸어가 버렸다. 잠시 후 헨리는 빅터와 트림쟁이가 앞서 사라진 방향으로 멀어졌다.

이제 패트릭 혼자 남았다.

비벌리는 잠시 기다렸지만 패트릭에게서 아무런 움직임도 느껴지지 않았다. 5분 정도 더 기다렸다. 무엇보다 오줌이 마려워 죽을 지경이었다. 이삼 분 정도는 더 참을 수 있겠지만, 그 이상은 생각조차 하기 싫었다. 하지만 패트릭이 지금 어디에 있는지 알 수 없어 불안했다.

비벌리가 다시 한번 차창 주위로 얼굴을 내밀었을 때 패트릭은 아까 그 자리에 앉아 있었다. 헨리는 라이터를 깜박 잊고 간 모양이었다. 패트릭은 주섬주섬 교과서를 가방에 집어넣고 신문 배달원처럼 가방을 목에 걸었지만, 팬티와 바지는 여전히 발목까지 내려진 상태였다. 그는 라이터를 갖고 놀았다. 아주 빠른 동작으로 라이터를 켰다가 뚜껑을 닫은 뒤 다시 켜기를 되풀이했지만, 환한 날씨 때문에 라이터 불빛은 거의 눈에 띄지 않았다. 라이터 불에 넋 나간 표정이었다. 입가에서 피가 흘러내리고 입술 오른쪽이 퉁퉁 부었다. 하지만 패트릭은 상처에는 아무 관심이 없어 보였으므로 비벌리는 또 한 번 역겨운 느낌에 몸서리를 쳤다. 아무튼 패트릭은 단단히 미친 것 같았다. 그 아이처럼 무조건 멀리 피하고 싶은 사람도 없을 거라는 생각이 들었다.

비벌리는 조심스레 운전대 밑으로 파고들었다. 우선 운전석 밖으로 나가 납작 엎드린 채 포드 자동차 뒤로 기어갔다. 그리고 달리기 시작했다. 폐차 더미 너머 소나무 숲으로 뛰어들어 뒤를 살폈다. 아무도 없었다. 쓰레기 매립장은 햇볕을 받으며 꾸벅꾸벅 조는 것처럼 나른해 보였다. 안도감으로 가슴과 뱃속이 후련해지는 느낌이 들었으나 일단 오줌부터 누고 볼 일이었다.

서둘러 비좁은 길을 따라 내려가다 오른쪽으로 꺾어졌다. 몸을 가릴 만한 덤불을 찾아 달려갔다. 옻나무가 없는지 재빨리 훑어본 후, 쪼그리고 앉아 균형을 잡기 위해 굵직한 나뭇가지를 붙잡았다.

매립장에서 발소리가 들려오자, 비벌리는 곧바로 치마를 올렸다. 덤불 사이로 파란색 데님 바지와 체크 무늬 교복 상의가 스쳤다. 패트릭이었다. 그녀는 다시 자세를 낮추고 패트릭이 캔자스 쪽으로 사라지기를 기다렸다. 덤불 때문에 눈에 띌 염려도 없고 생리 현상도 해결했으니 패트릭이 자신만의 정신 나간 세상을 찾아 떠나길 기다리는 일만 남았다. 그 다음에는 전력으로 달려서 친구들의 아지트로 돌아갈 생각이었다.

그러나 패트릭은 그대로 지나가지 않았다. 비벌리가 있는 바로 맞은편 길목에 멈추더니 아마나 냉장고를 물끄러미 바라보았다.

비벌리는 덤불을 이용해 들키지 않고 패트릭을 관찰할 수 있었다. 안도감과 함께 또 호기심이 동하기 시작했다. 게다가 설사 패트릭에게 들킨다고 해도 뜀박질로 이길 자신이 있었다. 벤만큼 뚱뚱한 편은 아니지만, 패트릭도 뒤룩뒤룩 살이 오르고 땅딸막한 체구였다. 그러나 손으로 치마 주머니를 더듬어 새총과 여섯 개의 쇠구슬을 꺼냈다. 미친 아이든 아니든, 일단 무릎 쪽에 한 방 먹이면 제대로 뛰지 못할 터였다.

비벌리는 방금 전에 헨리가 말한 냉장고를 떠올렸다. 매립장에 버려진 냉장고가 한둘이 아니었지만, 문득 패트릭이 바라보는 냉장고는 유일하게 맨디 파지오의 불도저에도 짓밟히지 않고 성한 모습이라는 사실을 깨달았다.

패트릭은 콧노래를 흥얼거리며 녹슨 냉장고 주변을 서성였고, 비벌리는 또 한번 서늘한 기분을 느꼈다. 그 모습이 마치 공포 영화에서처럼 토굴 밖으로 망자의 영혼을 불러내려는 사람 같았기 때문이다.

'대체 또 무슨 꿍꿍이지?'

그러나 패트릭이 무슨 짓을 할지, 개인적인 제식을 마치고 냉장고 문을 열었을 때 무슨 일이 벌어질지 알았더라면, 비벌리는 정신없이 도망쳤을 것이다.

마이클 핸론을 포함해서 누구도 패트릭 헉스테터가 어느 정도까지 미쳤는지 알지 못했다. 패트릭은 열두 살이었으며, 그의 아버지는 페인트 외판원이었다. 어머니는 독실한 가톨릭 신자로서, 패트릭이 데리의 악령에 의해 죽임을 당한 지 4년 후인 1962년 유방암으로 세상을 떠났다. 패트릭은 지능 검사에서 다소 낮기는 해도 보통 수준이라는 결과가 나왔지만 이미 1학년과 3학년 두 차례에 걸쳐 유급을 당한 후였다. 패트릭은 그해 여름방학 보충 수업을 들었으므로 5학년에서 또 유급당할 위기는 넘겼다. 교사들도 패트릭의 학습 부진과 무감각을 간파했고(이런 사실은 데리 초등학교 성적표의 여섯 줄짜리 교사 평가란에도 언급됐다), 문제가 꽤 심각하다는 사실도 모르지 않았다(이 부분에 대해서는 언급이 없다. 교사들의 심정이 복잡하고 혼란스러웠으므로 여섯 줄이 아니라 예순 줄로도 표현하기 어려웠을 것이다). 패트릭이 10년만 늦게 태어났더라면 상담 교사의 손에 이끌려 아동 정신과 전문의에게 보내져(물론 아닐 수도 있다. 왜냐하면 패트릭은 지능 검사 결과보다 훨씬 똑똑했기 때문이다) 학습 부진과 창백하고 둥그스름한 얼굴 이면에 은폐된 근원적인 공포가 발견됐을지 모른다.

패트릭은 1958년 무더웠던 7월부터 이미 반사회적 성향을 짙게 드러내고 있었다. 그는 다른 사람들(다른 생물까지 모두 포함해서)을 '진짜'라고 생각한 게 언제인지 기억할 수 없었다. 그는 자신이 실재 생물이라고, 아마도 우주 안에서 단 하나뿐인 실재 생물이라고 믿었지만, 결코 그의 실재가 그를 '진짜'로 만들어 주지는 못했다. 그는 다침에 대해 몰랐고, 정확히 말하자면 다치는 것에 대해 아무 느낌이 없었다(쓰레기 매립장에서 헨리에게 주먹질을 당하고도 그것에 무관심하던 게 단적인 예이다). 그러나 그가 진실이란 완전히 무의미한 개념이란 것을 발견한 반면, '규칙'의 개념은 정확히 이해했다. 모든 교사들이 패트릭의 비정상을 간파하고 있었지만(5학년 담당인 더글러스 선생과 3학년 때 맡았던 윔스 여선생도 패트릭의 필통에 파리가 가득 차 있다는 것을 알았다. 그리고 두 사람 모두 그것이 함축한 뜻을 전적으로 무시하지 않았지만, 둘 다 스물에서 스물여덟 명에 이르는 다른 학생들이 있었고, 둘 다 자신의 문제들이 있었다), 누구도 패트릭과 심각한 교칙상의 문제로 마찰을 빚은 일은 없었다. 시험 시간에 백지 답안을 제출하기도 하고 (때론 큼지막한 물음표 하나를 달랑 그려 넣을 때도 있었다) 못된 손버릇 때문에 더글러스 선생이 패트릭 곁에서 여자 아이들을 멀리 떨어뜨리는 것이 상책이라고 생각하기는 했지만, 그는 늘 지나치게 조용해서 볼썽사나운 조각상처럼 교실에 있는지조차 모를 때가 많았다. 헨리 바워스와 빅터 크리스처럼 눈에 띄게 파괴적이고 무례하거나, 그 밖에 다른 아이들의 급식비를 빼앗고 틈만 나면 학교 기물을 거리낌없이 부수는 남자 아이들, 또는 안된 얘기지만 영화 배우와 이름이 똑같은 엘리자베스 테일러처럼 간질 발작에다 머리까지 지독히도 아둔해 여차하면 운동장에서 치마를 들어 올리고 팬티를 자랑하는 바람에 교사들이 달려들어야 하는 여자 아이까지, 교사들이 상대해야 할 문제아들이 득실대는 상황에서 솔직히 패트릭처럼 조용히 낙제하는 아이에게 관심을 기울이기란 쉬운 일이 아니었다.

다시 말해 데리 초등학교는 전형적인 혼돈의 교육장이었으며, 페니와이스도 놀랄 만큼 아슬아슬한 곡예가 언제 어디에서 벌어질지 모르는 곳이었다. 그리고 확실히 (패트릭의 양친을 포함해서) 교사들 중 누구도 패트릭이 다섯 살 때 동생 에이버리를 살해했다고 의심하는 이는 없었다.

패트릭은 어머니가 어느 날 병원에 갔다가 갓난아이를 안고 돌아온 사실을 반기지 않았다. 물론 부모님이 아이 둘을 키우든, 다섯을 키우든, 쉰 명을 키우든, 그 때문에 자신의 계획표에 이상만 생기지 않는다면 솔직히 상관없었다(처음에는 혼잣말처럼 그렇게 되뇌곤 했다). 그러나 패트릭은 에이버리가 문제라는 사실을 깨달았다. 우선 식사가 늦게 나왔다. 게다가 밤새 우는 통에 밤잠을 설치기 일쑤였다. 부모님은 항상 에이버리가 누워 있는 유아 침대에 매달려 있는 것 같았고, 패트릭이 몇 번씩 부모님의 관심을 끌려고 시도해 봐도 아무 소용이 없었다. 두려움을 거의 모르는 패트릭이 유일하게 몇 차례 겁을 집어먹은 경우가 그때였다. 자기 자신도 부모님이 병원에서 데려왔고, '진짜'로 존재하고 있으니 에이버리도 당연히 '진짜'였다. 게다가 에이버리가 걷고 말하고 현관 계단에서 아버지의 신문을 가져오고, 어머니가 시키는 대로 접시를 나를 수 있을 정도로 자라면, 그땐 부모님이 패트릭 자신을 없애 버릴지 모른다는 생각이 들었다. 패트릭은 부모님이 에이버리를 더 사랑하기 때문에 두려운 것은 아니었다(비록 부모님이 에이버리를 더 아끼는 게 패트릭의 눈에는 분명해 보였지만, 이 경우에 그의 판단은 옳은 것 같다). 패트릭이 당시 신경 쓰고 두려워한 부분은 하나, 에이버리가 등장한 이후 규칙이 깨지거나 바뀌었고 둘, 에이버리가 진짜일 가능성이 크며 셋, 부모님이 에이버리를 선택하고 패트릭 자신을 버릴지 모른다는 것이었다.

어느 날 오후 2시 30분께, 패트릭은 유치원 버스를 타고 돌아오자마자 에이버리의 방으로 들어갔다. 때는 1월이었다. 밖에는 눈이 막 내리기 시작했다. 매서운 바람이 매캐런 공원을 지나 얼어붙은 2층 덧문을 두드렸다. 어머니는 침실에서 낮잠을 자고 있었다. 에이버리가 밤새 울어서 잠을 제대로 못 잔 탓이었다. 아버지는 직장에 있었다. 에이버리는 아기 침대에 엎드린 채 고개를 한쪽으로 돌리고 잠들어 있었다.

패트릭은 동그스름하고 무표정한 얼굴로 침대를 들여다보다가 에이버리의 머리를 돌려 베개에 파묻었다. 에이버리는 코를 킁킁 대다가 다시 고개를 옆으로 돌렸다. 패트릭은 그 모습을 바라보며 생각에 잠겼고, 노란색 장화에 묻은 진눈깨비가 바닥으로 녹아 내렸다. 5분쯤 지났을까(신속한 사고는 패트릭의 전공이 아니었다) 패트릭은 다시 한번 에이버리의 머리를 돌려놓고 한동안 눌렀다. 에이버리가 그의 손아래서 몸부림치며 동요했다. 그러나 아기의 몸부림은 미약했다. 패트릭은 동생의 머리에서 손을 떼었다. 에이버리는 고개를 돌리고 한 차례 칭얼대더니 이내 잠들었다. 별안간 바람이 세게 불며 창문을 흔들었다. 패트릭은 동생의 칭얼거림 때문에 어머니가 잠에서 깰지 몰라 잠시 기다렸다. 어머니는 깨지 않았다.

이제 패트릭은 대단한 흥분에 빠져 들었다. 세상이 처음으로 또렷하게 앞에 놓인 것 같았다. 패트릭의 감정 체계에는 심각한 결함이 있었지만, 그 짧은 순간에 온몸으로 느낀 감정은 색맹인 사람이 잠시 동안 색깔을 구별할 수 있을 것 같다고 느낄 때와 비슷했다. 또는 자신의 머리가 로켓처럼 우주 궤도를 항해한다고 느끼는 아편쟁이의 기분과도 유사할지 몰랐다. 아무튼 패트릭에게는 새로운 기분이었다. 그런 기분을 맛볼 수 있을 거라고는 생각조차 하지 못했다.

패트릭은 아주 부드럽게 에이버리의 얼굴을 다시 베개에 파묻었다. 이번에는 에이버리가 버둥거려도 손을 떼지 않았다. 패트릭은 더욱 세게 동생의 머리를 베개에 처박았다. 베개에 눌린 갓난아기가 칭얼대자, 패트릭은 자칫 어머니가 깰지도 모른다고 생각했다. 어머니가 깨면 자신의 행동을 말릴 것이라는 생각도 들었다. 그래서 손에 더욱 힘을 주었다. 아이는 계속 바동거렸다. 패트릭은 손을 떼지 않았다. 이윽고 에이버리는 잠잠해졌다. 패트릭은 5분 정도 더 동생의 머리를 짓눌렀으며, 그동안 짜릿한 전율이 파도처럼 밀려왔다가 썰물처럼 빠져나가는 것을 느꼈다. 파도는 점점 멀리 뒷걸음쳐 사라졌고, 세상은 다시 잿빛으로 돌아와 졸리고 나른해졌다.

패트릭은 아래층으로 내려가 혼자 과자와 우유를 먹었다. 30분쯤 지나자 어머니가 내려와 인기척도 못 들었는데 언제 왔냐며 반기면서도 여전히 피곤한 기색을 감추지 못했다('더 이상 힘들지 않을 거예요, 엄마. 걱정 마세요, 제가 다 고쳐 놨으니까요.' 패트릭은 생각했다). 어머니는 패트릭 곁에 앉아 과자를 한 개 집어먹으면서 유치원에서 어떻게 지냈냐고 물었다. 패트릭은 잘 지냈다고 말한 후, 그날 그린 집과 나무 그림을 보여 주었다. 그러나 패트릭이 내민 도화지에는 검정과 갈색 크레용으로 아무렇게나 그려 놓은 무의미한 동그라미 몇 개가 전부였다. 어머니는 아주 멋진 그림이라고 칭찬했다. 패트릭은 검정과 갈색 크레용으로 낙서한 동그라미 그림을 매일 집으로 가져왔다. 똑같은 그림을 가리키며 어떤 때는 칠면조라고 했고, 크리스마스 트리라고 했다가, 꼬마 아이라고 말할 때도 있었다. 어머니는 그때마다 멋진 그림이라고 말해 주었다……, 그러나 가끔은 걱정이 들었다. 너무도 마음속 깊은 곳에 한편의 생각이라 자신이 걱정한다는 것도 거의 몰랐지만. 알 수 없이 똑같게 검은색과 갈색으로 서툴게 그린 커다란 동그라미들에는 마음을 심란하게 하는 뭔가가 있었다.

패트릭의 어머니가 에이버리의 죽음을 발견한 시간은 5시가 다

되어서였다. 그때까지는 오늘따라 아기가 낮잠을 오래 잔다고 생각했다. 패트릭은 7인치 텔레비전에 나오는 만화 영화 「십자군 토끼」최초의 텔레비전 만화 영화로 알려진 작품를 보았으며, 나중에 잇따른 혼란 속에서도 여전히 텔레비전 앞에 앉아 있었다. 패트릭의 어머니가 아기를 안고 아래층으로 내려왔을 때는 「훨리버드」가 방영 중이었다(그녀는 비명을 지르며 죽은 아기를 안고 주방문을 열어 놓았다. 차가운 공기를 쐬면 아이가 살아날지 모른다는 맹목적인 생각 때문이었다. 한편 패트릭은 집 안에 찬바람이 들어와 썰렁해지자 옷장에서 스웨터를 꺼내 입었다). 헉스테터 씨가 직장에서 돌아온 것은 벤 한스컴이 가장 즐겨 보는 「고속도로 순찰대」의 방영 시간이었다. 의사가 도착했을 때는 「과학 소설 극장」의 사회자 트루먼 브래들리가 등장해 "이 우주에 얼마나 불가사의한 일들이 많은지 아십니까?"라는 질문을 던지고 있었다. 트루먼 브래들리가 진지한 표정에 잠겨 있는 동안, 주방에서 어머니가 울부짖으며 아버지의 팔에 안겨 몸부림쳤다. 의사는 패트릭의 침착하고 거리낌없는 눈빛을 보면서 아이가 쇼크 상태에 빠졌다고 추측했다. 의사는 패트릭에게 알약을 한 알 주었다. 패트릭은 별다른 반응을 보이지 않고 약을 먹었다.

사건은 유아의 돌연사로 결론 났다. 몇 년 후라면 일반적인 유아 돌연사 증후군의 사례에 비추어 보더라도 그때의 사건이 예외적일 정도로 불운하고 참담했다는 의혹이 제기됐을지 모른다. 그러나 에이버리가 죽은 당시만 해도 사망 원인에 아무런 의혹이 없었으므로 곧바로 사망 신고를 하고 죽은 아기를 땅에 묻었다. 패트릭은 식사가 예전처럼 제시간에 준비된다는 사실에 대단히 만족했다.

그날 오후에서 저녁까지의 극심한 혼란 속에서(집집마다 사람들이 우르르 몰려나왔고, 홈 병원의 구급차 사이렌 불빛이 요란하게 거리를 휩쓸었으며, 헉스테터 부인의 절규는 좀처럼 진정되지 못했다), 패트릭의 아버지만이 어렴풋하게나마 진실의 그림자에 가까이 다가섰다. 그는 에이버리의 시체가 실려 가고 20분쯤 지났을 무렵 휑뎅그렁한 유아 침대를 멍하니 바라보며 어떻게 그런 일이 벌어졌을까 싶어 황망한 표정으로 서 있었다. 그렇게 시선을 떨구다가 목재 바닥에서 신발 자국을 발견한 것이다. 패트릭의 노란색 장화에서 눈이 녹으면서 생긴 흔적이었다. 그는 바닥을 살펴보다가 깊은 갱도에서 유독 가스와 맞닥뜨린 것처럼 마음 한편에 섬뜩한 생각이 떠오르는 것을 어쩌지 못했다. 그의 한쪽 손이 천천히 입가로 향했고 두 눈은 휘둥그레졌다. 머릿속에 그림이 그려지기 시작했다. 그러나 그림이 완전히 그려지기 직전, 그는 방문 윗부분이 부서질 정도로 격하게 문을 닫고 밖으로 나왔다.

그는 패트릭에게 한마디도 묻지 않았다.

패트릭은 다시는 그런 끔찍한 짓을 저지르지 않았지만, 또다시 그럴 만한 상황이 없었기 때문이라는 편이 적절할 것이다. 그는 죄책감을 느끼지 않았고 악몽도 꾸지 않았다. 그러나 시간이 흐를수록 그때 붙잡혔다면 자신에게 무슨 일이 벌어졌을까 곰곰이 생각하는 시간이 많아졌다. 세상에는 규칙이 있는 법이다. 그것을 따르지 않거나……, 위반하고 붙잡힌다면 안 좋은 일을 당할 것이다. 감옥에 갇히거나 전기 의자에 앉아야 하는 운명 말이다.

그러나 그때 느낀 (현란하고 관능적인) 흥분은 매우 강렬하고 짜릿해서 완전히 포기하기는 어려웠다. 패트릭은 파리를 죽이기 시작했다. 처음에는 집에 있는 파리채를 사용하다가 나중에는 플라스틱 자로 충분히 파리를 죽일 수 있다는 사실을 발견했다. 끈끈이로 파리를 잡는 방법도 마음에 들었다. 끈적끈적한 물질을 바른 그 기다란 종이는 코스텔로 상가에서 2센트만 주면 살 수 있었다. 패트릭은 종종 차고에다 끈끈이를 매달아 놓고 두 시간 가까이 지켜 서서 파리가 끈끈이에 달라붙어 버둥대는 모습을 바라보곤 했다. 그때마다 입은 헤 벌어지고 흐리멍덩한 눈동자에 전율의 빛이 번쩍였으며, 동그스름한 얼굴과 살찐 몸뚱이에 굵은 땀방울이 흘렀다. 딱정벌레도 죽였지만 일단은 산 채로 잡으려고 애썼다. 이따금 어머니의 바늘겨레에서 기다란 바늘을 뽑아 알풍뎅이에 꽂고 죽어 가는 모습을 지켜볼 때도 있었다. 그 무렵 헉스테터의 표정은 책을 아주 많이 읽는 아이의 그것과 비슷했다. 한번은 로어 메인 가에서 차에 치여 도랑으로 굴러 떨어져 죽어 가는 고양이를 발견하고, 나이 든 아주머니가 나타날 때까지 발로 짓이긴 일도 있었다. 아주머니는 보도를 쓸려고 들고 있던 빗자루를 헉스테터에게 휘두르며 소리쳤다. "어서 집으로 가! 너 도대체 누구야, 미쳤어?" 패트릭은 집으로 갔다. 늙은 아주머니한테 화가 나지는 않았다. 규칙을 깨다가 걸렸을 뿐이다.

그리고 1년 전(바로 그날 조지 덴브로가 살해당했다는 사실에 마이클 핸론이나 다른 누구도 그다지 놀라지 않았다), 패트릭은 녹슨 아마나 냉장고를 발견하기에 이르렀다. 쓰레기 매립장에 버려진 커다란 냉장고는 그 자체로 또 하나의 매립장이 될 만했다.

비벌리처럼 헉스테터도 매년 숱한 아이들이 버려진 전기 제품

속에서 죽어 간다는 경고를 학교에서 들어 알고 있었다. 헉스테터는 그 냉장고를 한참 바라보며 이런저런 공상을 했다. 불현듯 에이버리를 죽였을 때와 흡사할 정도의 전율이 느껴졌다. 마음속에 이미 궁리한 것이 있는지라, 으스스하고 악취가 진동하는 쓰레기 더미 속에서 그때의 흥분이 되살아났다.

일주일 후, 헉스테터의 집에서 세 집 떨어진 루이스 가족은 비비라는 고양이를 잃어버렸다. 루이스 집 아이들은 고양이가 정확히 언제부터 없어졌는지 몰라 무작정 이웃을 돌며 몇 시간이나 찾아 다녔다. 그들 가족은 사례금을 걸고 《데리 뉴스》의 분실 신고란에 고양이를 찾는다는 광고까지 냈다. 별다른 소식이 없었다. 그날 누군가 좀약 냄새가 풀풀 나는 두툼한 파커 차림(57년 가을 물난리가 난 직후부터 매서운 추위가 불어 닥쳤다)의 헉스테터가 종이 상자를 들고 가는 모습을 목격했다고 해도 딱히 달라질 것은 없었다.

추수 감사절 열흘 전, 헉스테터의 집 뒤쪽으로 한 블록 정도 떨어진 잉스톰 가족은 애지중지하던 강아지를 잃어버렸다. 그 뒤 6개월에서 8개월 사이, 개나 고양이를 잃어버린 집들이 속출했다. 물론 그 모든 것이 패트릭의 짓이었고, '지옥의 땅뙈기'에서 길을 잃고 헤매는 동물들까지 죄다 그의 손아귀에 걸려들었다.

패트릭은 잡아 온 동물들을 쓰레기 매립장 주변의 녹슨 아마나 냉장고 속에 차례차례 집어넣었다. 동물을 잡아 올 때마다 가슴이 벅차오르고 전율로 핏발 선 두 눈에 물기마저 어렸다. 혹시 맨디 파지오가 냉장고를 끌고 가거나 커다란 망치로 박살내지는 않을까 걱정했지만, 맨디는 유독 그 아마나 냉장고에는 손을 대지 않았다. 어쩌면 그때까지도 그것을 발견하지 못했거나 패트릭의 특별한 힘에 의해 접근하지 못했거나……, 그도 아니면 패트릭 이외의 다른 힘이 냉장고를 보호하고 있었는지도 몰랐다.

잉스톰의 애완견은 가장 오랫동안 살아남았다. 살을 에듯 추웠는데도, 헉스테터가 세 번째 찾아갔을 때까지도 풀 죽은 모습으로 살아 있었다(종이 상자에서 꺼내 냉장고에 집어넣었던 첫날만 해도 끊어져라 꼬리를 흔들며 헉스테터의 손등에 뛰어올랐다). 그 다음 날 찾아왔을 때는 거의 도망칠 뻔했다. 패트릭은 강아지를 쫓아 매립장 곳곳을 들쑤시고 다니다가 가까스로 뒷다리 하나를 움켜잡았다. 강아지는 붙잡히는 순간 작지만 날카로운 이빨로 패트릭을 깨물었다. 패트릭은 신경 쓰지 않았다. 그냥 강아지를 들고 와 냉장고에 집어넣었을 뿐이다. 그 과정에서 사타구니 사이가 빳빳해지며 짜릿한 기분을 느꼈다. 드문 일이 아니었다.

이틀째 되는 날, 강아지는 다시 냉장고에서 나오려고 발버둥을 쳤지만 움직임은 많이 둔해졌다. 패트릭은 아마나 냉장고의 녹슨 문짝을 꽝 닫아 버리고 거기에 기대앉았다. 안에서 문 긁는 소리가 들렸다. 낑낑대는 울음소리도 들렸다. “괜찮은 강아지야.” 패트릭 헉스테터는 혼잣말로 중얼거렸다. 그는 두 눈을 감고 숨을 몰아쉬었다. “정말 좋은 강아지야.” 사흘째 되는 날, 냉장고 문을 열자 강아지는 축 늘어져 눈동자만 겨우 움직였다. 옆구리 쪽이 얕고 빠르게 들썩였다. 패트릭이 다음날 돌아왔을 때, 주둥이와 코에 거품이 얼어붙은 채 죽어 있었다. 그 모습에서 코코넛 아이스크림이 떠올랐고, 냉장고에서 개를 꺼내 덤불에 던지는 동안 줄곧 냉혹한 웃음이 입가에서 떠나지 않았다.

그해 여름에는 제물을 찾기 어려웠다(패트릭은 물론 제물이라는 표현을 한번도 사용한 일이 없으며 '실험 동물'이라고 생각했다). 현실 인식뿐 아니라 패트릭의 자기 보존 능력과 직관력은 놀랄 정도로 발전했다. 자신이 의심받고 있다는 사실도 눈치 채고 있었다. 누구인지는 확실하지 않았다. 잉스톰 씨? 그럴지도 몰랐다. 잉스톰 씨는 그해 봄날 슈퍼마켓에서 패트릭을 돌아보더니 한참 동안 의혹의 눈초리를 보낸 일이 있었다. 조셉 부인? 마찬가지였다. 그녀는 종종 거실 창가에서 망원경을 들고 앉았는데, 헉스테터 부인에 따르면 "참견 좋아하는 수다쟁이"였다. 차 뒤에 미국 야생 동물 보호 협회 스티커를 달고 다니는 제크보이스 씨? 넬 씨? 아니면 다른 누구? 패트릭은 그 사람이 누구인지는 몰랐지만 의심받고 있다는 사실을 직감했으며, 자신의 직감을 곰곰이 따져 본 일은 없었다. 그는 지옥의 땅뙈기에 버려진 건물 사이에서 배회하는 동물들 중에 비쩍 마르고 병든 것들만 골라서 잡았고, 그것으로 끝이었다.

그러나 패트릭은 매립장 주변의 그 냉장고가 자신에게 이상할 만큼 강렬한 영향을 미쳤다는 사실을 깨달았다. 학교에서 지루해질 때면 냉장고 그림을 그리기 시작했다. 냉장고가 꿈속에 나타나서, 높이가 20미터나 되는 거대한 흰색의 납골당처럼 싸늘한 달빛 아래 빛을 발하기도 했다. 꿈을 꿀 때마다 냉장고의 커다란 문이 활짝 열리고 그 안에서 큼지막한 눈동자가 그를 노려보았다. 패트릭은 흥건한 식은땀 속에서 눈을 떴지만 냉장고의 즐거움을 완전히 포기하지 못했다.

오늘 패트릭은 마침내 자신을 의심하는 사람이 누구인지 알아냈다. 헨리 바워스였다. 헨리 바워스가 사체 보관소나 다름없는 냉장고의 비밀을 알고 있다는 사실 때문에 패트릭은 돌연한 공포에 사로잡혔다. 그에게 심각한 공포라는 건 어울리지 않았지만 어쨌든 그는 정신적인 불안감을 느끼고 중압감과 함께 불쾌한 기분을 맛보았다. 패트릭이 가끔 규칙을 위반한다는 사실을 헨리는 알고 있었다.

가장 최근에 패트릭이 제물로 삼은 동물은 이틀 전에 잭슨 가에서 입수한 비둘기였다. 비둘기는 차에 치여 날지 못했다. 패트릭은 차고에서 종이 상자를 꺼내 주운 비둘기를 집어넣었다. 비둘기가 패트릭의 손등을 몇 차례 쪼는 바람에 여기저기 작은 피멍이 들었다. 패트릭은 신경 쓰지 않았다. 다음날 냉장고를 확인해 보니 비둘기는 죽었지만 패트릭은 사체를 치우지 않았다. 하지만 이제 헨리의 협박을 들은 이상 곧바로 죽은 비둘기를 냉장고에서 꺼내야겠다고 생각했다. 걸레가 될 만한 헝겊과 물을 가져가 냉장고 내부를 말끔히 치울 생각까지 했다. 냉장고 속에서 좋은 냄새가 날 리 없었다. 헨리가 경찰에 일러바친다면 넬 씨가 냉장고를 확인하러 올 것이고, 냄새만 맡아도 그 안에서 무엇인가 죽었다고 장담할 수 있었다.

패트릭은 소나무 숲에서 녹슨 아마나 냉장고를 바라보며 다짐했다. '헨리가 주둥아리를 놀리면, 나도 헨리가 에디 카스브랙의 팔을 분질러 놓았다고 까발리겠어.' 물론 경찰도 이미 아는 사실이지만 헨리 패거리가 입을 맞춰 그날 헨리의 집에 있었다고 진술하고, 헨리의 미친 아버지까지 그들 편을 들어준 덕분에 에디의 폭행을 입증할 만한 증거는 없는 상황이었다. '하지만 녀석이 먼

저 까발린다면 나도 가만있지 않아. 눈에는 눈, 이에는 이.'

하지만 그건 나중에 신경 쓸 문제였다. 당장은 비둘기를 치우는 일이 급했다. 냉장고 문을 열어 환기를 시키고, 걸레와 물을 가져와 깨끗하게 청소할 생각이었다. 근사한 계획이었다.

그렇게 해서 패트릭은 냉장고 문을 열었고, 그 때문에 죽었다.

처음에는 눈앞에 펼쳐진 광경을 이해하지 못했으므로 그저 얼빠진 표정이었다. 솔직히 패트릭에게는 아무 의미도 없어 보였다. 애써 찾아야 할 숨겨진 의미도 없었다. 패트릭은 그저 냉장고 한쪽에 얼굴을 들이밀고 눈을 치켜떴다.

비둘기의 죽은 몸뚱이는 온데간데없고, 깃털에 덮인 뼈다귀만 남아 있었다. 살 한 점 남지 않았다. 냉동실 바로 아래쪽 내벽에 고기 속살의 색깔을 띤 물체가 십여 개 매달려 있었는데, 생김새가 커다란 조가비 같았다. 패트릭은 그 물체들이 바람에 나부끼듯 살며시 움직인다는 사실을 깨달았다. 그러나 바람 한 점 없는 날씨였다. 패트릭은 인상을 찌푸렸다.

돌연 조가비 모양의 물체 하나에서 곤충의 날개 같은 것이 펼쳐졌다. 그것은 패트릭이 무슨 영문인지 깨닫기도 전에 냉장고와 패트릭의 왼팔 사이로 날아올랐다. 패트릭은 팔뚝에 따끔함을 느꼈다. 입맛을 다시는 듯한 묘한 소리가 났다. 따끔함은 이내 사라졌다. 패트릭은 곧바로 팔이 괜찮아졌다고 생각했지만……, 조가비 모양의 물체는 연한 살색에서 분홍색으로 바뀌다가 느닷없이 시뻘건색으로 변했다.

패트릭은 상식적인 의미에서의 두려움을 아예 모르고 살았지만('진짜'가 아닌 것을 두려워한다니 말이 안 된다) 한 가지만은 끔찍하게 싫어했다. 8월의 어느 날인가, 브루스터 호수에서 헤엄치다 나와 보니 네댓 마리의 거머리가 배와 다리에 붙어 있었다. 패트릭은 아버지가 달려와 거머리를 떼어 줄 때까지 미친 듯이 비명을 질렀다.

지금 패트릭은 팔뚝에 붙은 물체가 날아다니는 거머리 종류라고 생각했다. 놈들이 자신의 냉장고 안에 보금자리를 틀었다고 말이다.

패트릭은 비명을 지르며 팔뚝에 붙은 이상한 거머리를 후려치기 시작했다. 그 물체는 테니스 공만 한 크기로 부풀었다. 세 번째 내리쳤을 때, 그것은 찌익 하는 소리를 내면서 터져 버렸다. 핏방울(물론 패트릭의 것이다)이 튀어 팔꿈치에서 팔목까지 번졌지만, 눈알도 없는 이놈의 젤리 같은 머리통은 여전히 팔뚝에 붙어 있었다. 끝이 부리처럼 튀어나와서 조그만 새의 머리통 같았지만 부리 모양은 납작하거나 뾰족하지 않았다. 관 모양으로 뭉툭한 생김새가 모기의 주둥이 같았다. 놈의 주둥이가 패트릭의 팔뚝에 그대로 꽂혀 있었다.

패트릭은 여전히 비명을 지르며 너덜너덜 짓이겨진 물체를 손가락으로 집어 팔뚝에서 꺼냈다. 살에 파묻혔던 주둥이까지 다 빠져나오자, 그 끝에서 고름처럼 노르스름한 액체와 피가 뒤섞여 흘러나왔다. 팔뚝에 동전만 한 구멍이 생겼지만 아프지는 않았다.

그것은 짓이겨진 상태에서도 온몸을 뒤틀면서 이번에는 패트릭의 손가락을 더듬거렸다.

패트릭은 그것을 집어던지고 돌아섰지만……, 냉장고에 있던 물체들이 한꺼번에 날아올라 냉장고 문을 더듬던 패트릭을 향해 덤벼들었다. 패트릭의 손과 팔과 목에 그 기이한 물체들이 내려앉았다. 이마에 달라붙은 것도 있었다. 이마를 향해 손을 들어 올리다가, 패트릭은 손에 붙은 네댓 개의 물체가 가늘게 몸을 떨며 분홍색에서 붉은색으로 순식간에 뒤바뀌는 광경을 바라보았다.

아프지는 않았다……. 그러나 몸속에서 무엇인가 빠져나가는 느낌이 섬뜩했다. 패트릭은 울부짖으며 기묘한 거머리가 붙어 있는 손으로 자신의 머리와 목을 사정없이 후려치기 시작했다. 패트릭 헉스테터는 속으로 울부짖었다. '이건 진짜가 아니야. 그냥 나쁜 꿈이야. 걱정할 거 없어. 이건 진짜가 아니니까. 아무것도 진짜가…….'

그러나 짓뭉개진 거머리에서 튀기는 핏방울도 윙윙대는 날갯짓 소리도 진짜였으며……, 패트릭 자신의 공포 역시 틀림없는 진짜였다.

그중 하나가 옷 속으로 파고들어 패트릭의 가슴에 달라붙었다. 미친 듯이 가슴을 후려치자 가슴 한 곳에서 핏물이 번지기 시작했다. 그동안 또 한 마리가 냉큼 패트릭의 오른쪽 눈으로 날아들었다. 패트릭은 눈을 질끈 감았지만 별 소용은 없었다. 눈꺼풀에 따끔한 느낌이 전해지더니 눈동자에서 무엇인가 빠져나가는 기분이 들었다. 패트릭은 눈알이 푹 꺼지는 기분을 느끼고 다시 울부짖었다. 그러나 기다렸다는 듯이 벌려진 입속으로 또 그것이 파고들어 자기 자리인 양 혓바닥에 사뿐히 내려앉았다.

고통은 거의 느껴지지 않았다.

패트릭은 비틀거리며 폐차들이 버려진 길목으로 접어들었다. 온몸에 거머리 같은 곤충이 붙어 있었다. 그중에는 엄청난 양을 빨아들이고 부풀어 오르다 풍선처럼 터져 버리는 것들도 있었다. 대부분 몸집이 큰 것들인데, 패트릭의 뜨거운 피를 양껏 빨아 먹은 것 같았다. 패트릭은 입속에 들어간 거머리가 점점 커지는 것 같아 입을 크게 벌렸다. 거머리가 입속에서 터지면 안 된다는 생각뿐이었다.

그러나 패트릭의 걱정대로 그것은 입속에서 그대로 터져 버렸다. 그는 핏덩어리와 산산조각 난 벌레의 살점들을 한꺼번에 뱉었다. 그러고는 더러운 자갈 채취장에 쓰러져 데굴데굴 구르며 비명을 질렀다. 조금씩 비명소리가 잦아졌다.

숨이 끊어지기 직전, 패트릭은 폐차 끝에서 무엇인가 다가오는 것을 느꼈다. 처음에는 맨디 파지오라고 생각하고, 그가 목숨을 구해 줄 거라고 안도했다. 그러나 형체가 가까이 다가오자, 패트릭은 그 얼굴에서 밀랍이 줄줄 흘러내리는 것을 보았다. 점점 밀랍이 굳어져 일정한 어떤(또는 누군가의) 모습을 띠었지만, 이내 다시 줄줄 흘러내리는 것이 정체가 무엇인지, 누구인지 알리고 싶은 마음이 없는 듯했다.

"안녕, 만나자마자 이별이군." 정체 모를 형체가 밀랍을 흘리며 부글부글 끓는 목소리로 말했다. 패트릭은 다시 비명을 지르려고 했다. 죽고 싶지 않았다. 유일한 '진짜' 인간이 그렇게 죽을 수는 없었다. 그가 죽는다면 이 세상의 모든 것들이 그와 함께 죽을 것이기 때문이다.

사람을 닮은 그 형체가 거머리가 득실대는 패트릭의 팔을 잡고 황무지 쪽으로 끌고 가기 시작했다. 줄이 여전히 목에 감긴 피에 물든 가방도 그와 함께 끌려갔다. 패트릭은 다시 비명을 지르려고 버둥댔지만 이내 정신을 잃었다.

그는 딱 한 번 깨어났다. 불빛 없는 어둠 속에서, 악취로 채워진 축축한 지옥의 한복판에서, 그것이 막 그를 먹어 치우려고 입을 벌리는 순간이었다.

비벌리는 처음에 눈앞에서 벌어지는 광경을 전혀 이해할 수 없었다……. 그저 패트릭 헉스테터가 주먹질을 해대고 춤을 추며 비명을 지른다는 것밖에 알지 못했다. 그녀는 한 손에 새총, 다른 손에 쇠구슬 두 개를 움켜쥐고 조심스레 몸을 일으켰다. 패트릭이 비틀거리며 폐차 쪽으로 걸어가면서 비명을 질렀다. 그 순간, 비벌리는 앞으로 그렇게 될 사랑스러운 여인의 모습을 구석구석 드러냈다. 벤 한스컴이 곁에서 그 모습을 지켜보았다면 심장이 견딜 수 없었을 것이다.

비벌리는 똑바로 일어서서 왼쪽으로 살짝 고개를 치켜들고, 휘둥그렇게 눈을 뜬 채 패트릭의 모습을 뒤쫓았다. 10센트를 주고 산 빨간색 머리 끈으로 머리칼을 두 갈래로 질끈 동여맨 모습이었다. 어딘가에 집중한 자태에서 표범처럼 날래고 영리한 느낌이 전해졌다. 그녀가 패트릭을 따라갈 듯 왼발을 앞으로 내딛자, 색바랜 치맛자락이 약간 위로 치켜올려져 노란색 면 팬티의 끝이 살짝 드러났다. 치마 밑으로 드러난 두 다리는 넘어져 생긴 상처와 멍, 지저분한 얼룩에도 매끈하고 아름다운 곡선을 보여 주었다.

'속임수야. 내가 여기 숨은 걸 보고, 정당하게 해서는 잡을 수 없을 줄 아니까 수작을 부리는 거야. 나를 이곳에서 끌어내서 붙

잡으려는 거라고. 가지 마, 비벌리!'

그러나 한편으로는 패트릭의 울부짖음에 고통과 두려움이 짙게 배어 있다는 생각이 들었다. 패트릭에게 무슨 일이 일어났든(일어난 게 맞다면) 좀더 분명하게 볼걸 하는 후회가 들었다. 그러나 무엇보다도 후회되는 건 다른 길로 황무지에 와서 그 온통 미친 짓거리를 못 봤더라면 좋았을걸 하는 것이었다.

패트릭의 비명소리가 그쳤다. 잠시 후 누군가의 목소리가 들려왔지만 비벌리는 잘못 들은 거라고 생각했다. "안녕, 만나자마자 이별이군." 이는 분명 아버지의 목소리였다. 그러나 그녀의 아버지는 그날 데리에 없었다. 아침 8시에 브런스윅에 볼일이 있어 나갔기 때문이다. 아버지와 조 테멀리가 브런스윅에서 시보레 트럭을 가져오기로 약속한 날이었다. 비벌리는 목소리를 떨치려고 고개를 흔들었다. 목소리는 다시 들리지 않았다. 그래서 착각이었다는 생각이 굳어졌다.

비벌리는 패트릭이 달려들기라도 하면 곧바로 도망칠 채비를 단단히 하고 숲에서 나왔다. 건드리면 곧바로 반응하는 고양이의 수염처럼 온몸의 신경이 바짝 곤두서 있었다. 그녀는 땅바닥을 내려다보다 소스라치게 놀랐다. 핏자국이었다. 땅이 피로 흥건히 젖어 있었다.

'가짜야. 시장에 가면 49센트에 가짜 피를 한 병 살 수 있잖아. 조심해, 비벌리!'

비벌리는 쪼그리고 앉아 손가락으로 피를 만져 보았다. 자세히 살펴보니 가짜 피는 아니었다.

왼쪽 팔꿈치 바로 아랫부분이 따끔했다. 팔꿈치에 붙은 것을 보고 처음에는 돌멩이라고 생각했다. 그러나 돌이 아니었다. 돌이 몸을 떨며 움직일 리가 없기 때문이었다. 그것은 살아 있었다. 잠시 후 그것이 팔을 깨물고 있다는 생각이 들었다. 비벌리가 오른쪽 손등으로 그 이상한 벌레를 후려치자, 짓이겨진 벌레에서 핏방울이 튀었다. 위기는 모면했지만 한 발 뒤로 물러서는데 비명이 목구멍까지 솟구쳤다……. 무엇보다 위기는 아직 끝난 게 아니었다. 이상하게 생긴 머리 부분이 아직 팔뚝에 달라붙어서 살갗에 주둥이를 박고 있었다.

비벌리는 겁에 질려 비명을 지르며 그 머리통을 살 속에서 끄집어냈다. 작은 단도처럼 생긴 주둥이 끝에서 피가 뚝뚝 떨어졌다. 그제야 땅에 떨어져 있는 핏자국의 정체를 깨달으며 냉장고 쪽으로 시선을 돌렸다.

냉장고 문은 굳게 닫혀 있었지만 무수한 곤충들이 냉장고 왼쪽의 녹슨 흰색 표면 위를 기어다녔다. 비벌리가 바라보는 동안 그중 한 마리가 날개 같은 것을 펼치고 그녀를 향해 날아올랐다.

비벌리는 반사적으로 새총에 쇠구슬을 장전하고 고무줄을 힘껏 뒤로 잡아당겼다. 왼팔이 부드럽게 휘어지자 벌레 물린 자리에 고인 피가 보였다. 어쨌든 그 벌레를 향해 힘껏 쇠구슬을 날렸다.

'젠장! 빗나갔어!'

새총이 출렁거리고, 쇠구슬이 햇살을 가르고 날아가는 순간 비벌리는 벌써 안타까운 마음이었다. 나중에 친구들에게 말하기를, 투수가 손끝에서 공이 떨어지는 순간 스트라이크인지 볼인지 직감하듯, 단번에 빗나갔다는 감이 왔다고 했다. 그러나 비벌리는 쇠구슬이 방향을 틀어 휘는 광경을 목격했다. 순식간에 벌어진 일이지만 그 모습은 또렷이 기억에 남았다. 쇠구슬이 방향을 틀어 휘어졌다. 그리고 쇠구슬에 맞은 벌레의 몸뚱이가 산산조각으로 흩어졌다. 노르스름한 액체가 쏟아졌다.

비벌리는 뒤로 물러섰다. 겁에 질린 두 눈은 휑하니 열려 얼어붙었고 입술은 파르르 떨렸으며 안색은 잿빛으로 물들어 있었다. 그러나 시선만은 버려진 냉장고에서 떼지 않고, 또 다른 놈들이 날아들지 않을까 살펴보았다. 벌레들은 추위에 움츠러든 파리 떼처럼 냉장고 위를 이리저리 기어다닐 뿐, 다른 기미는 보이지 않았다.

비벌리는 돌아서서 달리기 시작했다. 돌연한 공포에 머릿속이 얼어붙는 느낌이었으나 뜀박질을 멈추지는 않았다. 왼손에 새총을 움켜쥐고 간간이 뒤쪽을 살피며 달렸다. 여전히 길 위에 핏방울이 떨어져 있었고, 길가 나뭇잎에도 선혈이 번뜩이는 것으로 보아 패트릭이 비틀거리며 그쪽으로 달려가는 동안 온몸에서 피를 흘린 모양이었다.

눈앞에 다시 폐차가 늘어선 공간이 나타났다. 바로 앞쪽에 더 많은 양의 피가 흩뿌려져 조금씩 땅속으로 스며들었다. 여기저기 헝클어진 흔적과 함께 흰색 가루 같은 물질이 줄줄이 떨어져 있었다. 누군가 버둥댄 흔적이 역력했다. 1미터쯤 떨어진 지점부터 두 줄로 팬 흔적이 어디론가 이어졌다.

비벌리는 가쁜 숨을 몰아쉬었다. 팔뚝을 살펴보니 손목 부근과 손바닥까지 피 범벅이었지만 구멍에서 더 이상 피가 나오지 않아 약간 안심했다. 욱신욱신 쑤시는 듯한 통증이 느껴지기 시작했다. 치과에 갔다 온 지 한 시간쯤 지나 마취제의 약효가 사라지기 시작할 때 입속에 전해지는 통증과 비슷했다.

다시 한번 뒤를 살폈지만 아무것도 보이지 않았다. 그리고 다시 매립장에서 황무지 방향으로 이어진 두 줄의 팬 흔적을 바라보았다.

'냉장고에 있는 괴물들 짓이야. 패트릭을 한꺼번에 덮친 거야. 온통 피바다잖아. 패트릭은 여기까지 도망쳐 왔다가

("안녕, 만나자마자 이별이군.")

또 다른 일을 당한 거야. 그게 뭘까?'

생각이 그쯤에 이르자, 비벌리는 섬뜩한 공포에 사로잡혔다. 거머리처럼 생긴 괴물들은 그것의 일부였고, 패트릭을 붙잡아 또 다른 그것에게 끌고 갔다. 미친 화차에 실려 도살장으로 끌려가듯이.

'여기서 어서 빠져나가! 도망치라니까, 비벌리!'

비벌리는 끌려간 자국을 따라가는 대신, 땀으로 흥건한 손으로 새총을 더욱 힘껏 움켜쥐었다.

'혼자서는 안 돼!'

'알아……. 하지만 조금만.'

비벌리는 끌린 자국을 따라 내리막길로 변해 땅바닥이 푹신해지는 지점까지 걸어갔다. 그리고 다시 무성한 덤불까지 따라갔다. 어디선가 시끄럽게 울던 매미 소리가 뚝 그쳤다. 모기 떼가 피 냄새를 맡고 비벌리의 팔뚝으로 달려들었다. 손을 휘저어 모기 떼를 쫓았다. 입술을 악문 모습이었다.

앞쪽에 무엇인가 떨어져 있었다. 비벌리는 그 물체를 집어 살펴보았다. 수제 지갑으로, 어느 꼬마 아이가 시민 회관의 공예 교실에서 작품으로 만든 것 같았다. 지갑을 만든 아이는 손재주가

별로 없었다. 바느질 자리가 성기고 비뚤비뚤했고, 지폐를 넣는 부분은 헐거운 입 모양으로 축 늘어져 있었다. 동전 주머니에는 25센트가 들어 있었다. 그 밖에 지갑에 든 것은 도서관 열람 카드가 전부였고, 패트릭 헉스테터라는 이름이 적혀 있었다. 비벌리는 얼른 지갑과 도서관 카드를 던져 버리고는 치맛자락에 손을 싹싹 비벼 닦았다.

15미터쯤 더 가자, 운동화가 떨어져 있었다. 그때부터 숲이 빽빽하게 우거져 더 이상 끌린 자국을 따라가기 어려웠지만, 수풀에 묻은 핏자국만 봐도 따로 길잡이는 필요없었다.

핏자국은 가파른 풀숲을 따라 곤두박질치듯 이어졌다. 비벌리는 한 차례 발을 헛디뎌 미끄러지는 바람에 가시에 긁히고 말았다. 허벅지에 난 빨건 생채기에서 금방이라도 피가 흘러내릴 듯 핏발이 돋았다. 숨이 찼고 땀에 젖은 머리카락이 머리에 달라붙었다. 핏자국은 아스라한 길을 따라 황무지로 접어들었다. 켄더스키그 하천이 가까이 있었다.

다른 한 짝의 운동화가 피에 묻은 채 외떨어져 있었다.

비벌리는 새총의 고무줄을 반쯤 잡아당긴 자세로 강가로 다가갔다. 시야에서 사라졌던 끌린 자국이 다시 나타났다. 팬 흔적이 전보다 희미해진 것은 운동화가 벗겨졌기 때문일 거라고 생각했다.

마지막 모퉁이를 돌자 강물이 눈앞에 펼쳐졌다. 끌린 자국은 강둑으로 내려가서 콘크리트 원통으로 이어졌다. 콘크리트 원통 중 하나는 간이 펌프장이었다. 흔적은 그곳에서 끝났다. 원통 위의 놋쇠 뚜껑이 살짝 열린 상태였다.

비벌리가 원통 위로 올라가 밑을 보자 묵직하고 기괴한 웃음소리가 불쑥 솟구쳤다.

그 정도로 충분했다. 두려움을 이기고 밑으로 내려갈 정도는 아니었다. 비벌리는 재빨리 몸을 돌려 개간지와 아지트가 있는 쪽으로 발길을 서둘렀다. 무성한 풀숲의 나뭇가지가 채찍처럼 날아들 때마다 피 범벅인 왼쪽 팔을 들어 얼굴을 보호했다.

'이따금 저도 걱정이 된다고요, 아빠. 가끔씩 걱정이 돼서 죽겠다고요.' 비벌리는 밑도 끝도 없이 그런 생각을 떠올렸다.

네 시간 뒤, 에디를 제외한 왕따 클럽 아이들은 모두 비벌리가 숨어서 패트릭과 냉장고를 훔쳐보던 풀숲 가까이 웅크리고 있었다. 하늘은 어느새 소나기구름으로 뒤덮여 잔뜩 찌푸려졌고, 금방이라도 쏟아질 듯한 비 냄새가 공기 중에 가득했다. 빌은 기다란 빨랫줄 끄트머리를 잡고 있었다. 여섯 명의 아이들은 얼마 전 호주머니를 털어 모은 돈으로 비벌리를 위해 구급 약품 세트를 샀다. 빌은 비벌리의 팔뚝에 난 상처에 조심스레 솜을 갖다 댔다.

"부, 부모님께는 스, 스케이트를 타다 다, 다쳤다고 말씀드려."

"내 스케이트!" 비벌리가 깜짝 놀라 소리쳤다. 롤러스케이트를 잊어버린 것이다.

"저기." 벤이 손가락으로 가리켰다. 비벌리는 다른 아이들이 일어나기 전에 재빨리 달려가 가까운 둔덕 위에 놓인 롤러스케이트를 가져왔다. 오줌을 눈 곳에 롤러스케이트를 놔두었다는 생각이 퍼뜩 떠올랐기 때문이다. 다른 아이들이 그 주변에 가는 게 싫었다.

뭔가 움직이는 낌새만 보여도 도망칠 태세를 갖춘 채 모두 함께 조심스럽게 다가가서, 빌이 아마나 냉장고의 손잡이에 빨랫줄 한 끝을 묶었다. 비벌리는 새총을 빌에게 돌려주려고 했지만, 빌은 계속 비벌리가 가지고 있으라고 고집했다. 지켜보는 동안 움직이는 물체는 보이지 않았다. 냉장고 앞 길에는 여전히 핏자국이 남아 있었지만 이상한 벌레들은 사라지고 없었다. 아마도 날아가 버린 모양이었다.

"보턴 서장과 넬 아저씨한테 말해서 경찰들을 떼거리로 몰고 와도 소용없는 일이라니까." 스탠리 유리스가 퉁명스럽게 말했다.

"맞아. 어른들 눈에는 저 핏자국이 보이지 않을 테니까." 리처드가 맞장구를 쳤다. "팔은 어때, 비벌리?"

"아파." 비벌리는 빌과 리처드를 차례로 바라보고 다시 빌을 보았다. "우리 부모님이 내 팔뚝에 난 구멍은 볼 수 있을까?"

"모, 못 보실 것 같아. 자, 뛰, 뛸 준비해. 이제 주, 줄을 묶을 테니까."

빌은 시한폭탄을 해체하는 사람처럼 조심스럽게 냉장고의 녹슨 크롬 손잡이에 빨랫줄 끄트머리를 감아 묶었다. 십자 매듭을 짓고는 빨랫줄에 주의한 채 물러났다.

빌은 멀리 떨어진 아이들에게 약간 불안한 미소를 지었다. "휴, 다 무, 묶었어."

아이들은 나름대로 안전하다고 생각한 거리까지 물러나 있었고, 빌은 다시 한번 뛸 준비를 하라고 했다. 갑작스레 들려온 천둥 소리에 모두 화들짝 놀랐다. 후드득, 빗방울이 떨어지기 시작했다.

빌은 있는 힘껏 빨랫줄을 잡아당겼다. 십자 매듭이 손잡이에서 풀어졌지만 냉장고 문이 열린 다음이었다. 적황색 단추가 산더미처럼 쏟아져 나왔고 스탠리 유리스는 고통스러운 신음을 내뱉었다. 다른 아이들도 입을 쩍 벌린 채 냉장고를 노려보았다.

빗줄기가 거세졌다. 사납게 포효하는 천둥 소리에 모두 움찔했고, 자줏빛을 띤 푸른 번개가 번쩍이며 냉장고 문이 획 닫혔다 열렸다 했다. 리처드는 찢어질 듯 날카로우면서도 어딘지 격렬한 아픔이 느껴지는 비명을 질렀다. 빌은 공포와 분노가 뒤섞인 비명을 질렀다. 다른 아이들은 할 말을 잃고 침묵했다.

냉장고 안에는 피로 쓴 글자가 말라붙어 있었다.

너희들 모두 죽기 전에 그만둬라.

친구 페니와이스가 똑똑한 친구들에게 주는 충고

빗줄기에 우박이 섞여 있었다. 냉장고 문이 갑자기 앞뒤로 흔들리며 바람을 일으키자, 핏빛 글씨가 적힌 종이가 들썩거리며 공포 영화의 포스터에 등장하는 불길한 표정처럼 일그러졌다.

비벌리는 냉장고 앞까지 다가선 빌의 모습에 퍼뜩 정신이 들었다. 빌은 두 주먹을 불끈 쥐고 허공에 휘둘렀다. 빗줄기가 그의 얼굴을 타고 줄줄 흘러내렸고 등허리에 젖은 옷이 달라붙었다.

"우, 우리가 네놈을 꼭 주, 죽이고 말겠어!"

빌은 울부짖었다. 천둥이 몰아쳤다. 섬광은 몹시 눈부셨고, 비벌리는 그 냄새까지 맡을 수 있었다. 멀지 않은 곳에서 나무 쓰러지는 소리가 들렸다.

"빌, 돌아와! 돌아오라니까!" 리처드는 소리치며 자리에서 벌떡 일어섰지만 벤이 서둘러 그의 옷자락을 잡아당겼다.

"네놈이 내 동생 조지를 죽였어! 이 개자식아! 더러운 새끼! 색마 같은 놈! 당장 나오지 못해! 당장 이리 나와!"

빗줄기와 함께 우박의 기세도 사나워져서 덤불을 뚫고 아이들의 몸을 후려치기 시작했다. 비벌리는 두 팔을 들어 얼굴을 막았다. 비에 젖은 벤의 얼굴이 붉게 달아올랐다.

"빌, 돌아와!" 비벌리는 필사적으로 소리쳤지만 이내 천둥 소리가 그녀의 외침을 집어삼켰다. 황무지의 하늘은 금방이라도 주저앉을 듯 시커먼 먹구름으로 뒤덮였다.

"지금 당장 나오지 못해, 이 개자식아!" 빌은 냉장고에서 쏟아진 단추 더미에 발길질을 해댔다. 그러다 얼굴을 푹 수그린 채 발길을 돌려 아이들에게 걸어왔다. 우박이 이미 땅바닥에 눈처럼 쌓였지만 빌은 그런 사실조차 까맣게 잊은 표정이었다.

빌은 비틀거리며 덤불 속으로 들어왔다. 스탠리가 그를 부축하지 않았다면 그대로 가시나무에 고꾸라졌을 것이다. 그는 울고 있었다.

"괜찮아, 빌." 벤이 약간 어색한 몸짓으로 빌을 껴안았다.

"그래, 걱정 마. 우리는 도망가지 않아." 리처드는 이글거리는 눈빛으로 다른 아이들을 둘러보았다. "내빼고 싶은 사람 있어?"

모두 고개를 저었다.

빌은 눈물과 빗물로 뒤범벅이 된 얼굴을 들어 올렸다. 모두 물에 빠졌다가 방금 기어나온 강아지처럼 흠씬 젖었다.

"우, 우리를 무서워하고 있어. 느, 느낄 수 있어. 거, 거, 거짓말 절대 아냐."

비벌리는 흐느끼며 고개를 끄덕였다. "네 말이 옳아."

"도, 도와줘. 제, 제발. 나를 좀 도, 도, 도와줘."

"우리 모두 널 도울 거야."

비벌리는 빌을 껴안았다. 그렇게 쉽게 빌을 껴안게 될 줄은 미처 몰랐고, 빌의 몸뚱이가 그처럼 마르고 여리다는 사실도 처음 알았다. 그녀는 빌의 심장 소리를 느낄 수 있었다. 그녀의 심장 바로 옆에서 또 하나의 심장이 뛰고 있었다. 그처럼 달콤하고 강렬한 느낌은 앞으로 다신 없으리라 비벌리는 생각했다.

리처드가 두 아이를 껴안으며 비벌리의 어깨에 얼굴을 묻었다. 벤이 반대편에서 똑같이 그들을 껴안았다. 스탠리 유리스는 리처드와 벤을 향해 두 팔을 벌렸다. 마이클은 멈칫하다가 비벌리의 허리와 들썩이는 빌의 어깨를 껴안았다. 그들은 그렇게 서로를 껴안았고, 빗줄기는 점점 더 포악해져 또 한번의 천지개벽이 도래한 느낌마저 들었다. 번개가 이곳저곳을 거닐고 천둥이 말을 걸어 왔다. 그들은 침묵했다. 비벌리는 두 눈을 꼭 감았다. 그들은 서로를 부둥켜안은 채 그대로 서서 덤불에 떨어지는 빗줄기 소리를 들었다. 비벌리의 가장 또렷한 기억, 그것은 빗방울 소리와 그들이 함께 나눈 침묵과 에디가 함께 있지 못했다는 막연한 슬픔이었다. 그녀는 그것들을 기억했다.

그녀는 아주 어려지고 아주 강해지는 느낌을 기억했다.

새총

"좋아, 노적가리." 리처드가 말한다. "이번엔 네 차례야. 빨강머리 아가씨가 자기 것도 모자라 내 담배까지 거의 다 빼앗아 피우셨네. 시간도 꽤 늦었어."

벤은 시계를 흘깃 바라본다. 얼마 후면 자정이니 꽤 늦은 시간이다. 시간상 딱 한 사람만 더 이야기하면 적당하겠다고 생각한다. 자정이 되기 전에 한 사람만 더. 마음을 훈훈하게 해 줄 만한 이야기로. 어떤 게 좋을까? 물론 우스갯소리일 뿐 근사한 이야기는 아닐 것 같다. 그만이 기억하는 이야기가 딱 하나 있기는 한데, 은으로 구슬을 만든 날에 대해서다. 7월 23일 밤, 자크 덴브로의 작업실에서 그들이 어떻게 은구슬을 만들고 25일 어떻게 그것을 사용했는가 하는 이야기.

"나도 흉터가 하나 있지. 기억나?"

벤이 묻자, 비벌리와 에디는 고개를 흔든다. 빌과 리처드는 고개를 끄덕인다. 마이클은 아무 말 없이 피곤한 얼굴로 주위를 신중하게 살피고 있다.

벤은 자리에서 일어나 작업복 단추를 끄르고 앞자락을 풀어헤친다. 글자 H의 모양인 오래전 흉터가 나타난다. 글자 윤곽이 흐트러지기는 했지만 흉터가 생겼을 때는 지금보다 훨씬 뚱뚱했으니까 글자가 무엇을 의미하는지는 여전히 또렷하다.

흉터는 H자의 가로획 밑으로 내려갈수록 더 뚜렷해진다. 교수형 밧줄이 끊어져 뒤틀린 모습처럼 보인다.

비벌리는 놀란 표정으로 입에 손을 가져간다. "늑대 인간! 그 집에 있던! 이럴 수가!"

그녀는 창가를 바라보며 그 너머 어둠 속에 늑대 인간이 웅크리고 있을지도 모른다는 표정을 짓는다.

"그래, 맞아. 재미있는 얘기 하나 해 줄까? 이틀 전만 해도 이 흉터가 없었다는 거야. 오래전에 헨리가 남긴 명함이라고 할까. 아무튼 헤밍포드 홈에서 술집을 하는 리키 리라는 친구가 하나 있는데, 이틀 전에 그 친구한테 이 흉터를 보여 주었어. 그런데 이 흉터라는 놈은……." 벤은 갑자기 너털웃음을 터뜨리지만 썩 우스워서 웃는 것 같지는 않다. 그는 셔츠의 단추를 다시 채운다. "불쑥 다시 나타난 셈이지. 우리 손에 나타난 상처처럼 말이지."

"그래, 늑대 인간. 그때는 그것이 늑대 인간이라고 생각했지." 단추를 채우는 벤을 바라보며 마이클이 말한다.

"리, 리, 리처드도 그 전부터 그, 그것이 늑대 인간이라고 생각했어. 안 그래?" 빌이 중얼거린다.

"맞아." 마이클이 대꾸한다.

"우린 꼭 붙어 다녔어, 그렇지?" 비벌리는 자신이 한 말에 약간 놀라는 눈치다. "서로의 마음을 들여다볼 정도로 정말 친했어."

"그 징글맞은 놈이 네 배를 완전히 걸레로 만들어 놓을 뻔했잖아, 벤." 리처드는 말을 하면서도 전혀 익살스러운 표정이 아니다. 그는 콧잔등 위로 얼기설기 붙여 고친 안경을 추켜올리는데,

안색이 창백하고 초췌하다.

"빌이 모험을 건 거야." 에디가 불쑥 말한다. "내 말은 비벌리가 우리 모두를 구했지만 빌이 아니었다면……."

"맞아." 벤이 고개를 끄덕인다. "빌이 해낸 거야. 빌이 아니었다면 난 그저 유령의 집에서 길을 잃고 헤매는 기분이었을 거야."

빌은 서둘러 빈 의자를 가리킨다. "스탠리 유리스의 도움이 컸어. 녀석은 그 대가를 치르고 말았지. 아마도 그 때문에 죽었을 거야."

벤 한스컴은 고개를 흔든다. "그런 식으로 말하지 마, 빌."

"하지만 사, 사실인걸. 여기서 누, 누군가 잘못이 있다면 그, 그건 내 잘못이자 우리 모, 모두의 잘못이야. 우리는 멈추지 않았으니까. 패트릭이 죽은 후에도, 그 내, 냉장고에 씌어 있는 글자를 본 후에도 멈추지 않았어. 내 자, 잘못이 커. 내가 계, 계속하자고 우긴 셈이니까. 조, 조지 때문에. 누가 조지를 주, 죽였든, 내가 그놈을 죽이면 부, 부모님이 다시 나를 사, 사, 사……."

"다시 사랑해 줄 거라고 생각한 거지?" 비벌리가 부드럽게 되묻는다.

"맞아. 하지만 그게 누, 누군가의 잘못이라고는 새, 생각하지 않아, 벤. 스탠리는 주, 죽는 쪽을 택했고, 그게 바로 그 친구의 바, 방식이니까."

"또다시 맞서 싸울 수 없었던 거야." 에디는 말하면서 내심 천식 약의 정체를 알려 준 킨 씨의 말과 그때까지도 여전히 흡입기를 포기하지 못한 자신의 모습을 떠올린다. 그 습관을 버릴 수도 있지 않았을까? 그럴 수 없다고 믿게 만드는 그놈의 습관을 말끔히 고칠 수도 있었을 거라는 생각이 든다. 그러나 생각해 보면 그 습관을 버리지 않은 덕분에 목숨을 구했는지 모른다.

"스탠리는 정말 대단한 아이였어. 스탠리와 그 새들 말이야."

벤이 말한다. 약속이나 한 듯 모두 부드러운 미소를 머금고 빈 의자를 바라본다. 그들은 선한 사람이 꼭 승리하는 정의롭고 올곧은 세계에 앉아 있을 스탠리의 모습을 볼 수 있다. 벤은 스탠리가 그리웠다. 못 견디게 보고 싶었다! 벤은 조용히 말한다.

"그날 생각나, 리처드? 네가 주위에서 들은 얘기를 꺼내면서 유대인이니까 스탠리도 예수를 죽였느냐고 물었지. 그때 스탠리가 뭐라고 대답했는지 말이야. 표정 하나 안 바뀌고 '내가 아니고 아버지가 죽였을걸.' 하고 말했잖아."

"기억나." 리처드는 기어 들어가는 목소리로 말한다. 그는 손수건을 꺼내더니 안경을 벗고 눈가를 훔친다. 다시 안경을 쓰고 손수건을 집어넣은 후, 여전히 시선을 떨구고 손만 내려다본다. "그냥 얘기해, 벤."

"마음이 아파, 그렇지?"

"물론이야." 리처드의 목소리가 너무 탁해 무슨 소리를 하는지 알아듣기 어렵다. "당연하지, 그럼. 마음이 아프다고."

벤은 친구들을 둘러보고 나서 고개를 끄덕인다. "그럼 좋아. 자정이 되기 전에 얘기 하나 더 들어 보라고. 우리 마음이 따뜻해지는 걸로. 빌과 리처드가 그 총알 생각을 했는데……."

"아니야." 리처드가 불쑥 벤의 말꼬리를 자른다. "빌이 제일 먼저 생각한 거야. 처음에는 혼자서 그 문제에 매달려 있었으니까."

"나는 단지 거, 걱정을 하기 시작한 건데……."

"누가 먼저든 중요한 건 아니야." 벤이 말을 이었다. "아무튼 빌과 리처드, 그리고 나 셋이서 그해 7월 한동안 도서관에서 살다시피 했어. 은화로 총알 만드는 방법을 찾아내기 위해서 말이야. 그때 나는 아버지한테 물려받은 은화 네 개를 가지고 있었어. 빌은 위험천만한 순간에 총알이 빗나가면 우리 운명이 어떻게 될지 무척이나 걱정했어. 그런데 비벌리가 빌의 새총을 기막히게 쏠 수 있다는 걸 알고, 내가 가지고 있는 은화로 총알 대신 구슬을 만들기로 작정한 거야. 우리 모두 이 문제를 함께 의논하고 빌의 집으로 몰려갔어. 에디, 그때 너도 함께 있었지, 아마……."

"어머니한테 모노폴리 게임을 하러 간다고 말했거든. 그때까지도 팔이 무척 아팠지만 이를 악물고 걸었지. 그 때문에 어머니는 안 된다며 더욱더 노발대발하셨으니까. 길을 걷다가 뒤에서 인기척만 나도 휙 돌아보곤 했지. 혹시 헨리 바워스가 아닐까 겁이 났거든. 그렇게 딴 곳에 신경이 곤두서 있어도 팔뚝은 무진장 아프더라고."

에디의 말에 빌이 히죽 웃는다. "그때 우리는 빙 둘러서서 벤이 총알 만드는 광경을 지켜봤지. 벤이 은화로 구, 구슬을 제대로 마, 만들어 낼 거라고 믿었어."

"어이쿠, 솔직히 나는 그때까지도 자신이 없었단 말이야." 벤은 엄살을 떨며 말하지만 내심 그때도 지금도 자신이 있다고 생각한다. 그는 그날 저녁 짙게 내려앉은 어스름(빌의 아버지가 그들 모두 집까지 태워다 주겠다고 약속했다), 마당의 귀뚜라미 소리, 창가를 수놓던 반딧불이를 떠올린다. 빌은 거실에다 모노폴리 게임 판을 꼼꼼하게 준비해 놓고, 한두 시간 동안 계속해서 아이들이 게임을 하고 있는 것처럼 꾸며 놓았다.

벤은 자크 덴브로의 작업대를 비추던 깨끗한 노란 불빛도 기억한다. 그리고 빌이 했던 말도.

"우리 모두 조, 조,

조심해야 해. 흔적을 나, 남겨 놓으면 안 되니까. 잘못하면 아빠가……." 빌은 '기, 길'을 되풀이하다가 가까스로 "길길이 화를 내실 거야."라고 말했다.

리처드가 익살맞은 표정으로 얼굴 닦는 시늉을 하며 말했다. "얼굴에 땀 소나기를 혼자 맞으셨나, 수건이라도 갖다 주랴, 버벅이 빌 양반?"

빌은 리처드에게 주먹을 들어 보였다. 리처드는 몸을 움츠리며 원주민 아이의 목소리로 비명을 질렀다.

벤은 주변의 장난스러운 분위기에도 좀처럼 낯빛이 변하지 않았다. 그는 빌이 꺼내서 하나씩 작업대 위에 올려놓는 기구와 연장들을 물끄러미 바라보았다. 마음 한편으로 자기도 그처럼 멋진 작업대를 갖고 싶다는 생각이 들었다. 곧 시작할 작업에 필요한 물건들이 일사불란하게 준비되었다. 은화로 구슬 총알을 만드는 일이 그리 어렵지 않다고 생각하면서도 벤은 긴장을 늦추지 않았다. 진정한 장인은 연장 탓을 하는 법이 아니다. 그런 생각은 누가 가르쳐 주거나 어디에서 주워들은 게 아니라 혼자서 저절로 안 것이다.

빌은 비벌리가 새총을 쏴야 한다고 확신했듯, 벤이 은화로 구슬 총알을 만들어 낼 거라고 굳게 믿었다. 그 당시 당연히 한번쯤은 짚고 넘어갈 문제였지만, 27년이 지난 후에야 벤은 그들 중 누구도 은총알이든 은구슬이든 괴물을 막지 못할 거라고 의심한 사람이 없었다는 사실을 깨달았다. 그들은 어쩌면 숱하게 본 공포 영화를 그들에게 유리한 쪽으로만 해석하고 싶었는지 모른다.

"좋았어." 벤은 준비 운동 삼아 양손을 풀며 빌을 바라보았다. "주형(鑄型)은 있겠지?"

"아!" 빌이 약간 움찔했다. "여, 여기 있어." 그는 바지 주머니에서 손수건을 꺼냈다. 작업대 위에 손수건을 올려놓고 펼쳤다. 구슬마다 작은 구멍이 뚫린 두 개의 둔탁한 쇠구슬이 나타났다. 베어링 만드는 데 쓰는 거푸집이었다.

총알 대신에 구슬을 만드는 쪽으로 결론이 나자, 이번에는 빌과 리처드가 도서관에서 베어링 만드는 방법을 찾았다.

"너희들 무척 바쁘구나. 저번 주에는 총알, 이번 주에는 베어링이라니! 게다가 지금은 여름 방학인데 말이야!" 스타렛 부인이 말했다.

"방학 때라고 공부를 게을리 할 수 있나요. 안 그래, 빌?" 리처드는 너스레를 떨었다.

"그, 그, 그럼."

일단 주형만 있으면 베어링 만드는 방법은 확실했다. 문제는 주형을 어디서 구하는가였다. 두어 차례 자크 덴브로에게 은근슬쩍 물어본 결과……, 데리에서 주형을 팔 만한 유일한 공구점이 '키치너 정밀 기계 및 주형'이라는 사실에 왕따 클럽 아이들은 그리 놀라지 않았다. 공구점 주인은 키치너 철공소를 운영했던 키치너 형제의 증손자뻘 되는 사람이었다.

빌과 리처드는 친구들이 주머니를 톡톡 털어 모은 돈(전부 해서 10달러 59센트)을 갖고 공구점을 찾아갔다. 빌이 지름 5센티미터짜리 베어링 주형을 두 개 사려고 하는데 얼마냐고 묻자, 칼 키치너는 (만만찮은 주당의 풍모와 썩은 말 안장 냄새를 풍기면서) 어디에 쓰려는지 되물었다. 리처드는 빌이 설명하는 편이 효과적이라고 생각했으므로 빌이 말문을 열었다. 아이들은 빌의 말더듬증을 놀리는 반면 어른들은 몹시 당황했다. 그래서 뜻밖의 효과를 거둘 때가 많았다.

빌이 그곳으로 오는 도중 리처드와 궁리해 둔 변명 거리(다음 학년 과학 과제로 풍차 모형 어쩌고 하는 얘기)를 반쯤 설명했을 때, 키치너는 됐다며 손사래를 치더니 주형 한 개당 50센트라는 황당한 가격을 제시했다.

뜻밖의 싼 가격에 웬 횡재냐 싶어 빌은 1달러짜리 지폐를 꺼냈다.

"가방에 넣어 주지는 못한다." 칼 키치너는 산전수전 다 겪었다는 식의 냉소적인 눈길로 그들을 훑어보며 말했다. "5달러 이상이 아니면 가방을 따로 주지 않아."

"괘, 괜찮습니다, 아, 아저씨."

"그리고 이 앞에는 얼쩡거리지 마라. 너희 둘 다 머리 꼬락서니가 그게 뭐냐, 좀 깎아야지."

가게 밖으로 나와서 빌이 말했다. "저, 정말 이상해, 리, 리처드. 어, 어른들은 왜 사탕이나 마, 만화책을 살 때를 빼, 빼고는 꼭 어디에 쓰, 쓸 건지 물어본 다, 다음에야 물건을 주, 주는 걸까?"

“당연하잖아.” 리처드가 아무렇지 않게 말했다.

“왜? 뭐가 다, 당연하다는 거야?”

“어른들은 우리가 위험하다고 생각하거든.”

“어엉? 너도 그렇게 새, 생각해?”

“그럼.” 그러고 나서 리처드는 낄낄대기 시작했다. “우리 저 앞에나 얼쩡거려 볼까? 돈을 꺼내 들고 사람들을 아니꼽게 쳐다보면서 우리의 멋진 장발을 휘날려 보잔 말이야.”

“까, 까고 있네.”

“됐어.” 벤은 주형을 꼼꼼하게 살펴본 후 작업대에 내려놓았다. “좋았어. 이제…….”

아이들은 벤이 필요한 물건을 찾아볼 수 있게 조금씩 비켜섰다. 마치 자동차에 대해 도통 모르는 사람이 고장난 엔진 앞에서 수리공에게 주눅 든 모습처럼 보였다. 벤은 아이들의 표정을 깨닫지 못했다. 구슬 총알을 만드는 일에 신경이 곤두서 있었다.

“저 탄피 좀 줘. 그리고 용접용 불대하고.”

빌은 잘린 박격 포탄 탄피를 벤에게 건네주었다. 이는 전리품이나 다름없었다. 빌의 아버지 자크 덴브로는 패튼 장군의 예하부대가 도하 작전을 펼쳐 독일 진입에 성공한 지 닷새가 지났을 무렵 그 탄피를 주웠다. 빌이 아직 어리고 조지가 갓난아이였을 때, 아버지는 탄피를 재떨이로 사용했다. 나중에 담배를 끊으면서 탄피도 어디론가 사라졌다. 빌이 탄피를 차고 뒤쪽에서 발견한 것은 일주일 전이었다.

벤은 박격 포탄 탄피를 바이스에 올려놓고 꽉 조이면서, 비벌리에게서 용접용 불대를 받아 들었다. 그리고 주머니에서 은화 하나를 꺼내, 임시 도가니 구실을 할 탄피에 올려놓았다. 쨍그랑 하는 소리가 차고를 채웠다.

"아버지가 주신 거라면서?" 비벌리가 물었다.

"응, 하지만 아버지 얼굴도 잘 생각나지 않는걸."

"정말 은화를 써도 돼?"

벤은 비벌리를 바라보며 웃었다. "괜찮아."

비벌리도 미소로 답했다. 벤에게는 그것으로 충분했다. 비벌리가 또 한번 미소를 보낸다면 기꺼이 늑대 인간 군단을 해치울 만큼 많은 은구슬을 만들어 낼 터였다. 그는 서둘러 시선을 돌렸다. "좋아, 시작한다. 문제없어. 식은 죽 먹기니까, 안 그래?"

아이들은 머뭇거리며 고개를 끄덕였다.

여러 해가 지나, 그때를 떠올리며 벤은 이렇게 생각할 터였다. '요즘 애들이야 밖에만 나가도 프로판 불대를 쉽게 구하거나……, 집에 하나씩 갖고 있을지 모르지.'

그러나 1958년의 사정은 달랐다. 자크 덴브로의 불대는 물탱크 작업에 쓰는 것이라서 비벌리는 더욱 초조했다. 벤은 누구나 불안하게 여길 수 있는 상황이라고, 하지만 걱정하지 말라고 비벌리를 다독여 주고 싶었지만 목소리가 너무 떨릴 것 같아 차마 입을 열지 못했다.

"걱정 마." 벤은 비벌리 대신 옆에 서 있던 스탠리에게 말했다.

"엉?" 스탠리는 눈을 깜박거리며 무슨 말이냐는 얼굴이었다.

"걱정 말라고."

"걱정 안 해."

"아, 혹시 네가 걱정할까 봐. 아주 안전한 작업이야. 혹시 걱정하는 사람들 있으면 마음 푹 놓으셔."

"벤, 괜찮은 거야?" 스탠리는 오히려 마음이 놓이지 않는 표정이었다.

"그럼. 성냥 좀 줄래, 리처드?"

리처드는 성냥 한 갑을 내밀었다. 벤은 불대의 밸브를 열고 점화 장치에 성냥불을 갖다 댔다. 펑 하는 소리와 함께 푸른빛을 띤 적황색 불꽃이 발사됐다. 벤은 불꽃을 파란색으로 조절한 후, 탄피 바닥에 열을 가하기 시작했다.

"깔때기 있어?" 벤이 빌에게 물었다.

"여, 여, 여기."

빌은 벤이 미리 만들어 놓은 깔때기를 건넸다. 깔때기 끝 부분과 주형의 작은 구멍이 거의 정확하게 맞았다. 벤은 주형을 한번도 보지 않은 상태에서 깔때기를 만들었다. 빌은 어안이 벙벙했지만 벤을 당황하게 만들지 않고 물어볼 방법을 몰랐다.

일에 열중해서 벤은 비벌리에게 고도의 집중력을 요구하는 수술 중에 외과 의사가 간호사에게 하듯 차분한 어조로 말했다. "비벌리, 우리 중에 너만큼 손을 안 떠는 아이도 없을 거야. 깔때기를 구멍에 잘 잡고 있어. 화상을 입을지 모르니까 저기 있는 장갑을 끼는 게 좋겠어."

빌은 비벌리에게 장갑 한 짝을 건네주었다. 비벌리는 가느다란 깔때기 끝을 주형 구멍에 맞추고 꼭 붙잡았다. 모두 벙어리처럼 벤을 지켜볼 뿐이었다. 쉬익쉭, 불대에서 불꽃을 뿜는 소리가 꽤 요란하게 들렸다. 아이들은 감다시피 실눈을 뜨고 바라보았다.

"자, 잠깐만." 빌이 갑자기 집 안으로 뛰어 들어갔다. 1분쯤 뒤에 선글라스를 들고 돌아왔는데, 1년도 넘게 주방 서랍 속에 방치했던 물건이었다. "이걸 써, 노, 노적가리."

벤은 씩 웃더니 선글라스를 슬쩍 걸쳤다.

"웁, 파비안 납시오! 아니, 프랭키 아바론, 아니 유명 밴드의 거시기 납시오."파비안과 프랭키 아바론은 50년대 활약한 가수 리처드가 호들갑을 떨었다.

"지랄 좀 그만해라, 촉새." 벤은 그렇게 말했지만 자기가 생각해도 퍽 우스웠다. 파비안 닮았다는 소리를 듣다니 별일이 다 있다는 생각이었다. 불꽃이 흔들려서 가까스로 웃음을 참았다. 잠시 후 벤의 얼굴엔 예의 집중력이 다시 나타났다.

2분쯤 지나자 벤은 에디에게 불대를 넘겨주었다. 에디는 폭탄이라도 되는 것처럼 조심조심 불대를 받아 들었다.

"자, 준비. 빌, 나머지 장갑 좀 줘. 빨리! 빨리!"

빌은 서둘러 장갑을 내밀었다. 벤은 장갑을 낀 손으로 탄피를 받치고, 다른 손으로 바이스의 기울기를 조절했다.

"비벌리, 잘 잡고 있어."

"걱정일랑 붙들어 매." 벤은 깔때기 쪽으로 탄피를 기울였다. 다른 아이들은 탄피에서 주형 사이로 작은 시냇물처럼 흘러가는 은빛 물을 바라보았다. 벤은 아주 정확하게 녹인 은을 부었고 한 방울도 흘리지 않았다. 잠시 동안 전기에 감전된 듯한 전율이 느껴졌다. 강렬한 흰색 섬광 속에서 미세한 구멍이 큼지막하게 확대되어 보였다. 그때의 벤은 축 늘어진 뱃살과 가슴을 감추기 위해 운동복을 입고 다니는 뚱보 벤 한스컴이 아니었다. 그는 신들의 대장간에서 천둥과 번개를 만들어 내는 뇌신(雷神) 토르였다.

그러나 그 전율의 순간은 곧 사라졌다.

"됐어. 은화를 다시 녹여야겠어. 누가 깔때기가 막히기 전에 속을 좀 파내야겠는데."

스탠리가 그 일을 맡았다.

벤은 바이스에 놓인 탄피를 다시 수평으로 조절하고 에디가 들고 있던 불대를 넘겨받았다.

"좋았어, 이제 두 번째 총알이다."

벤 한스컴의 얼굴에 다시 집중력이 살아났다.

10분 후, 모든 작업이 끝났다.

"이제 어떡하지?" 마이클이 물었다.

벤이 차분하게 말했다. "한 시간 정도 모노폴리 게임을 해야지. 주형에서 은이 굳는 동안 말이야. 그 다음에는 주형에 난 절개선을 따라 끌 같은 걸로 열어 은구슬을 꺼내기만 하면 돼."

리처드는 숱한 사고를 당하고도 꿋꿋하게 째깍거리는 손목시계를 불안한 표정으로 들여다보았다. "너희 부모님이 언제 돌아오시지, 빌?"

"여, 열시 아니면 열시 반. 도, 동시 상영이니까. 아, 알……."

"알라딘 극장에서." 스탠리가 빌의 말을 대신 받았다.

"맞아. 게다가 영화가 끝나면 피, 피, 피자집에 들르실 거야. 영화관에 가는 날은 항상 그, 그러시거든."

"그럼 시간은 충분한 셈이네."

벤이 말하자, 빌이 고개를 끄덕였다.

비벌리가 말했다. "자, 그럼 집으로 들어가자. 집에 전화를 해야겠어. 그러겠다고 약속했거든. 너희들 얘기는 안 할 거야. 아빠는 내가 시민 회관에 있다가 곧장 버스를 타고 올 거라고 생각하실 테니까."

"만약에 네 아빠가 버스 정류장까지 마중 나와 있으면 어쩌지?" 마이클이 물었다.

"그때는 각오해야지, 뭐."

비벌리의 의기소침한 말투에 벤은 문득 이런 생각을 했다. '내가 널 지켜 줄게, 비벌리.' 눈앞에는 어느덧 달콤한 꿈이 펼쳐지기 시작했다. 비벌리의 아버지가 금방이라도 비벌리에게 손찌검을 할 태세다. 비벌리를 향해 노발대발 호통을 치고 있다(꿈속에서만큼은 앨 마시와 상대하는 일이 얼마나 끔찍한 일인지 계산에 넣지 않았다). 벤은 비벌리를 등 뒤에 숨기면서 마시에게 이쯤에서 물러나라고 말한다.

'이 뚱보 놈아, 혼쭐나기 전에 내 딸 앞에서 썩 비키지 못해?'

벤 한스컴은 평소에는 사색적이고 학구적인 인물이지만 일단 화가 나면 포효하는 호랑이로 돌변한다. 그는 아주 진지한 표정으로 앨 마시에게 말한다. '비벌리에게 손을 댈 생각이면 나부터 쓰러뜨려야 할 겁니다.'

마시는 벤에게 다가서다……, 조금도 동요하지 않고 이글거리는 벤의 눈동자를 힐끔거린다.

'나중에 후회할걸.' 마시가 중얼거리지만 이미 전의를 상실한 모습이다. 그는 역시 종이호랑이에 지나지 않는다.

'뭘 후회할지 모르겠군요.' 벤 한스컴은 게리 쿠퍼영화 배우를 쏙 빼닮은 미소를 띠고, 비벌리의 아버지는 슬금슬금 꽁무니를 뺀다.

'지금 무슨 짓이야, 벤? 아버지를 죽일 듯했잖아!' 비벌리가 소리치지만 눈빛만은 눈부시게 반짝인다.

'죽인다고?' 벤 한스컴은 여전히 게리 쿠퍼의 미소를 입가에 머금고 부드럽게 속삭인다. '그렇지 않아, 비벌리. 이상한 사람이기는 해도 여전히 너의 아버지인걸. 겁만 주려고 했을 뿐이야. 누구든 네게 함부로 말하거나 행동하는 건 참을 수 없으니까. 자기도 내 맘 알잖아?'

비벌리는 벤을 껴안으며 키스한다(입술에 한다! 입술에!). '사랑해, 벤!' 비벌리는 흐느낀다. 벤은 가슴에 밀착한 비벌리의 작은 젖가슴을 느끼며…….

벤은 부르르 몸을 떨며 그 눈부시고 또렷한 영상을 힘겹게 떨쳐 버렸다. 리처드가 차고 문간에서 부르는 소리를 듣고서야 벤은 차고에 혼자만 남았다는 사실을 깨달았다.

"으응, 가야지." 벤은 약간 놀란 표정으로 말했다.

"벌써 노망 든 거 아냐, 노적가리."

리처드는 문가로 걸어오는 벤의 어깨를 끌어안았다. 벤도 히죽 웃으며 리처드와 어깨동무를 했다.

아버지에 대해서는 걱정할 필요가 없었다. 비벌리가 전화했더니 어머니가 받았고, 아버지는 늦게 퇴근하여 텔레비전 앞에서 잠들었다가 가까스로 침실로 옮겨 가 곯아떨어졌다는 말을 전했기 때문이다.

"버스를 타고 올 거지, 비벌리?"

"네. 빌 덴브로의 아빠가 우리 모두를 집까지 태워다 주신댔어요."

마시 부인의 목소리에서 갑자기 경계심이 드러났다. "혹시 남자 친구를 사귀는 건 아니겠지, 응?"

"아냐, 엄마." 비벌리는 어스레한 복도 너머 아이들이 모노폴리를 하고 있는 주방을 힐끔거리며 정색했다. '하지만 정말 그랬으면 좋겠어.' "남자 아이들, 그냥 시민 회관 강좌를 함께 듣는 아이들인데, 부모님이 돌아가며 태워다 주시거든요."

전혀 없는 말을 꾸민 것은 아니었다. 하지만 또 그중 일부는 새빨간 거짓말이어서 비벌리는 온몸이 화끈거렸다.

"알았다. 그냥 확실히 알고 싶어서 물어본 거야. 그 나이에 벌써부터 남자 아이랑 어울려 다니는 꼴을 네 아버지가 봤다가는 큰일 날 거야." 마시 부인은 여운을 남기듯 뜸을 들이다 이렇게 덧붙였다. "엄마도 마찬가지고."

"네, 알았어요." 비벌리는 여전히 주방 쪽을 힐끔거리며 말했다. 물론 잘 알고 있었다. 그러나 그녀는 지금 부모님이 외출하고 없는 집에서 한 명도 아니고 여섯 명이나 되는 남자 아이들과 함께였다. 주방에서 벤이 근심스러운 눈빛을 보내자 비벌리는 별일 없다는 듯 웃어 보였다. 벤은 얼굴이 달아오르는 걸 꾹 참고 다시 한번 비벌리에게 웃어 보였다.

"여자 친구들은 없니?"

'웬 여자 친구 타령이에요, 엄마?'

"음, 패티 오하라도 함께 있어요. 엘리 게이거도 본 것 같아요. 아마 아래층에서 무용 강좌를 듣고 있을걸요."

거짓말을 늘어놓다니. 비벌리는 창피한 생각이 들었다. 차라리 아버지가 전화를 받았다면 좋았을걸 하고 아쉬움이 들었다. 아버지였다면 무섭기는 해도 찔리지는 않았을 것이다. 비벌리는 자신이 썩 훌륭한 숙녀가 되긴 틀렸다고 생각했다.

"엄마, 사랑해요."

"엄마도 그렇다, 비벌리." 마시 부인은 잠시 후 몇 마디를 덧붙였다. "항상 조심해야 해. 신문에서 또 사건이 터졌다고 하더라. 패트릭 헉스테터라는 남자 아이래. 실종됐다는구나. 너도 아는 아이니?"

비벌리는 잠시 두 눈을 감았다. "아뇨, 모르겠는데요."

"음……, 알았다, 집에서 보자꾸나."

"네."

비벌리는 주방으로 돌아가 한 시간 정도 아이들과 함께 모노폴리 게임을 했다. 줄곧 스탠리가 이겼다.

"돈 버는 데 유대인을 따라가기 힘들지." 스탠리가 애틀랜틱 대로에 호텔 한 채와 벤트너 대로에 두 채의 녹색 집을 보태면서 말했다. "다들 아는 사실이야."

"아이고, 나 좀 유대인으로 만들어 주세요." 벤이 불쑥 그렇게 말하는 바람에 한바탕 웃음꽃이 피었다. 벤은 파산 직전이었다.

비벌리는 이따금 식탁 너머를 흘깃거리며, 빌의 깨끗한 손과 파란 눈동자와 섬세한 머릿결을 훔쳐보았다. 빌은 게임 판의 표식으로 선택한 작은 은색 신발을 살짝 움직이고 있었다. 그 광경을 지켜보며 비벌리는 생각했다. '빌이 내 손을 잡아 준다면 너무 기뻐서 숨이 넘어갈지도 몰라.' 비벌리는 가슴 한편에서 포근한 빛을 느끼며 자신의 손을 내려다보고 몰래 미소 지었다.

그날 밤 공연의 피날레는 허망할 정도로 쉽게 끝났다. 벤은 끌과 망치를 사용해 주형의 절개선을 열었다. 쉽게 열렸다. 작은 은구슬 두 개가 빠져나왔다. 구슬 하나에 925년이라는 주화 날짜가 희미하게 남아 있었다. 또 다른 구슬에는 물결 무늬가 남아 있어서, 비벌리는 그것이 자유의 여신상 머리카락 부분일 거라고 생각했다. 그들은 아무 말 없이 은구슬을 살펴보았고, 이윽고 스탠리가 그중 하나를 집어 들었다.

"너무 작은데."

"골리앗을 무찌른 다윗의 돌멩이도 고만했을 거야. 내가 보기엔 아주 강력한걸." 마이클이 말했다.

벤은 고개를 끄덕끄덕했다. 벤도 마이클의 생각과 비슷했다.

"이제 다 끄, 끄, 끝난 거야?" 빌이 물었다.

"다 끝났어. 자, 여기 있어." 벤이 두 번째 구슬을 빌에게 던지자, 빌은 깜짝 놀라 하마터면 구슬을 떨어뜨릴 뻔했다.

은구슬 두 개가 작업대 위를 데구루루 굴렀다. 아이들은 꽤 무게가 느껴지는 동그란 구슬들을 물끄러미 바라보았다. 구슬 두 개가 벤 앞으로 다시 굴러 오자, 그는 구슬을 집으면서 빌을 바라보았다. "이제 이걸로 뭘 하지?"

"비, 비벌리에게 줘야지."

"싫어!"

빌은 비벌리를 바라보았다. 온화하면서도 엄한 얼굴이었다. "비, 비벌리, 이미 다 얘기 끄, 끝났잖아. 그리고……."

"알았어, 한다고. 때가 오면 그 괴물들을 쏠 거란 말이야. 그때가 오면 말이야. 나 때문에 우리 모두 죽을지 모르지만, 어쨌든 내가 하겠어. 하지만 저걸 집에 가져가고 싶지는 않아. 부모님이(아버지가) 찾아낼지도 모르잖아. 그때 내가 뭐라고 해야 하냐고."

"숨길 만한 곳이 하나도 없어?" 리처드가 물었다. "쯧쯧, 나는 네댓 군데나 되는데."

"한 군데 있어." 비벌리는 침대의 박스 스프링 밑에 난 틈을 떠올렸다. 그곳에 담배나 만화책 따위를 숨겨 놓았고 최근에는 영화와 패션 잡지를 몰래 보관했다. "하지만 이런 건 자신 없어. 빌, 네가 갖고 있어. 필요할 때까지만 네가 보관하고 있으면 되잖아."

"알았어." 빌이 상냥하게 대답하는데, 집 앞 차도에 자동차 불빛이 번뜩였다. "제, 젠장, 벌써 도, 돌아오시나 봐. 여, 여기서 나가자."

샤론 덴브로가 주방문을 열었을 때 그들은 모두 모노폴리 게임판을 사이에 두고 둘러앉아 있었다.

리처드는 눈알을 이리저리 굴리더니 궁지에 몰린 표정으로 이마의 식은땀을 닦는 연기까지 펼쳐 보였다. 다른 아이들도 그 모습이 정말 고소하다는 듯이 웃음을 터뜨렸다. 리처드는 멋지게 한 방 먹은 표정이었다.

잠시 후 샤론 덴브로가 들어왔다. "빌, 아빠가 지금 친구들을 데려다 준다고 밖에서 기다리고 계셔."

"아, 알았어요, 어, 엄마. 저, 저희도 지금 막 다 끄, 끝내던 참이에요."

"누가 땄니?"

샤론이 궁금한 표정으로 빌의 친구들을 바라보았다. 저 여자 아이는 앞으로 대단한 미인이 되겠는걸 하는 생각도 잊지 않았다. 그리고 앞으로 일이 년만 더 지나면 오늘처럼 여럿이 모여 놀더라도 남자 아이들이 여자 아이들을 데려다 줄 정도로 어른이 될 것 같았다. 그러나 지금은 이성에 눈뜨기엔 여전히 어려 보이는 것이 사실이었다.

"스, 스탠리가 땄어요. 유대인들은 저, 정말 돈 버는 데 처, 천재인가 봐요."

"빌!" 샤론은 놀라고 부끄러워 소리를 질렀다가……, 스탠리를 포함해 다른 아이들이 전부 웃는 모습에 더 어리둥절해지고 말았다. 그녀의 놀람은 곧 두려움 비슷한 감정으로 바뀌었다(하지만 그날 밤 잠자리에서도 남편에게 그런 사실을 말하지 않았다). 실내 가득 정전기가 흐르는 느낌이라고 할까, 아니 그보다 훨씬 강렬하고 두려운 무엇이 채워진 것 같았다. 그들 중 한 아이만 살짝 건드려도 엄청난 전류에 감전될 것 같은 느낌. 대체 이 아이들이 어떻게 된 걸까? 그녀는 여전히 황망한 기분에 쫓겨 허둥대다가 실제로 그 비슷한 질문을 던지려고 입을 열었다. 그때 빌이 말을 함부로 해서 죄송하다고 했고(하지만 눈빛만은 여전히 기이하게 번뜩였다), 스탠리는 이따금 사람들이 농담 삼아 하는 이야기라 익숙해서 괜찮다며 빌을 거드는 바람에 그녀는 자신이 아무 소리도 못할 정도로 혼란스러워하는 걸 알았다.

그러나 아이들이 우르르 집 밖으로 사라지자 다시 마음이 편해졌고, 여전히 수수께끼 같은 말더듬이 아들은 곧바로 자기 방으로 돌아가 잘 생각인지 불을 껐다.

왕따 클럽 아이들이 마침내 그것과 1대 1로 맞서 싸우고, 그것이 벤 한스컴의 배를 갈기갈기 찢을 뻔한 그날은 1958년 7월 25일이었다. 몹시 후텁지근하고 바람 한 점 없는 날이었다. 벤은 그날의 날씨를 또렷하게 기억했다. 집요하게 한여름을 물고 늘어지던 무더위가 이후에 한풀 꺾였기 때문이다. 다음날부터 서늘한 장마와 먹구름이 찾아왔다.

그들은 아침 10시경 니볼트 가 29번지에 도착했다. 빌과 리처드가 함께 실버를 타고, 벤은 자전거 안장에 풍성한 엉덩이를 양쪽으로 축 늘어뜨리고 나타났다. 비벌리는 여아용 스윈 자전거에 올라타 이마에 녹색 끈을 질끈 묶은 채 바람처럼 니볼트 가를 따라 내려왔다. 붉은 머리칼이 뒤로 줄줄 흘러가는 것 같았다. 마이클은 걸어서 왔고, 5분 정도 지나자 스탠리와 에디가 나란히 걸어오는 모습이 보였다.

"파, 팔은 어때, 에, 에디?"

"응, 많이 아프진 않아. 자면서 옆으로 뒤척일 땐 좀 아프지. 그 물건은 가져왔겠지?"

실버의 짐 바구니 속에 헝겊 뭉치가 들어 있었다. 빌은 헝겊을 꺼내 펼쳐 보였다. 새총을 비벌리에게 건네주자, 비벌리는 약간 얼굴을 찌푸렸을 뿐 아무 말 없이 받아 들었다. 헝겊 속에는 목캔디 깡통도 들어 있었다. 빌이 그 뚜껑을 열자 두 개의 은구슬이 나타났다. 그들은 서로 말없이 바라보다가 니볼트 가 29번지의 메마른 잔디밭으로 걸어갔다. 잔디밭엔 잡초만 무성했다. 빌과 리처드와 에디는 이미 그 집을 본 적이 있었다. 나머지는 모두 처음이라, 호기심 어린 눈빛으로 여기저기 둘러보았다.

스탠리는 창문들이 꼭 눈동자 같다고 생각하면서 뒷주머니에 있는 문고판 책을 어루만졌다. 그것은 스탠리만의 습관으로 그 책을 만지면 행운이 온다고 믿었다. 그래서 어디를 가든 M. K. 핸디가 쓴『북미 조류 안내서』를 지니고 다녔다. 여전히 창문마다 지저분한 장님의 눈동자를 닮았다는 생각이 가시지 않았다.

비벌리는 냄새가 고약하다고 생각했다. 코로 느껴지는 냄새는 아니지만 분명 악취가 풍기는 것 같았다.

마이클은 이런 생각이 들었다. '철공소에 갔을 때와 비슷해. 똑같은 느낌……, 어서 오라고 잡아끄는 듯한 기분 말이야.'

벤도 비슷한 생각을 하고 있었다. '그래, 이곳이 바로 그것들이 사는 장소야. 몰록의 구멍 같은 곳, 그것이 드나드는 곳이야. 그리고 우리가 이곳에 와 있다는 걸 그것도 알아. 우리가 들어오기를 기다리고 있는 거야.'

"여기서 그, 그만두고 싶은 사람?"

아이들은 일제히 빌을 바라보았다. 안색이 창백하게 굳어 있었다. 아무도 그만두겠다고 말하는 아이는 없었다. 에디는 호주머니에서 흡입기를 꺼내서 깊숙이 들이마셨다.

"나도 좀 줘."

리처드의 말에 에디는 놀란 표정으로 또 무슨 우스갯소리를 할까 잠시 기다렸다.

리처드는 손을 뻗었다. "농담 아니야. 나도 좀 마시면 안 돼?"

에디는 약간 어색하게 어깨를 으쓱하더니, 흡입기를 리처드에게 건네주었다. 리처드는 흡입기를 입에 대고 깊숙이 빨아들였다. "그게 필요했어." 리처드는 에디에게 흡입기를 돌려주었다. 약간 콜록거렸지만 눈빛은 맑았다.

"나도 줘. 괜찮지?" 스탠리가 말했다.

그때부터 아이들은 차례차례 에디의 흡입기를 들이마시기 시작했다. 흡입기가 에디에게 돌아오자, 그는 노즐을 밖으로 나오게 한 상태로 흡입기를 뒷주머니에 쑤셔 넣었다. 아이들은 모두 그 집을 바라보았다.

"이 거리에 사는 사람들이 있을까?" 비벌리가 나지막한 목소리로 물었다.

마이클이 말했다. "이 주변에는 없어. 여긴 거리 끄트머리인데, 부랑자들이 기웃거리다 화물 열차에 올라탈 뿐, 이쪽에 사는 사람들은 없어."

스탠리가 말했다. "그들 눈에는 아무것도 안 보일 거야. 그러니까 안전할 거야. 아무튼 그 사람들은 괜찮아." 그는 빌을 바라보았다. "어른들도 그것을 볼 수 있을까? 어때, 빌?"

"모, 모르겠어. 몇 명은 보, 볼 수 있을지도 몰라."

"그런 어른을 한 명이라도 만나면 좋을 텐데." 리처드가 우울하게 말했다. "이건 정말 애들이 할 일이 아니라고, 무슨 소린지 알지?"

빌은 이해했다. 하디 형제프랭클린 딕슨의 청소년용 탐정 소설에 등장하는 형제가 위험해질 때마다 페튼 하디가 그들을 구해 주러 오지 않는가. 「릭 브랜트 과학 모험」에 등장하는 릭 브랜트의 아빠 하트슨도 역시 아이를 구해 주는 어른의 본보기였다. 게다가 낸시 드루미국의 유명한 청소년용 미스터리 소설 낸시 드루 시리즈의 주인공마저 악한들에게 묶여 버려진 탄광 같은 곳에 내팽개쳐질 순간에 어김없이 아버지가 나타나 구해 주니 말이다.

"어른이 한 명 있어야 해." 리처드는 저택의 벗겨진 페인트와 지저분한 창문, 음산한 현관을 바라보며 말했다. 몹시 지쳤다는 듯 한숨까지 내쉬었다. 벤은 그들의 결심이 흔들리는 느낌이 들었다.

그때 빌이 말했다. "이쪽으로 와, 와 봐. 이, 이걸 봐."

그들은 현관의 왼쪽으로 돌아 걸어갔는데, 그곳은 걸레받이 부분이 찢겨 있었다. 가시투성이에다 야생의 것이 되어 가는 장미들이 여전히 거기에 있었다……, 그리고 에디가 보았던 문둥이가 기어오르면서 건드린 장미들은 아직도 꺼멓게 죽어 있었다.

"그냥 만졌는데 저렇게 됐다는 거야?" 비벌리가 겁에 질려 물었다.

빌이 고개를 끄덕였다. "너, 너희들 진짜 드, 들어갈 거야?"

아무도 대답하지 않았다. 그들은 들어가고 싶지 않았다. 그들이 싫다고 해도 빌은 혼자 갈 것이 분명했지만, 그래도 자신이 없었다. 빌의 얼굴에는 수치심 비슷한 감정도 언뜻 스쳤다. 그가 일전에 말한 것처럼 조지는 그들의 동생은 아니었다.

벤은 생각했다. '하지만 다른 아이들, 베티 립슨, 셰릴 라모니카, 클레멘츠, 에디 코코랜(아마도), 베로니카 그로건……, 패트릭 헉스테터까지. 그것이 아이들을 죽였어, 망할! 아이들을 말이야.'

"가겠어, 빌." 벤이 말했다.

"제길, 알았어." 비벌리가 말했다.

"좋아." 리처드가 말했다. "가면 죽여주게 재미있겠지, 버벅이 양반?"

빌은 무슨 말인가 하려다 그냥 고개를 끄덕였다. 그는 목 캔디 통을 비벌리에게 건네주었다.

"확실해, 빌?"

"화, 확실해."

비벌리는 고개를 끄덕였다. 책임감에 소름 끼치는 동시에 빌의 신뢰에 매혹되었다. 그녀는 깡통에서 은구슬 두 개를 꺼내 그중 하나를 청바지 오른쪽 앞주머니에 집어넣었다. 다른 하나는 새총에 장전하고, 그 부분을 잡았다. 손안에 쏙 들어오는 구슬의 느낌은 차가웠다가 이내 따뜻해졌다.

"가자." 비벌리의 음성은 약간 떨렸다. "마음 바뀌기 전에 얼른 가자고."

빌은 고개를 끄덕이며 에디를 빤히 바라보았다. "괘, 괜찮겠어, 에, 에디?"

에디는 고개를 끄덕였다. "그럼. 혼자서도 왔는데, 뭘. 이번에는 친구들이랑 함께잖아, 그렇지?" 에디는 아이들을 바라보고 씩 웃음 지었다. 그의 표정은 수줍으면서도 연약하고 꽤 멋졌다.

리처드가 에디의 등을 툭 쳤다. "지당하신 말씀입죠, 나리. 누구든 나리의 흡입기를 훔쳐 가려는 놈이 있으면, 저희가 그냥 보내 버리겠나이다. 하나, 보낼 때는 아주 천천히 보내 드리오리다."

"아서라, 리처드." 비벌리가 키득키득 웃었다.

"혀, 현관 밑으로 내려가면 모, 모두 내 뒤, 뒤를 따라와. 그 다음에는 지, 지하실로 들어갈 테니까."

"네가 앞장서서 가다가 괴물이 달려들면 어떡하지? 네 뒤통수를 쏘라는 얘기야?" 비벌리가 물었다.

"어, 어쩔 수 없다면 그렇게 해. 하지만 쏘, 쏘기 전에 네가 야, 약간 옆으로 모, 몸을 틀면 될 거야."

리처드는 비벌리의 엉뚱한 질문과 진지한 빌의 대답을 듣다가 그만 폭소를 터뜨렸다.

"집 저, 전체를 뒤져야 할지 모, 몰라. 그, 그래도 아무것도 없을지 몰라."

"정말 아무것도 없을까?" 마이클이 물었다.

"아니. 여, 여기 있을 거야."

벤은 빌의 말이 맞을 거라고 생각했다. 니볼트 가 29번지의 저택은 독기로 가득 찬 느낌이었다. 눈에 보이지는 않지만……, 그것이 있다는 느낌이 온몸으로 전해졌다. 벤은 마른침을 삼켰다.

"주, 준비됐어?" 빌이 아이들에게 물었다. 아이들은 아무 말 없이 빌을 응시했다.

"준비됐어, 빌." 리처드가 말했다.

"자, 그, 그럼 가자. 내 바, 바로 뒤에 따라와야 해, 비벌리."

빌은 몸을 수그리고 말라죽은 들장미 덤불을 지나 현관 밑으로 기어 들어갔다.

그들은 차례로 들어갔다. 빌, 비벌리, 벤, 에디, 리처드, 스탠리, 마이클. 현관 밑에서 잎사귀가 파삭파삭 부서지고 퀴퀴한 냄새가 솟구쳤다. 벤은 코를 찡그렸다. 낙엽에서 그런 냄새를 맡은 적이 또 있었나? 벤은 처음이라고 생각했다. 곧바로 메스꺼운 생각이 떠올랐다. 미라의 관을 열면 그런 냄새가 날 것 같았다. 먼지와 숱한 세월에 갇혀 있던 타닌산잉크나 염료 따위의 원료 냄새.

빌은 깨진 지하실 창문으로 다가가 그 속을 내려다보았다. 비벌리가 바짝 뒤따라오며 물었다. "뭐가 보여?"

빌은 고개를 흔들었다. "누, 눈에 안 보인다고 끝난 게 아냐. 저, 저길 봐. 리, 리처드와 내가 저 서, 석탄 더미로 기, 기어 올라왔어."

벤은 두 사람을 바라보다 석탄 더미로 시선을 옮겼다. 자극이 되기도 하고 두렵기도 했는데, 벤은 본능적으로 어느 정도의 자극은 훌륭한 도구가 될 수 있음을 알고 있어서 그리 나쁘지만은 않았다. 석탄 더미를 바라보는 동안, 사람들한테 전해 듣거나 책에서만 읽었던 위대한 사건의 현장을 눈앞에서 확인하는 느낌이었다.

빌이 돌아가서 창문으로 슬쩍 들어갔다. 비벌리는 은구슬이 장전된 고무 부분을 붙잡고 새총을 벤에게 맡겼다. "내가 들어가자마자 줘. 들어가자마자."

"알았어."

비벌리는 유연한 몸놀림으로 쉽게 창문을 통과했다. 블라우스가 청바지에서 빠져나와 위로 쏠리면서 비벌리의 매끈하고 희디흰 배가 드러나는 순간, 심장이 멎는 것 같았다(적어도 벤에게는 그랬다). 그리고 새총을 다시 건네줄 때도 벤은 맞잡은 비벌리의 손길에서 전율을 느꼈다.

"됐어, 받았어. 너도 내려와."

벤은 창문에 몸을 들이밀기 위해 버둥대기 시작했다. 다음에 어떤 일이 벌어질지, 그 당연한 상황을 미리 예상했어야 했다. 벤은 창문에 끼이고 말았다. 직사각형 모양의 창틀에 엉덩이가 끼여 꼼짝도 할 수 없었다. 몸을 빼내려고 기를 쓰면서 벤은 퍼뜩 떠오르는 끔찍한 생각에 치를 떨었다. 어떻게든 빠져나갈 수는 있겠지만 바지가, 어쩌면 속옷마저 발목까지 벗겨질지 몰랐다. 만약 그렇게 되면, 엄청나게 큰 엉덩이를 사랑하는 사람의 얼굴에 갖다 대는 꼴이었다.

"서둘러!" 에디가 말했다.

벤은 두 팔에 힘을 주었다. 그래도 한동안 꼼짝도 못하다가, 갑자기 엉덩이가 쑥 빠져나갔다. 허벅지 부분에서 꽉 조인 청바지가 위로 밀려서 몹시 아프고 고환이 터질 것 같았다. 창틀 위에 셔츠가 걸려 어깨 부분이 금방이라도 뜯어질 듯 팽팽했다. 엉덩이는 빠져나갔지만 이번에는 배가 창틀에 끼였다.

"배를 집어넣어, 노적가리." 리처드가 정신 나간 사람처럼 깔깔댔다. "어서 집어넣는 게 좋을 거야. 안 그러면 마이클네 아버지한테 부탁해서 쇠사슬로 다시 끌어내라고 할 거야."

"삑삑, 리처드, 경고야." 벤은 이를 악물고 말했다. 리처드의 말대로 있는 힘껏 배를 집어넣으려고 버둥댔다. 약간 움직이는 듯했지만 이내 또 옴짝달싹 못하게 되었다.

벤은 고통과 밀실 공포증을 꾹 참으며 최대한 고개를 돌렸다.

땀으로 번들거리는 얼굴이 빨갛게 달아올랐다. 퀴퀴한 낙엽 냄새에 욕지기가 나고 숨이 막혔다.

"빌, 나 좀 끌어내릴 수 있겠어?"

곧바로 양쪽 발목에 빌과 비벌리의 손길이 느껴졌다. 다시 한 번 있는 힘껏 배를 집어넣는 순간, 몸이 벌렁 창문 사이로 빠져나갔다. 빌이 고꾸라지는 벤의 몸을 움켜잡았다. 둘은 바닥에 곤두박질칠 뻔했다. 벤은 비벌리를 바라볼 수 없었다. 그때처럼 창피한 적은 한번도 없었다.

"다, 다치지 않았어?"

"응."

빌이 비틀거리며 웃었다. 비벌리도 따라 웃었고, 그러고 나자 벤도 약간은 웃을 수 있었다. 그러나 오랜 세월이 지난 다음에야 방금 벌어졌던 일에서 막연하게 웃긴 점을 이해할 수 있을 터였다.

"야! 에디가 도움이 필요해, 괜찮아?" 리처드가 물었다.

"그, 그래." 빌과 벤은 창문 아래를 잡았다. 에디가 발부터 창문으로 들어왔다. 빌이 무릎 바로 위를 붙잡았다.

"살살해." 에디가 초조하게 볼멘소리를 했다. "간지럼을 심하게 타거든."

"우리 아가씨는 간지럼을 많이 탑니다요, 나리." 리처드가 또 익살을 떨었다.

벤은 에디의 허리춤을 붙잡으면서 깁스한 팔뚝과 삼각 끈을 건드리지 않으려고 조심했다. 빌과 벤은 시체를 운반하듯 조심조심 에디를 끌어내렸다. 에디는 한 차례 외마디 비명을 질렀다.

"에, 에디 괜찮아?"

"응, 괜찮아. 별것 아니야."

그러나 에디의 이마에 굵은 땀방울이 맺혀 있었고 숨을 가쁘게 몰아쉬었다. 갑자기 에디가 흠칫하며 지하실 안을 힐끔거렸다.

빌이 뒤로 물러났다. 비벌리가 그 옆으로 다가서며 새총을 들고 여차하면 쏠 기세로 고무줄을 잡아당겼다. 비벌리의 시선이 찬찬히 지하실 안을 훑고 지나갔다. 리처드, 스탠리, 마이클이 차례차례 지하실로 들어오자, 벤은 그들의 유연한 몸놀림을 부러운 듯 바라보았다. 바로 한 달 전에 빌과 리처드가 그것을 목격했던 지하실에 이제 일곱 명이 모여 있었다.

지하실은 어둠침침했지만 아무것도 안 보일 정도는 아니었다. 창문으로 새어 들어온 흐릿한 빛이 지저분한 바닥에 살며시 누워 있었다. 벤이 보기에는 착시 현상처럼 느껴질 정도로 지하실 내부가 무척 넓었다. 아궁이에 연결된 관은 잔뜩 녹이 슬었다. 얼룩진 흰색 옷가지 같은 것들이 수도관에 줄줄이 널려 있었다. 악취는 여전했다. 불결하고 역겨운 냄새. 벤은 그것이 여기에 있다고, 틀림없다고 생각했다.

빌이 계단 쪽으로 움직였다. 다른 아이들이 뒤따라 늘어섰다. 빌은 계단 앞에 멈추더니 그 밑을 살펴보았다. 계단에 떨어져 있던 물건을 한 발로 툭 차 버렸다. 아이들은 말없이 그것을 바라보았다. 먼지로 얼룩진 흰색 장갑이었다.

"위층으로 오, 올라가자."

그들은 계단을 올라 지저분한 주방으로 들어섰다. 의자 하나가 울퉁불퉁 솟은 리놀륨 바닥 한복판에 덩그러니 놓여 있었다. 분위기에 딱 맞는 가구였다. 한구석에는 빈 술병들이 뒹굴었다. 찬장 안에도 술병이 들어 있었다. 찌든 술 냄새(대부분 포도주인 것 같았다)와 담배 냄새가 스멀거렸다. 대부분 술과 담배 냄새였지만 어딘가 다른 냄새가 느껴졌다. 그 정체 모를 냄새가 점점 강렬해졌다.

비벌리는 찬장 문을 열었다. 짙은 갈색의 쥐 한 마리가 얼굴을 향해 뛰어오르다시피 하는 바람에 비벌리는 비명을 질렀다. 쥐는 탁자에 사뿐히 내려앉더니 새카만 눈동자로 그들을 바라보았다. 비벌리는 여전히 소리 지르며 새총의 고무줄을 힘껏 잡아당겼다.

"안 돼!" 빌이 노호했다.

비벌리는 하얗게 질린 얼굴로 빌을 바라보았다. 그녀는 고개를 끄덕이며 새총을 천천히 내려놓았지만 벤은 하마터면 은구슬을 쓸 뻔했다고 내심 가슴을 쓸어내렸다. 비벌리는 천천히 물러서서 훌쩍 벤의 곁으로 다가왔다. 벤은 힘주어 비벌리에게 팔을 둘렀다.

쥐는 잰걸음으로 탁자 위를 달려가다 바닥으로 뛰어내려 개수대 밑으로 사라졌다.

"놈은 내가 쥐를 쐈으면 했던 거야." 비벌리가 희미한 음성으로 말했다. "총알 중 하나를 써 버리게 하려고 말이야."

"맞아. FBI 훈련도 비, 비슷하대. 거리처럼 꾸, 꾸며 놓고 갑자기 모, 목표물이 튀, 튀어나오게 만든대. 버, 범죄자 대신 착한 시민들을 쏘, 쏘면 저, 점수가 깎이나 봐."

"나 못하겠어, 빌. 망칠 것 같아. 여기 있어. 네가 해."

비벌리는 새총을 내밀었지만 빌은 고개를 저었다.

"네가 해, 해야 해, 비벌리."

다른 찬장 속에서 가냘픈 울음소리가 들려왔다.

리처드가 그쪽으로 다가갔다.

"가까이 가지 마! 어쩌면……." 스탠리가 소리쳤다.

리처드는 이미 찬장 안을 들여다보다가 얼굴이 토할 듯이 일그러졌다. 그가 찬장 문을 쾅 하고 닫으니 빈집에 음산한 메아리가 울려퍼졌다.

"우글우글해." 리처드가 메스꺼운 표정으로 말했다. "나는……, 아마 누구라도 저렇게 떼 지어 있는 건 처음일 거야." 그는 손등으로 입가를 문질렀다. "저 안에 수백 마리가 있다고." 그는 아이들을 쳐다보았는데, 입술이 한쪽으로 약간 뒤틀려 있었다. "그것들의 꼬리가……, 모두 한데 엉켜 있었어, 빌. 함께 뭉쳐 있었어." 그는 우거지상을 했다. "뱀처럼 말이야."

아이들은 찬장 문을 바라보았다. 가냘픈 울음소리는 작아졌지만 여전히 들렸다. 벤은 빌의 하얗게 질린 얼굴과 그 어깨 너머 마이클의 잿빛 얼굴을 쳐다보며 생각했다. '쥐 떼라니, 모두 쥐라면 질색하지. 놈도 그걸 잘 알고 있겠지.'

"자, 가, 가자. 여기는 니, 니볼트 가라고, 재, 재미있는 일이 주, 줄줄이 이어질 거야."

그들은 거실로 들어섰다. 회반죽 썩는 냄새와 오줌 지린내가 섞여 있었다. 얼룩진 유리창 너머 도로와 그들이 타고 온 자전거가 보였다. 비벌리와 벤의 자전거는 받침대로 세워져 있었다. 빌의 실버는 단풍나무 옆에 기댔다. 벤은 망원경을 거꾸로 봤을 때처럼 자전거들이 아주 멀리 떨어져 있는 느낌이 들었다. 황량한 거리의 아스팔트와 눅눅한 하늘, 칙칙폭폭 달려가는 기관차 소리……, 벤에게는 그 모든 풍경이 꿈결처럼, 환영처럼 느껴졌다. 악취와 어둠에 휩싸인 을씨년스러운 빈집만 또렷한 현실이었다.

한쪽 구석에 널린 갈색 병 조각은 맥주병 같았다.

또 다른 구석에는 축축하게 젖어 부풀어 오른 책 한 권이 놓여 있었다. 표지에는 한 여자가 그물 스타킹과 검은색 팬티를 훤히 드러낸 채 의자를 향해 구부린 자세를 취하고 있었다. 벤은 표지 그림이 야하다고 생각지 않았으므로 비벌리가 그 책을 바라보고 있어도 전혀 낯 뜨겁지 않았다. 습기 때문에 여자의 피부 색깔이 누렇게 변색되었고, 쭈글쭈글한 잔물결이 얼굴에 주름을 만들어 놓았다. 그래서인지 음탕한 눈길은 죽은 창녀의 눈빛처럼 오히려 으스스했다.

(오랜 세월이 흐른 후, 벤이 그날의 일을 떠올리는 동안, 비벌리는 외마디 비명을 지르며 다른 사람들에겐 금시초문인 소리를 내뱉었다. "그 여자야! 커시 부인! 그 여자였어!")

벤이 바라보고 있는 사이, 아가씨인지 노파인지 분간이 안 되는 책 표지의 여자가 그에게 윙크했다. 그녀는 유혹하듯 엉덩이를 흔들었다.

'정말 으스스한데 계속 땀이 흘러.' 벤은 책표지를 외면했다.

빌이 왼쪽에 있는 문을 열자 다른 아이들도 곧 뒤따라 들어갔다. 둥그스름한 천장이나 실내 분위기로 보아 예전에 응접실로 사용했던 곳 같았다. 꾸깃꾸깃한 녹색 바지 한 벌이 천장에 달린 조명 기구에 걸려 있었다. 지하실과 마찬가지로, 벤은 이곳이 널찍하게 느껴지고 기차처럼 길어 보였다. 밖에서 볼 때는 그 정도로 집이 기다랄 줄 몰랐는데…….

'하지만 그건 밖에서 봤기 때문이야.' 벤의 마음 한편에서 그런 목소리도 들려왔다. 익살맞고 수다스러운 느낌. 벤은 문득 그것이 페니와이스의 목소리라는 사실을 깨달았다. 페니와이스는 시끄러운 라디오 소리처럼 벤의 머릿속에다 계속 지껄였다. '밖에서 보면 항상 실제보다 작아 보이는 법이란 말이야. 안 그래, 벤?'

"꺼져." 벤이 속삭이듯 말했다.

리처드가 여전히 창백하게 굳은 얼굴로 벤을 바라보았다. "뭐라고 했어?"

벤은 아무것도 아니라며 고개를 흔들어 보였다. 목소리는 사라졌다. 그 정도로 충분했다. 그러나

(밖에서 보면)

문득 뇌리를 스치는 것이 있었다. 그 집은 일종의 기차역이나 버스 터미널처럼 특별한 공간으로, 그것이 인간 세계로 나오는 출구 역할을 하는데, 데리에는 이런 장소가 셀 수 없을 정도로 많을 터였다. 그래서 악취로 썩어 가는 이 저택 안에서는 모든 것이 비정상적인 모습으로 나타나는지 몰랐다. 공간이 훨씬 크게 보이는 것뿐 아니라 각도와 거리 감각도 이상하게 어긋났다. 다른 아이들이 이제 배시 공원처럼 넓어진 실내를 가로질러 가는 동안에도, 벤은 응접실과 복도 사이 문간에 우두커니 서서……, 점점 커지는 아이들의 뒷모습을 바라보았다. 바닥이 비스듬히 기운 것 같았고, 그리고…….

마이클이 돌아보고 외쳤다. "벤!" 벤은 그의 얼굴에서 공포를 읽었다. "어서 와! 이러다 놓치겠어!"

벤은 마이클의 외침을 거의 알아듣지 못했다. 달리는 급행 열

차에서 누군가 소리를 지르는 것처럼 소용돌이만 느껴졌다.

벤은 겁에 질려 정신을 차리고 달리기 시작했다. 등 뒤에서 둔탁한 소리와 함께 문이 탁 닫혔다. 벤은 비명을 질렀다……. 공기 중에 무엇인가 성큼성큼 뒤따라오는 것처럼 옷자락에 바람이 일었다. 돌아보았지만 아무것도 없었다. 그러나 뭔가 있다는 생각은 변하지 않았다.

벤은 아이들 곁으로 달려갔다. 800미터 달리기를 한 것처럼 숨이 턱까지 찼다. 하지만 다시 돌아보니 응접실의 지름은 3미터 정도 밖에 안 되는 크기였다.

마이클이 벤의 어깨를 아플 정도로 움켜잡았다.

"벤, 너 때문에 무서웠잖아." 마이클이 말했다. 리처드와 스탠리와 에디가 이상하다는 듯이 마이클을 바라보았다. "벤이 작아졌어. 1킬로미터도 넘게 떨어져 있는 것처럼." 마이클이 말했다.

"빌!"

벤이 부르자 빌이 뒤돌아보았다.

"모두 꼭 붙어 다녀야겠어." 벤은 여전히 숨을 헐떡였다. "이곳은……, 놀이 공원에 있는 유령의 집과 비슷해. 잘못하면 길을 잃고 말아. 놈이 그걸 바라는 건지도 몰라. 서로 뿔뿔이 흩어지는 것 말이야."

빌은 입술을 가늘게 하고 잠깐 그를 쳐다보았다. "알았어. 서로 꼬, 꼭 붙어 있자. 아, 아무 데나 혼자 가지 말고."

아이들은 약간 겁에 질린 채 고개를 끄덕이며 문 앞에 모였다. 스탠리는 뒷주머니에 있는 책을 다시 만지작거렸다. 흡입기를 쥐었다 폈다 하는 에디의 모습은 몸무게 44킬로그램의 허약한 아이가 테니스 공으로 근육을 단련시키려고 애쓰는 모습 같았다.

빌이 문을 열자 비좁은 복도 하나가 또 나타났다. 벽지에는 녹색 모자를 쓴 요정들과 장미 그림이 그려져 있지만, 눅눅한 회벽이 드러나고 여기저기 뜯긴 채였다. 천장 군데군데 물때 자국이 동그라미 모양으로 나 있었다. 복도 끝 지저분한 창가를 통해 뿌연 햇살이 비추었다.

갑자기 복도가 길게 늘어나는 것 같았다. 천장이 쑥 치솟았다가 이상하게 생긴 로켓처럼 오므라들기 시작했다. 문의 크기도 천장을 따라 커졌다 작아졌다 했다. 벽지에 그려진 요정의 얼굴이 길어지더니 외계인의 눈알처럼 새카맣고 오싹한 구멍으로 바뀌었다.

스탠리는 비명을 지르며 손으로 눈을 가렸다.

"이, 이건 지, 진짜가 아니야!" 빌이 소리쳤다.

"진짜야!" 스탠리가 눈앞에 주먹을 휘두르며 소리쳤다. "진짜야, 너도 알잖아. 맙소사, 미칠 것 같아. 이건……."

"이, 이걸 봐!" 빌도 스탠리와 아이들에게 고함을 지르더니, 몸을 잔뜩 웅크렸다가 왼쪽 손을 쭉 뻗으며 힘껏 뛰어올랐다. 빌의 손은 맥없이 허공을 찌르는 것 같았지만 퍽 하는 둔탁한 소리가 들렸다. 천장이 있던 자리에서 석회 가루가 부스스 떨어지다가……, 갑자기 천장이 예전대로 돌아왔다. 복도도 아까처럼 낮은 천장에 비좁고 지저분한 모습이었으며, 다시 벽이 늘어나거나 하지 않았다. 빌은 석회 가루와 피 묻은 손을 움켜쥐고 그들을 바라보았다. 천장에는 빌의 주먹 자국이 또렷하게 남았다.

"지, 진짜가 아니야. 화, 환영일 뿐이라고. 해, 핼로윈에 쓰는 가면처럼."

"너한테는 그렇겠지." 스탠리는 맥없이 말했다. 충격과 공포에 질린 표정이었다. 여기가 어딘지 모르겠다는 어리둥절한 얼굴로 주위를 두리번거렸다. 빌의 현명한 행동에 의기양양했던 벤은 문득 스탠리의 숨결에서 시큼한 냄새가 느껴지자 다시 겁에 질리고 말았다. 스탠리는 미치기 직전이었다. 그는 금방 발작을 일으켜 비명을 지르기 시작할 테고, 그러고 나면 무슨 일이 벌어질까?

"너한테는 그럴 거야." 스탠리가 되풀이했다. "하지만 내가 너처럼 천장을 때렸다면 달라지지 않았을 거야. 왜냐하면……, 너한테는 동생이 있었지만 나는 아무도 없으니까." 스탠리는 다시 주위를 두리번거리며 칙칙한 갈색을 띤 응접실 쪽을 바라보았다. 그쪽은 매우 짙은 안개에 휩싸여서 얼마 전에 빠져나온 출입문도 제대로 보이지 않았다. 그에 비해 복도는 밝지만 어딘가 음침하고 어딘가 불결하며 어딘가는 완전히 비정상이었다. 요정들은 장미 덩굴 아래 썩어 가는 벽지 위에서 신나게 뛰놀았다. 복도 끝 창유리에 태양이 불타올랐고, 벤은 그들이 거기로 내려간다면 죽은 파리들과……, 더 많은 깨진 유리들을 보리라는 것을 알았다. 그러고 나면 또 뭐가 있을까? 혹시 바닥이 쭉 갈라져 암흑의 나락으로 떨어지다 무시무시한 손아귀에 붙잡히지 않을까? 스탠리의 말이 옳았다. 무엇 때문에 웃기지도 않는 은구슬 두 개와 시시한 새총을 들고 그것의 소굴로 들어왔을까?

스탠리의 두려움은 갑자기 바람에 쫓기는 쥐불처럼 아이들 사이로 걷잡을 수 없이 퍼지기 시작했다. 에디는 눈이 휘둥그레졌고 비벌리는 입을 벌린 채 신음했다. 리처드는 안경을 추켜올리며 혹시 바로 저편에서 악마가 다가오지는 않나 노려보았다.

혼란에 빠진 아이들은 항상 함께 있어야 한다는 빌의 경고를 잊었다. 아이들의 귓가에 공포의 바람이 돌풍처럼 소용돌이쳤다. 벤은 꿈결처럼 데리 시립 도서관의 사서 데이비스가 아이들에게 동화책 읽어 주는 소리를 떠올렸다. "누가 내 다리 위를 종종걸음으로 건너고 있지?" 그리고 몸을 쭉 내밀고 있는 아이들의 모습이 눈앞에 나타났다. 아이들은 데이비스를 심각하게 바라보며 하나같이 동화의 영원한 매력에 빠진 눈빛이었다. 주인공이 괴물을 무찔렀을까……, 아니면 괴물에게 잡아먹혔을까?

"나는 아무도 없어!" 스탠리가 울부짖었다. 스탠리의 몸은 아주 작아져서 복도 바닥의 가는 틈새에 쏙 빠질 것 같았다. "너는 동생이 있었지만 나는 아무도 없단 말이야!"

"너도 이, 있어!"

빌도 소리쳤다. 그가 스탠리의 멱살을 움켜잡자, 벤은 빌이 주먹을 휘두를지도 모른다고 생각했다. '안 돼, 빌! 제발, 그건 헨리나 하는 짓이야. 네가 주먹을 휘두르면 놈이 당장 우리를 죽일 거야.'

그러나 빌은 스탠리를 때리지 않았다. 스탠리를 돌려세우더니 스탠리의 뒷주머니에서 문고판 책을 빼어 들었다.

"내놔!" 스탠리가 소리치며 엉엉 울기 시작했다. 다른 아이들은 깜짝 놀라 이글거리는 빌의 눈빛을 피해 슬그머니 꽁무니를 뺐다. 이마에도 등불처럼 빛이 번뜩였다. 빌은 흡혈귀에게 십자가를 내밀 듯 스탠리 앞에 책을 뻗었다.

"너한테는 새, 새, 새가……." 빌이 힘겹게 말을 하느라 목젖이 날카로운 화살의 끄트머리처럼 불거져 나왔다. 벤은 친구 빌 덴브로에게 연민과 두려움을 느꼈지만 동시에 놀라울 정도의 안도감이 밀려들었다. 혹시 빌이 못 미더웠을 때가 있었나? 다른 아이들은? 아, 빌, 제발 힘들더라도 말을 끝내야지, 제발.

벤의 바람을 눈치 챘는지는 모르지만 어쨌든 빌은 말을 계속했다. "너한테는 새, 새들이 있잖아! 너의 새 말이야!"

빌이 책으로 스탠리를 쿡 찔렀다. 스탠리는 책을 받고 멍하니 빌을 바라보았다. 뺨에 눈물이 흘러내렸다. 책을 꽉 움켜잡아서 손가락이 하얗게 핏기를 잃었다. 빌은 스탠리를 바라보다 이내 다른 아이들에게 시선을 옮겼다.

"가, 가자."

"새들이 효과가 있을까, 응?" 스탠리가 가라앉은 목소리로 물었다.

"급수탑에서는 효과가 있었다면서, 안 그래?" 비벌리가 물었다.

스탠리는 주저하는 눈빛으로 비벌리를 바라보았다.

리처드가 스탠리의 어깨를 툭툭 두드렸다. "자, 꼬맹이 양반, 너는 사나이냐, 아니면 쥐새끼냐?"

"사나이겠지." 스탠리는 손등으로 눈물을 훔치며 말했다. "지금까지 바지를 입은 쥐새끼는 한번도 못 봤으니까."

모두 웃음을 터뜨렸다. 그 순간 벤은 저택이 그들에게서, 그 웃음소리에서 뒷걸음치는 느낌을 받았다. 마이클이 돌아섰다. "저기 큰방. 우리가 방금 지나온 방. 봐!"

그들은 보았다. 응접실은 거의 검은색으로 변했다. 연기나 가스 같은 것도 보이지 않았다. 그저 짙은 어둠에 빠져 있었다. 공기 중에는 한 점의 빛도 없었다. 그들이 지켜보는 동안 어둠 자체가 들썩이며 그들의 얼굴에 쑥 밀려드는 느낌이었다.

"자, 가, 가자."

그들은 어둠을 등지고 복도를 따라 걸어가기 시작했다. 두 개는 흰색 자기로 만든 손잡이가 달리고, 나머지 한 개는 손잡이 부분에 구멍만 남은, 총 세 개의 문이 나타났다. 빌은 첫 번째 문 손잡이를 돌리고 밀어젖혔다. 비벌리는 그 옆에 서서 새총을 문 안쪽으로 겨누었다.

벤과 다른 아이들은 겁먹은 메추라기 떼처럼 빌의 등 뒤에 움츠러들었다. 때묻은 매트리스만 덩그러니 남아 있는 침실이었다. 박스 스프링이 녹슨 지도 한참 지났는지 매트리스의 색깔마저 누렇게 변해 있었다. 창가 너머 해바라기가 고개를 끄덕였다.

"여긴 아무것도……." 빌이 막 말을 꺼내는데 매트리스가 율동적으로 부풀었다가 오므라들었다. 매트리스 한가운데가 쭉 갈라졌다. 검은색의 끈적끈적한 액체가 흘러나와 매트리스를 더럽히고 바닥에 떨어져 문까지 미끄러졌다. 기다란 끈끈이 덩굴 손 같았다.

"닫아, 빌! 문을 닫아!" 리처드가 소리쳤다.

빌이 문을 닫고 아이들을 바라보며 고개를 끄덕였다. "가자." 그가 두 번째 문 손잡이(방금 열었던 방문의 맞은편에 있는)를 붙잡으려는 순간, 싸구려 문짝 너머에서 시끄럽게 윙윙대는 비명소리가 들리기 시작했다.

빌마저 그 기괴한 비명에 움찔하며 뒤로 물러섰다. 벤은 그 비명소리를 듣고 있다가는 미칠 것 같았다. 커다란 벌레들이 득시글대는 영화 「종말의 시작」이나 「블랙 스콜피언」 또는 로스앤젤레스 배수구의 개미를 소재로 한 영화처럼 문 뒤에 거대한 귀뚜라미가 버티고 있을지 몰랐다. 쭈글쭈글 주름진 괴물이 문짝을 부수고 나타난다 해도 벤은 꼼짝없이 거대한 털북숭이 다리에 깔려 버릴 것 같았다. 옆에서 씨근거리는 에디의 가쁜 숨결이 느껴졌다.

비명소리는 점점 높아졌고, 윙윙거리는 소리가 꼭 곤충 같았다. 빌은 또 한 발 뒤로 물러섰다. 얼굴엔 핏기가 가시고 눈은 부풀어 올랐으며 입술은 코밑에 있는 자줏빛 흉터 같았다.

"쏴, 비벌리! 튀어나오기 전에 그냥 문에다 대고 쏘란 말이야!" 벤이 자기도 모르게 소리쳤다. 마침 복도 끝 얼룩진 창가에 이글거리는 햇빛이 쇄도했다.

비벌리는 점점 꿈결처럼 곤충의 비명이 거세지는 것을 느끼며 새총을 들어 올렸다.

그러나 고무줄을 뒤로 잡아당기기 직전, 마이클이 소리쳤다. "안 돼! 안 돼, 비벌리! 제길, 내가 확인해 볼게!" 뜻밖에도 그는 웃고 있었다. 그는 곧장 앞으로 뛰쳐나가 문을 확 열어젖혔다. 삐걱 소리가 들렸다가 순식간에 사라졌다. "깡통 나팔! 허수아비에 매다는 깡통 소리였어!"

방 안은 휑뎅그렁했다. 바닥에는 양쪽이 잘린 깡통이 놓여 있었다. 깡통 속으로 밀랍을 칠한 줄 하나가 지나갔다. 방 안에는 바람 한 점 없었지만(창문은 판자로 막아 놓아 가느다란 몇 개의 틈새로 빛이 갈라졌다) 곤충의 윙윙거림은 분명 그 깡통에서 흘러나오는 소리였다.

마이클은 성큼성큼 걸어가 깡통을 힘껏 발로 찼다. 깡통이 구석으로 나뒹굴면서 윙윙 소리도 멈추었다.

"깡통 나팔이야." 마이클이 사과라도 하듯 아이들에게 말했다. "우리 집에선 허수아비에 매다는 깡통을 그렇게 부르거든. 별것 아니야. 속임수에 불과하니까. 하지만 우리는 참새가 아니잖아." 그는 빌을 바라보았다. 더 이상 소리 내어 웃진 않았지만 여전히 미소를 띠고 있었다. "하지만 아직 그놈은 무서워. 아마 우리 중에서 그것이 무섭지 않은 사람은 없을 거야. 솔직히 말해서 나는 무서워 죽겠어."

빌이 고개를 끄덕였다. "나, 나도 무서워."

그들은 복도 끝에 있는 방문을 향해 다가갔다. 빌이 손잡이가 떨어져 나간 구멍에 손을 집어넣을 때 벤은 드디어 막판이라고, 이 문 너머에는 더 이상 속임수가 없을 거라고 생각했다. 악취가 훨씬 심해졌고, 그들을 휩싼 두 개의 서로 다른 힘도 훨씬 강해졌다. 벤은 에디를 바라보았다. 한쪽 팔은 삼각건으로 받치고, 성한 손으로는 흡입기를 꽉 붙들고 있었다. 그 맞은편에서 새의 흉골처럼 V자 모양으로 새총을 들고 있는 비벌리의 안색이 몹시 창백했다. 벤은 생각했다. '위험이 닥치면 내가 너를 지켜 줄게, 비벌리. 맹세해.'

비벌리는 벤의 마음을 읽었는지 그를 향해 돌아서서 긴장한 얼굴로 웃어 보였다. 벤도 마주 웃었다.

빌이 문을 열었다. 돌쩌귀 소리가 한 차례 삐걱거리더니 이내 잠잠해졌다. 욕실이었다……. 그러나 어딘지 이상했다. '누가 들어와서 물건을 부순 모양이야.' 벤은 처음에 그렇게 생각했다. '술병 하나 정도가 아니라……, 대체 뭘 부순 거지?'

흰색 파편들과 사금파리가 여기저기 흩어져 기분 나쁘게 번쩍였다. 곧 무슨 일인지 감이 잡혔다. 정말이지 미쳐도 엉뚱하게 미친 짓이었다. 벤은 웃음을 터뜨렸다. 리처드도 따라 웃었다.

"방귀 대장이 엄청 힘을 줬나 봐." 에디의 말에 마이클도 낄낄대며 고개를 끄덕였다. 스탠리는 희미하게 미소 지었다. 빌과 비벌리만 여전히 굳은 표정이었다.

바닥에 흩어진 흰색 조각들은 변기가 깨진 것이었다. 변기는 박살 나 흔적도 없었다. 물이 흥건히 괸 바닥에 변기 수조가 술 취한 사람처럼 비스듬히 널브러졌는데, 변기의 원래 위치가 구석 자리여서 그나마 산산조각 나지 않고 대각선으로 떨어진 것 같았다.

빌과 비벌리 뒤로 아이들이 몰려들자, 변기에서 떨어진 사금파리 밟히는 소리가 요란했다. '뭘 이용했는지 몰라도 애꿎은 변기만 박살 났군.' 벤의 머릿속으로 헨리 바워스가 M80 폭탄 두세 개를 변기 속에 집어넣고 뚜껑을 닫자마자 잽싸게 욕실을 빠져나가는 광경이 떠올랐다. 그 정도 파괴력을 지닌 폭탄이 또 있는지 선뜻 생각나지 않았다. 솔직히 변기 조각이 흩어져 있기는 했지만 그리 많지 않았다. 그나마 조각 대부분은 인디언이 사용하는 화살촉처럼 작고 날카로웠다. 벽지(장미 덤불과 그 밑에서 장난치는 요정 그림이 그려진 벽지)는 온통 구멍이 박혀 있었다. 산탄 자국처럼 보였지만 벤은 변기가 폭발하면서 파편이 벽지에 튄 것이라고 생각했다.

목욕통은 집게발 위에 놓여 있었다. 집게발은 뭉뚝한 발톱 사이에 더러운 발가락이 삐죽 솟은 모습이었다. 벤은 집게발 밑에서 늪지의 흔적과 잔모래를 발견했다. 녹슨 샤워기 꼭지가 위쪽에서 욕조를 굽어보고 있었다. 그 옆쪽으로 세면대와 약품 보관함이 텅 빈 내부를 드러냈다. 약품 보관함에는 선반마다 작고 녹슨 동그라미 자국만 남아서 오래전에 병들이 놓여 있었다는 흔적만 말해 주고 있었다.

"나라면 가까이 가지 않겠어, 빌 대장!" 리처드가 날카롭게 소리쳤고 벤은 주위를 둘러보았다.

빌은 바닥에 난 배수구 가장자리에 다가서고 있었다. 한때 변기가 놓여 있던 자리였다. 그는 배수구 쪽으로 몸을 기울였다가……, 아이들에게 돌아왔다.

"퍼, 펌프 소리가 들려……. 화, 황무지에 있는 것과 똑같아."

비벌리는 빌에게 바짝 다가섰다. 벤은 비벌리 뒤를 따랐다. 실제로 기계 소리가 들려왔다. 뿜어 올리는 듯한 소음이 일정하게 되풀이되었다. 하지만 파이프를 따라 소리가 전해진다는 점을 제외하면 전혀 기계 소리 같지 않았다. 그것은 뭔가 살아 있는 것의 소리 같았다.

"여, 여기가 바로 노, 노, 놈이 나오는 곳이야." 빌의 안색은 여전히 지독하게 창백했지만 눈동자만은 흥분으로 반짝거렸다. "그, 그날도 여기서 나, 나왔을 거야. 그리고 하, 항상 이곳을 통해 드나드는 거라고! 배, 배, 배수구!"

리처드는 고개를 끄덕였다. "우리가 이 집 지하실에 들어왔을 때 놈은 보이지 않았어. 그것은 계단을 내려왔어. 여기서 나왔기 때문이겠지."

"놈이 욕실을 이렇게 만들어 놓았을까?" 비벌리가 물었다.

"무, 무척 그, 급했나 봐." 빌이 심각하게 말했다.

벤은 배수관을 내려다보았다. 지름이 90센티미터 정도로 갱도처럼 어두웠다. 파이프의 세라믹 표면에 이상한 물질이 달라붙어 있었지만 솔직히 그 정체가 무엇인지 애써 알고 싶지는 않았다. 최면을 걸듯 솟아오르는 악기 소리……, 문득 벤의 시야에 무엇인가 스쳤다. 눈으로 직접 봤다기보다는 마음속 깊숙이 그 모습이 새겨지는 느낌이었다.

'우리를 향해 달려오고 있어. 고속 열차처럼 빠르게 요리조리 어두운 관을 따라 다가오는 중이야. 이곳까지 오는 동안은 원래 모습이겠지. 하지만 우리 앞에 나타나는 순간부터 우리들의 마음에 따라 모습을 바꿀 거야. 아무튼 놈이 컴컴한 지하 묘지를 뚫고 이곳으로 미친 듯이 달려오고 있어. 노르스름한 녹색 눈을 짐승처럼 번뜩이며 가까이 다가오고 있어. 놈이 오고 있단 말이야.'

그러고 나서, 처음엔 불꽃처럼, 벤은 배수관의 어둠 속에서 그것의 눈을 보았다. 그 눈에는 형태가 있었다. 이글거리는 사악한 눈빛. 펌프 기계의 악기를 튕기는 듯한 소리 너머로 벤은 새로운 소리를 들었다. 우우우우우……. 배수관에서 트림을 한 것처럼 악취가 불쑥 솟구치자, 벤은 기침과 헛구역질을 하며 물러섰다.

"놈이 와! 빌, 놈을 봤어. 그것이 오고 있다니까!" 벤은 비명을 질렀다.

비벌리는 새총을 들어 올렸다. "올 테면 오라고!"

무엇인가 배수구에서 폭발하듯 튀어나왔다. 벤은 나중에 그것과 처음으로 대면한 순간을 되짚었지만, 떠오르는 것은 은백의 적황색이 순식간에 변했다는 사실뿐이다. 그렇다고 유령은 아니었다. 그것의 이면에서 구체적인 형태, 실재적이고 분명한 모습이 느껴졌다……. 그러나 그 광경을 정확히 설명할 자신이 없었다.

리처드가 비틀비틀 물러서며 경악한 표정으로 악을 쓰고 또 썼다. "늑대 인간! 빌! 늑대 인간이야!" 그리고 갑자기 그것은 벤과 다른 아이들 앞에 분명한 모습을 드러냈다.

늑대 인간이 배수구 양쪽에 털북숭이 발을 디디고 서 있었다. 짐승 같은 얼굴에서 녹색 눈빛이 이글거리며 그들을 노려보았다. 잔뜩 찡그린 주둥이, 이빨 사이에서 노르스름한 흰색 거품이 흘러나왔다. 고막이 찢어져라 으르렁거렸다. 비벌리를 향해 두 팔을 쭉 뻗자, 입고 있던 교복의 소매가 추켜올려져서 털북숭이 팔뚝이 훤히 드러났다. 후텁지근하고 비릿하며 살기 어린 냄새가 확 끼쳤다.

비벌리는 비명을 질렀다. 벤이 비벌리의 블라우스 뒷자락을 붙잡고 힘껏 잡아당겼으므로 팔뚝 부분이 뜯어졌다. 갈고리 발톱이 아슬아슬하게 비벌리를 빗나가 허공을 움켜잡았다. 비벌리는 벽 쪽으로 뒷걸음질 쳤다. 새총에 장전한 은구슬이 허공으로 미끄러졌다. 은구슬이 허공에서 한순간 번뜩였다. 마이클이 전광석화처럼 은구슬을 낚아채 다시 비벌리에게 건네주었다.

"쏴, 비벌리. 당장 쏴 버려." 마이클은 무서울 정도로 침착하고 냉정하게 말했다.

늑대 인간이 다시 울부짖자 심장이 얼어붙을 정도로 오싹했다. 놈은 주둥이를 들어 올렸다.

울부짖음은 웃음소리로 바뀌었다. 늑대 인간은 빌이 비벌리를 바라보는 사이, 곧장 빌을 향해 달려들었다. 벤이 다급히 빌을 밀어붙였고 빌은 바닥에 나뒹굴었다.

"쏴, 비벌리! 제발, 쏘라니까!" 리처드가 소리쳤다.

늑대 인간이 앞으로 튀어나오자, 벤은 자신들의 우두머리가 누구인지 놈이 정확히 간파하고 있다는 생각이 들었다. 놈의 목표물은 빌이 분명했다. 비벌리는 재빨리 새총을 쏘았다. 은구슬이 허공을 가르고 표적에서 벗어났지만 이번에는 기적처럼 방향을 틀지는 않았다. 30센티미터 이상 빗나가 욕조 바로 위 벽지에 구멍을 뚫었다. 타일 조각이 빌의 팔뚝으로 날아들어서 군데군데 피가 흐르자 그는 억눌린 신음을 토했다.

늑대 인간이 고개를 돌렸다. 번뜩이는 녹색 눈동자가 비벌리를 노려보았다. 벤이 무작정 비벌리 앞으로 뛰어가는 사이, 비벌리는 호주머니에서 나머지 은구슬을 꺼내려고 안간힘을 썼다. 그러나 청바지가 몸에 너무 착 달라붙었다. 물론 남의 시선을 의식해서 일부러 골라 입은 옷은 아니었다. 패트릭 헉스테터와 냉장고 사건이 벌어진 날에도 짧은 치마를 입었듯 별다른 생각 없이 작년에 산 청바지를 입고 나왔을 뿐이다. 손끝에 은구슬이 닿았지만 호주머니 속에 깊숙이 박혀 있었다. 다시 더듬거리다 겨우 붙잡았다. 힘껏 잡아 빼자 호주머니가 뒤집혀 14센트와 두 장의 알라딘 극장표, 안감 먼지 따위가 바닥으로 쏟아졌다.

늑대 인간은, 비벌리를 보호하고 한편으로는 그녀의 시야를 가리고 그 앞에 선 벤에게 달려들었다. 확 젖혀진 놈의 머리와 잡아당겨진 턱에서 약탈자 특유의 난폭한 본능이 느껴졌다. 벤은 무작정 놈을 막아섰다. 벤은 두려움 없이 분노하는 동시에 약간 당혹해하면서 시간이 갑자기 정지할지도 모른다고 기대했다. 벤은 두 손으로 늑대 인간의 헝클어진 머리칼을 움켜잡았다. '머리 가죽, 이놈의 가죽을 붙잡았어.' 그 밑으로 딱딱한 두개골이 만져졌다. 벤은 있는 힘을 다해 놈의 머리통을 비틀기 시작했지만 이번에는 나이에 비해 큰 덩치도 아무 도움이 되지 않았다. 벤이 만약 물러서서 벽에 기대지 않았다면 놈의 이빨에 목구멍이 뜯겨 나갔을 것이다.

놈은 벤을 계속 밀어붙이며 노르스름한 녹색 눈을 이글거리고 거친 숨결을 뿜어냈다. 몰칵 풍기는 하수구 냄새는 썩은 개암나무처럼 어딘지 야생이 느껴지면서도 몹시 역겨웠다. 육중한 발톱이 허공으로 솟구치자 벤은 옆으로 몸을 날렸다. 날카로운 발톱은 벽지와 물컹물컹한 회벽 깊숙이 박혔다. 리처드와 에디가 비벌리에게 어서 쏘라며 다급하게 외치는 소리가 희미하게 들렸다. 그러나 비벌리는 쏘지 않았다. 그녀에게 남겨진 유일한 기회였다. 아니, 그건 문제가 아니었다. 앞으로도 그런 기회가 오지 않기를 바라는 마음이 무엇보다 간절했다. 비벌리는 문득 난생 처음으로 시야가 차갑고 깨끗해지는 느낌을 받았다. 모든 사물이 또렷해지고 바로 눈앞에 있는 것처럼 크게 보였다. 아마 다시는 그때처럼 삼차원의 현실을 선명하게 체험하지 못할 터였다. 색, 각도, 거리 감각이 살아 숨쉬는 것처럼 생생했다. 두려움도 사라졌다. 정확하게 목표물을 명중시키고자 하는 사냥꾼의 욕망과 절정을 준비하는 인내만 남았다. 맥박이 느려졌다. 지금까지 새총을 잡고 부들부들 떨던 두 손에서 힘이 빠지는가 싶더니 다시 단단해지고 결국에는 자연스럽게 느껴졌다. 숨을 깊숙이 들이마셨다. 폐는 전혀 채워지지 않을 것처럼 공기를 쑥쑥 빨아들였다. 어렴풋하게 툭툭 하는 소리가 들렸다. 그게 무슨 소리든 지금 신경 쓸 일은 아니었다. 고무줄을 힘껏 잡아당기고 왼쪽으로 살짝 발을 내딛어 냉정하게 늑대 인간의 머리통이 V자 사격권 안으로 들어오기를 기다렸다.

늑대 인간의 앞발이 다시 밑으로 내려갔다. 벤은 그 밑으로 파고들려다가 놈의 손아귀에 걸려들고 말았다. 놈은 봉제 인형 다루듯 벤을 앞으로 확 낚아챘다. 턱이 쩍 벌어졌다.

"개자식……." 벤은 엄지손가락을 놈의 한쪽 눈알에 쑤셔 넣었다. 고통스러운 울부짖음과 함께 날카로운 발톱이 벤의 셔츠를 찢었다. 벤은 힘껏 배를 안으로 당겼지만 발톱 하나가 가슴을 스치며 불 채찍처럼 뜨끔한 통증을 주었다. 피가 쏟아져 바지와 운동화와 바닥으로 튀었다. 늑대 인간은 벤을 욕조 속으로 집어던졌다. 벤은 머리부터 처박히면서 정신이 아득해졌고, 일어나려고 안간힘을 쓰다가 무릎 주변이 온통 피 범벅임을 깨달았다.

늑대 인간은 획 돌아섰다. 벤은 광인에게 언뜻 떠오르는 순백의 맑은 정신처럼 늑대 인간이 물 빠진 리바이스 청바지를 입고 있다는 사실을 생생하게 기억했다. 봉제선이 뜯어져 있었다. 역무원이 지니고 있을 법한 붉은색의 커다란 손수건이 말라붙은 콧물을 드러내며 청바지 뒷주머니에서 비어져 나와 있었다. 검은색과 적황색으로 된 고등학교 교복 뒤에 "데리 고등학교 살인팀"이라는 글자가 찍혀 있었다. 그 밑에 페니와이스라는 이름과 함께 한복판에 씌어진 등 번호는 13이었다.

놈은 다시 빌을 향해 돌진했다. 빌은 자리에서 일어나 벽에 등을 기대고 놈을 노려보았다.

"쏘라니까, 비벌리!" 리처드가 다시 소리쳤다.

"빽빽, 아직 아니야, 리처드." 비벌리는 자신의 목소리가 아득하게 느껴졌다. 갑자기 늑대 인간의 머리가 돌연 사격권 안으로 들어왔다. 비벌리는 녹색 눈을 겨냥했다. 두 손은 조금도 떨리지 않았다. 누가 제일 잘 맞추나 가리려고 쓰레기 매립장에서 깡통 맞추기 시합을 할 때처럼 은구슬은 부드럽고 자연스럽게 허공으로 튀어 나갔다.

벤은 생각할 짬이 있었다. '비벌리, 이번에 못 맞추면 우린 모두 죽었어. 난 이 더러운 욕조 속에서 죽기 싫지만 빠져나갈 수가 없어.' 빗나가지 않았다. 동그란 눈알(이제는 녹색이 아니라 새카매진)이 불쑥 위쪽으로 향하는 느낌이 들었다. 비벌리가 겨냥한 눈알이었는데, 예상보다 1센티미터 정도 치우쳤다.

놈의 비명소리(놀람과 고통, 공포와 분노가 뒤섞인 거의 인간에 가까운 목소리)에 귀청이 떨어져 나갈 것 같았다. 벤의 귓가가 쩌렁쩌렁 울렸다. 놈의 동그란 눈알은 이제 핏물로 가려져 형체를 알아보기 어려웠다. 피는 급류처럼 솟구쳤다. 빌의 얼굴과 머리칼에도 피의 폭포가 쏟아졌다. '아무래도 좋아.' 벤은 두서없는 생각에 빠졌다. '걱정 말라고, 빌. 밖에 나가면 아무도 그 꼴을 눈치 채지 못할 테니까. 물론 우리가 무사히 여기서 나간다면.'

빌과 비벌리가 늑대 인간을 향해 다가가는데, 갑자기 그들 뒤에서 리처드의 발작적인 외침이 터졌다. "또 한 방 먹여, 비벌리! 죽여 버려!"

"죽여!" 마이클도 소리쳤다.

"바로 그거야, 죽여!" 에디도 합창의 대열에 끼어들었다.

"죽여!" 빌이 외쳤다. 벌어진 아래턱이 덜덜 떨리면서도 목청껏 외쳤다. 머리에 희끄무레한 황색 회반죽을 뒤집어쓴 모습이었다. "죽여, 비벌리! 끝장내라고!"

'구슬을 다 썼는걸.' 벤은 정신이 퍼뜩 들었다. '구슬이 다 떨어졌단 말이야. 대체 무슨 말들을 하고 있는 거지, 죽이라니?' 그러나 벤은 비벌리의 얼굴을 바라보다 곧 무슨 의미인지 알아챘다. 자신의 심장이 비벌리의 가슴으로 날아가 푹 꽂히는 느낌이었다. 비벌리는 다시 고무줄을 팽팽하게 잡아당겼다. 손가락으로 고무 부분을 둥그렇게 감싸 구슬이 없다는 사실을 숨겼다.

"죽여!" 벤이 소리치며 욕조 가장자리에 털썩 자빠졌다.

청바지와 속옷까지 핏물에 흥건히 젖었다. 얼마나 상처가 심한지 알 수 없었다. 처음에 타는 듯한 아픔이 느껴진 뒤로는 별다른 고통이 없었지만 출혈이 많다는 것만은 분명했다.

늑대 인간이 녹색 눈을 끔벅이며 고통스러우면서도 미심쩍은 표정을 드러냈다. 교복 앞자락에 선혈이 낭자했다.

빌 덴브로가 미소 지었다. 부드러우면서도 멋진 미소였다……, 그러나 눈빛은 싸늘했다. "내 동생을 건드린 게 실수였어. 저 새끼를 골로 보내, 비벌리."

늑대 인간의 눈빛에서 의심이 사라졌다. 놈은 빌의 말을 그대로 믿었다. 놈은 살며시 움직이는가 싶더니 곧바로 몸을 돌려 배수구로 뛰어들었다. 놈이 사라지면서 모습이 바뀌었다. 데리 고등학교 교복은 털 속으로 녹아들었고 색깔도 사라졌다. 두개골이 기다랗게 늘어났으며, 밀랍으로 만들어진 형체처럼 흐늘흐늘해지고 흘러내리기까지 했다. 모습이 바뀌었다. 벤은 그것의 실제 모습을 보았다고 생각했으며, 가슴속이 얼어붙어 한동안 숨을 가누지 못했다.

"네놈들을 다 죽여 버릴 거야!" 배수구에서 목소리가 으르렁댔다. 묵직하고 난폭한 음색에서 인간의 느낌은 전혀 없었다. "모조리 죽여 버리겠어…… 모조리 죽여 버리겠어…… 모조리 죽여 버리겠어……." 목소리는 점점 잦아들다 멀어졌다……, 마지막 여운이 펌프 소리에 묻혀 웅웅 맴돌았다.

집이 무너질 듯 쿵 하는 소리가 들려왔다. 그러나 벤은 집이 주저앉는 소리가 아님을 깨달았다. 집은 기묘하게 줄어들어 예전의 크기로 돌아오는 중이었다. 그것이 니볼트 29번지 저택에 무슨 농간을 부렸는지는 모르겠지만, 크게 부풀었던 부분이 줄어들고 있다는 사실은 틀림없었다. 차려 자세로 곧추서듯 집이 일어서는 느낌이었다.

이제는 눅눅하고 약간 썩은 냄새가 나며, 휑뎅그렁한 내부에 이따금 부랑자들이 비를 피해 술을 마시고 수다를 떨며 잠을 청하는 예전의 모습으로 돌아와 있었다.

그것은 사라지고 없었다. 그것이 깨어날 때는 침묵마저도 시끄러운 듯했다.

"여, 여기서 나, 나가야 해." 빌은 욕조에서 버둥대는 벤의 손을 잡으며 말했다. 비벌리는 배수구 주변에 서 있었다. 자신의 모습을 살펴보다가 몸 전체가 촘촘한 스타킹에 억지로 휩싸인 것처럼 냉정함을 잃고 새빨갛게 달아올랐다. 어지간히 숨을 깊이 들이마셨나 보다. 툭툭 하던 희미한 소리는 블라우스의 단추가 떨어지는 소리였다. 단추는 남김없이 다 떨어지고 없었다. 블라우스 앞섶이 풀어헤쳐져 작은 젖가슴이 훤히 비쳤다. 비벌리는 다급히 블라우스를 여몄다.

"리, 리처드, 이리 와서 벤 좀 도와줘. 나 혼자는 너무 무, 무, 무거워……."

리처드가 거들었고, 그러고 나서 스탠리, 마이클까지 거들었다. 넷이 힘을 합쳐 벤을 일으켜 세웠다. 에디는 비벌리에게 가서 어색하게 성한 팔을 그녀의 어깨에 둘렀다. "정말 대단했어." 에디의 말에 비벌리는 울음을 터뜨렸다.

벤은 몹시 휘청거리며 두 걸음쯤 걸어가다가 다시 쓰러질 것 같자 벽에 가까스로 기댔다. 머릿속이 하얗게 비는 느낌이었다. 주위의 색깔이 또렷해졌다가는 씻겨지듯 흐릿해졌다. 금방이라도 토할 것 같았다.

그때 빌의 팔이 부드러우면서도 강하게 벤을 끌어안았다. "마, 많이 아파, 노, 노, 노적가리?"

벤은 억지로라도 배의 상처가 어느 정도인지 봐야 할 것 같았다. 그리 어려운 일도 아닌데(고개를 숙이고 셔츠를 벌리면 끝이다) 그 간단한 두 번의 동작을 하는 것이 그 집에 들어올 때보다 더 큰 용기가 필요했다. 안 봐도 내장의 반이 밖으로 흘러나와 이상하게 생긴 젖가슴처럼 대롱대롱 매달려 있을 거라는 생각이 들었다. 하지만 피는 천천히 흘러나왔다. 늑대 인간이 남긴 상처는 길고도 깊었지만 겉으로 보기엔 치명상 같지 않았다.

리처드도 벤의 상처를 살폈다. 찢어진 상처가 비뚤비뚤 가슴을 타고 밑으로 내려가면서 점점 가늘어지다가 불룩한 배 위쪽에서 겨우 멈추었다. 리처드는 심각한 표정으로 벤을 바라보았다.

"그놈이 네 배를 정육점에 매달려고 했나 봐, 노적가리. 안 그래?"

"농담 좀 그만해라, 이놈아." 벤이 말했다.

그와 리처드는 한동안 서로를 빤히 바라보다가 동시에 낄낄대기 시작했다. 리처드는 벤을 껴안으며 등을 두들겨 주었다.

"우리가 놈을 보냈어, 노적가리! 우리가 이겼다고!"

"아, 아직 이긴 게 아냐. 우, 운이 좋았던 거야. 노, 놈이 돌아오기 전에 어서 이곳을 빠, 빠, 빠져나가자." 빌이 심각하게 말했다.

"어디로 가지?" 마이클이 물었다.

"화, 황무지." 빌이 말했다.

비벌리는 여전히 블라우스 앞섶을 움켜쥔 채 그들에게 다가갔다. "아지트 말이야?" 두 뺨이 새빨갰다.

빌이 고개를 끄덕였다.

"누가 셔츠 좀 빌려 줄래?" 비벌리의 얼굴은 전보다 훨씬 더 붉어졌다. 빌은 비벌리를 힐끔 바라보다 곧바로 얼굴이 확 달아올랐다. 그는 서둘러 눈길을 피했다. 그러나 벤은 이미 새로운 깨달음과 쓰디쓴 질투를 느꼈다. 바로 그 순간, 1초나 됐음 직한 그 시간에 빌도 이제 자기처럼 비벌리를 바라보게 됐다는 사실을 깨달은 것이다.

다른 아이들도 비벌리를 바라보다 얼른 시선을 돌렸다. 리처드는 입에 손등을 대고 헛기침을 했다. 스탠리의 귓불이 발개졌다. 마이클 핸론은 비벌리의 손 밑에서 작은 젖가슴이 살짝 드러나기만 해도 그 후유증을 감당하지 못할 것 같아 아예 물러섰다.

비벌리가 살짝 고개를 치켜들자 머릿결이 어깨 뒤로 살랑거렸다. 여전히 빨갰지만 그녀의 얼굴은 사랑스러웠다.

"내가 여자 애라는 사실은 나도 어쩔 수가 없어. 그리고 가슴이 조금씩 표가 나는 것도……. 누가 좀 셔츠를 빌려 주면 안 될까?"

"아, 안 되기는." 빌이 흰색 셔츠를 머리 위로 벗기니, 좁은 가슴과 비쩍 마른 갈비뼈, 햇볕에 그을려 주근깨가 생긴 어깨가 드러났다. "여, 여기 있어."

"고마워, 빌." 비벌리와 빌의 눈길이 똑바로 얽히는 순간은 뜨겁고 미묘했다. 빌도 이번에는 시선을 피하지 않았다. 그의 시선은 흔들림 없고 어른스러웠다.

"고, 고, 고맙기는."

'행운을 빌어, 빌 대장.' 벤은 두 사람에게서 눈길을 돌렸다. 그것은 벤을 아프게 했다. 그는 흡혈귀나 늑대 인간도 닿지 못할 깊은 곳에 아픔을 느꼈다. 그러나 늘, 예의propriety, 고급 영어 단어에 속함 같은 것이 있게 마련이다. 물론 그는 그 단어를 몰랐지만 그 개념만은 분명히 알고 있었다. 두 사람의 눈길을 훔쳐보는 행동은 비벌리가 빌의 셔츠를 머리 위로 입으려고 블라우스 앞섶을 놓았을 때 그녀의 젖가슴을 훔쳐보는 것과 마찬가지로 옳지 않을 터였다. '그렇게 되어야 하는 일이라면 말이야. 하지만 나만큼 비벌리를 사랑하지는 못할 거야. 결코.'

빌의 티셔츠는 비벌리의 무릎까지 내려왔다. 셔츠 끝에 청바지가 보이지 않았다면, 짧은 슬립을 걸친 모습처럼 보였을 것이다.

"가, 가자, 얘들아. 너, 너희들은 어떤지 모르지만, 나는 오늘 하, 하루가 너, 너무 길게만 느, 느껴지거든."

물론 모두에게 길고긴 하루였다.

한 시간 후, 그들은 창문과 뚜껑 문이 활짝 열린 아지트에 있었다. 아지트 안은 시원하고, 다행히 오늘따라 황무지는 무척 조용했다. 그들은 별말 없이 제각각 상념에 젖었다. 리처드와 비벌리가 이따금 담배를 주고받았다. 에디는 살짝 흡입기를 들이마셨다. 마이클은 몇 차례 재채기를 하면서 그때마다 미안하다고 했다. 감기가 걸렸다면서.

"나리한테 걸려 드는 건 감기뿐이네요." 리처드가 충분히 우호적으로 그렇게 말했고, 그게 다였다.

벤은 내내 니볼트 가 저택에서 벌어진 미친 소동이 꿈처럼 희미해질 거라고 생각하고 있었다. '꿈은 늘 사라지고 조각나 버리지. 숨을 몰아쉬며 식은땀에 젖어 깨어나지만 15분쯤 지나면 무슨 꿈을 꾸었는지 기억도 못하잖아.'

하지만 기억은 사라지지 않았다. 빌이 주방에 있던 의자로 지하실 창문을 부수고 그 집을 빠져나왔다. 꿈이라면 그렇게 끝나야 하지만, 지하실 창문을 힘겹게 들어가서 빌이 창문을 깨는 순간까지 모든 일들이 기억에 또렷했다. 꿈이 아니었다. 가슴과 배에 뒤엉킨 핏자국은 꿈이 아니었고 그 사실을 어머니가 알아채든 아니든 그건 문제가 아니었다.

이윽고 비벌리가 자리에서 일어섰다. "집에 가 봐야 해. 엄마가 오시기 전에 옷을 갈아입어야 하거든. 남자 아이 옷을 입고 있는 걸 들켰다간 그 자리에서 죽을지도 몰라."

"그럼요, 아가씨를 죽이겠죠. 하지만 안주인께서는 아가씨를 천천히 보낼 겁니다요." 리처드가 맞장구쳤다.

"삑삑, 경고야, 리처드."

빌은 진지하게 비벌리를 쳐다보고 있었다.

"셔츠 곧 돌려줄게, 빌."

빌은 고개를 끄덕이며 별일 아니라는 듯 손을 저었다.

"말썽이 나겠니? 네가 옷 없이 돌아가면?"

"아, 아니. 부, 부모님은 내, 내가 옆에 이, 있는지도 자, 잘 모르시니까, 어쨌든."

비벌리는 고개를 끄덕이고 윤기 흐르는 아랫입술을 물었다. 열한 살의 나이 치고 몹시 늘씬하고 정말로 아름다웠다.

"다음엔 어떻게 될까, 빌?"

"나도 모, 모, 모르겠어."

"끝난 게 아니지, 그렇지?"

빌은 고개를 끄덕였다.

"우리를 해치려고 더 날뛸 거야." 벤이 말했다.

"은구슬이 더 필요할까?" 비벌리는 벤에게 물었다. 벤은 자신이 그녀의 시선을 간신히 견디고 있음을 알았다. '너를 좋아해, 비벌리……. 그냥 그럴 수만 있으면 돼. 너는 빌과 이 세상과 네가 원하는 건 무엇이든 가질 수 있어. 그냥 너를 좋아하게만 해줘. 나는 그걸로 충분해.'

"모르겠어. 만들 수는 있지만……." 벤은 말꼬리를 흐리며 어깨를 으쓱했다. 속내를 표현할 길이 없었다. 괴기 영화와 비슷했지만 그놈은 달랐다. 그 미라는 어떤 면에서 달라 보였다……, 그것의 본질적인 실재성을 확증하는 면에서. 늑대 인간도 마찬가지였다. 벤은 입체 영화의 극적인 장면에서도 그처럼 오싹한 클로즈업 장면을 본 적이 없었다. 그는 직접 놈의 머리를 움켜잡고 텁수룩한 머리칼 속을 만졌으며 녹색 눈동자에서 번뜩이는 적황색(단추처럼!) 불꽃을 목격했지만 여전히 확실한 게 없었다. 놈들은 어쩌면……, 꿈이 만들어 낸 현실인지 몰랐다. 일단 꿈이 현실이 되면 꿈을 꾼 사람의 힘에서 벗어나 스스로 끔찍한 괴물이 되거나 마음껏 행동할 것이다. 은구슬이 효과가 있던 것은 일곱 명 전부가 효과가 있을 거라고 믿었기 때문이다. 하지만 은구슬로 그것을 죽이지는 못했다. 다음에는 다른 모습으로 다가올 텐데, 어쩌면 그때는 은구슬이 전혀 소용없을 만큼 다른 힘을 지니고 있을지 몰랐다.

'힘, 힘이야.' 벤은 비벌리를 바라보며 생각에 잠겼다. 이제는 괜찮았다. 그녀의 눈동자가 다시 빌의 눈동자와 마주쳤고, 정신없는 듯 서로를 바라보고 있었다. 짧은 순간이었지만 벤에게는 너무도 길게 느껴졌다.

'항상 힘으로 돌아오게 돼. 내가 비벌리 마시를 사랑하니까 비벌리는 내게 힘이 있지. 비벌리는 빌 덴브로를 사랑하니까 빌은 비벌리에게 힘이 있고. 하지만 내 생각에는 빌도 앞으로 비벌리를 사랑할 것 같아. 아마 '나도 여자 애라는 사실은 어쩔 수 없어.'라고 말했을 때의 표정 때문이었을 거야. 평소에도 비벌리의 분위기와 눈빛이 제대로 표현됐을 때는 빌도 내심 가슴이 설렜는지 몰라. 그건 문제가 아니지. 만약 빌도 비벌리를 사랑하게 된다면 비벌리는 빌에게 힘을 발휘하게 될 테니까. 슈퍼맨은 크립토나이트라는 암석만 주변에 없으면 힘을 발휘하지. 배트맨은 날거나 벽을 꿰뚫지 못하지만 힘이 있어. 엄마는 내게 힘을 발휘하고, 엄마의 직장 상사는 엄마보다 힘이 있지. 누구나……, 꼬마 아이나 갓난아기를 제외하곤 누구나 힘이 있는 거야.'

벤은 문득 꼬마 아이나 갓난아기도 힘이 있다고 생각을 고쳤다. 왜냐하면 원하는 바를 얻을 때까지 울기만 하면 대부분 해결되기 때문이다.

"벤, 갑자기 꿀 먹은 벙어리라도 된 거야?" 비벌리가 바라보고 있었다.

"엉? 아니. 힘에 대해 생각하고 있었어. 은구슬의 힘 말이야."

빌이 바짝 붙어서 그를 쳐다보았다.

"그 힘이 어디서 나오는지 모르겠어." 벤이 말했다.

"그, 그, 그건……." 빌은 입을 열었다가 다물었다. 생각에 골몰한 표정이 그의 얼굴 위를 떠돌았다.

"정말 가 봐야겠어. 모두 또 보자, 그치?" 비벌리가 말했다.

"그럼, 내일 와." 스탠리가 말했다. "에디의 한쪽 팔도 마저 분질러 주자고."

모두 웃었다. 에디는 스탠리에게 흡입기를 던지는 시늉을 했다.

"내일 봐." 비벌리는 천천히 위로 올라가 아지트를 빠져나갔다.

벤은 빌이 웃지도 않고 생각에 골똘해 있는 모습을 바라보았다. 이름을 두세 번 불러야 겨우 알아차릴 정도로 정신이 팔려 있었다. 그는 빌이 무슨 생각을 하고 있는지 알았다. 그는 앞으로의 자신에 대해 생각하고 있을 터였다. 언제나 똑같지는 않았다. 때로는 어머니를 도와주기 위해 빨래를 널기도 걷기도 하고, 황무지에서 술래잡기나 총싸움을 하고, 8월의 첫 주 나흘간의 우기가 돌아오면 하루 종일 비가 내리는 가운데 리처드 토저의 집에 모여 파치시인도에서 유래한 주사위 놀이의 일종를 하며 합동 작전을 펼치기도 하고, 주사위를 던질지도 모른다. 벤의 어머니가 팻 닉슨이야말로 미국에서 가장 아름다운 여자라고 말하면, 벤은 마릴린 먼로(머리칼 색깔만 빼면 비벌리와 아주 닮았다)가 더 낫다고 말해 어머니를 겁나게 만들지도 모른다. 샌드위치와 핫도그를 손에 잡히는 대로 먹어 대며 뒤뜰에 앉아 『럭키 스타』여섯 권으로 이루어진 아시모프의 작품 시리즈를 읽을 수도 있다. 그동안 가슴과 배에 난 상처가 아물어 간질간질할 것이다. 그것들은 삶이 계속되기 때문이고, 열한 살의 나이에 그가 비록 영리하고 총기 있을지라도 사물을 내다보는 실제적인 감각이 없기 때문이다. 벤은 니볼트 가에서 벌어진 일들을 잊고 살아갈 수도 있다. 어차피 세상은 깜짝 놀랄 일들이 수두룩하니까 말이다.

그러나 이런저런 질문을 다시 곱씹게 되는 기이한 시간이 찾아올 것이다. '은, 은구슬의 힘, 과연 그 힘이 어디서 왔을까? 모든 힘은 어디서 오는 걸까? 어떻게 얻지? 어떻게 사용하지?'

벤은 그들의 목숨이 그 질문들에 달려 있을지도 모른다는 생각이 들었다. 빗방울이 자장가처럼 지붕과 창가를 끊임없이 두드리는 어느 날 밤, 잠든 그는 문득 다른 질문, 어쩌면 유일한 질문 하나를 떠올릴지 모른다. 그것이 실제 모습을 지니고 있다는 것. 그 모습을 거의 본 듯하다는 것. 그래서 그 참모습을 보는 행위가 비밀을 아는 방법임을 깨닫게 될 것이다. 그 역시 힘이라고 할 수 있지 않을까? 그럴 것이다. 그것처럼 모습을 바꾸는 힘, 그 역시 힘이 아닐까? 그 힘은 한밤에 자지러지는 갓난아기의 울음소리나 원자 폭탄, 은구슬, 또는 비벌리가 빌을 바라보고 빌이 비벌리를 바라보는 눈빛일 수도 있었다.

과연, 어쨌든 과연 정확히 힘이란 무엇일까?

2주 동안 별다른 일은 벌어지지 않았다.

IT

데리: 네 번째 삽화

당신은 질 거예요
항상 이길 수는 없잖아요.
당신은 질 거예요
항상 이길 수는 없다고, 내가 말했죠?
나도 알아요, 그대여,
이제 곧 시련이 다가오리라는 걸.

— 존 리 후커, 「당신은 질 거야」—

1985년 4월 6일

친구여, 이웃이여, 나는 오늘 취했다오. 그것도 아주 많이. 라이 위스키에 절어. 윌리의 별천지에서 시작해 센터 가로 가서 30분 후면 문 닫는다는 어느 술집에서 라이 위스키를 다섯 잔 들이켰다. 내가 무슨 짓을 하는지 안다. 오늘 진탕 마시고 내일 그 대가를 톡톡히 치를 테니까. 지금 술 취한 검둥이 하나가 폐관한 공공 도서관에 앉아 앞에는 이 책을 펼쳐 두고 왼쪽엔 켄터키 버번 위스키를 두고 있다. 어머니는 "용감하게 진실만 얘기하라." "Tell the truth and shame the Devil"이라는 영어 속담라고 즐겨 말하곤 하셨지만, 때로는 악마에 맞서 말짱하게 있을 수 없다고 얘기해 주시는 건 잊으셨다. 그러나 물론 아일랜드 인들은 자신들이 신의 허연 검둥이임을 알고 있다. 그들이 한 발 앞서 있을지 누가 알겠는가?

술과 악마에 대한 글이나 써야겠다. 문득 『보물섬』이 떠오른다. 벤보 제독『보물섬』에 나오는 여관 이름에 앉아 있는 노련한 선원. "아직 안 끝났어, 재키!" 그 빌어먹을 늙은이도 알고 있었던 게 분명하다. 럼주 아니면 라이 위스키에 절어 있다면 팥으로 메주를 쑨대도 믿을 수 있다.

술과 악마. 나쁘지 않다.

죽음 같은 어둠 속에서 쓰고 있는 이 글을 실제로 출판한다면 어디까지 쓸 수 있을까. 그 생각을 하니 기분이 좋아진다. 데리라는 도시의 벽장에서 해골들을 몇 개 끄집어내고 끝날지도 모른다. 도서관 운영 위원회가 있다. 모두 합해 열한 명. 그중 한 사람은 일흔 살의 작가인데 2년 전 뇌졸중으로 쓰러진 이후 이따금 회의에 참석할 때마다 누군가 자리까지 데려다 주어야 한다(그리고 종종 회의 중에 코딱지를 파내 신주 단지 모시듯 조심스레 귀에다 집어넣는다). 또 의사인 남편을 따라 뉴욕에서 이주한 말 많은 여자도 있다. 그녀는 끊임없이 주절거리며 데리라는 촌구석이 어떻다는 둥, 데리 사람들은 유대인의 삶을 도무지 이해하지 못한다는 둥, 괜찮은 옷 한 벌 사려면 보스턴까지 나가야 된다는 둥, 넋두리 같은 독백을 한다. 욕구불만에 시달리는 이 아주머니가 마지막으로 내게 말을 건 것은 1년 반쯤 전의 크리스마스 파티에서였다. 그녀는 그날 꽤 취해서 데리에 과연 흑인의 삶을 이해하는 사람이 있는지 물었다. 나도 꽤 취해서 대답했다. "글래드리 부인, 유대인은 아직까지 신비스러운 존재이지만 검둥이는 어딜 가도 흔해 빠졌잖아요." 그녀는 입속에 든 술을 뱉을 뻔하다가 획 돌아서는 바람에 새로 샀다는 야한 치맛자락이 들썩여 팬티가 드러났다(썩 볼 만한 풍경은 아니었다. 물론 캐럴 다너였다면 얘기가 다르겠지만!). 그 후 루스 글래드리 부인과 말을 주고받은 적은 없다. 물론 나로서는 아쉬울 게 전혀 없다.

그 밖에 운영 위원은 목재 귀족의 후손들이다. 그들은 대대로 내려오는 속죄의 의미로 도서관을 지원한다. 옛날에는 보이는 족

족 나무를 베더니, 이제는 말년에 접어든 난봉꾼이 젊은 시절의 방탕을 우아하게 속죄하듯 책에 관심을 기울이는 것이다. 데리와 뱅고어의 울창한 숲을 독무대로 도끼와 갈고리 장대로 파릇한 어린 나무까지 싹쓸이한 장본인은 현 운영 위원들의 조부며 증조부였다. 그들은 나무를 자르고 난도질한 후에는 뒤도 한번 돌아보지 않았다. 그들이 거대한 산림 지대의 처녀막을 찢고 있을 때는 그로버 클리블랜드가 대통령이었고, 우드로 윌슨 대통령이 심장마비를 일으킨 시점에서는 나무가 거의 남지 않았다. 이 떠들썩한 무법자들은 거대한 숲을 유린하고 황폐화시키고, 작고 조용한 조선업(造船業)의 고장, 데리를 싸구려 술집과 창녀가 밤새 흥청거리는 유흥가로 바꾸어 놓았다. 벌목꾼 중에서 에그버트 소로굿이라는 사람이 아흔세 살의 나이로 아직까지 생존해 있는데, 그는 어느 날 베이커 거리의 술집 쪽방에서 비쩍 마른 창녀와 관계했던 일을 내게 들려 준 적이 있다(베이커 가는 더 이상 존재하지 않는다. 한때 흥청대던 그 거리에 지금은 중산층 주택 단지가 조용한 주거 환경을 표방하고 있다).

"막 사정하려는 순간에야 우리가 그때까지 정액 웅덩이에서 뒹굴었다는 사실을 안 거야. 정액이 사방에 2센티미터 두께로 깔려 젤리처럼 굳어 있더군. 그래서 내가 '어이 아가씨, 자기 몸 생각도 좀 해야지?' 하고 말했지. 그랬더니 그 아가씨가 밑을 내려다보며 하는 말이 '다시 할 생각이면 침대보를 새 걸로 바꿀게요. 복도 찬장에 가면 두 장 정도 있을 거예요. 저도 9시나 10시까지는 어디에 누워 있는지 기억이 나는데, 자정쯤 되면 사타구니에 감각이 없어져 사우스다코다 주에 가 있어도 모를 정도거든요.'

하는 거야."

소로굿의 이야기처럼 1920년대 데리의 모습을 가장 잘 표현하기도 힘들 것이다. 반짝 호황, 술, 섹스로 흥청거리던 시절이었다. 페노브스콧과 켄더스키그 하천에는 얼음이 녹는 4월부터 얼음이 어는 11월까지 떠다니는 통나무들로 가득했다. 그러나 경기가 조금씩 침체하기 시작한 것도 20년대였으며, 세계 대전 같은 전쟁과 더 이상 잘라 낼 나무가 없어지면서 데리 경제는 휘청거리다가 대공황 시기에 완전히 파탄에 이르렀다. 목재 귀족들은 너나없이 뉴욕이나 보스턴에 있는 은행에 돈을 쌓아 두고 데리의 경제야 죽든 말든 눈 하나 깜짝하지 않았다. 그들은 모두 웨스트 브로드웨이의 으리으리한 저택에 은둔한 채, 아이들을 뉴햄프셔나 메사추세츠 또는 뉴욕의 사립학교에 보냈다. 그러고는 막대한 은행 이자와 정치적 끈으로 생계를 유지했다.

에그버트 소로굿이 정액으로 질펀한 베이커 가의 한 쪽방에서 1달러를 주고 창녀와 관계한 지 70년이 지난 지금, 목재 귀족들이 데리에 남긴 것은 페노브스콧과 아루스툭의 황폐한 산, 웨스트 브로드웨이를 대변하는 거대한 빅토리아풍 저택들이다……. 아, '우리 집 도서관' 도 빼놓을 수 없다. 그들이 데리 시립 도서관을 저마다 '우리 집 도서관' 이라고 부르는 것은 물론 언어도단이다. 그리고 웨스트 브로드웨이에서 양식 있는 사람들을 제외하고, 내가 백인의 질서나 블랙 스폿 화재 사건, 브래들리 갱단……, 또는 클로드 헤럭스와 은화 한 냥 사건에 대해 출판이라도 한다면, 곧바로 '우리 집 도서관'에서 나를 쫓아내려고 들 것이다.

소로굿은 지금 폴슨 양로원에서 생활하고 있다. 이가 모조리 빠진 데다 말투에 프랑스계 동부 억양까지 짙게 밴 탓에 그가 하는 말을 발음대로 받아 적고 나중에 분석한다고 해도 메인 주의 노인들이나 겨우 뜻을 헤아릴 정도다. 내가 전에도 이 쓸모없는 삽화를 통해 언급한 적이 있는 샌디 아이브스라는 민속학자의 도움이 없었다면 나도 녹음한 내용을 해석하지 못했을 것이다.

클로드 헤럭스는, 소로굿 특유의 난해한 발음에 따르자면 "쁘랑스계 까나다 놈인데 따비 래 망지 모낭 사라 눙찌를 살삔 개마나니."였다.

(옮기면 이렇다. "프랑스계 캐나다 놈인데 달빛 아래 망아지처럼 사람 눈치를 살피는 개망나니.")

소로굿은 헤럭스와 함께 일한 사람은 모두 그가 병아리를 훔치는 개처럼 교활했다고……, 그래서 그런 위인이 도끼를 휘두르며 '은화 한 냥'에 뛰어들 줄은 아무도 예상치 못했을 거라고 말했다. 그때까지만 해도, 데리의 벌목꾼들은 헤럭스를 숲에 불을 지르고 도망이나 치는 위인 정도로만 여겼다.

1905년 여름은 유난히 길고 무더웠으며 산불이 잦았다. 산불 중에서도 나중에 헤럭스가 그저 장작불을 붙이려다가 불이 났다고 시인했던 헤이븐의 빅 인준 산불이 가장 대단했다. 이 산불로 주요 활엽수림 240여 만 평이 잿더미가 되었고 50킬로미터 떨어진 곳에서도 매캐한 연기 냄새가 났다.

그해 봄 무렵, 노동조합을 만든다는 소문이 나돌았다. 네 사람이 중심이 되었다(사실 그보다 더 많은 사람이 모이기는 힘들었다. 메인 주의 노동자들은 당시 노동조합에 반대했고 지금도 대부분 마찬가지다). 그중 한 사람이 클로드 헤럭스였고, 잘난 체를 실컷 해

대며 베이커와 익스체인지 가에서 진탕 술을 퍼마실 수 있는 기회쯤으로 생각한 모양이었다. 헤럭스와 나머지 세 사람은 자신들을 가리켜 '노조 발기인'이라고 칭했고, 목재상 귀족들은 그들을 '앞잡이'라고 불렀다. 몬로에서 헤이븐, 섬너, 밀리노킷에 이르기까지 노조라는 말만 뻥긋해도 즉시 해고될 거라는 공고문이 나붙었다.

그해 5월 트램팜 노치 인근에서 잠시 일어난 파업이 '비조합원'과 '마을 자치대'에 순식간에 진압되는 일이 벌어졌다. 서른 명에 가까운 마을 자치대가 도끼 자루와 각목을 휘둘렀다는 사실은 특기할 만하며, 무엇보다 트램팜 노치에는 자치대가 존재하지 않았다는 사실까지 고려하면(1900년도 인구 연감에 따르면 트램 팜 노치의 인구는 일흔아홉 명이었다) 이상한 일이었다. 헤럭스와 동료 발기인들은 자신들이 대호응을 얻은 거라며 의기양양해했다. 그래서 그들은 데리로 내려와 자축하며 더 구체적으로 호응에 부응할 만한 '노조 결성' 또는 '앞잡이 노릇'을 의논할 생각이었다. 노조 발기인이나 앞잡이, 어느 쪽이든 줄기차게 목을 축여야 하는 일이었을 것이다. 그들은 지옥의 땅뙈기에 있는 술집 대부분을 섭렵한 후, 마지막으로 은화 한 냥을 찾았다. 곤드레만드레 취해 어깨동무를 하고 「어머님이 천국에서 보고 계시다네」라는 노래를 노조가로 바꾸어 부르며 진군 나팔을 불었지만, 내 생각에는 어떤 어머니라도 아들이 그렇게 인사불성으로 취한 꼴을 내려다본다면 등을 돌리고 돌아앉을 일이었다.

에그버트 소로굿에 따르면, 헤럭스가 노조 운동에 참여한 이유는 데비 하트웰 때문이라는 게 주위의 일치된 견해였다. 하트웰은 핵심 '발기인' 또는 '앞잡이'였으며 헤럭스가 그를 사랑했다는 것이다. 헤럭스뿐 아니라 나머지 발기인들도 성스러운 그들만의 독특한 성(性)에 눈뜨게 해 준 하트웰을 열렬히 사랑했다는 후문이다. "데삐 알웰은 세상 바늘 차지하 냥 호길떠러꼬, 낭지샵드르 쏘나기에너 주울무러셔."라고 소로굿은 말했다.

(옮김: "데비 하트웰은 세상의 반을 차지한 양 호기를 떨었고, 나머지 사람들을 손아귀에 넣고 주물렀어.")

헤럭스는 그저 하트웰이 하는 대로 노조 결성에 뛰어들었다. 하트웰이 브루어 또는 바스로 가서 배를 만들거나 버몬트에 교량을 세우고, 조랑말 속달 우편 마차에 올라타 서부로 간다고 해도 기꺼이 따라나섰을 것이다. 헤럭스는 교활하고 비열한 인간이었고, 소설에서 철저한 악인으로 등장하는 인물과 비슷했다는 게 내 생각이다. 그러나 그런 사람들은 종종 사회에서 천대를 받고 불신을 당함으로써 고립감에 빠질 때(또는 따돌림을 당할 때), 친구나 연인, 주인을 따르는 충견처럼 목숨까지 내걸 만한 상대를 발견하기도 한다. 헤럭스와 하트웰의 관계도 이와 비슷했다.

어쨌든 네 사람은 그날 밤새 벌목꾼들 사이에서 '떠다니는 개'라고 불리는 브렌트우드 암스 호텔에서 보냈다(앞으로 사라질 호텔의 운명과 함께 떠다니는 개라는 명칭이 유래된 사연도 묻혀 버렸다). 네 명이 체크인했지만 아무도 체크아웃하지 않았다. 그중에서 앤디 드레세프의 모습은 다시 발견되지 않았다. 떠도는 온갖 소문에 의하면 포츠머스에서 평온한 말년을 보냈다는 게 중론이지만 나는 약간 의구심이 든다. '앞잡이들' 중에서 앰셀 빅포드와 데비 하트웰은 켄더스키그 강물에 얼굴을 처박은 상태로 발견됐다. 빅포드는 머리가 잘렸다. 벌목꾼이 사용하는 양손 도끼에 목이 단번에 잘린 것으로 보였다. 하트웰의 두 다리도 절단되었는데, 목격자들은 인간의 얼굴에서 그처럼 고통과 공포에 질린 표정은 처음 보았다고 입을 모았다. 사람들이 입속에 뭔가 가득 들어 볼이 불룩하게 튀어나온 하트웰을 밭으로 끌어내 입을 벌리자 발가락 일곱 개가 튀어나왔다. 어떤 사람은 하트웰이 벌목 일을 하던 시절에 이미 세 개의 발가락을 잃어버렸을 거라고 생각했고, 또 어떤 이는 목구멍으로 넘어갔을 거라는 의견을 내놓았다.

시체마다 등 쪽에 '노조'라는 글자가 씌어진 종이가 붙어 있었다.

클로드 헤럭스는 1905년 9월 9일 밤 '은화 한 냥'에서 벌어진 사건으로 기소되지 않았다. 그래서 그해 5월 다른 동료에게 찾아온 끔찍한 운명을 어떻게 혼자 피할 수 있었는지도 알려진 바 없다. 몇 가지 추측을 할 수는 있다. 그의 인생 역정으로 봐서, 도망치는 데는 이골이 난 인물이었으므로 실제 위험이 닥치기 전에 동물적 감각을 이용해 미리 현장을 빠져나왔을 가능성이 크다. 하지만 왜 하트웰을 남겨 두고 혼자만 도망쳤을까? 아니면 나머지 발기인 동료들과 함께 숲까지 빠져나왔던 것일까? 그리고 마지막에 동료들이 희생된 덕분에 혼자만 살아남아 하트웰의 비명소리가 어둠을 찢으며 새들을 놀래는 동안 도망쳤을지도 모른다(하트웰의 비명소리는 목 안에 박힌 발가락 때문에 억눌려 있었을지 모른다). 어느 것도 확실하지 않지만 마지막 추측이 내게는 좀더 설득력 있다.

이후 클로드 헤럭스는 유령으로 통했다. 세인트 존 계곡의 벌목 현장에 비척비척 모습을 드러내, 식사 시간에 인부들과 함께 줄을 서서 스튜 한 그릇을 받아먹고 난 후 휑하니 사라졌으므로 사람들은 그가 고용 인부가 아니라는 사실조차 몰랐다. 몇 주가 지난 후, 그는 윈터포트 맥주 집에 나타나 노조 이야기를 꺼내며 동료들을 살해한 놈들에게 기필코 복수하겠다는 말을 떠벌렸다. 그가 살인자라고 자주 입에 올린 인물들은 해밀턴 트래커와 윌리엄 뮬러, 리처드 보위였다. 그들은 모두 데리에 살았고, 박공이 있는 그들의 맞배지붕 저택들은 웨스트 브로드웨이에 오늘날까지 남아 있다. 수년 후, 그들과 그 자손들이 블랙스폿에 불을 질렀다.

한편 클로드 헤럭스를 죽이고 싶어하는 사람들도 있었는데, 특히 그해 6월 산불이 잦아졌기 때문일 것이다. 그러나 헤럭스가 자주 모습을 드러낸다고 해도, 워낙 동작이 빠르고 위기를 감지하는 동물적 감각이 뛰어난 인물이었다. 내가 지금까지 조사한 바에 따르면 헤럭스를 찾기 위해 공개적으로 현상금을 건 적도 없고 경찰도 아무 조치를 취하지 않았다. 어쩌면 방화 혐의로 재판을 받는 과정에서 그가 무슨 말을 할지 두려워하는 사람들이 많았던 모양이다.

이유가 어찌 됐든 그해 뜨거운 여름 내내 데리와 헤이븐에서는 산불이 그치지 않았다. 아이들이 실종됐고, 폭력과 살인 사건이 예년보다 빈번했으며, 업마일 언덕으로 줄기차게 날아오는 매캐한 산불 냄새처럼 공포의 장막이 데리 전역을 무겁게 짓눌렀다.

마침내 9월 1일 빗줄기가 떨어지기 시작하더니 일주일 내내 억수처럼 쏟아졌다. 데리 도심은 물에 잠겼고, 물난리가 드문 일은 아니었지만 고지대에 위치한 웨스트 브로드웨이의 사람들은 예년과 다르게 짙은 안도감까지 느꼈다. 헤럭스라는 미친놈은 앞으로 겨울 내내 숲에 숨어 있을 테고, 그렇게 되면 무슨 꿍꿍이속인지 몰라도 걱정할 필요 없었다. 그해 여름의 미친 짓은 이미 다 끝낸 셈이니, 이듬해 6월 나무뿌리가 바삭바삭 마르기 전까지 놈을 잡아 버리면 만사형통이라는 게 그들의 생각이었다.

그렇게 9월 9일이 다가왔다. 나는 솔직히 무슨 일이 벌어졌는지 설명할 길이 없다. 소로굿도 마찬가지였다. 내가 아는 한, 아무도 그때의 일을 설명하지 못할 것이다. 그저 그때 벌어졌다는 일 그대로 옮길 뿐이다.

은화 한 냥은 벌목꾼으로 크게 붐볐다. 어스레한 땅거미가 조금씩 내려앉는 시간이었다. 수위가 높아진 켄더스키그는 시무룩한 은백색 강물을 둑까지 밀어 올렸으며, 에그버트 소로굿의 표현을 빌리자면 "바라미 지랄떠럼 부러대서 빤수에 구멍나고 볼기짜기 가라져 트질 찌겅이었어."라고 할 정도로 날씨도 험악했다. 거리는 꼼짝달싹할 수 없는 수렁이나 다름없었다. 안쪽 구석에서는 한창 카드 노름이 무르익었다. 윌리엄 뮬러의 벌목장에서 일하는 인부들이었다. 뮬러는 지에스 앤드 더블유엠 철도의 공동 소유자이자 광활한 주요 삼림 지대를 움켜쥐고 있는 목재 거물이었다. 당시 카드 노름 중이던 인부들은 모두 뮬러의 일용직 벌목꾼이자 철도 노동자였으며, 안정적으로 일자리를 구하지 못한 뜨내기였다. 그들 중 틴커 매커천과 플로이드 캘더우드는 옥살이를 한 경험도 있었다. 그 밖에 래스롭 라운즈(별명이 '카툭 철도'인데, 무슨 의미인지 모르기는 '떠다니는 개'와 마찬가지였다)와 데이비드 '땅딸보' 그레니에, 에디 킹, 이렇게 다섯 명이 한 탁자에 앉아 카드에 정신이 팔려 있었다. 에디 킹의 안경알은 뱃살만큼 두툼했다. 그들은 적어도 두 달 반 동안 클로드 헤럭스를 찾아내려고 투입된 사람들 중 일부가 확실해 보였다. 또한 분명한 증거는 없지만 그들이 하트웰과 빅포드가 시체로 발견된 5월에도 벌목 인부로 일하고 있었을 가능성이 컸다.

술집 안은 발 디딜 틈도 없을 정도였다고 소로굿은 회상했다. 수십 명의 인부들이 맥주를 마시고 간단히 요기를 하느라 바닥에는 톱밥이 수두룩했다.

문이 열리고 클로드 헤럭스가 들어왔다. 한 손에 양날 도끼가 들려 있었다. 그는 바를 향해 성큼성큼 걸어와 자리 하나를 비집고 들어왔다. 에그버트 소로굿의 바로 오른쪽이었다. 그는 고약한 냄새가 난다며 헤럭스에게 말을 건넸다. 헤럭스에게 맥주 한 잔과 삶은 달걀 두 개, 약간의 소금이 담긴 접시가 나왔다. 헤럭스는 2달러를 내고 거스름돈 1달러 85센트를 작업복 주머니에 쑤셔 넣었다. 이어서 달걀을 소금에 찍어 먹기 시작했다. 맥주에도 소금을 타서 단번에 들이켜더니 한 차례 요란하게 트림을 했다.

"고걸 먹어서는 속이 안 차겠는걸, 클로드." 소로굿은 그해 여름 데리의 실력자들 절반가량이 헤럭스를 잡으려고 안달하고 있다는 사실을 전혀 모르는 사람처럼 말했다.

"똑 소리 나게 잘 맞추는군." 프랑스계 캐나다 인이었던 헤럭스의 말은 불어처럼 들렸다.

그는 맥주 한 잔을 더 시켜서 역시 단번에 들이켜고 트림을 했다. 여기저기 왁자지껄한 대화가 끊이지 않았다. 몇몇이 클로드를 부르며 아는 척하자, 그는 일일이 고개를 끄덕이며 손을 흔들어 보이기는 했지만 얼굴은 내내 굳어 있었다. 소로굿은 그가 비몽사몽간은 아닐까 생각했다. 카툭 철도가 카드를 돌리고 있었다. 카드 노름에 빠진 그들에게 클로드 헤럭스가 여기에 왔다는 사실을 알려 주는 사람은 아무도 없었다. 그러나 그들은 5미터 정도밖에 떨어져 있지 않았고, 클로드의 이름이 여기저기서 몇 차례 불렸으므로, 아무리 카드 노름에 정신이 팔려 있었다고 해도 살인마가 코앞에 있다는 사실을 몰랐다고 보기는 어렵다. 그러나 그런 일이 벌어졌다.

두 번째 맥주 잔을 들이켠 후, 헤럭스는 소로굿에게 이제 가 봐야겠다고 말하면서 양날 도끼를 집어 들었다. 그는 곧바로 뮬러의 인부들이 앉아 있는 탁자로 걸어갔다. 그리고 도살을 시작했다.

플로이드 캘더우드가 라이 위스키 한 잔을 따르고 술병을 제자리에 갖다 놓자, 헤럭스가 다가와 그 팔목을 도끼로 내리쳤다. 캘더우드는 자신의 잘린 팔을 바라보며 비명을 질렀다. 손은 여전히 병을 쥐고 있었지만 순식간에 팔목에서 떨어지더니 뼈마디와 정맥을 드러냈다. 한동안 잘린 손은 병을 더욱더 힘껏 움켜잡다가 죽은 거미처럼 탁자 위로 툭 떨어졌다. 팔목에서 피가 솟았다.

누군가 맥주를 주문하기도 하고, 또 누군가는 바텐더에게 이것저것 먹을 것을 시키고, 또 누군가는 존시라는 사람에게 아직도 머리에 염색을 하고 다니는지 물었다.

"염색은 안 한단 말이야." 존시가 약간 부루퉁하게 대꾸했다. 사실 그는 대머리에 가까웠다.

"마 코트니에 있는 창녀가 그러던데, 자네 거시기에 난 털은 흰색이라며?" 누군가 존시에게 다시 물었다.

"그년은 입만 열면 거짓말이야." 존시가 대답했다.

"어디 한번 벗어 봐, 확인해 보면 알 거 아냐." 불쑥 그렇게 말한 사람은 헤럭스가 들어오기 전까지 소로굿과 술을 마시던 포클랜드라는 벌목꾼이었다. 여기저기서 한바탕 웃음이 터졌다.

그들 뒤에서는, 플로이드 캘더우드가 비명을 지르고 있었다. 바에 기대어 심상한 표정으로 둘러보고 있던 두어 사람이 딱 때맞춰 클로드 헤럭스가 틴커 매커천의 머리에 도끼를 내려치는 광경을 바라보았다. 틴커는 거구에다 턱수염이 희끗희끗했다. 그는 얼굴에 피가 철철 흘러내리는 가운데 반쯤 몸을 일으켰다가 다시 주저앉았다. 헤럭스는 그의 머리에 박힌 도끼를 빼냈다. 틴커는 다시 자리에서 일어서려고 했고 헤럭스는 그의 등을 향해 도끼를 휘둘렀다. 소로굿은 세탁 더미가 푹신한 바닥으로 떨어지는 듯한 소리를 들었다. 틴커가 탁자 위로 고꾸라지면서 손에 쥔 카드가 흩날렸다.

카드 노름을 하던 나머지 인부들도 비명을 질렀다. 캘더우드는 울부짖으며 피가 흘러내리는 오른쪽 팔목을 왼손으로 들어 올리려고 버둥거렸다. 소로굿이 '총잡이'라고 부르는(어깨에 맨 권총집에 권총을 지니고 다녔으므로) 땅딸보 그레니에가 권총을 잡으려고 했지만 이미 늦었다. 에디 킹은 급히 일어서려다 의자 뒤로 벌렁 나자빠졌다. 그가 일어서기 전에 헤럭스가 다가와 머리 위로 도끼를 들어 올렸다. 킹은 고래고래 소리 지르며 도끼를 막을 듯이 두 손을 올렸다.

"살려 줘, 클로드, 지난달에 결혼했단 말이야!" 킹이 울부짖었다.

도끼가 내리꽂혔고, 킹의 뱃살 깊숙이 도끼날 대부분이 묻혀 버렸다. 은화 한 냥의 나무 바닥에 피가 쏟아졌다. 에디는 옆으로 게걸음치기 시작했다. 클로드는 부드러운 나무에 박힌 도끼를 빼내는 능숙한 벌목꾼처럼 킹의 몸에서 도끼를 조금씩 앞뒤로 움직여 도끼날을 잡아 뺐다. 헤럭스는 다시 머리 위로 도끼를 번쩍 추켜올렸다. 다시 한번 도끼가 내리꽂히자, 에디 킹의 비명도 멈추었다. 그러나 헤럭스의 일은 끝나지 않았다. 그는 장작 패듯 킹의 몸 구석구석에 도끼질을 하기 시작했다.

한편 다른 사람들은 곧 다가올 겨울 걱정으로 화제를 바꾸었다. 팔미라에서 왔다는 농부 베넌 스탠치필드는 이번 겨울이 따뜻할 거라고, 가을에 비가 많이 내려 겨울에는 별로 없을 거라고 내다봤다. 데리의 노글러 길(이 길도 사라지고 없다. 올피에가 한때 콩과 사탕무를 재배하던 농장으로 지금은 15킬로미터 길이의 6차선 주 간선 도로가 지난다)에 농장을 갖고 있는 올피에 노글러는 아니라며 볼멘소리를 하고 있었다. 올피에는 이번 겨울이 어느 때보다 혹독할 거라고 말했다. 송충이 중에서 이상하게 생긴 것들을 발견했으며, 그것은 난생처음 보는 불길한 징조라고 했다. 어떤 사람은 얼음을 걱정하기도 하고, 또 어떤 사람은 진창을 걱정했다. 자연스레 매서웠던 1901년의 눈보라 이야기까지 흘러나왔다. 존시는 맥주 잔과 달걀 껍데기가 담긴 접시를 바 위로 밀어 보냈다. 그 뒤로 비명이 이어졌고 마루는 핏물로 강을 이루었다.

이쯤에서 나는 에그버트 소로굿에게 녹음기를 끄고 질문을 던졌다.

"어떻게 그런 일이 가능했지요? 그런 일이 벌어지는지 몰랐다는 말씀인지, 아니면 알고도 모른 척했다는 건지, 그도 아니면 또 다른 이유라도 있는 겁니까?"

소로굿은 음식 찌꺼기가 묻은 윗옷 단추에 닿을 정도로 입을 쩍 벌렸다. 미간이 잔뜩 찌푸려졌다. 약 냄새가 밴 비좁고 갑갑한 방 안에 침묵이 깊어질수록 나는 조바심이 나서 다시 질문을 하려는데 그가 먼저 입을 열었다.

"우리는 모두 알고 있었어. 그렇다고 달라질 건 없네. 정치적인 거니까. 맞아, 그런 걸세. 마을 일 같은 거 말이야. 정치를 잘 아는 사람이 정치를 하고, 마을 일을 잘 아는 사람이 또 마을 일을 맡아서 하는 게 상책이니까. 막노동꾼이 끼어들어 봤자 소용없는 일이란 말일세."

"어쩔 수 없는 운명이고 그 일을 누가 발설할까 봐 무서웠단 말씀인가요?"

나는 다짜고짜 물었다. 거의 충동적인 말이었고, 늙고 병들어 말길도 제대로 알아듣지 못하는 일자무식의 소로굿이 그 질문에 대답하리라고는 기대조차 하지 않았다……. 그러나 그는 놀랍게도 대답했다.

"그래. 아마 그랬을 거야."

사람들이 술잔을 앞에 두고 날씨 이야기를 하는 동안 클로드의 도끼 만행은 계속되었다. 목숨이 붙어 있던 땅딸보 그레니에는 가까스로 권총을 움켜잡았다. 또 한 차례 클로드의 도끼가 이미 조각난 에디 킹을 내리쳤다. 그레니에가 발사한 총알은 도끼날에 부딪혔다가 불꽃을 일으키며 구슬픈 소리와 함께 튕겨 나갔다.

'카툭 철도'는 자리에서 일어나 뒷걸음치기 시작했다. 그는 돌리다 만 카드 패를 그때까지 쥐고 있었다. 카드가 떨어져 바닥에 흩뿌려졌다. 클로드는 그에게 다가갔다. 카툭 철도는 앞으로 손을 뻗었다. 땅딸보 그레니에의 권총에서 발사된 또 한 발의 총알이 이번에는 클로드에게서 3미터도 넘게 빗나갔다.

"제발 그만, 클로드." 카툭 철도는 애원했다. 소로굿은 그 순간 카툭 철도가 웃으려고 애쓰는 것 같았다고 말했다. "내가 한 짓이 아니야. 나는 그 사람들을 알지도 못해."

클로드는 짐승처럼 씩씩거릴 뿐이었다.

"나는 밀리노킷에 있었단 말이야." 카툭 철도의 목소리는 어느새 울부짖음으로 변했다. "밀리노킷에 있었다니까. 어머니 이름을 걸고 맹세해! 못 믿겠으면 다른 사람한테 물어봐아아아아……."

클로드는 도끼를 치켜들었다. 카툭 철도는 남은 카드를 클로드에게 집어던졌다. 도끼가 허공을 갈랐다. 카툭 철도는 몸을 웅크렸다. 도끼날이 날아든 곳은 은화 한 냥의 판자벽이었다. 카툭 철도는 도망치려고 했다. 클로드가 판자벽에 박힌 도끼를 힘껏 잡아당겨 카툭 철도의 발목 사이를 내리찍었다. 카툭 철도는 엉금엉금 기기 시작했다. 땅딸보 그레니에의 권총이 또 한번 불을 뿜었는데, 이번에는 운이 그리 나쁘지 않았다. 총알은 미쳐 날뛰는 벌목꾼의 머리 대신에 허벅지에 박혔다.

한편 카툭 철도는 머리칼을 산발한 채 부지런히 문가를 향해 기어갔다. 클로드가 뭐라고 알아들을 수 없는 말을 지껄이며 도끼를 휘두르자, 곧바로 카툭 철도의 잘린 머리가 톱밥으로 얼룩진 바닥에 나뒹굴었다. 혀를 내민 모습이 기이하기 짝이 없었다. 잘린 머리가 데굴데굴 굴러 바니라는 벌목꾼의 장화 밑에서 멈추었다. 바니는 그날 대부분을 은화 한 냥에 눌러 앉은 터라 그때쯤에는 똥오줌도 분간 못할 정도로 취한 상태였다. 그는 발치에 거치적거리는 물건이 뭔지 확인도 안 해 보고 냅다 찬 후, 존시에게 한잔 더 하자고 소리를 질렀다.

카툭 철도는 제트기처럼 목에서 핏줄기를 뿜어내면서도 1미터쯤 더 기어갔는데, 그 순간까지 자신의 목이 잘린 채 죽었다는 사실을 몰랐던 것 같다. 이제 남은 사람은 땅딸보뿐이었다. 클로드는 그를 향해 돌아섰지만 땅딸보는 이미 화장실로 도망친 후였다.

클로드는 짐승처럼 울부짖고 침을 질질 흘리며 땅딸보의 뒤를 쫓았다. 그가 오줌으로 질펀하고 냉랭한 화장실로 들어섰을 때, 창문 하나 없는 데도 땅딸보의 모습은 어디론가 사라지고 없었다. 클로드는 고개를 수그린 채 피 범벅인 두 팔을 부르르 떨며 잠시 서 있다가 돌연 괴성을 토하며 도끼를 추켜올렸다. 변소 벽 밑으로 땅딸보의 두 발이 버둥대며 빠져나가는 모습을 발견한 것이다. 땅딸보 그레니에는 젖 먹던 힘까지 다해 달리면서 사람 살리라고 외쳤다. 그는 은화 한 냥에서 벌어진 도살 파티에서 유일하게 살아남은 생존자였지만 석 달쯤 지나자 그가 도망가던 모습이 우스갯소리로 희화되어 떠돌기 시작했다. 그 이후 데리 인근에서 그를 볼 수 없었다.

클로드는 변소에서 나와, 방금 등에 짊어진 짐을 부리고 난 황소처럼 우두커니 서서 도끼를 축 늘어뜨렸다. 머리에서 발끝까지 온통 피를 뒤집어쓴 모습이었다.

"변소 문 좀 닫아, 클로드. 똥내가 진동하잖아." 소로굿이 말했다. 클로드는 도끼를 내려놓았다. 변소 문을 닫으라는 소리가 도끼를 내려놓으라는 소리로 들린 모양이었다. 그는 카드가 헝클어진 탁자를 향해 걸어가다 에디 킹의 잘린 다리를 발부리로 찼다. 그리고 조용히 앉아 머리를 감쌌다. 술잔이 돌고 여기저기 이야기가 계속되었다. 5분 정도 지나자, 서너 명의 경찰관을 포함한 일단의 사람들이 술집에 들어섰다(경찰관 중 한 사람이 랄 매켄의 아버지였고, 그는 술집에서 벌어진 끔찍한 광경을 보고 그 자리에서 심장마비를 일으키는 바람에 슈렛 의사의 병원으로 급히 옮겨졌다). 클로드 헤럭스는 연행됐다. 그는 잠든 사람처럼 온순하게 경찰을 따라갔다.

그날 밤 익스체인지와 베이커 가는 술집마다 사람들로 북적였고 대학살 소식으로 들끓었다. 취기가 돌면서 분노가 휘돌았고, 술집들이 문을 닫을 때쯤 일흔 명도 넘는 사람들이 감옥과 법원으로 몰려가기에 이르렀다. 그들은 저마다 횃불과 손전등을 들었다. 그중에는 총을 가져온 사람, 도끼 또는 갈고리 장대를 든 사람도 있었다.

군 보안관은 뱅고어에 파견 근무를 나가 다음날 정오에나 돌아올 예정이었고, 구즈 매켄은 심장마비로 슈렛 선생의 병원에 입원한 상태였다. 당직 중이던 경찰관 두 명은 카드 노름을 하다 폭도가 몰려드는 소리를 듣고 다급히 줄행랑을 쳤다. 취객들이 몰려들어 클로드 헤럭스를 감옥에서 빼냈다. 클로드는 여전히 잠에 취해 정신 없는 사람처럼 별다른 말을 하지 않았다.

그들은 미식축구 영웅을 대하듯 클로드를 목말 태워서 캐널 거리를 따라 활보하다, 운하를 굽어보는 늙은 느릅나무 밑에 내려놓고 집단 구타를 가하기 시작했다. "그때까지도 완전히 얼이 빠져 있어서 매 맞는 것도 모르는 것 같더군." 에그버트 소로굿은 당시 상황을 그렇게 말했다. 마을 역사에 따르면, 이때의 사건이 메인 주에서 벌어진 최초의 폭력 사건으로 기록됐다고 밝히고 있다. 물론 그 사건은 《데리 뉴스》에도 실리지 않았다. 헤럭스가 은화 한 냥에서 도살 축제를 벌이는 동안 무심히 술만 마시던 사람들이 이번에는 그를 교수형시키려고 안달 난 것이었다. 자정쯤에 이르러 분위기에 변화가 생겼다.

나는 소로굿에게 마지막 질문을 했다. 그날 벌어진 사건을 몰랐던 사람이 혹시 있었는가? 혹시 그중에서 장난 삼아 희롱하듯 헤럭스를 구타한 사람은 없었는가? 오후부터 줄곧 은화 한 냥에서 술을 마신 사람은 누구이며, 그날 밤 헤럭스의 살육 후에도 계속된 술자리에서 갑자기 그를 구타하자고 선동한 사람은 누구였는가?

"그런 사람이 있기는 있었을 거야." 소로굿은 아주 피곤한 기색으로 오후 낮잠에 빠지기 직전이었다. "선생, 어쨌든 아주 오래 전 일이라고. 너무 오래 전의 일이야."

"하지만 무엇인가 알고 계시잖아요."

"알고 있다, 그래, 그 당시 뱅고어에 박람회가 열렸지, 아마. 그날 밤 나는 '허벌난 집'에서 계속 술을 마셨지. 허벌난 집은 은화 한 냥에서 여섯 집 떨어진 술집이었어. 그곳에 어떤 친구가 하나 있었는데…… 우스꽝스럽기도 하고…… 껑충껑충 공중제비를 돌기도 하고…… 술잔으로 요술을 부리지만…… 속임수였겠지……. 선생도 알다시피 왜 아주 웃기는 그런 일인데……."

소로굿의 앙상한 턱이 다시 가슴까지 축 늘어졌다. 그는 내 앞에서 꾸벅꾸벅 졸았다. 여자의 동전 지갑처럼 쭈글쭈글한 입가에 침이 흘러내리다 거품이 일었다.

"그 후 그 사람을 몇 번인가 본 것 같아. 그날 밤에는 주머니에 돈이 두둑한 모양이더군……. 그래서 술집에 눌러앉아 있었나 봐."

"맞아요. 그는 아주 오랫동안 이곳을 맴돌고 있으니까요."

나는 그렇게 말했고, 그는 약하게 코를 골았다. 소로굿은 창가 의자에 앉은 채 그대로 잠들었고 창문 턱에는 갖가지 약과 만병통치약이 군대처럼 늘어서 있었다. 자동차도 전기도 비행기도 애리조나 주도 아직 없었던 1890년대를 기억하는 기이한 시간 여행자, 나는 녹음기를 꺼 놓고 한동안 소로굿을 물끄러미 바라보았다. 페니와이스가 그곳에서 취객들을 폭도로 선동해 또 하나의 참혹한 희생을, 데리의 기나긴 역사에 또 하나의 희생의 장을 추가하고자 했던 것이다. 1905년에 벌어진 사건은 이듬해까지 이어져 일련의 잔인한 행보를 거쳐, 부활절에 키치너 철공소의 폭발 사건으로 절정을 맞았다.

이것은 상당히 흥미로운(내가 아는 한 아주 중대한) 의문들을 제기한다. 예를 들어 그것이 과연 무엇을 먹고 사는가 하는 문제 말이다. 물론 아이들의 사체 일부분이 뜯긴 상태로 발견됐지만(적어도 물어뜯은 자국이 남아 있다) 그렇게 만든 건 우리들 자신이라는 생각이 든다. 우리는 어렸을 때부터 외딴 숲에서 괴물을 만나 붙잡히면 잡아먹힌다는 말을 들으며 자란다. 그건 우리가 상상할 수 있는 가장 끔찍한 일이다. 하지만 과연 괴물들이 인간을 잡아먹으며 사는 걸까? 나는 이 질문에 대충 해답을 구하고자 한다. 즉 음식물은 생명을 지탱하는 수단이 되지만 힘의 근원은 음식이 아니라 믿음에 있다고. 그렇다면 이 세상에서 아이들보다 완벽한 믿음을 지니고 있는 사람이 또 있을까?

하지만 여전히 문제가 남는다. 아이들은 어른이 되기 때문이다. 교회에서는 힘이 영속화되며 일정한 주기마다 의식적인 행동을 통해 부활한다. 한편 데리에서의 힘도 역시 영속화되어 일정한 의식을 통해 부활하는 것 같다. 아이들이 자라 어른이 되면서 믿음이 약해지고, 정신 또는 상상력에 공백이 생기는 과정에서, 그것이 스스로를 보호할 수단이 있다면 일정한 주기마다 부활하는 방법이 아닐까?

그럴지 모른다. 그래서 비밀이 존재하는 것이다. 내가 전화를 한다면 그들은 얼마나 기억할까? 얼마나 믿을까? 이 공포를 영원히 끝낼 만큼, 또는 그들 스스로 죽음에 이를 만큼은 믿음을 가지고 있을까? 그들이 부름을 받고 있음을 나는 잘 안다. 이번의 새로운 주기에서 벌어지는 살인들이 그 부름이다. 우리는 두 번이나 그것을 죽일 뻔했지만, 결국에는 도시의 지하 터널과 악취가 진동하는 공간 속으로 쫓아 버리는 데 그쳤다. 하지만 그것은 다른 비밀도 알고 있으리라. 자신은 불멸의 (적어도 그와 비슷한) 존재이지만 우리는 아니라는 사실 말이다. 그것은 우리를 괴물 사냥꾼으로 만들고 힘의 근원을 제공한 믿음의 기적이 사라지기만 기다려도 능히 이길 수 있다. 그래서 그것은 27년씩 기다리는 것이다. 피곤을 쫓을 만한 가벼운 낮잠처럼 그것에겐 27년의 세월이 짧은 수면에 불과한 셈이다. 그것이 잠에서 깨어났을 때 그것은 그대로지만, 우리는 인생의 3분의 1을 보낸 후이다. 우리의 전망도 좁아졌으며, 기적을 만들어 낸 믿음도 고된 노동 뒤에 조금씩 닳아 빠지는 새 구두처럼 사라졌다.

왜 우리를 다시 불러들이려는 걸까? 왜 그냥 얼마 더 살다 죽게 내버려 두지 않는 걸까? 우리만이 그것을 죽일 뻔했으며 겁을 주었기 때문일 것이다. 그것이 복수를 원하기 때문이다.

게다가 지금 우리는 더 이상 산타클로스와 이빨 요정, 헨젤과 그레텔, 다리 밑의 괴물을 믿지 않는다. 그것은 우리를 맞기 위해 철저히 준비해 왔다. 자, 돌아오너라, 그것이 지금 말하고 있다. 자, 돌아와서 데리에서의 일을 끝내자고. 카드도 좋고, 구슬, 요요도 얼마든지 좋으니 다 가져와 봐! 돌아와서 네놈들이 얼마나 기억하는지 알아보자고. 어린아이가 되는 것이 어떤 건지, 믿음에서 안전한 둥지를 찾고 밤을 두려워하는 마음이 어떤 건지 속삭여 보자.

딱 한 가지, 천 퍼센트 확실한 것이 하나 있다. 내가 무척 겁에 질렸다는 사실이다. 오줌을 쌀 만큼 겁에 질렸다는 사실 말이다.

IT

제5부 쿠드 의식

아직 끝나지 않았네. 물이 스며들어
커튼이 썩고 있지. 톱니바퀴도
녹슬었네. 떨어져 나간 기계로는
더 이상 다리를 지을 수도 없지. 어디로 날아
대륙을 뛰어 넘을까? 말이 자유롭게 흐르다,
슬쩍 사랑과 마주치게 하자꾸나. 보기 드문 일이겠지.
너무 많은 것을 구하고자 원하고,
결국엔 흘러넘친다네

— 윌리엄 칼로스 윌리엄스, 『패터슨』—

잘 보고 기억해.
이 땅, 저 멀리 공장과 수풀을 똑바로 봐.
그래, 분명히 너를 지나게 해 줄 거야.
숲과 대지가 어디냐고, 그들에게 물어봐.
뭐가 들리지? 땅은 뭐라고 하지?
이 땅은 주인이 있어. 네가 살 곳이 아니야.

— 칼 샤피로, 「망명기」—

밤을 지키고 서서

데리 시립 도서관, 오전 1시 15분

벤 한스컴이 은구슬에 얽힌 이야기를 끝냈을 때, 모두 하고 싶은 말들이 많은 듯했지만, 마이클은 이제 눈을 붙이고 한숨 자는 편이 좋겠다고 말했다.

"오늘은 이 정도로 충분해."

마이클은 실제로 흡족한 표정을 짓고 있었지만 피곤한 기색이 역력해서 비벌리는 혹시 그가 몸이 아픈 것은 아닐까 생각했다.

"하지만 할 말이 더 있는걸. 나머지 얘기는 어쩌라는 거야? 나는 아직 기억하지 못하는……." 에디가 말했다.

"마이클 마, 말이 옳아. 저절로 기억나든 아, 아니든 둘 중 하나일 테니까. 내 생각에는 앞으로 모두 기억을 되, 되찾을 거야. 피, 필요한 부분은 전부 기억할 거라고." 빌이 말했다.

"그래, 자 두는 편이 좋지 않겠어?" 리처드도 마이클과 빌의 의견을 거들었다.

마이클이 고개를 끄덕였다. "내일 보자고." 마이클은 시계를 흘끗했다. "아니, 벌써 오늘이군. 오늘 늦게 보자고."

"여기서?" 비벌리가 물었다.

마이클은 고개를 천천히 흔들었다. "캔자스 가에서 모이는 게 좋겠어. 빌이 자전거를 숨겨 두던 곳 말이야."

"황무지에 가 보자는 말이군." 에디는 갑자기 몸서리를 쳤다.

마이클은 다시 고개를 끄덕였다.

그들은 잠시 동안 서로 조용히 눈길을 주고받았다. 이윽고 빌이 일어서자 다른 사람들도 뒤를 따랐다.

"오늘 밤 모두 조심들 해. 놈이 줄곧 이곳에 함께 있었으니까. 우리가 어디를 가든 따라붙을 거야. 그래도 이렇게 한 자리에 모여 이야기를 나누니 기분이 한결 낫군." 마이클은 빌을 바라보았다. "나는 아직도 우리가 해낼 수 있다고 믿어, 안 그래, 빌?"

빌은 천천히 고개를 끄덕였다. "그래. 아직 희망은 있어."

"놈도 역시 그 점을 알고 있을 거야. 그래서 우리를 막기 위해 수단과 방법을 가리지 않겠지." 마이클이 말했다.

"놈이 나타나면 어쩌지?" 리처드가 물었다. "코와 눈을 틀어막고 세 바퀴 맴을 돈 다음, '괜찮아질 거야, 괜찮아질 거야.' 주문을 외우면 될까? 아니면 놈의 얼굴에 마법이라도 사용할까? 엘비스 프레슬리의 노래는 어때? 어떻게 하냐고?"

마이클은 고개를 저었다. "내가 그 방법을 알고 있다면 우리가 고민할 필요도 없지, 안 그래? 내가 알고 있는 것이라고는 우리가 어렸을 때 그것과 맞서 싸울 수 있도록 우리를 보호해 준 어떤 힘이 있었다는 사실 뿐이야. 그 힘이 아직도 우리와 함께 있다는 느낌이 전부라고 할 수 있지." 마이클은 어깨를 으쓱했다. 기진맥진한 몸짓이었다. "난 너희들 중에 둘이나 셋이 오늘 밤 모임을 시작할 때쯤이면 사라지고 없을 거라고 생각했어. 자취를 감추거나 죽었거나. 너희들이 모두 나타나 준 것만 해도 내겐 희망이야."

리처드는 손목시계를 바라보았다. "1시 15분. 우리 재미 좀 볼까, 노적가리?"

"삑삑, 리처드 틀렸어." 벤은 엷은 미소를 떠올렸다.

"나와 함께 타, 타, 타운 하우스까지 걸어갈래, 비벌리?" 빌이 물었다.

"좋아." 그녀는 외투를 걸쳤다. 도서관은 이제 적막하고 음산해져 을씨년스러운 분위기마저 느껴졌다. 빌은 지난 이틀간의 시간이 한꺼번에 육중한 무게로 짓누르는 것 같았다. 그저 피곤한 느낌이라면 문제가 없겠지만 그 이상이었다. 정신이 헝클어지고 꿈을 꾸듯 망상이 주마등처럼 스쳐 갔다. '이곳에 있다는 느낌이 전혀 들지 않아. 시워드 박사의 다 허물어져 가는 정신 병원에 있는 느낌이고, 렌필드시워드 박사와 렌필드는 『드라큐라』의 등장인물가 파리 떼와 나, 내가 만든 괴물과 함께 복도를 지나는 것 같아. 우리 둘 다 곧 시작될 파티를 준비하는 모양이지만 옷차림은 턱시도 대신 환자복이군그래.'

"너도 함께 갈래, 리, 리처드?"

리처드는 고개를 흔들었다. "나는 노적가리와 카스브랙이 모시고 갈 거라고 믿어. 안 그래, 친구들?"

"그럼." 벤은 빌의 곁에 선 비벌리를 흘깃하다가 거의 잊혀졌던 고통을 새삼 맛보았다. 새로운 기억이 꿈틀하다가 막 잡히기 직전 그대로 사라져 버렸다.

"마, 마이클, 어때? 나와 비벌리와 함께 가, 가지 않을래?"

마이클도 고개를 가로저었다. "할 일이 좀 있……."

돌연 비벌리가 도서관의 정적을 깨고 비명을 지르기 시작했다. 둥근 천장에 갇힌 비명소리는 순식간에 부풀려져 죽음을 예고하는 요정의 웃음처럼 메아리치고 소용돌이쳤다.

빌은 그녀를 바라보았다. 리처드는 의자 등받이에서 집던 점퍼를 떨어뜨렸다. 에디의 움찔한 손에 부딪힌 빈 술병들이 바닥으로 떨어졌다.

두 손을 쭉 내민 채 뒷걸음치는 비벌리의 얼굴은 하얗게 질려 있었다. 핏발 선 동공이 크게 열린 채였다. "내 손!" 그녀가 비명을 질렀다. "내 손!"

"뭐가……." 빌은 이내 입을 다물었다. 부들부들 떨리는 비벌리의 손가락 사이에서 핏방울이 떨어졌다. 그는 곧장 비벌리를 향해 걸어가다 불현듯 자신의 손에서도 뜨뜻하고 고통스레 흐르는 액체를 느꼈다. 고통이 심하지는 않았다. 오래전에 아문 상처에서 간간이 느껴지는 고통과 비슷했다.

영국에서 갑자기 다시 나타났던 예전의 흉터가 벌어져 피가 나왔다. 에디 카스브랙도 자신의 손바닥을 어리벙벙한 표정으로 내려다보았다. 에디의 손도 마찬가지였다. 마이클, 리처드, 벤의 손바닥에서도 피가 흘렀다.

"우린 결국 마지막까지 왔어, 그렇지?" 비벌리가 말했다. 그녀는 울음을 터뜨렸다. 울음소리는 고즈넉한 도서관에 구슬프게 울렸다. 건물 자체가 그녀를 따라 흐느끼는 것 같았다. 빌은 그녀의 울음소리를 조금만 더 듣고 있다가는 미칠 것 같았다. "신이여, 도우소서. 우리는 끝까지 왔어요." 그녀는 흐느끼며 울부짖었다. 그녀의 한쪽 코에서 콧물이 흘렀다. 그녀는 떨리는 한 손의 등으로 콧물을 훔쳤고, 더 많은 피가 바닥에 뚝뚝 떨어졌다.

"어, 어, 어서!" 빌이 다급히 소리치며 에디의 손을 움켜쥐었다.

"뭐……."

"서두르라니까!"

빌은 다른 손을 내밀었고 비벌리가 아주 잠시 후에 그 손을 잡았다. 그녀는 여전히 울고 있었다.

"그래." 마이크가 말했다. 그는 멍해 보였다. 거의 약에 취한 듯이 보였다. "그래, 맞아. 그렇지? 다시 시작이군, 안 그래, 빌? 모든 일이 다시 시작됐어."

"그, 그래, 내 새, 생각에는……."

마이클은 에디의 손을, 리처드는 비벌리의 나머지 손을 붙잡았다. 벤은 잠시 동안 그들을 바라보다가 몽유병 환자처럼 피 범벅인 두 손을 양쪽으로 펼치고 마이클과 리처드 사이로 걸어왔다. 그는 두 사람의 손을 움켜잡았다. 원이 완성됐다.

(아 쿠드 이건 쿠드 의식이고 거북이는 우리를 도울 수 없어)

빌은 비명을 지르고 싶었지만 아무 소리도 나오지 않았다. 약간 머리를 옆으로 떨군 에디의 목에 핏줄이 돋아 있었다. 비벌리의 둔부가 두 차례 격렬하게 들썩이는 것이 22구경 총알이 발사되는 순간의 강렬한 전율에 빠진 느낌이었다. 마이클의 입술은 기이하게 일그러져 웃는 것 같기도 하고 인상을 쓰는 것 같기도 했다. 도서관의 정적 속에서 여기저기 문이 열렸다 닫히고, 볼링 공이 굴러가는 듯한 소리들이 들려왔다. 정기 간행물실에서 실체 없는 강풍에 쫓겨 잡지들이 날아다녔다. 캐럴 다너의 사무실에서는 IBM 타자기가 저 혼자 활자를 찍기 시작했다.

그는주먹으로

기둥을후려치며

아직도유령이보인다고소리친다

그는주먹으로기둥을후려치며

타이프가 엉켰다. 타자기는 덜컥거리다가 과부하가 심하게 걸렸는지 둔탁한 트림 소리까지 냈다. 홀연히 서고 제2 선반에서 초자연적인 이야기와 관련된 책들이 떨어지기 시작해서 에드거 케이시, 미국의 예언가. 노스트라다무스, 찰스 포트, 1920년대 초자연적인 현상의 연구자 외경(外經)이 바닥을 뒤덮었다.

빌은 강렬한 힘을 느꼈다. 온몸 구석구석이 똑바로 일어서는 느낌, 머리칼까지 빳빳하게 일어선 것 같았다. 그들이 만든 원에서 가공할 만한 힘이 분출하는 느낌이었다.

도서관에 있는 문이 한꺼번에 합창하듯 닫히기 시작했다.

도서 대출 창구 뒤쪽 벽면에서 낡은 벽시계가 둔중한 울림을 한 번 토했다. 그리고 누군가 스위치를 꺼서 모든 상황을 끝내듯 순식간에 정지했다.

그들은 잡은 손을 풀고 어리둥절하게 서로를 바라보았다. 아무도 말하지 않았다. 강렬한 힘이 썰물처럼 빠져나가는 가운데, 빌은 코앞까지 슬금슬금 기어든 운명의 그림자를 보았다. 그는 하얗게 굳은 친구들의 얼굴을 둘러보다가 자신의 손으로 시선을 떨구었다. 피가 엉겨 붙었지만, 1958년 8월 스탠리가 콜라병 조각으로 그어 놓은 상처는 예전처럼 다시 봉해져 매듭진 실 같은 흰색 흉터가 희미하게 남았을 뿐이다. '이때가 우리 일곱 명이 함께한 마지막 순간이었어……. 그날 스탠리는 황무지에서 아이들의 손을 콜라병으로 그었지. 이제 스탠리는 이곳에 없어. 죽었으니까. 그리고 이번 역시 우리 여섯 명이 함께하는 마지막 순간일 거야. 느낌으로 알 수 있어.'

비벌리는 떨리는 몸으로 빌에게 가까이 다가왔다. 빌은 그녀를 안았다. 다른 사람들은 모두 휘둥그레진 눈으로 빌과 기다란 탁자와 그 위에 뒹구는 빈 병이며 유리잔, 꽁초 가득한 재떨이 따위를 번갈아 바라보았다.

"이 정도면 됐어." 빌이 목쉰 소리로 말했다. "하룻밤 여흥으로는 충분해. 무도회는 나중을 위해 남겨 두자고."

"기억나." 비벌리가 말했다. 그녀는 빌을 올려다보았다. 그녀의 눈동자는 커다랬고 창백한 두 뺨은 젖어 있었다. "전부 기억나. 아버지가 너희들을 봤어. 바워스와 크리스와 허긴스. 내가 달리는 모습까지. 그 터널에서……. 새들……, 그것……, 전부 기억나."

"그래. 나도 기억나는군." 리처드가 말했다.

에디가 고개를 끄덕였다. "그 배수 펌프장……."

빌이 말했다. "그리고 그곳에서 에디가……."

"이제 돌아들 가. 가서 좀 쉬어. 늦었어." 마이클이 말했다.

"함께 나가자, 마이클." 비벌리가 말했다.

"아니, 도서관 문을 잠가야지. 그리고 몇 가지 기록할 일도 있고……. 우리 모임의 의사록이라고 해 두지. 오래 걸리지는 않을 거야. 먼저들 가."

그들은 모두 문가를 향해 걸어갔다. 빌과 비벌리가 나란히 앞장섰고, 에디와 리처드, 벤이 뒤를 따랐다. 빌이 문을 열어 주자 비벌리가 가볍게 고맙다고 말했다. 빌은 널따란 화강암 계단을 내려서는 비벌리를 바라보며 그녀가 얼마나 젊고 연약해 보이는지 생각하다가……, 그녀와 다시 사랑에 빠질지 모른다는 예감에 착잡해졌다. 오드라를 떠올리려고 애썼지만 그녀는 아주 멀게만 느껴졌다. 오드라는 지금 플리트의 숙소에 곤히 잠들었을 터이며, 곧 태양이 떠오르면서 함께 우유 배달원이 모습을 나타낼 것이다.

데리의 하늘엔 다시 잔뜩 구름이 끼었고, 나지막한 땅안개가 두툼한 융단처럼 텅 빈 거리를 가로질러 누워 있었다. 멀리 거리 위쪽에 데리 시민 회관의 날렵하고 길쭉한 빅토리아풍 건물이 어둠에 잠겨 있었다. 빌은 '시민 회관을 걷는 게 무엇이든, 홀로 걷고 있지.'라고 생각했다. 그는 거칠게 부서지는 웃음을 억눌렀다. 그들의 발소리가 아주 요란하게 들려왔다. 비벌리가 그의 손을 건드리자, 빌은 기꺼이 그 손을 잡았다.

"우리가 미처 준비를 하기 전에 시작됐어." 비벌리가 말했다.

"우리는 늘 주, 준비를 해 왔잖아?"

"너라면 그랬을 거야, 빌."

빌은 그녀의 손길에서 돌연 놀랍고도 절실한 위안을 느꼈다. 일생에서 잠시나마 그녀의 가슴을 느낄 수 있다면 어떤 기분일까, 그는 기나긴 밤이 끝나기 전에 그 해답을 알 것 같았다. 이제는 훨씬 더 충만하고 성숙해졌다……. 그의 손이 그녀의 도톰한 음부를 훑다가 고운 거웃을 발견할지도 몰랐다. '사랑했다, 비벌리……, 너를 사랑했어. 벤도 너를 사랑했지……, 너를 사랑했어. 우리는 그때 너를 사랑했고……, 지금도 사랑해. 일이 시작됐으

니 더욱 절실해졌겠지. 이젠 돌아갈 수 없을 테니까.'

빌은 뒤를 힐끔 돌아보았다. 리처드와 에디가 도서관 계단 위에 서 있었고, 벤은 계단을 다 내려와 빌과 비벌리를 바라보는 중이었다. 호주머니에 두 손을 찔러 넣고 어깨를 축 늘어뜨린 벤은 낮게 웅크린 안개 너머에서 열한 살의 소년으로 돌아간 느낌이었다. 벤에게 속마음을 전할 수 있다면 빌은 이렇게 말하고 싶었다.

'아무래도 상관없어, 벤. 사랑은 관심과 배려이고……, 시간을 초월한 욕망이잖아. 갑작스레 암흑을 향해 걸어가야 하는 이 순간, 우리에게 필요한 건 사랑뿐이야. 그나마 위안이라고 하기엔 서늘하지만 아무것도 없는 것보다 낫겠지.'

"아버지가 알고 계셨어." 비벌리가 불쑥 말했다. "어느 날인가 황무지에서 놀다 집에 돌아갔을 때, 아버지가 모든 걸 알고 계셨던 거야. 아버지가 화낼 때마다 뭐라고 하셨는지 내가 말했던가?"

"뭐라고 하셨지?"

"'정말 걱정스럽구나, 비벌리.' 그런 말을 하시곤 했어. '걱정이 돼 도무지 마음이 놓이질 않아.'" 비벌리는 웃음을 터뜨림과 동시에 몸을 떨었다. "난 아버지가 날 때리려는 줄 알았어, 빌. 그러니까……, 전에는 나를 때리곤 했는데 마지막은 달랐어. 아버지는……, 여러 가지 면에서 이상한 사람이었어. 나는 아버지를 사랑했어. 아버지를 많이 사랑했지만……."

그녀는 빌을 바라보며, 위로의 말이라도 해 주지 않을까 기대하는 눈빛이었다. 그러나 빌은 아무 말도 하지 않았다. 조만간 그녀가 직접 밝혀야 할 일이었다. 거짓과 자기 기만은 세월과 함께 사람들이 쉽게 숨어드는 위안의 방이었다.

"한편으로는 아버지를 미워했어." 그녀는 한동안 빌의 손을 꼭 움켜쥐었다. "한번도 이런 말은 남한테 한 적이 없어. 그런 말을 입밖에 냈다가는 천벌을 받을 거라고 생각했거든."

"한 번 더 말해 봐, 정말 천벌을 받는지."

"아냐, 나는……."

"계속해. 하기 힘든 말이겠지. 하지만 그 정도로 오랫동안 마음 속에 묻어 뒀으면 충분해. 말해 봐."

"아버지가 미웠어." 그녀가 말했다. 그리고 무력하게 울기 시작했다. "정말 밉고 무서웠어. 아버지의 마음에 들기에는 늘 형편없는 계집애였고, 나는 그런 아버지가 너무 미웠어. 하지만 한편으로는 아버지를 사랑했어."

빌은 발걸음을 멈추고 그녀를 꼭 안아 주었다. 그녀도 몹시 떨리는 손으로 빌을 껴안았다. 그녀의 눈물이 그의 목 한쪽을 적셨다. 빌은 성숙하고 팽팽한 그녀의 육체를 또렷하게 의식했다. 그는 자신의 몸이 흥분하는 것을 들키고 싶지 않아 상체를 약간 빼냈지만……, 비벌리는 그런 그에게 더욱 가까이 다가왔다.

"그날 황무지에서 이런저런 놀이를 했어. 나쁜 짓과는 거리가 멀었지. 그날따라 '그것'에 관한 이야기도 안 했는데……, 그 당시에는 거의 매일 그것에 대해 많은 말을 하곤 했으니까. 기억나?"

"응. 그, 그 당시에는 그랬어. 기억나."

"잔뜩 흐린 날씨에……, 무척 후텁지근했지. 그날 아침 내내 황무지에서 놀았어. 11시 반경에 집으로 돌아가면서 샤워를 하고 샌드위치와 수프를 점심으로 먹을까 생각했지. 그리고 다시 황무지

로 돌아가 더 놀 생각이었어. 부모님 두 분 다 일을 하셨으니까. 그런데 아버지가 집에 계셨어. 아버지는

로어 메인 가, 오전 11시 30분

비벌리를 거실로 집어던지듯 밀어붙였다. 비벌리에게서 놀란 비명소리가 튀어나왔다가 이내 어깨가 얼얼할 정도로 벽면에 부딪히며 끊겼다. 그녀는 낡아 빠진 소파에 주저앉으며 급히 주위를 돌아보았다. 바깥 현관 문이 쾅 하고 닫혔다. 그녀의 아버지가 그 앞에 서 있었다.

"정말 걱정이다, 비벌리. 걱정이 돼 도무지 마음이 놓이지 않아. 너도 알 거야. 내가 늘 말했지? 아니라고는 말하지 못할 게다."

"아빠, 무슨 일……."

그는 천천히 비벌리를 향해 걸어왔는데, 그의 얼굴은 생각에 가득차고 슬프고 증오에 차 있었다. 마지막 표정만은 보고 싶지 않았지만 그것은 고인 물 위에 맹목적인 반짝임처럼 거기에 있었다. 비벌리는 작게 움츠러든 모습으로 다가오는 아버지의 주먹 쥔 오른손을 훔쳐보았다. 아버지는 국방색 작업복 차림이었고, 코끝이 뾰족한 구둣발로 어머니가 산 카펫에 발자국을 찍어 놓았다. 비벌리는 그 순간 엉뚱한 생각을 했다. '진공청소기로 청소해야겠어. 진공청소기로 카펫을 청소해야 한단 말이야. 아빠가 청소할 수 있게만 해 준다면 얼마나 좋을까. 아빠가…….'

진흙이었다. 검은 진흙. 비벌리는 바짝 경계심을 느꼈다. 빌과

리처드와 에디와 다른 아이들이랑 황무지에 있는 듯한 착각이 들었다. 리처드의 말처럼 대나무인지는 모르겠지만 아무튼 그 식물이 허연 해골처럼 서 있는 황무지의 늪지 부근에 아버지의 발자국에 찍힌 진흙처럼 찐득찐득한 진흙이 있었다. 바람이 불 때마다 대나무 줄기에서 부두교의 북소리처럼 들리는 으스스한 소리. 아버지가 혹시 황무지에 왔었다는 말인가? 아버지가…….'

퍽!

아버지의 주먹이 커다랗게 원을 그리다 비벌리의 얼굴을 후려쳤다. 비벌리의 머리는 뒷벽에 부딪힐 정도로 휙 꺾였다. 그는 허리띠에 엄지손가락을 걸치고, 묘한 표정으로 비벌리를 내려다보았다. 비벌리의 입가에서 뜨뜻한 핏줄기가 흘렀다.

"노는 꼴이 가관이더구나." 그는 계속해서 다그칠 것 같았지만, 이상하게 그쯤에서 말을 멈추고 아무 말도 하지 않았다.

"아빠, 대체 무슨 말씀이세요?" 비벌리는 떨리는 목소리로 겨우 물었다.

"거짓말을 했다가는 흠씬 두들겨 맞을 줄 알아, 비벌리."

비벌리는 잔뜩 겁에 질려 그가 그녀가 아니라 벽에 걸린 쿠리에와 아이브스 사진을 바라보고 있다는 사실을 깨달았다. 비벌리의 머릿속에서 다시 엉뚱한 모습이 떠올랐다. 네 살 때인가, 뽀빠이 비누와 파란색 플라스틱 배를 띄워 놓고 욕조에 앉아 있던 광경이었다. 커다란 덩치만큼 애정이 가득한 모습으로 아버지는 회색 면바지와 줄무늬 셔츠를 입고 비벌리 옆에 쭈그리고 앉아 한 손에는 목욕 수건, 다른 손에는 적황색 소다수 병을 들고 있었다. 그는 비벌리에게 비누칠을 해 주며 말했다. '자, 귀를 이쪽으로 돌려 보렴, 비벌리. 엄마가 저녁에 감자 요리를 할 모양이야.' 그때 비벌리는 까르르 웃으며 아버지의 얼굴이 언제까지나 영원할 거라고 믿었다.

"거짓말……, 거짓말하지 않을게요, 아빠. 왜 그러세요?" 눈물이 나며 그의 모습이 점점 흩어져 보였다.

"남자 놈들이랑 황무지에 갔지?"

비벌리는 가슴이 콩알만해지는 느낌이었다. 아버지의 발밑에 찍힌 진흙 자국을 내려다보았다. 검은색의 끈적끈적한 진흙. 그 늪지대에 잘못 들어갔다가는 금방 운동화를 집어삼키고……, 리처드와 빌은 계속 그 진흙 구덩이에 서 있다가는 수렁처럼 온몸이 빨려 들어가 죽고 말 거라고 했다.

"거기서 아이들이랑 잠깐 놀았는데……."

퍽! 굳은살로 뒤덮인 손이 또다시 허공을 갈랐다. 비벌리는 너무 아프고 무서워 울음을 터뜨렸다. 아버지의 얼굴 표정뿐만 아니라, 줄곧 겁에 질린 자신의 얼굴을 외면하는 묘한 태도가 더욱 무서웠다. 어딘지 이상했다. 훨씬 더 잔인해진 느낌……, 그녀를 죽이려는 것일까? 만약(아, 비벌리 그만해. 아버지잖아. 아버지가 자기 딸을 죽일 리 없어) 아버지가 제정신이 아니라면 그때는 어쩐다지? 만약에…….

"그놈들과 무슨 짓을 했지?"

"무슨 짓요? 그게 무슨……." 비벌리는 아버지의 말을 이해할 수 없었다.

"바지를 벗어 봐."

비벌리의 혼란은 더욱 커졌다. 아버지가 무슨 말을 하는지 도무지 이해할 수 없었다. 무슨 뜻인지 생각하려고 애쓸수록 구역질 나고……, 금방이라도 큰 병에 걸릴 것만 같았다.

"무슨……, 왜……?"

주먹이 올라가자 비벌리는 뒤로 움찔했다.

"바지를 벗어라, 비벌리. 아무 일이 없었는지 확인해 봐야겠어."

비벌리의 머릿속은 전보다 더 끔찍한 모습으로 채워졌다. 청바지를 벗어 보니 한쪽 다리가 없었다. 아버지의 주먹질을 피해 한쪽 다리로 깡충깡충 도망치고, 아버지는 고래고래 고함을 질렀다. '거봐, 문제가 있잖아! 다 알고 있어! 알고 있다니까!'

"아빠, 왜 그러시는지 모르겠어요……."

올라갔던 주먹이 다시 내리꽂혔지만 이번에는 때리는 대신 잡기 위해서였다. 아버지는 우악스레 비벌리의 어깨를 움켜잡았다. 비벌리는 비명을 질렀다. 그는 비벌리를 일으켜 세우더니 얼굴을 빤히 노려보았다. 비벌리는 그 표정을 보고 있다가 그만 또 한 차례 비명을 질렀다. 그 순간 비벌리는 8월의 나른한 점심 무렵 그것과 단둘이 아파트에 남겨졌다는 사실을 깨달았다. 열흘 전쯤, 니볼트 가의 저택에서 마주친 강렬하고도 또렷한 악마는 아니었지만 그 사악함은 아버지가 지닌 인간의 형상에 희미하게 가려져 있을 뿐 분명히 아버지를 통해 모습을 드러냈다.

그는 비벌리를 옆으로 내동댕이쳤다. 비벌리는 커피 탁자에 걸려 넘어져 바닥에서 버둥대며 울부짖었다. '결국 이런 거야. 빌에게 말하면 이해해 주겠지. 놈은 데리 어디에나 있어. 놈은……, 빈 자리만 있으면 쑤시고 들어오는 거야.'

비벌리는 데굴데굴 굴렀다. 아버지가 다가왔다. 엉거주춤 주저

앉아 발버둥쳤지만 머리칼만 출렁거리며 눈가를 가렸다.

"그곳에 있었잖아. 다 들어서 알고 있어. 정말 믿을 수가 없구나. 남자 아이들이랑 몰려다니다니 믿을 수 없어. 게다가 오늘 아침에는 내 눈으로 직접 확인까지 했으니 말이야. 내 딸년 비벌리가 남자 아이들과 뒹굴다니. 열두 살밖에 안 된 계집애가 남자 아이들이랑 놀아나다니!" 그는 자신이 한 마지막 말에 새삼 분노를 느끼는 모양이었다. 전기에 감전된 사람처럼 온몸을 부르르 떨기 시작했다. "열두 살밖에 안 된 계집애가!" 그가 버럭 고함을 지르며 비벌리의 허벅지를 힘껏 때리자 비벌리는 비명을 질렀다. 고깃덩어리를 놓고 전전긍긍하는 굶주린 개처럼 그의 턱이 쩍 벌어졌다.

"열두 살밖에 안 된 년이! 열두 살! 열두 살!"

그는 또 발길질을 했다. 비벌리는 엉금엉금 기었다. 두 사람은 점점 주방을 향해 움직였다. 그의 작업화가 찬장 아래 서랍을 후려치자, 안에 든 주전자와 프라이팬이 요란하게 맞부딪혔다.

"도망칠 생각 마라, 비벌리. 그랬다가는 더 혼쭐 날 테니까. 내 말 들어. 아빠 말을 듣는 게 좋아. 이건 심각한 문제야. 남자 아이들과 몰려다니며 대체 무슨 짓을 하는지, 열두 살밖에 안 된 계집애가, 이 얼마나 큰 문제인가 말이다. 하느님도 알고 계실 거야." 그는 비벌리의 어깨를 붙잡아 거칠게 일으켜 세웠다.

"너는 아주 예쁜 아이야. 예쁜 아이를 어떻게 해 보려고 안달하는 놈들이 얼마나 많은지 알아? 예쁜 것들은 대부분 남자들이 어떻게 해 주기를 바라거든. 너는 그 녀석들한테 암캐 짓을 한 거야, 그렇지 비벌리?"

마침내 비벌리는 그것이 아버지의 머릿속에 무슨 생각을 심어 놓았는지 알 것 같았다. 다만 아버지의 마음 한편에 그 비슷한 독약이 이미 들어 있었다는 사실만 빼고는. 그래서 그것이 아버지의 머릿속에 든 은밀한 도구를 집어 사용했을 뿐이라는 사실만은 알아채지 못했다.

"아니에요, 아빠. 아니에……."

"담배 피우는 걸 봤는데도!" 그는 버럭 고함을 질렀다. 이번에는 손바닥으로 강하게 후려쳤다. 비벌리는 식탁에 부딪혀 그대로 바닥에 나뒹굴었다. 소금과 후추 병이 바닥으로 떨어졌다. 후추 병은 산산조각 났다. 후춧가루가 허공에 꽃처럼 피어올랐다가 이내 사라졌다. 여기저기 흩어지는 소음이 깊숙하게 울렸다. 비벌리는 아버지의 얼굴을 바라보았다. 아버지의 얼굴에서 무엇인가 느껴졌다. 그는 비벌리의 가슴을 바라보고 있었다. 비벌리는 불현듯 블라우스 앞섶이 열렸으며 하나뿐인 브래지어마저 차지 않았다는 사실을 깨달았다. 니볼트 가의 저택에서 빌의 셔츠를 빌려 입었던 기억이 뒤따랐다. 얇은 셔츠 위로 봉긋 튀어나온 가슴이 떠올랐지만 아이들의 힐금거리는 시선이 기분 나쁘지는 않았다. 아주 자연스럽게 느껴졌기 때문이다. 그리고 빌의 시선도 무척 자연스러워서 위태로우면서도 포근했다.

지금 비벌리는 두려움이 뒤섞인 죄책감을 느끼고 있었다. 그녀의 아버지가 너무 이상해졌기 때문일까? 비벌리가 한번도

(너는 녀석들한테 암캐 짓을 했어)

생각조차 못한 일이었기 때문일까? 오싹한 생각들? 대체 아버지가 무슨 말을 하고 있는 거지까?

'예전과 달라! 예전처럼

(너는 암캐였어)

아버지가 바라보는 눈길이 아니야! 전혀 달라!'

비벌리는 블라우스 앞섶을 여몄다.

"비벌리?"

"아빠, 우리는 그냥 놀고 있었던 거예요. 그게 다예요. 저희는 그냥……. 저희는……. 나쁜 짓을 하지 않았어요. 정말 아무 짓도 하지 않았는걸요. 저희는……."

"담배 피우는 걸 봤다니까." 그는 비벌리를 향해 다가서며 말했다. 눈동자가 비벌리의 가슴에서 아직 채 곡선이 도드라지지도 않은 엉덩이로 옮겨 갔다. 그는 갑자기 고등학생처럼 노래를 불렀다. 비벌리는 더욱 겁에 질렸다. "껌을 씹는 계집애는 담배를 피우지! 담배를 피우는 계집애는 술을 먹지! 술 먹는 계집애는 누구나 알 만한 뻔한 짓을 하지!"

"저는 아무 짓도 안 했다고요!" 비벌리는 아버지의 손이 어깨로 내려오자 그에게 비명을 질렀다. 그는 비벌리를 움켜쥐었지만 때리지는 않았다. 손길이 부드러웠다. 그래서 그 무엇보다도 소름 끼쳤다.

"비벌리. 남자 놈들과 함께 있는 걸 봤다. 자, 이제 말해 봐라. 여자 아이가 그런 으슥한 곳에서 바닥에 등을 대고 누워 하는 짓 말고 남자 놈들과 할 만한 일이 무엇인지 말이야." 그는 어딘가 단단히 홀린 사람처럼 말투가 오싹할 정도로 또박또박했다.

"절 내버려 둬요!" 비벌리는 소리쳤다. 생각조차 하지 못한 분노가 몸속 깊은 곳에서 치밀어 올랐다. 푸르스름한 노란 불꽃이 머릿속에 튀어 올랐다. 한편으로 더 더욱 무서웠다. 그는 늘 비벌리를 두렵게 만들었고, 수치스럽게 했다. 그리고 폭행을 일삼았다. "그냥 절 내버려 두라고요!"

"아빠한테 그런 말을 하면 쓰나." 그의 목소리에서 약간 놀란 기색이 전해졌다.

"아빠가 말하는 일은 한 적이 없단 말예요! 그런 적 없어요!"

"그랬을지도 모르지. 아니면 네가 거짓말을 할 수도 있고. 그러니까 직접 확인을 해 보겠다는 말이야. 확인하는 방법은 내가 다 알고 있으니까. 바지를 벗어라."

"싫어요."

그의 두 눈이 휘둥그레져, 짙푸른색의 홍채를 둘러싸고 있는 노란색 각막까지 내비쳤다. "지금 뭐라고 했냐?"

"싫다고 했어요." 그의 눈은 그녀의 눈에 못 박혀 있었고 아마도 거기서 타오르는 분노와 선명하게 솟아오르는 반항을 보았을 것이다. "누가 그런 소릴 했죠?"

"너 지금 무슨……."

"누가 아버지한테 우리가 그곳에서 놀고 있다고 했죠? 모르는 사람이었나요? 적황색과 은색 옷을 입은 남자였나요? 장갑 낀 사람이었나요? 광대처럼 보이지만 실제로는 광대가 아닌 남자였나요? 이름이 뭐라던가요?"

"비벌리, 그만 나불대는 게 좋을 거야……."

"아니요, 아버지야말로 그만두시는 게 좋을 거예요."

그는 다시 한번 손을 치켜들었는데 이번에는 무엇이든 박살낼 태세였다. 비벌리는 몸을 피했다. 주먹은 비벌리의 머리를 스쳐 허공을 가르더니 벽에 부딪쳤다. 그는 움찔하며 주먹을 입에 갖다 댔다. 그 틈을 타 비벌리는 종종걸음으로 도망쳤다.

"이리 오지 못해!"

"싫어요. 저를 때리실 생각이잖아요. 아빠, 저는 아빠를 사랑해요. 하지만 이러실 때는 정말 싫어요. 더 이상 이러지 마세요. 놈이 아버지를 이렇게 만든 거예요. 놈이 아버지 속에 들어와 있단 말이에요."

"무슨 소리를 지껄이는지 모르겠다만 당장 이리 오는 게 좋을 거다. 두 번 말하지 않겠어."

"싫어요." 비벌리는 다시 울음을 터뜨렸다.

"내가 그쪽으로 갈 수도 있어. 하지만 그랬다가는 평생 후회할 거다. 어서 이리 오너라."

"누가 아빠한테 말했는지 알려 주세요. 그럼 그쪽으로 갈게요."

그는 날렵한 고양이처럼 느닷없이 비벌리에게 달려들었다. 비벌리는 충분히 예상했으면서도 하마터면 꼼짝없이 붙잡힐 뻔했다. 비벌리는 자기가 빠져나갈 만큼만 주방문을 열고 현관문을 향해 현관 마루를 달려 내려갔다. 27년 후 커시 부인에게서 도망칠 때처럼. 등 뒤에서 앨 마시가 맹렬하게 쫓아오며 소리쳤다.

"당장 돌아오지 못해, 비벌리!" 그는 울부짖으며 문을 확 잡아 열고 비벌리를 뒤쫓기 시작했다.

현관문엔 빗장이 질러져 있었다. 얼마 전 비벌리가 집으로 들어온 문이었다. 비벌리는 부들거리는 손으로 걸쇠를 풀면서 다른 손으로 다급히 손잡이를 돌렸다. 등 뒤에서 다시 아버지의 노기등등한 목소리가 달려들었다. 마치

(암캐 같은 것, 어서 바지를 벗지 못해!)

동물이 울부짖는 소리 같았다. 손잡이를 돌리자 드디어 문이 열렸다. 후끈한 숨결이 목구멍까지 치고 올랐다. 흘깃 뒤를 돌아보자 아버지가 바로 등 뒤에서 일그러진 미소와 함께 누런 이를 드러낸 채 달려왔다.

비벌리는 방충망 덧문까지 열어젖히고 용수철처럼 튀어나갔다. 아버지의 손가락이 간발의 차로 비벌리의 블라우스 뒷자락을 스쳐 허공으로 미끄러졌다. 비벌리는 계단을 내려가다 균형을 잃고 곤두박질쳐서 콘크리트 복도에 양쪽 무릎이 까졌다.

"비벌리, 가죽을 벗겨 놓기 전에 썩 돌아오지 못해!"

그는 계단을 내려섰고, 비벌리는 비틀거리며 일어났지만 까진 무릎께가

(바지를 벗어)

몹시 화끈거렸다. 어디선가 「믿는 사람들은 군병 같으니」라는 찬송가가 시끄럽게 흘러나오는 것 같았다. 뒤를 돌아보니, 경비 겸 관리인 앨 마시가 국방색 바지에 국방색 셔츠를 입고 허리띠에 열쇠 꾸러미를 주렁주렁 매단 채 머리칼을 휘날리며 다가왔다. 그러나 눈빛이 예전과 달랐다. 너무 걱정스럽고 마음이 놓이지 않는다는 이유로 비벌리의 등과 배를 마음껏 두들겨 패던 아버지와도 달랐다. 물론 비벌리가 일곱 살 때 머리를 곱게 땋아 주고, 그때마다 함께 키득키득 웃으며, 일요일이면 데리 아이스크림 가게에서 25센트에 사 먹는 것보다 더 맛있는 계피향 에그노그 우유와 달걀에 술을 섞어 만든 칵테일 음료를 만들어 주고, 이성의 어색함보다는 부성애로 비벌리의 삶을 감싸주던 아버지의 모습과도 완전히 달랐

다. 지금의 아버지는 눈빛에 아무것도 담고 있지 않았다. 그저 텅 빈 시선에 살의만 느껴졌다. 비벌리는 그 눈동자에서 그것을 보았다.

비벌리는 달렸다. 그것에게서 도망쳤다.

파스콸레 씨는 바랭이가 가득한 잔디에 물을 주며 휴대용 라디오에서 레드 삭스 팀의 야구 경기 중계방송을 듣다가 화들짝 놀란 얼굴을 들었다. 지너맨 씨네 아이들은 25달러에 사들여 날마다 세차를 하던 중고 장난감 차 뒤에서 물끄러미 비벌리를 바라보았다. 아이 한 명은 호스를 붙잡고 다른 아이는 물비누 통을 들고 있었다. 둘 다 입을 헤 벌린 모습이었다. 덴튼 부인은 자기 집 2층에서 밖을 내다보며, 여섯이나 되는 딸아이들의 옷을 하나하나 손보는지 입속 가득히 핀을 물고 있었다. 리틀 라즈 세라메니우스는 장난감 자동차를 재빨리 세우고는, 파스콸레 씨의 다 시든 잔디밭에 우뚝 서 있었다. 아이는 지난봄에 아침마다 참을성 있게 그의 운동화 끈을 매 주던 비벌리가 눈을 휘둥그레 치켜뜨고 비명을 지르며 달려가는 모습에 그만 엉엉 울음을 터뜨리고 말았다. 잠시 후 비벌리의 아버지가 미친 듯이 고함을 지르며 그 뒤를 쫓아가자, 12년 후에 오토바이 사고로 죽는 라즈는 앨 마시의 얼굴에서 끔찍하고 잔혹한 모습을 발견했던 것이다. 라즈는 그날 이후 석 주 동안 내내 악몽을 꾸었다. 마시 아저씨가 거미로 변해 옷 속으로 파고드는 꿈이었다.

비벌리는 달렸다. 목숨이 달린 문제였다. 그대로 아버지 손에 붙잡히면 그곳이 백주의 거리라고 해도 달라질 것은 없었다. 사람들은 종종 데리에서 미친 짓을 일삼을 때가 많았다. 그런 사실을 알기 위해 신문을 읽거나 마을의 특별한 내력을 연구할 필요는 없었다. 아버지에게 붙잡히는 날에는 그 즉시 목을 졸리거나 온갖 구타를 당할 게 뻔했다. 미친 짓이 끝나고 나면 누군가 달려와 아버지를 데려갈 것이다. 에디 코코랜의 의붓아버지가 자신이 무슨 짓을 했는지 어리둥절한 표정으로 감옥에 갇히듯, 비벌리의 아버지 역시 철창에서 눈을 껌벅일 것이다.

비벌리는 시내 쪽으로 달리는 동안 점점 더 많은 사람들 사이를 지나쳤다. 사람들은 처음에는 비벌리를, 다음에는 그녀를 뒤쫓는 아버지를 바라보며 놀라는 표정들이었다. 그들 중 몇몇은 소스라치게 놀라 눈이 휘둥그레졌다. 그러나 그들의 얼굴에 나타난 표정 이상의 행동은 취해지지 않았다. 그들은 그렇게 바라보다가 제각각 갈 길을 갔을 뿐이다. 비벌리는 숨이 막혔다.

운하를 지나 시멘트 바닥을 쿵쿵 울리며 달려가는 동안, 오른쪽의 육중한 다리 위로 차량들이 거북이걸음을 하고 있었다. 왼쪽으로 운하가 지하로 흘러드는 지점인 반원의 석조물이 보였다. 비벌리가 갑자기 방향을 바꾸어 메인 가를 건널 때 자동차 경적 소리와 급브레이크 밟는 소리가 요란해졌다. 황무지 쪽으로 방향을 바꾼 것이다. 아직 황무지까지는 1.5킬로미터쯤 더 가야 했지만 업마일 언덕의 가파른 오르막길(아니면 그 밖에 가파른 도로에서)에서 아버지와 거리를 벌릴 수 있을 거라는 계산이 섰다. 그러나 비벌리가 의지할 수 있는 것은 오르막길이 전부였다.

"이 쥐새끼 같은 화냥년아, 냉큼 돌아오지 못해!"

메인 가에서 꽤 떨어진 보도로 들어서면서 비벌리는 다시 한번 뒤를 살폈다. 어깨에 늘어진 붉은 머리칼마저 쇳덩이처럼 무겁게 느껴졌다. 아버지는 방금 전의 비벌리처럼 신호등을 무시하고 메인 가 도로를 건너고 있었다. 땀으로 번질거리는 얼굴이 뻘겋게 달아올랐다.

비벌리는 골목길로 접어들어 늘어선 창고 뒤에 몸을 숨겼다. 창고 건물의 앞은 업마일 언덕을 마주 보는 위치였다. 아모 앤드 스타 쇠고기 통조림, 햄프힐 보관소, 이글 비프와 코셔 미트. 그 골목은 원래 비좁은 자갈길인데, 악취 나는 쓰레기통과 상자들까지 길의 한쪽을 차지하고 있었다. 온갖 쓰레기와 오물로 뒤덮여 자갈이 미끈거렸다. 김빠진 듯하면서도 독한 냄새가 뒤섞여 골목 어디에서나 고기 비린내와 도살의 흔적이 강하게 풍겨 나왔다. 파리 떼가 득시글댔다. 어느 건물에서 고기 써는 육절기의 오싹한 소음이 들려왔다. 비벌리는 미끈거리는 자갈길을 가까스로 걸어갔다. 엉덩이가 아연 도금한 쓰레기통을 한 번 스치니 신문지에 싸인 내장이 고기들로 이루어진 거대한 밀림의 꽃인 양 쏟아져 나왔다.

"비벌리, 당장 돌아오지 못해! 분명히 말했어! 경을 치기 전에 돌아오는 게 좋을 거야!"

짐이 가득 쌓인 커시너 통조림 공장의 입구에서 두 명의 남자가 도시락에서 꺼낸 두툼한 샌드위치를 우적우적 먹어 대고 있었다.

"여기는 여자 아이가 올 곳이 못된다." 그중 한 명이 부드럽게 말했다.

"아빠와 달리기 연습이라도 하나 보구나." 또 다른 남자가 웃었다.

아버지와의 거리가 좁혀졌다. 발소리와 거친 숨소리가 바로 등 뒤에서 들려오는 것 같았다. 왼쪽의 높다란 판자벽을 따라 검은 그림자가 새처럼 다가왔다.

하지만 그는 발을 헛디뎠는지 자갈길 위로 고꾸라지면서 악에 받친 비명을 질렀다. 그는 곧바로 일어섰지만 분에 겨워 알아들을 수 없는 고함만 질렀다. 공장 문간에 서 있던 두 남자는 서로 등까지 두드리며 폭소를 터뜨렸다.

골목길은 왼쪽으로 휘었다……. 비벌리는 모퉁이를 돌자마자 화들짝 놀라 멈춰 서서 깊은 낭패감을 맛보았다. 시청 청소차가 골목 입구를 막고 있었다. 청소차 양쪽으로 난 공간은 20센티미터가 될까 말까 했다. 시동이 걸렸는지 나른한 엔진 소리가 들렸다. 문득 운전석에서 희미하게 말소리가 흘러나왔다. 점심 식사를 하며 잠시 휴식이라도 취하는 것 같았다. 삼사 분 후면 정오였다. 법원 건물의 시계에서 곧 시보를 알리는 차임벨 소리가 들려올 터였다.

거친 숨소리가 다시 가까워졌다. 비벌리는 청소차 밑으로 들어가 팔꿈치와 상처난 무릎으로 기어갔다. 배기 가스와 디젤 연료 냄새, 상한 고기 냄새까지 확 풍기는 바람에 눈앞이 노래질 정도로 구역질이 났다. 어째 움직이기가 수월하다 싶었지만 오물이 엉켜 미끌미끌한 바닥에 미끄러지다시피 하는 꼴이었다. 바닥이 약간 튀어나온 지점에 이르자 청소차의 뜨거운 배기관이 등에 닿고 말았다. 비벌리는 불에 덴 것처럼 비명을 질렀다.

"비벌리? 너 그 밑에 있어?" 가쁜 숨을 가다듬느라 또박또박 끊어지는 음성이었다. 비벌리가 뒤돌아보았다가 몸을 웅크리고 트럭 밑을 노려보는 눈길과 마주쳤다.

“제발……, 그만 좀 하세요!”

“망할 년.” 그가 탁하고 침에 막힌 음성을 뱉었다. 곧이어 열쇠 꾸러미 소리가 나는가 싶더니, 그가 넙죽 엎드려 기묘하게 수영치듯 조금씩 비벌리를 향해 기어오기 시작했다.

비벌리는 트럭 운전석 밑까지 기어들어 커다란 타이어 하나를 움켜잡고 손가락을 갈고리처럼 오므려 타이어의 홈을 꽉 붙들고 힘껏 잡아당겼다. 트럭 밖으로 미끄러지면서 꼬리뼈가 앞 범퍼에 부딪혔지만 비벌리는 얼른 일어서서 업마일 언덕을 향해 내달렸다. 블라우스와 청바지에 오물이 덕지덕지 붙어 움직일 때마다 악취가 진동했다. 트럭의 운전석 밑으로 아버지의 두 팔이 쑥 튀어나와 있었다. 어린 시절 침대 밑에서 불쑥 솟구칠 것만 같아 전전긍긍하던 갈고리 발톱이 떠올랐다.

비벌리는 무작정 펠드맨 씨 창고와 트래커 형제의 별관 사이로 뛰어들었다. 그곳은 골목이라고 할 수도 없을 만큼 비좁아서 부서진 상자와 잡초, 해바라기가 들어차 있었는데, 쓰레기가 훨씬 더 많았다. 비벌리는 부서진 상자 더미 속으로 몸을 웅크렸다. 잠시 후 나타난 아버지는 곧바로 언덕을 오르기 시작했다.

비벌리는 일어서서 골목 맞은편으로 달려갔다. 골목 끝에 철망 울타리가 나타났다. 철망을 올라 뛰어넘고, 숨을 몰아쉬며 반대편으로 계속 달려갔다. 이제부터는 데리 신학교 부지였다. 비벌리는 잔디밭을 지나 건물을 빙 돌아갔다. 건물 안에서 오르간으로 연주하는 클래식 음악이 들렸다. 유쾌하고 침착한 선율의 여운이 공기 중에 오랫동안 머물러 있었다.

신학교와 캔자스 가 사이를 높다란 울타리가 가로막고 있었다.

울타리 사이로 살펴보니, 땀에 흥건히 젖은 아버지가 거리 반대편에서 숨을 몰아쉬고 있었다. 그는 뒷짐을 지고 주위를 두리번거렸다. 열쇠 꾸러미가 햇볕에 번뜩였다.

비벌리 역시 겁에 질린 토끼처럼 숨을 헐떡이며 아버지를 훔쳐보았다. 몹시 목이 말랐고, 옷에서 나는 악취 때문에 금방이라도 토할 것 같았다. '내가 연재 만화의 주인공이었다면 내 몸에서 모락모락 냄새가 난다며 물결 모양이 그려져 있을 거야.' 비벌리는 잠시 엉뚱한 생각에 빠졌다.

아버지는 신학교 쪽으로 천천히 방향을 틀었다.

비벌리의 숨이 콱 막혔다. '제발, 하느님, 더 이상은 뛰지 못하겠어요. 도와주세요. 하느님, 제발 들키지 않게 해 주세요.'

앨 마시는 천천히 걸어오더니 자신의 딸이 웅크리고 숨어 있는 울타리 곁을 곧바로 지나쳤다.

'제발, 제 옷에서 냄새가 나지 않게 해 주세요!'

하지만 앨 마시 자신도 골목길에서 넘어지고 청소차 밑을 지나왔으므로, 비벌리와 마찬가지로 온몸에 악취가 밴 터라 다른 냄새를 맡지 못했다. 그는 계속해서 걸었다. 비벌리는 아버지가 업마일 언덕을 내려가 시야에서 사라질 때까지 숨죽이고 바라보았다.

비벌리는 천천히 일어섰다. 옷은 오물을 뒤집어쓰고, 얼굴은 얼룩투성이에다, 트럭 배기관에 데인 등골은 화끈거리고 쓰라렸다. 하지만 소용돌이치는 혼란스러운 생각 때문에 겉모습은 문제가 아니었다. 세상 끝까지 내쫓기다가 광기의 공간에 다다른 기분이었다. 집에 돌아갈 엄두가 나지 않았다. 하지만 돌아가지 않을 엄두도 나지 않았다. 아버지에게 대들고 말았으니…….

비벌리는 더 이상 그런 생각을 하다가는 속이 메슥거리고 배앓이가 심해질 것 같아 머리를 세차게 흔들었다. 아버지를 사랑했다. 십계명에도 "너희 부모를 공경하라."고 하지 않았던가? 그랬다. 하지만 그는 비벌리의 아버지가 아니었다. 예전의 아버지가 아니었다. 완전히 다른 사람. 아버지인 척하는 사기꾼. 그것은…….

끔찍한 의문이 떠오르자 온몸이 차갑게 얼어붙었다. 다른 사람들에게도 똑같은 일들이 벌어지고 있는 것은 아닐까? 아니면 비슷한 일이라도? 그렇다면 그들에게 미리 알려 주어야 했다. 비벌리와 친구들이 그것에게 부상을 입혔으므로 아마도 다시는 그런 일이 없도록 놈이 음모를 꾸미고 있는지 몰랐다. 이젠 어쩐다? 그들은 비벌리의 유일한 친구들이었다. 빌. 빌이라면 어떻게 해야 할지 알고 있으리라. 비벌리가 어떻게 해야 할지, 다음엔 또 무슨 일이 벌어질지, 빌이라면 말해 줄 수 있으리라.

비벌리는 신학교 길목과 캔자스 가의 보도가 만나는 지점에서 발걸음을 멈추고 울타리 주변을 둘러보았다. 아버지는 사라지고 없었다. 비벌리는 오른쪽으로 방향을 틀어 캔자스 가를 따라 황무지로 걸어갔다. 친구들이 그곳에 다시 모이려면 시간이 더 지나야 할지 몰랐다. 모두 집에서 점심을 먹고 있을 테니까. 그러나 곧 황무지로 모일 터였다. 그때까지 시원한 아지트에서 마음을 추스르며 아이들을 기다리면 될 것 같았다. 작은 창문을 활짝 열어 놓으면 햇볕도 약간 들 것이고, 잠시나마 잠을 청할 수도 있을 것이다. 몸은 지치고 마음은 짓눌려 자고 싶다는 생각이 굴뚝같았다. 한숨 자고 나면 괜찮아지겠지.

마지막 주택가를 지났다. 집을 짓기에는 가파른 오르막길과 황무지로 뚝 떨어지듯 이어진 내리막길을 걷는 동안, 비벌리는 줄곧 고개를 푹 수그린 모습이었다. 황무지에서 아버지가 몰래 그들을 훔쳐보고 있었다는 사실이 도무지 믿어지지 않았다.

비벌리는 발소리를 듣지 못했다. 사내아이들은 소리를 내지 않으려고 기를 썼다. 그들은 전에 달리기에서 진 적 있다. 다시는 지고 싶지 않았다. 그들은 고양이처럼 살금살금 비벌리를 향해 접근했다. 트림쟁이와 빅터는 히죽거렸지만 헨리의 얼굴은 공허하고 심각했다. 머리칼이 몹시 헝클어져 있었다. 눈빛도 방금 전의 앨 마시처럼 초점이 느껴지지 않았다. 20미터, 15미터, 10미터. 조금씩 비벌리와의 거리를 좁히면서, 헨리는 더러운 손가락을 입가에 대고 '쉬이' 하는 표정으로 줄곧 다른 아이들에게 떠들지 말라고 주의를 주었다.

여름 내내 헨리는 점점 좁아지는 다리를 지나 정신의 나락으로 위태로이 내몰리는 상황이었다. 패트릭 헉스테터가 그의 몸을 만지고 애무했던 날, 정신의 다리는 외줄처럼 가늘어졌다. 그 팽팽한 외줄도 오늘 아침 툭 끊어졌다. 아침에 헨리는 추레한 속옷 한 장만 달랑 걸친 채 마당으로 뛰어나가 하늘을 바라보았다. 지난 밤 보았던 달의 유령이 여전히 하늘 가에 서성였으며, 문득 달의 모양이 웃음 짓는 해골로 변하는 광경을 지켜보았다. 헨리는 그 아래 무릎을 꿇고 두려움과 기쁨으로 환호성을 내질렀다. 달에서 유령의 목소리가 흘러나왔다. 여러 목소리가 바뀌면서 거품이 일듯 부드럽게 끓어올라 무슨 소리인지 알아들을 수 없었지만……, 목소리들이 결국에는 하나의 목소리이며 하나의 존재라는 한 가지 분명한 사실을 깨달았다. 그 목소리가 이르기를, 트림쟁이와 빅터를 데리고 점심 무렵 캔자스 가와 코스텔로 대로가 만나는 모퉁이에 가 있으라고 했다. 그곳에 가 있으면 무슨 일인지 알게 되리라 말해 주었다. 실제로 그랬다. 암캐 하나가 고개를 떨구고 터벅터벅 걸어왔으니까 말이다. 헨리는 어떻게 해야 할지 목소리가 다시 들려오기를 기다렸다. 그들이 비벌리와 거리를 점점 좁히는 동안 목소리가 들려왔다. 그러나 그 목소리는 달이 아니라 그들이 지나친 하수구에서 흘러나왔다. 트림쟁이와 빅터는 무엇에 홀린 듯 벙벙한 표정으로 하수구를 힐끔거리다 마침내 비벌리의 바로 뒤까지 따라붙었다.

'죽여.' 하수구에서 흘러나온 목소리였다.

헨리 바워스는 청바지 주머니로 손을 뻗어, 23센티미터 길이의 날렵한 도구를 꺼냈다. 도구의 양 끝을 따라 모조 상아 그림이 새겨져 있었다. 손잡이 끝부분에서 크롬 도금된 작은 버튼 하나가 유난히 반짝거렸다. 헨리는 버튼을 눌렀다. 15센티미터의 칼날이 손잡이 끝에서 튀어나왔다. 헨리는 그 칼을 손바닥 위에 튀겼다. 발걸음이 약간 빨라졌다. 빅터와 트림쟁이는 여전히 멍한 표정으로 헨리를 따라 속도를 높였다.

비벌리는 그들의 인기척을 듣지 못했다, 분명히. 헨리 바워스가 거리를 좁힐 때 그녀의 고개를 돌리게 한 것은 그게 아니었다. 무릎을 굽히고 교묘하게 발을 끌며 얼굴에 얼어붙은 미소를 띤 채 헨리는 인디언처럼 소리 없이 움직였다. 아니다. 그것은 단순히 느낌이었다. 부인하기에 너무나 명료하고 직접적이고 힘있는, 그리고

데리 시립 도서관, 오전 1시 55분

누군가가 엿보고 있다는 느낌이었다.

마이클 핸론은 펜을 놓고 도서관 본관 내부에 드리워진 그림자, 바닥에 작은 섬처럼 점점이 흩뿌려진 백열등 불빛, 어둠에 묻힌 책들, 서가로 우아하게 굽이쳐 올라가는 나선형 철제 계단을 바라보았다. 특별히 여느 때와 다른 점은 보이지 않았다.

그렇지만 그는 도서관에 혼자 있다고 생각하지 않았다. 이제는 혼자가 아니었다.

모두 돌아간 후 마이클은 평소 습관처럼 꼼꼼히 도서관을 청소했다. 자동 조정 장치에 올라탄 것처럼 마음이 아득히 먼 곳으로 움직여 27년 전의 세월 끝에 가 있었다. 재떨이를 비우고, 빈 술병을 치우고(캐럴 다너가 놀라지 않도록 술병 위에 다른 쓰레기를 올려놓고) 책상 뒤에 있는 상자에 재활용 깡통을 집어넣었다. 그리고 빗자루로 에디가 놀라 깨뜨린 술병 조각을 깨끗이 쓸어 담았다.

탁자를 다 치운 후에 그는 정기 간행물실에 들어가 흩어진 잡지들을 하나하나 집어 들었다. 사소하고 단순한 일이었지만 마음만은 방금 전까지 친구들이 한 이야기를 곱씹으며 혹시 그들이 놓친 부분은 없나 되짚어 보았다. 그들은 저마다 모든 것을 기억하고 있노라 믿는 눈치였다. 마이클의 생각에는 그중에서 거의 기억해 낸 사람은 빌과 비벌리뿐이었다. 그러나 두 사람도 기억해야 할 부분이 아직 남았다. 곧 그 기억들도 떠오를 텐데……, 문제는 그럴 만한 시간이 그들에게 남았냐는 점이었다. 1958년에는 충분한 여유가 없었다. 항상 그 문제를 놓고 의논하고도(실제로 행동에 옮긴 일은 돌싸움과 니볼트 가 29번지의 모험적인 탐사 두 차례뿐이었다) 좀처럼 실제로 행동에 옮기지 못했다. 그렇게 8월 14일을 맞았으며, 헨리와 그 패거리는 너무도 쉽게 그들을 하수구로 몰아넣었다.

'말을 했어야 하는 건 아닐까.' 마이클은 마지막 남은 잡지를 제자리에 꽂으며 생각했다. 그러나 아마 거북이로 짐작되는 목소리로 그냥 놔두는 편이 좋겠다는 생각도 떠올랐다. 그 역시 피할 수 없는 부분이며 똑같은 상황이 되풀이되고 있다는 느낌 역시 숙명인지 몰랐다. 최후의 행동도 시간의 차이에서 생긴 약간의 변화만 있을 뿐 그대로 재현될 일이었다. 그는 앞날을 위해 손전등과 광부용 헬멧도 준비했고, 데리 시 하수도 및 배수도 설계도를 잘 말아 고무 끈으로 묶은 다음 벽장에 놓아 두었다. 그러나 그들이 어렸을 때, 숱하게 의논하고 계획을 세웠음에도 결국 아무 소용이 없었다. 종국에는 하수구로 쫓겨 다가온 숙명과 맞닥뜨려야 했다. 또다시 되풀이될 것인가? 그는 신념과 힘이라는 것들이 결국 같은 근원에서 비롯하며, 서로 대체 가능하다고 믿게 되었다. 최후의 결과는 옛날보다 더 명확하지 않을까? 갓난아이가 어머니의 자궁에서 낙하산 없이 추락하는 것처럼, 비명 속에 몰리기 직전까지는 신념이 없어도 별 문제 없다. 그러나 일단 추락할 경우, 낙하산을 가지고 있기에 살아날 것이라고 애써 믿어야 한다. 낙하산이 있든 없든 떨어지는 순간 믿음을 갖고 고리를 잡아당기는 것이다. 그때가 되면 결과가 어찌 됐든 지금의 몇 가지 의혹에 마지막 진술을 할 수 있으리라.

'맙소사, 흑인 얼굴을 한 풀턴 신미국의 유명한 대주교 같군그래.' 마이클은 생각에 잠겼다가 씁쓸하게 웃었다.

마이클은 생각에 빠진 채 부지런히 쓸고 닦았지만, 마음 한편에서는 그쯤에서 정리를 하고 집에 돌아와 쉬고 싶다는 바람도 적지 않았다. 그러나 청소를 끝마쳤을 때는 어느 때보다도 정신이 맑고 깨끗했다. 그래서 그는 도서관에서 유일하게 막힌 서가 뒤쪽의 집무실로 걸어가 열쇠를 열고 들어갔다. 그 서가의 아치형 문은 잠가 두면 화재에 견딜 수 있도록 고안되어서, 도서관에 있는 중요한 초판본이나 오래전에 세상을 떠난 작가들의 친필 사인이 있는 책(이 중에는 멜빌의 『모비딕』과 휘트먼의 『풀잎의 노래』도 포함되었다), 또는 마을 역사와 관련된 자료, 데리를 본거지로 활동한 몇 안 되는 작가들의 몇 안 되는 개인 기록 따위를 보관할 수 있었다. 마이클은 모든 일이 무사히 끝나면 빌에게 그의 원고를 데리 시립 도서관에 남겨 놓으라고 설득할 생각이었다. 양철 갓이 씌워진 백열등 불빛을 받으며 서가 통로를 지나자 도서관의 익숙한 곰팡내와 먼지, 오래된 책 냄새가 은은히 풍겼다. '죽는 순간, 두 손에 도서 대출 카드와 연체 직인을 하나씩 들고 있을지도 모르겠어. 글쎄, 그보다 더 끔찍한 최후를 맞을지도 모르지.'

그는 세 번째 통로에서 멈추어 섰다. 소소한 데리의 역사와 개인적 고민이 담긴 공책 한 권이 책장 모서리가 접힌 채 프릭의 『데리의 초기 역사』와 마이커드의 『데리 역사』 중간에 박혀 있었다. 그는 항상 그 공책을 보이지 않을 정도로 멀리 쑥 밀어 넣곤 했다. 그래서 그가 일부러 찾지 않는 한 어떤 사람도 우연히 그것을 발견할 확률은 없었다.

마이클은 공책을 빼낸 후, 비밀 서가의 불을 끄고 문을 잠근 후 얼마 전까지 친구들과 함께했던 탁자로 돌아왔다. 그는 마지막 장을 펼치며 공책의 내용이 얼마나 기이하고 엉뚱한지 새삼 곤혹스러움을 느꼈다. 부분적으론 역사이고 부분적으론 주문이며 또 부분적으론 일기이자 부분적으론 개인 고백이었다. 그는 4월 6일 이후 제목을 적지 않았다. '조만간 공책을 새로 장만해야겠군.' 그는 몇 장 남지 않은 공백을 뒤적거렸다. 문득 학교 공책에 차곡차곡 써 내려갔다는 마거릿 미첼의 『바람과 함께 사라지다』 초고를 떠올리다 기분이 좋아졌다. 마지막 내용에서 두 칸을 띄고 5월 31일이라고 적었다. 잠시 펜을 멈추고 텅 빈 도서관을 바라보다, 스탠리 유리스에게 걸었던 전화를 시작으로 지난 사흘 동안 일어났던 일들을 하나하나 적기 시작했다.

묵묵히 15분 동안 글을 써내려 갔지만 이후 집중력이 약해지기 시작했다. 그는 점점 펜을 들고 멈칫하는 시간이 많아졌다. 끔찍한 생각이 자꾸 떠올랐다. 잘린 스탠리 유리스의 머리가 냉장고에 들어 있다가 입 안 가득 깃털을 물고 굴러떨어져 그를 향해 데굴데굴 굴러 오는 모습이었다. 그는 머리를 세차게 흔들며 다시 펜 끝에 힘을 주었다. 5분이 지났을까, 그는 불현듯 상체를 똑바로 세우고 주위를 두리번거렸다. 금방이라도 잘린 머리가 사슴의 눈동자처럼 애절한 눈빛을 번뜩이며 도서관 바닥을 굴러 올 것 같았다.

아무것도 보이지 않았다. 잘린 머리도, 그 자신의 심장 소리를 제외한 어떤 소리도 없었다.

'정신 차려, 마이클. 신경이 예민해졌을 뿐이야. 그뿐이야.'

그러나 그런 다짐도 소용 없었다. 공책에 옮겨 적고자 했던 말과 생각이 점점 뒷걸음치고 있었다. 목덜미에 묵직한 무게가 느껴지더니 점점 심해졌다.

'누군가 나를 엿보고 있어.'

그는 펜을 내려놓고 자리에서 일어섰다. "거기 누구요?" 그는 도서관의 원형 공간을 쩌렁쩌렁 울리며 메아리로 돌아오는 자신의 목소리에 깜짝 놀랐다. 꼴깍 하고 마른침이 넘어갔다. "빌……? 벤?"

비이이이일……, 베에에에엔…….

마이클은 갑자기 집에 가고 싶었다. 공책을 들고 도서관을 나가면 끝이다. 그는 공책에 손을 뻗다가……, 희미하게 미끄러지는 발소리를 들었다.

고개를 들었다. 불빛이 닿지 않는 공간을 음침한 어둠이 둘러싸고 있었다. 아무것도……, 적어도 눈에 보이는 것은 없었다. 그는 숨을 죽이고 기다렸고 심장 소리가 거세졌다.

발소리가 다시 들려오자 이번에는 어디인지 알 것 같았다. 성인 도서관과 아동 도서관을 이어 주는 유리 통로였다. 그곳에 누군가, 또는 무엇인가가 있었다.

그는 발소리를 죽이고 도서 대출 창구로 걸어갔다. 유리 통로로 난 이중문을 열고 살짝 들어가 보았다. 사람의 발처럼 생긴 물체가 언뜻 스치자, 얼굴이 하얗게 질리고 입술이 핏빛으로 물든 스탠리가 조류 도감과 칼에 벤 손목, 팔뚝을 드러내며 불쑥 나타날 것 같아 소름이 끼쳤다. '드디어 내가 왔어.' 스탠리는 그렇게 말할 것이다. '땅속에서 나오느라 시간이 좀 걸렸어. 하지만 이렇

게 왔잖아…….'

또 한 차례 발소리가 들리는가 싶더니, 이번에는 구두 모양이 분명하게 나타났다. 너널너덜한 데님 바지와 함께. 양말도 신지 않은 발목이 보일락 말락 색 바랜 바지 줄무늬에 싸여 있었다. 그리고 발목에서 1미터 80센티미터 정도 올라간 곳에서 눈동자가 번뜩였다.

그는 어둠 속의 눈동자를 외면한 채 반원형의 대출 책상 위를 더듬거렸다. 손가락 끝에 책상 구석에 있는 작은 상자가 닿았다. 연체 카드가 담긴 상자였다. 그리고 서류와 우편 뭉치가 들어 있는 상자도 있었다. 갑자기 금속 물체가 손에 잡혔다. 손잡이 부분에 '주 예수의 구원'이라는 글자가 새겨진 페이퍼 나이프종이 자르는 데 쓰는 칼였다. 이 가녀린 칼은 은혜 침례교회에서 성금 마련의 일환으로 우편을 통해 보내온 것이었다. 마이클은 지난 15년 동안 교회에 나간 일이 없지만 어머니께서 생전에 다니신 교회라는 생각 때문에 그로서는 거금인 5달러를 교회에 보냈다. 칼을 치울 생각이었지만 자신이 사용하는 어지러운 책상(반면 캐럴 다너의 책상은 티끌 하나 없이 깨끗했다) 한쪽에 아직까지 남아 있었던 모양이다.

마이클은 페이퍼 나이프를 움켜쥐고 어두운 복도를 노려보았다.

또 한 번의 발소리……, 그리고 또 한 발. 다 떨어진 데님 바지의 무릎께까지 시야에 나타났다. 하체에서 위로 주인공의 체구도 대충 감이 잡혔다. 몹시 건장한 체구였다. 어깨는 둥그렇게 휘었다. 머리칼은 헝클어진 것 같았다. 전체적으로 유인원을 닮은 체형이었다.

"누구시죠?"

형체는 묵묵히 서서 마이클을 응시할 뿐이었다.

마이클은 여전히 두려움에 떨면서도 그것이 손바닥에 난 흉터의 부름을 받고 무덤에서 돌아온 스탠리이며, 공포 영화의 좀비처럼 기괴한 자력에 이끌려 그곳까지 오게 됐다는 애초의 생각을 떨쳐 버렸다. 그 정체가 누구든, 다 자란 후의 신장이 170센티미터 남짓했던 스탠리 유리스는 아니었다.

형체가 한 발 더 앞으로 다가서자, 통로 가까이 비친 불빛에 허리띠 없는 청바지의 허리께가 드러났다.

마이클은 불현듯 깨달았다. 형체가 말을 하기도 전에 그는 누구인지 알 수 있었다.

"안녕하신가, 검둥이. 또 누구한테 돌팔매질을 하셨나? 네놈이 아끼던 개새끼를 누가 죽였는지 알고 싶나?"

형체가 한 발 더 앞으로 나오자 헨리 바워스의 얼굴이 불빛에 드러났다. 뒤룩뒤룩 살이 올라 살결이 축 늘어져 있었다. 피부는 병자처럼 칙칙하고 희멀건했으며, 축 늘어진 턱에 희끗희끗한 수염이 듬성듬성 박혀 있었다. 세 개의 주름살이 물결처럼 새겨진 이마 밑으로 짙은 눈썹이 나타났다. 입가에는 잔주름이 쪼글쪼글했다. 작고 비열한 눈동자가 두툼한 눈두덩에 파묻혀 냉혹하고 천박한 눈빛을 발산했다. 갑자기 미성년의 시기로 내몰린 사내의 얼굴이었고, 일흔세 살 같은 서른아홉의 얼굴이었다. 그러나 분명 열두 살 소년의 얼굴이기도 했다. 그날 덤불로 숨어들 때처럼 헨리의 옷은 아직까지 녹색 물이 든 채였다.

"그동안 잘 있었냐고 인사 한마디 안 하긴가, 검둥이?"

"잘 있었나, 헨리." 마이클은 문득 지난 이틀간 한번도 라디오를 듣지 않았으며, 일상처럼 꼼꼼히 탐독하던 신문마저 읽지 못했다는 사실을 어렴풋이 떠올렸다. 너무 많은 일이 벌어졌다.

그리고 아주 나쁜 상황이었다.

헨리는 아동 도서관과 성인 도서관 사이의 유리 통로를 나와 마이클 앞에 서서 탐욕스러운 눈으로 노려보았다. 오싹한 미소와 함께 메인 주의 과거처럼 썩어 문드러진 치아가 드러났다.

"목소리, 그 목소리들을 들었나, 검둥이?"

"무슨 목소리 말인가, 헨리?" 마이클은 학교 수업 시간에 시를 낭송하라고 지목당한 학생처럼 열중쉬어 자세를 취하고, 페이퍼나이프를 왼손에서 오른손으로 바꿔 잡았다. 1923년 호스트 뮐러가 기증한 고물 벽시계에서 도서관의 침묵 위로 미끄러지는 듯한 째깍거림이 들려왔다.

"달에서 들리는 목소리 말이다." 헨리는 한 손을 주머니에 찔러 넣으며 말했다. "달에서 나오는 목소리. 수도 없이 많은 목소리 말이다." 헨리는 잠시 말을 멈추고 인상을 쓰고는 머리를 저었다. "아주 많지만 사실은 딱 하나지. 그것의 목소리니까."

"그것을 봤나, 헨리?"

"그래. 프랑켄슈타인이었지. 빅터의 머리를 잘라 버렸어. 너도 그 소리를 들었어야 하는데. 커다란 지퍼가 쭉 내려가는 소리였거든. 그 다음엔 트림쟁이를 쫓아가더군. 트림쟁이가 놈과 싸웠어."

"정말?"

"그래. 그 틈에 내가 튈 수 있었거든."

"트림쟁이 혼자 죽게 남겨 둔 거군."

"닥쳐!" 헨리의 얼굴이 벌겋게 달아올랐다. 그는 두 발자국 앞으로 걸어왔다. 유리 통로에서 좀더 멀어지자 헨리의 얼굴이 약간 젊어진 느낌이었다. 마이클은 헨리의 얼굴에서 예전의 익숙했던 비열함과 함께 또 다른 분위기도 느꼈다. 최근 몇 년 사이 황폐한 불모의 땅으로 변했지만, 한때 비옥했던 농장에서 미친 부치 바워스의 손에 자란 어느 소년의 얼굴 말이다. "헛소리 작작해! 놈은 나까지 죽이려고 들었단 말이야!"

"우리는 죽이지 않았지."

헨리의 입가가 비아냥대듯 일그러졌다. "아직까지는 그렇겠지. 하지만 곧 너희들도 다 죽을 거야. 용케 내 손에서 살아남는다 해도 그것한테 당할 테니까."

헨리는 주머니에서 손을 빼냈다. 23센티미터 길이의 날렵한 칼로, 칼집 양쪽에 모조 상아 그림이 새겨진 것이었다. 손잡이 끝부분에서 크롬 도금된 작은 버튼 하나가 유난히 반짝거렸다. 헨리는 버튼을 눌렀다. 15센티미터의 칼날이 손잡이 끝에서 튀어나왔다. 헨리는 그 칼을 손바닥 위에 튀기고는 약간 빠른 걸음으로 대출 책상 쪽으로 다가오기 시작했다.

"뛰어 봤자 벼룩이지. 다 찾아내는 방법이 있으니까." 헨리는 붉은 눈꺼풀을 윙크하듯 감았다. "달 속에 있는 남자가 말해 주더군. 쥐 죽은 듯이 숨어 있으라고. 그리고 밤이 되면 차를 얻어 타라고. 아주 멍청한 늙은이가 걸려들었지. 차를 태워 준 대가로 손 좀 봐줬어. 아마 뒈졌을 거야. 차는 뉴포트에 처박아 버렸어. 데리에 접어들 즈음, 목소리가 또 들리더군. 배수구를 들여다봤지. 그곳에 옷이 있더란 말씀이야. 칼도. 내가 왕년에 쓰던 이 칼 말이야."

"넌 뭔가 빼먹고 있어, 헨리."

헨리는 히죽 웃으며 고개를 젓기만 했다.

"우리는 도망쳤고 너도 도망쳤어. 놈이 우리를 원했다면, 너 역시 원한 거라고."

"아니야."

"아니, 맞아. 물론 네가 놈의 힘을 이용할 수는 있겠지만 과연 놈이 너를 위해서 그렇게 하는 걸까? 이미 놈은 네 친구 둘을 죽였고, 트림잿이와 싸울 때 너는 겨우 도망쳤잖아. 하지만 너는 지금 이곳에 돌아왔어. 놈은 너한테도 볼일이 남아 있을걸, 헨리. 내가 장담하지."

"아니라니까!"

"네가 본 게 프랑켄슈타인일지도 모르지. 아니면 늑대 인간? 흡혈귀? 광대? 어쩌면 너도 놈이 어떤 모습을 하고 있는지 봤을 거야. 우린 봤어. 말해 줄까? 말해 줄……."

"닥쳐!" 헨리가 비명을 지르며 마이클에게 달려들었다.

마이클은 재빨리 몸을 피하면서 헨리 앞으로 한 발을 내밀었다. 헨리는 곧바로 마이클의 발에 걸려 원반처럼 바닥에 미끄러졌다. 헨리는 자정이 넘어서까지 마이클과 친구들이 이야기를 나누던 탁자 다리에 머리를 부딪혔다. 그는 순간적으로 정신을 잃었다. 손바닥에 칼이 느슨하게 들려 있었다.

마이클은 헨리와 칼을 향해 뛰어들었다. 어쩌면 곧바로 헨리를 해치울 수도 있었을 것이다. 어머니가 다니던 교회에서 우편으로 보내 온 페이퍼 나이프로 헨리의 목을 찌른 후 경찰에 전화하면 그만이었다. 정당방위인지 어느 정도 논란이 일 수는 있지만 심한 편은 아닐 것이다. 데리에서 그 정도의 묘한 폭력 사건은 일도 아니었으니까.

그러나 그 순간 마이클을 잡아챈 것은 섬광처럼 떠오른 깨달음이었다. 만약 그가 헨리를 죽인다면 헨리가 그것의 힘을 빌어 자신을 죽이는 것과 결과가 같을 것이라는 생각이었다. 그리고 또 다른 이유도 있었다. 헨리의 얼굴에 드러난 또 다른 표정, 지나치게 학대받다가 자신도 모르게 악행에 물든 어린아이의 지치고 어리둥절한 표정 때문이었다. 헨리는 부치 바워스의 비정상적인 정신에 영향을 받았고, 마이클이 그것의 존재를 알아채기 훨씬 전부터 부치 바워스 역시 그것의 손아귀에 들어가 있었음이 분명했다.

그래서 마이클은 무방비로 드러난 헨리의 목을 찌르는 대신, 그의 손아귀에서 칼을 낚아챌 생각이었다. 그러나 칼 자체가 살아 있는 것처럼 마이클의 손에서 꿈틀대는 바람에 칼날에 손가락이 닿고 말았다. 곧바로 통증이 느껴지지는 않았다. 오른손 손가락 세 개에서 피가 흘러 손바닥에 고였다.

마이클은 물러섰다. 헨리는 몸을 한 번 뒤척이더니 다시 칼을 움켜잡았다. 마이클은 손가락에서, 헨리는 코에서 피를 흘리며 서로를 노려보았다. 헨리가 머리를 흔들자 어둠 속으로 핏방울이 튀었다.

"네까짓 게 똑똑한 줄 아나 본데! 이 계집애 같은 골통 새끼야! 이제 제대로 한판 붙어 보잔 말이야!" 헨리는 사납게 소리쳤다.

"칼을 내려놔, 헨리. 경찰을 부르겠어. 다시 제니퍼 힐로 돌아가야 할걸. 그게 싫으면 데리에서 떠나라. 그럼 안전할 테니까."

헨리는 뭐라고 말하려는 것 같았지만 마음처럼 입이 떨어지지 않는 모양이었다. 제니퍼 힐뿐 아니라 로스앤젤레스에서도, 아프리카 서부의 팀북투에서도 그가 안전할 수 있는 곳은 어디에도 없다는 증오스러운 말을 입밖에 낼 수 없었다. 조만간 뼈처럼 허옇고 눈처럼 차가운 달이 뜨면, 유령의 목소리가 다시 들려오고 그것의 얼굴과 함께 부글부글 끓어오르는 웃음소리와 명령이 떨어질 것이다. 그는 흐르는 핏줄기를 집어삼켰다.

"네놈은 남자답게 싸워 볼 용기도 없는 놈이야!"

"그러는 너는?"

"너, 검둥이새끼원숭이보다못한검둥이개새끼야!" 헨리가 악을 쓰며 다시 마이클에게 뛰어들었다.

마이클은 그의 서투르고 이상한 돌진을 피하려고 뒤로 기대었다가 균형을 잃고 벌렁 나자빠졌다. 헨리는 다시 탁자에 부딪혔지만 곧바로 다시 튀어 올라 마이클의 팔을 붙잡았다. 마이클이 황급히 휘두른 페이퍼 나이프가 헨리의 팔뚝 깊숙이 파고들었다. 헨리는 비명을 질렀지만, 오히려 마이클의 팔을 더욱 거세게 움켜잡았다. 헨리는 코에서 두툼한 입술까지 피 범벅이 된 상태로 마이클을 획 잡아당겼다.

마이클은 헨리의 옆으로 일어나면서 그를 밀치려고 버둥거렸다. 헨리의 잭나이프가 번쩍이며 허공을 갈랐다. 15센티미터의 칼날이 마이클의 허벅지에 푹 박혔다. 갓 구운 버터 케이크에 꽂히듯 전혀 힘들인 기색이 없었다. 헨리가 칼을 잡아빼자 마이클은 고통스럽게 비명을 지르며 힘껏 헨리를 밀어냈다.

마이클은 가까스로 일어섰지만 헨리가 그보다 한발 빨랐다. 헨리가 마음먹고 또 한 번 달려들면 마이클이 피하기는 어려워 보였다. 마이클은 피가 다리에서 쏟아져 나와 심상찮은 홍수를 이루며 구두를 흠뻑 적시는 걸 느꼈다. '허벅지 정맥이 끊어진 모양이군. 젠장, 심각한걸. 피바다잖아. 바닥에도 온통. 젠장, 구두도 버려야 할 판이야. 두 달 전에 산 건데…….'

헨리가 격분한 황소처럼 숨을 몰아쉬며 다가왔다. 마이클은 페이퍼 나이프를 휘둘렀다. 헨리의 갈비뼈 깊숙이 칼날이 지나갔다. 헨리는 신음을 토하며 마이클의 저항에 밀려났다.

"치사한 검둥이 새끼! 쪽팔리는 줄 알아!" 헨리가 울부짖었다.

"칼을 내려놔, 헨리."

어디선가 킥킥 소리가 들려오자, 헨리가 먼저 그쪽으로 고개를 돌렸다. 그곳을 바라보던 헨리는……, 갑자기 극도의 공포에 휩싸이며 모욕당한 늙은 하녀처럼 두 손으로 얼굴을 감쌌다. 통통통통! 기이한 울림과 함께 책상 너머에서 스탠리 유리스의 머리가 튀어나왔다. 잘린 머리 밑으로 돌돌 말린 용수철이 흐늘거리는 목을 대신했다. 양쪽 볼에 열에 뜬 반점까지 또렷했다. 눈구멍에는 눈동자를 대신해 큼지막한 적황색 단추가 들어 있었다. 도깨비 상자에서 튀어나온 스탠리의 기괴한 머리통은 니볼트 가의 저택 마당에 있던 해바라기처럼 용수철 끝에서 앞뒤로 흔들거렸다. 헤 벌린 입에서 비명인지 웃음인지 모를 소리가 터져 나오다 이내 구호 소리로 바뀌었다. "죽여라, 헨리! 검둥이를 죽여! 죽여! 죽여!"

마이클은 또 한번 놈의 농간에 걸려들었다는 절망감을 느꼈다. 과연 헨리의 눈에는 어떤 모습이 비치고 있을까? 스탠리의 얼굴일까? 아니면 빅터 크리스? 혹시 아버지 부치 바워스?

헨리는 울부짖으며 잭나이프를 추켜올렸다. "죽여 버릴 거야, 검둥이 새끼! 죽여 버릴 거야! 죽여 버릴 거야!"

마이클은 급히 뒷걸음쳤지만 이내 헨리가 내리꽂는 칼날이 재봉틀 바늘처럼 뒤따라왔다. 마이클은 왼발에서 아무 감각을 느낄 수 없었다. 몸에 달라붙은 차가운 물건 같았다. 담황색 바지가 온통 핏빛으로 물들었다.

헨리의 칼날이 코앞에서 번뜩였다.

마이클은 헨리가 또 한 차례 공격을 하기 전에 '주 예수의 구원'이 새겨진 페이퍼 나이프를 휘둘렀다. 헨리는 칼을 맞으려고 작정한 사람처럼 달려들었다. 마이클의 손으로 뜨뜻한 피가 흘러내렸다. 손을 잡아당겼을 때는 페이퍼 나이프의 손잡이만 들려 있었다. 칼날은 헨리의 복부 깊숙이 박힌 상태였다.

"죽여 버릴 거야, 검둥이 새끼!" 헨리는 칼날이 튀어나온 부분을 한 손으로 치며 비명을 질렀다. 손가락 사이로 피가 쏟아졌다. 헨리는 믿지 못하겠다는 듯이 튀어나온 눈으로 그것을 내려다보았다. 도깨비 상자에서 튀어나온 머리통이 꽥꽥 울다가 낄낄 웃어 댔다. 마이클은 메스꺼운 현기증을 느끼며 도깨비 상자를 다시 돌아보았다. 이번에는 뉴욕 양키스의 야구 모자를 거꾸로 눌러쓴 트림쟁이 허긴스의 머리통이었다. 마이클의 억 하는 신음소리는 아득한 메아리처럼 귓전을 맴돌았다. 피 웅덩이에 앉은 꼴이었다. '다리를 지혈하지 않으면 곧 죽을 거야.'

"죽여 버릴 거야! 죽여 버릴 거야!" 헨리의 울부짖음은 계속됐다. 여전히 선혈이 낭자한 배를 한 손으로 움켜쥐고, 다른 손엔 잭나이프를 들고 슬금슬금 뒷걸음치더니 도서관 정문을 향해 돌아섰다. 술 취한 사람처럼 비틀비틀 본관을 지나는 모습이 전자게임기의 핀볼과 비슷했다. 그러다가 의자에 부딪혀 넘어졌다. 손을 휘휘 내젓다가 신문걸이를 건드리는 바람에 바닥에 신문이 흐트러졌다. 어쨌든 그는 가까스로 정문으로 다가가더니 이내 어둠 속으로 사라지고 말았다.

마이클은 점점 의식을 잃었다. 거의 감각을 잃은 상태에서 주섬주섬 허리띠의 죔쇠를 풀기 시작했다. 겨우 허리띠를 빼낸 후, 피가 흐르는 허벅지 부위를 단단히 묶었다. 그리고 허리띠를 붙잡고 대출 담당 책상을 향해 기어갔다. 전화가 책상 위에 있었다. 전화기를 붙잡을 수 있을지는 몰랐지만 다른 방법은 없었다. 속임수도 그 책상 너머에서 시작됐다. 눈앞이 온통 빙글빙글 돌면서 흐릿해지더니 이내 잿빛 파도에 휩싸이는 느낌이었다. 혀를 내밀고 있는 힘껏 깨물었다. 고통이 달려들었다가 이내 사라졌다. 겨우 어지럼증이 사라졌다. 여전히 페이퍼 나이프의 손잡이를 붙잡고 있다는 사실을 깨닫고는 이내 옆으로 던져 버렸다. 이윽고 책상까지 다다랐지만 그 높이가 에베레스트 산처럼 높기만 했다.

마이클은 한쪽 발에 힘을 싣고 힘껏 밀어 올리면서 책상 모서리를 움켜잡았다. 부들부들 떨리는 턱을 간신히 잡아당기며 두 눈에 바짝 힘을 주었다. 일단 몸을 일으키는 데는 성공했다. 그는 황새처럼 외발로 버티고 서서 전화기를 낚아챘다. 전화기에는 소방서와 경찰서, 병원, 세 개의 전화번호가 테이프로 붙어 있었다. 수킬로미터나 떨어져 있는 듯한 손가락을 간신히 들어 올려 병원 전화 번호 553~3711을 돌렸다. 신호음이 떨어지자 두 눈을 질끈 감았다……. 쩌렁쩌렁 울리는 수화기 너머의 목소리는 페니와이스의 것이었다.

"안녕하신가, 검둥이!" 페니와이스의 고함과 웃음소리는 마이클의 귓가에 파고드는 예리한 유리 조각 같았다. "뭐라? 안녕하신가? 죽은 걸로 알고 있는데, 자네 생각은 어떤가? 헨리가 제대로 일을 한 모양이지! 풍선 하나 줄까, 마이클? 풍선 갖고 싶나? 어때? 어이, 내 말 듣고 있나?"

힐끔 바라본 벽시계에 암 투병으로 초췌해진 아버지의 얼굴이 나타났지만 마이클은 그리 놀라지 않았다. 아버지의 눈동자는 흰자위만 가득했다. 갑자기 아버지가 낼름 혀를 내미는가 싶더니 종소리가 들렸다.

마이클은 팔목에 힘이 빠져 책상 모서리를 놓치고 말았다. 그는 한 발로 잠시 위태롭게 서 있다 그대로 고꾸라졌다. 전화기가 머리 위에서 최면을 걸듯 흔들거렸다. 이제는 허리띠를 붙잡고 있던 나머지 손에서도 힘이 빠져나갔다.

"어이, 검둥이 예언자!" 허공에 매달린 수화기에서 페니와이스의 음성이 들렸다. "여기 킹피시큰 물고기 또는 거물이라는 뜻도 있음가 있잖나! 내가 바로 데리에 사는 킹피시나 다름없지. 안 그런가, 꼬맹이?"

"혹시 누군가 내 얘기를 듣고 있다면, 지금 내가 듣고 있는 목소리 말고 다른 누군가가 수화기를 들고 있다면 말입니다. 나를 좀 도와주시오. 내 이름은 마이클 핸론, 지금 데리 시립 도서관에 있어요. 출혈이 심합니다. 그곳에 누가 있다면 말이에요, 이쪽에서는 아무 소리도 들을 수 없어요. 나는 들을 수 없게 돼 있어요.

내 얘기를 듣고 있다면 제발 서둘러 주시오."

그는 옆으로 누워 태아처럼 잔뜩 몸을 웅크렸다. 오른손에 허리띠를 두 번 감아쥔 후, 잿빛 풍선 다발에 실려 둥둥 떠내려가는 느낌 속에서도 있는 힘껏 허벅지에 맨 허리띠를 움켜잡았다.

"이봐 친구, 괜찮나?" 페니와이스는 대롱거리는 전화기에서 여전히 고함을 지르고 있었다. "안녕하신가, 더러운 검둥이? 안녕하신가,

캔자스 가, 오후 12시 20분

요, 암캐 년아?"

헨리 바워스가 거칠게 말했다. 비벌리는 반사적으로 몸을 돌려 도망치기 시작했다. 누구도 예상치 못했을 정도로 재빠른 동작이었다. 그러나 머리칼이 문제였다. 헨리는 출렁이듯 길게 늘어진 비벌리의 머리칼을 단숨에 움켜잡아 힘껏 잡아당겼다. 비벌리 앞에 빙그레 웃는 헨리의 얼굴이 다가왔다. 거친 숨결에서 나는 고약한 냄새가 코를 찔렀다.

"안녕하시냐고 묻잖아? 어디를 가는 중이지? 좆같은 새끼들이랑 좀더 놀아 보려고 가시나? 네년의 코를 잘라서 입에 넣어 줄 생각인데, 어때?"

비벌리는 헨리의 손아귀에서 벗어나려고 몸부림쳤다. 헨리는 웃으면서 비벌리의 머리칼을 앞뒤로 흔들었다. 잭나이프가 8월의 햇살 아래 위협적으로 번뜩였다.

갑자기 아주 긴 자동차 경적 소리가 났다.

"거기! 거기! 무슨 짓들이니? 여자 아이를 놔주지 못해!"

말끔한 1950년도 포드 자동차에서 노파가 소리 질렀다. 그녀는 모퉁이까지 차를 몰고 와 조수석 창가로 몸을 내밀고 그들을 노려보았다. 무척 화난 표정으로 처음엔 빅터 크리스를 바라보다가 이내 헨리 쪽으로 향하며 표정이 더욱 굳어졌다. "대체 무슨……."

"도와주세요! 칼을 가지고 있어요! 칼!"

비벌리가 날카로운 비명을 질렀다. 노파의 화난 표정이 일순 걱정과 놀람으로 바뀌더니 겁에 질린 듯했다. "너희들 무슨 짓이니? 그 아이를 놔줘!"

한편 길 건너 주택 잔디밭에는 허버트 로스가 현관에 간이 의자를 놓고 앉아 있었다. 비벌리는 그것을 똑똑히 보았다. 그의 얼굴은 트림쟁이 허긴스처럼 멍해 보였다. 그는 이내 보고 있던 신문을 접고 재빨리 집 안으로 사라졌다.

"그 아이를 놔주라니까!" 노파가 날카롭게 외쳤다.

헨리는 히죽 웃더니 비벌리의 머리채를 잡아챈 상태로 갑자기 포드 자동차로 달려갔다. 비벌리는 발을 구르며 질질 끌려갔다. 머리 가죽이 벗겨질 듯 아팠다. 머리칼이 뭉텅 뜯겨져 나가는 기분이었다.

노파는 비명을 지르며 황급히 조수석 창문을 올리기 시작했다. 헨리는 잭나이프로 차창을 스윽 긁어 내렸다. 노파는 미친 듯이 클러치를 밟았지만 차체가 덜컥거리다 보도로 들어서는 바람에 꼼짝도 못했다. 헨리는 비벌리의 머리채를 붙잡고 성큼성큼 차를 따라갔다. 빅터는 마른침을 삼키며 주위를 두리번거렸다. 트림쟁이는 뉴욕 양키스 야구 모자를 깊숙이 눌러쓰면서 묘한 표정을 지었다.

노파는 잔뜩 겁에 질려 서둘러 조수석과 운전석 문을 잠갔다. 엔진이 신음을 토하다 겨우 시동이 다시 걸렸다. 헨리는 자동차 미등을 냅다 발로 걷어찼다.

"꺼져, 이 꼬부랑 할망구야!" 자동차는 타이어의 굉음과 함께 미끄러지다가 간신히 차도로 들어섰다. 맞은편에서 달려오던 픽업 트럭이 요란하게 경적을 울리다가 포드를 피하기 위해 급히 방향을 틀었다. 헨리가 비벌리를 돌아보며 히죽 웃자 그녀는 있는 힘껏 헨리의 사타구니를 걷어찼다.

헨리의 웃는 얼굴이 고통의 험악한 얼굴로 일그러졌다. 그의 손에서 칼이 떨어져 보도 위에서 쨍그랑 소리를 냈다. 다른 손은 비벌리의 뒤엉킨 머리에 둥지를 튼 곳에서 떼었고(그러면서 무시무시하게 한 번 더 잡아당겼다), 그는 무릎을 꿇고 무너져 내리며 사타구니를 쥐고 소리 지르려고 애썼다. 비벌리는 헨리의 손아귀에 쥔 한 움큼의 구릿빛 머리칼을 바라보았다. 공포가 사라지고 화가 치밀었다. 비벌리는 깊숙이 숨을 들이마신 후 무릎으로 냅다 헨리의 머리를 들이받았다.

그러고는 몸을 돌려 뛰기 시작했다.

트림쟁이가 곧바로 비벌리를 쫓아왔지만 이내 포기했다. 트림쟁이와 빅터가 헨리를 부축하려고 하자, 헨리는 그들의 손길을 뿌리치며 여전히 사타구니를 움켜쥔 채 비틀거리며 일어섰다. 사타구니를 걷어차인 게 그해 여름 들어 처음이 아니었다.

헨리는 잭나이프를 집으며 씨근거렸다. "가."

"뭐라고, 헨리?" 트림쟁이가 초조하게 되물었다.

헨리는 땀과 고통에 뒤틀린 얼굴로 트림쟁이를 노려보았다. 트림쟁이는 뒤로 움찔했다. "쫓아……가라고!" 헨리는 간신히 말하고서 엉거주춤거리며 비벌리가 도망간 쪽으로 움직이기 시작했다.

"이젠 붙잡지 못해." 빅터가 볼멘소리를 했다. "맙소사, 넌 제대로 걷지도 못하잖아."

"잡을 수 있어." 헨리는 숨을 헐떡거렸다. 윗입술을 부들부들 떨면서 개처럼 신음했다. 굵은 땀방울이 이마에서 시뻘건 뺨으로 흘러내렸다. "잡을 수 있다니까. 그년이 어디로 갔는지 알아. 황무지에 갔을 거야. 거기에 있는 개 같은

데리 타운 하우스, 오전 2시

친구들과 함께." 비벌리가 말했다.

"엉?" 빌은 그녀를 바라보았다. 그의 생각은 딴 곳을 헤매고 있었다. 그들은 손을 맞잡고 우정과 사랑 사이의 어딘가를 묵묵히 걷고 있었다. 빌은 비벌리의 마지막 말만 겨우 알아들었다. 멀지 않은 곳에서 타운 하우스의 불빛이 안개에 스며들었다.

"너희들은 가장 좋은 친구라고 했어. 그때 친구라고는 너희들뿐이었어. 친구를 사귀는 일엔 영 소질이 없나 봐. 시카고에도 친구라고는 딱 한 사람뿐이거든. 케이 매콜이라고 하는데, 빌, 너도 만나 보면 마음에 들 거야."

"아마 그럴 거야. 나도 빨리 친구를 사귀는 편은 절대 아니거든. 옛날 우리는 서로에게 저, 절실한 친구였지."

빌은 비벌리의 머리칼에 맺힌 이슬방울과 아름다운 불빛을 보았다. 그녀의 눈길이 심각한 표정으로 그를 올려다보았다.

"지금도 절실해."

"뭐, 뭐가?"

"너의 입맞춤."

빌은 오드라를 떠올리다 처음으로 그녀와 비벌리가 닮았다는 생각을 했다. 그러한 매력에 끌려 할리우드 영화 파티가 끝날 무렵, 처음 본 오드라에게 말을 걸 만큼 배짱이 생겼는지도 몰랐다. 죄책감……, 그는 유년 시절의 친구 비벌리를 껴안았다.

그녀의 입맞춤은 강렬하면서도 부드럽고 달콤했다. 빌의 외투 사이에서 그녀의 가슴이 느껴졌고 엉덩이가 가까이 다가왔다가 멀어지고……, 다시 강하게 밀려왔다. 그녀가 다시 살짝 물러설 때, 빌은 두 손으로 그녀의 머리칼을 감싸고 바짝 다가섰다. 그녀는 점점 단단해지는 빌의 육체를 느끼자, 옅은 탄성을 토하며 그의 목덜미에 얼굴을 묻었다. 빌은 그녀의 뺨에서 따뜻하고 비밀스러운 눈물을 느꼈다.

"자, 어서 가자." 비벌리는 말했다.

그는 비벌리의 손을 잡았고 타운 하우스까지의 나머지 길을 걸었다. 타운 하우스의 로비는 고풍스럽고, 식물들로 줄 장식이 되어 있었고, 여전히 희미한 매력을 품고 있었다. 실내 장식에서 19세기 목재상의 분위기가 물씬 풍겼다. 늦은 시간이어서 접수원을 제외하곤 인기척이 전혀 없었다. 접수원도 내실에서 느긋하게 텔레비전을 보느라 밖에서 쉽게 눈에 띄지 않았다. 3층 버튼을 누르는 빌의 손가락이 살짝 떨렸다. 흥분 때문이었을까? 초조감? 죄책감? 그 이상의 다른 이유? 분명히 그랬다. 하늘을 날듯 기쁘면서도 한편으로는 두려웠다. 혼란스러운 감정이 유쾌할 수는 없어도, 필요한 절차라는 생각이 들었다. 그는 그녀와 함께 자신의 방문 앞에 서서 그들의 행동이 부정한 짓이라면 그녀의 방이 아니라 자신의 방에서 그 불씨를 태우는 편이 나으리라 마음먹었다. 첫 번째 대리인이었던 수전 브라운이 떠올랐다. 그리고 그가 스물에 못 미칠 무렵 첫 번째 연인이었다.

'부정한 짓이야. 아내를 속이는 일이야.' 빌은 이렇게 생각하려고 했지만, 어쩐지 그 생각은 현실적이면서도 동시에 비현실적인 듯했다. 가장 강렬한 감정이라면 착잡한 향수라고 해야 옳았다. 멀어진 것들에 대한 그리움. 오드라는 지금쯤 잠자리에서 일어나 커피를 들고 잠옷 바람으로 식탁에 앉아서 대사를 검토하거나 딕 프랜시스의 소설을 읽고 있을 터였다.

빌의 손끝에서 311호 실 열쇠가 찰랑거렸다. 그들이 4층의 비벌리 방을 택했다면, 아마 전화 메시지를 알리는 불빛의 깜박임을 발견했을 것이다. 그리고 텔레비전을 보던 접수원이 비벌리에게 시카고에서 걸려 온 케이의 전화를 알려 주었을 테고(케이가 세 번이나 다급히 전화한 후에야 접수원은 메시지를 받아 적었다), 그쯤에서 상황은 좀 달라졌을지 모른다. 그들이 날이 밝기 전에 도망자처럼 데리 경찰을 피해 황무지로 가지 않아도 됐을 것이다. 그러나 두 사람은 예정된 운명처럼 빌의 방으로 들어갔다.

문이 열리자 안으로 들어갔다. 비벌리는 반짝이는 눈망울과 발

그레한 얼굴로 빌을 바라보았다. 그녀의 가슴은 빠르게 오르내렸다. 빌은 그녀를 팔에 안으며 이미 예정된 일이라고 생각했다. 일말의 틈도 없이 촘촘하게 엮인 과거와 현재의 원 속에 갇혀 있다는 느낌. 그는 어색하게 한 발로 문을 닫았다. 비벌리는 환하게 웃었다.

"나의 심장……." 그녀는 말하고서 그의 손을 자기 왼쪽 가슴에 올려놓았다. 놀라울 정도로 부드러운 감촉 속에서 엔진처럼 고동치는 격렬함이 느껴졌다.

"너의 시, 시, 심장……."

"나의 심장."

그들은 옷을 입은 채 침대 위에서 입을 맞췄다. 비벌리의 손이 빌의 셔츠 속으로 미끄러져 들어갔다가 이내 다시 밖으로 나왔다. 천천히 셔츠의 단추를 따라 내려가던 손가락이 허리춤에 멈추고……, 이내 슬며시 밑으로 미끄러져 단단한 성기 위를 스쳤다. 빌은 순식간에 사타구니에서 꿈틀 일어서는 기운을 미처 깨닫지 못했다. 그는 입술을 거두고 침대의 그녀에게서 떨어졌다.

"빌?"

"자, 잠깐만 쉬었으면 해. 아, 아이처럼 패, 팬티 안에다 그대로 사정할 것 같아."

그녀는 다시 부드럽게 웃고는 빌을 바라보았다. "정말 그 때문이야? 후회할까 봐 걱정하는 건 아니고?"

"후회라, 하긴 나는 느, 늘 후회하지."

"나는 아니야. 남편을 증오하니까."

그녀를 바라보는 빌의 얼굴에서 웃음기가 희미해졌다.

"이틀 전까지 나는 마음속에서 전혀 그걸 깨닫지 못했어. 아니, 그건 거짓말이겠지. 그 사람은 늘 때리고 상처를 주었으니까. 그 사람과 결혼한 이유도……, 아버지가 항상 나를 너무 걱정했기 때문이었는지 몰라. 아무리 내가 노력해도 아버지는 늘 걱정하셨거든. 톰이라면 아버지도 반대하지 않을 거라고 생각했어. 톰도 늘 나 때문에 걱정하니까. 걱정 때문에 마음을 놓지 못했으니까. 누군가 나를 걱정하고 있다고 생각하면 이상하게 안정감이 느껴졌어. 아니, 그 이상이야. 현실감이라고 할까."

비벌리는 진지하게 그를 쳐다보았다. 블라우스가 바지에서 빠져나와 복부의 맨살이 그대로 보였다. 빌은 그곳에 입 맞추고 싶었다.

"하지만 그건 현실이 아니었어. 악몽이었지. 톰과 결혼함으로써 다시 예전의 악몽이 시작된 셈이었으니까. 사람은 왜 그런 것일까, 빌? 끔찍한 악몽인 줄 알면서 스스로 다시 돌아가려고 하는 이유가 뭘까?"

"그, 글쎄, 자, 자신의 모습을 차, 찾기 위해서가 아닐까."

"악몽은 바로 여기야. 이 데리라는 도시라고. 톰은 이 도시에 비하면 아무것도 아니지. 솔직히 지금은 그 사람을 좋은 쪽으로 생각할 수 있을 정도니까. 그 사람과 함께 지낸 세월을 생각하면 자신이 혐오스럽지만……. 너는 모를 거야……, 그 사람이 내게 어떤 일을 하도록 만들었는지, 그리고 내가 그 사람이 시키는 대로 하면서 또 얼마나 행복해했는지 말이야. 단지 그 사람이 나를 걱정한다는 이유 때문에. 울어 봐도……, 수치심이 들 때가 많았어. 이해하겠어?"

"아니." 그는 조용히 말하며 손을 내밀었다. 비벌리는 그 손을 힘껏 잡았다. 눈가가 축축했지만 눈물은 흐르지 않았다. "누구나 그, 그런 실수를 하는 법이야. 하지만 단순히 시, 시련이라고 할 순 없지. 아무튼 너는 최, 최선을 다해 이겨 낸 거야."

"내가 하고 싶은 말은 톰을 속이려는 생각도, 톰과 반대편에 서서 네가 나를 이해해 주기를 바라는 것도 아니라는 거야. 뭐라고 할까, 내게는……, 지금 이 순간이 지극히 정상적이고 평범하고 행복하게 느껴지거든. 하지만 네가 조금이라도 괴로워하는 건 원치 않아, 빌. 나중에 후회하는 모습을 보고 싶지도 않고."

빌은 비벌리의 말을 현실적이면서도 심각하게 생각해 보고 싶었다. 그러나 기이한 기억의 파편들(그는 주먹을 후려친다, 등등)이 생각을 방해했다. 꽤 고된 하루였다. 마이클의 전화를 받고 동양 비취에서 점심을 먹은 일이 까마득한 옛날처럼 느껴졌다. 그 후에도 무수한 일들이 벌어졌다. 조지의 앨범처럼 숱한 기억까지.

"친구들은 서, 서로 속이지 않아."

빌은 그녀 가까이 누웠다. 입을 맞추며 그녀의 블라우스 단추를 풀기 시작했다. 그녀는 한 손으로 빌의 목을 끌어안으며 다른 손으로 바지를 벗었다. 한동안 그의 손이 따뜻한 그녀의 배 위에 머물렀다. 이윽고 나지막한 속삭임처럼 그녀의 팬티가 미끄러졌다. 그는 움직이기 시작했고, 그녀는 그 길을 안내했다.

그가 그녀 속으로 들어오자 그녀는 부드럽게 그를 향해 몸을 밀었다. 그녀의 입에서 중얼거림이 흘러나왔다.

"나의 친구……, 너를 사랑해, 빌."

"나도 널 사랑해." 그는 그녀의 어깨에 대고 웃으며 말했다. 그들은 천천히 시작했고 그녀가 그의 아래서 움직임이 활발해질 즈음 그는 몸에 땀방울이 흘러내리는 것을 느꼈다. 그의 의식은 점점 밑으로 휩쓸려 내려갔으며 더욱더 하나된 움직임에 집중됐다. 땀구멍이 열리고 땀방울에서 달짝지근한 사향 냄새가 났다.

비벌리는 절정의 순간이 다가왔음을 느꼈다. 그리고 절정을 향해, 이를 만끽하기 위해 한 발 더 내딛었으며 그 황홀함을 믿어 의심치 않았다. 그녀의 움직임이 멈칫하다가 발작적으로 위로 들썩였다. 그것은 오르가슴이 아니었고 톰과 그를 만나기 전 두 명의 연인과의 경험에서도 느끼지 못한 느낌이었다. 순식간에 고원으로 상승하는 기분. 그녀는 단순한 절정이 아니라 전략 핵무기에 버금갈 만한 강도라고 생각했다. 약간 두려웠지만……, 그녀의 육체는 다시 율동에 몸을 맡기기 시작했다. 그녀는 빌의 기다란 성기가 그녀 안에 단단히 채워졌음을 느꼈다. 그의 육체가 그녀의 몸속에 파묻힌 일부분처럼 단단해짐을 깨닫는 순간, 그녀 역시 절정에 오르기 시작했다. 고통에 가까울 만큼 황홀하고 거대한 전율이 격렬한 파고에 실려 쇄도했다. 그녀는 신음을 참기 위해 빌의 어깨를 지그시 깨물었다.

"아……." 빌은 숨을 헐떡였다. 비벌리는 나중에는 확신이 서지 않았지만 그 순간만은 빌이 울고 있다고 생각했다. 그가 물러나자, 그녀는 자신에게서 그가 멀어진다는 느낌에 곧 다가올 공허한 상실감을 떠올렸다. 그러나 예상 외로 그는 다시 힘차게 그녀 속으로 뛰어들었다. 두 번째 오르가슴을 느낀 직후, 그녀는 뜻밖에도 활짝 열린 기억의 창문 너머 수천 마리의 새가 뾰족 지붕과 전신주와 데리 우체국 우체통 위에 내려앉는 모습을 보았다.

희디흰 4월의 하늘을 등진 새들의 모습은 어딘가 고통과 기쁨이 뒤섞인 감정을 자아냈다. 그 감정들은 희디흰 봄의 창공처럼 낮게 웅크린 채 밑바닥에 짙게 드리워졌다. 밑바닥으로 침전하는 육체의 고통과 쾌락과 기이한 확인의 감정. 그녀는 짙은 피로감에 빠져……, 그녀와……, 그녀와…….

"너희들 모두였어?" 그녀가 놀라서 눈을 휘둥그렇게 뜨고 돌연 소리쳤다.

빌은 이번에는 완전히 그녀의 몸에서 빠져나갔지만 비벌리는 갑작스러운 충격에 휩싸인 채 허전함마저 느끼지 못했다.

"뭐라고? 비벌리? 모, 모두라니……."

"너희들 모두? 내가 너희들 모두와 사랑을 나누었단 말이야?"

그녀는 빌의 얼굴에 떠오른 충격의 그림자와 쩍 벌어진 턱을 지켜보다가……, 갑작스레 깨달았다. 그러나 정확히 깨달음이 아니라 그저 자신의 충격 속에서 바라보는 풍경 같았다. 깨달은 사람은 빌이었다.

"우리는……."

"빌? 왜 그래?"

"네가 태, 택한 방법이었어." 빌의 눈동자가 너무도 환하게 타올라서 그녀는 겁이 났다. "비벌리, 모, 모르겠어? 우리를 구하기 위해 네, 네가 택한 방법이었단 말이야! 우리 모두……, 하지만 우리는……." 빌은 갑자기 겁에 질려 확신이 서지 않는 표정이었다.

"어떻게 된 일인지 기억나?"

빌은 천천히 고개를 저었다. "자, 자세히는 기억나지 않아. 그러나……." 그는 비벌리를 바라보았다. 비벌리의 눈에 비친 그의 모습은 완전히 겁에 질려 있었다.

"우, 우리에게 더 이상 아무런 바, 방법이 없었던 거야. 하지만 화, 확신이 안 서……. 비벌리, 어른이 된 후에도 그럴 수 있을지 모르겠어."

비벌리는 한동안 말없이 그를 바라보다 특별히 의식하지 않고 침대 가에 앉았다. 매끈하고 아름다운 몸매, 스타킹을 벗느라 상체를 구부리는 동안 그녀의 등뼈는 보일락 말락 우아한 곡선을 그려 냈다. 한쪽 어깨에 드리워진 탐스러운 머리칼. 빌은 아침이 오기 전 또 한번 그녀를 원하리라. 오드라가 바다 건너 멀리 있다는 비열한 위로에 또다시 설득당하고 싶어질 거라고 생각했다. '주크박스에 동전 하나를 더 집어넣는 거야.' 그는 생각했다. '이번 신청곡은 「그녀는 모르니까 상처받지 않을 거야」가 되겠지. 하지만 상처가 전혀 없지는 않을 거야. 서로의 빈 자리 그 어딘가에 상처가 남겠지.'

비벌리가 일어나 앉자 침대가 내려갔다. "침대로 와. 한숨 자야지. 우리 둘 다."

"그, 그럼." 그 말은 옳았고, 정말로 그렇고말고였다. 무엇보다 그는 자고 싶었다…….

그러나 혼자서는 싫었다, 특히 그날 밤은. 좀 전의 충격도 씻은 듯 사라지고 순식간에 말짱해진 느낌이지만 짙은 피로와 탈진이 밀려왔다. 시시각각 현실은 꿈처럼 몽롱해졌으며, 죄책감에도 불구하고 이곳만은 안전하다는 느낌이 들었다. 잠시 침대에 누워 그녀의 품에서 잠들어도 좋으리라. 그녀의 따스함과 우정을 나누어 가져도 좋으리라. 그것은 성욕일 뿐이라고 비난받아도 현재로

서는 누구도 상처받지 않을 테니까.

빌은 양말과 셔츠를 벗고 그녀 곁에 누웠다. 그녀가 안겨 왔고, 그녀의 가슴은 포근하고 두 다리는 시원한 감촉을 전해 왔다. 그는 그녀를 껴안으며 그녀의 육체가 오드라보다 호리호리하며, 가슴과 엉덩이는 더 풍만하다는 것을 깨달았다. 그러나 그는 그 차이를 싫어할 수 없었다. 잠결에 그는 생각했다.

'비벌리, 너와 함께 있어야 할 사람은 벤이었는데. 나는 정말로 일이 그리 되었어야 한다고 생각해. 왜 벤이 아니었을까?

그때와 지금은 엄연히 다르기 때문이겠지. 세상은 늘 변하니까. 보브 딜런이 그랬던가……, 아니면 로널드 레이건이었을지도. 그리고 그녀를 집으로 바래다 줄 사람이 벤이기 때문에 지금 내가 그녀와 함께 있는지도 몰라.'

비벌리는 관능적인 몸짓이 아니라 빌의 체온을 느끼고 싶어(하지만 막 잠들려던 빌의 사타구니에서 다시 꿈틀하는 기운을 느끼자 그녀도 싫지 않았다) 몸을 약간 비틀었다. 그녀 자신도 반쯤 잠에 빠진 상태였다. 오랜 세월이 흘러 지금 빌과 함께 있다는 행복감은 짜릿했다. 행복 뒤에 씹히는 씁쓸함 때문에 더욱 그와 함께 있는 현실이 생생했는지 모른다. 오늘 밤, 그리고 어쩌면 내일 아침까지가 두 사람이 함께할 수 있는 유일한 시간일 것이다. 그 다음에는 예전처럼 하수구 속으로 들어가 그것과 맞닥뜨릴 것이다. 그들의 결집력은 어느 때보다도 견고했으며, 현재의 삶과 유년 시절의 기억도 매끄럽게 합해졌다. 그들은 아마 뫼비우스 만화에 나오는 괴물이 될 수도 있을 것이다.

만화의 주인공처럼 살아남든가, 아니면 그 밑바닥에서 죽음을 맞으리라.

그녀가 돌아누웠다. 빌은 한쪽 팔을 그녀의 옆구리에 살짝 놓고, 다른 손은 가슴에 부드럽게 올려놓았다. 그녀는 그 손이 돌연 세게 꼬집으며 압박할지도 모른다고 두려워하며 깨어 있을 필요가 없었다.

이런저런 생각도 미끄러져 들어오는 잠 기운과 함께 흩어지기 시작했다. 잠에 취하기 직전, 평소처럼 화려한 야생화가 파란 하늘 아래 눈부시게 하늘거리는 모습이 떠올랐다. 야생화의 모습이 차차 흐려지면서 어디론가 불쑥 추락하는 느낌에 빠졌다. 그 때문에 종종 그녀는 깜짝 놀라 잠에서 깨어 어린아이처럼 식은땀을 흘리거나 비명을 질렀다. 추락하는 유년 시절의 꿈, 그런 꿈이 흔하다고 알려 준 것은 대학교 심리학 교재였던가.

그러나 그날 밤 그녀는 가위에 눌리지 않았다. 그녀는 빌의 체온을 느꼈으며, 가슴에 올려진 그의 손길 탓에 불안감을 떨칠 수 있었다. 추락의 깊이는 여전했지만 이번에는 혼자가 아니었다.

추락 끝에 바닥에 내려선 그녀는 달리기 시작했다. 꿈은 아주 빠르게 움직였다. 그녀는 꿈을 좇고 잠과 침묵을 따라 아니, 그저 시간에 몸을 맡겼다. 수년의 세월이 빠르게 흘러갔다. 달음박질치는 것은 시간이었다. 가던 길에서 문득 멈추고 유년 시절을 쫓는다면, 머리칼이 출렁거릴 정도로 빠르게 달려야 한다. 스물아홉, 그녀의 머리칼은 허공으로 나부낀다(전보다 더 빠르게). 스물둘, 그렉 말로리라는 미식축구 선수와 사랑에 빠졌지만 그는 남학생 파티 직후 그녀를 겁탈하다시피 달려든다(빨라진다, 더 빨라진다). 열여섯, 포틀랜드의 블루버드 전망대에서 두 명의 여자 친구와 함께 술에 취해 있다. 열넷……, 열둘…….

빨라진다, 빨라진다, 빨라진다…….

그녀는 꿈속으로 달렸다. 열두 살 때를 좇고, 그것을 따라잡고, '그것'이 그들 모두 위에 던져 놓은 기억의 장막 사이로 달리며(헐떡이는 꿈속의 허파에 그것은 차가운 안개처럼 느껴졌다), 그녀의 열일곱 번째 해로 돌아 달려가며, 달리고, 지옥처럼 달리고, 악마보다도 빨리 달리며, 이제 뒤를 돌아다보았고, 돌아다보니

황무지, 오후 12시 40분

그녀가 질주하던 강둑 어디에도 그들의 모습은 보이지 않았다. 적어도 그때까지는 쫓아오는 그림자가 없었다. 아버지의 말처럼 헨리를 "반쯤 죽여 놓은" 셈이지만……, 아버지를 떠올리는 것만으로도 죄스럽고 우울해졌다.

그녀는 간절한 마음으로 다리 밑을 살폈지만 실버는 보이지 않았다. 숨겨 놓은 장난감 총이 전부였다. 그녀는 다시 발걸음을 옮기며 뒤를 돌아보았다……. 트림쟁이와 빅터가 헨리를 부축한 채 랜돌프 스콧의 영화에 나오는 인디언 척후병처럼 강둑에 서 있었다. 헨리는 무서울 정도로 안색이 창백했다. 그는 손가락으로 그녀를 가리켰다. 빅터와 트림쟁이가 여전히 헨리를 붙잡고 비탈길을 내려왔다. 그들의 발밑에서 자갈이 튀었다.

비벌리는 한동안 최면에 걸린 사람처럼 그들을 멍하니 지켜보았다. 그리고 곧장 개울로 뛰어들어 벤이 만들어 놓은 징검다리

도 잊은 채 물속을 첨벙첨벙 달려갔다. 목구멍에 불덩이라도 들어 있는 것처럼 뜨거웠다. 다리에 쥐가 나는 것 같았다. 점점 온몸에서 힘이 빠져나갔다. 아지트. 거기까지만 갈 수 있다면 안전할 것이다.

숲길을 달리는 동안 나뭇가지들이 사정없이 얼굴을 때려서 눈물까지 찔끔거렸다. 오른쪽으로 방향을 틀고, 잠시 머뭇거리다가 으슥한 덤불 속으로 뛰어들어 개간지까지 그대로 달렸다. 위장해 놓은 뚜껑문과 창문이 열려 있었다. 비벌리의 발부리에서 돌멩이가 굴렀다. 인기척을 느꼈는지 벤 한스컴의 모습이 불쑥 튀어나왔다. 한쪽 손에 아동용 목 캔디, 다른 손엔 아키 출판사의 만화책을 들었다.

벤은 비벌리를 바라보다 입을 쩍 벌렸다. 여느 때 같으면 그 모습이 우스웠을 것이다.

"비벌리, 대체……."

비벌리는 편안히 대답할 여유가 없었다. 등 뒤 멀지 않은 거리에서 나뭇가지가 흔들리고 수풀 밟히는 소리, 억눌린 욕설이 들려왔다. 헨리는 전보다 더 기세등등해진 모양이었다. 그래서 비벌리는 곧장 정사각형의 뚜껑 문을 향해 돌진했다. 머리칼은 나뭇잎과 잔가지, 청소차 밑을 지날 때 엉겨 붙은 오물로 말이 아니었다.

벤은 101공수부대원처럼 달려오는 비벌리의 모습에 재빨리 안쪽으로 들어갔다. 비벌리가 몸을 날려 뚜껑 문으로 뛰어들자, 벤은 엉거주춤거리다 밑에서 그녀를 가까스로 받아 주었다.

"전부 닫아! 어서, 벤, 제발! 놈들이 오고 있어!" 비벌리는 가

뺀 숨을 몰아쉬었다.

"누구?"

"헨리 패거리들! 헨리는 완전히 미쳤어. 칼을 갖고……."

그 정도면 벤에게 충분했다. 손에 든 목 캔디와 만화책이 바닥으로 툭 떨어졌다. 곧바로 뚜껑 문을 잡아당겼다. 잔디 뗏장으로 위장해 놓은 뚜껑문은 누가 봐도 쉽게 알아채지 못할 정도였다. 비벌리는 까치발을 하고 창문을 닫았다. 내부는 순식간에 어둠에 잠겼다.

비벌리는 더듬더듬 벤을 찾다가 발견해 절실하게 껴안았다. 한 순간 머뭇거렸다가 벤도 그녀를 안아 주었다. 둘 다 무릎을 꿇고 앉아 있었다. 비벌리는 갑자기 겁에 질리며 리처드의 트랜지스터 라디오가 어둠 속 어디선가 떠들고 있다는 것을 깨달았다. 리틀 리처드의 「그 소녀는 어쩔 수 없어요」가 흘러나왔다.

"벤……, 라디오……. 들릴지도 몰라……."

"저런!"

벤이 급히 돌아서는 바람에 육중한 엉덩이가 비벌리를 바닥에 깔아뭉개듯 덮치는 꼴이 되었다. 비벌리는 라디오가 바닥으로 굴러떨어지는 소리를 들었다. "남자들이 걸음을 멈추고 바라볼 때, 그녀는 어쩔 수 없어요." 리틀 리처드는 특유의 목 쉰 소리로 열정적으로 노래했다. "어쩔 수 없어요!" 코러스가 후렴을 넣고, 또 한 번 "그녀는 어쩔 수 없어요!"가 어둠을 찢었다. 벤도 숨을 몰아쉬고 있었다. 한 쌍의 증기 기관차 엔진이 번갈아 가며 숨을 토하는 것 같았다. 갑자기 우지끈 하는 소리가 들렸다가……, 조용해졌다.

"젠장, 라디오를 깔아뭉갰어. 리처드가 죽이려고 들 텐데." 벤은 어둠 속에서 비벌리를 향해 팔을 뻗었다. 비벌리는 가슴에 와 닿았다가 불에 덴 듯 놀라 멀어지는 손길을 느꼈다. 벤의 셔츠 자락을 더듬어 겨우 붙잡고 가까이 끌어당겼다.

"비벌리, 왜 그래……."

"쉬이잇!"

벤은 입을 다물었다. 그들은 손을 맞잡고 숨죽인 채 위를 바라보았다. 완전히 어둡지는 않았다. 뚜껑 문의 가장자리 틈새로 햇빛이 가늘게 갈라졌고, 세 개의 창문 틈바귀마다 흐릿한 빛이 머물렀다. 특히 창문 중 하나는 비스듬히 빛이 들 정도로 틈이 넓은 편이었다. 비벌리는 헨리 패거리가 그 창문을 발견하지 않기를 간절히 빌었다.

그들이 다가오는 소리가 들렸다. 처음엔 말소리를 알아들을 수 없다가……, 알아듣게 되었다. 그녀는 더 세게 그를 움켜잡았다.

"그 계집애가 대나무 숲으로 갔으면 쉽게 잡을 수 있을 텐데." 빅터가 말했다.

"놈들은 항상 이 주변에서 놀아. 코딱지 탤리엔도가 그랬어. 그리고 돌싸움하던 날도 여기 어디서 튀어나왔거든." 헨리가 말했다. 목소리가 팽팽했고, 숨을 헐떡이는지 말이 힘겹게 흘러나왔다.

"맞아, 이쯤에서 총싸움 같은 걸 할 거야." 트림쟁이가 맞장구쳤다.

그들의 발소리가 바로 머리 위까지 다가왔다. 뗏장을 입힌 뚜껑 문이 위아래로 조금씩 들썩거렸다. 위를 보는 비벌리의 얼굴에 흙먼지가 떨어졌다. 한둘 아니면 세 명 모두 아지트의 지붕에 선 것 같았다. 비벌리는 갑작스레 복통을 느꼈지만, 이를 악물어 비명을 참았다. 벤은 큼지막한 손으로 비벌리의 뺨을 살며시 자신의 어깨에 갖다 대면서 위를 바라보았다. 어쩌면 놈들이 뻔히 눈치 챘으면서도 수작을 부리고 있는지 몰랐다.

"숨는 장소가 따로 있을 거야. 코딱지도 그렇게 말했으니까. 나무 위나 그 비슷한 곳에. 지들끼리 클럽이라고 부른대나." 헨리가 말했다.

"클럽 좋아하시네, 글러먹은 놈들, 확 긁어 버릴까 보다."

빅터의 묘한 발음에 트림쟁이는 낄낄거렸다.

쿵, 쿵, 쿵. 지붕이 울렸다. 이번에는 뚜껑 문이 더 심하게 들썩였다. 그들이 눈치 챌 만했다. 보통 땅바닥이 그렇게 흔들리지는 않을 테니까.

"강을 따라 내려가 보자. 틀림없이 거기 있을걸." 헨리가 말했다.

"좋아." 빅터가 말했다.

쿵, 쿵. 그들이 움직이기 시작했다. 비벌리는 여전히 이를 악물고 있었지만 조금 안심했다. 그런데 곧바로 헨리의 목소리가 들려왔다. "트림쟁이, 너는 여기 남아서 지키고 있어."

"알았어."

이윽고 트림쟁이가 이리저리 지붕 위를 오가자 뚜껑 문이 오르락내리락했다. 흙먼지가 쏟아졌다. 벤과 비벌리는 얼굴에 흙을 뒤집어쓴 채 딱딱하게 굳은 표정으로 마주 보았다. 비벌리는 문득 아지트에 스며든 연기 냄새 외에도 땀과 오물이 뒤범벅 된 듯한 악취를 느꼈다. '내 몸에서 나는 냄새야.' 비벌리는 쥐구멍이라도 찾고 싶었다. 그러나 냄새가 걱정되면서도 벤을 더욱더 꼭 껴안았다. 벤의 커다란 몸에서 느껴지는 촉감이 예상 외로 기분 좋았고, 한번에 안을 수 없을 만큼 널찍하고 두툼한 몸뚱이가 안도감을 주었다. 그해 여름방학이 시작되는 날까지만 해도 벤은 그저 겁 많은 뚱보에 지나지 않았지만 지금은 달라졌다. 왕따 클럽의 다른 아이들처럼 그도 역시 변했다. 설령 트림쟁이가 발밑에 숨어 있는 두 사람을 발견한다고 해도 벤은 깜짝 놀랄 정도의 일격을 가할 생각이었다.

"클럽 좋아하시네, 글러먹은 놈들, 확 긁어 버릴까 보다." 트림쟁이는 좀 전에 빅터가 한 말을 따라하다가 혼자서 낄낄거렸다. 마치 난쟁이 괴물이 웃어 대는 것처럼 지붕 바로 위에서 들렸다. "클럽 좋아하시네, 글러먹은 놈들. 아주 좋아. 끝내 주는데."

비벌리는 갑자기 벤이 몸을 들썩이는 걸 느꼈다. 벤은 깊숙이 숨을 들이마셨다가 조금씩 뱉었다. 비벌리는 처음에 벤이 울고 있는 줄 알고 깜짝 놀랐다. 하지만 자세히 바라보니 웃음을 참느라 기 쓰는 모습이었다. 벤은 눈물까지 흘리며 비벌리의 시선에 어쩔 줄 몰라 안절부절못했다. 뚜껑 문과 창문 틈새로 들어오는 어스름한 햇빛 아래 벤의 얼굴은 점점 더 시뻘겋게 달아올랐다.

"클럽, 클럽, 긁어 버려, 긁어 버려, 그것도 좋아."

트림쟁이는 아예 뚜껑 문 한복판에 자리를 잡고 앉았다. 이번에는 끼익 하는 소리까지 들릴 정도로 뚜껑 문이 흔들렸다. 뗏장이 덮였지만 75킬로그램에 육박하는 트림쟁이 허긴스의 몸무게를 지탱하기는 어려워 보였다.

'계속 저러고 앉아 있다가는 우리 무릎에 떨어지고 말 거야.' 비벌리는 그 생각을 하다가 이내 벤의 발작적인 웃음에 전염되었다. 금방이라도 고약한 냄새가 나는 웃음과 당나귀 울음소리가 터질 것 같았다. 어느새 머릿속에는 창문으로 슬며시 몸을 빼내 무더운 오후 햇살 아래 청승맞게 쭈그리고 앉아 혼자 중얼대며 낄낄거리는 트림쟁이의 등허리를 귀신처럼 슬쩍 간질이는 모습이 떠올랐다. 비벌리는 결국 웃음을 참기 위한 최후의 수단으로 벤의 품에 얼굴을 파묻어야 했다.

"쉬잇! 제발, 비벌리……."

끼이익. 뚜껑 문에서 더 요란한 소리가 들려왔다.

"안 무너질까?" 비벌리가 속삭였다.

"괜찮을 거야. 놈이 방귀만 안 뀌면." 벤이 그렇게 말하자마자 트림쟁이는 기다렸다는 듯이 방귀를 뀌었다. 트럼펫 소리처럼 요란하고 적어도 3초 동안 길게 이어지는 고약한 소리였다. 비벌리와 벤은 서로를 더욱 세차게 껴안고는 웃음을 참느라 온몸을 부들부들 떨었다. 비벌리는 머리까지 이상해져 혹시 발작이 일어나지는 않을까 걱정스러웠다.

그때 멀리서 트림쟁이를 부르는 헨리의 목소리가 들렸다.

"뭐?" 트림쟁이가 벌떡 일어나는 바람에 흙먼지가 산사태처럼 밑으로 떨어졌다. "뭐라고? 헨리?"

헨리가 뭐라고 더 크게 소리쳤다. 비벌리는 강둑과 풀숲이라는 말만 겨우 알아들었다.

"알았어!" 트림쟁이는 곧바로 뚜껑 문 위를 지나갔다. 이번에는 나무가 으스러지듯 요란한 소리와 함께 나무 조각이 비벌리의 무률 위로 떨어졌다. 비벌리는 눈을 동그랗게 뜨고 나무 조각을 집어 들었다.

"5분만 더 있었다면 무너졌을 거야." 벤이 나직하게 속삭였다.

"방귀 소리 들었지?" 비벌리가 다시 키득거리기 시작하며 물었다.

"3차 세계 대전이 일어나는 줄 알았어." 벤도 웃기 시작했다.

안도감을 느낄만 했으므로, 그들은 소리를 죽이려고 애쓰면서도 웃음을 참지 못했다.

마침내, 비벌리는 전혀 자신이 하려는 말을 의식하지 못한 채(그리고 확실히 우스운 상황이라 부담 없이 말할 수 있어서도 아니었다) 이렇게 말했다. "시 고마웠어, 벤."

벤은 웃음을 떡 멈추고 굳은 표정으로 비벌리를 바라보았다. 그러고는 호주머니에서 손수건을 꺼내 천천히 얼굴을 닦았다. "시라니?"

"하이쿠 말이야. 우편엽서에 쓴 하이쿠. 네가 보낸 거 아냐?"

"아닌데. 너한테 하이쿠를 보낸 일이 없어. 나 같은 뚱보가 시를 적어 보냈다가는 여자 아이들이 미친 듯이 웃어 댈 테니까."

"나는 하나도 웃기지 않던데. 아주 아름다운 시라고 생각했거든."

"나는 아름다운 시 같은 건 쓸 줄 몰라. 빌이라면 모를까. 나는 아니야."

"그럴 수도 있겠네. 하지만 빌도 그 정도로 아름다운 시는 쓰지 못할 거야. 손수건 좀 빌려 줄래?"

벤은 손수건을 건네주었고, 비벌리는 구석구석 얼굴을 닦기 시작했다.

"나라는 걸 어떻게 알았지?" 마침내 벤이 물었다.

"글쎄, 잘 모르겠어. 그냥 안 거야."

벤은 갑자기 목구멍이 막히는 느낌이었다. 시선을 떨구고 자신의 손만 물끄러미 바라보았다. "딴 뜻이 있었던 것은 아니야."

비벌리는 벤을 심각하게 쳐다보았다. "그런 식으로 말하지 마. 네가 그런다면, 정말 오늘 하루를 망치고 말 거야. 그리고 말하자면, 벌써 그런 기분이 든다고."

벤은 손만 멀뚱멀뚱 바라보다가 이윽고 간신히 알아들을 목소리로 말했다. "음, 너를 사랑한다는 의미였어, 비벌리. 하지만 그 때문에 어떤 것이라도 망치고 싶진 않아."

"그렇지 않을 거야, 벤. 지금 당장 나한테 필요한 게 바로 사랑이니까."

"하지만 너는 특별히 빌을 좋아하잖아."

"그럴지도 모르지. 하지만 상관없어. 우리가 어른들이었다면 조금 문제였겠지만. 나는 너희들 모두를 좋아해. 너는 내가 사귄 유일한 친구들 중 한 사람이야, 벤. 나도 널 사랑해."

"고마워." 벤은 잠시 말을 멈추고 망설이는 것 같았다. 그리고 비벌리를 똑바로 바라보며 말했다. "내가 그 시를 썼어."

그들은 한동안 아무 말 없이 앉아 있었다. 비벌리는 안도감을 느꼈다. 보호받고 있다는 느낌. 그처럼 앉아 있으니, 아버지의 얼굴과 헨리의 칼날이 훨씬 희미해지고 위협적으로 느껴지지 않았다. 그때의 느낌을 정확히 표현할 길이 없으며, 애써 그럴 생각도 없었지만 비벌리는 아주 오랜 시간이 흐른 후에 그 힘의 근원을 깨닫게 된다. 그녀를 위해서라면 주저 없이 목숨까지 버릴 수 있는 남자의 품에 안겨 있다는 느낌. 비벌리가 그때 분명히 말할 수 있는 느낌은 그뿐이었다. 벤의 땀내, 그리고 그와 비슷하게 원시적으로 느껴지는 그녀 자신의 땀방울.

"아이들이 올 시간이야. 혹시 아이들이 붙잡히면 어쩌지?" 벤이 불쑥 말했다.

비벌리는 꿈을 꾸다 깨어난 사람처럼 깜짝 놀랐다. 오전에 빌이 마이클과 함께 자기 집에서 점심을 먹자고 하던 말이 떠올랐다. 리처드는 스탠리와 함께 점심을 먹으러 갔을 것이다. 에디는 돌아오는 길에 파치시 게임 보드를 가져오겠다고 말했다. 다들 아지트로 돌아올 시간이었지만 아무도 헨리 패거리가 주변에 있다는 사실을 알지 못했다.

"아이들이 오는지 가 보자. 헨리가 나만 노리는 게 아니니까." 비벌리가 말했다.

"하지만 길이 엇갈리면……."

"그럴 수도 있지만 우리 두 사람은 놈들이 있다는 걸 알고 있잖아. 빌과 다른 아이들은 전혀 모르고 있어. 게다가 에디는 팔까지 부러져서 제대로 달리지도 못할 거야."

"환장하겠네. 좋아, 한번 해 보지, 뭐."

"좋아." 비벌리는 마른침을 삼키며 손목시계를 바라보았다. 컴컴해서 잘 보이지 않았지만 대충 1시가 조금 넘은 것 같았다. "벤……."

"응?"

"헨리는 완전히 미쳤어. 「폭력 교실」에 나오는 아이 같아. 나를 죽이려고 했는데 빅터와 크리스도 옆에서 거들었어."

"아, 아닐 거야. 헨리가 미친 건 맞지만 그냥 미친 게 아니야. 그러니까……."

"그러니까, 뭐?"

비벌리는 쓰레기 매립장의 폐차 뒤에서 본 헨리와 패트릭을 떠올렸다. 헨리의 휑한 눈빛.

벤은 더 이상 대답하지 않았다. 생각에 골몰한 표정이었다. 상황이 돌변한 것은 아닐까? 변화의 내부에 있다면 그 변화를 직접 확인하기가 어렵다. 뒤로 한 발 물러서서 바라보아야 한다. 여름방학 전까지 벤은 헨리를 그저 두려워했지만 이는 헨리가 덩치 큰 아이여서가 아니라 사나웠기 때문이다. 그는 1학년 아이를 붙잡아 사포로 팔뚝을 문질러 집까지 울고 가게 만드는 악질이었다. 그게 전부였다. 헨리는 벤의 배에 자신의 이름을 새겼다. 그리고 돌싸움이 벌어졌으며 헨리는 사람들의 머리 위로 M80을 집어던졌다. 그 정도면 누구든지 죽을 수 있었다. 그것도 아주 쉽게. 헨리는 그때부터 달라 보였다. 귀신 들린 사람처럼. 밀림에서 호랑이나 독사를 항상 조심하듯 이제는 주변에 헨리가 있는지 늘 경계해야 하는 상황이었다. 하지만 일단 익숙해지면 아무리 이상한 상황이라도 전혀 낯설지 않은 법이다. 하지만 헨리는 미쳤다, 아닌가? 맞다. 벤은 아니라고 고개를 흔들곤 했지만 이미 여름방학이 시작하는 날부터 헨리는 미쳐 있었다. 그것은 믿거나 기억하고 싶지 않다고 해서 해결될 일이 아니었다. 갑자기 너무도 강렬한 생각이 떠올라 10월의 진흙처럼 차갑게 벤의 마음속에 채워졌다. '그것이 헨리를 이용하고 있어. 빅터와 트림쟁이도 마찬가지지만 놈은 헨리를 중심에 두고 있어. 그게 사실이라면 비벌리의 말이 맞을지 몰라. 더글러스 선생님이 책을 읽을 때 아이들 목덜미를 사포로 문지르거나 꼬집는 정도가 아닐 거야. 아이들을 넘어뜨려 무릎이나 까지게 하는 정도도 아니야. 그것이 헨리를 이용하고 있다면 칼을 사용하는 건 문제도 아닐 거야.'

"할머니가 지나가다 내가 붙잡혀 있는 걸 보고 뭐라고 나무랐는데, 헨리가 곧바로 할머니가 타고 있던 차로 달려갔어. 그러고는 차 등을 걷어차더라고."

벤에겐 무엇보다 충격적인 말이었다. 벤은 다른 대부분의 아이들이 보는 것을 믿다가 나중에는 생각을 믿는 어른으로 변해 간다는 사실을 본능적으로 이해하고 있었다. 조직 폭력배가 길을 걸어갈 때 그는 다른 어른들과 다름없이 해야 할 일과 약속과 자동차 구입을 머릿속에 떠올릴 뿐, 주변에서 아이들이 돌차기나 총싸움을 하든, 깡통 차기나 숨바꼭질을 하든 신경 쓰지 않는다. 헨리 같은 악동들은 보이는 부분만 조심한다면 얼마든지 아이들을 괴롭힐 수 있다. 기껏해야 지나치던 어른이 "그만두지 못하겠니?"라고 말한 후 악동이 말을 듣는지 잠시 지켜보고 서 있는 경우는 있다. 그래서 악동은 어른이 모퉁이를 돌아 사라질 때까지 기다렸다가……, 하던 일을 다시 시작하면 된다. 어른들이 참다운 인간의 삶은 키가 1미터 50센티미터가 될 때부터 시작된다고 믿는 것과 다르지 않다.

헨리가 노파를 뒤쫓아갔다면 보는 것 이상의 수준으로 바뀌었음을 의미한다. 그래서 벤은 헨리가 단순히 미친 것이 아니라 그 이상일 거라고 생각했다.

비벌리는 자신의 말을 벤이 믿어 주는 것 같아 마음이 놓였다. 로스 씨가 신문지를 접고 그대로 집 안으로 들어가 버렸다는 이야기까지 할 필요가 없어서였다. 로스 씨 이야기는 하고 싶지 않았다. 그 광경을 떠올리는 것만으로도 몹시 무서웠다.

"캔자스 가로 가 보자. 뛸 준비해." 벤은 갑자기 뚜껑 문을 열며 말했다.

벤은 아지트 입구에 서서 주위를 둘러보았다. 조용했다. 켄더스키그의 지절대는 물소리와 새의 지저귐, 칙칙폭폭 차량 기지로 향하는 기적 소리가 들려왔다. 그 밖에 경계할 만한 소리는 들리지 않았다. 차라리 개울을 따라 덤불을 헤치며 서로 욕설을 해대는 헨리 패거리의 목소리라도 들렸다면 좀더 안심이 됐을 일이다. 그러나 사람의 목소리는 없었다.

"자, 어서 나와."

벤은 비벌리를 잡고 끌어올렸다. 비벌리도 초조한 기색으로 주변을 살피면서 머리를 쓸어 넘기다가 끈끈한 느낌에 인상을 찌푸렸다.

벤은 그녀의 손을 잡았고 그들은 수풀을 헤치며 캔자스 가로 나아갔다. "길을 피해 가는 게 좋겠어."

"안 돼. 서둘러야 해." 비벌리가 말했다.

벤은 고개를 끄덕였다. "알았어."

그들은 길목으로 들어서 곧장 캔자스 가로 향했다. 비벌리는 한 차례 돌부리에 걸려 휘청거리다가

신학교 교정, 오전 2시 17분

달빛 비추는 보도에 그대로 고꾸라졌다. 신음소리와 함께 거친 콘크리트 바닥으로 핏방울이 튀어 올랐다. 달빛 아래 핏빛은 딱정벌레의 피처럼 검은색이었다. 헨리는 몽롱한 의식으로 핏방울을 한동안 내려다보다가 고개를 들어 주위를 훑었다.

캔자스 가는 이른 새벽의 적막감에 휩싸여, 집집마다 굳게 문이 닫힌 채 간간이 새어 나오는 스탠드 불빛 외에는 어둠에 묻혀 있었다.

'아, 하수구 입구가 있군.'

만화 주인공처럼 환하게 웃는 얼굴이 그려진 풍선 하나가 하수구 창살에 묶여 있었다. 풍선은 미풍에 까닥까닥 방아를 찧었다.

헨리는 자리에서 일어나 피로 끈적끈적해진 손으로 복부를 눌렀다. 검둥이에게 한방 먹기는 했지만 헨리는 그에게 더 치명상을 입혔다고 자신했다. 그렇고말고. 검둥이를 떠올리면서 헨리는 흡족했다.

"놈은 가망이 없어." 헨리는 중얼거리며 풍선을 지나갔다. 복부의 출혈은 좀처럼 멈추지 않았다. "꼬맹이들은 이제 다 죽은 몸이야. 도서관 샌님도 끝장냈으니까. 모조리 죽여 주겠어. 돌 던지는 방법을 제대로 알려 주겠단 말씀이야."

세상은 완만한 파도에 실려 그를 향해 천천히 다가왔으며, 정신 병동 텔레비전에서 본 「하와이 파이브 오」 연속물의 도입부에 등장하는 거대한 혜성처럼 느껴졌다.

(하하, 잭 로드의 연기는 정말 끝내 줬어. 잭 로드는 정말 끝내 줬

다니까)

헨리는 헨리는 헨리는 거의

(오아후 섬의 덩치들이 치고받고 싸우는 소리가 들리는데)

(치고받고치고받고)

(세상의 현실. 「파이프라인」. 챈테이스가 작곡한 「파이프라인」 기억나? 정말 끝내 주지. 시작 부분의 웃음소리도 정말 죽이거든. 패트릭 헉스테터의 웃음소리처럼. 재수 없는 변태 새끼. 그 자식은 제풀에 뒈져 버렸지, 아마)

헨리는 계속해서 웅웅대는 소리 때문에

(끝내 주는 정도가 아니야. 시쳇말로 죽이지)

(「파이프라인」은 아주 괜찮은 곡이야. 치고받아. 놈들이 도망가지 못하게)

(치고받아)

(치고받고치고받고)

(도망가지 못하게)

머릿속에 귀가 들어 있는 느낌이었다. 계속해서 '통통통' 하는 소리가 들렸다. 뿐만 아니라 머릿속에는 눈까지 들어 있어서, 용수철 끝에 매달린 빅터의 잘린 머리와 눈꺼풀과 뺨과 핏빛 장미 문신을 한 이마가 계속해서 시야를 가로막았다.

몽롱한 눈빛으로 주위를 둘러보니, 왼쪽에 스쳤던 저택들은 높다란 검은색 울타리로 바뀌었다. 울타리 너머 길쭉하고 음산한 빅토리아풍의 신학교 건물이 버티고 섰다. 불빛 하나 없었다. 신학교에서 마지막으로 졸업생을 배출한 때가 1974년 6월이었다. 그리고 그해 여름에 학교는 문을 닫았고, 지금은 수다스러운 여자들이 만든 데리 역사 학회라는 모임의 허락 없이는 출입이 통제된 상태였다.

헨리는 신학교 정문으로 발을 질질 끌고 다가갔다. 정문은 육중한 쇠사슬로 굳게 잠겨 금속 표지판이 매달려 있었다. '출입 금지, 데리 경찰서 시행령'.

헨리는 몸을 지탱하지 못하고 다시 보도 위로 고꾸라졌다. 멀찌감치 차량 한 대가 호손 쪽에서 캔자스 가로 방향을 틀었다. 전조등 불빛이 거리를 앞서 달려왔다. 헨리는 가물가물한 의식을 다잡으며 오랫동안 자동차를 바라보았다. 순찰차였다.

그는 정문 왼쪽으로 기어들어 울타리 뒤에 몸을 숨겼다. 달아오른 얼굴에 와 닿는 밤이슬이 고마웠다. 아예 바닥에 얼굴을 파묻고 머리를 이리저리 굴리며 이슬로 얼굴을 식히고 습기를 빨아먹었다.

순찰차는 그대로 지나갔다. 그런데 느닷없이 소용돌이치는 파란색 불빛이 어둠을 헤집었다. 다급한 비상사태와 어울리지 않는 인적 없는 밤거리, 그러나 헨리의 귓가로 전속력으로 달리는 차량의 엔진 소리가 들려왔다. 타이어 미끄러지는 소리가 나며 고무 타는 냄새가 몰칵 달려들었다.

'젠장, 꼼짝없이 잡혔잖아.' 헨리는 얼뜬 목소리로 중얼거리다가……, 이내 순찰차가 캔자스 가로 접어드는 것을 깨달았다. 잠시 후 요란한 사이렌 소리가 남쪽에서 헨리가 있는 쪽으로 다가오기 시작했다. 커다란 검은 고양이가 어둠 속에서 녹색 눈을 반짝이며 유연한 동작으로 뛰어오르는 모습, '그것'이 또 모습을 바꾸고 헨리를 향해 허기진 배를 채우려고 다가오고 있었다.

헨리는 조금씩(사이렌 소리의 방향이 비켜 가자) 그것이 구급차이며, 순찰차가 앞서 간 방향을 뒤따르고 있음을 알았다. 축축한 수풀은 아주 싸늘하게 느껴져, 기를 쓰며

(아가씨를 헛간으로 데려갔네, 누구의 헛간인지, 무슨 헛간인지 몰라도 그곳은 내 헛간이었지)

구토를 참았다. 그 순간 토했다가는 내장이 전부 밖으로 쏟아져 나올 것 같아 두려웠다. 게다가 아직 다섯 명을 더 해치워야 했다.

'구급차와 순찰차. 어디로 가는 거지? 도서관이겠군. 검둥이 새끼. 하지만 이미 늦었어. 내가 핏물에 담가 놨으니까. 그러니 사이렌은 이제 좀 끄실까, 얼간이들. 검둥이 놈은 그 소리를 듣지도 못할 테니까. 말뚝처럼 빳빳하게 굳어 있을걸. 검둥이 새끼…….'

하지만 그가 부른 것일까?

헨리는 까칠한 혀로 갈라진 입술에 침을 발랐다. 마이클이 죽었다면 한밤에 사이렌 소리는 들리지 않았을 것이다. 그 검둥이가 전화를 한 것이다. 어쩌면 놈은 아직 살아 있을지 모른다.

"아니야."

헨리는 숨을 몰아쉬었다. 벌러덩 누워 하늘의 숱한 별들을 올려다보았다. '그것은 저기 어딘가에서 왔겠지.' 헨리는 느낄 수 있었다. 하늘 어딘가에서…… 그것은

(지구 위의 여자와 남자를 죄다 겁탈하기 위해 외계에서 온 것이다. 빅터가 그런 말을 하곤 했다. 그 정도면 아주 괜찮아)

행성 사이의 어느 공간에서 왔을 것이다. 별빛을 바라보고 있자니 으스스한 느낌이 들었다. 너무 거대하고 너무 음침한 존재.

상상만 해도 피가 곤두서고, 불길로 타오르는 얼굴을 떠올릴 엄두조차 나지 않는…….

헨리는 눈을 감고 부들부들 떨며 팔로 복부를 더 힘껏 감싸 안았다. '검둥이는 죽었어. 우리가 엎치락뒤치락 싸우는 소리를 누군가 듣고서 경찰에 신고한 거야.'

그러면 구급차가 왜 왔을까?

"닥쳐, 닥치라고." 헨리는 신음했다. 분노가 치밀어 올랐다. 오래전(지금은 눈앞에 벌어지듯 너무 생생한) 그들에게 혼쭐난 적이 있었다. 늘 다 잡았다고 생각할 때마다 그들은 슬며시 빠져나갔다. 트림쟁이가 캔자스 가를 지나 황무지로 달려가는 계집애를 따라갔던 마지막 날과 비슷했다. 헨리는 물론 생생하게 기억할 수 있었다. 불알을 걷어채였으니 어찌 잊겠는가. 게다가 그해 여름에만 고환이 터질 뻔한 일이 한 번이 아니었다.

헨리는 일어나 앉으려고 버둥대다가 복부에 느껴지는 깊은 통증 때문에 인상을 찌푸렸다.

빅터와 트림쟁이는 헨리를 부축해 황무지로 진격했다. 헨리는 사타구니와 아랫배가 아파 눈앞이 빙빙 돌았지만 발걸음을 늦추지 않았다. 끝장을 봐야 할 시간이었다. 그들은 대여섯 개의 길이 거미줄처럼 얽힌 지점에서 개간지 쪽으로 방향을 잡았다. 그랬다. 아이들이 거기 어딘가에서 놀고 있을 터였다. 인디언에게 길을 따로 물어볼 필요도 없었다. 사탕 껍질, 붉은색과 검은색의 장난감 총알 따위가 주위에 흩어져 있었다. 널빤지 몇 개와 톱밥도 뒹굴고 있으니, 꼴에 무슨 공사라도 한 모양이었다.

헨리는 개간지 한복판에 서서 나무 사이를 노려보며 꼬맹이들이 숨어 있을 나무 집을 찾던 자신의 모습을 기억했다. 집을 찾아내면 곧바로 뛰어올라가 벌벌 떨고 있는 계집애의 목을 잘라 버리고 죽을 때까지 가슴을 주물러 줄 생각이었다.

그러나 헨리는 나무 집을 찾지 못했다. 트림쟁이와 빅터의 눈에도 아이들이 숨어 있을 만한 장소는 보이지 않았다. 헨리는 익숙한 절망을 맛보았다. 헨리와 빅터는 트림쟁이를 개간지에 남겨두고 강을 따라 내려갔다. 그러나 그곳에도 계집애의 흔적은 없었다. 헨리는 또렷이 그 순간을 기억했다. 돌을 집어

황무지, 오후 12시 55분

분하고 어쩔 수 없는 마음에 멀리 던졌다.

"이년이 대체 어디로 간 거야?" 헨리는 빅터에게 돌아서며 버럭 고함을 질렀다. 빅터는 천천히 고개를 가로저었다.

"모르겠어. 근데 너 피가 나잖아."

헨리는 청바지 사타구니 부분에 동전만 한 크기의 검은 얼룩을 내려다보았다. 얼얼한 느낌 외에 전보다 아픔은 많이 가셨지만 속옷이 너무 꽉 조이는 것 같아 기분이 좋지 않았다. 고환이 퉁퉁 부어올랐다. 심장을 옭아매듯 깊숙한 곳에서 또다시 분노가 솟구쳤다. 그 계집애가 그렇게 만든 것이다.

"어디 있어, 어디?" 그는 또다시 빅터에게 분통을 터뜨렸다.

"모른다니까." 빅터는 방금 전과 다름없이 무덤덤한 목소리로 대꾸했다. 일사병에라도 걸린 사람처럼 멍한 표정이었다. "벌써

도망쳤을 거야. 지금쯤이면 올드케이프에 가 있을걸."

"아냐. 어딘가 숨어 있어. 이것들이 비밀 장소를 만들어 놓았을 거고, 그년은 지금 거기 숨어 있다니까. 나무 집은 아니야. 다른 거야."

"그게 뭔데?"

"나도……, 몰……라!"

헨리가 버럭 고함을 지르자 빅터는 뒤로 움찔했다.

켄더스키그의 차가운 강물에 운동화가 젖는 것도 아랑곳하지 않고 헨리는 주위를 두리번거렸다. 그런데 하류 쪽으로 6미터쯤 떨어져 있는 강둑에서 시멘트 기둥이 튀어나와 있었다. 배수 펌프장이었다. 헨리는 물에서 나와 그쪽으로 걸어갔다. 누구한테 등을 떠밀리듯 반드시 시멘트 기둥을 살펴봐야 할 것만 같았다. 온 몸 구석구석 신경이 곤두서고, 휘둥그레진 눈으로 무엇이든 놓치지 않고 확인하겠다는 마음도 자신의 의지와는 동떨어진 것이었다. 조류에 끊임없이 흔들리는 바다 속 해초처럼 귓속의 잔털까지 살랑거리며 무슨 소리라도 낚아챌 듯 잔뜩 기다리는 느낌이었다.

배수 펌프장에서 웅웅 하는 소리가 들려왔다. 그 뒤로 강둑에서 빠져나온 배수관은 켄더스키그로 향해 있었다. 침전물이 배수관을 따라 줄기차게 강물로 떨어졌다.

헨리는 동그란 놋쇠 뚜껑 위로 상체를 구부렸다.

"헨리?" 빅터가 초조하게 불렀다. "헨리, 뭐하는 거야?"

헨리는 빅터의 말은 들은 척도 하지 않았다. 뚜껑에 난 구멍 하나를 들여다보았지만 짙은 어둠뿐 아무것도 보이지 않았다. 이번에는 눈보다 귀에 더 신경을 집중해 보았다.

"기다려……."

시커먼 내부로부터 목소리가 그에게 흘러나왔고 그 순간 헨리는 심장과 몸속의 모든 혈관이 차가운 크리스털 튜브 속에서 얼어붙는 느낌이었다. 그러나 이 모든 감정들과 함께 전혀 뜻밖의 감정이 일었다. 사랑. 눈이 휘둥그레졌다. 무감각한 포물선처럼 함박웃음이 그의 입가에 떠올랐다. 그것은 달에서 내려온 목소리였다. 이제 달에서 간이 펌프장……, 저 아래 하수관 속으로 옮겨 왔다.

"기다려……. 살펴봐……."

그는 다음 말을 기다렸지만 그 말이 전부였다. 그리고 웅웅거리는 펌프 소리. 헨리는 둑에서 줄곧 그를 주의 깊게 바라보고 서 있던 빅터에게 돌아갔다. 그러고는 빅터의 궁금증은 무시해 버리고 트림쟁이를 부르기 시작했다. 잠시 후 트림쟁이가 나타났다.

"빨리 와."

"어쩔 생각인데, 헨리?" 트림쟁이가 물었다.

"기다리자. 살펴보자고."

그들은 개간지를 향해 웅크리고 앉았다. 헨리는 고환을 꽉 죄어 대는 속옷을 벗고 싶었지만 그러기에는 너무 아파 손도 대지 못할 지경이었다.

"헨리, 뭘 보라는……."

"쉬잇!"

트림쟁이는 찍소리 못하고 입을 다물었다. 헨리는 카멜 담배를 혼자만 피웠다. 그 쥐새끼 같은 계집애가 혹시 담배 냄새를 맡고 도망칠지 몰랐으니까. 물론 빅터와 트림쟁이에게 자초지종을 설명해 줄 수도 있었지만 그럴 필요는 없었다. 목소리가 알려 준 말은 단 두 마디뿐이었지만 헨리에게 그 정도면 충분했다. 아이들이 노는 곳은 그 주변이었다. 얼마 후면 다른 아이들도 돌아올 것이다. 눈엣가시 같은 일곱 놈을 전부 잡을 수 있는데 조무래기 계집애 하나가 대수란 말인가?

그들은 기다리며 주위를 살폈다. 빅터와 트림쟁이는 눈을 뜬 채 잠에 취한 모습이었다. 기다림은 길지 않았지만 헨리는 그동안 괜찮은 생각들을 정리할 수 있었다. 예를 들어 오늘 아침 잭나이프를 어떻게 손에 넣었는지도 떠올려 보았다. 여름방학 날 어디선가 잊어버린 칼과는 다른 것이었다. 그보다 훨씬 멋진 칼이었다.

그것은 우편으로 왔다.

그런 셈이다.

헨리는 오늘 아침 현관 앞에 서서 기운 우편함을 바라보며 대체 그것이 무엇인지 고민을 거듭했다. 우편함이 때아닌 풍선으로 장식되어 있었다. 그중 두 개는 우편 배달부가 소포를 걸어 두곤 하는 쇠고리에 달렸고, 다른 것들은 우편함 기둥에 묶인 상태였다. 빨강, 노랑, 파랑, 초록. 서커스 단이 밤새 위챔 가를 지나다가 소리 없이 남겨 놓고 갔을까. 그래도 어딘가 이상했다.

헨리가 우편함으로 걸어가자, 풍선마다 사람 얼굴이 그려져 있었다. 그해 여름 내내 그를 골탕 먹이고 매순간 미꾸라지처럼 빠져나갔던 아이들 말이다.

헨리가 입까지 헤 벌리고 풍선을 바라보는 동안, 돌연 풍선들이 하나씩 터지기 시작했다. 아주 근사했다. 마치 그 아이들을 하나씩 죽여 버리겠다는 헨리의 마음을 읽고 풍선이 터지는 것 같았다.

그리고 우편함이 저절로 열렸다. 헨리는 바투 다가서 그 안을 들여다보았다. 오후 나절이 돼야 우편 배달부가 그 먼 곳까지 나타나는 것이 보통이지만, 헨리는 우편함 안에 든 직사각형의 상자를 보고도 그리 놀라지 않았다. 상자를 끄집어냈다. 메인 주 데리 무료 우편 지구 2, 헨리 바워스 귀하. 헨리의 주소와 함께 보낸 사람의 주소 비슷한 내용도 씌어져 있었다. 메인 주 데리 로버트 그레이 보냄.

갈색 포장지가 뜯어져 곧바로 헨리의 발밑에 떨어졌다. 흰색 상자가 나타났다. 상자를 열었다. 잭나이프가 흰색 헝겊 위에 가지런히 놓여 있었다. 잭나이프를 들고 집 안으로 들어갔다.

헨리의 아버지는 헨리와 함께 사용하는 침실의 초라한 침대에서 세상모르게 잠들어 있었다. 누런 팬티 위로 불룩 튀어나온 뱃살과 빈 맥주 깡통들이 사이좋게 널브러져 있었다. 헨리는 아버지 옆에 쭈그리고 앉아, 코고는 소리를 확인하고 두툼하고 볼썽사나운 입술이 부르르 떨리는 광경을 지켜보았다.

헨리는 아버지의 앙상한 목에 잭나이프를 갖다 댔다. 아버지는 약간 몸을 옴직거렸지만 숙취에 절은 깊은 잠에서 쉽게 깨어날 것 같지 않았다. 헨리는 5분 정도 그대로 서서 몽롱한 시선과 생각에 골똘한 표정으로 잭나이프의 은색 버튼을 어루만졌다. 달에서 나온 목소리가 포근함 속에 날카로운 칼날을 숨긴 봄바람처럼 헨리의 귓가에 속닥거리다가 말벌이 가득한 종이 벌집처럼 웅웅

대기도 했고, 느닷없이 시끄러운 정치가처럼 떠벌리기도 했다.

그 목소리는 무엇이든 괜찮다고 말하는 것 같았고, 그래서 헨리는 주저 없이 은색 버튼을 눌렀다. 찰칵 하는 용수철 소리와 함께 15센티미터의 칼날이 부치 바워스의 목을 관통했다. 잘 구운 닭고기 가슴 부위에 쇠꼬챙이를 찔러 넣는 기분이었다. 칼날 끝부분이 살짝 반대편으로 튀어나와 핏물을 뚝뚝 떨어뜨렸다.

부치의 눈이 번쩍 열려 천장을 노려보았다. 입이 쩍 벌어졌다. 입가에서 피가 흘러내려 귓가로 파고들었다. 꾸르륵꾸르륵 소리를 냈다. 입에서 커다란 피거품이 일다가 톡 터졌다. 한 손으로 헨리의 무릎께를 움켜잡고 발작적으로 힘을 주었지만 헨리는 개의치 않았다. 곧바로 손이 떨어져 나갔다. 꾸르륵꾸르륵 하는 소리도 이내 멈추었다. 부치 바워스는 그렇게 숨을 거두었다.

헨리는 칼을 빼낸 후 아버지의 더러운 침대보에 쓱쓱 문질러 닦은 후, 찰칵 하는 소리와 함께 칼날을 집어넣었다. 그는 무덤덤하게 아버지를 바라보았다. 목에 칼을 대고 서 있는 동안, 목소리가 오늘 해야 할 일들을 소상히 알려 주었다. 모든 것을 설명해 주었다. 그래서 그는 아버지를 죽였다. 그리고 옆방으로 가서 트림쟁이와 빅터에게 전화한 것이다.

이제 그들 세 명은 황무지에 있었다. 고환이 아파 죽을 지경이었지만, 헨리는 왼쪽 호주머니에 든 잭나이프의 촉감을 떠올리며 위안을 받았다. 그것은 또 한번의 칼부림을 예고하고 있었다. 다른 아이들이 돌아와 무슨 시답잖은 놀이를 하든 그때부터 칼부림은 시작될 터였다. 쭈그리고 앉아 아버지를 살필 때부터 이미 그 목소리가 헨리를 위해 정해 둔 일이었으며, 집에서 마을까지 오는 동안에도 그는 하늘에 걸린 유령 같은 원반에서 눈을 떼지 못했다. 헨리는 달 속에서 실제로 남자의 얼굴을 보았다. 소름 끼치도록 깜박이는 유령의 얼굴, 눈동자를 대신한 분화구, 광대뼈까지 올라간 미끈미끈한 웃음. 그것은

(우린 이 밑에서 떠다닌다 헨리 우리는 모두 떠다닌다 헨리 너도 그렇게 될 거야)

마을로 오는 내내 그에게 말을 걸었다. '모두 죽여, 헨리.' 달에서 나온 유령의 목소리는 줄곧 그렇게 말했고, 헨리는 충분히 이해하고도 남았다. 헨리는 목소리를 이해할 수 있다고 확신했다. 눈엣가시 같은 아이들을 모조리 죽일 수만 있다면, 그동안의 찜찜한 감정(언젠가는 헨리 자신도 힘을 잃을 것이고, 어쩔 수 없이 앞으로 맞닥뜨려야 하는 더 큰 세상에서는 데리 초등학교를 휘어잡았던 강력한 지배력도 아무 소용이 없을 것이라는 감정)도 사라질 것 같았다.

아이들을 모두 없앤다면 그 목소리들(내부에서 들려오는 숱한 목소리와 달에서 나오는 목소리)도 자신을 놓아줄 거라고 헨리는 생각했다. 아이들을 죽인 후, 집으로 돌아가 아버지가 아끼던 일본 군도를 무릎에 올려놓고 뒷마당에 앉아 있을 생각이었다. 아버지의 맥주를 한잔해도 좋을 것이다. 라디오를 들어도 좋겠지만 야구 중계는 싫었다. 야구는 정말이지 고리타분했다. 그 대신 로큰롤이 제격이었다. 헨리는 몰랐지만(알았다고 해도 상관없었다), 로큰롤은 왕따 클럽의 아이들과 유일하게 일치하는 부분이었다. 로큰롤이면 무조건 좋다는 생각에서 그랬다. "아가씨를 헛간으로 데려갔네, 누구의 헛간인지, 무슨 헛간인지 몰라도 그곳은 내 헛

간이었지.” 그렇게 되면 모든 일이 술술 풀리고, 한마디로 만사형통이었다. 무엇을 해도 마냥 좋을 것이고 다음에 무슨 일이 벌어져도 문제될 것이 없었다. 헨리는 목소리가 자신을 지켜 줄 것이라고 확신했다. 그것에 복종한다면 그것도 헨리를 보살펴 줄 것이다. 일이 그런 식으로 돌아가는 것이 바로 데리의 섭리였다. 그러나 우선은 아이들을 하루빨리, 오늘 당장 끝장내야 했다. 목소리도 그렇게 말했으니까.

헨리는 잭나이프를 꺼내 이리저리 움직이면서 크롬 도금에 미끄러지는 햇살의 희롱을 황홀하게 바라보았다. 트림잿이가 헨리의 팔을 붙잡으며 다급하게 말했다. “봐, 헨리! 맙소사! 보라니까!”

고개를 들고 헨리는 모든 의문이 단번에 풀리는 기분을 느꼈다. 개간지에서 네모난 부분이 지하의 어둠을 한 조각 잘라 낸 듯 마술처럼 위로 올려졌다. 헨리는 목소리의 주인공이 보냈을 법한 무서운 전율을 느꼈다. 그것이 도시의 지하 어딘가에 살고 있다는……. 곧이어 삐걱거리는 소리가 들렸다. 그들이 나무 집을 찾지 못한 이유는 애초부터 그곳에 없었기 때문이다.

“하 참, 그럼 저것들 머리 위에 서 있었던 거잖아.” 빅터가 투덜거리는 순간, 벤이 개간지 한복판의 사각형 틈으로 모습을 드러냈다. 그는 곧바로 뛰어나갈 태세였다. 헨리는 빅터를 붙잡았다.

“가서 잡아야지, 헨리?” 빅터는 벤을 지켜보며 물었다.

“잡아야지.” 헨리는 그 증오스러운 뚱보를 노려보며 말했다. 헨리의 고환을 후려갈긴 또 다른 장본인이었다. ‘돼지 새끼, 네놈의 불알을 올려 차서 귀에다 걸게 만들어 주마. 두고 보면 알 거다.' "걱정 붙들어 매."

뚱보는 구멍으로 계집애를 끌어냈다. 비벌리는 땅위로 올라오면서 이리저리 주변을 초조하게 살피다가 갑자기 헨리를 똑바로 바라보는 듯했다. 그러나 헨리가 지켜보고 있는 줄 미처 모르는 모양이었다. 두 아이는 서로 뭐라고 중얼대더니 이내 풀숲으로 사라졌다.

"가자." 잔가지와 낙엽 밟히는 소리가 거의 들리지 않을 만큼 멀어졌을 때 헨리가 말했다. "쫓아가는 거야. 하지만 멀찍이 떨어져서 조용히 따라가야 해. 놈들을 한꺼번에 잡을 생각이니까."

헨리의 말에 따라, 그들은 정찰병처럼 이쪽저쪽 살피며 개간지를 가로질렀다. 트림쟁이는 잠시 아지트를 내려다보며 고개를 갸웃거렸다. "놈들 머리 꼭대기에 앉아 있었잖아."

헨리는 성마른 표정으로 트림쟁이를 재촉했다.

그들은 풀숲으로 들어가는 대신 조용한 길을 택했다. 캔자스가로 향하는 길목 중간쯤, 계집애와 뚱보가 손을 맞잡고(햐, 정말 깜찍하게 노는구나, 헨리는 아주 신바람이 났다.), 그들 바로 앞쪽 길목에 나타났다.

바로 뒤에 헨리 패거리가 따라붙었지만 두 아이는 뒤를 돌아보지 않았다. 헨리와 빅터, 트림쟁이는 한동안 꼼짝도 않고 서 있다가 잽싸게 길 가장자리로 뛰어들었다. 덤불과 관목 사이로 벤과 비벌리의 옷이 스쳤다. 헨리 패거리는 다시 살금살금 아이들을 뒤쫓기 시작했다. 헨리는 또 한번 호주머니에서 칼을 빼 들고

헨리, 차를 얻어 타다, 오전 2시 30분

손잡이의 버튼을 눌렀다. 칼날이 튀어나왔다. 달빛에 의지해 흐릿한 주변을 둘러보았다. 칼날에 와 닿는 별빛이 마음에 들었다. 정확히 몇 시나 됐는지 알 길이 없었다. 게다가 출혈 때문에 정신이 가물가물했다.

정체 모를 음향이 점점 또렷해졌다. 자동차 엔진 소리였다. 점점 가까워졌다. 헨리는 어둠 속에서 눈에 바짝 힘을 주었다. 칼을 더 힘껏 움켜잡고 차가 지나가기를 기다렸다.

차는 지나가지 않았다. 자동차는 신학교 울타리 모퉁이 부근에 시동을 건 채 정지했다. 잔뜩 인상을 찌푸리고(복부가 딱딱하게 굳은 느낌이었다. 판자처럼 딱딱했지만, 3월 말이나 4월 초에 단풍나무에 구멍을 뚫으면 흘러나오는 수액처럼 손가락 사이로 피가 찔끔찔끔 새어 나왔다) 반쯤 일어선 자세로 울타리에 몸을 기댔다. 전조등과 자동차의 생김새가 눈에 들어왔다. 경찰? 그는 칼을 힘껏 쥐었다 폈다가, 쥐었다 폈다가 하며 의혹의 눈초리를 거두지 않았다.

'차를 태워 주마, 헨리.' 목소리가 속삭였다. '택시라고 생각하면 돼. 어쨌든 타운 하우스까지 총알처럼 태워다 줄 테니까. 벌써 밤이 깊었거든.'

메마른 웃음소리가 들리다가 이내 잠잠해졌다. 귀뚜라미 울음소리와 자동차의 시동 소리만이 침묵을 대신했다. '시뻘건 폭죽이 터지는 소리 같잖아.' 밑도 끝도 없이 그런 생각이 들었다.

헨리는 주춤주춤 발걸음을 옮겨 신학교 건물 뒤쪽으로 향했다.

자동차를 힐끔거렸다. 순찰차는 아니었다. 비상등도 없고 생김새도 달랐다. 모양이……, 아주 오래된 것이었다.

다시 들려오는 메마른 웃음소리……, 바람 소리였는지 모른다.

헨리는 울타리의 그림자에서 나와 자동차를 향해 걸어갔다. 환한 달빛과 꿰뚫을 수 없는 어둠의 세계가 흑백의 폴라로이드 사진처럼 찍혀 있고, 자동차는 그 사진 속의 일부처럼 느껴졌다. 헨리의 몰골은 엉망이었다. 셔츠는 피로 검게 물들었고 청바지도 무릎까지 핏물이 들어 있었다. 짧은 스포츠형 머리 밑에 나타난 얼굴은 흰색 얼룩 같았다.

그는 신학교 길목과 보도가 만나는 지점에서 자동차를 엿보며 운전석에 앉은 사람이 누구인지 유심히 살폈다. 그런데 가만히 보니 그 자동차는 아버지가 언젠가 사고 말겠다던 1958년도 플리머스 퓨어리였다. 붉은색과 흰색만 봐도 감이 잡혔으며, 낮게 으르렁대는 엔진은 안 봐도(그 정도로 충분히 아버지가 말하지 않았던가?) V-8 327모델이 분명했다. 255마력에 9초면 시속 110킬로미터에 도달하고 4기통 엔진에서 기막힌 소리를 뿜어낸다는. '그 차를 꼭 사고 말 거야. 그래서 죽고 나면 차 안에다 묻어 달라고 할 거니까.' 부치는 입버릇처럼 말했지만……, 그는 그 차를 끝내 사지 못했을뿐더러 패륜적인 살인마로 떠들썩하게 헨리가 경찰에 잡혀 간 이후 메인 주는 부치의 시신을 농장에 묻도록 조치했다.

'운전석에 있는 사람이 아버지라면, 차를 타고 싶은 마음이 싹 가실걸.' 헨리는 잭나이프를 이리저리 흔들며 여전히 운전석을 뚫어지게 바라보았다.

느닷없이 조수석 문이 활짝 열리고 실내등이 켜지더니, 운전석에 앉은 사람이 고개를 돌려 헨리를 바라보았다. 트림쟁이 허긴스였다. 얼굴이 말이 아니었다. 한쪽 눈알은 빠지고 뺨에 난 썩은 구멍 사이로 시커먼 이빨이 드러났다. 죽던 날 쓰고 있던 뉴욕 양키스 야구 모자는 그대로였다. 다만 챙을 따라 녹색 곰팡이가 피어 있었다.

"트림쟁이!" 헨리는 비명을 지르다가 배가 찢어질 듯이 아파 또 한번 숨죽여 신음을 참았다.

트림쟁이의 입술이 히죽 벌어지면서 핏기 없는 잿빛 주름이 잡혔다. 어서 타라며 뒤틀린 손을 차창 밖으로 흔들었다.

헨리는 망설이다가 주춤주춤 퓨어리 가까이 다가서서 V자형 상징을 만져 보았다. 어린 시절 아버지 손에 이끌려 뱅고어 전시장에 들를 때마다 항상 그곳을 만져 보곤 했다. 조수석에 다가섰지만 이내 현기증이 느껴져 차 문에 의지해야 했다. 한동안 그렇게 서서 얼굴을 떨구고 호흡을 가다듬었다. 이윽고 어찔한 기운이 사라지자 아직 숨결이 불안했지만 조수석에 간신히 자리를 잡았다. 또 한 차례 복부에서 심한 통증이 느껴지더니 손아귀 사이로 피가 흘러나왔다. 따뜻한 젤리 같았다. 의자에 깊숙이 몸을 기대고 목에 퍼런 힘줄이 돋을 정도로 이를 악물었다. 고통이 조금 수그러들었다.

차문이 저절로 닫혔다. 실내등도 꺼졌다. 헨리는 변속기를 주행으로 바꾸는 트림쟁이의 썩어 문드러진 손을 바라보았다. 손가락 살갗 속으로 허연 뼈마디가 드러났다.

퓨어리는 캔자스 가를 따라 업마일 언덕 방향으로 미끄러졌다.

"잘 있었냐, 트림쟁이?" 헨리는 혼잣말처럼 중얼거렸다. 말도 안 되는 상황이었지만(트림쟁이는 들을 수도, 운전할 수도 없는 죽은 몸이었다) 그 순간만큼은 달리 어쩔 도리가 없었다.

트림쟁이는 묵묵부답이었다. 대꾼한 한쪽 눈으로 도로만 바라보았다. 뺨에 난 구멍 사이로 치아가 번뜩이자 헨리는 메스꺼움을 느꼈다. 헨리도 그쯤에서 트림쟁이에게서 풍기는 고약한 냄새를 알아차렸다. 통에 담겨 썩어 문드러진 토마토 냄새였다.

조수석 물품 보관함이 저절로 열려 헨리의 무릎에 부딪혔다. 보관함의 작은 전구 불빛 아래 반쯤 먹다 남은 술병이 눈에 띄었다. 헨리는 술병을 꺼내 단숨에 들이켰다. 시원한 비단처럼 목구멍을 타고 내려갔지만, 이내 배 속이 용암이 분출하듯 격렬한 통증이 달려들었다. 그는 온몸을 떨면서 신음했다……. 시간이 좀 지나자 한결 기분이 가뿐해지고 시야의 초점도 뚜렷해졌다.

"고맙다."

헨리의 말에 트림쟁이는 고개를 돌려 그를 바라보았다. 트림쟁이의 목에서 힘줄이 뜯어지는 듯한 소리가 들렸다. 녹슨 덧문이 삐거덕대는 소리. 트림쟁이가 한쪽만 남은 송장의 눈으로 헨리를 바라보는 동안, 헨리는 트림쟁이의 코가 거의 떨어져 나간 사실을 처음으로 깨달았다. 개가 물어뜯었을까, 아니면 쥐. 쥐가 더 그럴듯해 보였다. 그날 꼬맹이들을 쫓아 들어간 터널에는 쥐가 우글거렸다.

트림쟁이는 느릿느릿 다시 앞으로 고개를 돌렸다. 헨리는 내심 다행이다 싶었다. 트림쟁이의 시선이 몹시 꺼림칙했던 것이다. 푹 주저앉은 한쪽 눈 속에는 어떤 의미가 담겨 있는 듯했다. 비난일까? 분노? 뭘까?

죽은 아이가 운전을 하고 있다니.

헨리가 팔을 내려다보니 소름이 돋아 있었다. 재빨리 술을 또 한 모금 들이켰다. 처음과 달리 부드럽게 온몸이 따뜻해지는 느낌이었다.

퓨어리는 업마일 언덕을 내려간 후, 시계 반대 방향으로 도는 원형 교차로에 접어들었다. 시간이 늦어 도로는 한산했고, 텅 빈 거리와 인근 건물 벽면에도 깜박이는 황색 신호등의 잔영이 비추었다. 너무도 적막해서 신호등 바뀌는 소리까지 들리는 것 같았지만……, 착각일지도 몰랐다.

"너를 혼자 놔두고 올 생각은 없었어, 트림쟁이. 그러니까 내 말이 거짓인지 아닌지는 네가 더 잘 알 거라는 말이야."

트림쟁이의 몸에서 다시 힘줄 끊어지는 소리가 들렸다. 트림쟁이는 다시 한쪽 눈으로 헨리를 바라보았다. 그가 오싹한 미소를 짓자 곰팡이 낀 거무스름한 잇몸까지 훤히 드러났다. '저 미소의 의미가 뭘까?' 헨리가 속으로 궁금해하는 동안, 부드럽게 메인가를 미끄러졌고, 차창 밖으로 프리즈 백화점과 앤 음식점, 그 맞은편의 알라딘 극장이 지나갔다. '용서해 준다는 의미인가? 오랜 친구에게 보내는 미소? 아니면 다 알고 있다는 의미인가? 나와 빅터를 죽게 놔두고 혼자 도망간 거 다 알고 있어, 그런 뜻일까? 대체 무슨 꿍꿍이야?'

"네가 이해해 줘야겠어." 헨리는 입을 열었다가 이내 다물었다. 뭘 이해해 달라는 얘기지? 마음이 온통 뒤죽박죽이라 제니퍼힐의 지저분한 탁자 앞에서 하는 낱말 맞추기 놀이처럼 맞아떨어지는 것이 하나도 없었다. 그때 정확히 무슨 일이 벌어졌지? 그들은 뚱보와 여자 아이를 따라가다 둑 위로 올라가는 모습을 지켜봤다. 만약 꼬맹이들이 시야에서 그대로 사라져 버린다면 헨리와 빅터와 트림쟁이는 미행 작전을 포기하고 곧바로 쫓아가 뒷덜미를 낚아챌 생각이었다. 모두 놓치는 것보다는 둘을 붙잡는 편이 나았고, 나머지 아이들은 나중에 또 기회를 잡을 일이었다.

그러나 뚱보와 여자 아이는 사라지지 않았다. 그들은 그저 울타리에 몸을 기대고 서서 잡담을 나누며 거리를 살폈다. 이따금 황무지로 이어지는 내리막길을 자세히 둘러보았지만, 헨리는 두 명의 부하를 눈에 안 띄게 잘 숨겨 놓았다.

하늘은 잔뜩 찌푸린 채, 동쪽에서 구름이 몰려들며 공기가 후텁지근했다. 곧 비가 내릴 것 같았다.

그리고 어떻게 됐더라? 어떻게…….

뼈와 가죽만 남은 손 하나가 이마를 건드리자, 헨리는 비명을 질렀다. 다시 현기증이 밀려들었지만 트림쟁이의 오싹한 손길과 복부의 통증 때문에 이내 정신을 차릴 수 있었다. 옆을 바라보니 트림쟁이의 얼굴이 바로 코앞에 있었다. 트림쟁이의 악취를 맡느니 차라리 숨이 멎었으면 싶었다. 가까이서 보니 트림쟁이는 그야말로 썩은 모습이었다. 헨리는 한쪽 처마 구석에서 썩어 가는 토마토를 다시 떠올렸다. 속이 울렁거렸다.

불현듯 결말 부분, 적어도 트림쟁이와 빅터에게는 끝이었을 마지막 장면이 기억났다. 그들이 어디로 가야 할까 잠시 망설이는 동안, 어둠 속에서 그것이 불쑥 모습을 드러냈다. 헨리는 그것이 무엇인지 알지 못했다. 그리고 다음 순간, 빅터가 "프랑켄슈타인! 프랑켄슈타인이야!" 하고 고함을 질렀다. 빅터의 말대로 그것은 목에 나사가 꽂혀 있고, 이마에 깊숙이 찢어진 상처, 장난감 같은 구두를 신고 있는 모습까지 프랑켄슈타인과 비슷했다.

"프랑켄슈타인! 프랑……." 고함치던 빅터의 머리가 한순간에 사라져 버렸다. 잘린 빅터의 머리는 맞은편 석조물까지 날아가 퍽 하는 소리를 내며 부딪혔다. 노르스름하고 축축한 괴물의 눈동자가 이번에는 헨리 쪽으로 향하자, 헨리는 그 자리에서 얼어붙고 말았다. 오줌까지 싸는 바람에 아랫도리가 축축했다.

괴물이 그를 향해 기우뚱했고, 트림쟁이……, 트림쟁이가…….

"잘 들어, 내가 도망친 건 사실이야." 헨리가 말했다. "그러지 말았어야 했어. 하지만……, 하지만……."

트림쟁이는 그저 바라보고만 있었다.

"제정신이 아니었어." 헨리는 자신도 대가를 톡톡히 치렀다는 말투로 조용히 속삭였다. 그러나 설득력이 없어서 오히려 '그래, 네가 죽을 줄 알았어, 트림쟁이. 하지만 나부터 살고 봐야 할 것 아냐.' 처럼 들렸다. 하지만 정말 끔찍한 상황이었다. 악취가 진동하는 어둠 속을 몇 시간이나 헤맨 끝에 결국 미친 듯이 비명을 지르기 시작했다. 그는 분명히 기억했다. 어떤 지점에서 그는 추락했다. 기나긴, 아찔한 추락이라서 생각할 시간까지 있었다. '맙소사, 1분 내로 죽겠어. 그러면 여기서 벗어날 테지…….' 그러고 나서 그는 급류 속에 빠졌다. 운하 밑인 듯했다. 그는 희미한 햇빛 속으로 빠져나와 질질 발을 끌며 강둑으로 향했고, 그로부터 26년 후 에이드리언 멜론이 죽게 될 지점에서 50미터도 안 떨어진 곳으로 기어올랐다. 그러나 둑을 올라가다 굴러떨어져 머리를 부딪히는 바람에 정신을 잃었다. 정신을 차렸을 때는 어두워진 후였다. 가까스로 2번 국도를 따라 걷다가 차를 얻어 타고 집으로 돌아갔다. 집에 도착해 보니 경찰이 그를 기다리고 있었다.

하지만 그 일은 지나간 과거일 뿐 지금의 사정은 또 달랐다. 트림쟁이는 프랑켄슈타인 앞으로 걸어갔다가 얼굴 왼쪽이 뭉텅 잘려 나갔다. 거기까지는 헨리가 도망치기 전 목격한 장면이었다. 하지만 지금 트림쟁이가 돌아와 무엇인가 암시하고 있는 것이다.

헨리는 차창 앞에 웅크리고 있는 타운 하우스를 바라보다 불현듯 트림쟁이의 의도를 이해했다. 타운 하우스는 데리에서 유일하게 호텔이라고 할 만한 곳이었다. 1958년 당시에는 익스체인지 가 끝머리에 있던 이스턴 스타와 토롤트 가의 트레블러 레스트가 내세울 만했다. 현재는 두 곳 모두 도시 재개발 과정에서 사라졌다(헨리는 그 과정까지 다 알고 있었다. 제니퍼 힐에 있으면서도《데리 뉴스》만은 꼬박꼬박 읽었으니까). 타운 하우스와 변두리에 위치한 싸구려 숙박업소 몇 군데만 지금까지 살아남은 셈이었다.

'그놈들이 모이는 곳이 바로 타운 하우스라는 얘기군. 바로 저기 말이야. 모두 잠들어 달콤한 꿈(아니면 하수구가 나타날 수도 있겠지만)에 취해 있겠지. 하지만 이제 내 손아귀에 걸려든 거야. 하나씩 해치워 버리겠어.'

그는 술을 또 한 모금 들이켜며 냉소를 머금었다. 무릎에 다시 핏물이 번졌고 좌석 밑이 끈적끈적해졌지만 술을 한잔하는 편이 나았다. 술은 아무래도 좋았다. 고급 버번도 좋을 테지만 지금은 싸구려 술이라도 가릴 것 없었다.

"이봐, 도망쳐서 미안해. 왜 도망쳤는지는 나도 모르겠어. 그러니까……, 너무 화내지 말란 말이야."

그때 트림쟁이는 처음이자 마지막으로 말을 했지만, 그 자신의 목소리는 아니었다. 썩어 문드러진 입가에서 흘러나온 목소리는 깊고도 강렬했으며 무시무시했다. 헨리는 그 목소리를 들으며 끙 하는 신음을 토했다. 달에서 나온 목소리, 광대의 목소리, 끊임없이 물살이 소용돌이치던 하수도와 배수관의 꿈에서 들어온 목소리였다.

"그만 나불대고 놈들이나 해치워." 목소리가 말했다.

"알았어." 헨리가 낑낑거렸다. "알았다고. 내가 원하는 바니까, 아무 문제 없어……."

헨리는 조수석 물품 보관함에 술병을 다시 집어넣었다. 자신의 이빨 부딪치는 소리가 들렸다. 술병이 있던 자리에 종이가 놓여 있었다. 종이를 펼쳐 들었다. 윗부분에 선홍색의 그림과 함께 이렇게 적혀 있었다.

페니와이스가 보내는 쪽지!

빌 덴브로 311

벤 한스컴 404

에디 카스브랙 609

비벌리 마시 518

리처드 토저 217

객실 번호였다. 쓸 만한 정보였다. 시간을 절약할 수 있으니까.

"고마워, 트림……." 그러나 트림쟁이는 이미 사라진 후였다. 운전석에는 아무도 없었다. 챙을 따라 곰팡이가 낀 뉴욕 양키스의 야구 모자만 덩그러니 놓여 있을 뿐. 변속기에는 끈적끈적한 손자국이 남아 있었다.

헨리는 금방이라도 심장이 터질 것 같았다. 뒷좌석에서 무엇인가 움직이는 소리가 들렸다. 그는 재빨리 문을 열고 뛰쳐나갔지만 너무 서두르는 바람에 자갈길에 고꾸라졌다. 그는 여전히 이중 폭죽 모양 소음기(이 소음기는 1962년 이후 메인 주에서 금지했다) 사이로 부드럽고 부글부글 소리를 내는 퓨어리에게서 멀어졌다.

걷기도 힘들어서 발걸음을 옮길 때마다 배 속이 찢어지는 것 같았다. 하지만 이를 악물고 보도에 올라서서 8층짜리 벽돌 건물을 바라보았다. 시립 도서관과 알라딘 극장과 신학교 등과 함께 헨리가 또렷이 기억하는 몇 안 되는 건물 중 하나가 타운 하우스였다. 대부분 불이 꺼졌지만 복도마다 젖빛 유리 전등이 부드럽게 어둠을 밝히며 안개의 미세한 입자를 비추고 있었다.

헨리는 간신히 건물 앞까지 걸어가 어깨로 문을 밀쳤다.

로비는 조용했다. 색 바랜 터키 융단이 깔려 있었다. 천장에 그려진 커다란 그림은 목재 산업이 융성하던 데리의 옛 모습을 담고 있었다. 속이 꽉 차 거북해 보이는 소파와 안락의자, 불 꺼진 대형 벽난로와 장작 받침대에 쌓인 자작나무 장작 더미, 타운 하우스의 벽난로는 장식이 아니라 실제로 장작을 때는 중이었다. 바와 레스토랑으로 연결된 이중 유리문은 굳게 닫혀 있었다. 프런트 부속실에서 텔레비전 소리가 나지막이 앵앵거렸다.

그는 비틀거리며 로비를 지났고 바지와 셔츠는 여전히 피 범벅이었다. 손바닥에는 피가 덕지덕지 엉겨 붙은 상태였고, 뺨과 이마에 줄줄이 그어진 핏줄기는 인디언 전사를 떠올렸다. 두 눈은 퀭하니 부풀어 올랐다. 누군가 로비에서 그를 봤다면 비명을 지르며 도망치기 바빴을 것이다. 그러나 아무도 없었다.

버튼을 누르자마자 엘리베이터 문이 열렸다. 쪽지를 바라보는 사이에 엘리베이터 문이 닫혔다. 헨리는 잠시 생각에 잠겨 있다가 6층 버튼을 눌렀다. 기계 소음과 함께 엘리베이터가 올라가기 시작했다.

'위에서부터 훑고 내려오는 게 좋겠어.'

그는 엘리베이터 뒷벽에 쓰러지듯 기대고 눈을 반쯤 감았다. 기계 소음이 듣기 좋았다. 배수 펌프장의 웅웅 하는 펌프 소리처럼. 펌프 소리가 끊임없이 귓가에 메아리쳤다. 모든 일들이 미리 예정되었으며 모두 각자 맡은 역할에 따라 움직이는 느낌이었다. 빅터와 트림쟁이는 또 어떤 모습이었는지……, 마약에라도 취한 기분으로 그는 기억을 떠올렸다.

엘리베이터가 멈추는 순간 또 한번 복부에 숨막히는 통증이 달려들었다. 문이 슬며시 열렸다. 헨리는 조용한 복도를 걷기 시작했다. 벽걸이 화분과 넝쿨 등등 여러 종류의 식물들을 복도에 장식했지만, 헨리는 그 녹색만 바라봐도 어둠 속에 매달려 있던 물체가 떠올라 손에라도 닿을까 조심조심 걸었다. 쪽지를 다시 확인했다. 카스브랙 609호. 헨리가 손으로 벽을 짚으며 위태롭게 복도를 걸어가자 벽지에 핏자국이 찍히기 시작했다. 물론 벽에 걸린 식물을 건드리지 않으려고 조심하는 걸 잊지 않았다. 그의 숨결은 거칠고 메말랐다.

카스브랙의 방문 앞. 헨리는 잭나이프를 꺼내고 마른침을 삼키며 방문을 두드렸다. 인기척이 없었다. 이번에는 좀더 크게 두드렸다.

"누구요?" 잠결이다. 좋아. 잠옷 바람에 아직 비몽사몽간일 터이다. 에디가 문을 여는 순간 헨리는 목젖 아랫부분에 칼날을 쑤셔 넣을 생각이었다.

"호텔 직원입니다, 선생님. 사모님의 전갈입니다." 카스브랙이 결혼했을까? 자칫 일을 그르칠지 몰랐다. 헨리는 잔뜩 신경을 곤두세우고 기다렸다. 질질 끌리는 슬리퍼 소리가 문가로 가까워졌다.

"마이라한테서?" 놀란 것처럼 들렸다. 좋아, 몇 초 후면 더 놀랄 터이다. 헨리의 오른쪽 관자놀이가 요동쳤다.

"그런 것 같습니다, 선생님. 성함은 말씀하지 않고 집이라고만 하셨거든요."

잠깐 뜸을 들였다가, 카스브랙이 체인을 더듬거리자 금속이 달각거리는 소리가 났다. 헨리는 히죽 웃으며 잭나이프의 버튼을 눌렀다. 찰칵. 얼굴 가까이 칼을 치켜올렸다. 잠금 장치가 돌아가는 중이었다. 몇 초 후면 말라깽이 자식의 목에 구멍을 낼 것이다. 기다렸다. 문이 열리자 에디는

왕따들 모두 모이다, 오후 1시 20분

코스텔로 상가에서 걸어가는 스탠리와 리처드를 바라보았다.

둘 다 아이스크림을 먹고 있었다.

"얘들아! 얘들아, 기다려!" 에디는 그들을 향해 소리쳤다. 스탠리와 리처드가 돌아보며 손을 흔들었다. 에디는 나름대로 힘껏 달렸지만 그리 빠른 속도는 아니었다. 한쪽 손은 깁스를 하고 다른 손엔 파치시 게임판을 들고 있었다.

"왜 그래, 에디? 무슨 말을 하고 싶으셔, 꼬맹이?" 리처드는 남부 신사의 목소리를(사실 워너브라더스 만화 영화에 나오는 포그혼 레그혼에 더 가까운 목소리였다) 흉내 내며 쩌렁쩌렁하게 말했다. "이런……, 이런……, 팔이 부러졌구나, 얘야! 스탠리, 저 아이를 보게, 팔이 부러졌잖아! 이런……, 저 불쌍한 아이를 위해 파치시를 대신 들어 줘야겠군!"

"괜찮아. 근데 아이스크림 맛있어?" 에디가 말했다.

"군침 흘리지 마라, 너희 엄마가 알면 큰일나려고, 에디." 리처드는 짐짓 슬픈 표정까지 지어 보였다. 그러더니 아이스크림을 빠르게 먹어 치우기 시작했다. 이내 그가 가장 좋아하는 초콜릿 부분만 남았다.

"이 부분이야말로 죽이는 맛이란다, 얘야! 이런……, 이런, 얘야, 아무거나 따라 먹으면 정말 죽을 수도 있으니 군침 흘리지 말라니까."

"한 입만 먹어 보자." 에디의 말에 리처드는 주저하다가 아이스크림을 에디의 입에 갖다 댔다. 그러나 에디가 먹으려는 순간 낼름 빼 버렸다.

"그럼 내 걸 먹어. 점심을 많이 먹어서 배부르거든." 스탠리가 말했다.

"유대인은 배불리 먹지 않아. 그게 그들의 종교의 일부분이야." 리처드가 아는 척을 했다. 그들은 캔자스 가를 따라 황무지로 오순도순 걸어가기 시작했다. 데리는 몽롱한 오후 낮잠에 빠진 것처럼 나른해 보였다. 집집마다 차양을 내려놓았다. 잔디밭 여기저기 장난감이 그대로인 것으로 보아 아이들이 놀다가 급히 부모에게 불려 집 안으로 들어갔거나 낮잠을 자는 모양이었다. 서쪽 하늘 멀찍이 천둥 소리가 들려왔다.

"정말이야?" 에디가 스탠리에게 물었다.

"아니야, 리처드가 장난치는 거야. 유대인도 다른 사람들처럼 배불리 먹어. 저놈처럼 말이야." 스탠리는 리처드를 가리켰다.

"야, 리처드, 너 스탠리한테 너무 함부로 말하지 마. 네가 성당에 다닌다고 해서 다른 아이들이 아무렇게나 말하면 기분 좋겠어?" 에디가 훈계조로 리처드에게 말했다.

"하긴, 가톨릭이라고 나은 건 없나 봐." 리처드가 말했다. "아빠가 그러셨는데 히틀러도 가톨릭 신자였대. 히틀러가 유대인을 얼마나 많이 죽였게. 그렇지, 스탠리?"

"그럴 거야." 스탠리는 약간 당황한 낯빛이었다.

"아빠가 그런 말씀을 하실 때면 엄마가 불같이 역정을 내시거든." 리처드가 말을 이었다. 약간 회상에 잠긴 웃음이 얼굴 위에 드러났다. "정말 머리에서 불이 나는 것 같다니까. 가톨릭에도 교리 문답이 있는데 너무 엄할 때가 많아. 그러고 보면 종교라는 게 죄다 이상한 것 같아."

"내 생각도 그래. 우리 집은 정통 유대인이 아니야. 햄과 베이컨을 먹거든. 솔직히 유대인이 무슨 뜻인지 모르겠어. 나는 데리에서 태어났고, 속죄의 날 같은 때 뱅고어의 유대교 회당에 가기는 하지만……." 스탠리는 말을 멈추고 어깨를 으쓱해 보였다.

"햄? 베이컨?" 에디는 고개를 갸웃거렸다. 그와 어머니는 감리교도였다.

"정통 유대인은 그런 걸 안 먹는대. 율법에도 나와 있는데, 진흙 사이를 기어다니거나 바다 밑에 사는 것들은 먹으면 안 된대. 왜 그래야 하는지 모르겠어. 어쨌든 돼지하고 바다가재 같은 것도 먹으면 안 되는 거잖아. 하지만 우리 가족은 다 먹거든. 나도 그렇고."

"듣고 보니 이상하다. 뭘 먹어야 한다고 알려 주는 종교가 있는지 처음 알았어. 다음에는 어떤 냄새가 나는 방귀를 뀌라고 알려 줄지도 모르겠다." 에디가 말을 꺼냈다가 갑자기 소리 내서 웃었다.

"정결한 가스." 스탠리도 그렇게 말하고 낄낄대기 시작했다. 그러나 리처드와 에디는 정결하다는 의미를 몰랐으므로 스탠리가 왜 웃는지 영문을 몰라 어리둥절한 표정이었다.

"그러니까 너도 인정해, 스탠리. 유대교는 정말 이상해." 리처드가 말했다. "네가 우연히 유대인으로 태어났다고 해서 소시지를 먹지 말라는 건 말이야."

"그래? 그럼 너는 금요일에도 고기를 먹어?" 스탠리가 물었다.

"에이, 아니지!" 리처드는 놀라서 말했다. "금요일에는 고기를 먹으면 안 돼. 왜냐하면……." 리처드는 씩 웃으며 말했다. "알았다, 네가 무슨 말을 하는지 알아들었어."

"가톨릭 신자가 금요일에 고기를 먹으면 정말 지옥에 가?" 에디는 넋 나간 표정으로 대뜸 그렇게 물었지만, 그는 자기 할아버지 때만 해도 사람이 공기로 숨을 쉬듯 금요일에는 고기를 먹지 않는 생활을 철저히 지켰다는 사실을 몰랐던 것이다.

리처드가 말했다. "글쎄, 에디야. 내가 너한테 충고를 좀 해 줘야겠다. 하늘에서 나를 이 거친 세상에 내보낸 이유가 실수를 해서도 아니고, 금요일 점심때 소시지 샌드위치를 먹게 하기 위해서도 아니란 말씀이야. 먹지 말라시면 먹지 마. 뭐하러 목숨을 거니, 안 그래?"

"내 생각은 달라. 하지만 그런 건 너무……." 에디는 내심 그런 말들이 너무 바보 같다고 생각했다. 문득 어렸을 때 주일 학교에서 포틀리 부인이 해 준 이야기가 떠올랐다. 포틀리 부인은 남의 빵을 훔친 나쁜 소년의 이야기를 들려주었다. 그 아이는 빵을 집으로 가져가 변기 속에 집어던진 후 무슨 일이 벌어질까 지켜보았다. 곧바로(포틀리 부인은 숨죽이고 듣고 있는 아이들에게 그 일이 곧바로 일어났다고 강조했다) 변기 속의 물이 시뻘건색으로 변했다. 그녀는 그것이 바로 그리스도의 피며, 꼬마 아이가 신성 모독이라는 엄청난 잘못을 저질렀기 때문에 그런 일이 벌어졌다고 말했다. 주님의 살을 변기 속에 집어던진 아이에게 예수께서 경고한 것이며, 아이의 영혼은 지옥에 떨어지게 됐다는 결론이었다.

그때까지만 해도 에디는 1년 전부터 다닌 주일 학교가 마음에 들었다. 감리교회는 포도주 대신 포도 주스를 사용했고, 성체를 대신한 것은 입방체 모양으로 잘라 놓은 빵 조각이었다. 에디는 빵과 마실 것으로 종교 의식을 행하는 방식이 좋았다. 하지만 포틀리 부인의 말을 듣고부터는 종교라는 것이 몹시 두렵게 느껴지기 시작했다. 그때부터 빵 한 조각을 집는 일에도 대단한 용기가 필요했고 전기에 감전되는 일 따위가 벌어질까 봐……, 무엇보다 손에 쥔 빵 조각이 돌연 굳은 핏덩어리로 변하면서 교회 안에 천둥 같은 목소리가 쩌렁쩌렁 울려 퍼질 것 같아 소름 끼쳤다. '형편없는 녀석! 형편없는 녀석! 지옥에나 떨어져라! 지옥에나 떨어져!' 주일 학교가 끝나갈 즈음, 목구멍이 턱턱 막히고 숨소리가 씨근대는 바람에 감사 기도가 끝나기를 기다렸다가 대기실로 뛰어들어 흡입기를 움켜잡고는 했다.

'바보처럼 굴지 마.' 에디는 좀더 자란 후에 자신에게 이렇게 말했다. '그건 이야기일 뿐이고, 포틀리 부인은 훌륭한 사람이 아니잖아. 엄마도 그러셨잖아. 포틀리 부인은 키터리에 살 때 이혼했고, 뱅고어에서 빙고 게임도 한다고. 독실한 기독교 신자라면 도박 같은 건 하지 않아. 도박은 이교도나 가톨릭 신자들이나 하는 짓이니까.'

그 모든 말이 일리 있었지만 그렇다고 마음이 편해지지는 않았다. 훔친 빵을 변기에 넣었더니 핏물로 변했다는 이야기는 여전히 에디를 갉고 옥죄었으며 잠까지 설치게 만들었다. 어느 날 밤부터는 직접 빵을 변기에 던지고 그 말이 사실인지 확인해 보고 싶어졌다.

그러나 그런 실험을 하기에는 용기가 부족했다. 저주와 천벌이 내리듯 물이 핏빛으로 번지는 모습을 상상만 해도 견딜 수 없이 괴로웠다. 무엇보다 마술 같은 주문, '이것은 너희를 위한 내 몸이니 행하고 먹으라. 이것은 에디 너와 너희 모두를 위해 흘린 내 피니.' 그 신비한 힘을 아니라고 부정하는 일이 두려웠다.

안 된다. 에디는 결코 그 실험을 해 보지 못했다.

"종교는 전부 이상한 것 같아." 에디는 지금 그렇게 말하면서도 종교가 강하고 마술 같다는 생각을 지울 수 없었다. 게다가 종교에 대해 함부로 말하는 것도 신성 모독은 아닐까? 니볼트 가에서 목격한 일이 떠올랐다. 늑대 인간도 변기에서 튀어나왔다는 생각에 이르자 빵이 던져진 변기의 핏물과 묘한 대조를 이루었다.

"야, 모두 잠들었나 봐. 이렇게 조용한 적 있었어? 모두 바 하버에라도 놀러 갔나?" 리처드는 막대만 남은 아이스크림을 쓰레기통에 집어던졌다.

"얘, 얘들아! 기, 기다려!" 빌 덴브로가 뒤에서 소리쳤다.

에디는 반색하며 돌아섰다. 빌의 목소리를 들으면 언제나 기분이 좋았다. 빌은 실버를 타고 코스텔로 대로 모퉁이를 돌아 나왔고, 그 바로 뒤에 마이클의 스윈 자전거가 번쩍번쩍 빛을 내며 따라왔다.

"이랴 실버, 가아자!" 빌의 힘찬 호령 소리가 들려왔다. 실버는 시속 30킬로미터 정도의 속도로 오르막길을 달려왔는데, 받침대 창살에 빨래집게로 매단 카드에서 탁탁탁 하는 요란한 소리가 났다. 아이들 가까이서 빌이 브레이크를 잡자 자전거 바퀴가 멋지게 미끄러지기 시작했다.

"버벅이 빌! 어서 오시게, 꼬마 양반. 이런이런……, 그새 어디 다친 데는 없고?" 리처드도 반갑게 소리쳤다.

"아주 조, 좋아. 벤과 비, 비벌리는?"

마이클도 이내 따라 올라왔다. 얼굴에서 땀방울이 떨어졌다.

"야, 그 자전거 정말 빠르다. 어떻게 한 거야?"

빌은 웃음을 터뜨렸다. "나도 모, 몰라. 빠, 빠르다는 것밖에."
"벤이랑 비벌리는 못 봤는걸. 아마 먼저 내려가 있을 거야. 신나게 이중창이라도 부르고 있겠지. '시, 붐, 시, 붐……. 예, 예, 예, 예, 예, 예……. 당신은 나의 천사.' 뭐 그러고 있을 거라고." 리처드가 말했다.
스탠리 유리스는 메스꺼운 표정으로 토하는 시늉을 했다.
"샘나서 저러는 거야. 유대인은 노래를 못하거든." 리처드는 능청맞게 마이클을 향해 말했다.
"삐, 삐, 삐……."
"삑삑, 리처드 경고야." 리처드가 빌 대신 말했고 그들 모두 웃음을 터뜨렸다.
그들은 다시 황무지로 향했다. 마이클과 빌은 자전거를 끌고 갔다. 처음에는 이런저런 이야기가 오갔지만 조금씩 침묵이 찾아들었다. 빌을 바라보면서 에디는 어딘지 어색한 기분을 느꼈으며 오히려 말없는 분위기에 점점 익숙해지는 것 같았다. 리처드는 농담으로 한 소리겠지만, 실제로 사람들이 전부 그날 하루 바 하버……, 또는 어딘가로 몰려가고 데리는 텅 빈 느낌이었다. 거리에는 자동차 한 대 보이지 않았다. 장바구니나 쇼핑 수레를 끌고 집으로 돌아가는 아주머니의 모습도 보이지 않았다.
"정말 조용하다, 안 그래?" 에디는 간신히 말을 꺼내지만 빌은 그저 고개만 끄덕였다.
그들이 캔자스 가를 가로질러 황무지 쪽 보도로 접어드는 순간, 벤과 비벌리가 뭐라고 소리를 지르며 그들에게 달려왔다. 에디는 비벌리의 모습에 깜짝 놀랐다. 방금 감은 듯한 머리를 질끈 동여맨 모습도 아니고, 평소처럼 깨끗하고 상큼한 비벌리도 아니었다. 오물 구덩이에서 헤엄치다 나온 사람의 몰골. 게다가 눈을 크게 치켜떠서 표정까지 몹시 험악했다. 뺨 한쪽은 찢겨 있었다. 청바지는 오물 찌꺼기로 도배를 했고 블라우스는 너덜너덜했다.

벤이 뱃살을 출렁거리며 헐레벌떡 비벌리의 뒤를 따라왔다.

비벌리는 가쁜 숨을 몰아쉬었다. "황무지에 가면 안 돼. 놈들……, 헨리……, 빅터……, 걔네들이 와 있어……. 칼……, 칼까지 갖고서……."

"처, 천천히 말해 봐." 빌이 곧 그만의 힘들이지 않고 자연스럽다시피 한 태도로 분위기를 수습했다. 뛰어오는 벤을 힐끗해 보니, 얼굴이 벌겋게 달아오르고 육중한 가슴이 사정없이 들썩거렸다.

"비벌리 말은 헨리가 미쳤다는 거야, 빌." 벤이 말했다.

"헛소리 마, 언젠 그 자식이 제정신이었어?" 리처드가 인상을 잔뜩 찌푸렸다.

"가, 가만 있어 봐, 리, 리처드." 빌은 다시 비벌리를 바라보았다. "차, 차근차근 마, 말해 봐."

에디의 손이 슬그머니 주머니 속의 흡입기로 내려갔다. 무슨 일인지 몰라도 좋지 않은 소식임은 분명해 보였다.

비벌리는 침착하려고 애쓰며 자초지종을 정리해서 말했고(헨리와 빅터, 트림쟁이에게 붙잡힌 장면부터 말했다. 아버지에 대한 이야기는 차마 입에 올릴 수 없었다), 말하는 내내 부끄러운 생각에 얼굴이 화끈거렸다.

비벌리가 이야기를 끝내자, 빌은 한동안 주머니에 손을 찔러 넣고 가슴에 실버를 기댄 채 묵묵히 생각에 잠겼다. 다른 아이들은 황무지로 이어진 도로변의 난간을 힐끔거리며 빌의 입이 열리기를 기다렸다. 빌은 꽤 오랫동안 말이 없었지만 아무도 침묵을 깨뜨리지 않았다. 에디는 가슴이 철렁 내려앉는 가운데 이제야말로 마지막 순간이 다가왔음을 직감했다. 그래서 오늘 데리 전역이 무서운 침묵에 빠진 것이었나? 텅 빈 건물만 남겨 두고 사람들이 모두 그 도시를 떠나 버린 것이다.

리처드는 조지의 앨범에서 갑자기 살아 움직이던 사진을 떠올리고 있었다.

비벌리는 아버지에 대해, 그 창백한 눈동자에 대해 생각했다.

마이클은 새를 떠올렸다.

벤은 미라와 오싹한 계피 냄새를 생각했다.

스탠리 유리스는 청바지와 뚝뚝 떨어지는 핏방울과 구겨진 종이처럼 희디흰 손을 떠올렸다.

"가, 가자. 화, 황무지에 가, 가야 해."

"빌……, 비벌리는 헨리가 미쳤다고 했어. 놈은 우리를 죽일지도……." 벤의 얼굴은 잔뜩 일그러졌다.

"저, 저기는 걔들 것이 아, 아니야." 빌은 오른쪽 아래로 녹색 단도처럼 펼쳐진 황무지를 가리키며 말했다. 빌의 손끝에 울창한 풀숲과 나무와 대나무 숲, 반짝이는 강물이 스쳤다. "놈들의 것이 아, 아니야. 놈들한테 쪼, 쫓겨 다니는 것도 이젠 지, 지쳤어. 도, 돌싸움에서 이겼으니까, 이번에도 다, 다시 놈들과 싸, 싸워야 해." 빌의 표정은 단호했다.

"하지만 빌, 예전의 놈들이 아니면 어쩌지?" 에디가 물었다.

빌은 에디를 향해 돌아섰다. 에디는 빌의 얼굴에서 섬뜩한 피로와 짙게 드리워진 그림자를 대하곤 소스라치게 놀랐다. 어딘지 소름 끼치는 표정. 그러나 에디는 한참이 지난 후에야, 어른이 되어 도서관에서 친구들과 모임을 갖고 난 다음 잠자리에 미끄러지는 순간에야, 그때의 표정이 얼마나 섬뜩했는가를 제대로 깨달았다. 그것은 광기에 사로잡히기 직전, 헨리만큼이나 한 가지 목표에 사로잡히고 미쳐 버린 한 소년의 얼굴이었다. 그러나 무엇에 홀린 듯 겁에 질린 눈빛에도 아직은 예전의 모습……, 더욱 분노하고 단호해진 빌의 잔영이 남아 있었다.

"흠, 에, 에디 말대로 예전의 노, 놈들이 아니면 어떻게 할까?"

빌의 질문에 아무도 대꾸하지 않았다. 천둥 소리가 가까워졌다. 에디가 하늘을 바라보자, 서쪽에서 시커먼 비구름이 몰려들고 있었다. 어머니가 즐겨하는 말처럼 금방이라도 비가 억수같이 쏟아질 태세였다.

"나도 어, 어떻게 할지 모르겠어." 빌은 아이들을 바라보며 말했다. "가기 시, 싫으면 나랑 가, 같이 안 가도 돼. 너희들 마, 마음이니까."

"같이 가겠어, 빌." 리처드가 조용하게 말했다.

"나도." 벤이 말했다.

"가야겠지." 마이클이 어깨를 으쓱하며 말했다. 비벌리와 스탠리도 가겠다고 했고, 에디도 마침내 고개를 끄덕였다.

"별로 좋은 생각이 아니야, 에디. 너는 팔을 다쳤잖아. 내 눈에는 딱딱하게 굳은 것 같은데." 리처드가 말했다.

에디는 빌을 바라보았다.

"에, 에디도 함께 가, 갔으면 해. 내 옆에서 거, 걸어, 에디. 내가 너, 널 지켜 줄게."

"고마워, 빌."

에디는 빌의 지치고 반쯤 미친 듯한 얼굴이 갑자기 감동적으로 다가옴을 느꼈다. 빌이 참으로 소중하게 느껴졌다. 그래서일까, 에디는 자기 자신도 깜짝 놀랄 만한 생각에 빠져 들었다. '빌을 위해서라면 죽을 수도 있어. 저 아이한테 느껴지는 힘은 대체 뭘까? 그 힘 때문에 빌이 지금의 모습처럼 보인다면, 썩 좋은 힘이라고 할 수는 없을 것 같은데.'

"와, 빌한테 대단한 무기가 생긴 셈이네. 이름하여 인간 냄새 폭탄." 리처드는 왼팔을 들고 겨드랑이 사이에 오른손을 넣어 흔들었다. 벤과 마이클은 작은 소리로 웃었고, 에디는 씩 미소만 머금었다.

모두들 화들짝 놀라 부둥켜안을 정도로 요란한 천둥 소리가 또 한 차례 들렸다. 바람이 거세지고 도랑에서 쓰레기들이 휘날렸다. 첫 번째 먹구름이 태양을 가리는 순간, 그들의 그림자도 일순 사라졌다. 차가운 바람에 에디의 깁스한 팔 속까지 땀방울이 얼어붙는 느낌이었다. 에디는 몸서리를 쳤다.

빌은 스탠리를 바라보고 나서 특이한 소리를 했다.

"조, 조류 도감 가져왔어, 스탠리?"

스탠리는 주머니를 툭툭 두들겼다.

빌은 다시 아이들을 바라보았다. "가, 가, 가자."

그들은 한 줄로 늘어서서 둑을 따라 내려갔다. 빌의 약속대로 에디와 빌만 둘이 나란히 걸어갔다. 빌을 대신해 리처드가 실버를 끌고 가는 특권을 누렸고, 둑 밑에 다다르자 평소처럼 다리 밑에다 자전거를 세워 놓았다. 그들은 주위를 두리번거렸다.

폭풍이 몰려왔지만 주위는 어둡지 않았다. 아니, 햇빛은 조금도 사위지 않았다. 그러나 빛의 성질에 어떤 변화가 생겼는지, 주위의 사물들은 동판의 돋을새김처럼 하나같이 도드라져 그림자도 없이 또렷하게 보였다. 에디는 두려움과 걱정으로 배 속이 울렁거렸으며, 빛의 기묘한 느낌이 그토록 익숙한 까닭을 알았다. 니볼트 가 29번지에서 본 빛과 똑같았던 것이다.

빛줄기가 구름 속을 헤집는 순간, 눈이 부실 만큼 강렬한 빛이 갈라졌다. 에디는 손으로 얼굴을 가리면서 저도 모르게 숫자를 세기 시작했다. 하나……, 둘……, 셋……. 천둥 소리가 천지를 뒤흔들었다. M80 폭탄 소리처럼 귀가 멍멍할 정도여서 아이들은 서로의 소매를 붙잡고 바짝 다가섰다.

"오늘 아침에 비가 온다는 말은 없었는데. 신문에서도 후텁지근한 날씨가 될 거라고 했거든." 벤이 거북한 표정으로 말했다.

마이클은 하늘을 유심히 살펴보았다. 구름은 화물선처럼 아랫부분이 꺼멨는데, 마이클이 빌의 집에서 점심을 먹고 나올 때만 해도 온통 푸르기만 했던 하늘이 시시각각 구름으로 뒤덮였다.

"너무 빨라. 저렇게 폭풍이 빨리 오는 건 처음 봤어."

마이클의 말에 맞장구라도 치듯 또다시 천둥이 거칠게 포효했다.

"가, 가자. 에디의 파, 파치시는 아지트에 너, 넣어 두면 돼."

그들은 댐 사건 이후 줄곧 걸어 다니던 길을 따라 움직이기 시작했다. 빌과 에디가 앞장서서 널찍한 녹색 잎사귀를 헤치며 걸었고 다른 아이들이 뒤따랐다. 돌풍이 휘몰아치자 나무와 풀숲에서 부스럭거림도 요란해졌다. 멀리 앞쪽에서 대나무들이 밀림 이야기에 나오는 북소리처럼 기이한 소리를 내지르며 흔들거렸다.

"빌?" 에디가 목소리를 낮추고 빌을 불렀다.

"왜?"

"영화에 나오는 이야기 같지만……." 에디는 잠시 웃다가 말을 이었다. "누군가 나를 바라보고 있는 것 같아."

에디는 초조한 기색으로 주위를 살피다가 파치시 게임 보드를 약간 더 세게 붙잡았다. 에디는

에디의 객실, 오전 3시 5분

문을 열고 괴기 만화에나 등장하는 괴물과 맞닥뜨렸다.

물론 피 범벅으로 서 있는 괴물의 정체는 헨리 바워스였다. 헨리는 무덤에서 돌아온 시체나 다름없었다. 그의 얼굴은 증오와 살의로 얼어붙은 사악한 의사의 가면이었다. 헨리의 오른손은 뺨 높이쯤 올라와 뒤로 당겨져 있었는데, 에디가 눈을 휘둥그렇게 뜨고 놀란 숨을 처음 내뱉자마자 그 손이 피스톤처럼 앞으로 나왔고, 잭나이프가 실크인 양 반짝였다.

생각할 겨를도 없이(생각하려는 순간 죽음이 찾아들 것이므로) 에디는 힘껏 문을 닫았다. 헨리의 이마에 문이 부딪히면서 약간 어긋난 칼날이 에디의 목을 아슬아슬하게 비껴갔다.

문틈에 헨리의 팔이 끼는 바람에 둔탁한 소리가 났다. 헨리는

억눌린 신음소리를 냈다. 손아귀가 벌어졌다. 잭나이프가 바닥에 떨어졌다. 에디는 그것을 냅다 걷어찼다. 잭나이프는 텔레비전 밑으로 미끄러져 들어갔다.

헨리가 객실 문을 힘껏 밀어붙였다. 에디는 자신보다 체중이 50킬로그램은 더 나가는 헨리의 기세에 못 이겨 인형처럼 뒤로 튕겼다. 무릎이 침대에 부딪히면서 그대로 바닥에 넘어졌다. 헨리는 방 안으로 들어와 문을 닫았다. 에디가 숨을 헐떡이며 자리에서 일어나는 동안, 헨리는 문을 잠그고 걸쇠까지 걸었다.

"잘도 까부는구나, 발바리 새끼." 헨리는 바닥을 흘깃거리며 칼을 찾았다. 보이지 않았다. 에디는 탁자를 더듬거리다가 페리에 탄산수 병을 잡았다. 병 두 개 중 한 병은 도서관에 가기 전 초조한 마음을 달래느라 마셔 버렸고, 나머지 한 병은 그대로 남아 있었다. 페리에 탄산수는 특히 소화에 그만이었다.

헨리는 칼을 포기하고 그대로 에디를 향해 다가왔다. 에디는 녹색 배처럼 생긴 탄산수 병을 탁자 모서리에 힘껏 내리쳤다. 시익, 거품과 함께 탄산음료가 사방으로 튀어 올랐다.

헨리의 셔츠와 바지는 반은 말라붙고 반은 축축한 피로 얼룩진 채였다. 오른손이 이상한 각도로 흔들거렸다.

"발바리, 돌팔매질하는 법을 가르쳐 주마."

헨리는 천천히 침대와 에디를 향해 다가섰다. 에디는 그때까지도 어떻게 그런 일이 벌어졌는지 어리둥절한 상태였다. 객실 문을 연 지 40초밖에 지나지 않았다. 헨리는 에디를 움켜잡았다. 에디는 깨진 페리에 병을 휘둘렀다. 병은 헨리의 오른쪽 뺨으로 날아들어 살갗을 찢고 오른쪽 눈에 푹 박혔다.

헨리는 비명을 지르며 물러났다. 눈에서 희끄무레한 황색 액체가 흘러내렸다. 불붙은 연못처럼 얼굴에 핏방울이 튀었다. 에디의 비명은 헨리보다 더 날카로웠다. 에디는 무심코 헨리 쪽으로 걸어갔지만(헨리를 도와주고 싶었는지는 확실하지 않지만) 헨리는 다시 그를 향해 비틀거렸다. 다시 한번 에디의 페리에 병이 펜싱 칼처럼 쭉 뻗었다. 이번에는 헨리의 왼손과 손가락을 깊숙이 잘랐다. 또 피가 흘렀다. 헨리는 그르렁그르렁 목청을 가다듬듯 신음하다 오른손으로 에디를 후려갈겼다.

에디는 뒤로 나가떨어지면서 탁자에 부딪혔다. 왼팔이 뒤틀리면서 그 위로 체중이 실리는 바람에 불똥이 튈 정도로 격렬한 통증이 달려들었다. 전에 부러졌던 팔이 접질린 모양으로 이를 악물고 비명을 삼켰다.

에디의 눈앞이 일순 어두워졌다. 헨리가 앞에 버티고 서서 앞뒤로 흔들거렸다. 무릎이 휘어 있었다. 왼팔에서 흘러내린 핏방울이 에디의 잠옷으로 떨어졌다.

에디는 깨진 병 조각을 움켜쥔 채 헨리가 비틀비틀 다가오는 동안 병 조각을 가슴에 똑바로 세워 놓았다. 헨리는 고목나무처럼 병 위로 쓰러졌다. 에디는 손아귀에서 병이 산산조각 나는 느낌과 함께 아직 몸에 짓눌린 왼팔에서 또 한번 격렬한 통증을 느꼈다. 뜨뜻미지근한 액체가 온몸을 훑고 지나가는 것 같았다. 헨리의 피인지, 자신의 것인지도 알 수 없었다.

헨리는 뭍에 나온 송어처럼 온몸을 비틀었다. 구둣발이 엇박자처럼 연신 카펫을 두들겼다. 에디는 헨리의 지독한 입 냄새를 맡았다. 헨리의 몸이 뻣뻣해지는가 싶더니 벌렁 옆으로 굴렀다. 헨리의 몸에 박힌 병 조각이 뚜껑 부분을 천장으로 향한 채 뿌리 깊은 나무처럼 서 있었다.

"억." 헨리는 한마디 신음을 지르곤 잠잠해졌다. 시선은 천장에 못 박혀 있었다. 에디는 그가 죽었을 거라고 생각했다.

에디는 물귀신처럼 달려드는 현기증을 이겨 내려고 이를 악물었다. 처음에는 무릎으로, 그러고는 마침내 두 발로 일어나 섰다. 부러진 팔이 앞으로 늘어지면서 머릿속이 텅 비는 듯한 고통이 느껴졌다. 그는 씨근거리는 가슴을 쥐고 탁자로 걸어가서, 탄산수가 흥건한 탁자에서 흡입기를 집어 힘껏 들이마셨다. 이어서 그는 몸서리 치다가 다시 한번 방아쇠를 당겼다. 이제 바닥에 널브러져 있는 몸뚱이를 바라보았다. 과연 헨리일까? 가능한가? 헨리였고, 가능한 일이었다. 몹시 늙어 보이고 희끗희끗해진 스포츠형 머리와 납빛으로 비대해진 몸뚱이, 그는 여전히 헨리였다. 이제 송장으로 누워 있는 헨리. 마침내 헨리는…….

"억." 헨리는 일어나 앉았다. 자기만 볼 수 있는 물건을 움켜쥐듯 두 손으로 허공을 할퀴었다. 눈구멍에서 피가 흘러나와 뚝뚝 떨어졌다. 아래쪽 눈가는 축 늘어져 끔찍하게 부어올랐다. 그가 두리번거리자, 에디는 소스라치게 놀라 벽 쪽으로 뒷걸음쳤다.

헨리가 입을 쩍 벌리자 피가 쏟아졌다. 그리고 다시 고꾸라졌다.

에디는 터질 듯한 심장을 억누르고 전화기를 더듬거렸다. 전화기가 탁자에서 침대로 떨어졌다. 전화기를 낚아채 황급히 0번을 돌렸다. 발신음만 계속될 뿐이었다.

'제발 좀 받아. 그 아래선 대체 뭐하는 거냐고? 제발 빌어먹을

전화를 좀 받아!'

발신음은 끝없이 이어졌다. 에디는 헨리를 지켜보며 금방이라도 벌떡 일어나지 않을까 조바심이 났다. '피. 맙소사, 온통 핏자국이야.'

"프런트입니다." 마침내 부루퉁한 목소리가 흘러나왔다.

"덴브로 씨 방으로 연결해 주시오. 속히." 에디의 한쪽 귀는 방 안의 움직임에 곤두서 있었다. 꽤나 시끄러웠을 텐데? 누군가 객실 문을 두들기며 무슨 일이냐고 물어볼 만도 한데?

"손님, 다시 말씀해 주시겠습니까? 지금은 새벽 3시 10분입니다." 직원이 말했다.

"그래요, 연결해 주시오!" 에디는 비명을 지르다시피 했다. 전화기를 움켜쥔 손이 부르르 떨렸다. 왼팔에 말벌 벌집이라도 든 것처럼 웅웅 소리가 났다. 헨리가 다시 움직일까? 아니, 아닐 거야.

"알았습니다. 알았어요. 곧바로 연결해 드리겠습니다."

딸깍 소리와 함께 요란한 발신음이 떨어졌다. '빌, 제발, 빌 어서 받아, 어서…….'

순간 섬뜩한 생각이 에디의 뇌리를 스쳤다. 헨리가 빌을 먼저 공격한 것은 아닐까? 아니면 리처드? 벤? 비벌리? 아니면 도서관에 먼저 들르진 않았을까? 헨리는 분명 다른 곳에 먼저 갔다 온 것임에 틀림없었다. 누군가 헨리에게 먼저 중상을 입히지 않았다면 바닥에 널브러진 것은 헨리가 아니라 에디 자신이었을 테니까. 헨리의 몸에 페리에 병 조각이 꽂혀 있는 대신 에디의 목에 잭나이프가 박혔을 것이다. 만약 헨리가 다른 친구들을 먼저 방문했다면, 그리고 모두들 잠기운에 취한 채 불청객과 맞닥뜨렸다면? 모두 죽었을까? 곧바로 수화기 너머에서 목소리가 들려오지 않는다면 에디는 미친 듯이 비명을 지를지 몰랐다.

"제발 좀, 빌. 전화 좀 받아." 에디는 혼잣말처럼 속삭였다. 이윽고 아무렇지 않은 빌의 음성이 들려왔다. "여, 여, 여보세요?"

"빌." 에디가 말했다……, 거의 웅얼대는 소리였다. "빌, 하느님 감사합니다."

"에디?" 빌의 목소리가 순간 멀어지더니, 누군가에게 전화한 사람이 에디라고 말했다. 다시 빌의 목소리가 돌아왔다. "무, 무슨 일이야, 에디?"

"헨리 바워스가 왔어." 에디는 뚫어져라 바닥에 널브러진 헨리를 바라보았다. 혹시 몸을 옴질거린 건 아닐까? 이번엔 그렇게 쉽게 아니라고 할 만한 자신이 없었다.

"빌, 놈이 여기 왔어……. 내가 죽인 것 같아. 칼을 갖고 있었어. 내 생각에는……." 에디는 갑자기 소리를 죽인 채 말을 이었다. "그날 가지고 있던 칼과 똑같아. 우리가 하수도에 들어간 날 말이야. 기억나?"

"그, 그, 그래." 빌이 험악하게 말했다. "에디, 내 말 잘 들어. 일단은

황무지, 오후 1시 55분

뒤, 뒤로 가서 베, 베, 벤에게 좀 오라고 해."

"알았어." 에디는 곧장 뒤로 움직였다. 그들은 개간지 가까운

곳까지 와 있었다. 천둥이 으르렁대고 거센 바람에 수풀도 투덜거렸다.

벤이 빌에게 다가왔다. 뜻밖에도 아지트의 뚜껑 문은 활짝 열려 사각의 검은 구멍이 훤히 드러났다. 물소리가 귓가에 또렷했다. 빌은 그 순간 황무지에서 지낼 수 있는 시간도 이제 마지막임을 직감했다. 호흡을 가다듬으며 흙과 공기와 멀찍이 사화산처럼 움츠린 쓰레기 매립장의 그을음 냄새까지 남김없이 폐부 깊숙이 빨아들였다. 철로 위로 날아오른 새 떼가 올드케이프로 몰려가는 모습. 빌은 고개를 들어 맹렬한 기세의 먹구름을 바라보았다.

"왜?" 벤이 물었다.

"왜 노, 놈들이 가, 가만 있는 걸까? 여기 어, 어딘가에 있어. 에, 에, 에디 말이 맞았어. 놈들이 느, 느껴지거든."

"음. 내 생각에 그 녀석들은 우리가 다시 아지트로 돌아갈 거라고 생각할 정도로 멍청한 놈들이야. 그런 다음 독 안에 든 쥐처럼 우리를 꼼짝 못하게 할 생각일 테지."

"그, 그럴지도 모르지." 빌은 문득 늘 말을 더듬을 뿐 거침없이 말하지 못하는 자신이 몹시 답답하게만 느껴졌다. 헨리 바워스의 눈에서 느낀 그 무엇, 헨리와는 정반대의 힘이지만 어쨌든 빌 자신도 강렬한 힘에 이끌리며 헨리와 점점 비슷해지고 있다는 심정, 이 모든 것을 제대로 표현할 수 있다면 좋으련만.

헨리는 기다리며 싸움을 준비하고 있는 것이다. 그것이 헨리 패거리와 왕따 클럽의 대격전을 원하고 있으니까.

그래서 모두 죽기를.

빌의 머릿속에서 흰색 섬광이 작렬했다. 그들 일곱 명은 전부 조지의 죽음 이후 데리에 서성이는 살인마에게 죽임을 당할 것이다. 그들의 시체가 발견될 수도, 아닐 수도 있다. 그것이 과연 헨리를 비롯해 트림쟁이와 빅터를 끝까지 보호해 줄 의도와 능력이 있는지에 따라 모든 것이 결정될 것이다. '그래. 이 도시에 남든 벗어나든, 우리는 모두 그것에게 죽을 거야. 말도 안 되는 소리지만 그게 사실인 걸 어떡해. 그것은 우리를 죽이고 싶어해. 헨리를 이용하니까 자신은 나타날 필요도 없겠지. 아마 내가 제일 먼저 죽을 거야. 비벌리와 리처드, 어쩌면 마이클도 오래 버틸 수는 있을 거야. 하지만 스탠리는 겁에 질렸어. 벤은 스탠리보다 강하지만 버티기 힘들 거야. 게다가 에디는 팔이 부러진 상태잖아. 왜 아이들을 이곳까지 끌고 온 걸까? 젠장! 대체 내가 무슨 짓을 한 거야?'

"빌?" 벤은 걱정스런 눈빛이었다. 다른 아이들도 이내 아지트 주변으로 다가왔다. 다시 고막을 찢을 듯한 천둥 소리, 수풀의 울부짖음도 다급해졌다. 대나무는 번개의 섬광에 몸서리를 쳤다.

"빌……." 리처드의 목소리였다.

"쉿!" 빌의 이글거리는 눈빛을 바라보며 아이들은 모두 침묵했다.

빌은 캔자스 가로 향하는 덤불 사이의 숲길을 응시하다가, 불쑥 어디론가 한 단계 올라서는 느낌이 들었다. 머릿속의 말들은 더듬거리지 않았다. 모든 생각이 일시에 사납게 쇄도하는 직감의 물결에 휩쓸리고 모든 것이 그에게 달려드는 것 같았다.

'조지가 저 끝에, 그리고 나와 친구들이 맞은편에 서 있어. 이제 이 무시무시한 물결은

(또다시)

또다시 멈출 거야. 그래, 또 한번 멈추는 거야. 전에도 벌어진 일이고, 그때마다 끔찍한 희생과 함께 끝을 맺었어. 멈추기 위해서는 그만 한 대가가 필요하니까. 이런 생각이 맞는지, 또 어떻게 알았는지 설명할 수는 없어. 그저 내가 이 일을 감당해야 하고……, 헨리 패거리……, 놈들이 결국…….'

"놈들이 이미 일을 저, 저질렀어." 빌이 돼지 꼬리 같은 더러운 길을 커다랗게 눈을 뜬 채 뚫어지게 바라보며 중얼거렸다.

"트, 트, 틀림없어."

"빌?" 비벌리가 간청하듯 물었다. 스탠리는 파란색 폴로 셔츠와 국방색 반바지의 말쑥한 옷차림으로 비벌리 곁에 서 있었다. 마이클은 비벌리를 사이에 두고 스탠리 옆에 서서 빌의 생각을 읽으려고 빤히 바라보았다.

'늘 그랬듯 일이 벌어진 거야. 도시 전체가 쥐 죽은 듯이 조용해졌어. 모든 것이 움직이고 있어. 그것은……, 그것은

(잠들어)

잠들거나……, 곰처럼 겨울잠을 자고……, 시간이 되면 또 일을 벌이고……. 사람들도 알고 있어……. 그것이 돌아온 것을, 그것을 막을 수 없다는 것을.'

"일이 시, 시, 시, 시작……."

'아, 제발 좀, 제발, 주먹으로 기둥을 후려치며, 제발, 이번만이라도 말을 더듬지 않고, 아직도 유령이 보인다고, 제발 좀 말할 수 있으면 좋으련만!'

"너, 너희들을 여기로 데, 데려온 이유는 다, 달리 아, 안전한

곳이 업, 없기 때문이야." 빌의 입에서 침이 튀었다. 빌은 손등으로 입가를 훔치고 말을 이었다. "데, 데리가 바, 바로 그것이야. 무, 무슨 말인지 아, 알겠어?"

빌은 아이들을 바라보았다. 아이들은 눈을 반짝이면서도 뒤로 약간 물러서는 것이 몹시 겁에 질린 표정들이었다.

"데리가 그, 그것이라고! 우리가 어, 어디를 가든……, 그, 그것이 우리를 주, 주, 죽이는 순간이 오면 아무도 보, 볼 수 없고, 아무도 드, 듣지 못하고, 아무도 아, 알지 못해." 빌은 간절한 눈빛으로 아이들을 바라보았다. "자, 잘들 생각해 봐, 응? 우리가 하, 할 수 있는 일은 우, 우리가 시, 시작한 일을 끄, 끝내는 것 뿌, 뿐이야."

비벌리는 로스 씨가 그녀를 보고도 신문지를 접고 그냥 집으로 들어가던 모습을 떠올렸다. 아무도 볼 수 없고, 아무도 듣지 못하고, 아무도 알지 못해. 그리고 아버지는

(암캐 같은 년, 바지를 벗어)

그녀를 죽이려고 했다.

마이클은 점심을 함께 먹으려고 빌의 집에 갔을 때를 떠올렸다. 빌의 어머니는 다른 세계에 있는 사람처럼 빌과 마이클을 아는 체도 안 하고 그저 헨리 제임스의 소설을 읽었다. 두 아이는 직접 만든 샌드위치를 주방에 선 채로 먹었다.

리처드는 말끔하면서도 텅 빈 듯한 스탠리의 집을 떠올렸다. 스탠리는 약간 놀라는 눈치였다. 스탠리의 어머니는 점심 시간만은 언제나 집에 있었다. 만에 하나 일이 있어 집을 비우더라도 어디에 가는지 쪽지를 남겼다. 그러나 그날은 쪽지도 없었다. 차도

보이지 않았고, 그게 전부였다. "아마 데리라는 아줌마하고 쇼핑하러 가셨을 거야." 스탠리는 인상을 쓰며 짐짓 아무렇지 않은 표정으로 말하고 달걀 샐러드 샌드위치를 만들기 시작했다. 빌의 말을 듣기 전까지 리처드는 그 일을 까맣게 잊고 있었다.

에디는 어머니를 떠올렸다. 파치시 게임판을 들고 집을 나서는 동안, 여느 때 같으면 조심하라는 어머니의 신신당부로 떠들썩했을 테지만 그날은 조용하기만 했다. 조심해라, 에디. 비가 오면 바로 비를 피할 만한 곳으로 들어가거라. 위험한 놀이는 절대 안 된다, 에디. 게다가 호흡기를 챙겨 넣었는지, 몇 시에 집에 올 건지, 무엇보다 예의 '함께 어울리는 거친 아이들'에 대한 한마디 볼멘소리도 없었다. 어머니는 그저 소파에 앉아 텔레비전 드라마에 정신이 팔려 에디가 있는 줄조차 모르는 모양이었다.

마치 에디가 존재하지도 않는다는 표정.

아이들은 비슷한 장면을 떠올렸다. 이날 아침에서 점심 시간까지 벌어진 일들이 죄다 허깨비처럼 느껴졌다.

유령.

"빌, 건너가면 어떨까? 올드케이프를 지나서 말이야." 스탠리가 거칠게 물었다.

빌은 고개를 가로저었다. "히, 힘들어. 대, 대나무 숲에서 잡힐 거야……. 수, 수렁이 있어서 위, 위험해……. 가, 강에 피, 피라니아 같은 사, 살인 물고기가 있을지도 모, 몰라."

아이들은 저마다 비슷한 장면들을 떠올렸지만 마지막 부분은 똑같았다. 벤은 느닷없이 사람을 잡아먹는 식물들로 가득한 덤불을 보았다. 비벌리는 낡은 냉장고에서 빠져나와 날아다니는 거머리를 보았다. 스탠리는 상상만 해 온 대나무 숲의 진흙 수렁에서 아이들이 한꺼번에 밖으로 토해지는 모습을 보았다. 마이클 핸론은 쥐라기의 작은 파충류들이 썩은 나무에서 튀어나와 날카로운 이빨로 그들을 하나하나 찢어발기는 광경을 떠올렸다. 에디는 올드케이프 제방으로 올라섰지만, 제방 위에서 문둥이가 딱정벌레와 구더기가 득시글한 얼굴로 버티고 서서 그들을 기다리고 있었다.

"무슨 수를 써서라도 일단 마을을 빠져나갈 수 있……." 리처드가 말하는 도중 하늘에서 그 말이 틀렸다는 듯 천둥을 후려치자 이내 말꼬리를 흐리고 말았다. 아직은 잔뜩 찌푸린 하늘에서 빗줄기가 퍼붓지 않았지만, 일단 쏟아지면 엄청난 홍수로 이어질 것 같았다. 꿈결 같았던 그날의 평온도 이제 천지의 격렬한 소음으로 뒤바뀌고 말았다.

"이 재수 없는 도시를 벗어나면 그래도 괜찮을지 몰라." 리처드는 겨우 말을 맺었다.

"삑삑, 리처……." 비벌리가 입을 여는 순간, 돌멩이 하나가 덤불에서 날아와 퍽 소리와 함께 마이클의 머리를 강타했다. 마이클이 머리칼 사이로 피를 흘리며 비틀비틀 물러서다가 고꾸라지려는 것을 빌이 겨우 부축했다.

"돌팔매질을 가르쳐 주마!" 헨리의 비아냥대는 소리가 들려왔다.

아이들은 깜짝 놀라 무작정 도망칠 태세였다. 빌은 그렇게 되면 도저히 돌이킬 수 없는 상황에 빠질 거라고 생각했다.

"베, 베, 벤!" 빌이 날카롭게 소리쳤다.

벤이 움찔하며 빌을 보았다. "빌, 도망쳐야 해. 놈들이……."

덤불에서 돌멩이 두 개가 더 날아왔다. 그중 한 개가 스탠리의 허벅지 윗부분에 정통으로 맞았다. 스탠리는 비명을 질렀지만 아파서라기보다는 너무 놀라서였다. 나머지 돌멩이는 아슬아슬하게 비벌리를 스치고 땅바닥에 튀어 올랐다가 아지트의 뚜껑 문으로 빨려 들어갔다.

"이곳에 처, 처음으로 왔던 날 기, 기억나? 바, 방학하던 날 말이야." 빌의 목소리는 천둥 소리를 꿰뚫고 벤을 향해 쩌렁쩌렁 울려 퍼졌다.

"빌……!" 리처드가 비명을 질렀다.

빌은 입 다물라고 리처드에게 손을 흔들었다. 그의 눈빛은 벤에게 못 박힌 채였고 그를 그 자리에서 꼼짝도 못하게 했다.

"그럼, 기억나지." 벤은 대답하면서도 어디든 빨리 도망치고 싶은 절박함을 숨기지 못했다. 덤불이 파도처럼 들썩였다.

"배, 배수구. 배수 펴, 펌프장. 그, 그곳으로 가야 해. 네가 앞장서!"

"하지만……."

"아, 앞장서!"

덤불에서 돌멩이가 연달아 날아들었다. 빌은 겁에 질리고 취한 듯하면서도 탐욕스러운 빅터 크리스의 얼굴을 보았다. 돌멩이 하나가 빌의 광대뼈를 강타하자 이번엔 마이클이 빌을 부축해 주었다. 한순간 빌은 앞을 제대로 볼 수 없었다. 한동안은 광대뼈가 얼얼했다. 그러나 이내 아프고 피가 흘렀다. 빌은 아픔을 참으면서 손으로 뺨을 훔치고 청바지에 피 묻은 손을 문질렀다. 돌풍에 머리칼이 사방으로 휘날렸다.

"돌은 이렇게 던지는 거야, 이 버벅이 병신아!" 헨리가 웃음과 비명이 뒤섞인 목소리로 소리쳤다.

"아, 앞장서라니까!" 빌도 소리쳤다. 그는 그제야 왜 자신이 에디를 시켜 벤을 앞으로 오게 했는지 이해했다. 그들이 도망칠 곳은 배수 펌프장밖에 없으며 정확한 위치를 아는 아이는 벤뿐이었다. 배수 펌프장은 켄더스키그 둑을 따라 불규칙한 간격으로 설치되었는데, 벤만이 그중 어느 곳으로 가야 하는지 알고 있었다.

"어서! 이, 입구 말이야! 그것이 다, 다니는 입구!"

"빌, 네가 그걸 알 순 없어!" 비벌리가 소리쳤다.

빌은 비벌리에게, 그들 모두에게 불같이 화를 냈다. "아니야!"

벤은 마른침을 삼키며 한동안 빌을 바라보고 서 있었다. 그러고는 개간지 쪽으로 나가 강둑으로 방향을 잡았다. 빌의 두 다리가 후들거릴 정도로 섬뜩한 천둥 소리가 나더니 곧이어 눈부신 섬광이 불그스름한 흰색 줄을 하늘에 그어 놓았다. 주먹만 한 돌멩이가 빌의 코끝을 스쳐 벤의 엉덩이에 날아들었다. 벤은 풀쩍 뛰어오르며 엉덩이를 문질렀다.

"맛이 어떠냐, 돼지 새끼!" 헨리는 좀 전처럼 웃음과 비명이 뒤섞인 목소리를 내질렀다. 덤불이 부스럭거리고 헨리가 모습을 드러내는 순간, 비를 뿌릴락 말락 생색만 내던 하늘에서 장대비가 쏟아지기 시작했다. 빗물은 헨리의 스포츠형 머리를 타고 눈썹을 지나 뺨으로 흘러내렸다. 헨리는 이를 다 드러내며 씩 웃었다.

"돌은 이렇게 던지는 거……." 헨리의 말이 끊겼다. 마이클이 아지트를 짓다 남은 나무 조각을 발견해서 헨리에게 집어던진 탓이었다. 나무 조각은 헨리의 이마를 강타했다. 헨리는 외마디 신음을 뱉으며 기막힌 생각이 떠오른 사람이 하듯 손으로 이마를 탁 쳤다.

"다, 달려! 베, 벤을 따라가!" 빌이 소리쳤다. 또 한 차례 덤불이 흔들리는가 싶더니, 빅터와 트림쟁이가 나타나 벤 한스컴을 따라 도망치는 아이들을 뒤쫓기 시작했다.

세월이 흐른 후에도, 그날의 나머지 기억이 벤에게 돌아왔을 때조차도 그는 단지 그들이 풀숲 사이를 헤치고 달려가던 혼란스러운 이미지밖에 기억하지 못했다. 빗줄기에 축축 늘어진 나뭇가지에서 얼굴로 쏟아져 내리는 차가운 빗물, 끝이 없을 것 같은 천둥 번개, 켄더스키그에 가까워지면서 강물 소리와 뒤섞이던 헨리의 고함소리, 도망가지 말고 한번 붙어 보자……. 이것이 벤의 기억으로 되살아난 그날의 광경이었다. 그가 가쁜 숨을 몰아쉬며 속력을 줄일라치면 어김없이 등을 떼밀던 빌의 손길도.

'거기를 찾지 못하면 어쩌지? 그것이 드나드는 배수 펌프장을 내가 못 찾아내면 어쩌지?'

숨이 목까지 찼고 신물이 넘어왔다. 숨차게 달리느라 옆구리까지 쿡쿡 쑤셨다. 돌에 맞은 엉덩이도 쓰리고 아팠다. 헨리가 그들을 죽이고 말 거라는 비벌리의 말. 벤은 그 말이 틀림없는 사실이라고 생각했다.

벤은 경황없이 달려온 나머지 켄더스키그 강둑에 다다랐을 때 하마터면 둑 가장자리로 굴러떨어질 뻔했다. 겨우 중심을 잡았지만, 봄부터 유실된 강둑 가장자리가 부서지는 통에 벤은 거센 강물 가까지 미끄러지고 말았다. 셔츠가 등 뒤로 말려 올라가면서 진흙이 맨살을 할퀴며 달라붙었다.

빌이 뒤에서 함께 미끄러져 내려오면서 벤의 발목을 움켜잡았다.

다른 아이들도 차례차례 둑 위로 모습을 나타났다. 리처드와 에디가 맨 마지막이었다. 리처드는 한쪽 팔로 에디의 허리를 잡아 부축하면서 빗물이 뚝뚝 떨어지는 안경을 조심스럽게 콧잔등 위로 추켜올렸다.

"어, 어, 어디야?" 빌이 다급하게 소리쳤다. 벤은 양쪽을 번갈아 바라보면서 시간이 너무 촉박하다는 사실에 미칠 것 같았다. 강물 수위는 벌써 한층 높아진 것 같았고, 비를 퍼부으며 잔뜩 내려앉은 하늘은 강물에 잿빛 그림자를 드리우며 섬뜩한 위협감을 자아냈다. 강둑은 덤불과 자라다 만 나무들이 빽빽하게 들어차 바람에 따라 광란의 춤을 추고 있었다. 에디의 씨근대는 숨소리가 들려왔다.

"어, 어, 어디야?"

"모르겠어……." 벤은 쭈뼛하다가 비스듬한 나무와 그 밑으로 푹 꺼진 구멍을 발견하였다. 방학하는 날, 헨리 패거리에 쫓기다 숨은 곳이었다. 그곳에서 깜박 잠들었다가 깨어났을 때, 빌과 에디가 장난치는 소리가 들려왔었다. 얼마 후 헨리 일당의 목소리가 들렸을 때는 꼼짝없이 잡혔구나 싶었다. "빠이빠이, 꼬맹이들, 정말이지 꼬맹이 댐이잖아."

"저기야! 저쪽!" 벤이 소리쳤다. 다시 한번 번개의 섬광이 번뜩이는 순간, 벤은 과부하 걸린 변압기에서 나는 듯한 우웅 하는 소리를 들었다. 번개가 하필 그 비스듬한 나무에 내리꽂히자, 나무에서 청백색의 전기 불꽃이 일더니 밑동까지 쪼개져 동화 속의 거인이 사용하는 이쑤시개처럼 갈라졌다. 쪼개진 나무가 요란한 굉음과 함께 강물로 쓰러지면서 거센 물보라가 튀어 올랐다. 나무에서 불덩어리가 줄기까지 치솟았다가 이내 꺼졌다. 천둥이 하늘이 아니라 바로 주변에서 포효했다. 천둥 한가운데 들어온 느낌이었다. 빗물은 융단처럼 흘러내렸다.

벤이 퍼뜩 정신을 차리고 보니 빌이 연신 등을 두들기고 있었다. "어, 어서 가!"

벤은 눈앞까지 착 달라붙은 머리칼을 흔들며 강가를 따라 위태로운 발걸음을 옮겼다. 벤은 쓰러진 나무에 도착해(이미 뿌리 밑으로 난 구멍은 흔적도 없이 사라진 후였다) 손과 팔뚝이 긁히는 것도 아랑곳없이 축축한 나무 둥치를 기어 올라가 건너편으로 뛰어내렸다.

빌과 리처드는 에디를 부축해 나무 둥치 위로 밀어 올렸다. 에디는 버둥대다가 밑으로 고꾸라졌는데 벤이 그를 받아 주었다. 벤과 에디는 부둥켜안고 데굴데굴 굴렀다. 에디는 비명을 질렀다.

"괜찮아?" 벤이 소리쳤다.

"그런 것 같아." 에디도 일어서면서 큰 소리로 말했다. 흡입기를 더듬거리다가 떨어뜨렸다. 벤이 흡입기를 집어 주자, 에디는 고맙다는 표정을 짓고는 곧바로 흡입기를 입속에 넣고 방아쇠를 당겼다.

리처드가 나무를 건너온 다음 스탠리와 마이클이 뒤를 따랐다. 빌이 기다렸다가 비벌리를 나무 위로 밀어 올리자, 벤과 리처드가 건너편에서 그녀의 팔을 잡아 주었다. 비벌리의 머리칼은 머리에 착 달라붙었고, 청바지는 검은색으로 변해 있었다.

빌이 마지막으로 나무 둥치로 올라와 말을 타듯 걸터앉았다. 헨리 패거리가 첨벙첨벙 물가를 따라 달려오는 모습이 보였다. 빌은 나무에서 뛰어내리며 소리쳤다. "도, 도, 돌! 돌을 던져!"

다행히 주변에 돌멩이가 많았고 번개에 쓰러진 나무는 완벽한 바리케이드나 다름없었다. 곧바로 일곱 아이들은 헨리 패거리를 향해 돌멩이를 던지기 시작했다. 그들은 어느새 나무 가까운 곳까지 다가와 안정적인 사격권 안에 걸려든 셈이었다. 그들은 물러서며 고통과 분노로 악을 썼지만, 돌멩이는 가차없이 그들의 얼굴이며 가슴, 팔과 다리로 날아들었다.

"어때, 이 정도면 마음에 드냐!" 리처드는 고함을 지르며 달걀만 한 돌멩이를 빅터를 겨냥해 힘껏 내던졌다. 돌멩이는 빅터의 어깨에 맞고 거의 수직으로 허공에 튀어 올랐다. 빅터는 외마디 비명을 질렀다.

"이런이런……, 계속 가르쳐 주시지, 꼬맹이! 우린 금방 배우는 학생이니까!"

"당연하지! 어때? 맛이 어떠냐?" 마이클도 리처드의 말을 받아 고래고래 고함질렀다.

헨리 패거리는 아무런 대꾸도 하지 않았다. 서둘러 돌멩이가 닿지 않는 곳까지 물러나더니 뭔가 자기들끼리 숙덕거리기 시작했다. 잠시 후 그들은 비칠비칠 미끄러운 제방을 올라갔다. 제방은 이미 물살에 휩쓸려 나뭇가지라도 붙잡지 않으면 몸을 제대로 가누기도 어려웠다.

헨리 패거리는 이내 풀숲으로 사라졌다.

"우리를 포위하려는 것 같아, 빌." 리처드가 안경을 추켜올리며 말했다.

"마, 맞아. 가자, 베, 벤. 네 뒤, 뒤를 따따라갈게."

벤은 제방을 따라 줄달음치다가 멈칫하더니(헨리 패거리가 불쑥 튀어나올까 봐), 20미터쯤 떨어져 있는 배수 펌프장을 바라보았다. 다른 아이들의 시선도 일제히 벤을 따라 그쪽으로 향했다. 맞은편 강둑에 시멘트 원통들이 보였는데, 하나는 아주 가까운 곳에, 다른 하나는 상류 쪽으로 40미터쯤 떨어진 곳에 있었다. 그 두개의 원통에서 이어진 배수관마다 흙탕물이 거세게 켄더스키그로 쏟아졌지만, 그들이 서 있는 제방의 배수관에서는 찔끔거리는 정도였다. 웅웅 하는 펌프 소리도 들리지 않았다. 펌프 장치가 고장 난 모양이었다.

그는 생각에 잠겨……, 그리고 약간 겁에 질려 빌을 쳐다보았다.

빌은 리처드와 스탠리와 마이클을 차례로 바라보았다. "뚜, 뚜껑을 열어야 해. 나, 나를 도와줘."

그들은 놋쇠 뚜껑을 붙잡았지만 빗방울로 미끈거리는 데다 뚜껑 자체가 굉장히 무거웠다. 벤이 빌 옆으로 뛰어들자, 빌은 약간 옆으로 비켜서며 공간을 내주었다. 밑에서 물방울이 뚝뚝 떨어져 우물 소리처럼 기분 나쁜 메아리가 울려 퍼졌다.

"하나 두, 둘 세, 셋!"

빌의 기합 소리에 맞춰 다섯 명이 동시에 힘을 주었다. 오싹한 소리와 함께 뚜껑이 약간 움직거렸다.

비벌리는 리처드를 옆에서 받쳐 주고 에디도 성한 팔로 힘껏 거들었다.

"하나, 둘, 셋, 영차!"

리처드가 구령을 넣었다. 뚜껑이 좀더 미끄러졌다. 초승달 모양으로 원통 속의 어둠이 드러났다.

"하나, 둘, 셋, 영차!"

초승달 모양이 조금 넓어졌다.

"하나, 둘, 셋, 영차!"

벤은 눈앞에 불똥이 튈 정도로 안간힘을 썼다.

"물러서! 뚜껑이 떨어진다! 뚜껑이 떨어져!" 마이클이 소리쳤다.

그들은 물러서서 큼지막한 원형 뚜껑이 기우뚱거리며 떨어지는 모습을 지켜보았다. 뚜껑은 젖은 땅을 움푹 파내면서 거대한 장기 알처럼 벌러덩 뒤집혔다. 뚜껑에서 바퀴벌레가 우르르 쏠려 나오더니 풀 속으로 기어들었다.

"으악!" 에디가 몸서리를 쳤다.

빌은 시멘트 원통 안을 들여다보았다. 원통에 갇힌 시커먼 물웅덩이까지 철 사다리가 내려가 있었고 빗방울이 수면을 콕콕 찍었다. 숨죽인 펌프 장치가 반쯤 물에 잠겨 한복판에 웅크리고 있었다. 배수관을 따라 펌프장 속으로 물이 채워지는 광경을 지켜보면서 빌은 착잡했다. '저곳으로 가야 해. 저 안으로.'

"에, 에디. 나, 나, 나를 꽉 부, 붙잡아."

에디는 어리둥절한 표정으로 빌을 바라보았다.

"드, 드, 등에 업혀. 서, 성한 파, 팔로 내 모, 목을 붙잡으라고." 빌이 설명했다.

에디는 무슨 뜻인지 알았지만 주춤거렸다.

"어서!" 빌이 날카롭게 말했다. "노, 놈들이 고, 곧 올 거야!"

에디는 한쪽 팔로 빌의 목을 감아 안았다. 스탠리와 마이클이 거들었고, 에디는 두 발을 빌의 옆구리에 착 갖다 붙였다. 빌이 후들거리며 원통 입구로 올라서는 동안, 벤은 에디의 질끈 감기는 눈을 바라보았다.

벤은 빗방울 소리 외에 다른 소리를 들었다. 나뭇가지의 흔들림, 잔가지가 채찍처럼 허공을 가르는 소리, 그리고 목소리. 헨리, 빅터, 트림쟁이였다. 세상에서 가장 악랄한 보병 소대의 공격이 임박한 것이다.

빌은 거칠거칠한 원통의 입구를 움켜잡고 밑을 더듬다가 조심스럽게 한 발을 뗐다. 철사다리는 미끄러웠다. 에디가 으스러져라 빌의 목을 감싸 안았으므로 빌은 숨이 막히면서도 에디가 천식으로 고생하는 기분이 어떤 것인지 알 것 같았다.

"무서워, 빌." 에디가 기어 들어갈 듯한 목소리로 말했다.

"나, 나, 나도 그래."

빌은 시멘트 표면에서 손을 떼고 사다리 제일 윗부분을 잡았다. 숨이 막히고 벌써부터 20킬로그램쯤 몸무게가 불어난 느낌이었지만, 빌은 잠시 멈추어 서서 황무지와 켄더스키그와 하늘에서 질주하는 먹구름을 바라보았다. 결연한 목소리 하나가 몸속에서 솟아올라 그에게 행운을 빈다며, 설령 다시는 그 지상의 광경을 보지 못하더라도 견뎌 내라고 속삭였다.

빌은 주위를 둘러본 후 에디를 등에 업은 채 사다리를 내려가기 시작했다.

"더 이상 붙잡고 있을 수 없어." 에디가 가까스로 말했다.

"괘, 괘, 괜찮아. 거의 다 내, 내려왔어."

한쪽 발이 차가운 물속에 잠겼다. 발을 더듬거리자 물속에 잠긴 사다리가 느껴졌다. 그리고 다음에 곧바로 발치에 닿는 부분이 사다리의 끝이었다. 빌은 무릎까지 물에 잠겨 펌프 장치 옆에서 있었다.

빌이 쭈그리고 앉아 에디를 내려놓는 순간, 속옷에 와 닿는 물이 사느랬다. 깊숙이 심호흡을 해 보았다. 냄새가 썩 내키지 않았지만, 목에서 에디의 팔을 덜어 낸 것만 해도 날아갈 듯했다.

빌은 원통 입구를 올려다보았다. 3미터 정도의 높이였다. 다른 아이들이 입구 가장자리에 모여 주춤거리며 내려다보고 있었다.

"내, 내려와! 하, 한 사람씩! 소리 내지 말고!"

비벌리가 가뿐하게 가장자리를 건너 사다리를 잡은 다음 스탠리가 그 뒤를 따랐다. 다른 아이들도 차례차례 안으로 내려오기 시작했다. 리처드가 헨리 패거리의 동정을 살피면서 마지막으로 사다리를 붙잡았다. 주변 풀숲에서 소리가 소란스러워지는 걸 보니, 얼마 후면 헨리 패거리도 여기 도착하겠지만, 그때는 이미 한 발 늦은 거라고 리처드는 생각했다.

그때 빅터의 고함소리가 들렸다. "헨리! 저기야! 리처드 자식이야!"

헨리 패거리가 곧장 리처드를 향해 달려오고 있었다. 빅터가 앞장서다가……, 헨리가 거칠게 미는 바람에 빅터는 옆으로 미끄러지고 말았다. 헨리는 잭나이프를 움켜쥔 모습이었다. 칼날에서 빗방울이 떨어졌다.

리처드가 배수 펌프장 안을 들여다보자, 벤과 스탠리가 마이클을 도와 사다리에서 끌어내리고 있었다. 리처드도 곧 원통 가장자리를 타넘었다. 헨리는 곧 상황을 눈치 채고 리처드를 향해 냅다 소리 질렀다. 리처드는 신경질적으로 웃음을 터뜨리더니 왼손으로 오른쪽 팔꿈치를 감싸 쥐며 팔뚝을 쑥 내밀어 주먹 감자를 먹였다. 헨리는 가운뎃손가락을 곧추세우는 것으로 응수했다.

"죽여 버리겠어!"

"얼마든지!" 리처드가 웃으며 소리쳤다. 시멘트 구멍 속으로 내려간다는 생각이 수꿀했지만 웃음을 좀처럼 참기 어려웠다. 게다가 아일랜드 경찰관의 성대모사도 튀어나왔다. "맹세하건대 아일랜드의 행운은 끝이 없는 법, 요 머저리 같은 놈들아!"

헨리는 젖은 풀 위에서 쭉 미끄러지더니 리처드와 5미터쯤 떨어진 곳에서 보기 좋게 엉덩방아를 찧었다. 리처드는 사다리에 발을 걸치고 서서 가슴까지 입구 밖으로 내민 상태였다.

"어이쿠, 미끄럼 대장이라 다르긴 다르네!" 리처드는 의기양양하게 소리 지른 후 곧바로 사다리를 타고 내려가기 시작했다. 사다리가 미끄러워 한 번인가 그대로 떨어질 뻔했다. 빌과 마이클이 리처드를 부축했다. 그들은 펌프 장치를 중심으로 느슨한 원을 이루어 섰다. 리처드는 등골을 타고 오르는 뜨겁고 차가운 기분에 몸서리 치면서도 웃음을 멈추지 못했다. "그 꼴을 봤어야 해, 빌. 정말 꼴값을 하는 거라, 아마 지금도 처박혀서……."

그 순간 헨리의 얼굴이 입구에 나타났다. 얼굴이 온통 잔가지와 수풀로 뒤범벅이었다. 입술이 부들부들 떨리고 눈빛은 이글거렸다.

"좋았어." 헨리의 목소리가 쩌렁쩌렁 원통 안을 울렸지만 메아리 같지는 않았다. "그래, 이렇게 형님이 오셨다, 이 새끼들아. 이제 죽을 준비나 하셔."

헨리는 잽싸게 입구 가장자리를 올라와 사다리에 발을 걸쳤다.

빌이 들으라는 듯이 큰 소리로 말했다. "노, 놈이 내, 내려오면 붙잡아. 끄, 끌어내리는 거야. 무, 무, 물속에 처, 처박아 버리자고. 아, 아, 알았지?"

"알아 모시겠습니다, 각하." 리처드가 떨리는 손으로 경례까지 붙였다.

"알았어." 벤이 말했다.

스탠리는 사태 파악을 못해 멀뚱멀뚱한 표정을 짓는 에디에게 윙크했다. 그러나 에디는 여전히 이해가 안 되는지, 그저 리처드가 제정신이 아니라는 생각만 들었다. 리처드는 헨리 바워스가 곧 밑으로 내려와 그들을 독 안에 든 쥐처럼 잡아 죽이기 직전인데도 여전히 미친 사람처럼 웃어 대고 있었다.

"이제 놈이 오기만 기다리면 돼, 빌!" 스탠리가 씩씩하게 소리쳤다.

헨리는 그동안 세 계단을 내려왔다. 그러고는 어깨 너머로 왕따들을 힐끔 내려다보았다. 얼굴에 미심쩍은 표정이 역력했다.

그쯤에서 에디도 상황을 이해했다. 한 사람씩밖에는 내려올 수 없는 상황이었다. 뛰어내리기에는 높이가 만만찮은 데다 가운데 펌프 장치에 부딪힐 수도 있고, 무엇보다 일곱 명이 원처럼 버티고 서 있으니 제 발로 불구덩이 뛰어드는 것이나 다르지 않았다.

"어, 어서 와라, 헤, 헨리. 뭘 그, 그리 꾸, 꾸물대냐?" 빌의 목소리는 전혀 흔들림이 없었다.

"그러게. 꼬마 아이들 잡아 족치는 게 네놈 특기 아니냐? 어서 오라니까, 헨리." 리처드가 장단을 맞추었다.

"기다리다 목 빠지겠다, 헨리. 내려오기 싫으면 할 수 없지만 마음 내키면 빨리 좀 와 줘." 비벌리가 거침없이 말했다.

"겁쟁이가 아니면 내려오겠지, 뭐." 벤은 꼬꼬댁 닭 울음 소리까지 내며 한술 더 떴다. 리처드가 벤을 따라하자, 곧바로 아이들 전부 꼬꼬댁 합창을 하기 시작했다. 헨리를 비아냥대는 합창 소리가 축축한 시멘트 벽에 부딪혀 메아리쳤다. 헨리는 왼손에 칼을 움켜쥐고 시뻘겋게 달아오른 얼굴로 밑을 바라보았다. 30초 정도 헨리는 그렇게 서 있다가 입구 쪽으로 다시 올라가기 시작했다. 왕따 클럽은 야유와 욕설을 터뜨렸다.

"돼, 됐어. 저 배, 배수관 소, 속으로 드, 들어가야 해. 빠, 빨리." 빌은 목소리를 낮춰 말했다.

"왜?" 비벌리가 물었지만, 빌은 대답하느라 힘을 낭비하고 싶지 않았다. 헨리가 다시 배수 펌프장 입구로 나타나서 축구공만한 돌을 떨어뜨렸다. 비벌리는 비명을 질렀고 스탠리는 거칠게 소리치며 에디를 벽 쪽으로 끌어당겼다. 돌은 녹슨 펌프 장치에 부딪혔다가 튀어 오르면서 두둥 하는 소리를 냈다. 튀어 오른 돌이 시멘트 벽으로 날아들어 에디에게서 15센티미터 떨어진 곳에 부딪혔다. 부서진 시멘트 조각이 에디의 뺨에 튀었고 돌은 물보라를 일으키며 물속으로 떨어졌다.

"빠, 빠, 빨리!" 빌이 다시 소리치자 아이들은 배수관 쪽으로 모여들었다. 배수관의 직경은 1미터 50센티미터쯤 됐다. 빌은 그

속으로 아이들을 한 명씩 밀어 넣었고(조그만 차 안에서 거구의 광대들이 쏟아져 나오는 어슴푸레한 곡예의 영상이 유성처럼 빌의 뇌리를 스쳤으며, 빌은 나중에 그때 떠오른 영상을『검은 급류』라는 소설 속에 그대로 옮겨 놓았다), 마지막으로 배수관에 들어가는 순간, 돌멩이 하나가 또 안으로 떨어졌다. 계속해서 돌멩이가 한꺼번에 떨어지기 시작하더니, 대부분 펌프 장치에 부딪혔다가 사방으로 튀어 올랐다.

돌멩이 우박이 그치는가 싶어 빌은 밖을 내다보았다. 헨리가 다시 사다리를 타고 빠르게 내려오는 모습이 보였다.

"저노, 놈을 자, 잡아!" 빌이 소리쳤다. 리처드, 벤, 마이클이 빌을 따라 허둥지둥 달려 나왔다. 리처드가 껑충 뛰어올라 헨리의 발목을 움켜잡았다. 헨리는 욕하면서 테리어나 발바리 같은 강아지한테 물린 것처럼 발길질을 해댔다. 리처드는 사다리를 잡고 올라가더니 실제로 헨리의 발목을 물어 버렸다. 헨리는 비명을 지르며 다급히 위로 올라갔다. 헨리의 운동화 한 짝이 떨어져 곧바로 물속에 잠겼다.

"물었어! 나를 물었다니까! 저 변태 새끼가 나를 물어뜯었단 말이야!" 헨리는 길길이 날뛰었다.

"그래, 봄에 파상풍 예방 주사를 맞았으니 다행인 줄 알아!" 리처드가 비아냥거리며 소리쳤다.

"저것들을 몽땅 잡아 족쳐! 돌로 뭉개 버려! 머리통을 박살내!" 헨리는 미친 사람처럼 악을 썼다.

돌멩이가 좀더 날아들었다. 아이들은 재빨리 배수관 안으로 들어갔다. 마이클은 팔뚝에 작은 돌멩이를 맞고 인상을 쓰며 아픔이

가시기를 기다렸다.

"막상막하야. 놈들은 내려오지 못하고 우리는 올라갈 수 없으니까." 벤이 말했다.

"우리는 오, 올라가지 않을 거야. 너, 너희들도 알 거야. 어쩌면 다, 다시는 저 위로 오, 오, 올라가지 못할지도 모, 몰라." 빌이 조용하게 말했다. 아이들은 고통스럽고 두려운 눈길로 빌을 바라보았다. 아무도 말이 없었다.

헨리는 분을 삭이며 짐짓 조롱하는 말투로 소리쳤다. "하루 종일 여기서 기다려 주마, 이놈들아!"

비벌리는 돌아서서 배수관 안쪽을 바라보았다. 빛이 바로 앞에서 끊어져 멀리까지 볼 수는 없었다. 그저 콘크리트 터널이 펼쳐져 있고 그 3분의 1쯤 높이까지 물이 흐르고 있다는 정도밖에는. 배수관에 처음 들어섰을 때보다 수위가 높아졌다. 펌프가 작동하지 않아 켄더스키그로 배출하는 물의 양이 그리 많지 않았다. 비벌리는 문득 밀실 공포증을 느꼈으며 살갗이 플란넬 천처럼 까끌까끌해지는 기분이었다. 배수관에 물이 차면 그들 모두 익사할지도 몰랐다.

"빌, 꼭 이쪽으로 가야 해?" 비벌리가 묻자 빌은 어깨만 으쓱해 보였다. 그것으로 답은 충분했다. 그랬다. 그곳에서 달리 방법이 있을까? 황무지에서 헨리와 빅터, 트림쟁이에게 죽임을 당하고 말 것인가? 아니면 마을로 돌아가 더 끔찍한 일을 당해야 할까? 비벌리는 빌의 생각을 충분히 이해할 수 있었다. 빌의 어깻짓에는 말더듬증이 없었으니까. 그것을 향해 다가가는 수밖에 달리 방법이 없었다. 서부 영화에 나오는 최후의 대결처럼 말이다. 청소부. 용감한 자.

"전에 말한 의식이란 게 뭐지, 빌? 도서관 책에서 본 것 말이야." 리처드가 물었다.

"쿠, 쿠, 쿠드." 빌이 조금 웃으며 말했다.

"쿠드." 리처드는 고개를 끄덕였다. "눈에는 눈 이에는 이, 맞아?"

"마, 마, 맞아."

"그때는 농담이라고 했잖아."

빌은 고개를 끄덕였다.

"웃기네." 리처드는 어두운 배수관을 바라보며 말했다. "하나도 생각나지 않아."

"나도 그래." 벤이 말했다. 묵직한 공포감이 가슴을 짓눌렀다. 그렇게 물속에 앉아 있으니 엉엉 목놓아 울고 싶은 심정이지만 (아니면 그대로 미칠 것 같았지만) 빌의 침착한 모습과……, 비벌리가 있다는 사실 때문에 겨우 참고 있었다. 겁에 질린 마음을 비벌리에게 들키느니 차라리 죽는 게 나았다.

"이 배수관이 어디로 이어졌는지 알아?" 스탠리가 빌에게 물었다.

빌은 고개를 저었다.

"그것을 찾아내는 방법은?"

빌은 다시 고개를 저었다.

"그것과 가까워지면 저절로 알게 될 거야." 리처드가 불쑥 말했다. 부들부들 떨리는 숨결을 깊숙이 토하며 말을 이었다. "꼭 가야 한다면, 가자고."

빌은 고개를 끄덕였다. “내가 아, 아, 앞장설게. 그 다음에 에, 에디. 베, 베, 벤. 비벌리. 스탠리, 마이클. 네가 마, 마지막이야, 리, 리처드. 모, 모두 한 손으로 아, 아, 앞사람 어깨를 부, 부, 붙잡아. 무, 무척 어, 어두울 테니까.”

“어서 나오지 못해?” 헨리가 빽 소리를 질렀다.

“어딘가 다른 곳으로 나가게 될 거야.” 리처드가 중얼거렸다. “그럴 거야.”

그들은 장님 행렬처럼 줄지어 섰다. 빌은 서로 앞 사람의 어깨를 붙잡고 있는지 확인했다. 그는 급류를 향해 약간 상체를 구부리고, 1년 전 동생 조지의 종이배가 흘러들어 갔던 어둠 속으로 친구들을 이끌고 걷기 시작했다.

원이 완성되다

톰

톰 로건은 오싹한 꿈을 꾸고 있었다. 아버지를 죽이는 꿈이었다. 꿈을 꾸면서도 그것이 얼마나 터무니없는 일인지, 초등학교 3학년 때 아버지가 돌아가셨는데 이상하지 않냐는 생각이 들기는 했다. 글쎄……, 단순히 '돌아가셨다'는 표현은 적절해 보이지 않았다. '자살했다'는 표현이 더 사실에 가까웠다. 랠프 로건은 자신의 손으로 진과 양잿물을 섞어 칵테일을 만들었다. 그리고 그 석별의 잔을 들이켬으로써 세상과 작별을 고했다. 톰은 그때부터 명목상 가장이 되어 동생들을 돌봐야 했고, 이를 제대로 하지 못할 때는 항상 어머니한테 '혼쭐나게' 얻어맞았다.

그러므로 그가 아버지를 죽일 만한 상황이 아니었고……, 다만 그는 소름 끼치는 꿈속에서 평범해 보이는 손잡이 같은 것을 아버지의 목에 대고 있었을 뿐이다……. 하지만 정말 평범한 손잡이였을까? 손잡이에는 버튼이 달려 있어서 그것을 누르면 칼날이 튀어나와 아버지의 목을 관통할 터였다. '그런 짓은 하지 않을 거예요, 아버지, 걱정 마세요.' 그가 꿈속에서 그렇게 중얼대면서 버튼을 누르자 칼날이 튀어나왔다. 아버지는 눈을 뜨더니 천장을 올려다보았다. 입이 헤 벌어져 입가에 핏빛 거품이 끓어올랐다.
'아빠, 제가 그런 게 아니에요! 제가 아니라 다른……'

그는 비명을 질렀다.

톰 로건은 잠에서 깨어나려고 버둥댔지만 마음먹은 대로 되지 않았다. 기껏해야(결국 그 역시 좋은 결과는 아니었지만) 새로운 꿈속으로 빠져 드는 게 고작이었다. 이번에는 첨벙첨벙 물을 튀기며 길고 어두운 터널 속을 힘겹게 걸어가는 꿈이었다. 사타구니가 얼얼하고 얼굴에 십자 모양으로 긁힌 상처 때문에 몹시 쓰라렸다. 다른 사람이 함께 있었지만 모습이 가물가물해서 누구인지 제대로 보이지 않았다. 하지만 그건 문제될 게 없었다. 문제는 저기 앞에 있을 꼬맹이들이었다. 놈들은 톡톡히 대가를 치러야 했다. 놈들은

(혼쭐나게)

벌을 받아야 했다.

그곳이 연옥인지는 알 수 없지만, 냄새만큼은 그랬다. 물방울 떨어지는 소리가 끊임없이 메아리쳤다. 신발과 속옷까지 흠뻑 젖었다. 그 염병할 꼬맹이들이 터널 앞쪽 어딘가에 있을 테고, 녀석들은 지금쯤

(헨리가)

톰과 그 일행들이 길을 잃었다고 고소해하겠지만 천만의 말씀(하하, 너희들이야말로 이제 끝장이다!). 톰과 그 일행, 그중에서도 특별한 친구 하나가 그들이 가야 할 길목에 표시를 해 두었는데 그게 뭔고 하니……,

(달처럼 생긴 풍선 다발)

커다랗고 둥그스름한 풍선 모양으로 그 안에서 빛이 흘러나오는 것이 옛날에 사용하던 가로등 같았다. 풍선 전구 중 몇 개는 화살표까지 그려져 갈림길에서 어김없이 그와

(트림쟁이와 빅터)

형체 없는 동료들이 어디로 가야 할지 알려 주었다. 물론 그 길은 정확한 방향이었다. 앞에서 계속 첨벙첨벙 걸어가는 소리와 나지막한 중얼거림이 들려왔으니까. 금방이라도 따라잡을 정도로 거리가 좁혀졌다. 그때……, 톰은 손에 쥐고 있던 잭나이프를 내려다보았다.

덜컥 겁이 났다. 종종 주간지에 등장하는 괴이한 영적 체험, 영혼이 육체를 떠나 다른 사람의 육체로 들어간다는 오싹한 일들이 자신에게 벌어진 것 같았다. 톰은 자신의 육체가 생경하게 느껴졌으며, 마치 톰 자신이 아니라

(헨리)

다른 누구, 훨씬 나이 어린 누군가의 몸속에 들어와 있는 기분이었다. 그는 겁에 질려 꿈에서 벗어나려고 기를 썼는데, 이내 달래는 듯한 목소리가 그의 귓가에 이렇게 속삭였다. '지금이 언제인지, 네가 누구인지는 문제가 아니야. 문제는 비벌리가 저 앞에 놈들과 함께 있다는 거야, 친구 양반, 무슨 소리인지 알겠지? 담배 피우는 짓보다 훨씬 더 끔찍한 일을 벌이고 있단 말이야. 그게 뭘까? 소꿉동무라는 빌 덴브로와 질편하게 놀아나고 있다 이거야! 정말이고말고! 자네 아내와 버벅이 변태가 한창 그 짓을 하고 있다니까! 그 연놈들이…….'

거짓말이야! 톰은 소리치고 싶었다. 비벌리가 감히 그런 짓을

할 리 없어!

그러나 거짓말이 아니라는 것쯤은 자신이 더 잘 알고 있었다. 비벌리는 허리띠로

(사타구니를 냅다 갈기고)

고환을 후려치고 도망치더니 지금 바람을 피우고 있는 거였다. 그 더러운

(계집애)

암캐가 결국은 담배 피우는 것도 모자라 바람까지 피우다니, 친구들이여, 동네 사람들이여, 혼쭐 정도가 아니라 경을 칠 정도로 그년을 따끔하게 손보고, 아울러 그 소설가 나부랭이라는 덴브로 녀석까지 줄창 박살을 내줄 생각이오. 누구든 나를 방해하고자 한다면 응당 그 대가를 치러야 하지.

이미 목구멍까지 숨이 찼지만 톰 로건은 발길을 재촉했다. 앞쪽 어둠 속에서 또 까딱거리고 있는 발광체, 또 하나의 달 모양 풍선이렷다. 앞에서 들리는 사람의 목소리가 어린아이들의 목소리라고 해도 톰은 더 이상 개의치 않았다. 목소리가 알려 준 그대로였으니까. 그곳이 어디든, 언제든, 누구든 상관없었다. 비벌리가 바로 그 주변에 있다는 사실만이 중요했으니, 오호라, 친구들이여, 동네 사람들이여…….

"이봐, 친구들, 엉덩이가 너무 무거운 거 아냐. 빨리 좀 따라가잔 말이야." 톰 로건은 이제 자신의 입에서 튀어나오는 목소리까지 어린아이의 것이라는 사실에 역시 개의치 않았다.

그렇게 톰 로건과 정체 모를 동료들이 풍선을 따라가는 사이, 그는 주변을 둘러보다 처음으로 동료들의 얼굴을 보았다. 두 명

인데 모두 송장이었다. 하나는 머리가 없었다. 다른 하나는 거대한 야수의 발톱에 찢긴 듯 얼굴이 온통 너덜너덜 벌어져 있었다.

"우리도 기를 쓰고 따라붙고 있잖아, 헨리." 얼굴이 갈가리 찢긴 아이가 볼멘소리를 하기에, 가만히 보니까 윗입술과 아랫입술이 기묘하게 따로 움직였다. 그 때문에 톰 로건은 꿈속에서 비명을 질렀다. 광활하고 텅 빈 공간 속으로 비틀거리며 걸어 들어가기 직전이었다.

'여기가 어디야? 우라질, 대체 어디냐니까?'

그는 흐릿하지만 분명히 느껴지는 흰색 섬광을 마주하고는 겁에 질린 나머지 또 그 미친 풍선에 이끌려 다른 꿈으로 접어든 것은 아닐까 조바심이 났다. 곧이어 뇌리에 스치는 생각은 불을 켜 둔 채 욕실 문을 조금 열어 놨다는 것이었다. 낯선 곳에서 묵을 때는 늘 불을 켜 두는 버릇 때문이다. 밤에 화장실에 가다가 여기저기 부딪힐 염려도 없었다.

열린 욕실의 불빛을 바라보며 그는 꿈에서 현실로 돌아왔다. 내내 꿈을 꾸었고, 그것도 황당무계한 개꿈이었던 것이다. 그가 있는 곳은 홀리데이 모텔이었다. 메인 주 데리. 아내를 쫓아 그곳까지 왔고, 악몽을 꾸다 침대에서 굴러떨어진 것이다. 요컨대 그게 전부였다.

'단순히 기분 나쁜 개꿈은 아니야.'

그 말이 자신의 생각이 아니라 바로 옆에서 흘러나온 것 같아 그는 소스라치게 놀랐다. 자신의 목소리가 아니라, 어딘지 사늘하고 생경한 것이……, 한편으로는 최면을 걸듯 그럴듯하게 들려왔다.

그는 천천히 일어나 침대 옆의 탁자를 더듬거려 물 잔을 찾아 들고는 단숨에 들이켰다. 떨리는 손으로 머리칼을 쓸어 넘겼다. 탁자에 놓인 시계를 바라보니 3시 10분이었다.

'잠이나 더 자야지. 나머지는 아침에 생각하면 돼.'

톰이 혼잣말처럼 중얼거리자, 생경한 목소리가 반박했다. '하지만 아침에 사람들이 몰려들걸. 아주 많은 사람들이 떼거리로 말이야. 게다가 그 연놈을 때려잡으려면 지금 시간이 가장 적당해. 지금 움직이면 놈들보다 한 발 먼저 도착할 테니까.'

'저 밑에 말이야?' 그는 꿈을 떠올렸다. 물방울이 똑똑 떨어지고 축축하게 감기는 어둠.

방 안이 갑자기 환해지는 느낌이었다. 마음과는 정반대로 그는 욕실 쪽으로 고개를 돌리고 말았다. 곧바로 그의 입에서 신음이 흘러나왔다. 풍선 하나가 욕실 문 손잡이에 묶여 있었다. 풍선은 1미터 정도의 줄에 매달려 허공에 떠 있었다. 터질 듯 부풀고 괴괴한 흰빛을 머금고 있어서일까, 늪지의 나무 사이에 줄처럼 걸린 잿빛 이끼 위에서 흐느적거리는 도깨비불 같았다. 풍선에 핏빛으로 그려진 화살표가 약간 도드라졌다.

화살표는 출입구를 가리키고 있었다.

'내가 누구인지는 중요하지 않아.' 예의 낯선 목소리가 달래듯 말을 걸어 오자, 톰은 그쯤에서 그 목소리의 정체가 자신의 것도, 귓가에 속삭이는 다른 누구의 것도 아님을 깨달았다. 그것은 풍선의 한복판, 아름다운 백색 불빛에서 흘러나오는 목소리였다. '중요한 건, 모든 일이 네게 흡족하게 돌아가도록 내가 뒤를 봐주겠다는 점이지. 톰, 나는 말이지, 비벌리가 혼쭐나는 꼴을 보고 싶어. 묵사발을 만들어 주란 말이야. 놈들이 사사건건 내가 하는 일을 방해한 적이 있거든……. 놈들에게 남아 있는 시간도 이젠 얼마 안 돼. 그러니까 내 말 잘 들어. 잘 새겨 들으란 말이야. 놈들이 지금 한자리에 모여 있으니까……, 통통 튕기는 저 풍선을 따라가서…….'

톰은 귀를 기울였다. 풍선의 목소리가 아주 귀에 착착 감겼다.

목소리는 모든 것을 설명해 주었다.

설명이 끝나자, 풍선은 마지막 섬광과 함께 터졌다. 톰은 옷을 차려입기 시작했다.

오드라

오드라도 악몽을 꾸었다.

그녀가 화들짝 놀라 급하게 상체를 일으키자, 허리춤까지 침대 시트가 흘러내렸고 작은 가슴이 빠르게 들썩거리며 불안한 숨결을 토했다.

톰처럼 그녀의 꿈은 뒤죽박죽 혼란스럽고 역겨웠다. 톰처럼 그녀는 꿈속에서 자신의 모습이 생경하게 느껴졌고, 그녀의 의식이 (부분적으로는 깊숙이 가라앉듯이) 다른 사람의 육체와 정신 속에 들어간 느낌에 더 가까웠다. 사위는 어두웠는데, 많은 사람이 그녀와 함께 있어서 위험하다는 생각은 들지 않았다. 그들은 애써 위험한 곳을 찾아가고 있었으므로 그녀는 그러지 말라고, 무슨 일인지 알려 달라고 소리치고 싶었다……. 그러나 꿈속의 그녀는 그들의 행동이 어쩔 수 없는 운명이라는 것을 직감했다.

그녀는 그들이 쫓기고 있으며, 추적자들이 시시각각 거리를 좁혀 온다는 사실도 깨달았다.

꿈속에 빌이 나타났지만, 그녀는 유년의 기억을 송두리째 잊었다는 빌의 고백 때문이었는지 이상하게도 빌의 모습은 열 살이나 열두 살 정도의 소년으로 보였다. 머리숱까지 새카말 정도로 많았다! 그녀는 빌의 손을 잡으며 그를 얼마나 사랑하고 있는지 깨달았다. 게다가 그가 그녀를 끝까지 지켜 주고 다시 햇살 속으로 그녀와 그 일행을 데려가 주리라 확고히 믿었으므로 기꺼이 함께 어둠 속을 헤쳐 갈 마음이었다.

아, 그러나 그녀는 너무도 무서웠다.

그들이 터널이 숱한 방향으로 갈라지는 갈림길에 도착하자 빌은 그들의 얼굴을 하나하나 바라보았다. 그중에서 한 아이, 어둠 속에서 팔에 한 깁스를 귀신의 흰옷처럼 움직이던 아이가 빌에게 말했다.

"저쪽이야, 빌. 저 밑에 있는 배수구."

"부, 부, 분명한 거야?"

"응."

그들이 그곳으로 다가가자, 높이가 1미터 정도 되는 조그마한 나무문이 나타났다. 동화책에나 나옴 직한 문으로 표시까지 있었다. 무슨 표시였는지 딱히 떠오르지는 않지만 룬 문자나 상형 문자 같았다. 그러나 그것을 바라보는 순간, 그녀는 극도의 공포감을 느끼고 자신이 들어간 누군가의 몸에서 빠져나오려고 발버둥쳤는데, 아마도

(비벌리, 비벌리)

어느 소녀의 육체 같았다. 오드라는 낯선 침대에서 벌떡 몸을 일으켜 식은땀을 흘리며 휘둥그레진 눈으로 마라톤 경주를 막 끝낸 사람처럼 숨을 몰아쉬었다. 그녀는 꿈속에서 축축한 물속을 걸었으므로 혹시 사늘한 물기에 젖어 있지는 않을까 싶어 다급히 두 발을 만져 보았다. 그러나 물기는 느껴지지 않았다.

밀려드는 혼란, 그곳은 토팡가 캐니언에 있는 자택도, 촬영장인 플리트에 있는 숙소도 아니었다. 어딘지 모르는 곳, 침대와 화장대와 두 개의 의자와 텔레비전이 전부인 지옥의 변방이라고 할까.

"오, 맙소사, 오드라, 정신 차려……." 두 손으로 얼굴을 세차게 문지르자, 현기증의 어찔한 기운도 이내 사라졌다. 그녀가 있는 곳은 데리였다. 메인 주 데리, 그녀의 남편이 더 이상 기억할 수 없다던 유년의 시간을 보낸 곳. 그녀에게 친숙하지도 썩 좋은 곳이라는 느낌도 들지 않았지만, 적어도 처음 들어 본 곳은 아니었다. 그녀가 여기 있는 이유는 빌이 여기 있기 때문이며, 다음날이면 데리 타운 하우스에서 그와 상봉하리라 믿었다. 그곳에서 얼마나 끔찍한 일이 벌어지고 있든, 빌의 손바닥에 나타난 오랜 흉터가 무엇을 의미하든 그녀는 그와 함께 기꺼이 그 현실을 마주할 생각이었다. 그에게 전화를 걸어 그녀가 여기 왔다는 사실을 알리고 그와 함께할 생각이었다. 그 다음에는……, 글쎄…….

솔직히 그 다음에는 어떻게 될지 그녀는 알지 못했다. 가상 공간에라도 갇힌 듯한 현기증이 다시 밀려왔다. 열아홉 살 때 그녀는 초라한 극단을 따라 지방 순회 공연에 올라, 마흔 개의 마을과 소도시를 돌며 볼품없는 연기력으로 「비소와 낡은 레이스」를

40회 공연한 일이 있었다. 그 47일간의 나날은 썩 좋은 추억이 아니었다. 매사추세츠의 피버디 디너 극장에서 시작된 공연은 소살리토의 플레이 잇 어게인 샘 극장에서 끝을 맺었다. 그 당시 아이오와 주의 에임스던가, 네브래스카 주의 그랜드아일이던가, 아니면 노스다코다 주의 주빌리던가, 아무튼 그 어딘가에서 한밤중에 깜짝 놀라 깨어나 자신이 어느 마을에 있는지, 며칠인지, 왜 그곳에 있는지 혼란에 빠진 일이 있다. 심지어 자신의 이름마저 비현실적으로 느껴졌다.

그때의 혼돈이 다시 찾아온 것이다. 잠에서 깨어난 후에도 악몽에 짓눌린 채 여전히 소용돌이치는 공포의 한가운데 위태롭게 서 있는 느낌이었다. 마을 전체가 그녀를 비단 구렁이처럼 친친 휘감고 있었다. 몸에 와 닿는 뱀의 살갗이 현실처럼 생생하고 끔찍했다. 자기도 모르게 프레디의 충고대로 영국에 그대로 머물러 있을걸 하는 후회가 들었다.

그녀는 빌을 떠올리며, 익사 직전 주변에 떠 있는

(이 밑에서는 누구나 두리둥실 떠다닌다, 오드라)

지푸라기라도 잡는 심정으로 빌만 생각하려고 애썼다.

한기가 몸속을 훑고 지나는 바람에 그녀는 훤히 드러난 젖가슴을 두 팔로 끌어안았다. 몸서리가 쳐졌고 온몸에 소름이 돋았다. 갑자기 누군가 귓가에 대고 쩌렁쩌렁 말을 거는 것 같았지만, 그 목소리는 그녀의 내부에서 나온 것이었다. 그녀의 몸속에 이질적인 존재가 들어가 있는 것처럼.

'내가 미쳐 가는 건 아닐까? 맙소사, 정말 미친 건 아닐까?'

'그렇지 않아.' 그녀의 목소리가 아니라고 부정했다. '그저 혼란스러울 뿐이야……. 시차 문제 같은 거……, 게다가 남편을 너무 걱정하느라 신경이 곤두서 있잖아. 내 머릿속에서 다른 사람이 말할 리는 없다고. 아무도…….'

"이 밑에서는 누구나 두리둥실 떠다닌다, 오드라." 그 목소리는 욕실에서 들려왔다. 그 건물처럼 실제로 존재하는 목소리였다. 게다가 교활했다. 교활하고 역겹고 사악했다. "너도 떠다닐 거야." 그것이 약간 키득거리기 시작하더니 이내 막힌 배수구처럼 보글보글 끓어올랐다. 오드라는 비명을 지르다가……, 곧바로 두 손으로 입을 틀어막았다.

"잘못 들은 거야." 그녀는 큰 소리로 되뇌며, 혹시 또 그 기이한 목소리가 뭐라고 반박하지 않을까 기다려 보았다. 아무 소리도 들리지 않았다. 방 안은 조용했다. 멀리 어둠을 헤치는 기적소리뿐이었다.

돌연 그녀는 빛이 너무도 보고 싶어 아침까지 기다릴 수 없을 것 같았다. 그녀는 그 모텔의 나머지 서른아홉 개의 객실처럼 평범한 객실 하나를 차지하고 있었지만, 갑자기 그런 사실마저 견디기 어려웠다. 어느 것도 견딜 수 없었다. 그런 목소리를 듣고 있어야 한다는 것 자체도 참을 수 없는 일이었다. 너무 소름이 끼쳤다. 방금 도망친 악몽 속으로 다시 빠져 드는 느낌이 들었다. 무섭고 혼자라는 사실이 끔찍했다. 그녀는 차라리 죽는 기분이 나을 것 같다고 생각했다. 심장이 거세게 방망이질하는 바람에 숨이 막히고 발작적인 기침까지 흘러나왔다. 어느새 그녀는 자신의 몸속에 갇힌 죄수가 된 느낌이었고, 폐소공포증까지 밀려들자 혹시 심장마비 같은 육체적인 치명상을 입지는 않을까 불안했다.

아니, 어쩌면 몸에 벌써 이상이 생겼는지도 모를 일이었다.

심장 박동이 조금씩 정상을 찾기는 했지만 어딘지 거북했다.

오드라는 침대 옆의 탁자에 불을 켜고 시계를 바라보았다. 3시 12분. 빌이 한참 자고 있을지 몰랐지만 지금의 그녀에겐 문제가 아니었다. 그의 목소리를 들어야 했다. 그와 함께 이 밤을 마저 보내고 싶었다. 그의 곁에서, 그의 시계도 그녀의 시계와 똑같은 시간을 쫓아간다는 사실을 확인하고 싶었다. 악몽은 사라질 것이다. 그는 다른 이에게 악몽을 팔아 왔지만(그게 그의 직업이니까) 그녀에게는 늘 평화만 안겨 준 사람이었다. 그의 상상력에 자리한 기이하고 냉랭한 덩어리는 단단한 것이지만, 그것을 감싸고 있는 부분은 평온함이었으며 그가 진정으로 원하는 바였다. 그녀는 전화번호부를 뒤적여 데리 타운 하우스의 번호를 찾아냈다.

"데리 타운 하우스입니다."

"덴브로 씨의 객실로 연결해 주시겠어요? 빌 덴브로 씨요."

"낮에도 도통 전화를 받지 않던 손님 말씀입니까?" 프런트 직원이 말했다. 그녀가 그게 대체 무슨 말이냐고 되물으려고 하는데 전화가 연결됐다. 발신음이 한 번, 두 번, 세 번 이어졌다. 그녀는 머리 꼭대기까지 시트를 뒤집어쓰고 잠들어 있을 빌의 모습을 떠올렸다. 한 손을 쭉 뻗어 전화기를 더듬거리는 모습도 눈앞에 선했다. 전에도 그런 모습을 봤으니까 그녀의 입가에 어느덧 작은 미소가 매달렸다. 네 번째 발신음이 미끄러지고……, 다섯 번째, 여섯 번째. 그리고 일곱 번째 발신음이 뚝 끊어졌다.

"전화를 안 받네요."

"헛소리 마요, 탐정 양반. 맞는 방에다 연결한 건가요?" 오드라는 훨씬 더 불쾌하고 두려워졌다.

"그렇고말고요, 5분 전 만해도 전화를 받으셨거든요. 일이 분 동안 교환대에 불이 들어와 있었으니까, 분명히 통화를 하셨습니다. 아마 전화를 건 분의 객실로 찾아가셨나 봅니다."

"그럼, 그 객실은 어디죠?"

"기억이 안 납니다. 6층 같습니다만……."

그녀는 전화를 끊었다. 기묘할 정도로 위협적인 확신이 느껴졌다. 여자. 어떤 여자가 그에게 전화를 걸었고……, 그가 그녀의 객실을 찾아간 것이다. 후, 이제 어쩐다, 오드라? 이 일을 어쩐다?

'오드라, 정신 바짝 차려. 함부로 속단하지 마. 지금은 한밤중이야. 너는 악몽을 꾸고 나서 빌이 다른 여자와 함께 있다고 생각하고 있잖아. 꿈자리가 사납다고 불길한 예감이 다 맞는 건 아니야. 일단은 일어나자, 어차피 다시 잠들기도 틀렸으니까. 불을 켜고 비행기에서 읽다 만 소설을 마저 끝내자. 빌도 그랬잖아? 책이야말로 최고의 수면제라고. 똥 마려운 강아지처럼 낑낑대지 좀 말고. 목소리가 들린다느니 변덕도 그만. 도로시 세이어스와 로드 피터를 읽는 거야. 『아홉 재봉사』도 괜찮아. 책을 읽다 보면 날이 밝을 테니까…….'

욕실 전등이 갑자기 꺼졌다. 문틈으로 분명히 불이 꺼지는 것이 보였다. 찰칵 하는 소리와 함께 욕실 문이 활짝 열렸다. 그녀는 본능적으로 가슴을 감싸며 휘둥그레진 눈으로 욕실을 바라보았다. 심장이 다시 갈비뼈를 부수고 나올 듯 들썩이고 입속 가득히 아드레날린의 시큼한 맛이 느껴졌다.

그놈의 목소리가 다시 슬금슬금 그녀를 향해 기어올랐다.

"이 밑에서는 누구나 두리둥실 떠오른다, 오드라."

마지막 그녀의 이름을 부르는 소리가 나지막한 비명처럼 기다란 여운을 남기다가(오드라아아아아) 보글보글 끓어오르는 역겨운 소리와 함께 끝에 가서는 웃음소리처럼 바뀌었다.

"거기 누구예요?" 오드라는 고함을 지르며 움츠러들었다. '이건 상상이 아니야, 절대 아니야. 잘못 들었다느니 그런 말 하지 마, 저건…….'

텔레비전이 켜졌다. 그쪽을 바라보니, 광대 하나가 큼지막한 적황색 단추가 주렁주렁 매달린 은색 옷을 입고 화면에 나타났다. 눈동자가 빠져나간 휑한 눈구멍, 히죽 벌어진 입술에 추가로 오드라는 면도날 같은 이빨을 보았다. 광대는 핏방울이 뚝뚝 떨어지는 머리통을 들어 올렸다. 눈이 뒤집혀 흰자위만 보이고 입을 헤 벌린 상태였지만, 오드라는 그것이 프레디 파이어스톤의 머리라는 것을 분명히 알 수 있었다. 광대는 웃으며 덩실덩실 춤을 추었다. 프레디의 머리도 흔들거리며 텔레비전 화면 안쪽에 핏방울을 튀겼다. 핏방울이 지지직 타 들어가는 소리까지 들렸다.

오드라는 비명을 지르고 싶었지만, 쌔근쌔근 숨소리만 새어 나왔다. 그녀는 의자 등받이에 건 옷가지와 핸드백을 집어들었다. 곧장 복도로 뛰어나가 문을 꽝 닫고 하얗게 질린 얼굴로 숨을 몰아쉬었다. 그러고는 발치에 핸드백을 떨어뜨린 후, 되는 대로 옷을 머리부터 뒤집어썼다.

"떠오른다."

문 뒤에서 낄낄대는 웃음소리가 들리더니, 오드라의 발뒤꿈치에 차가운 손가락이 스쳤다.

그녀는 거친 숨을 몰아쉬며 정신없이 복도를 달렸다. 송장의 허연 손가락이 여기저기 문틈을 더듬거리고, 손톱이 떨어져 나간 자리에 핏기 없는 속살이 훤히 드러났다. 복도의 거친 양탄자를 헤집는 손가락 끝에서 서걱거리는 소리가 났다.

오드라는 핸드백 끈을 움켜잡고 맨발로 복도 끝에 있는 문을 향해 달려갔다. 완전히 겁에 질려서 데리 타운 하우스와 빌을 찾아야 한다는 생각뿐이었다. 빌이 환락의 궁전에서 다른 여자들에 둘러싸여 있대도 상관없었다. 그와 함께 이 도시의 끔찍한 괴물에게서 벗어날 수만 있다면 더 이상 바랄 것도 없었다.

그녀는 통로를 지나 주차장으로 뛰어들며 차를 어디에 세워 두었는지 두리번거렸다. 혼비백산한 상태여서 자기가 무슨 차를 몰고 왔는지도 생각해 낼 수 없었다. 마침내 닛산에서 생산한 갈색 닷선이 떠올랐다. 그녀는 낮게 웅크린 땅안개에 바퀴까지 파묻혀 있는 자동차를 간신히 발견해 내고는 걸음아 날 살려라 달려갔다. 그런데 핸드백에 넣어 둔 자동차 열쇠가 보이지 않았다. 이 잡듯이 핸드백을 뒤졌지만 숨막히는 공포감만 더할 뿐, 손에 잡히는 것은 화장지와 화장품, 동전, 선글라스, 껌 따위 등 잡동사니였다. 그녀는 자신의 렌터카 바로 앞에 코를 맞대고 다 떨어진 LTD 왜건이 주차해 있으며, 한 남자가 운전대 앞에 앉아 있다는 사실을 알아채지 못했다. 물론 왜건의 차문이 열리고 그 남자가 밖으로 나오는 모습도 보지 못했다. 그녀는 자동차 열쇠를 객실에 놔두고 왔다는 생각과 그 상황을 어떻게 대처해야 할지 정신이 없는 상태였다. 다시 객실로 돌아갈 수는 없었다. 절대로.

핸드백을 뒤지던 손끝에 맥이 풀릴 즈음, 목 캔디 상자 밑에서 까끌까끌한 금속 물체가 느껴졌다. 환호성이라도 지르고 싶은 심정이었다. 행여 그곳에서 4,800킬로미터나 떨어진 플리트 기차역 주차장에 세워 둔 로버 자동차의 열쇠면 어쩌나 해서 가슴이 철렁 내려앉았지만 다행히 렌터카 회사의 꼬리표가 만져졌다. 거친 숨을 몰아쉬며 열쇠를 차 문에 허둥지둥 집어넣고 돌렸다. 바로 그때 그녀의 어깨를 짓누르는 손길이 있었다. 그녀는 찢어질 듯한 비명을 질렀다. 어디선가 개 짖는 소리가 요란할 뿐, 도와주러 달려오는 사람의 그림자는 보이지 않았다.

강철처럼 단단한 손아귀에 오드라는 어깨가 부서지는 것 같았다. 그녀 앞에 버티고 선 얼굴, 부어 터지고 울퉁불퉁 혹까지 튀어나와 있었다. 눈동자가 번뜩였다. 퉁퉁 부은 입술에 끔찍한 미소와 부러진 앞니가 드러났다. 부러져 나간 이빨 끝이 들쭉날쭉 몹시 험악했다.

그녀는 아무 말도 할 수 없었다. 어깨에 더욱 거칠게 파고드는 손길이 소름 끼쳤다.

"영화에 출현했지, 아마?" 톰 로건이 속삭였다.

에디의 객실

비벌리와 빌은 재빨리 옷을 걸쳐 입고 서둘러 에디의 객실로 올라갔다. 엘리베이터로 향하는데, 빌의 객실에서 전화벨 소리가 들렸다. 억눌린 음향 때문에 그의 방인지 정확히 분간할 수 없었다.

"빌, 너한테 걸려 온 전화 같은데?"

"그, 그럴지도 모르지. 다, 다른 친구들이 저, 전화한 걸 거야." 빌은 그대로 엘리베이터 상향 단추를 눌렀다.

에디는 창백하게 굳은 얼굴로 그들을 맞았다. 27년 전의 어느 때를 떠올리게 하듯 왼팔이 이상한 각도로 구부러져 있었다.

"나는 괜찮아. 신경 안정제를 두 알 먹었으니까. 아픈 것도 지금은 참을 만해." 그러나 그는 전혀 괜찮아 보이지 않았다. 아직 충격이 가시지 않았는지 앙다문 입술엔 핏기가 전혀 느껴지지 않았다.

빌은 에디 너머 바닥에 널브러진 몸뚱이를 바라보았다. 언뜻 봐도 두 가지 사실을 능히 짐작할 만했다. 그가 헨리 바워스이며 죽었다는 점이다. 그는 재빨리 에디를 지나쳐 시체 옆에 쭈그리고 앉았다. 페리에 탄산수 병 조각은 셔츠를 물고 헨리의 복부 안까지 말려 들어가 있었다. 반쯤 열린 헨리의 눈은 초점 없이 천장으로 향해 있었다. 입 안에는 핏덩어리가 엉겨 붙은 채였다. 두 손은 갈고리 모양이었다.

빌은 다가오는 그림자에 고개를 들었다. 비벌리였다. 그녀는 아주 무표정하게 헨리를 내려다보았다.

"언제나 우리를 쪼, 쫓아다녔지." 빌이 말했다.

비벌리는 고개를 끄덕였다. "조금도 나이 들어 보이지 않네. 안 그래, 빌? 나이를 전혀 먹지 않았나 봐." 갑자기 그녀는 침대에 앉아 있는 에디를 바라보았다. 에디는 늙어 보였다. 늙고 수척한 모습. 그는 힘없이 무릎에 팔을 떨구고 있었다. "의사를 불러 에디를 치료해야겠어."

"안 돼." 빌과 에디가 동시에 소리쳤다.

"하지만 많이 다쳤잖아! 저 팔 좀 봐……."

"마, 마지막 순간과 똑같아." 빌이 일어서서 비벌리의 어깨를 끌어당기고 빤히 바라보았다. "일단 우리 저, 정체가 노출되고……, 우, 우리가 이 도, 도시에서 벌어지는 일에 휘, 휩쓸리면……."

"나를 살인 혐의로 체포할 거야." 에디가 빌을 대신해 무덤덤하게 말을 이었다. "아니면 우리 모두를 체포하겠지. 그게 아니라도, 우리를 억류하거나 모종의 조치를 취할 거라고. 그 다음에 기다렸다는 듯이 사건이 터지겠지. 데리에서만 벌어지는 특이한 사건 말이야. 결국 경찰은 우리를 감옥에 가두고 이성을 잃은 보안관이 우리에게 총질을 하겠지. 아니면 독살당하거나 우리 스스로 감방에서 목을 맬 거야."

"에디, 무슨 뚱딴지같은 소리야! 무슨 말도 안 되는……."

"과연 그럴까? 잊지 마, 여기는 데리야."

"하지만 우리는 지금 어른이야! 어떻게 그런 생각을……. 내 말은 헨리가 오밤중에 이곳에 찾아와……, 너를 공격했다는 거야. 그리고……."

"무, 무엇으로? 카, 칼은 어디 있지?"

빌의 말에 비벌리는 주위를 두리번거렸지만 칼은 보이지 않았다. 그녀는 엎드려서 침대 아래까지 샅샅이 훑어보았다.

"애쓸 필요 없어. 문을 닫으려는데 녀석이 문틈에 대고 칼을 휘둘렀어. 그러다 칼을 떨어뜨리기에 냅다 찼더니 텔레비전 밑으로 들어갔어. 지금은 사라지고 없어. 내가 이미 찾아봤거든." 에디는 나지막이 씩씩거리며 말했다.

"비, 비, 비벌리, 다른 친구들한테 여, 연락해. 나는 에, 에디의 팔에다 뭐라도 가, 갖다 대야겠어."

그녀는 잠시 빌과 바닥에 쓰러진 헨리의 몸뚱이를 번갈아 바라보았다. 머리가 아무리 모자란 경찰이라도 지금 방 안에 벌어진 상황만 보면 일이 어떻게 됐는지 훤히 꿸 수 있는 노릇이었다. 방 안은 엉망진창이었다. 에디는 팔이 부러진 채였다. 그리고 헨리는 죽었다. 한밤중에 뛰어든 침입자에 대항하는 과정에서 벌어진 정당방위였다. 하지만 언젠가 빤히 그녀를 바라보면서 신문을 접고 집 안으로 들어가 버린 로스 씨의 모습이 떠올랐다.

일단 우리 정체가 노출되고……, 데리에서 벌어지는 일에 휩쓸리면…….

그 말 때문이었을까, 그녀는 어렸을 때 하얗게 질리고 피로한 얼굴로 반쯤 넋 나간 사람처럼 빌이 했던 말을 떠올렸다. "데리가 바로 그것이야. 무슨 말인지 알겠어? 어디를 가든……, 그것이 우리를 죽이는 순간이 오면 아무도 볼 수 없고, 아무도 듣지 못하고, 아무도 알지 못해. 잘 생각해 봐. 우리가 할 수 있는 일은 우리가 시작한 일을 끝내는 것뿐이야."

이제 비벌리는 우두커니 서서 헨리의 시체를 바라보며 생각했다. '빌과 에디가 하는 말, 결국 아무도 모르는 유령처럼 행동하자는 거군. 예전 그대로. 모든 것을 똑같이. 물론 아이였을 때는 받아들일 수 있었어. 아이들이란 게 사실 유령이나 마찬가지니까. 그러나…….'

"빌, 정말 그렇게 생각하는 거야? 확신하냐고?" 비벌리가 절박하게 말했다.

빌은 에디의 곁에 앉아 조심스럽게 팔을 살피고 있었다. "너,

너는? 오, 오늘 버, 버, 벌어진 일들을 새, 생각해 봐."

그랬다, 그날 벌어진 일들이 모두 그랬다. 재회의 점심 식사가 끝나는 시점부터 뒤죽박죽이었다. 아름다운 노부인이 쪼그랑할멈으로 변하는가 하면,

(나를 낳은 건 핫바지가 아니라 핫어미였다우)

도서관에서 돌아가며 이야기하는 도중 벌어진 기묘한 현상 등등 모두 그날 벌어진 일이었다. 하지만……, 그녀는 이제 그만두라고, 정신들 차리라고 소리치고 싶었다. 그렇게라도 말리지 않는다면 곧바로 황무지로 몰려가 배수 펌프장이니 뭐니 찾아나설 테고, 결국에는…….

"모르겠어. 그냥……, 몰라. 이상한 일들이 벌어지기는 했지만 빌, 내 생각에는 경찰을 부르는 편이 좋을 것 같아."

"치, 친구들한테 연락해. 다, 다들 생각이 있을 테니까 드, 들어 보자."

"좋아."

그녀는 우선 리처드, 그 다음 벤의 객실에 전화했다. 모두 곧바로 내려오마 했다. 둘 다 무슨 일인지는 묻지 않았다. 그리고 마이클의 전화번호를 수첩에서 찾아 다이얼을 돌렸다. 십여 차례 발신음만 되풀이될 뿐 전화를 받지 않았다.

"도, 도서관으로 거, 걸어 봐." 빌은 작은 창문에서 짧은 커튼봉을 떼어 내 에디의 팔에 대고 잠옷 허리띠와 파자마 고무줄을 꺼내 꽁꽁 묶었다.

그녀가 번호를 찾기도 전에 문 두드리는 소리가 났다. 벤과 리처드는 동시에 왔는데, 벤은 청바지에 주름 없는 셔츠를 입었고,

리처드는 세련된 잿빛 면바지에다 파자마 윗도리를 입고 있었다. 리처드는 안경 너머로 조심스럽게 방 안을 둘러보았다.

"어이쿠, 에디, 대체 무슨 일이……."

"맙소사!" 벤은 바닥에 널브러진 헨리를 바라보았다.

"베, 벤, 조, 조용히 해! 그 무, 문 좀 다, 닫고!" 빌이 날카롭게 소리쳤다. 리처드가 문을 닫고 역시 헨리의 시체를 뚫어져라 바라보았다.

"헨리잖아?" 벤은 두어 걸음 다가서더니 멈칫하면서 행여 시체가 이빨을 드러내고 달려들까 봐 걱정하는 기색이었다. 그는 어리둥절한 표정으로 빌을 바라보았다.

"네, 네가 말해 줘. 제, 제, 젠장. 마, 마, 말더듬이 점점 더 시, 심해지고 있어." 빌은 에디를 바라보며 말했다.

에디가 자초지종을 설명하는 동안, 비벌리는 데리 시립 도서관에 전화를 걸었다. 그녀는 사무실에 간이 침대라도 있을 테니까 마이클이 그곳에서 깜박 잠이 든 거라고 생각했다. 그러나 뜻밖의 상황이 벌어지고 말았다. 두 차례의 발신음이 떨어지자마자 누군가 전화를 받았지만, "여보세요." 하는 음성이 전혀 낯선 사람의 것이었다.

"여보세요, 핸론 씨 좀 바꿔 주시겠어요?" 비벌리는 재빨리 주변을 돌아보며 한 손으로 조용히 하라는 시늉을 했다.

"누구십니까?" 그 목소리가 물었다.

그녀는 혀로 입술을 축였다. 빌이 뚫어져라 그녀를 보고 있었다. 벤과 리처드도 비벌리를 지켜보았다. 그녀의 내부에서 진정한 경고의 소리가 울려 퍼지기 시작했다.

"그러는 댁은 누구신가요? 핸론 씨가 아니잖아요."

"저는 데리 경찰서장 앤드루 레더마커입니다. 핸론 씨는 지금 데리 홈 병원에 있습니다. 습격을 당해 중상을 입고 방금 전에 병원에 실려 갔습니다. 자, 이제 신분을 밝혀 주시겠습니까? 성함을 알려 주세요."

그러나 비벌리는 간신히 마지막 말까지 들었다. 충격의 파도가 밀려와 그녀를 들었다 놨다 하는 통에 어디론가 어지러이 쓸려 가는 느낌이었다. 배와 다리, 사타구니의 근육이 죄다 풀어지고 감각을 잃어 그냥 허공에 붕 뜬 것처럼 정신이 사나웠다. '사람들이 겁에 질리면 오줌을 지린다더니 지금이 꼭 그런 상황이군. 맞는 말이야. 근육이 뿔뿔이 흩어져 도무지 말을 듣지 않으니까…….'

"얼마나 다쳤나요?" 그녀의 목소리는 종잇장처럼 파르르 떨렸다. 빌이 다가와 그녀의 어깨에 손을 얹자 벤과 리처드도 그녀를 보호하듯 에워쌌다. 비벌리는 그들에게 고마움을 느꼈다. 그녀는 한쪽 손을 내밀었고 빌이 그 손을 잡았다. 리처드가 그 위에 손을 올렸고, 벤은 또 그 위를 감쌌다. 에디도 다가와 성한 손을 탑처럼 쌓인 친구들의 손 맨 위에 포개었다.

"이름을 말씀해 주시기 바랍니다." 레더마커가 재차 단도직입적으로 말하자, 아버지가 씨를 뿌리고 남편이 잘 건사해 비벌리의 내면에 심어 놓은 비굴함이 고개를 쳐들고 대답하려 들었다. '제 이름은 비벌리 마시이고, 지금 데리 타운 하우스에 있어요. 넬 경관님을 이리로 보내 주세요. 이곳에 소년의 모습으로 죽은 남자가 있답니다. 저희는 모두 겁에 질렸어요.'

그러나 이렇게 말했다. "말씀……드릴 수가 없군요. 아직은요."

"이 사건에 대해 알고 있는 거라도 있습니까?"

"없어요." 그녀가 놀라서 말했다. "왜 그렇게 생각하시죠? 말도 안 돼요!"

"그럼 매일 새벽 3시 30분에 도서관에 전화하는 게 습관인가 보군요? 그런 건가요? 거짓말 마시오, 아가씨. 이건 강력 사건이고, 피해자의 상태로 봐서는 아침 즈음 살인 사건으로 변할 확률이 크단 말이오. 다시 한번 묻겠소. 당신은 누구이며, 이 사건에 대해 얼마나 알고 있습니까?"

비벌리는 눈을 감고 있는 힘껏 빌의 손을 잡았다. "위독한가요? 설마 겁주려는 건 아니겠죠? 정말 위독한가요? 말씀해 주세요, 제발."

"아주 심하게 다쳤어요. 차라리 내 말에 겁을 먹는 편이 나을 겁니다. 곧 그렇게 될 테니까요. 자, 이제 말해 보시오. 당신의 신분과 이곳에 전화한 목적이……."

그녀는 꿈결처럼 수화기를 쥔 손이 허공에 떠 있다가 그대로 내려가는 모습을 바라보았다. 문득 헨리에게 시선을 던지다가, 싸늘한 손바닥으로 따귀를 얻어맞듯 소스라치게 놀라고 말았다. 헨리의 한쪽 눈이 감겨 있었다. 병 조각에 찔린 눈에서는 여전히 피가 새어 나왔다.

헨리의 시체가 그녀에게 윙크하는 것 같았다.

리처드가 병원에 전화를 걸었다. 빌이 비벌리를 침대로 데려가에디 옆에 앉히자, 그녀는 멍하니 허공만 응시했다. 비벌리는 자신이 울고 있다고 생각했지만 눈물은 나오지 않았다. 그녀는 누군가 헨리 바워스의 시체를 가려 주었으면 하는 마음뿐이었다. 윙크를 하는 듯한 얼굴이 섬뜩했다.

리처드는 순식간에 《데리 뉴스》의 기자로 변신해 있었다. 그는 시립 도서관장인 마이클 핸론이 늦게까지 일하는 도중 괴한에게 피습당한 상황에서 출발했다. 핸론 씨의 상태를 묻는 질문에 병원 측이 거절할 이유가 있을까?

리처드는 귀 기울이며 고개를 끄덕였다.

"알겠습니다, 커파스키언 씨, 이름에 K가 두 개 들어가겠군요? 그렇군요. 아, 네. 그렇다면 선생께서……." 리처드는 수첩에 뭔가를 받아 적는 시늉까지 해 보였다. "네……, 네……. 음. 잘 알겠습니다. 이런 경우엔 대개 선생님의 말을 '취재원'으로 인용하게 됩니다. 그리고 나중에 저희 쪽에서……, 네……, 바로 그겁니다! 잘 아시는군요!" 그는 꾸밈없이 웃어 대며 이마에 맺힌 땀방울을 훔쳐 냈다. 그러고는 다시 바짝 귀를 기울이는 표정이 되었다. "좋습니다, 커파스키언 씨. 네, 그러죠. 아, 알겠습니다. K, E, R, P, A, S, K, I, A, N. 됐습니다. 체코 계 유대인, 맞나요? 그렇군요! 허……, 정말 드문 경우군요. 예, 그러죠. 그럼, 수고하세요. 협조해 주셔서 감사합니다."

그는 전화를 끊고 눈을 감았다. "이럴 수가!" 그는 탁하고 나지막한 소리로 울부짖었다. "젠장! 젠장! 이런 젠장!" 그는 전화기를 집어던질 기세였지만 이내 맥없이 손을 떨구었다. 그 대신 안경을 벗어 파자마에 닦았다.

"아직 살아 있지만 상태가 심각한가 봐. 저 자식이 마이클을 칠면조 고기처럼 난도질해 놨어. 허벅지 동맥이 잘려 치명적인데, 피를 너무 많이 흘렸대. 마이클이 혼자서 지혈을 한 모양이야. 안 그랬다면 시체로 발견됐겠지."

비벌리는 울음을 터뜨렸다. 손으로 얼굴을 가리고 흐느끼는 모습이 어린아이 같았다. 한동안 그녀의 흐느낌과 에디의 씨근대는 숨소리만이 방 안의 침묵을 대신했다.

"마이클만 칠면조처럼 난도질당한 것은 아니야." 에디가 이윽고 입을 열었다. "헨리도 냄비 속에서 로키와 12라운드 타이틀 시합을 벌인 꼴이었으니까."

"지, 지금도 겨, 경찰서에 가, 가고 싶어, 비벌리?"

탁자에 있는 화장지는 깨진 페리에 병에서 흘러나온 탄산수에 흠뻑 젖어 있었다. 비벌리는 빌의 질문에 아무 대꾸도 하지 않고 헨리의 시체를 멀찍이 피해 욕실로 들어가 수돗물에 수건을 적셨다. 열에 달뜬 얼굴에 차가운 수건을 갖다 대니 기분이 한결 좋아졌다. 아직 마음이 냉정하게 가라앉지는 않았어도 사태를 파악할 수는 있었다. 오히려 냉정한 이성 따위를 거들먹거렸다가는 모두 죽게 되리라는 확신까지 들었다. 그 경찰관. 레더마커. 그는 그녀를 의심했다. 당연하지 않은가? 사람들은 새벽 3시 30분에 도서관에 전화 따위를 걸지 않는다. 그녀를 용의자의 한 사람으로 지목하는 느낌도 들었다. 만일 비벌리가 전화한 장소에 깨진 병 조각과 함께 시체가 널브러져 있다는 사실까지 알았다면 그는 어떻게 생각할까? 그녀와 네 명의 낯선 남자가 조출한 재회를 위해 전날 이 도시에 도착했으며, 헨리가 그저 우연하게도 이곳에 들렀다고 생각할까? 입장이 바뀐다면 그녀는 과연 그런 말을 믿을까?

단 한 사람이라도 믿는 사람이 있을까? 물론 그들은 이 도시의 하수도에 서식하는 괴물을 끝장내기 위해 돌아왔다고 설명할 수 있을지 모른다. 그것은 분명히 모래를 씹는 듯한 현실의 확실한 특징만 더할 터였다.

그녀는 욕실에서 나와 빌을 바라보았다. "아니. 경찰을 부르고 싶지 않아. 에디의 말에 일리가 있어. 그랬다가는 오히려 엉뚱한 일이 우리한테 벌어질 테니까. 우리를 파멸시킬 만한 음모가 시작되겠지. 하지만 그 때문만은 아니야." 비벌리는 친구들을 하나씩 바라보았다. "우리는 맹세를 했어. 빌의 동생……, 스탠리……, 다른 희생자들……, 그리고 이제 마이클까지. 나는 준비됐어, 빌."

빌이 다른 사람들을 바라보았다.

리처드가 고개를 끄덕였다. "좋아, 빌. 한번 해 보자."

벤이 말했다. "가능성은 훨씬 더 줄어들었어. 이미 두 사람이나 빠졌으니까."

빌은 아무 말도 하지 않았다.

"좋아. 비벌리 말이 맞아. 우린 맹세했어." 벤이 고개를 끄덕였다.

"에, 에, 에디?"

에디는 힘 없이 웃어 보였다. "또 한번 업혀서 사다리를 내려가게 생겼군, 안 그래? 그 사다리가 아직 남아 있다면 말이야."

"하지만 이번에는 돌 던지는 녀석들이 없을 거야. 다 죽었으니까. 세 녀석 다." 비벌리가 말했다.

"지금 당장 해야겠지, 빌?" 리처드가 물었다.

"그, 그, 그래. 바, 바로 지, 지, 지금."

"하고 싶은 말이 있는데." 벤이 불쑥 말했다.

빌은 그를 바라보며 살짝 미소를 지었다. "어, 어, 얼마든지."

"너희들은 여전히 내가 만난 사람 중에서 가장 소중한 친구들이야. 어떤 결과가 벌어진다 해도 변함없을 거야. 나는……, 그 말을 하고 싶었어."

벤이 말하면서 친구들을 차례차례 바라보자, 모두들 진지하게 그의 눈길에 답했다.

"너희들을 잊지 않아 정말 기쁘다." 벤이 덧붙였다. 리처드는 코를 벌름거리기 시작했다. 비벌리는 키득거렸다. 그러고 나서 모두 옛날처럼 서로서로 바라보며 웃었다. 마이클이 병원에서 사경을 헤매다 어쩌면 벌써 숨이 끊어졌을지도 모르지만, 에디의 팔이 다시 부러진 후였지만, 여명을 눈앞에 둔 깊은 새벽이었지만 그들은 함께 웃었다.

"노적가리, 그런 식으로 말하다니." 리처드는 웃으면서 눈물을 닦았다. "벤이야말로 작가가 됐어야 하는데, 안 그래, 빌 대장?"

여전히 작은 미소를 띤 채 빌이 말했다. "저, 저, 적어 놓았다가 나, 나중에 써먹어야겠어……."

그들은 에디가 빌린 리무진에 올랐다. 리처드가 운전했다. 땅안개가 더욱 짙어져 담배 연기처럼 거리에 떠 있었지만 가로등까지 뒤덮은 건 아니었다. 얼음 조각처럼 반짝이는 봄날의 별자리……, 그러나 반쯤 열린 조수석 창가에 머리를 기대고, 빌은 멀리서 여름날의 천둥 소리를 들었다고 생각했다. 지평선 너머 어딘가에서 곧 빗줄기를 퍼부을 것처럼.

리처드가 라디오를 틀자, 진 빈센트의 「비밥바룰라」가 흘러나왔다. 다른 단추를 누르자 버디 홀리의 노래가 지나갔다. 그 다음은 코크런의 「서머타임 블루스」.

"애야, 너를 도와주고 싶지만 너는 너무 어려." 굵직한 저음이 차 안을 맴돌았다.

"라디오 좀 꺼 줄래, 리처드." 비벌리가 조용히 말했다.

리처드는 라디오에 손을 뻗었지만 이내 손끝이 얼어붙는 느낌이었다. "잠시만 기다려 주시라, 곧이어 리처드 토저와 함께하는 시체들의 로큰롤 쇼, 쇼, 쇼!" 광대의 날카로운 웃음소리가 에디 코크런의 기타 연주를 억누르고 튀어나왔다. "채널 고정! 로큰롤 한 마당에 흠뻑 취해 보시길. 인기 순위에서는 사라졌지만 우리들의 가슴속에 영원히 남아, 언제나 심금을 울려 주는 주옥같은 명곡, 자 모두 함께 즐기세요! 명곡을 모아모아모아 모조오리 들려 드리겠습다! 못 믿으시겠다고? 일단 한번 들어 보세요! 오늘 여러분의 심야를 책임질 초청 디제이, 조지 덴브로를 소개합니다! 시작할까요, 조지!"

돌연 빌의 동생이 울먹이기 시작했다.

"형이 나를 내보냈고 그것이 나를 죽였어! 나는 그것이 지하실에 있다고 생각했단 말이야, 형. 그런데 지하실이 아니라 하수도에 있었어. 하수도에 있다가 나를 죽였으니까, 형이 그렇게 만든 거야. 형이 그렇게……."

리처드가 하도 세차게 쳐서 라디오를 끄는 바람에 단추의 꼭지가 빠져나와 바닥에 떨어졌다.

"촌구석이라서 그런가, 로큰롤도 희한하네. 비벌리 말대로 끄는 게 좋겠어, 안 그래?" 그의 목소리는 아주 꿋꿋하진 않았다.

아무도 대꾸하지 않았다. 빌의 얼굴은 스치는 가로등의 불빛 아래 창백하고 미동도 없고 생각에 잠겨 있었다. 그때 그들은 서쪽 하늘을 뒤흔드는 천둥 소리를 들었다.

황무지에서

다리는 예전 그대로였다.

리처드가 다리 옆에 차를 세우자, 모두 밖으로 나와 (역시 예전 그대로인) 보도 쪽 난간에 가서 황무지를 내려다보았다.

황무지도 예전 그대로였다.

27년의 세월도 그곳을 범하진 못했는지, 빌의 눈에는 유일하게 낯선 유료의 고가도로마저도 영화 속의 특수 효과나 배경 화면처럼 현실과 동떨어져 보였다. 빌은 안개 속에 빛나는 땅딸막하고 볼품없는 나무와 풀숲을 지켜보며 생각에 빠졌다.

'기억의 집요함이란 게 바로 이를 두고 하는 말이겠지. 때맞춰 가장 적절한 각도에서 제트엔진처럼 솟구치는 이미지. 그 이미지가 너무도 강렬해서 그동안 일어났을 변화들은 아예 눈에 들어오지도 않잖아. 내가 그토록 원했던 것이 세계와 소망을 아우르는 하나의 원을 그려 내는 일이었다면, 이미 그 원은 완성된 셈이야.'

"가, 가, 가자."

빌은 나무 난간을 넘어갔다. 모두 그 뒤를 따라 자갈과 돌멩이가 흩어진 제방을 내려갔다. 제방 밑에 다다르자, 빌은 은연중에 실버를 찾아 두리번거리다가 헛헛한 웃음을 지었다. 실버는 마이클의 차고 벽에 기대어 놓았으니까. 27년 만에 실버가 불쑥 빌 앞에 나타난 것도 필시 무슨 이유가 있을 법하지만 당장은 맡을 역할이 없는 것 같았다.

"아, 아, 앞장서." 빌은 벤에게 말했다.

잠시 벤의 눈빛에 항변하는 듯한 표정(27년이나 지났단 말이야, 빌)이 스쳤지만, 이윽고 그는 고개를 끄덕이고 풀숲을 향해 앞장섰다.

그들만의 오솔길은 무성한 수풀로 뒤덮인 지 오래여서, 그들은 들장미 덤불과 가시나무를 헤치고 온갖 야생화가 내뿜는 숨막히는 향기 속을 빠져나가야 했다. 귀뚜라미는 졸음에 겨운 울음을 토하고, 반딧불이 몇 마리는 때 이른 한여름의 향연을 미리 맛보듯 어둠 속을 날아다녔다. 빌은 지금도 아이들이 이곳에서 놀며, 자기들만의 길과 비밀 통로를 만들어 놓았을 거라고 생각했다.

예전에 아지트가 있던 개간지에 도착했지만 그곳은 더 이상 개간지가 아니었다. 덤불과 생기 없는 소나무들이 떡하니 자리를 차지하고 있었다.

"잠깐 기다려 봐." 벤이 나직이 속삭인 후 개간지를 가로질렀다(그들의 기억 속에는 여전히 아지트가 그곳에 있으며, 단지 또 다른 특수 효과에 의해 숨겨진 듯이 보였다). 벤은 무엇인가를 확 잡아당겼다. 쓰레기 매립지에서 가져와 아지트의 뚜껑 문을 만들고 남은 마호가니 문짝이었다. 한쪽에 그대로 버려진 채 수십 년의 세월을 견뎌 낸 것이다. 덩굴 식물이 지저분한 문짝을 친친 휘감고 있었다.

"그냥 놔두라고, 노적가리. 너무 낡았잖아." 리처드가 중얼거렸다.

"어, 어서 가자, 베, 벤."

그들은 벤을 따라 이제는 사라지고 없는 개간지를 왼쪽으로 돌아 켄더스키그 하천을 따라 내려갔다. 물소리가 점점 가까워졌지만, 좀처럼 모습을 드러내지 않던 켄더스키그 하천이 느닷없이 눈앞에 펼쳐지는 바람에 하마터면 모두 물속에 빠질 뻔했다. 제방 가장자리에 이파리들이 무성하게 자라 있었다. 벤의 카우보이 부츠 발치에서 제방의 가장자리가 느닷없이 무너지는 순간, 빌이 그의 목덜미를 힘껏 잡아당겼다.

"고마워."

"고맙기는 뭐. 예, 옛날에는 너한테 끄, 끌려 함께 미, 미끄러졌지. 이쪽이 마, 맞지?"

벤은 고개를 끄덕이고 앞장서 제방을 따라 수풀과 들장미 덤불을 헤쳐 나갔다. 키가 145센티미터였을 때는 아주 쉽게 그 길을 오가고, 고개만 약간 숙이면 아무리 무성한 덤불 밑이라도 일사천리로 내달았다고(그 길을 오가는 것만큼이나 마음도 거리낌이 없었다고) 벤은 생각했다. 그러나 모든 것이 변해 있었다. '어린이 여러분, 오늘의 교훈 한 가지. 삼라만상, 변화는 끝없다는 사실. 혹자는 사물이 변하면 변할수록 본질은 영원하다고 말하지만, 그야말로 정신 나간 헛소리일 뿐이야. 왜냐하면…….'

벤은 무엇인가 발부리에 걸려 쿵 하고 넘어지면서 간이 펌프장의 콘크리트 원통에 머리를 부딪힐 뻔했다. 원통은 검은딸기 덩굴 사이에 푹 파묻히다시피 한 상태였다. 그는 몸을 일으켰지만 얼굴이며 팔뚝, 손 할 것 없이 스무 군데도 넘게 검은딸기의 가시에 상처가 난 모양이었다.

"서른 군데도 넘겠는걸." 벤의 뺨에서 가느다란 핏줄기가 흘러내렸다.

"뭐라고?" 에디가 물었다.

"아무것도 아니야." 벤은 발부리에 걸린 것이 뭘까 하고 살펴보았다. 나무 뿌리라고 생각했지만 사실은 철로 만든 맨홀 뚜껑이었다. 누군가가 뚜껑을 그리 치워 놓은 모양이었다.

'물론 우리들이 그랬지. 27년 전에.' 벤은 생각했다.

그러나 어딘가 석연찮은 느낌에 뚜껑을 들여다보니, 평행하게 끌린 자국과 함께 녹슨 표면이 반짝였다. 그날 펌프는 작동하지 않았었다. 그 후 분명히 펌프를 수리했을 테니, 당연히 뚜껑도 제자리로 갖다 놓았을 것이다.

그들은 원통 주위에 둘러서서 안을 들여다보았다. 어렴풋이 물 떨어지는 소리가 들렸다. 그뿐이었다. 리처드는 에디의 방에서 성냥을 잡히는 대로 다 가져왔다. 그는 성냥 한 통에 통째로 불을 붙여 펌프장 안으로 집어던졌다. 원통의 내벽과 작동을 멈춘 펌프 장치가 불빛에 드러났다 이내 사라졌다. 그뿐이었다.

"사용 안 한 지 꽤 됐나 봐. 굳이 사용할 필요도 없었나 본데." 리처드가 불편한 기색으로 말했다.

"뚜껑을 치워 놓은 건 최근이야. 최근에 비가 온 후에 말이야, 뭐 어쨌든." 벤이 말했다. 그는 리처드에게서 성냥을 받아들고 불을 붙이고 나서 새로 난 흠 자국을 가리켰다.

“뚜, 뚜껑 밑에 뭐, 뭐, 뭔가가 있어.” 벤이 성냥을 흔들어 끌 때 빌이 말했다.

“뭔데?” 벤이 물었다.

“모, 모, 모르겠어. 끄, 끄, 끈처럼 생겼어. 너하고 리처드, 뚜, 뚜껑을 뒤, 뒤집어 보게 좀 도와줘.”

세 사람은 뚜껑을 잡고 거대한 동전처럼 들어 올렸다. 비벌리가 성냥에 불을 붙이자, 벤이 맨홀 뚜껑 밑에서 핸드백을 조심스럽게 집어 들었다. 비벌리는 빌의 얼굴을 바라보다 갑자기 얼어붙은 채, 성냥불이 손가락 끝에 닿아서야 화들짝 놀라 성냥을 떨어뜨렸다.

“빌, 왜 그래? 무슨 일이야?”

빌은 눈앞에 두꺼운 장막이 내려앉는 느낌이었다. 그의 시선은 기다란 가죽끈이 달린 가죽 핸드백에 못 박혀 있었다. 그 핸드백을 아내에게 선물해 주던 날, 양품점 안에서 들려왔던 노랫소리가 뇌리를 스쳤다. 「소살리토 서머 나이츠」. 참으로 기묘한 일이었다. 입 안이 바짝 타 들어가면서 혀와 뺨 안쪽이 크롬처럼 미끈거리고 퍽퍽했다. 귀뚜라미의 울음소리, 개똥벌레의 날갯짓, 그리고 코끝에 달려드는 수풀의 짙은 냄새. ‘이건 속임수고 환영일 뿐이야. 오드라는 영국에 있잖아. 놈이 겁을 먹고 수작을 부리는 거야. 맞아, 우리를 이 도시로 불러들이긴 했는데, 막상 자신이 없어진 거지. 빌, 정신 차려야 해. 줄이 긴 핸드백은 세상에 널려 있다고. 백만 개 정도? 천만 개?’

훨씬 더 많을지 모른다. 그러나 그 핸드백은 이 세상에 딱 한 개뿐이었다. 그가 오드라를 위해 그 핸드백을 사는 동안, 양품점 라디오에서 「소살리토 서머 나이츠」가 흘러나왔으니까.

"빌?" 비벌리는 빌의 어깨를 잡아 흔들었다. 빌은 아득히 멀리 있었다. 해저 50킬로미터의 심연 어딘가에. 「소살리토 서머 나이츠」를 부른 그룹 이름이 뭐였더라? 리처드라면 알지 모른다.

"생각났어." 빌은 겁에 질려 휘둥그레진 리처드의 눈을 바라보며 조용히 말하고서 웃었다. "디젤네덜란드 출신의 4인조 록밴드이야. 어때, 정확하지?"

"빌, 대체 무슨 일이야?" 리처드가 조용히 물었다.

빌이 비명을 질렀다. 그는 비벌리의 손에서 성냥을 낚아채 불을 붙이면서 벤에게서 핸드백을 잡아챘다.

"빌, 왜 그래? 도대체?"

빌은 핸드백의 지퍼를 열고 뒤집었다. 안에서 쏟아지는 내용물은 오드라의 소지품과 너무도 흡사해서 빌은 멍하니 비명조차 지르지 못했다. 일회용 화장지, 껌, 화장품, 목 캔디……, 그리고 오드라가 「다락방」의 출연 계약을 끝내고 프레디 파이어스톤에게 선물로 받은 보석 달린 콤팩트.

"아, 아, 아내가 저 밑에 있어." 빌은 무릎을 꿇고 쏟아진 소지품을 핸드백에 쓰셔 넣기 시작했다. 그리고 있지도 않은 머리칼을 무의식중에 쓸어 넘겼다.

"아내? 오드라 말이야?" 충격을 받고 비벌리의 동공이 부풀었다.

"아내의 해, 해, 핸드백이야. 트, 틀림없어."

"젠장, 말도 안 돼, 빌. 네가 더 잘 알잖아……." 리처드가 중얼거렸다. 그는 오드라의 악어가죽 지갑을 발견했다. 지갑을 열고 뭔가를 꺼냈다. 성냥불 아래, 그가 지금까지 대여섯 편의 영화에서 본 배우의 얼굴이 드러났다. 캘리포니아 주 운전 면허증에 붙은 오드라의 사진은 실물보다 못했지만 핸드백이 그녀의 것이라는 확실한 물증이었다.

"하지만 헤, 헤, 헨리는 죽었고, 빅터, 트, 트, 트림쟁이도……. 그렇다면 누가 아내를 데려왔지? 대체 누구 짓이지?" 빌은 일어나면서 열뜬 눈길로 친구들을 훑어보았다.

벤이 빌의 어깨에 손을 올렸다. "우리가 내려가서 알아보는 게 좋겠어, 응?"

빌은 벤을 처음 보는 사람처럼 멍한 표정을 짓다가 이내 눈빛에 초점을 되찾았다. "그, 그, 그래. 에, 에디, 괜찮겠어?"

"빌, 또 신세를 져야겠다."

"어, 어, 업힐 수 있겠어?"

"어릴 때도 그랬는걸, 뭐."

빌이 몸을 구부리자 에디는 오른팔로 빌의 목을 감싸 안았다. 벤과 리처드가 거들었고 에디는 두 발로 빌의 허리를 감았다. 빌이 후들거리며 원통 입구로 올라서는 동안, 벤은 에디의 질끈 감기는 눈을 바라보다……, 문득 세상에서 가장 악랄한 보병 소대가 접근해 오는 소리를 들은 것 같았다. 그는 안개와 가시덤불 속에서 세 명의 헨리 일당이 나타나리라 생각하며 그쪽을 돌아보았지만, 그것은 500미터쯤 떨어진 곳에서 대나무들이 바람에 흔들리는 소리였다. 오랜 숙적이었던 헨리 패거리는 이미 죽고 없었다.

빌은 거칠거칠한 원통의 입구를 움켜잡고 밑을 가늠하다가 조심스럽게 사다리를 내려갔다. 에디가 으스러져라 빌의 목을 껴안자 빌은 숨이 막혔다. '오드라의 핸드백, 세상에, 어떻게 핸드백이 이곳에 있을까? 그게 문제가 아니지. 오, 신이시여, 만약 제 얘기를 듣고 계시다면, 제 기도를 들어주신다면, 부디 오드라가 무사하도록 살펴 주소서. 비벌리와 제가 오늘 밤에 한 일 때문에, 그리고 제가 어린 시절 그 여름에 한 일 때문에 오드라가 고통받지 않도록 살피소서……. 혹시 광대의 짓일까? 그녀를 데려간 것이 보브 그레이일까? 그렇다면 신이라도 오드라를 지켜 줄 수 있을지 의문이군.'

"무서워, 빌." 에디가 들릴락 말락 속삭였다.

빌의 다리가 차가운 물속에 잠겼다. 그는 물속으로 내려가며, 예전의 느낌과 축축한 냄새를 기억했고, 그곳에서 느꼈던 폐소공포증까지 떠올렸다. 그러나 그때 무슨 일이 일어났더라? 어떻게 이 하수도 속을 돌아다닐 수 있었을까? 대체 어디까지 갔으며, 어떻게 밖으로 다시 나올 수 있었지? 다른 부분에 대해서는 전혀 떠오르는 기억이 없었다. 그저 오드라 생각뿐이었다.

"나도 무, 무, 무서워."

그는 반쯤 쭈그리고 앉아 속옷과 고환에 와 닿는 사늘한 물에 인상을 찌푸리며 에디를 내려놓았다. 두 사람은 무릎까지 잠기는 물속에서 나머지 친구들이 사다리를 타고 내려오는 모습을 바라보았다.

도시의 지하에서

그것, 1958년 8월

새로운 일이 벌어졌다. 영겁의 시간 속에서 처음으로 맞닥뜨린 일이었다.

우주가 탄생하기 전, 오직 두 가지만이 존재했다. 그것 자신과 거북이였다. 거북이는 늙수그레하고 우둔하여 등딱지 속에서 나오는 법이 없었다. 그것은 아마 거북이가 죽었을 거라고, 죽은 지 10억 년은 됐을 거라고 생각했다. 살아 있다고 해도, 거북이는 늙고 우둔한 놈이며, 놈이 입 밖으로 토해 이 우주를 창조했다고 해서 놈의 우둔함을 달리 볼 이유는 아니었다.

거북이가 자신의 등딱지 속으로 은둔한 지 오랜 후, 그것은 이 지구에 당도해 새롭고 흥미로운 상상력의 심연을 발견했다. 풍부한 상상력은 그것에게 풍족한 식량을 의미했다. 그것은 낯선 공포와 도발적인 불안에 사로잡혀 딱딱하게 굳은 살덩어리들을 무참히 찢어발겼다. 사람들은 난폭한 야행성 동물이나 살아 움직이는 수렁을 떠올리며 악몽에 빠져 들었고, 뜻밖에도 끝없이 펼쳐진 공포의 계곡을 마주해야 했다.

먹을 것이 넘쳐 났으므로 그것은 배고프면 일어나고 졸리면 잠드는, 단순한 생활을 영위할 수 있었다. 나아가 자신의 이미지에 잘 어울리는 서식지를 창조했고, 죽음의 빛을 번뜩이며 그곳을 흡족히 바라보았다. 데리는 그것의 도살장이며, 데리의 주민들은 그것의 가축이었다. 그렇게 시간이 흘러갔다.

그리고……, 그 아이들이 나타났다.

새로운 종자였다.

그 아이들을 제거하기 위해 니볼트 가로 진격하면서 그것은 그 전에도 아이들을 죽이지 못했다는 막연한 불안감까지 떨쳐 버릴 작정이었지만(그것은 불안이라는 감정을 처음 느꼈다), 뜻밖에도 예기치 못한 일이 벌어지고 말았다. 상상조차 해 본 적 없는 고통, 그것은 거짓으로 변장한 육체를 들쑤시는 극심한 통증과 함께 한순간 공포까지 느꼈다. 그것과 늙고 우둔한 거북이와 이 미친한 세계를 감싸고 있는 대우주의 질서, 그들에 유일한 공유점이 있다면, '모든 생물은 육체의 법칙을 따라야 한다'는 것이었다. 그래서 그것은 니볼트 가에서 당한 뜻밖의 사태에 경악을 금치 못했다. 그것은 자유자재로 육체를 바꿀 수 있는 자신의 능력이 강력한 방어 수단인 동시에 치명적인 결점이 될 수도 있다는 사실을 처음으로 깨달았다. 한번도 고통이나 공포를 느껴 본 일이 없었건만, 그때만큼은 '나도 죽을지 모른다'는 끔찍한 생각이 그것의 뇌리를 스친 것이다. 머릿속에 쇄도하는 강렬한 은백의 고통. 그것이 미친 듯이 으르렁대고 울부짖고 격정에 휘말리는 사이, 아이들은 감쪽같이 달아나 버렸다.

그러나 지금 그 아이들이 돌아오고 있다. 그것의 지하 영토에 발을 들여놓은, 우둔하기 짝이 없는 일곱 명의 아이들이 전등도 무기도 없이 몸뚱이 하나만으로 어둠을 더듬어 오고 있다. 이번에는 기필코 그들을 죽일 수 있으리라.

그것은 의미심장한 자기 발견에 이르렀다. 그 자신이 변화나 돌발적인 사건을 원치 않는다는 점. 무엇이든 새로운 것을 원치 않는다는 사실이었다. 먹고 자고 꿈꾸고 다시 먹는 생활, 그것의 유일한 소망이었다.

고통과 찰나의 공포에 뒤이어, 또 다른 감정이 똬리를 틀었다(그것은 감정을 뛰어나게 복제하는 재주꾼이었지만 진솔한 감정 자체는 그것에게 너무나 낯설었다). 분노였다. 그 아이들은 기적 같은 우연에 힘입어 그것에게 상처를 입혔으므로, 그것은 더 더욱 그들을 죽여 없애고자 치를 떨었다. 그러나 짧은 순간이나마 그것에게 두려움을 맛보게 했으니, 쉽게 죽도록 내버려 둘 수는 없는 노릇이었다. 그것은 아이들을 철저히 희롱하고 괴롭히다 죽일 생각이었다.

'어서 오너라.' 그것은 점점 다가오는 아이들을 향해 결전을 준비했다. '어서 오라고, 어서 와서 모두 둥둥 떠다니자.'

그러나 그것이 아무리 떨쳐 버리고자 애써도 집요하게 파고드는 생각이 있었다. 단순한 생각이었다. 만일 만물의 근원이 그것이라면(거북이가 우주를 토하고 등딱지 속으로 숨은 후로는 그것이 만물의 근원으로 군림했다) 어느 누가 한순간, 미약하게나마 그것을 우롱하거나 해할 수 있는가? 가능한가?

마침내 그것이 깨달은 새로운 사실은 감정이 아니라 냉정한 통찰이었다. '한번도 의심해 본 일이 없지만 혹시 내가 이 세계의 유일한 존재가 아닐 수도 있을까?'

다른 존재가 있다면? 그리고 그 아이들이 그 존재의 대리인이라면?

혹시……, 혹시…….

그것은 온몸을 부들부들 떨기 시작했다.

증오 역시 그것에겐 새로운 감정이었다. 상처를 입는 것 역시 그랬다. 하고자 하는 일을 방해받는 것 역시 처음이었다. 하지만 그중에서도 가장 끔찍한 것은 공포였다. 아이들에 대한 공포는 이제 사라졌지만 자신이 권능의 유일한 존재가 아니라는 공포는 더 소름 끼쳤다.

'아니, 다른 존재는 없다. 불가능한 일이야. 어린아이들이기 때문에 상상력이 그처럼 강력한 힘을 발휘했는데, 그 사실을 과소평가했을 뿐이지. 지금 한발한발 다가오고 있으니, 그대로 놔두면 돼. 기다렸다가 하나씩 낚아채서 대우주의 한복판으로……, 내 눈 속에 있는 죽음의 빛으로 집어던지면 돼.'

터널 속에서, 오후 3시 15분

비벌리와 리처드가 갖고 있는 성냥이 전부 열 개비 정도였지만, 빌은 성냥을 사용하지 말라고 일렀다. 당분간은 어렴풋한 빛에 의지해서 하수도를 이동할 생각이었다. 전방 1미터 정도는 식별이 가능했으므로 성냥을 절약할 수 있었다.

빌은 머리 위 어딘가에 있을 통풍구나 맨홀 뚜껑 사이로 희미한 빛이 들어오는 거라고 생각했다. 문득 도시의 지하에 들어와 있다는 사실이 기이하게만 느껴졌지만 달리 선택의 여지가 없는 상황이었다.

수심이 깊어졌다. 세 차례인가, 떠 있는 동물의 시체를 지나쳤다. 쥐와 새끼 고양이와 퉁퉁 부은 마멋까지. 마멋 시체를 지나칠 때 누군가 몸서리 치며 신음소리를 냈다.

그들이 느릿느릿 헤치고 나아가고 있는 하수도 물은 상대적으로 고요했지만 이 모든 것이 정말로 곧 끝에 이를 터였다. 가까운 곳에서 세찬 물소리가 들려왔기 때문이다. 물소리는 점점 요란해지더니 으르렁거림으로 바뀌었다. 하수도는 오른쪽으로 꺾였다. 오른쪽으로 방향을 틀자, 세 개의 배수관에서 물이 쏟아지고 있었다. 배수관은 신호등처럼 세로로 늘어서 있었다. 하수도는 그 지점에서 끝났다. 빛이 약간 밝아졌다. 빌이 고개를 들어 보니, 높이 5미터 정도의 정방형 석조물 안에 들어와 있었다. 위쪽에 배수구의 뚜껑 문이 눈에 띄었지만, 피할 틈도 없이 그 문으로 물이 쏟아졌다. 그들은 생각지도 않게 샤워를 한 꼴이었다.

빌은 힘없이 세 개의 배수관을 살펴보았다. 맨 위의 배수관에서 뿜어 내는 물은 거의 투명했지만, 나뭇잎, 잔가지, 담배꽁초와 껌 종이 같은 쓰레기 부스러기들이 섞여 있었다. 가운데 배수관에서는 잿빛 물이 흘러나왔다. 맨 밑에 있는 배수관은 희끄무레한 갈색의 걸쭉한 오물 덩어리를 쏟아냈다.

"에, 에, 에디!"

에디가 허둥지둥 빌의 곁으로 다가왔다. 젖은 머리카락이 머리에 착 달라붙어 있었다. 깁스에서도 물이 떨어졌다.

"어, 어, 어느 쪽이야?"

아이들은 뭔가를 만들어 내는 방법이 궁금하면 벤에게 물었고, 어느 길로 가야 할지 모르면 에디에게 물었다. 대놓고 말하지는 않아도, 왕따 클럽의 아이들에게는 자연스러운 일이었다. 낯선 곳에 갔다가 돌아올 때, 항상 에디가 길잡이를 맡아 왼쪽 또는 오른쪽 하며 주저 없이 방향을 알려 주었고, 다른 아이들이 군말 없이 따라가다 보면 역시 그 말이 맞다는 사실을 확인하고……, 결과는 늘 똑같았다. 빌은 언젠가 리처드에게 말하기를, 에디와 황무지에서 시간을 보내기 시작할 즈음, 처음 얼마 동안은 길을 잃을까 봐 항상 걱정했다고 했다. 그런데 에디는 이상할 정도로 걱정하지 않았고, 빌이 가고 싶다고 말하는 장소까지 언제나 정확하게 데려다 주곤 했다. "헤인스 빌 숲에서 기, 길을 잃어도 에, 에디만 함께 있으면 아무 무, 문제 없어. 아, 아버지가 그러셨는데, 머릿속에 나, 나침반이 들어 있는 것처럼 기, 길눈이 밝은 사람이 있대. 아마 에디의 머, 머릿속에도 나, 나침반이 들어 있을 거야."

"뭐라고 했는지 못 들었어!" 에디가 소리쳤다.

"어, 어, 어느 쪽이냐고?"

"어느 쪽이라니? 그게 무슨 말이야?"

에디는 성한 손으로 흡입기를 쥐고 있었다. 빌이 보기에는 어린아이가 아니라 물에 빠진 생쥐 꼴이었다.

"어, 어, 어디로 가야 하냐고?"

"그거야 어디로 가고 싶은가에 달렸지."

에디가 아무렇지 않게 말하자, 빌은 그 말이 맞는다고 인정하면서도 순간적으로 에디의 목을 조르고 싶은 심정이었다. 에디는 미심쩍은 표정으로 세 개의 배수관을 살폈다. 세 개 모두 아이들이 충분히 들어갈 만한 크기였으며, 맨 밑의 배수관은 어딘지 은밀한 느낌이 들었다.

빌은 아이들에게 둥그렇게 모여 보라고 손짓했다. "노, 노, 놈이 어디에 있을까?"

"마을 한복판. 마을 한복판의 지하. 운하에서 가까운 곳."

리처드가 기다렸다는 듯 대답했다. 비벌리는 묵묵히 고개를 끄덕였다. 벤도 고개를 끄덕였다. 스탠리도 마찬가지였다.

"마, 마, 마이클, 너는 어때?"

"맞아. 그곳에 있을 거야. 운하 주변, 아니면 그 밑에 말이야."

빌이 에디를 돌아보았다. "어, 어, 어느 쪽이야?"

에디는 내키지 않는 표정으로 맨 밑의 배수관을 가리켰고……, 빌은 실망스러웠지만 놀라지는 않았다. "저, 저쪽이래."

"웩, 더러워. 하필 똥이 나오는 데야." 스탠리가 볼멘소리로 말했다.

"근데 말이야……." 마이클이 입을 열었다가 갑자기 멈추었다. 그러더니 고개를 주억이고 귀를 쫑긋 세웠다. 잔뜩 긴장한 눈빛이었다.

"무슨 일……." 빌이 말을 꺼내자, 마이클은 입술에 손가락을 대며 쉬잇 하는 시늉을 했다. 이윽고 빌도 그 소리, 물이 첨벙대는 소리를 들을 수 있었다. 점점 가까워졌다. 투덜대는 듯 두런거리는 희미한 목소리. 헨리가 여전히 그들을 뒤쫓고 있었던 것이다.

"어서 가자." 벤이 말했다.

스탠리는 돌아보았다가 다시 맨 밑의 배수관 쪽으로 시선을 돌렸다. 그러고는 입술을 꽉 깨물면서 고개를 끄덕였다. "가자. 똥이야 닦으면 되지."

"사나이 스탠리, 멋지게 한 방 먹였습니다요! 와, 와……." 리처드가 소리를 질러 댔다.

"리처드, 입 좀 다물래?" 비벌리가 그에게 주의를 주었다.

빌은 앞장서서 배수관으로 다가가 지독한 악취에 얼굴을 찡그리면서도, 이내 그 안으로 기어들기 시작했다. 오수와 똥 냄새는 정말이지 지독했고 어딘가 다른 냄새도 느껴졌다. 깊숙한 밑바닥에 스며 있는 듯하면서도 생생한 냄새. 만약 짐승의 으르렁거림에도 냄새가 있다면(빌은 만일 그런 하수도에서 먹을 것을 찾아내는 짐승이 있기만 하다면, 그럴 수도 있을 거라고 생각했다), 그처럼 깊숙이 스며든 냄새가 날 것 같았다. '제대로 가고 있어. 놈이 이곳에 있어……. 아주 오래 전부터.'

6미터쯤 걸어갔을까, 공기 중에서 썩은 냄새와 함께 독기마저 느껴졌다. 철벅철벅거리며 걸어가는 빌의 발밑에 밟히는 것은 진흙이 아니었다. 빌은 뒤를 흘깃거리며 말했다. "내 뒤, 뒤를 바짝 따, 따, 따라와, 에, 에, 에디. 네 도, 도움이 피, 필요해."

빛이 순식간에 아주 희미한 잿빛으로 변하는가 싶더니 이내 사라져 버렸다. 그들은

(푸른빛에서)

암흑으로 빠져 들었다. 빌은 무거운 발걸음으로 장애물처럼 버티고 선 듯한 악취를 뚫고 계속 앞서 나아갔다. 손을 뻗으면 금방이라도 헝클어진 머리칼이 손끝에 와 닿고, 램프 같은 눈동자가 어둠 속에서 번쩍 빛을 발할 것 같았다. 빌은 그것에게 목을 싹둑

잘리면서 불꽃처럼 뜨거운 고통을 느끼며 최후를 맞으리라고 생각했다.

어둠 속은 온갖 음향으로 가득 차서 한결같이 요란스레 메아리쳤다. 뒤에서 따라오는 친구들의 무거운 발소리, 나지막한 중얼거림까지 또렷하게 빌의 귓가를 파고들었다. 꾸룩꾸룩 하는 소리와 절거덕거리는 기묘한 신음소리도 있었다. 오싹할 정도로 미지근한 물줄기가 다리 사이를 지나가는 바람에 허벅지까지 물이 차고 발꿈치가 들썩거렸다. 에디가 뒤에서 빌의 옷자락을 꽉 움켜잡았다. 곧이어 작은 홍수처럼 쇄도하던 물줄기도 힘을 잃었다. 맨 뒤에서 리처드가 익살을 떨었지만 왠지 서글프게 느껴졌다.

"녹색 거인이 한잔 걸치고 오줌을 갈긴 거야, 빌."

빌은 머리 위 어딘가에 거미줄처럼 촘촘히 연결되었을 작은 배수관마다 물이나 오수가 흘러가는 소리를 들었다. 언젠가 데리의 하수도에 대해 아버지와 나눈 얘기를 떠올려 보니, 그 배수관은 폭우가 내릴 때나 장마철에 흘러넘친 물을 빼내는 데 사용되는 모양이었다. 거미줄처럼 촘촘한 배수관을 따라 데리를 빠져나간 물들은 트롤트 천과 페노브스콧 강으로 배출될 것이다. 똥물을 켄더스키그 하천으로 흘려보냈다가는 운하 전체에 악취가 진동할 것이므로, 데리의 누구도 그런 일은 원하지 않았다. 그러나 이른바 중수도 용수라는 것이 켄더스키그 하천으로 흘러들었고, 하수처리 시설을 초과할 경우에는 어쩔 수 없이 오수까지 슬쩍 버리는 수밖에 없으니……, 방금 전에 머리 위에서 들려온 물소리도 그 때문이었으리라. 한 번 슬쩍 버리고 나면 또 버리기도 쉬운 법이다. 빌은 거북한 기분으로 위쪽을 올려다보았지만 배수관 천장이나 측면에 창살문이 나 있을 거라는 생각만 들 뿐 눈에 보이는 것은 없었다. 그리고 그 창살문을 통해 금방이라도…….

빌은 배수관 끝에 다다랐다는 사실을 전혀 알아채지 못했다. 앞으로 휘청거리며 두 팔을 버둥거렸지만 50센티미터 정도 아래로 고꾸라지고 말았다. 뱃가죽에 와 닿는 바닥의 느낌이 약간 물컹물컹했다. 무엇인가 찍 소리를 내며 손을 지나갔다. 빌은 비명을 지르며 따끔거리는 손을 어루만지다가, 방금 전 손을 스친 것이 쥐라는 사실을 깨달았다. 도금이라도 한 듯 매끄럽고 섬뜩한 쥐꼬리의 감촉이 여전히 생생했다.

빌은 벌떡 일어나다가 새로 들어선 배수관의 낮은 천장에 머리를 부딪히고 말았다. 너무 아파서 털썩 주저앉고 보니 눈앞에 빨건 별빛이 아른거렸다.

"조, 조, 조심해!" 빌의 고함소리는 단조로운 메아리로 돌아왔다. "자, 잘못하면 떠, 떨어져! 에, 에디! 어, 어디에 있어?"

"여기야!" 휘젓는 에디의 손길이 빌의 코끝을 스쳤다. "내 손을 잡아, 빌. 아무것도 안 보여! 너무 어두……."

퍽 하는 요란한 소리와 함께 비벌리와 마이클과 리처드가 동시에 비명을 질렀다. 바깥이었다면 그 기막힌 삼중창에 폭소라도 터뜨렸을 테지만, 지하의 컴컴한 하수도에서는 오싹할 따름이었다. 갑자기 아이들이 한꺼번에 고꾸라졌다. 빌은 에디의 팔이 걱정돼, 가슴으로 떨어지는 그를 힘껏 껴안았다.

"에잇, 빠져 죽는 줄 알았잖아. 이게 뭐야, 웩, 똥물을 뒤집어썼잖아. 나중에 소풍갈 때 이리로 오자고 하자, 빌. 카슨 선생님을 앞세우고……." 앓는 소리를 하던 리처드의 장난기가 발동한 모양이었다.

"지미슨 선생님은 이곳에서 보건학 강의를 하려고 들 거야." 벤이 떨리는 목소리로 말하자 모두들 한바탕 웃음을 터뜨렸다. 웃음소리가 잦아들 즈음 스탠리가 느닷없이 서럽게 울기 시작했다.

"울지 마, 사나이. 네가 그러니까 다들 울고 싶어지잖아, 사나이." 리처드는 스탠리의 끈적끈적한 어깨를 어색하게 감싸 안았다.

"나는 괜찮아!" 스탠리는 울면서 큰 소리로 말했다. "무서운 건 괜찮아. 하지만 이렇게 더러운 곳은 질색이야. 더구나 여기가 어디인지도 모른다니 정말 자신이 한심하고 싫단 말이야."

"서, 성냥이 저, 젖지 않았을까?" 빌이 리처드에게 물었다.

"내 성냥은 전부 비벌리에게 줬는걸."

잠시 후 어둠 속에서 손 하나가 더듬거리며 빌의 손을 잡고 성냥을 건네주었다. 성냥은 젖지 않았다.

"겨드랑이 사이에 넣어 두었어." 비벌리가 말했다. "불이 붙을 거야. 한번 켜 봐."

빌은 종이 성냥을 하나 집어서 불을 붙였다. 불꽃이 확 일자, 그는 성냥불을 들어 올렸다. 아이들은 옹기종기 모여 있다가 갑자기 나타난 환한 불빛에 눈살을 찌푸렸다. 모두들 오물을 뒤집어쓴 꼴이었고, 아주 어려 보이는 데다 겁에 질린 표정들이었다. 빌은 그들 뒤쪽으로 방금 지나친 하수도를 바라보았다. 밑으로 떨어지는 바람에 들어선 하수관은 전보다 더 비좁았다. 양쪽 방향으로 쭉 뻗어 있고 바닥에는 더러운 침전물이 떡처럼 덕지덕지 쌓여 있었다. 또…….

빌은 손가락 끝까지 타들어 온 성냥불을 다급히 흔들어 껐다. 사방에서 급히 흘러가는 물소리, 똑똑 떨어지는 물방울, 배수용 밸브를 열어 많은 양의 하수를 한꺼번에 켄더스키그 하천으로 쏟아 부을 때 나는 육중한 소리까지 들려왔지만, 켄더스키그가 얼마나 멀리 떨어져 있는지는 신만이 알 일이었다. 헨리 패거리의 발소리는 들리지 않았다. 아직까지는.

빌은 조용히 입을 열었다. "내 오, 오, 오른쪽에 시, 시, 시체가 있어. 3미터쯤 떨어진 곳에. 아마 패, 패, 패……."

"패트릭? 패트릭 헉스테터?" 비벌리가 금방이라도 발작을 일으킬 듯이 물었다.

"그, 그래, 서, 성냥을 하나 더 켜, 켜, 켤까?"

"그러는 게 좋겠어, 빌. 배수관이 어디 쪽으로 흘러가는지 알아야 방향을 잡을 수 있으니까." 에디가 말했다.

빌이 성냥을 켰다. 성냥불 아래 푸르뎅뎅 부풀어 오른 물체, 패트릭 헉스테터의 시체였다. 시체는 어둠 속에서 오싹할 만큼 정답게 웃고 있었지만 얼굴 반쪽은 사라지고 없었다. 하수도에 사는 쥐 떼한테 갉아 먹힌 모양이었다. 그 주위에 흩어져 있는 패트릭의 보충 수업 교재는 물에 불어 사전처럼 두툼해진 상태였다.

"이럴 수가." 마이클이 눈을 동그랗게 뜨고 새된 소리를 질렀다.

"발소리가 들려. 헨리와 다른 녀석들." 비벌리가 말했다. 메아리치는 비벌리의 목소리도 역시 헨리 패거리의 귓가에 들어간 모양이었다. 헨리가 아래쪽에서 소리를 질렀다. 헨리가 바로 곁에서 있다는 착각이 들었다.

"너희들 이제 죽었어어어어어……."

"올 테면 와 봐." 리처드가 소리쳤다. 이리저리 부라리는 눈동자에서 뜨거운 열기마저 느껴졌다. "어서 오라니까, 미끄럼 신사 양반! 여기는 YMCA 수영장 같아! 그러니까 어서……."

돌연 공포와 고통에 찌든 날카로운 비명이 하수도에 쩌렁쩌렁 울렸다. 빌은 깜짝 놀라 성냥불을 떨어뜨렸다. 에디가 바짝 달라붙자, 빌은 사시나무 떨듯 부들거리는 에디의 몸을 꼭 안았다. 에디와 반대쪽에서 스탠리 유리스도 빌에게 몸을 의지했다. 비명은 더욱더 커지고……, 퍼덕거리는 소음이 들려오는가 싶더니 비명이 뚝 멈췄다.

"놈들 중에 누가 당했나 봐." 마이클이 잔뜩 겁에 질린 채 숨을 몰아쉬며 말했다. "무언가……, 괴물 같은 것이……. 빌, 여기에서 빨리 나가자……, 어서……."

남은 아이들이(한 사람인지 두 사람인지 소리만으로는 분간할 수 없었다) 헐레벌떡 하수도를 따라 그들을 향해 다가오고 있었다.

"어, 어느 쪽이야, 에, 에디? 아, 아, 알겠어?" 빌은 다급하게 물었다.

"운하 쪽 말이지?" 에디가 여전히 빌의 품속에서 오들오들 떨며 물었다.

"그래!"

"오른쪽. 패트릭을 지나서……, 아니면 넘어서." 에디의 목소리가 갑자기 굳어졌다. "상관없어. 저 녀석은 내 팔을 부러뜨린 놈들 가운데 하나야. 내 얼굴에 가래침까지 뱉었어."

"가, 가자. 하, 한 줄로! 아, 아까처럼 서로 어깨를 자, 잡아!" 빌이 말하면서 방금 전까지 걸어온 하수도를 돌아보았다.

빌은 더듬더듬 걸어가면서 도자기처럼 미끄러운 하수도 표면에 오른쪽 어깨를 바짝 들이민 채 패트릭의 시체를 밟지 않으려고 이를 악물었다.

그렇게 그들이 어둠 속으로 더욱 깊숙이 들어가는 동안 사방에서 요란한 물소리가 들려오고, 지상에서는 폭풍이 휘돌며 데리 전역을 때이른 어둠으로 빠뜨렸다. 어둠의 장막은 돌풍과 번개에 찢기고, 곳곳의 나무들이 선사 시대의 거대한 생물처럼 비명을 지르며 쓰러졌다.

그것, 1985년 5월

그들은 다시 돌아왔으며, 모든 상황이 그것의 예상과 맞아떨어졌지만, 한편으로는 예상치 못한 부분까지 되풀이했다. 그 미칠 듯한 집요한 공포……, 그것 외에 또 다른 권능의 존재가 있다는 불안감. 그것은 공포를 증오했으며, 할 수만 있다면 공포라는 놈을 남김없이 먹어 치우고 싶었다. 그러나 공포는 그것을 조롱하듯 덩실덩실 춤까지 추며 손아귀에서 벗어났으니, 방법은 딱 하나, 그들을 죽임으로써만 공포 역시 죽일 수 있었다.

그러나 그것이 그처럼 두려워할 이유는 없었다. 그들은 모두 어른이 되었고 숫자도 일곱에서 다섯으로 줄었다. 다섯도 분명 힘을 발휘할 수 있는 숫자지만, 일곱이라는 숫자에서 느껴지는 신비한 마력은 없었다. 그것의 하수인이 도서관장을 죽이는 데 실패했지만, 마이클이라는 녀석은 어차피 병원에서 죽을 운명이었다. 그것은 아침이 오기 전, 마약에 절어 있는 남자 간호사를 보내 마이클을 끝장낼 생각이었다.

소설가의 아내는 지금 그것과 함께 있지만 살아 있되 죽은 것이나 다름없었다. 그녀는 그것의 실체, 가면과 마법을 모두 벗어던진 그것의 모습을 보는 순간 그대로 실성해 버렸다. 물론 마법은 거울에 지나지 않고, 겁에 질린 상대방이 떠올리는 가장 끔찍한 영상을 반영할 뿐이었다. 빤히 치켜뜬 눈에다 느닷없이 태양광선을 비춰 눈을 멀게 하는 것과 흡사했다.

그녀의 정신은 지금 그것과 함께, 그것 안에 있으며, 대우주의 경계를 넘어 거북이도 범접할 수 없는 어둠 속에, 모든 대지의 바깥에 있다.

그녀는 그것의 눈 속에, 그것의 마음속에 있었다.

그녀는 죽음의 빛 속에 갇혀 있었다.

오, 그러나 마법은 즐겁다. 예를 들어 마이클 핸론이 그런 경우다. 그는 잠재의식을 통해서밖에 기억할 수 없지만, 그의 어머니만은 그가 철공소에서 본 새에 대해 할 말이 있었을 것이다. 그가 6개월밖에 안 된 갓난아기였을 때 어머니는 유모차에서 잠든 그를 마당 한편에 남겨 두고, 이불과 기저귀를 널고 있었다. 그녀는 아기의 비명을 듣고 달려왔다. 커다란 까마귀가 유모차 가까이 내려앉아 부리로 마이클을 마구 쪼아 대고 있었다. 마이클은 아프고 겁나서 울었지만 까마귀는 힘없는 먹이를 쉽게 포기하지 않았다. 어머니가 주먹을 휘둘러 까마귀를 쫓아내고 보니 마이클의 팔에서 피가 흘러내렸다. 그녀는 파상풍 주사를 맞히기 위해 마이클을 스틸왜건 박사에게 데려갔다. 마이클의 일부는 그 기억을 항상 간직해 왔으며(갓난아기와 커다란 새) 그것이 다가갔을 때, 마이클은 거대한 새와 다시 맞닥뜨리게 된 셈이었다.

그러나 하수인이 소설가의 아내를 데려왔을 때, 그것은 가면을 쓰고 있지 않았다. 그것은 자신의 보금자리에 있을 때는 옷차림에 신경 쓰지 않았고 대개는 벌거숭이로 지냈다. 비벌리라는 소녀의 남편이자 하수인에 뽑힌 녀석은 그것의 맨 얼굴을 보자마자 충격을 받고 죽었다. 그의 얼굴은 잿빛으로 변했고 뇌수 곳곳이 터져 스며든 핏물이 눈에 가득 고여 있었다. 소설가의 아내는 딱 한 차례 강렬하고 끔찍한 생각에 빠졌다. '오, 세상에, 암컷이잖아.' 그러고는 그녀의 모든 사고 능력도 정지됐다. 그녀는 죽음의 빛 속에서 허우적거렸다. 그것은 서식지에서 내려와 혼이 빠져나간 그녀의 육체를 거둔 후, 나중에 먹을 요깃거리로 보관했다. 오드라 덴브로가 지금 비단에 싸여 높이 매달린 이유도 그 때문이었다. 그녀는 머리를 한쪽으로 떨구고, 초점 없는 눈동자를 휑하니 열어둔 채 발가락을 아래쪽으로 축 늘어뜨린 상태였다.

그러나 그들에게는 아직 힘이 있었다. 약해지긴 했지만 아직 힘이 남아 있었다. 어린 시절 그들은 이곳에 몰려와 승산 없는 싸움에서 뜻밖에도 그것에게 치명상을 입혔다. 그것은 사경을 헤매며 지하 깊숙이 도망쳐, 그곳에서 자신이 흘린 너무도 낯선 피를 바라보며 고통과 증오심을 곱씹으며 몸부림쳤다.

놀랍게도 새로운 일이 또 벌어졌다. 영구히 흘러온 자신의 역사에서 그것은 처음으로 계획을 세워야 했다. 그것은 처음으로 데리라는 개인 사냥터에서 원하는 바를 얻는 데 주저하는 자신의 모습을 발견했다.

그것은 늘 아이들을 배불리 먹었다. 어른들 중 상당수가 자신도 모르는 사이 그것의 하수인 역할을 해 왔으며, 그것은 그들 중 일부를 몇 년을 두고 먹어 치우기도 했다. 어른들도 나름대로의 공포가 있고, 그들의 분비선을 톡톡 두들겨 열어 놓으면, 공포를 담당하는 화학 분비물이 전신에 퍼져 저절로 간이 맞았다. 그러나 어른들의 공포는 대개 지나치게 복잡했다. 그에 비해 아이들의 공포는 훨씬 단순하고 강했다. 아이들의 공포는 대개 하나의 가면으로 능히 끌어낼 수 있었다……. 미끼가 필요한 경우에도 광대의 얼굴 하나면 충분히 먹혀들었다. 이 세상에 어릿광대를 싫어하는 아이가 있을까?

그것은 자신의 무기를 아이들이 역공의 수단으로 삼았다는 사실을 어렴풋이나마 깨달았다. 전적으로 우연의 힘을 빌리고(분명 계획적인 행동은 아니었고, 다른 존재의 지시를 받았을 확률은 더 더욱 없다), 일곱 아이들이 비범한 상상력을 하나로 결집하는 바람에 그것은 치명적인 상황까지 몰렸다. 그 일곱 아이들을 하나씩 떼어 놓고 보면 틀림없는 그것의 먹잇감이었으므로, 각자 흩어졌다면 분명 하나씩 해치울 수 있었으리라. 사자가 얼룩말의 체취를 맡고 물웅덩이 하나를 정해서 접근하듯, 그것은 아이들 개성과 품성에 맞게 형태를 위장함으로써 하나씩 끝장낼 수 있었다. 그러나 아이들은 똘똘 뭉쳐서 그것조차 간파하지 못한 위협적인 비밀, 믿음 자체가 가공할 만한 무기라는 사실을 알아낸 것이다. 중세에 흡혈귀의 존재를 믿음으로써 흡혈귀를 창조한 농부가 1만 명이 있었다면(그중 한 명 정도는 어린아이일 확률이 크다), 흡혈귀를 죽이는 가장 효과적인 무기가 나무 말뚝이라고 믿었다고 해서 이상한 일은 아니다. 그러나 나무 말뚝은 말 그대로 쓸모없는 나무일 뿐, 실제 무기는 마음이며 믿음인 셈이다.

그러나 그것은 결국 탈출에 성공해 깊숙한 곳으로 숨어들었고, 지치고 겁에 질린 아이들은 가장 치명적인 상태에 빠진 그것을 포기해 버리는 우를 범하고 말았다. 아이들은 그것이 죽었거나 곧 그럴 거라고 생각했으며, 다시는 모습을 드러내지 않으리라고 믿는 쪽을 선택했다.

그것은 아이들이 한 맹세를 알고 있었고, 그 때문에 다시 돌아오리라는 사실도 간파하고 있었다. 얼룩말이 결국에는 그 웅덩이를 다시 찾는다는 사실을 사자가 알듯이 말이다. 잠을 청할 주기임에도 그것은 피곤을 물리치며 계획을 세워야 했다. 잠에서 깨어났을 때, 그것의 상처는 말끔하게 아물어 있는 반면, 그들의 어린 시절은 일곱 개의 촛불처럼 덧없이 사라졌으리라. 상상력도 약해져 있을 터였다. 나아가 켄더스키그 하천에 피라니아가 산다든지, 길을 가다 보도의 갈라진 틈을 밟으면 어머니의 등뼈가 부러진다든지, 셔츠에 붙은 무당벌레를 죽이면 그날 밤에 집에 불이 난다든지 하는 말을 더 이상 믿지 않을 터였다. 그 대신에 보험을 신뢰할 것이다. 저녁 식사에는 포도주가 제격이지만, 품질이 뛰어나면서도 너무 요란하지 않은 포도주를 고르는 것이 지혜라고 믿을 것이다. 좋은 위장약은 마흔일곱 배의 위산을 흡수한다는 사실을 믿을 것이다. 텔레비전 뉴스를 믿고, 심장발작을 일으키지 않으려면 달리기를 하고, 결장암을 예방하려면 붉은빛이 도는 고기를 피해야 한다고 믿을 것이다. 그리고 섹스를 즐기기 위해 킨제이 보고서를 읽고, 영혼을 구제받기 위해서 목사의 설교에 귀 기울일 것이다. 해가 갈수록 꿈도 점점 작아질 테고. 그래서 그것은 잠에서 깨어난 뒤 그들에게 돌아오라고 연락할 생각이었다. 공포라는 비옥한 토양에서 분노라는 새끼가 자랐고, 분노는 복수를 원했다.

그것은 그들을 불러들여 죽일 작정이었다.

그러나 그들이 다가오고 있는 지금, 공포도 다시 돌아왔다. 그들은 어른이 되었고 상상력도 약해져 있었지만 그것이 기대한 만큼은 아니었다. 그들이 한자리에 모였을 때 그 사이에서 힘이 고양됨을 느끼고, 그것은 불길한 한편 혹시 유사 이래 처음으로 실수를 저지르는 것은 아닐까 하는 의구심마저 생겼다.

그러나 침울해 봤자 무슨 소용 있는가? 주사위는 던져졌고, 징조가 전부 불길한 것도 아니었다. 소설가의 아내가 반쯤 미쳤다는 사실은 좋은 징조였다. 소설가는 가장 상대하기 벅찬 인물이었다. 게다가 오래전부터 그 혼란과 공포를 소설 속에 농축해 옴으로써 자의든 타의든 상당한 준비를 한 셈이었다. 우두머리 격인 소설가가 아내의 불행 때문에 전의를 상실하거나 창자를 쏟아 내고 죽는다면, 나머지는 상대적으로 쉽게 처리할 수 있을 것이다.

아마 그것은 배불리 먹고……, 다시 깊은 잠에 빠질 것이다. 잠시 동안의 휴식을 위해.

터널 속에서, 오전 4시 30분

"빌!" 리처드는 메아리치는 하수도를 향해 소리쳤다. 그는 있는 힘껏 속력을 냈지만 생각처럼 빨리 달리지는 못했다. 황무지의 간이 펌프장에서 시작된 하수도를 어렸을 때는 허리만 약간 구부린 채 수월하게 걸었다. 지금의 리처드는 하수도를 기어가고 있지만 몹시 비좁게 느꼈다. 계속 코끝으로 미끄러지는 안경을 밀어 올려야 했다. 비벌리와 벤이 뒤에서 따라왔다.

"빌! 에디!" 리처드는 다시 소리쳤다.

"여기야!" 에디의 목소리였다.

"빌은 어디 있어?" 리처드가 큰 소리로 다시 물었다.

"앞에! 정신없이 혼자 가고 있어!" 에디도 큰 소리로 대답했다. 에디는 아주 가까운 곳에 있었다. 리처드는 그가 바로 앞에 있다는 것을 눈으로 보아서 알기보다는 느낌으로 알았다.

"빌!" 리처드는 목청이 터져라 빌을 불렀다. 고함소리가 하수도를 따라 쩌렁쩌렁 메아리치는 바람에 귀가 얼얼할 정도였다. "빌, 기다려! 모두 함께 가야 하잖아?"

그때 빌의 목소리가 희미하게 메아리쳤다. "오드라! 오드라! 어디 있어?"

"이 망할 자식, 빌!" 리처드가 낮게 신음했다. 안경이 떨어졌다. 그는 욕설을 내뱉으며 물이 뚝뚝 떨어지는 안경을 주워서 다시 썼다. 그는 숨을 들이마시고 또 한 번 냅다 고함질렀다. "에디가 없으면 넌 길을 잃어, 망할 자식아! 기다려! 기다리란 말이야! 내 말 들리냐, 빌? 기다리라는 말이야, 젠장!"

괴로운 침묵의 순간이 흘렀다. 아무도 숨조차 쉬지 않는 것 같았다. 멀리서 물 떨어지는 소리만 들려왔고, 그쯤부터는 하수도가 말라 있고 악취 나는 웅덩이만 군데군데 나타났다.

"빌!" 리처드는 떨리는 손으로 머리카락을 쥐어뜯으며 눈물을 참았다. "돌아와……, 제발! 야, 인마! 기다리란 말이야!"

그러자 더욱 희미해진 빌의 목소리가 들려왔다. "기다리고 있어."

"아이고, 천만다행이네." 리처드가 중얼거리며 에디의 엉덩이를 찰싹 때렸다. "가자."

"한 손이 부러져서 얼마나 갈 수 있을지 모르겠어." 에디가 미안해하며 말했다.

"어쨌든 가 보자고." 리처드가 말하자, 에디는 다시 기어가기 시작했다.

빌은 기진맥진한 표정으로 세 개의 배수관이 불 꺼진 신호등처럼 늘어선 지점에서 그들을 기다리고 있었다. 그곳은 똑바로 설 수 있을 만큼 공간이 넉넉했다.

"저길 봐. 크, 크리스와 트, 트, 트림쟁이야."

모두 빌이 가리키는 쪽을 바라보았다. 비벌리가 신음하자 벤이 그녀를 껴안았다. 너덜너덜해진 옷에 싸인, 트림쟁이 허긴스의 시체는 이상할 정도로 썩지 않은 채 그대로 남아 있었다. 빅터의 시체는 머리가 없었다. 빌이 주위를 둘러보니 한쪽에 히죽거리는 두개골이 놓여 있었다.

빅터의 머리였다. 빌은 '가만히들 있었으면 살아남았을 텐데.' 하고 생각하다 몸서리를 쳤다.

'이곳은 오랫동안 사용되지 않았나 보군.' 리처드는 그 이유를 알 것 같았다. 하수 처리장이 신설됐을 것이다. 그들이 모두 면도를 하고, 운전을 배우고, 담배를 피우고, 이따금 그 짓을 즐기며 어른이 되는 동안, 환경 운동이 시작돼 오수뿐 아니라 중수까지 강이나 하천에 버릴 수 없게 된 것이다. 그때부터 이곳의 하수도와 배수관 따위는 그대로 방치되었고, 빅터 크리스와 트림쟁이 허긴스의 시체도 같은 운명을 맞았음에 틀림없다. 피터팬에 나오는 아이들처럼 빅터와 트림쟁이도 결코 어른이 될 수 없었다. 그저 너널너덜한 티셔츠와 청바지 차림으로 소년의 모습 그대로 썩고 있을 뿐. 빅터의 갈비뼈와 허리띠의 버클에 새겨진 독수리 문양에 곰팡이가 피어 있었다.

"괴물이 애들을 죽였어. 기억나? 그때 아이들의 비명 소리를 들었잖아?" 벤이 조용한 음성으로 말했다.

"오드라가 주, 죽었어. 분명해." 빌의 목소리에서 감정이 느껴지지 않았다.

"네가 그걸 어떻게 알아!" 비벌리가 불같이 화내는 바람에 빌은 그녀를 바라보았다. "네가 알고 있는 건 많은 사람들이 죽었고, 그들이 대부분 어린아이라는 사실이야." 그녀는 빌에게 걸어가 두 손을 허리에 대고 마주 섰다. 손이며 얼굴이 온통 오물을 뒤집어쓴 상태였고, 머리칼도 지저분하게 헝클어진 모습이었다. 그러나 리처드는 그녀가 무척 아름답다고 생각했다. "게다가 누구 짓인지도 잘 알잖아."

"아내에게 내 해, 행선지를 말한 기, 기억이 없어. 내가 뭐하러 그런 짓을 했겠어? 내가 왜……."

비벌리가 갑자기 빌의 멱살을 잡았다. 그녀가 빌의 멱살을 잡고 흔드는 모습에 리처드는 깜짝 놀랐다.

"집어치워! 우리가 왜 이곳에 왔는지 알잖아! 우리는 맹세를 했고, 그 약속을 지켜야 해! 알아듣겠어, 빌? 네 아내가 설령 죽었다면, 죽었다고 해도……, 그것은 죽지 않았어! 지금 우리한텐 네가 필요해!" 그녀는 울면서 소리쳤다. "우리를 위해서라도 흔들리면 안 돼! 예전처럼 말이야! 아니면 우리는 이곳에서 빠져나갈 수 없어!"

빌은 오랫동안 말없이 그녀를 바라보았고, 리처드는 자기가 이런 생각을 하고 있음을 알았다. '제발, 빌 대장, 정신 좀 차려…….'

빌은 친구들을 둘러보며 고개를 끄덕였다. "에, 에디?"

"여기 있어, 빌."

"어, 어느 배수관인지 아, 아직 기억해?"

에디는 빅터의 시체 너머를 가리켰다. "저거야. 정말 작아 보여, 그렇지?"

빌은 다시 고개를 끄덕였다. "들어갈 수 있겠어? 소, 손이 부, 부러졌잖아?"

"너를 위해서라면, 빌."

빌이 웃었다. 리처드가 예전에 본 적 있는 몹시 지치고 오싹한 미소였다. "우리를 아, 안내해 줘. 에, 에디. 끄, 끝장을 내자."

터널 속에서, 오전 4시 55분

빌은 기어가는 중에 예전에 그 배수관 끝에서 불쑥 떨어진 일을 떠올렸지만 이번에도 갑작스럽기는 마찬가지였다. 낡은 배수관의 딱딱한 표면이 손에 느껴지는 찰나, 허공으로 떨어지고 말았다. 앞으로 고꾸라지면서 본능적으로 몸을 틀었지만 바닥에 어깨가 부딪혀 쿵 하는 소리가 나며 만만찮은 고통이 달려들었다.

"조, 조, 조심해! 떠, 떨어진다고! 에, 에, 에디?" 빌은 냅다 소리 질렀다.

"여기야! 좀 잡아 줘." 에디의 허우적거리는 손길이 빌의 이마를 스쳤다.

빌은 에디를 안으며 부러진 팔이 다치지 않게 조심하면서 밑으로 끌어내렸다. 그 뒤를 이어 벤과 비벌리와 리처드가 차례차례 나타났다.

"서, 서, 성냥 있어, 리, 리처드?"

"나한테 있어." 비벌리가 말했다. 그녀는 더듬더듬 빌에게 성냥을 건넸다.

"고작 여덟 개나 열 개 정도밖에 안 남았어. 하지만 벤이 에디의 방에서 가져온 게 꽤 될 거야."

"겨, 겨, 겨드랑이 밑에 넣어 온 거야, 비벌리?" 빌이 물었다.

"이번에는 아니야."

그녀는 말하면서 어둠 속에서 빌을 껴안았다. 빌도 눈을 감은 채 그녀를 꼭 껴안으며 그녀가 그토록 주려고 애쓰는 위로를 그대로 받아들이려고 애썼다.

빌은 부드럽게 그녀를 떼어 내고 성냥을 켰다. 기억의 힘은 대단했다. 그들은 일제히 오른쪽을 바라보았던 것이다. 패트릭 헉스테터의 시체가 퉁퉁 부풀어 오른 책 사이에 놓여 있었다. 알아볼 수 있는 것은 반원형으로 튀어나온 치아뿐인데, 그중 두세 군데에 보철을 낀 상태였다.

시체 옆에 무엇인가 눈에 띄었다. 약해진 불빛 아래 동그란 물체가 어렴풋이 빛나고 있었다.

빌은 성냥 하나를 다시 켰다. 그 물체를 집어 들었다. "오드라의 결혼반지야." 공허하고 감정이 거세된 음성이었다.

성냥불이 손가락 끝에서 조금씩 희미해졌다.

빌은 어둠 속에서 반지를 손가락에 꼈다.

"빌?" 리처드가 멈칫거리며 말했다. "어때, 좋은 수라도

터널 속에서, 오후 2시 20분

딱히 생각나는 게 없었다. 패트릭 헉스테터의 시체를 지나 얼마나 오랫동안 데리 지하의 터널 속을 헤매었는지 말이다. 빌은 그저 그들이 다시 돌아가지 못하리라는 생각을 곱씹었다. 그는 줄곧 아버지의 말을 떠올렸다. "몇 주일 동안이나 길을 잃고 헤매기도 하지." 만일 에디의 방향 감각이 예전처럼 정확하지 않다면 그것에게 죽임을 당할 필요도 없었다. 그저 정처 없이 헤매다가 죽든가……, 아니면 부서진 배수관에 떨어져 낙숫물 통의 쥐처럼 익사할 수도 있다.

그러나 에디는 조금도 걱정하지 않는 눈치였다. 이따금 빌에게 성냥불을 켜 달라고 해서 주위를 살피고는 다시 발걸음을 옮길 뿐이었다. 언뜻 보기에는 마음 가는 대로 왼쪽이나 오른쪽을 선택하는 것 같았다. 어떤 배수관의 천장은 빌이 손을 쭉 뻗어도 닿지 않을 만큼 높았다. 그런가 하면 아주 비좁은 배수관에서 배를

바닥에 착 붙인 채, 앞사람의 발꿈치에 코를 박고 에디가 이끄는 대로 5분이 넘게 몸서리를 치며 기어가기도 했다.

빌이 자신 있게 말할 수 있는 것은, 그들이 데리 하수도 중에서도 버려진 공간 깊숙이 들어와 있다는 사실뿐이었다. 사용 중인 부분은 멀리 뒤쪽이나 위쪽에 있을 터였다. 요란한 물소리도 아득히 먼 곳에서 들려오는 천둥처럼 희미해져 있었다. 배수관은 점점 더 낡은 모습으로 변했고 진흙 같은 표면에서 때때로 악취 나는 액체가 흘러나왔다. 조금씩 사람의 배설물 냄새(질식할 것 같은 지독한 가스 냄새)가 사라지는가 싶더니, 이번에는 케케묵은 노린내가 코끝에 달려들어 더 소름 끼쳤다.

벤은 미라의 냄새라고 생각했다. 에디는 문둥이의 냄새를 떠올렸다. 리처드는 폴 버니언의 동상만큼이나 큼지막한 벌목꾼의 작업복이 썩는 냄새라고 생각했다. 비벌리는 아버지의 양말 냄새를 떠올렸다. 스탠리 유리스에게는 유년 시절에 처음 들어섰을 때의 끔찍한 기억, 자신이 유대인이라는 사실을 이해할 수 없었던 유대인 소년의 기이한 기억을 떠올리는 냄새였다. 마치 기름과 점토를 뒤섞은 냄새처럼, 눈도 입도 없는 골렘이라는 악마를 떠오르게 했다. 중세 시대에 변절자로 낙인 찍힌 유대인들은 진흙 인형인 골렘으로 그들을 약탈하고 부녀자를 겁탈하는 이교도 무리를 쫓아낼 수 있다고 믿었다는 것이다. 마이클은 텅 빈 둥지에 남아 있는 깃털의 메마른 냄새를 떠올렸다.

그들은 마침내 비좁은 배수관의 끝에 다다랐다. 그곳에서 이상한 각도로 이어진 새로운 배수관 표면을 따라 뱀장어처럼 미끄러지자, 일어설 수 있을 만큼 넓은 공간이 나타났다. 빌은 성냥이 몇 개나 남았는지 더듬거렸다. 네 개. 그는 굳은 얼굴로 성냥이 거의 없다는 사실을 어쩔 수 없이 알려야 할 때가 오기 전까지 비밀로 해야겠다고 마음먹었다…….

"이봐, 모, 모두 괘, 괜찮아?"

모두 웅얼대듯 괜찮다고 말하자, 빌은 어둠 속에서 묵묵히 고개를 끄덕였다. 두려워하는 아이도, 스탠리가 울고 난 뒤 눈물을 흘리는 아이도 없었다. 다행이었다. 빌이 가만히 서서 아이들의 손을 더듬자, 어둠 속에서 맞잡는 손길이 하나씩 느껴졌다. 빌은 아이들의 손길에서 환희를 맛보며, 일곱 명을 한데 모은 힘보다 훨씬 강렬한 힘이 솟구침을 느꼈다. 거대한 하나의 힘에 그들의 힘이 보태지는 느낌이었다.

빌이 성냥을 켜자, 약간 아래쪽으로 비스듬히 기운 좁다란 배수관이 나타났다. 거미줄이 천장에 꽃장식처럼 매달려 있거나 흐르는 물에 헝클어져 축 늘어진 모습도 보였다. 빌은 까마득한 시대로 돌아간 듯한 기분을 느꼈다. 바닥은 메마른 상태였지만, 오래된 곰팡이와 나뭇잎……, 그리고 정체 모를 물체들이 뒤섞여 두껍게 쌓여 있었다. 좀더 앞쪽에는 뼈와 녹색 천 조각들이 흩어져 있었다. 한때는 번듯한 작업복이었을지도 몰랐다. 빌은 상하수도과 직원 중 누군가 여기에서 길을 잃고 헤매는 모습을 떠올렸다.

성냥불이 꺼질락 말락 했다. 빌은 성냥을 위로 치켜들고 잠시 더 빛을 비추었다.

"여기가 어딘지 아, 아, 알겠어?" 빌이 에디에게 물었다.

에디는 터널이 약간 구부러진 쪽을 가리켰다. "저쪽이 운하야.

곧바로 뻗어 있다면 여기서 800미터 정도밖에 안 될 거야. 이곳은 업마일 언덕 바로 밑인 것 같아. 하지만 빌……."

성냥불이 손끝에 닿자 빌은 성냥을 떨어뜨렸다. 주위는 다시 어두워졌다. 누군가가(빌은 비벌리라고 생각했다) 한숨을 내쉬었다. 그러나 성냥불이 꺼지기 직전, 빌은 에디의 얼굴에서 근심스러운 표정을 보았다. "무, 무, 무슨 일이야? 왜 그래?"

"내가 업마일 언덕 밑에 있다고 한 말은 아주 깊숙한 곳에 내려와 있다는 뜻이야. 지금까지 계속해서 내려가기만 했으니까. 이런 곳에는 아무도 터널을 만들지 않아. 탄광에 있는 갱도가 아니라면 말이야."

"얼마나 깊은 것 같아, 에디?" 리처드가 물었다.

"400미터 정도. 더 깊을지도 모르지."

"이제 어쩌지." 비벌리가 말했다.

"어쨌든 이건 하수도가 아니야. 냄새가 달라. 지독하긴 한데, 하수도 냄새는 아니야." 스탠리가 뒤에서 말했다.

"차라리 하수도 냄새가 낫겠어. 냄새가 꼭……." 벤이 말을 채 마치기도 전에, 그들이 방금 지나온 배수관 입구에서 날카로운 고함소리가 들려왔다. 아이들은 깜짝 놀라 서로 부둥켜안았다.

"개새끼들, 모조리 죽여 버리겠어. 죽여 버릴 거야아아……."

"헨리야. 이럴 수가, 아직도 쫓아오고 있잖아." 에디가 숨 죽여 말했다.

"별것 아냐. 멍청한 데다가 질기기까지 한 놈들이 있으니까." 리처드가 말했다.

곧이어 헐떡거리는 어렴풋한 숨소리와 발소리, 옷자락 스치는 소리가 들렸다. "너희들 두고봐아아아……."

"가, 가, 가자." 빌이 말했다. 그들은 터널을 따라 내려가기 시작했다. 맨 끝에 있는 마이클 빼고는 모두 두 사람씩 나란히 움직였다. 빌과 에디, 리처드와 비벌리, 벤과 스탠리.

"헤, 헨리가 얼마나 가까이 따, 따라부, 부, 붙은 것 같아?"

"그거야 나도 모르지. 메아리만 듣고는 알 수 없어." 에디가 말하다가 이내 목소리를 낮추며 덧붙였다. "뼈가 쌓여 있는 거 봤어?"

"으, 으응." 빌도 목소리를 죽였다.

"옷이랑 작업복, 허리띠도 있더라. 아마 시청에서 일하는 사람들이 입는 옷일 거야."

"내 새, 생각도 그, 그래."

"얼마나 오래됐을까?"

"나도 모, 몰라."

에디는 어둠 속에서 빌의 손을 붙잡았다.

15분쯤 지났을까, 어둠 속에서 그들을 향해 다가오는 소리가 들렸다.

리처드는 싸늘하게 얼어붙었다. 갑자기 세 살배기로 돌아간 느낌이었다. 리처드는 저벅거리며 점점 가까워지는 움직임과 함께 잔가지 흔들리는 소리를 들었다. 빌이 성냥을 켜기 전, 리처드는 이미 그 정체를 알았다.

"눈알이다! 이럴 수가, 기어다니는 눈알이야!" 리처드가 비명을 질렀다.

아이들은 한동안 눈앞에 나타난 것이 정확히 무엇인지 몰랐지만(비벌리는 그곳까지 쫓아온 아버지의 모습을, 에디는 되살아난 패트릭 헉스테터의 모습을 떠올렸다), 리처드의 비명소리와 함께 그 정체가 갑자기 또렷해졌다. 그들은 리처드와 똑같은 것을 보기 시작했다.

거대한 눈알이 터널을 가득 채운 채, 지름이 두 자나 되는 시커먼 동공과 적갈색 홍채를 번뜩였다. 불룩한 흰자위와 함께 붉은 핏줄이 망막 위에 그물처럼 퍼져 있었다. 눈꺼풀과 속눈썹도 없는 젤라틴 같은 눈알은 밑에 달린 촉수를 발처럼 끌고 다가왔는데, 그야말로 소름 끼치는 광경이었다. 촉수가 손가락처럼 터널의 퍼석퍼석한 표면을 헤집고 다니는 바람에 빌은 사그라지는 불빛 속에서 눈알이 그것을 불러내듯 손가락질한다고 생각했다.

휑한 눈알이 탐욕스레 그들을 노려보았다. 성냥불이 꺼졌다.

빌은 어둠 속에서 촉수가 잔가지처럼 발꿈치와 정강이를 스치는 것을 느꼈지만……, 꼼짝도 할 수 없었다. 몸이 얼음처럼 굳어 있었다. 그것이 다가오는 기척과 내뿜는 열기, 망막에서 들썩이는 축축한 혈관의 맥동까지 느껴졌다. 그것에 몸이 닿는 생각만 해도 속이 울렁거렸지만 빌은 비명조차 지르지 못했다. 또 다른 촉수가 슬그머니 빌의 허리를 감싸고 허리띠 고리를 잡아당겼어도, 여전히 비명을 지르거나 저항 한번 제대로 하지 못했다. 몸속 구석구석 참을 수 없는 졸음만이 독처럼 퍼지는 느낌이었다.

촉수 하나가 비벌리의 귓불을 감더니 올무처럼 획 잡아당겼다. 비벌리는 너무 아파서 질질 끌려나가며 버둥거렸다. 교실에서 늙은 선생한테 귀를 잡혀 뒤쪽으로 끌려나가 벌을 받을 때처럼 속수무책이었다. 스탠리와 리처드는 뒷걸음질을 해 봤지만, 촉수는 이미 무성한 수풀처럼 어둠 속에 퍼져 흔들흔들 살랑거렸다. 벤은 비벌리를 붙잡고 뒤로 잡아당겼다. 비벌리는 두려움에 어쩔 줄 몰라하며 그의 손을 꽉 움켜잡았다.

"벤……, 벤……, 잡혔어……."

"괜찮아……. 조금만 참아……, 내가 곧……."

벤이 힘껏 비벌리를 잡아당겼다. 비벌리는 귀가 찢겨 나갈 듯 아파서 비명을 지르며 귀에서 피를 흘렸다. 메마르고 단단한 촉수가 이번에는 벤의 셔츠에 멈칫하더니 곧바로 어깨를 틀어쥐었다.

빌이 끈적끈적한 눈알 속에 한 손을 찔러 넣었다. 정말 눈알이잖아! 빌은 소름이 끼쳤다. '맙소사, 눈알에 손을 집어넣었어! 이럴 수가! 눈알이야! 내 손이 눈알에 들어갔어!'

빌은 기를 쓰고 버둥댔지만 촉수는 사정없이 그를 끌어당겼다. 축축한 탐욕스러운 눈알 속에 한 손이 푹 박힌 상태였다. 팔뚝, 그 다음에는 팔꿈치, 어느 순간 온몸이 그 속으로 빨려 들어갈지 몰라 빌은 미칠 지경이었다. 그는 죽어라 몸부림치며 다른 손으로 촉수를 떼어 내려고 안간힘을 썼다.

에디는 꿈꾸듯 친구들의 몸부림과 억눌린 비명소리를 멍하니 듣고 있었다. 촉수가 주위에서 꿈틀댔지만 아직은 그의 몸을 건드리지 않았다.

'도망가!' 에디의 머릿속이 쩌렁쩌렁 울렸다. '엄마가 있는 집으로 도망가, 에디! 너는 길을 찾을 수 있잖아!'

그때 절박하고 날카로운 빌의 비명소리와 함께 철썩 하는 소리가 들려왔다.

에디는 꿈에서 깨어나듯 눈을 크게 치켜떴다. '놈이 빌을 끌고

가려고 하잖아!'

"안 돼!" 에디는 목이 터져라 고함을 질렀다. 에디 카스브랙의 가슴에서, 데리에서도 가장 지독한 천식에 시달리는 그의 폐에서 그처럼 용맹한 전사의 목소리가 나올 줄은 누구도 몰랐을 것이다. 그는 꿈틀거리는 촉수를 향해 다짜고짜 달려들었다. 깁스한 팔뚝이 앞뒤로 들썩이며 자신의 가슴을 쿵쿵 때려도 아랑곳하지 않았다. 그는 주머니를 뒤져 흡입기를 꺼냈다.

(시큼한 맛이 나는 산성 물질, 배터리 액처럼 강한 산성 물질)

에디는 빌 덴브로의 등과 부딪치자 그를 옆으로 밀어냈다. 거칠게 투덜대는 나직한 웅얼거림이 들렸지만, 에디는 그것이 귀가 아니라 머리에서 나는 소리라고 생각했다. 그는 흡입기를 들어 올렸다.

(내가 그렇다고 하면, 이건 산성 물질이니까, 이걸 먹어라, 먹어)

"배터리 액이나 처먹어라, 미친놈아!" 에디는 고함을 지르면서 흡입기의 방아쇠를 당겼다. 그와 동시에 눈알을 걷어찼다. 젤리 같은 눈알 속으로 발 하나가 쑥 들어갔다. 다리에 뜨거운 액체가 뒤덮인 느낌이었다. 발을 다시 빼냈지만 신발이 벗겨졌는지 허전했다.

"꺼져! 이거나 처먹어, 얼간아! 꺼져, 멍청아! 썩 꺼지지 못해!"

촉수가 에디를 향해 다가왔지만 멈칫거렸다. 에디가 다시 한번 눈알을 향해 흡입기를 겨냥하자, 또 한 차례 신음 비슷한……, 깜짝 놀라 고통스러워하는 소리를 느꼈다(들었다).

"싸워!" 에디는 친구들을 향해 외쳤다. "망할 눈알일 뿐이야!

싸우란 말이야! 내 말 안 들려? 빌! 발로 차 버려! 왜들 그렇게 겁먹고 있는 거야. 나는 팔이 부러졌는데도 싸우고 있잖아!"

빌은 자신감을 되찾았다. 눈알에서 팔을 잡아 뺐다……, 그리고 주먹을 쥐고 다시 힘껏 휘둘렀다. 잠시 후 벤이 달려왔다. 그는 눈알을 처음으로 정면에서 마주치고는 깜짝 놀라 역겨운 듯 신음했지만, 곧바로 눈알을 향해 소나기처럼 주먹을 날리기 시작했다.

"비벌리를 놓지 못해! 비벌리를 놔주라니까! 당장 꺼져, 당장!" 벤이 고함질렀다.

"별것도 아니야! 시시한 눈알이라고!" 에디는 미친 듯이 소리질렀다. 또 한 차례 흡입기를 쏘자, 눈알이 뒤로 움찔하는 것이 느껴졌다. 몸에 감겼던 촉수도 떨어졌다. "리처드! 리처드! 해치워! 시시한 눈알이라니까!"

리처드는 비틀거리며 앞으로 나섰지만 세상에서 가장 무시무시한 괴물을 향해 다가서는 자신의 모습이 믿기지 않았다. 하지만 착각은 아니었다.

그저 힘없이 주먹을 한번 휘둘렀을 뿐인데, 주먹이 눈알 속으로 빨려 들자(연골처럼 물컹물컹하고 축축한 느낌) 리처드는 속이 울렁거려 요란하게 토악질을 했다. 웩 하는 소리와 함께 눈알에 대고 토했다는 생각이 들자 또 한번 창자가 뒤집혔다. 주먹을 한번 휘둘렀을 뿐이지만 리처드 자신의 상상에서 나온 괴물이었으므로 그 한방으로 족했다. 촉수가 갑자기 사라졌다. 슬그머니 내빼는 소리……, 곧이어 찾아온 정적 속에는 에디의 씨근거리는 숨소리와 피 흐르는 귀를 감싼 채 나직이 흐느끼는 비벌리의 울음소리뿐이었다.

빌이 남아 있는 세 개의 성냥 가운데 하나에 불을 붙이자, 놀라고 어리둥절한 얼굴들이 나타났다. 빌의 왼팔에서 달걀 흰자위와 콧물을 섞어 놓은 듯한 걸쭉한 액체가 흘러내렸다. 비벌리의 목에 피가 흘러내렸다. 벤의 뺨에도 상처가 나 있었다. 리처드는 안경을 천천히 콧잔등 위로 밀어 올렸다.

"모, 모두 괘, 괘, 괜찮아?" 빌이 쉰 목소리로 말했다.

"너는 어때, 빌?" 리처드가 물었다.

"괘, 괘, 괜찮아." 빌은 에디의 자그마한 몸을 꽉 껴안았다.

"네가 내 모, 목숨을 구, 구해 주었어."

"놈이 네 신발을 먹었어." 비벌리가 말하고서는 거친 웃음을 터뜨렸다. "그거 좀 심하겠는데."

"여기에서 나가면 신발 한 켤레 사 줄게." 리처드가 말했다. 그는 어둠 속에서 에디의 등을 툭 쳤다. "어떻게 한 거야, 에디?"

"흡입기를 쐈어. 산성 물질이라고 생각하고 말이야. 몸이 안 좋을 때는 정말 입 안에 시큼한 맛이 느껴지거든. 뜻밖에 효과 만점이었어."

"'나는 팔이 부러졌는데도 싸우고 있잖아!' 제법인데, 에즈. 정말 멋졌다니까." 리처드는 킬킬대며 웃었다.

"에즈라고 부르지 말랬잖아."

"알았어." 리처드는 에디를 힘껏 껴안았다. "하지만 누군가 너를 좀더 강하게 단련시킬 필요가 있어, 에즈. 앞으로 어른이 되면 말이지, 이런이런, 인생이 그리 말랑말랑한 게 아니라는 걸 알걸세, 제군!"

에디는 까르르 웃음을 터뜨렸다. "지금까지 들어 본 것 중에서 가장 시시한 흉내였어, 리처드."

"어쨌든 그 흡입기를 잘 가지고 다니는 게 좋겠어. 또 써먹을 수 있을 거야." 비벌리가 말했다.

"아직 이곳에 있는 건 아닐까? 혹시 성냥을 켰을 때 못 봤어?" 마이클이 물었다.

"사, 사라졌어. 하지만 놈과 가까워진 것 같아. 노, 노, 놈이 사는 곳 말이야. 아까 우리랑 싸, 싸우다 다쳤는지 모, 몰라." 빌이 어두운 표정으로 말했다.

"헨리가 아직 쫓아오고 있어. 뒤에서 소리가 들리거든." 스탠리의 목소리는 착 가라앉아 있었다.

"그럼 어서 서두르자." 벤이 말했다.

그들은 다시 움직이기 시작했다. 터널은 계속해서 아래쪽으로 이어졌다. 그 냄새(스멀거리는 악취)도 점점 지독해졌다. 간간이 헨리의 발소리가 들려왔지만 이미 멀리 떨어져 있는 데다 큰 문제라고 할 것도 없었다. 그들은 마음속으로 똑같은 느낌(니볼트가의 저택에서처럼 일그러지고 단절된 듯한 느낌)을 떠올렸고, 점점 세상 끝으로 다가서다 아무것도 없는 기이한 세계에 접어들 것 같았다. 빌은 데리의 암흑과 무너진 중심에 다가가는 느낌이었다(그 느낌을 어떻게 표현해야 할지는 몰랐지만).

마이클 핸론은 심장병에 걸린 듯한 불규칙한 박동을 떠올리고 있었다. 비벌리는 사악한 힘이 점점 거세지며 그녀와 친구들을 갈라 놓고 혼자만 남겨 두려는 것은 아닐까 생각했다. 그래서 불안한 마음으로 양쪽에 있는 빌과 벤에게 손을 뻗었다. 그러나 그들은 너무 멀리 있는 것 같았고 비벌리는 초조하게 소리쳤다. "손을 잡아! 자꾸만 서로 멀어지는 느낌이야!"

다시 이상한 낌새를 챈 아이는 스탠리였다. 허공에 나지막이, 기묘한 빛이 있었다. 처음에는 벤과 마이클을 맞잡은 자신의 손이 보였다. 그 다음에는 리처드의 셔츠에 달린 단추와 에디의 새끼손가락에 끼워진 캡틴 미드나이트 반지(과자 봉지에 든 상품)였다.

"너희들도 보여?" 스탠리가 멈춰 서며 말했다. 다른 아이들도 멈추었다. 빌은 주변을 두리번거리다가 터널이 놀랄 만큼 넓어진 사실을 깨달았다. 보스턴에 있는 섬너 터널만큼 커다란 공간으로 바뀌었다. '그보다 넓은 것 같아.' 빌은 점점 더 눈을 휘둥그렇게 뜨며 주위를 돌아보았다.

그들은 목을 길게 빼고 천장을 바라보았는데, 높이가 15미터도 넘어 보였고 들보 모양의 석조물이 버팀목 구실을 하고 있었다. 지저분한 거미줄이 들보에 매달려 있었다. 발밑은 어느새 돌바닥으로 바뀌었다. 무수한 세월 동안 바닥에 덧씌워진 먼지에는 이상하게도 그들의 발자국이 남지 않았다. 위로 갈수록 곡선을 그리는 양쪽 벽면 사이의 넓이도 줄잡아 15미터는 넘었다.

"하수도 시설을 이런 곳에다 지어 놓다니 정신 나간 사람들이네." 리처드는 어색하게 웃으며 말했다.

"꼭 성당 같아." 비벌리의 목소리는 나직했다.

"빛이 어디로 들어오지?" 벤은 무척 궁금한 모양이었다.

"벼, 벼, 벽에서 새, 새어 나오는 것 가, 같아." 빌이 말했다.

"기분이 안 좋아." 스탠리가 말했다.

"가, 가자. 헤, 헤, 헨리가 바짝 따, 따, 따라붙었을지 모, 몰라."

갑자기 날카로운 울부짖음과 함께 육중한 날갯짓 소리가 어둠을 갈랐다. 어둠 속에서 어떤 형체가 다가왔다. 한쪽 눈이 번쩍거렸고, 다른 쪽 눈은 어두운 램프 같았다.

"그 새야!" 스탠리가 비명을 질렀다. "봐, 그 새라고!"

그것은 어둠에 묻힌 폭격기처럼 그들을 향해 돌진했다. 적황색 부리를 열었다 닫는 순간, 드러난 분홍색 입 안은 마치 관 속에 넣는 매끄러운 비단처럼 화려하게 느껴질 정도였다.

그것은 곧바로 에디를 향해 날아들었다.

그것의 부리가 에디의 어깨에 닿자, 에디는 산성 물질에 살이 타들어 가는 듯한 통증을 느꼈다. 가슴으로 피가 흘러내렸다. 날갯짓이 일으키는 지독한 악취가 얼굴에 확 끼치자 에디는 비명을 질렀다. 그것은 사악한 눈알을 부라리며 뒤로 물러났는데, 눈꺼풀이 살짝 떨리다가 얇은 막이 순식간에 눈알을 뒤덮었다. 그것이 이번에는 발톱으로 에디를 낚아채려 하자, 에디는 납작 엎드리며 비명을 질렀다. 발톱이 에디의 등을 스치면서 셔츠를 쭉 찢고 어깨 부근에 가느다란 핏빛 자국을 남겨 놓았다. 에디가 울부짖으며 도망치려고 버둥대는 동안, 새는 다시 뒤로 물러났다.

마이클이 호주머니를 뒤적이며 불쑥 앞으로 뛰어나왔다. 그는 한쪽에만 날이 선 벅 나이프를 호주머니에서 꺼내 들었다. 새가 다시 에디에게 돌진하자 마이클이 재빨리 칼을 휘둘렀다. 칼날은 새의 발가락 하나에 깊숙이 파고들었다. 발가락에서 피가 쏟아졌다. 새는 잠시 물러나더니, 날개를 접고 총알처럼 다시 그들을 향해 날아들었다. 마이클은 아슬아슬하게 옆으로 몸을 피하며 벅 나이프를 힘껏 위로 뻗었다. 그러나 칼날은 빗나가고, 새의 발톱이 그의 손목을 강타했다. 손목이 얼얼하고 따끔거렸다. 나중에 살펴보니 팔뚝 전체에 멍이 들었다. 벅 나이프는 어둠 속으로 날아가 버렸다.

새가 기세등등하게 포효하며 다시 달려들자, 마이클은 에디의 몸을 감싸며 최후를 기다렸다.

그때 그들을 향해 다가오는 아이가 있었다. 스탠리였다. 손과 팔, 바지와 셔츠까지 온통 지저분한 오물로 뒤범벅됐지만, 여전히 어딘지 말쑥해 보이는 스탠리가 우뚝 멈춰 서서 기이한 동작(손바닥을 뒤집고 손가락을 아래쪽으로 향한 채)으로 양손을 쭉 뻗었다. 새는 또 한 차례 날카롭게 울부짖더니 이번에는 스탠리를 향해 돌진했다. 스탠리는 아슬아슬하게 공격을 피했다. 새가 스칠 때 그의 머리칼이 휘날리고, 깃털이 뿌옇게 내려앉았다. 그는 재빨리 한 바퀴 몸을 돌려 새를 마주 보았다.

"직접 눈으로 본 적은 없지만 홍관조가 있을 거라고 믿어." 스탠리는 또박또박 말했다. 갑자기 새가 울부짖으며 총이라도 맞은 것처럼 움찔거렸다. "독수리와 뉴기니아 종달새와 브라질 홍학이 있다고 믿어." 새는 주위를 선회하며 울부짖다가 돌연 천장을 향해 날아올랐다. 스탠리는 더욱 목청을 높였다. "황금색 대머리 독수리! 불사조도 분명히 있어! 하지만 네가 있다고는 생각지 않아. 그러니까 여기서 썩 꺼져! 꺼져! 이놈, 썩 물러나!"

그러고 나서 스탠리는 말을 멈췄고, 침묵은 어마어마해 보였다.

빌과 벤과 비벌리가 마이클과 에디에게 달려갔다. 빌이 에디의 상처를 살펴보았다. "사, 사, 상처가 기, 깊지는 않아. 하지만 어, 어, 엄청 아플 거야."

"놈이 내 옷을 다 찢어 놨어, 빌 대장." 에디의 얼굴은 눈물로 번들거렸고, 이내 입가에서 씨근대는 숨소리가 흘러나왔다. 포악한 새의 울부짖음도 사라지고 조용했다. 새가 그런 곳에서 나타나다니 도저히 믿을 수 없었다.

"엄마한테 뭐라고 하지?"

빌이 슬쩍 웃으며 말했다. "여기서 나, 나, 나갈 수만 있다면 뭐, 뭐가 거, 걱정이야? 한 방 쏘, 쏘지그래?"

에디는 빌의 말대로 흡입기를 입에 대고 깊숙이 들이마셨다.

"아주 멋졌어, 사나이. 정말 끝내 줬다니까!" 리처드가 스탠리에게 말했다.

스탠리는 온몸을 떨었다. "그렇게 생긴 새는 세상에 없어, 그뿐이야. 전에도 없었고, 앞으로도 없을 거야."

"기다려라, 이놈들!" 헨리가 뒤에서 냅다 고함질렀다. 미친 사람의 목소리나 다름없었다. 갑자기 웃다가 울부짖는 것 같았다. 지옥의 틈새로 빠져나온 소리처럼 무시무시했다. "나와 트림쟁이가 납신다! 쥐새끼 같은 놈들, 잡아 족치고 말겠어! 이제 죽었다고 복창해라!"

빌도 고함질렀다. "도, 도, 돌아가, 헨리! 더 느, 늦기 전에, 어서!"

헨리는 알아들을 수 없는 소리로 울부짖었다. 급박한 발소리가 다가오자, 빌은 짙은 불안감 속에서 헨리가 절대 포기하지 않을 거라고 생각했다. 게다가 헨리는 허깨비가 아니라 사람이었으므로, 흡입기나 조류 도감 따위로 물리칠 수 있는 상대도 아니었다. 헨리에게는 마법이 통하지 않았다. 그러기에는 너무 멍청한 인간이었다.

"서, 서둘러. 헤, 헨리와의 거리가 조, 좁혀지면 안 돼."

그들이 다시 손에 손을 잡고 달리기 시작하자, 찢긴 에디의 셔츠 자락이 휘날렸다. 빛이 점점 밝아지면서 공간도 훨씬 넓어졌다. 완만한 내리막길을 따라 끝없이 밑으로 향하다 문득 얼굴을 들어 보면 천장은 까마득히 높은 곳에 있었다. 터널을 지나는 느낌이 아니라, 거대한 지하 마을을 따라 거인의 성으로 다가가는 기분이라고 할까. 벽에서 스며 나오는 빛도 점점 푸르스름한 황색 빛을 띠기 시작했다. 악취가 진동했고, 실재인지 상상인지 분간하기 어려운 진동까지 느껴졌다. 진동은 박자를 맞추듯 규칙적이었다.

심장이 뛰는 소리였다.

"이제 끝이야! 봐! 벽이 가로막고 있어!" 비벌리가 소리쳤다.

그러나 그들이 지저분한 돌바닥을 걸어가 보니, 돌 하나하나가 배시 공원보다 큰 공간으로 깊숙이 들어가 보니, 그저 휑뎅그렁한 벽은 아니었다. 문이 하나 있었다. 벽 자체의 높이는 수십 미터나 되었지만 문은 아주 작았다. 높이가 1미터 남짓한, 동화책에나 등장할 만한 생김새인데 튼튼한 참나무로 만들어진 문짝에 ×자 모양의 쇠줄이 감겨 있었다. 한눈에 봐도 아이들만 드나들 수 있는 문이었다.

이상하다 싶으면서도 벤의 머릿속에는 아이들에게 동화책을 읽어 주던 사서의 목소리가 떠돌았다. "누가 내 다리 위를 종종걸음으로 건너고 있지?" 아이들은 앞으로 몸을 쭉 내밀고 눈망울을 반짝였다. 주인공이 괴물을 무찌를까……, 아니면 괴물에게 잡아

먹힐까?

문에는 표식 같은 것이 새겨져 있고 밑에 뼈가 한 무더기 쌓여 있었다. 작은 뼈. 얼마나 많은 아이들이 저렇게 됐을지, 신만이 알 터였다.

그들은 마침내 그것의 서식지를 찾아낸 것이다.

문에 난 표식은 대체 무슨 의미일까?

빌은 종이배라고 생각했다.

스탠리의 눈에는 하늘을 향해 날아오르는 불사조처럼 보였다.

마이클은 두건 쓴 사람의 얼굴이라고 생각했고, 그렇게 볼 수만 있다면 미친 부치 바워스의 얼굴이라고 생각했다.

리처드는 안경 너머로 보이는 눈동자라고 생각했다.

비벌리에게는 주먹 쥔 손이었다.

에디는 문둥이의 얼굴이라고 생각했으며, 움푹 들어간 눈과 주름진 입가, 병마의 흔적이 얽히고설킨 얼굴까지 또렷하게 떠올릴 수 있었다.

벤 한스컴은 너덜너덜한 자루 묶음과 함께 시큼한 향료 냄새까지 떠올렸다.

나중에, 트림쟁이의 비명소리가 채 귓가에서 가시기도 전에 그 문 앞에 이른 헨리 바워스는 검은색 보름달을 떠올렸다.

"무서워, 빌. 꼭 들어가야 할까?" 벤이 떨리는 목소리로 말했다.

빌은 발끝으로 그 뼈들을 톡톡 건드렸고, 그러자 갑자기 뼈들이 폭삭 주저앉았다. 빌 역시 두려웠지만……, 조지를 생각했다. 그것은 조지의 팔을 뜯어냈다. 그 작고 가녀린 뼈 속에 조지의 것도 들어 있을까? 물론 그럴 것이다.

그들이 그곳에 온 목적은 그곳 또는 다른 어딘가로 끌려와 한 줌의 뼈로 남았을 조지와 다른 아이들 때문이었다.

"들어가야 해." 빌이 말했다.

"잠겨 있으면 어쩌지?" 비벌리가 기어 들어가는 목소리로 물었다.

"자, 잠겨 있지 않아." 빌은 마음속 깊이 담아둔 말을 덧붙였다. "이런 자, 장소는 자, 자, 잠겨 있지 않는 버, 법이야."

빌은 오른쪽 손가락을 모아 문을 밀쳐 보았다. 문이 활짝 열리더니 기분 나쁜 황록색 바닥이 나타났다. 동물원 냄새가 확 그들의 코끝으로 달려들었다.

그들은 한 사람씩 동화 속의 문을 지나, 그것의 서식지로 들어갔다. 빌이

터널 속에서, 오전 4시 59분

걸음을 멈추자, 다른 사람들도 갑자기 시동 꺼진 화물 열차처럼 떡하니 멈춰 섰다.

"왜 그래?" 벤이 물었다.

"노, 노, 놈은 여기에 있었어. 누, 눈알 말이야. 기, 기, 기억나?"

"맞아, 에디가 흡입기로 혼쭐냈잖아. 산성 물질이 들어 있다면서 말이야. 우렁차게 고함까지 질렀지, 아마. 꽤 인상적이었는데, 지금은 정확히 뭐라고 소리쳤는지 기억나지 않네." 리처드가 말했다.

"그, 그건 무, 문제가 아냐. 아, 앞에서 본 건 다, 다, 다시 나타나지 아, 않을 거야." 빌은 성냥을 켜고 주위를 둘러보았다. 성냥불에 나타난 얼굴들은 신비한 빛에 휩싸여 있었다. 게다가 아주 어려 보였다. "모, 모두 괘, 괜찮아?"

"괜찮아, 빌 대장. 너는 어때?" 에디는 말과 달리 얼굴이 고통으로 일그러져 있었다. 빌이 임시로 팔에 대 준 부목이 떨어진 모양이었다.

"괘, 괘, 괜찮아." 빌이 뭐라고 다른 말을 하려는데 성냥불이 꺼졌다.

"어떻게 된 걸까? 빌, 어떻게 오드라가……." 비벌리가 어둠 속에서 빌의 팔을 어루만졌다.

"내가 이 도, 도시의 이름을 마, 말해 버렸나 봐. 그래서 나를 쪼, 쪼, 쫓아온 거야. 오드라한테 그 마, 말을 하는 수, 순간에도 뜨, 뜨끔하긴 했어. 하지만 그, 그냥 벼, 벼, 별일 아니라고 너, 넘겨 버린 거야." 빌은 자책하듯 고개를 저었다. "하지만 오드라가 데, 데리에 올 수 이, 있었다고 해도, 이곳까지 어, 어떻게 드, 들어왔는지는 모르겠어. 헤, 헨리 짓이 아니라면, 누, 누구지?"

"놈이야." 벤이 말했다. "놈이 항상 소름 끼치는 모습으로 나타나는 건 아닐 테니까. 오드라한테 접근해서 네가 곤경에 빠졌다고 말했을지 몰라. 여기까지 데려온 이유가 있다면……, 너를 겨냥한 걸 거야. 우리의 전의를 꺾으려고 말이야. 네가 항상 우리를 이끌었으니까, 빌."

"혹시, 톰?" 비벌리는 혼잣말처럼 중얼거렸다.

"누, 누, 누구?" 빌이 다시 성냥 하나를 켰다.

비벌리는 곤혹스러운 표정으로 빌을 바라보았다.

"톰, 내 남편. 그 사람도 알고 있어. 네가 오드라한테 그랬듯이, 나도 그 사람한테 이곳의 이름을 말했던 것 같아. 그 사람이 당시 귀담아 들었는지 모르겠지만. 나한테 아주 화가 많이 난 상황이었거든."

"맙소사, 이건 아예 텔레비전 연속극이네. 별의별 사람들이 다 나오잖아." 리처드가 말했다.

"연속극이 아니야." 빌은 기분이 약간 상한 모양이었다. "쇼야. 서커스 같은. 비벌리는 이곳을 떠나서 헨리 바워스 같은 놈과 결혼했지. 비벌리가 떠났다면 그가 왜 쫓아오지 않겠어? 진짜 헨리도 그랬는데."

"아니야." 비벌리가 말했다. "난 헨리 바워스와 결혼한 게 아니야. 내 아버지랑 결혼했다고 하는 편이 맞아."

"헨리든 아버지든 너를 때렸다면 뭐가 다르겠어?" 에디가 물었다.

"자, 모, 모, 모여 봐. 이, 이쪽으로." 빌이 말했다.

그들은 빌의 주변으로 모여들었다. 빌이 양쪽으로 손을 뻗어 에디와 리처드의 손을 잡았다. 일곱 명이었을 때처럼 바로 원이 만들어졌다. 에디는 어깨에 와 닿는 누군가의 손길을 느꼈다. 따뜻하고 편안하고 아주 익숙한 느낌이었다.

빌은 기억하고 있는 대로 예전의 힘을 느낄 수 있었지만 완전히 달라진 상황 때문에 마음이 절박해졌다. 더러운 공기에서 위태롭게 흔들리는 촛불처럼 예전의 힘이 느껴졌다. 어둠은 점점 더 짙은 장막처럼 그들을 뒤덮었다. 그것의 냄새가 났다. 빌은 생각했다. '이 길을 따라 얼마쯤 내려가다 보면 표식 있는 문 하나가 나타날 거야. 그 문을 들어간 후 무엇을 보았더라? 그 부분은 여전히 기억나지 않아. 자꾸만 손이 떨려서 손가락을 꽉 오므리고 문을 밀었던 것 같아. 뱀처럼 살아 있는 빛이 한꺼번에 밀려든 것도 기억나. 그 냄새, 동물원의 원숭이 우리에서 나는 냄새보다 더 지독한 악취까지 떠오르는걸. 그러고 나서……, 모르겠어.'

"혹시 그, 그것의 지, 진짜 모습을 기억하는 사람 있어?"

"나는 기억이 안 나." 에디가 말했다.

"글쎄……." 리처드가 말을 꺼냈지만 이내 어둠 속에서 고개를 젓는 모양이었다. "휴, 그 부분은 도통 기억나지 않아. 놈의 모습이 어땠는지……, 놈과 어떻게 싸웠는지 말이야."

"쿠드. 그게 우리가 택한 방법이었어. 하지만 쿠드가 무슨 의미인지는 떠오르지 않아." 비벌리가 말했다.

"나와 하, 함께해 줘. 나도 너희들과 하, 함께할 거야."

"빌." 벤이 말했다. 그의 목소리는 착 가라앉아 있었다. "뭔가 다가오고 있어."

빌은 귀를 기울였다. 어둠 속에서 질질 끌리는 발소리……, 두려웠다.

"오, 오, 오드라?" 그는 아내의 이름을 불러 보았지만……, 이미 그녀가 아니라는 사실을 깨달았다. 무엇인가 비척비척 그들을 향해 다가오고 있었다.

빌은 성냥을 켰다.

데리, 오전 5시

1985년 늦봄, 그날 처음으로 이상한 일이 벌어진 것은 일출 시각 2분 전이었다. 그 일이 왜 기이했는가를 이해하려면 마이클 핸론이 알고 있는 두 가지 사실을 먼저 짚어 보아야 한다(그는 일출 무렵 데리 홈 병원에 의식불명으로 누워 있었다). 두 가지 모두 1897년 이래 위챔 가와 잭슨 가의 모퉁이에 서 있는 침례교회와 관련 있었다. 이 교회의 첨탑은 뉴잉글랜드를 통틀어 가장 아름답다고 정평이 나 있었다. 첨탑의 토대에는 사면에 하나씩 시계가 달렸는데, 1898년에 스위스에서 만들어 실어 온 것이었다. 이것과 유사한 시계를 꼽으라면 65킬로미터 떨어진 헤이븐 빌리지의 광장에 있는 것이 유일했다.

웨스트 브로드웨이에 사는 목재 귀족, 스티븐 보위가 17,000달러를 들여 이 시계를 기증했다. 보위는 그 정도의 재력이 있었다. 또한 그는 열성적인 신자로 40년간 집사 일을 맡기도 했다 (이 기간의 후반 몇 년 간은 '백인의 질서' 데리 지부를 책임졌다). 뿐만 아니라 평신도 자격으로 사순절에 설교하는 것으로도 유명한 인물이었다.

설치된 날부터 1985년 5월 31일까지, 이 시계는 딱 한 번을 제외하고는 30분마다 정확하게 종을 울렸다. 키치너 철공소가 폭발한 날, 정오에만 종을 울리지 않았다. 주민들은 이 교회의 졸리 목사가 일부러 시계를 멈추고 아이들의 죽음에 애도를 표한 것이라고 여겼지만, 목사는 그것이 사실이 아니라는 해명을 일절 하지 않았다. 시계는 저절로 종을 울리지 않았던 것이다.

이 시계는 1985년 5월 31일 오전 5시에도 침묵했다.

데리에 사는 노인들은 전부 눈을 뜨고 앉아 까닭 모를 불안감에 가슴을 쓸어내렸다. 쫓기듯 약을 한 움큼 삼키고 의치를 끼우며 담배를 피웠다.

노인들은 창가에 섰다.

구십 줄에 들어선 노버트 킨 씨도 그런 노인 중 한 사람이었다. 그는 절뚝거리며 창가로 가서 어둠침침한 하늘을 바라보았다. 전날의 일기 예보에 따르면 맑은 날씨가 될 거라고 했지만 그의 신경통은 폭우를 예고하고 있었다. 그는 몸속 깊숙이 두려움을 느꼈다. 심장을 향해 독기가 퍼지듯 막연한 공포감이 그의 온몸을 무섭게 다그쳤다. 브래들리 갱단이 무심코 데리에 나타나 일흔다섯 자루의 권총과 장총이 노려보는 사정거리 안에 들어온 날이 불현듯 떠올랐다. 그날을 떠올릴 때면 모든 것이 변함없다는 나른하고 따뜻한 기분을 느끼곤 했다. 그는 그 이상의 설명을 할 수 없었다. 영원히 살 수도 있겠구나 싶은 생각이랄까, 노버트 킨 씨는 실제로도 장수를 누리고 있었다. 오는 6월 24일이면 아흔여섯이 되지만, 여전히 매일 5킬로미터를 걷곤 했다. 그러나 5월 31일 오전만큼은 두려움을 느꼈다.

"그 아이들이……." 그는 창 밖을 내다보면서 자기도 모르게 중얼대기 시작했다. "그 아이들이 도대체 무슨 짓을 하려는 걸까? 이번에는 또 무슨 꿍꿍이속인가 말이야?"

아흔아홉 살의 에그버트 소로굿, 은화 한 냥에서 클로드 헤럭스가 도끼를 들고 나타나 네 명의 사내를 상대로 살인 파티를 벌이는 동안 그 현장을 목격했던 그도 5월 31일 오전 5시에 일어나 혼자만의 비명을 지르고 있었다. 클로드가 꿈에 나타난 것이다. 클로드가 그를 쫓아와 도끼를 내리쳤다. 그는 잘린 자신의 손이 술집 계산대 위에서 꿈틀대는 것을 보았다.

소로굿은 '무언가 잘못됐다.'고 생각하다가 겁에 질려 잠옷에 오줌까지 지리고 말았다. '뭔가 끔찍하게 잘못됐어.'

데이브 가드너, 1957년 10월 어느 날, 조지 덴브로의 시체를 발견한 인물이자, 금년 봄에 시작된 새로운 연쇄 살인의 첫 번째 희생자를 발견한 경찰관의 아버지, 그도 같은 시각 눈을 뜨고 책상 위의 시계를 쳐다보기도 전에 생각했다. '침례 교회의 시계가 울리지 않았어……. 무슨 일일까?' 그는 까닭 모를 공포에 사로잡혔다. 데이브는 줄곧 성공적인 삶을 살아왔다. 1965년 슈보트 상점을 인수했고, 데리 쇼핑센터와 뱅고어에도 분점을 열었다. 그런데 그가 한평생 일궈 놓은 모든 것이 순식간에 무너질 위험에 처했다는 위기감이 전해졌다. '왜지?' 그는 잠든 아내를 바라보며 속으로 절규했다. '왜, 시계가 울리지 않았냐고?' 그러나 그는 그럴듯한 대답을 할 수 없었다.

그는 파자마 끈을 졸라매며 창가로 걸어갔다. 서쪽에서 몰려든 구름으로 불안정한 하늘을 바라보면서, 그의 마음은 점점 초조해졌다. 그는 실로 오랜만에 그때의 비명소리를 떠올렸다. 27년 전 그를 현관까지 불러내서 노란색 우비를 바라보게 만들었던 비명

소리. 그는 밀려드는 구름을 바라보며 생각했다. '위험에 빠졌어. 우리 모두. 데리 전체가.'

앤드루 레더마커 서장, 새로이 데리 전역을 휩쓸고 있는 어린이 연쇄 살인 사건을 해결하기 위해 동분서주하고 있다고 자평하는 인물, 그도 역시 자기 집 현관에 서서 허리띠에 엄지손가락을 걸친 채 구름을 바라보며 불안감을 곱씹었다. '조짐이 심상찮아. 금방이라도 피가 쏟아질 거야. 하지만 그게 전부는 아니야.' 그가 현관에 서서 몸서리 치고 있을 즈음……, 아내가 요리하는 베이컨 냄새가 현관까지 몰려왔고, 레이놀스 가의 아늑한 저택 앞 보도에 동전만 한 빗방울이 떨어지기 시작하더니, 멀리 지평선 어딘가 배시 공원 쪽에서 천둥 소리가 들려왔다.

레더마커는 다시 한번 몸서리를 쳤다.

조지, 오전 5시 1분

빌은 성냥불을 들어 올리다……, 길고 떨리는 절망의 비명을 내뱉었다.

빌을 향해 비칠비칠 터널을 올라오고 있는 그것은 조지였다. 여전히 피 범벅인 노란색 비옷을 입고 있는 조지. 한쪽 소매가 덜렁거렸다. 백짓장처럼 하얀 얼굴, 은빛 눈동자, 그 눈동자가 빌의 눈을 뚫어져라 응시하고 있었다.

"내 배!" 낙담한 듯한 조지의 목소리는 고음으로 솟구쳐 터널에 메아리쳤다. "잃어버렸나 봐, 형. 다 찾아봤는데 보이지 않아.

형, 그리고 나 죽었어. 형 때문이야, 형 때문이라고, 형 때문……."

"조, 조, 조지!" 빌은 비명을 질렀다. 마음이 천 갈래 만 갈래 찢어지는 듯했다.

조지는 비척비척 다가와, 남은 팔 하나를 빌을 향해 들어 올렸다. 창백한 손끝이 갈고리처럼 휘어 있었다. 더러운 손톱이 금방이라도 빌을 움켜잡을 태세였다.

"형 때문이야." 조지는 속삭이며 히죽 웃었다. 날카로운 이빨이 드러났다. 천천히 열렸다 닫히는 입 모양이 마치 곰을 잡는 덫처럼 보였다. "형이 나를 내보냈잖아. 다…… 형…… 때문이야."

"아, 아니야, 조, 조, 조지! 나도 모, 몰랐어……." 빌은 울부짖었다.

"죽여 버리겠어!" 조지가 소리치자, 일그러진 입에서 개의 울음소리가 섞여 나왔다. 낑낑, 깽깽, 킹킹. 조지의 몸뚱이에서 썩은 냄새가 났다. 스멀거리는 지하실의 냄새, 누런 눈동자를 번뜩이며 지하실 구석에서 어린아이의 창자를 찢어발기려고 웅크린 괴물의 냄새.

조지는 이를 악물었다. 당구알이 맞부딪치는 소리가 났다. 눈에서 흘러나온 누런 고름이 뺨으로 떨어졌고……, 마침 성냥불이 꺼졌다.

빌은 혼자 남겨진 느낌이었다. 모두 그를 남겨 두고 도망쳤다고 해도 탓할 일이 아니었다. 부모님이 그를 싸늘하게 대했듯이, 친구들도 모두 그를 외면했을 것이다. 모든 것이 그의 잘못 때문이라는 조지의 말이 맞기 때문이다. 곧 조지의 손에 붙잡히고, 날카로운 이빨에 숨통이 끊어진다 해도 누구를 원망할 일이 아니었다. 인과응보. 빌 자신이 조지를 내보내 죽게 만들었으며, 그 배신의 공포를 지금까지 글로 써 오지 않았던가. 그것이 변화무쌍하게 모습을 바꾸듯이, 그는 공포에 숱한 가면을 덧씌워 왔다. 그러나 덧씌운 공포의 밑바닥에는 단 하나의 얼굴, 밀랍 칠한 종이배를 따라 한풀 꺾인 홍수의 뒷자락 속으로 달려가 버린 조지의 얼굴이 있었다. 이제 빌 자신이 대가를 치러야 할 때가 온 것이다.

"나를 죽였으니까 형도 죽어야 해." 조지가 속삭였다. 이미 바짝 다가와 있었다. 빌은 두 눈을 감았다.

그때 노란 빛이 터널을 스쳤고 빌은 눈을 떴다. 리처드가 성냥불을 들고 있었다. "놈과 싸워, 빌! 제발! 놈과 싸우라니까!" 리처드가 소리쳤다.

'여기서 뭣들 하는 거야?' 빌은 어리둥절한 표정으로 친구들을 바라보았다. 결국 그들은 도망치지 않은 것이다. 어떻게 된 일이지? 자신의 동생을 비열하게 죽인 걸 알면서도 왜 아무도 도망치지 않았을까?

"놈과 싸워! 빌, 제발 싸워! 너만이 할 수 있어! 제발……." 비벌리가 울부짖고 있었다.

조지는 이제 다섯 자도 떨어져 있지 않았다. 조지는 돌연 빌을 향해서 혀를 내밀었다. 허연 곰팡이가 낀 혓바닥이 날름거렸다. 빌은 다시 비명을 질렀다.

"놈을 죽여, 빌!" 에디가 소리쳤다. "저건 네 동생이 아니야! 더 커지기 전에 죽이라고! 지금 당장!"

조지가 에디를 흘깃 쏘아보자, 에디는 그 은빛 눈동자에 놀라 주춤주춤 물러나다 벽에 부딪혔다. 빌은 홀린 듯한 표정으로 동생을 바라보고 있을 뿐이었다. 오랜 세월만에 다시 나타났지만 그때나 지금이나 변함없는 모습이었다. 빌은 더욱더 가까워지는 노란색 우비의 서걱거림과 장화에 달린 금속 장식의 딸랑거림을 들었고, 조지의 몸뚱이에서 풍겨 나오는 젖은 잎사귀 냄새를 맡으며, 나뭇잎으로 만들어진 인간, 바로 그것이 조지이겠거니, 썩은 풍선으로 얼굴을 대신하고, 하수구로 흘러든 낙엽으로 몸뚱이 삼아 서 있는 네가 바로 내 동생 조지이겠거니 했다.

빌의 귓가에 떠도는 비벌리의 찢어질 듯한 외침마저 희미할 뿐이었다.

(그는 주먹으로)

"빌, 제발 비일……."

(기둥을 후려치며 아직도)

"형, 나랑 같이 배를 찾아보자." 조지가 말했다. 누런 고름이 눈물처럼 줄줄 흘러내렸다. 조지는 얼굴을 옆으로 기우뚱거리고 날카로운 이빨을 드러낸 채 빌에게 손을 뻗었다.

(유령을 보았다고 유령이 보인다고)

"형이랑 함께라면 배를 찾을 수 있을 거야."

조지의 숨결에서 몰칵 달려드는 그것의 냄새는 한밤중 고속도로에서 차에 치여 온몸이 터져 버린 동물의 시체에서 나는 냄새였다. 조지가 입을 벌리자, 그 안에서 꿈틀대는 것들이 보였다. "아직 여기에 있어, 모두 이 밑에 있으면 떠다니거든. 형, 우리도 떠다니게 될 거야. 우리도 떠다니게……."

생선의 배처럼 허연 조지의 손이 빌의 목까지 다가왔다.

(아직도 유령이 보인다고 유령이 보인다고 유령이 보인다고……)

조지의 잔뜩 일그러진 얼굴도 바투 다가와 있었다.

"떠다니게……."

"그는 주먹으로 기둥을 후려친다!" 빌이 고함을 질렀다. 평소와 달리 깊게 울리는 목소리는 전혀 빌의 것으로 느껴지지 않았다. 리처드는 빌이 자신의 목소리로 말할 때만 말을 더듬는다는 사실을 불현듯 떠올렸다. 즉 빌은 다른 사람의 목소리를 흉내 낼 때는 전혀 말을 더듬지 않았다.

조지는 쉭쉭 소리를 내지르며 움찔하더니, 방어하듯 손으로 얼굴을 가렸다.

"놈이야! 놈이 나타났어, 빌! 갈겨! 갈기라고! 갈겨!" 리처드가 정신없이 흥분해 비명을 질렀다.

"그는 기둥을 후려치며 아직도 유령이 보인다고 소리친다!" 빌이 우렁차게 소리쳤다. 그는 조지를 향해 다가갔다. "너는 유령이 아니야! 조지는! 내가 자기를 죽이려 한 게 아닌 걸 알아! 부모님이 틀렸어! 그분들은 내 탓이라고 여기셨지만 그건 틀린 생각이야! 내 말 들려?"

조지는 갑자기 돌아서면서 쥐처럼 찍찍 소리를 냈다. 그러더니 곧바로 우비를 들썩거리며 도망치기 시작했다. 우비가 저절로 흘러내려서 노란색 얼룩이 달려가는 것 같았다. 이미 조지의 모습은 사라지고, 아무 형태도 없었다.

"그는 기둥을 후려치며, 이 개자식아! 아직도 유령이 보인다고 소리친다!"

빌 덴브로는 악을 썼다. 그는 그것을 향해 뛰어들어 이미 형체를 잃은 노란색 우비 속에 손가락을 찔러 넣었다. 손가락에 물컹물컹하고 미지근한 사탕 같은 물질이 와 닿자, 곧바로 움켜잡았지만 이내 손끝에서 흘러내렸다. 빌은 주저앉았다. 그때 리처드가 비명을 지르며 손끝까지 타들어 간 성냥을 집어던지자 사위는 다시 짙은 어둠에 빠졌다.

빌은 가슴속에 뜨겁고 숨막히는 기운이 꿈틀대는 것을 느꼈는데, 뜨겁게 달구어진 쇠꼬챙이가 푹 박힌 듯 몹시 고통스러웠다. 그는 무릎을 끌어안고 쪼그리고 앉아 고통이 사라지기를, 조금이라도 누그러지기를 기다렸다. 고통스러워하는 모습을 숨길 수 있으니 오히려 어둠이 고맙게 느껴졌다.

그는 머릿속에서 신음처럼 파르르 떨리는 목소리를 들었다. 두 번, 세 번, 목소리가 머릿속을 들쑤셨다.

"조지! 조지, 미안하다! 너를 다, 다, 다치게 할 생각은 추, 추, 추호도 어, 어, 없었어!" 응어리진 말이 더 있었으나 빌은 더 이상 말하지 못했다. 그저 눈가에 손등을 대고 흐느낄 뿐, 흐릿한 눈물 너머 종이배를, 창가를 두드리던 빗방울 소리를, 탁자 위에 놓인 감기약과 화장지를, 머리와 몸속에서 조금씩 누그러지던 열기를, 모자가 달린 노란색 우비를 입었던 조지를 떠올렸다.

"조지, 미안하구나!" 그는 흐르는 눈물 새로 소리쳤다. "미안하다, 미안해, 정말 형이 너무도 미안하……."

친구들이 빌을 둘러쌌지만 아무도 성냥불을 밝히지 않았다. 그저 누군가 그를 일으켜 세웠다. 비벌리 아니면 벤, 또는 리처드였을 것이다. 그들은 빌과 함께 있었으며, 잠시 동안 어둠까지 포근하게 느껴졌다.

데리, 오전 5시 30분

오전 5시 30분. 빗줄기는 더 거세졌다. 뱅고어 라디오 방송국의 기상 예보관은 약간의 놀라움을 표시하며, 전날의 일기 예보를 믿고 소풍이나 나들이 계획을 세운 사람들에게 사과의 말을 전했다. "돌출 변수가 많은 게 바로 일기 예보입니다, 애청자 여러분. 이번에도 페노브스콧 계곡에서 종종 전개되는 돌발적인 기후 형태의 하나로 생각됩니다만."

한편 WZON 방송에 출연한 기상학자 짐 위트는 그날의 날씨를 "비범할 정도로 절제된" 저기압 전선의 영향 때문이라고 설명했다. 즉 저기압 전선이 부드럽게 진행 중이라는 것이다. 뱅고어의 잔뜩 찌푸린 날씨에서 시작해 햄프덴의 소나기, 헤이븐의 이슬비, 뉴포트의 적당한 강우까지 점진적으로 저기압 전선이 걸쳐 있다는 얘기였다. 그러나 뱅고어에서 50킬로미터 정도 떨어진 데리에서는 장대비가 쏟아지고 있었다. 7번 국도로 나온 운전자들은 곳에 따라 20센티미터까지 이르는 물속에서 차를 몰아야 했고, 룰린 농장 너머부터는 도랑물이 도로로 흘러넘쳐 차량 통행 자체가 불가능한 상태였다. 오전 6시 무렵, 데리 고속도로 순찰대가 침수된 도로 양끝에 적황색 '우회' 표지판을 세워 놓았다.

일터로 가기 위해 메인 가에서 옹기종기 모여 비를 피하며 첫 차를 기다리던 사람들은 운하의 난간 너머로 콘크리트 수로 윗부분까지 불길하게 부풀어 오른 수심을 바라보고 있었다. 물론 홍수를 걱정할 정도는 아니었다. 모두들 그렇게 생각하는 눈치였다. 1977년에 기록한 최고 수위까지는 아직 1미터 넘게 남았고,

올해 들어 물난리를 겪은 일도 없었다. 그러나 빗줄기가 줄기차게 쏟아지며 낮게 웅크린 먹구름마다 천둥을 토했다. 빗물은 업마일 언덕을 흘러내려 도랑과 하수도로 쇄도해 들어갔다.

홍수까지는 아닐 거라고 사람들은 서로서로 고개를 끄덕였지만 누구나 표정에 어두운 그림자가 배어 있었다.

오전 5시 45분, 버려진 트래커 형제의 트럭 차고지 주변, 느닷없이 전신주의 변압기가 자줏빛 불꽃을 일으키며 터지는 바람에 금속 파편들이 차고지 지붕 위로 날아들었다. 금속 파편 중 하나는 고압선을 잘랐다. 잘린 전선도 트래커 형제의 차고지 지붕 위로 떨어져 타타탁탁 불통을 튀기며 뱀처럼 몸부림쳤다. 장대비가 쏟아지는데도 지붕에 불이 붙었고 이내 차고지에서 불길이 치솟았다. 고압선은 지붕에서 잡초 무성한 마당 한편으로 떨어졌는데, 그 지점은 아이들이 한때 야구 경기를 하던 공터로 향하는 길목이었다. 그날 6시 2분에 데리 소방서의 첫 번째 출동이 이루어졌으며, 트래커 형제의 차고지에 도착한 시각은 6시 9분이었다. 제일 먼저 소방차에서 뛰어나온 대원은 캘빈 클라크였는데, 그는 벤과 비벌리와 리처드와 빌이 함께 학교를 다녔던 클라크 쌍둥이 중 한 명이었다. 소방차에서 세 발자국 옮겼을 때 그는 그만 떨어진 고압선을 밟고 말았다. 그는 거의 그 자리에서 감전사했다. 혓바닥이 입에서 튀어나왔고 고무질의 소방복은 검게 그을리기 시작했다. 그는 쓰레기 매립장에서 타오르는 타이어 같은 냄새를 풍겼다.

오전 6시 5분, 올드케이프의 메리트 가에 거주하는 사람들은 지하에서 폭발음을 들었다. 선반에서 접시가 쏟아졌고 벽에 걸린 액자가 떨어졌다. 오전 6시 6분, 메리트 가의 주택 변기가 죄다 폭발하는 바람에 집집마다 똥물과 오수를 뿜어냈다. 황무지에 신설된 하수 처리장으로 연결된 배수관마다 역류 현상이 벌어진 듯한 뜻밖의 상황이었다. 폭발의 정도가 심한 주택의 경우, 욕실 천장이 휑하니 뚫렸다. 앤 스튜어트라는 여자는 오물과 함께 변기에서 튀어나온 낡은 톱니바퀴에 맞아 사망했다. 톱니바퀴는 끔찍한 포탄처럼 샤워실 유리창을 부순 뒤, 머리를 감던 앤 스튜어트의 목에 명중했다. 그녀의 목은 거의 잘린 상태였다. 톱니바퀴는 키치너 철공소의 잔해로 75년 전에 하수구로 흘러들어간 모양이었다. 분수처럼 솟구치는 오수와 함께 메탄가스의 폭발로 욕실 전체가 날아가는 바람에 봉변을 당한 여자도 있었다. 이 불행한 여자는 그때 마침 변기에 앉아 중남미의 패션 동향을 소개하는 잡지를 읽다가 온몸이 갈가리 찢어지고 말았다.

오전 6시 19분, 운하에 놓여 배시 공원과 데리 고등학교를 잇는 키스 다리에 번개가 떨어졌다. 쪼개진 다리의 잔해가 공기 중으로 치솟았다가 운하로 떨어져 물길에 휩쓸려 갔다.

바람이 사나워졌다. 오전 6시 30분, 시청 로비에 있는 풍속계에 시속 25킬로미터의 풍속이 기록됐다. 오전 6시 45분, 풍속은 시속 38킬로미터를 기록했다.

오전 6시 46분, 마이클 핸론은 데리 홈 병원에서 눈을 떴다. 완만한 조류에 휩쓸리듯 의식이 돌아왔으며 아주 오랫동안 꿈을 꾼 기분이었다(물론 그랬다면 기이한 꿈이었을 것이다). 대학에서 심리학을 가리켰던 아벨슨 교수라면 마이클의 꿈을 불안의 꿈이라고 말했을지 모른다. 불안할 이유가 전혀 없어 보였지만, 방 안엔 이미 불안의 그림자가 뒤덮여 있었다. 평범한 흰색 방이 새된 위협의 비명을 지르는 것 같았다.

마이클은 자신이 깨어 있다는 사실을 조금씩 깨닫기 시작했다. 그 흰색 방은 병실이었다. 머리 위에 병이 매달려 있었으며, 하나는 깨끗한 액체, 다른 하나는 검붉은 핏빛 액체를 담고 있었다. 그는 벽면에 움푹 들어간 텔레비전 함을 바라보면서 줄기차게 창가를 두드리는 것이 빗방울임을 알았다.

마이클은 다리를 움직여 보았다. 한쪽 다리는 괜찮았지만, 오른쪽 다리가 전혀 움직이지 않았다. 오른쪽 다리에 전혀 감각이 없었고, 문득 붕대로 친친 감겨 있다는 사실을 깨달았다.

조금씩 기억이 되살아났다. 글을 쓰고 있고 있을 때 헨리 바워스가 들이닥친 것이다. 과거에서 날아든 탄환처럼. 엎치락뒤치락 싸우다가…….

'헨리! 헨리는 어디로 갔지? 다른 친구들을 찾으러?'

마이클은 호출 벨을 더듬거렸다. 그가 침대 머리맡에 있는 호출 벨을 손에 넣는 순간, 병실 문이 열렸다. 남자 간호사 한 명이 서 있었다. 흰색 간호사복 앞섶에 단추 두 개가 풀어져 있었고, 헝클어진 검은 머리칼은 언뜻 의학 드라마에 나오는 의사 벤 캐시를 연상시켰다. 간호사는 목에 성 크리스토퍼 메달을 걸고 있었다. 마이클은 의식이 완전히 회복된 상태가 아니었지만 그 간호사가 누구인지 단번에 알아챘다. 1958년, 열여섯 살의 셰릴 라모니카가 데리에서 그것에게 살해당한 사건이 있었다. 당시 라모니카에게 열네 살 많은 오빠가 있었다. 이름은 마크였고, 그가 바로 이 간호사였다.

"마크? 할 말이 있는데." 마이클은 가녀린 목소리로 말했다.

"쉬잇! 조용해. 떠들지 마." 마크는 주머니에 손을 집어넣은 자세였다.

그는 마이클을 향해 걸어와 침대 옆에 멈춰 섰다. 마이클은 절망적인 냉기를 느끼며 마크의 휑한 눈빛을 바라보았다. 마크는 멀리서 들려오는 음악에 귀를 기울이듯 고개를 약간 기우뚱하고 있었다. 그는 주머니에서 손을 뺐다. 주사기가 들려 있었다.

"이걸 맞으면 잠이 잘 올 거야." 마크는 마이클의 머리맡으로 걸어왔다.

도시의 지하에서, 오전 6시 49분

"쉬이이잇!" 빌이 갑자기 소리쳤지만 아무리 귀 기울여도 그들의 발소리밖에 들리지 않았다.

리처드가 성냥을 켰다. 터널 벽은 멀찍이 떨어져 있어서 그들 다섯 명은 아주 작은 크기로 움츠러든 느낌이었다. 경황없이 서로의 몸이 맞부딪히는 동안, 비벌리는 바닥에 깔린 거대한 널돌과 거미줄을 바라보다 시간이 거꾸로 흐르는 듯한 기이한 착란 상태에 빠졌다. 그들은 가까이 다가와 있었다. 아주 가까이.

"무슨 소리를 들었는데?" 비벌리는 빌에게 물으며, 리처드의 손끝에서 성냥불이 꺼지기 전에 주변을 전부 보아 두려는 듯 두 눈을 부릅떴다. 어둠 속에서 깜짝 놀랄 만한 무엇인가가 다가오거나 날아올 것만 같았다. 가족 극장에 나왔던 로단이라는 괴물

새? 시고니 위버가 주연한 영화 속의 에일리언? 적황색 눈동자와 은색 이빨을 지닌 거대한 쥐? 그러나 아무것도 보이지 않았다. 먼지 낀 어둠의 퀴퀴한 냄새와 배수관이 꽉 찬 듯 멀리서 들려오는 물소리뿐.

"뭐, 뭐, 뭔가 자, 잘못됐어. 마이클……." 빌이 말했다.

"마이클? 마이클이 왜?" 에디가 물었다.

"나도 뭔가 느껴져. 혹시……, 빌, 혹시 마이클이 죽은 건 아닐까?" 벤이 말했다.

"아니야." 빌의 눈빛은 감정이라고는 느껴지지 않고 그저 몽롱하고 아득해 보였다. 그러나 목소리와 몸 전체에서 느껴지는 팽팽한 긴장과 불안은 또렷하게 전해졌다.

"마이클……, 마, 마, 마이클……." 빌은 꿀꺽 침을 삼켰다. 동공이 부풀어 올랐다. "아, 이런, 안 돼……."

"빌? 빌, 왜 그래? 무슨 일……." 비벌리가 깜짝 놀라 소리쳤다.

"내 소, 손을 자, 잡아! 빠, 빠, 빨리!" 빌이 소리쳤다.

리처드는 다급히 성냥불을 떨어뜨리고 빌의 손을 잡았다. 비벌리는 빌의 다른 손을 붙잡았다. 그리고 나머지 손을 더듬거리다가 조심스럽게 다가오는 에디의 부러진 손을 잡았다. 벤이 에디의 성한 손을, 다른 손으로 리처드의 손을 잡음으로써 그들은 원형으로 늘어섰다.

"마이클에게 우리의 힘을 보내 줘야 해!" 빌의 목소리라고 할 수 없는 낯선 음성이 깊숙이 울려 퍼졌다. "마이클에게 힘을! 마이클에게 힘을! 지금이야! 지금! 지금!"

비벌리는 그들 사이에서 무엇인가 빠져나가 마이클에게 향하는 것을 느꼈다. 그녀는 황홀감 같은 것이 몰려들어 머리를 흔들었다. 에디의 씨근대는 숨소리가 배수관에서 곤두박질치는 물소리와 섞였다.

"자, 이제 갈 시간이야." 마크 라모니카는 조용히 말했다. 오르가즘에 도달하기 직전에 내뱉는 한숨 소리 같았다.

마이클은 연신 손에 쥔 호출 벨을 눌렀다. 복도 끝 간호사실에서 계속 울기는 벨 소리가 병실까지 들려왔지만 병실을 찾는 간호사는 아무도 없었다. 끔찍한 혜안처럼 그는 간호사들이 그곳에 둘러앉아 조간 신문을 읽거나 커피를 마시며, 호출 벨 소리를 듣고서도 모른 척할 뿐이라는 사실을 깨달았다. 모든 것이 끝난 뒤에야 그들은 병실로 달려올 터였다. 데리에서는 늘 그런 식으로 일이 진행되기 때문이다. 데리에서는 끝나기 전까지는 안 보고 안 듣는 편이 좋은 일들이 많았다…….

마이클은 호출 벨을 떨어뜨렸다.

마크는 그를 향해 상체를 수그리며 금방이라도 주사기를 꽂을 태세였다. 마이클의 몸에서 시트를 걷는 동안, 성 크리스토퍼 메달이 최면을 걸듯 앞뒤로 흔들거렸다.

"바로 여기야. 흉골." 마크는 다시 한숨을 쉬듯 속삭였다.

마이클은 돌연 몸속으로 전류처럼 흘러드는 태고의 힘을 느꼈다. 그는 딱딱하게 굳어 경련을 일으키듯 손가락을 쫙 펼쳤다. 눈이 휘둥그레졌다. 입에서 신음이 흘러나오고, 소름 끼칠 정도로 딱딱하게 굳었던 몸이 일순 풀리는 느낌이 들었다.

마이클은 탁자 위로 오른손을 전광석화처럼 뻗었다. 그곳에는 플라스틱 물병과 묵직한 유리잔이 놓여 있었다. 그의 손이 유리잔을 더듬거렸다. 라모니카도 묘한 상황이 벌어졌다는 사실을 알아차렸다. 기분 좋게 꿈에 취해 있던 눈빛이 단번에 사라지면서 불안한 혼란의 그림자가 떠올랐다. 그가 약간 물러나는 사이, 마이클은 유리잔으로 있는 힘껏 그의 얼굴을 후려쳤다.

라모니카는 비명을 지르며 비틀거리다 주사기를 떨어뜨렸다. 그리고 피가 흐르는 얼굴을 감싸 쥐었다. 핏줄기가 손목을 타고 흘러 흰색 간호사복으로 튀었다.

마이클이 느낀 힘은 들어올 때와 마찬가지로 순식간에 사라졌다. 마이클은 어리둥절한 표정으로 침대와 환자복과 피 범벅이 된 자신의 손에 묻은 유리 조각을 바라보았다. 복도를 따라 가벼운 발소리가 병실로 다가오고 있었다.

'이제야 오는군. 그래, 잘도 맞춰 오는구나. 이제는 또 누가 나타날 차례지? 다음에는 누구일까?'

간호사실에서 줄기차게 울리는 벨 소리를 모른 척하던 간호사들이 한꺼번에 병실로 몰려들었다. 마이클은 두 눈을 감고 어서 다 끝나기를 바랄 뿐이었다. 그는 도시의 지하 어딘가에 있을 친구들을 위해, 그들이 모두 무사하기를, 무사히 그 일을 끝내기를 기도했다.

누구를 향한 기도인지는 알 수 없었지만……, 그는 기도했다.

도시의 지하에서, 오전 6시 54분

"마, 마이클은 괘, 괜찮아." 빌이 이윽고 말했다.

벤은 얼마나 오랫동안 어둠 속에서 손을 맞잡고 서 있었는지 짐작이 가지 않았다. 그들과 그들이 만든 원에서 무엇인가 빠져나갔다가 돌아온 느낌이 들었다. 그러나 그 무엇인가가 실제로 존재한다고 해도, 벤은 그것이 과연 어디로 가서 무엇을 하고 돌아왔는지는 알지 못했다.

"확실한 거야, 빌?" 리처드가 물었다.

"으, 으, 응." 빌은 리처드와 비벌리의 손을 놓았다. "하지만 이, 이번 일을 빠, 빨리 끝내야 해. 어서 가, 가자."

그들은 다시 발걸음을 옮겼다. 리처드와 빌이 이따금 성냥불을 켜고 주위를 살폈다. 벤은 생각했다. '우리한테는 구슬 총알도 얼마 없어. 하지만 그 역시 이미 정해진 일이 아닐까? 쿠드. 그게 무슨 뜻이지? 그것의 정체는 과연 무엇일까? 그것의 진짜 모습은? 그것을 죽이지는 못한다고 해도 상처를 입혀야겠지. 그 방법은 뭐지?'

그들이 지나치는 공간(더 이상 터널이 아니었다)은 점점 더 넓어졌다. 발소리가 메아리쳤다. 벤은 예의 동물원 냄새를 기억해냈다. 빛처럼 보이는 물질이 주위를 밝히고 있어 성냥도 더 이상 필요할 것 같지 않았다. 그 물질은 기이한 광채를 발하며 점점 더 밝아졌다. 축축한 빛에 나타난 친구들의 모습은 걸어가는 시체와 비슷했다.

"앞이 벽으로 막혀 있어, 빌." 에디가 말했다.

"나, 나도 알아."

벤은 갑자기 심장이 두근거리는 것을 느꼈다. 입속이 씁쓰름했고 머리가 지끈거리기 시작했다. 온몸이 축축 처지고 두려웠다. 몸이 뚱뚱해진 느낌이었다.

"저 문을 봐." 비벌리가 속삭였다.

그랬다. 그 문이 나타난 것이다. 27년 전, 머리를 살짝 수그리고 통과할 수 있었던 문 말이다. 이제 그들은 허리를 반쯤 구부리거나 아예 기어가야 할지 몰랐다. 그들이 어른이 된 증거가 필요하다면 바로 그 문 앞에 선 그들의 모습이 증거였다.

벤의 목에 힘줄이 돋고, 팔목이 뜨겁게 달아오르며 붉게 변했다. 심장 소리가 약간 높아지고 빨라졌다. '비둘기 맥박이로군.' 벤은 두서없는 생각하며 마른침을 삼켰다.

문 밑의 틈새로 밝은 황록색 빛이 흘러나왔다. 장식물로 된 열쇠 구멍에서도 빛이 뻗어 나왔으며, 두툼한 질감마저 느껴져 칼을 대면 싹둑 잘릴 것 같았다.

문에 새겨진 표식을 마주한 채, 그들은 또다시 서로 다른 모습을 떠올리고 있었다. 비벌리는 톰의 얼굴이라고 생각했다. 빌은 퀭한 눈빛으로 그를 비난하듯 쏘아보는 오드라의 잘린 머리를 떠올렸다. 에디는 엇갈린 두 개의 뼈 위에 올려진 해골바가지, 즉 독약의 상징을 보았다. 리처드는 변질된 폴 버니언의 덥수룩한 얼굴과 살의를 머금은 째진 눈을 보았다. 그리고 벤은 헨리 바워스를 떠올렸다.

"빌, 우리에게 힘이 있을까? 해낼 수 있을까?" 벤이 물었다.

"모, 모, 모르겠어."

"잠겨 있으면 어쩌지?" 비벌리가 작은 목소리로 물었다. 톰의 얼굴이 그녀를 비웃고 있었다.

"그, 그럴 리 없어. 이런 곳은 저, 절대 자, 자, 잠겨 있지 않으니까." 그는 오른쪽 손가락을 모아 문에 대고(몸을 구부려야 했다) 밀었다. 문이 활짝 열리면서 메스꺼운 황록색 빛이 감도는 내부의 바닥이 나타났다. 동물원 냄새가 한꺼번에 몰려들었다. 과거의 냄새가 현재의 끔찍하고 생생한 냄새로 변하는 순간이었다.

'바퀴를 돌리는 거야.' 빌은 되는 대로 떠오르는 생각과 함께 다른 사람들을 둘러보았다. 그러고는 바닥에 손과 무릎을 대고 엎드렸다. 비벌리와 리처드와 에디가 차례차례 엎드렸다. 벤이 마지막으로 엎드렸는데, 오래전 바닥에서 느꼈던 잔모래의 감촉이 되살아났다. 문을 통과해 상체를 일으키며 음습한 돌벽에 뱀처럼 흔들리는 기이한 광채를 바라보는 순간, 철퇴를 휘두르는 듯한 강렬한 힘과 함께 마지막 기억에 빠졌다.

벤은 한 손으로 이마를 짚고 물러서면서 계속 비명을 질렀다. 걷잡을 수 없이 떠오르는 생각. '스탠리가 자살한 것도 당연해! 아, 나도 자살했더라면!' 벤은 친구들의 얼굴에서도 똑같은 공포와 깨달음을 보았다. 기억의 마지막 자물쇠가 풀렸다.

그때 비벌리가 비명을 지르며 빌에게 달라붙었다. 시공을 초월해 악몽에서 튀어나온 듯한 거미 한 마리가 얇은 커튼처럼 쳐진 거미줄을 타고, 지옥에 대한 인간의 가장 광적인 상상력마저 압도하며 질주해 내려왔다.

'아니, 거미 또한 아니야. 정말로. 놈이 우리의 마음에서 끄집어낸 형상에 불과해. 우리가 그것의 실체라고

(죽음의 빛)

믿는 것과 가장 유사한 형체일 뿐이야.' 빌은 생각했다.

거미의 키는 4.5미터에 이르고 칠흑 같은 밤처럼 새카맸다. 다리 하나하나가 보디빌더의 장딴지처럼 굵직굵직했다. 밝은 홍옥빛깔이되 잔학함이 느껴지는 눈동자에서 은백색 점액질이 뚝뚝 떨어졌다. 들쭉날쭉한 아래턱을 벌렸다 닫았다, 닫았다 벌렸다 할 때마다 거품이 띠처럼 흘러내렸다. 공포의 황홀경에 취해 완전한 광기에 사로잡히기 직전, 벤은 태풍의 눈처럼 고요한 눈빛으로 거미의 내뿜는 거품이 살아 있음을 보았다. 거품은 악취 나는 바닥의 판석에 떨어졌다가 원생동물처럼 꿈틀꿈틀거리며 갈라진 틈새로 사라졌다.

'하지만 놈의 실제 모습은 따로 있을 거야. 영화가 상영되는 동안에도 스크린 뒤에서 움직이는 사람의 형체를 볼 수 있듯이, 놈의 실체를 비슷하게나마 알아낼 수 있을 거야. 그러나 솔직히 보고 싶지 않아, 제발 신이여, 그 모습을 보지 않게 해 주소서…….'

하지만 그런 것이 과연 문제가 될까? 어차피 그들은 눈에 보이는 것만 보고 있었으므로, 벤은 어찌 됐든 그것의 실체도 그때만큼은 그들의 생각에서 빚어진 거미의 모습에 갇혀 있다는 사실을 깨달았다. 그들이 목숨을 걸고 싸울 대상도 결국은 거미의 모습을 띤 그것인 셈이었다.

거미는 쇳소리를 질렀다. 벤은 그것의 울음소리가 머리에서 귀로 두 차례에 걸쳐 들려왔다고 확신했다. 그는 텔레파시처럼 그것의 마음을 읽고 있다는 기분이 들었다. 그것의 그림자가 찌그러진 달걀 모양을 띠고 서식지의 오래된 벽면을 타고 달려오고 있었다. 온몸이 거친 털로 뒤덮여 있고, 사람을 찌르기에 충분할 정도로 기다란 침을 지니고 있었다. 침끝에서 말간 점액질이 뚝뚝 떨어졌고, 그것 역시 살아 있는 느낌이었다. 점액질은 독이 든 타액처럼 바닥 틈새로 사라졌다. 기다란 침 밑으로……, 기이할 만큼 불룩한 배를 바닥에 끌면서, 놈은 이제 방향을 약간 틀어 그들의 우두머리 격인 빌을 향해 다가섰다.

'불룩하게 튀어나온 부분은 바로 알 주머니야.' 벤은 불쑥 떠오른 생각에 소스라치게 놀라고 말았다. '놈의 실체가 무엇이든 한 가지 분명한 사실은 놈은 암컷이며 새끼를 배고 있어……. 그때도 놈은 새끼를 배고 있었을 텐데, 아, 스탠리만이 그 사실을 알았던 거야. 제기랄, 바로 그거야. 상황을 정확히 꿰뚫어 본 사람은 마이클이 아니라 스탠리였어……. 그 때문에 우리는 돌아올 수밖에 없었어. 놈이 새끼를 배었다는 사실 때문에, 상상하기조차 어려운 놈의 끔찍한 새끼들 때문에……. 놈이 새끼를 낳을 때가 다가온 거야.'

뜻밖에도 빌 덴브로는 그것을 향해 성큼 앞으로 걸어 나갔다.

"빌, 안 돼!" 비벌리가 비명을 질렀다.

"무, 무, 물러서 있어!" 빌이 뒤도 돌아보지 않고 소리쳤다. 곧바로 리처드가 큰 소리로 빌의 이름을 부르며 뛰어나가자, 벤도 무의식중에 발길을 뗐다. 보이지도 않는 뱃살이 출렁거리는 느낌이 들었지만 기분이 나쁘지 않았다. '다시 어린아이가 됐군. 그것을 보고도 미치지 않으려면 그 방법뿐이겠지. 다시 어린 시절로 돌아간 거야……. 어쨌든 이 상황을 받아들일 수밖에.'

빌의 이름을 부르면서 벤도 달려 나갔다. 언뜻 옆에서 에디가 함께 달리고 있음을 깨달았다. 에디는 부러진 팔을 펄럭이며, 빌이 부목을 감싸 준 잠옷 허리띠를 땅바닥에 질질 끌며 달렸다. 에디는 호흡기를 끌어당겼다. 영양실조에 걸린 총잡이가 기이한 총을 움켜잡고 달려가는 모습이었다.

벤은 빌의 고함소리를 들었다. "네가 내 동생을 주, 죽였어, 개자식아!"

그것이 빌을 향해 뒷발로 불쑥 일어서자 빌은 그 그림자에 갇혀 버렸다. 그것의 앞발이 허공을 들쑤셨다. 피에 굶주린 울부짖음, 시간을 초월해 사악하게 번뜩이는 붉은 눈동자 너머……, 벤은 잠시나마 그 모습 이면의 모습을 보았다. 빛이었으며 끝없이 펼쳐진 섬뜩한 물체였으며, 모두 한가지로 적황 빛 자체로 이루어진 죽음의 빛이었다. 생명을 모방하고 있을 뿐.

두 번째 의식이 시작되었다.

쿠드 의식

그것의 서식지에서, 1958년

거대한 검은 거미가 거미줄을 따라 내려와 악취 나는 바람을 일으킬 즈음, 그들을 다독이며 중심에 선 아이는 빌이었다. 스탠리는 갓난아기처럼 자지러지게 울면서 손가락으로 자신의 얼굴을 마구 긁었다. 벤은 주춤주춤 물러서다가 출입문 왼쪽 벽면에 펑퍼짐한 엉덩이를 부딪혔다. 속옷이 차가운 불길에 타들어 가는 느낌이었고, 벽에 막힌 상태에서도 마음만은 줄곧 뒤로 도망치고 있었다. 도저히 일어날 수 없는 일이었다. 그저 세상에서 가장 끔찍한 악몽일 뿐. 벤은 손조차 가눌 수 없었다. 두 팔은 육중한 철봉처럼 몸뚱이에 매달려 있었다.

리처드는 거미줄을 바라보았다. 여기저기 매달려 이따금 비단실에 감싸인 물체는 반쯤 먹다 만 시체였으며, 여전히 살아 있는 것처럼 움직이기도 했다. 다리와 팔 하나가 잘린 채 천장 가까이에 매달린 것은 에디 코코랜의 시체 같았다.

비벌리와 마이클은 숲 속의 헨젤과 그레텔처럼 착 달라붙어 그 자리에 못 박혀 서 있었다. 그들은 거미가 바닥에 내려서 그들을 향해 허우적거리며 달려오는 광경과 벽면에 비친 일그러진 그림자를 바라보았다.

빌은 껑충한 키와 야윈 모습 그대로 아이들을 둘러보았다. 흰색 티셔츠와 아랫단을 접어 올린 청바지는 진흙과 오물로 뒤범벅이 돼 지저분해진 지 오래였으며, 운동화도 진흙으로 떡칠이 돼 있었다. 그러나 이마에 착 달라붙은 머리칼 사이로 눈빛만은 이글거렸다. 빌은 아이들을 둘러보며 비켜서라는 표정을 지어 보인 후 거미에게 돌아섰다. 뜻밖에도 그는 방을 가로질러 그것을 향해 성큼성큼 걸어갔다. 달려가지는 않았지만 팔꿈치를 힘차게 흔들고 미간을 잔뜩 찌푸린 채 주먹까지 불끈 쥐고 빠르게 걸어갔다.

"네, 네, 네놈이 내 도, 동생을 주, 주, 죽였어!"

"안 돼, 빌!" 비벌리는 마이클의 만류를 뿌리치고 빌을 향해 달려갔다. 붉은 머리칼이 등 뒤로 휘날렸다. "그냥 놔둬! 빌한테 손대지 말란 말이야!" 비벌리는 거미를 향해 고함을 질렀다.

'젠장! 비벌리!' 벤은 곧바로 뱃살을 출렁거리며 뛰어나갔다. 언뜻 왼쪽을 바라보니, 에디 카스브랙이 성한 손에 흡입기를 총처럼 움켜쥐고 달리고 있었다.

거미는 무기 하나 없는 빌을 덮칠 듯이 뒷다리로 일어섰다. 빌은 이내 거미의 그림자에 갇혔다. 거미는 앞발로 허공을 들쑤셨다. 벤은 비벌리의 어깨를 움켜잡았다. 그러나 어깨에 닿자마자 다시 떨어졌다. 비벌리는 격한 눈빛으로 입을 벌리고 벤을 돌아보았다.

"빌을 도와줘!" 비벌리가 고함을 질렀다.

"어떻게?" 벤도 고함을 질렀다. 그는 거미를 향해 휙 돌아섰다. 굶주린 울음소리와 시간을 초월한 사악함으로 가득한 눈동자를 바라보다 문득 그 너머의 어떤 형태를 알아챘다. 거미보다 훨씬 더 끔찍한. 광기의 빛. 순식간에 용기가 사라졌다……, 하지만 도와주라고 말한 사람이 다름 아닌 비벌리였다. 벤이 사랑하는 소녀.

"이놈아, 빌을 놔줘!" 벤이 목청껏 소리쳤다.

한순간, 손 하나가 철썩 등을 후려갈기는 바람에 벤은 넘어질 뻔했다. 리처드였다. 눈물을 흘리면서도 미친 듯이 웃고 있었다. 입 꼬리가 귓불까지 올라갔을 정도였다. 그는 침을 튀기며 소리쳤다. "그년을 해치워, 노적가리! 쿠드! 쿠드!"

'그년이라니?' 벤은 어리둥절했다. '그년, 분명 리처드가 그렇게 말했나?'

그리고 큰 소리로 말했다. "알았어, 하지만 그게 뭐야? 쿠드가 뭐냐고?"

"그걸 알면 목사하게!" 리처드가 버럭 고함을 지르고는 곧장 빌이 갇힌 거미의 그림자 속으로 뛰어들었다.

거미는 뒷다리에 힘을 싣고 웅크린 상태였다. 앞발은 빌의 머리 바로 위의 허공을 휘저었다. 스탠리 유리스도 자신의 본능과 의지와는 정반대로 그곳으로 달려와서, 거미를 노려보는 빌의 모습을 바라보았다. 빌의 파란색 눈동자는 시체처럼 끔찍한 적황빛을 띤 거미의 눈알에 못 박혀 있었다. 스탠리는 문득 멈추어 서서 정체 모를 쿠드 의식이 이미 시작됐음을 깨달았다.

빌이 진공 속에 빠지다, 어린 시절

―너는 누구며 왜 내게 왔는가?

'나는 빌 덴브로다. 내가 온 이유는 네가 잘 알 것이다. 네가 내 동생을 죽였으니, 너를 죽이러 왔다. 상대를 잘못 골랐어, 등신아!'

―나는 영원하다. 나는 '세계를 먹는 자'이다.

'엉? 그러셔? 마지막 식사는 하셨나, 누님?'

―너에겐 힘이 없다. 힘은 이곳에 있으니까. 힘을 느껴 봐라, 젖비린내 나는 놈 같으니. 어디 이제 다시 한번 말해 볼까? 네놈이 감히 어떻게 영원한 존재를 죽일 수 있다는 것인지. 내가 보인다고 생각하나? 너는 그저 네 마음이 허락한 부분만 보고 있을 뿐이다. 내가 보이나? 그럼, 덤벼 봐라! 덤벼라, 애송이! 어서!

내동댕이쳐져

(그는)

아니, 내동댕이쳐진 것이 아니라, 살아 있는 총알처럼, 매년 5월이면 데리에 오는 곡마단의 인간 대포처럼 발사되었다. 빌은 그대로 끌어올려져 거미의 방을 가로질러 던져졌다. '이건 상상일 뿐이야!' 그는 자신을 다그쳤다. '내 육체는 아직 저기에 서서 놈을 노려보고 있어. 움츠러들지 말자. 이건 머리에서 만들어 낸 속임수야, 힘내, 버텨…….'

(주먹으로)

앞쪽으로 솟구치더니, 50년, 100년, 1000년, 억만 년 헤아릴 수 없는 오랜 세월 동안 썩고 갈라진 터널의 타일 바닥과 어둠 속에

팽개쳐졌다. 숨막히는 침묵에 휩싸여 황록색 불빛과 허연 해골처럼 빛나는 풍선과 때론 죽음 같은 암흑이 산재한 교차로를 지났다. 시속 수천 킬로미터의 속력으로 인간 또는 비인간의 뼈무덤을 지나치기도 하고, 로켓이 달린 다트처럼 돌풍이 몰아치는 터널을 통과했고, 갑자기 위로 쑥 잡아 올려지더니 거대한 어둠이

(그의 주먹이)

눈앞을 가로막았다. 다시 완벽한 암흑을 향해 날아갔다. 그곳의 암흑은 전부를 의미하며, 우주이자 세계였다. 암흑의 바닥은 매끄러운 경화고무처럼 아주 단단해서 그는 원반에 넙죽 엎드려 미끄러지는 기분이었다. 그는 영겁의 무도장에 들어섰으며, 영겁은 암흑 자체였다.

(후려치며)

—헛소리는 집어치워라. 그래 봤자 소용없으니까, 멍청한 꼬맹이.

'아직도 유령이 보인다고 소리친다!'

—집어치우라니까!

'그는 주먹으로 기둥을 후려치며 아직도 유령이 보인다고 소리친다!'

—그만둬! 그만두라니까! 내가 명했으니 그만둬라!

'왜. 마음에 안 드시나, 엉?'

그리고 빌은 생각했다. '만약 내가 그 문장을 큰 소리로 말할 수만 있다면, 더듬거리지 않고 말할 수만 있다면 이 환영을 깨뜨릴 수 있을 거야…….'

—이것은 환영이 아니다, 어리석은 꼬마 소년아. 이것은 영

겁, 나의 영겁이며, 네놈은 그 속에서 영원히 길을 잃고 다시는 돌아가지 못할 것이다. 이제 너도 영원한 존재가 되었으며, 암흑 속에서 떠돌도록 운명 지어졌으니……, 내 얼굴을 직접 대한 후에는 바로…….

그러나 다른 무엇인가가 있었다. 빌은 냄새라는 다소 엉뚱한 감각으로 그 무엇인가를 느낄 수 있었다. 어둠 속 저 앞에 버티고 있는 거대한 존재. 어떤 형체. 두렵지는 않았으나 가공할 만한 경외감에 짓눌리는 기분이었다. 그것의 힘을 약화시킬 수 있는 힘의 존재, 빌은 두서 없이 이런 생각을 할 시간밖에 없었다. '제발, 제발, 당신이 누구든 제가 아주 작고 약한 아이임을 살피시어…….'

빌은 곧장 그 형체를 향해 뛰어갔다. 거대한 거북이였다. 등딱지가 타들어 갈 듯 찬란한 온갖 색깔로 칠해져 있었다. 고대 파충류의 머리가 천천히 등딱지 밖으로 나타났는데, 자신을 불러낸 것에 약간의 경멸과 놀라움이 뒤섞인 표정이었다. 거북이의 눈은 온화해 보였다. 빌은 그 거북이야말로 인간이 상상할 수 있는 가장 오래된 생물체이며, 자신을 영원의 존재라고 칭하는 그것보다도 더 오래됐을 거라고 생각했다.

'당신은 누구세요?'

—나는 거북이다, 얘야. 내가 우주를 창조했지만 그렇다고 나를 탓하진 마라. 복통이 심했거든.

'저를 도와주세요! 제발 도와주세요!'

—이런 문제들에 대해서는 누구 편도 들지 않아.

제 동생이…….

—그 아이는 자신의 운명에 따라 대우주에서 잘 지내고 있다. 에너지는 영원하다. 너같이 어린아이도 그 정도는 알고 있을 거야.

빌은 거북이를 지나 날아가고 있었다. 엄청난 속도인데도 거북이의 모습은 오른쪽으로 끝없이 이어졌다. 마치 기차를 타고 가다가, 맞은편에서 오는 기차를 지나칠 때 그 기차가 너무 길어서 정지해 있거나 아예 뒤로 움직이는 착각이 드는 느낌이었다. 분노와 증오심에 가득 찬 그것의 싸늘한 음성도 여전히 빌의 귓가에 전해졌다. 그러나 거북이가 말하는 동안은 그것의 목소리가 완전히 억눌려 들리지 않았다. 거북이는 빌의 머릿속에서 말했고, 빌은 그것 외에 다른 존재가 있음을, 저 너머 진공 속에 절대적 존재가 있음을 짐작할 수 있었다. 그 절대적 존재가 거북이를 창조했고, 거북이는 묵묵히 지켜보는 게 일이며, 그것은 먹어 치우는 게 일인 모양이었다. 아무튼 그 존재는 우주 너머의 힘이었으며, 모든 권능과 모든 창조자를 초월하는 힘이었다.

불현듯 빌은 모든 것을 이해할 수 있을 것 같았다. 그를 우주의 끝으로, 다른 공간으로

(거북이가 대우주라고 말하는 공간으로)

그것이 살고 있을 그곳으로 집어던지려는 것이 바로 그것의 의도라는 사실 말이다. 그곳에서 그것은 거대한 핵으로 존재할 테지만 절대적 존재에 비하면 티끌에 지나지 않을 것이다. 빌은 그것이 발가벗고 형체 없는 빛으로 존재하는 모습과 마주할지 모른다. 그곳에서 빌은 죽거나 영원히 살지 모르지만 그것의 끝없는 굶주림이 만들어 낸 형체 없는 형체 속에 갇힌 채, 미친 상태로

살아남을 가능성이 컸다.

'제발 저를 도와주세요! 다른 아이들을 위해서라도.'

—네 앞가림이나 잘해라, 얘야.

'어떻게 말이에요? 제발 말씀 좀 해 주세요! 어떻게 하면 되나요? 어떻게? 어떻게?'

이제 빌은 비늘이 달린 거북이의 육중한 뒷다리에 도달했다. 거대하지만 지독히 늙은 살갗을 지켜보고, 육중한 발톱에 깜짝 놀랄 만한 시간은 충분했다. 특히 발톱은 푸르스름한 빛이 감도는 황색이었으며 발톱마다 은하들이 소용돌이쳤다.

'제발, 당신은 선하잖아요. 저도 그 정도는 알 수 있어요. 그러니까 제발……, 저를 도와주세요, 네?'

—너는 이미 알고 있다. 이제 남은 것은 쿠드와 네 친구들뿐이다.

'제발 도와주세요, 제발.'

—얘야, 너는 주먹으로 기둥을 후려치며 아직도 유령이 보인다고 소리쳐야 한다……. 그 정도밖에는 말해 줄 수 없구나. 이곳 같은 우주 속에 들어온 이상, 지침서 같은 것은 내던지는 게 좋아.

빌은 거북이의 음성이 사라지는 것을 느꼈다. 이제 거북이를 지나 더욱더 깊은 어둠 속으로 빠지고 있었던 것이다. 거북이의 음성은 왁자지껄 유쾌하게 떠들어 대는 그것, 거미의 목소리에 묻혀 버렸다.

—이곳이 마음에 드나, 애송이? 마음에 들어? 좋은가 말이다. 절로 어깨춤을 덩실거릴 만큼 리듬이 느껴질 테니까, 어때, 점수를 준다면 98점 정도는 되겠지? 리듬을 타고 오른쪽, 왼쪽 흔들어 보

면 어떨까? 내 친구 거북이는 잘 만나 보았나? 그 멍청한 늙은이가 아직 살아 있다니 뜻밖이지만 너를 도와주지는 못해, 안 그래?

'아니야, 아니야, 도와줄 수 있어. 그는 기둥을 주, 주먹으로 후, 후, 후, 후려치며…….'

—옹알이 좀 집어치워! 시간이 별로 없어. 시간이 있을 때 말이나 들어 보자. 네놈에 대해 한번 말해 봐라, 애송아……, 이곳의 싸늘한 어둠이 마음에 드는지 말해 보라니까. 저 외계에 놓여 있는 무(無)의 세계를 여행한다면 즐겁지 않겠어? 아직 경계를 지나야 하니까, 기다려라, 애송이! 내가 있는 곳으로 뚫고 나올 때까지 기다려. 기다려! 죽음의 빛이 다가올 때까지! 이제 곧 보고, 미칠 것이니……. 하나 그래도 너는 살아남을 것이다……. 살아서……, 그들 안에서……, 내 안에서…….

그것은 찢어질 듯 날카로운 웃음을 터뜨렸다. 빌은 그것의 영역으로 휩쓸려 들어갔다가 빠져나오듯이, 그것의 목소리가 멀어졌다가 또렷해짐을 느꼈다. 실제로 가능한 일일까? 빌은 그렇다고 생각했다. 왜냐하면 목소리들이 완벽하게 뒤섞이는 상황인 데다 그가 빠른 속도로 가까워지는 아주 낯선 목소리의 경우, 인간의 혀나 성대로는 도저히 표현할 수 없는 음절을 내뱉고 있었기 때문이다. 그는 저것이 바로 죽음의 빛에서 나는 목소리구나 하고 생각했다.

—시간이 별로 없다. 시간 있을 때 얘기하자고.

차를 타고 남쪽으로 갈수록 뱅고어 라디오 방송국의 주파수 수신이 멀어지듯이, 그것이 지닌 인간의 음성도 희미해졌다. 빌은 그것과 대화를 나누는 순간 미칠 거라고 생각했다. 그것의 웃음소리와 기이한 즐거움 때문에 막연하게 그런 생각이 들었고, 특히 그것이 바라는 바도 빌이 미치는 것이라는 확신이 들었다. 그저 어딘가에 빌을 고립시키려는 것뿐만 아니라 빌과 친구들의 정신적인 소통까지 단절시키려는 의도 같았다. 만약 그것의 의도대로 된다면 빌은 완전히 파괴될 터였다. 친구들과 의사소통이 단절되는 순간이 바로 돌아올 수 없는 파멸의 길로 들어서는 순간이었다. 빌은 조지가 죽은 후 부모님의 태도에서 그 단절감이 얼마나 끔찍한 것인가를 뼈저리게 깨달았다. 부모님의 차디찬 태도에서 빌이 유일하게 얻은 것이 있다면 그 교훈이었다.

그것과 멀어지는 동시에……, 가까워지고 있었다. 그러나 멀어지는 것이 더 중요했다. 그것이 어린아이들을 이곳에서 먹어 치우거나 빨아먹거나 아무튼 어떤 식으로든 해치울 생각이었다면, 왜 아이들을 전부 이곳으로 보내지 않았을까? 왜 그만 보내려는 것일까?

그 이유는 거미로 변한 자신의 모습 앞에 버티고 있는 빌을 제거해야 하기 때문이었다. 어찌 됐든 거미로 변한 그것과 죽음의 빛이라는 그것은 긴밀히 연결돼 있었다. 그 암흑 속에서 무엇을 하며 살아가든, 그것은 이곳에 있는 한 안전을 보장받았다. 그러나 그것은 이 암흑뿐 아니라 지상과 데리의 지하에서 눈에 보이는 몸뚱이로 존재했다. 그리고 육체를 지닌 것은 죽일 수 있었다.

빌은 미끄러지듯 점점 더 빠른 속력으로 어둠을 통과하는 중이었다. 그런데 왜 그것의 말이 괜한 허풍이나 속임수처럼 느껴지는 걸까? 그 이유가 뭘까?

빌은 그 이유를 알 것 같았다.

거북이는 "남아 있는 것은 쿠드"라고 말했다. 그 때문일까? 지금 빌과 그것이 서로의 혀를 깊숙이 물고 있다고, 물론 물리적이고 육체적인 의미가 아니라 정신 또는 추상적인 의미에서 그런 상황이라고 가정하면 어떨까? 그리고 만약 그것이 빌을 저 진공 속으로, 저 멀리 그것의 영원한 본연의 모습 속으로 던질 수 있다면, 쿠드 의식도 중단되고 말 것인가? 그렇다면 그것은 빌을 마음껏 찢어 죽이고, 동시에 원하는 것을 전부 얻을 것이다.

—잘하고 있다, 얘야. 하지만 까딱하면 너무 늦어.

'그래, 그것은 두려워하고 있어! 나를 두려워하는 거야! 나와 친구들을 두려워하고 있어!'

미끄러진다, 그는 미끄러지고 있었다. 그리고 빌은 돌연 앞에 벽이 버티고 있음을 느꼈다. 그 지점은 다른 차원으로 향하는 경계선이며, 그 벽 너머 다른 형태와 죽음의 빛이 기다리고…….

—나한테 말을 걸지 마라, 얘야. 너 자신한테도. 지금 그것은 너를 천천히 찢고 있다. 네가 용기 있다면, 버틸 수만 있다면……, 힘껏 그것의 혀를 깨물어라, 얘야!

빌은 깨물었다. 실제 이빨이 아니라 마음속의 이빨로.

빌이 최고로 목소리를 깔자 그의 목소리가 아닌 듯싶었다(사실은 아버지의 목소리였다. 그러나 빌 자신은 그런 사실을 모르고 무덤에 갈 것이다. 끝까지 밝혀지지 않는 비밀들이 있는 법이며 그 편이 나을 때가 있으니까). 그리고 커다랗게 숨을 들이마신 다음 소리쳤다. **"그는 주먹으로 기둥을 후려치며 아직도 유령이 보인다고 소리친다, 이제 나를 봐!"**

그는 마음속에서 그것이 비명을 지르는 걸 느꼈다. 좌절당한 분노의 비명이었다……, 또한 공포와 고통의 울부짖음이었다. 그것은 방해받는 일에 익숙지 못했다. 그런 일은 지금껏 한번도 벌어진 예가 없었고, 지금까지 상상조차 할 수 없는 일이었다.

빌은 그것이 몸부림치는 것을 느꼈다. 그를 집어던지려는 것이 아니라 그에게서 도망치려는 몸짓이었다.

"주먹으로 기둥을 후려치며, 그렇게 말했다!"

"집어치워!"

"나를 놔줘! 그러는 게 좋아! 내가 너한테 명령하는 거야! 내가 너한테 요구하는 거야!"

그것은 다시 비명을 질렀으며, 고통이 점점 극심해지는 것 같았다. 어떤 면에서는 타자에게 고통을 주고, 그 고통에서 먹을 것을 취해 왔을 뿐, 한번도 자신이 고통 받은 일이 없었기 때문이다.

그것은 여전히 빌에게서 떨어지려고 버둥거리면서도 항상 승리만 해 온 탓인지, 어떡해서든 이번에도 자신이 이겼노라 억지를 부리는 것 같았다. 그것은 빌을 힘껏 밀어냈다……, 빌은 어둠 속을 미끄러지는 속도가 한풀 꺾였다는 사실을 느끼자, 곧바로 기이한 이미지가 떠올랐다. 꿈틀대는 거품으로 뒤덮이고 두꺼운 고무 밴드를 연상시키는 그것의 혀에서 틈이 생기면서 피가 샘솟는 이미지였다. 빌 자신은 그 혀 끝을 꽉 깨문 채, 쏟아지는 피와 악취를 참아내며 절대 떨어지지 않을 태세였다. 한편 그것은 빌에게 혀를 꽉 깨물려 옴짝달싹할 수 없는 고통과 분노로 여전히 몸부림치고 있었다.

(쿠드, 쿠드, 버텨야 해, 용기를 내야 해. 동생을 위해, 친구들을 위해 꿋꿋이 견뎌야 해. 머릿속의 모든 생각을 믿어야 해. 길을 잃으

면 경찰관 아저씨가 집까지 안전하게 데려다 준다고 믿어. 거대한 에나멜 성에는 이빨 요정이 살고 있다고 믿어. 북극에서는 산타클로스가 요정들과 함께 선물을 만든다고 믿어. 클라크 쌍둥이 형제의 말형인 칼튼은 갓난아이한테나 어울리는 유치한 얘기라고 하겠지만 캡틴 미드나이트는 실제로 존재한다고 믿어. 엄마와 아빠가 다시 나를 사랑할 거라고 믿어. 나는 용기 있는 아이고, 이제 더듬지 않고 말도 잘할 거라고 믿어. 더 이상 왕따도 패배자도 아니고, 더 이상 아지트라고 부르는 구덩이에 숨어 있지 않을 거라고 믿어. 조지를 구하지 못했고 죽을 때 함께 있지 못했다며 조지의 방에서 혼자 울지도 않을 거라고 믿어. 나 자신을 믿어. 원하는 것을 할 수 있다고 믿어.)

빌은 갑자기 어둠 속에서 웃음을 터뜨렸다. 꾸밈없이 천진하고 유쾌한 웃음이었다.

"제기랄, 그 모든 것을 믿는단 말이야!" 빌은 솔직하게 목청껏 외쳤다. 고작 열한 살의 어린 나이였지만, 빌은 한참이 지난 후에 그 모든 것이 옳은 일로 밝혀지리라 예감할 수 있었다. 빌의 주변에서 빛이 넘실거렸다. 머리 위로 두 팔을 쭉 뻗었다. 얼굴을 들자 강렬한 힘이 몸속 깊숙이 파고드는 것이 느껴졌다.

그것의 울부짖음이 다시 높아졌다……. 빌은 갑자기 지금까지와는 정반대로 암흑 속을 되돌아갔다. 그때까지도 머릿속은 그것의 혓바닥 깊숙이 이빨을 파묻은 자신의 모습 그대로였다. 빌은 두 발을 쭉 펴고 어둠 속을 날았다. 더러워진 운동화 끈이 깃발처럼 펄럭였으며, 허공을 가르는 바람 소리가 들려왔다.

다시 거북이를 지나칠 즈음, 거북이는 등딱지 속에 머리를 집어넣은 모습이었다. 등딱지 속이 영겁처럼 아주 깊고 거대한 공간 같은 거북이의 목소리가 공허하게 뒤틀린 느낌으로 전해졌다.

—나쁘지 않구나, 애야. 하지만 지금 그것을 끝장내야 한다. 그냥 도망치게 놔두면 안 돼. 힘은 언젠가 사라지게 마련이야. 네가 열한 살 때 했던 일을 나중에는 엄두도 못내는 경우가 종종 있으니까.

거북이의 목소리는 점점 희미해졌다. 쏜살같이 달려드는 어둠뿐……. 그리고 거대한 터널의 입구……. 먼지와 썩는 냄새……. 흉가의 거미줄처럼 얼굴에 감기는 썩은 비단실……. 곰팡이 낀 타일……. 이제 달빛 모양의 풍선도 모두 사라지고 어둠뿐인 교차로, 그리고 끝없이 이어지는 그것의 비명, 비명.

—놔줘라 놔줘 다시는 돌아오지 않으마 그러니 이제 가게 놔줘 이미 다칠 대로 다쳤단 말이야 아프단 말이다아아아아아…….

"주먹으로 기둥을 후려친다!"

빌은 거의 제정신이 아닌 상태에서 계속해서 고함을 질렀다. 언뜻 빛이 보였지만 흔들리는 촛불처럼 점점 희미해지고……, 자신과 친구들이 손을 잡고 일렬로 선 모습이 보이는데, 양쪽에 서 있는 아이는 에디와 리처드였다. 빌은 고개를 뒤로 확 젖힌 채 거미를 노려보는 자신을 발견했고, 온몸에서 힘이 빠져 기진맥진한 상태였다. 거미는 거친 털이 가시처럼 박힌 사지를 미친 듯이 버둥거리며 침 끝에서 독액을 질질 흘리고 있었다.

그것은 숨넘어가는 고통에 울부짖었다. 그렇다고 빌은 의심 없이 받아들였다.

야구 장갑에 빨려드는 직선 타구처럼 강한 충격을 느끼며 빌이 자신의 몸속으로 돌아온 것은 그때였다. 리처드, 에디와 잡았던 두 손이 찢어질 듯 아팠고, 반동 때문에 무릎을 꿇고 거미줄의 가장자리까지 미끄러지고 말았다. 무심코 거미줄 하나를 붙잡았으나, 마약을 주사한 것처럼 손바닥에서 완전히 감각이 사라져 버렸다. 거미줄은 전선처럼 두꺼웠다.

"만지지 마, 빌!" 벤이 소리치자, 빌은 얼른 거미줄에서 손을 뗐다. 손바닥이 피 범벅이었지만 빌은 거미를 노려보며 비틀비틀 자리에서 일어섰다.

거미는 빛이 닿지 않는 구석을 향해 재빨리 도망치기 시작했다. 거미가 지나가는 자리마다 검은 피가 웅덩이를 이루었다. 거미의 몸은 백 군데쯤 상처가 난 모양이었다.

"빌, 거미줄! 조심해!" 마이클이 소리쳤다.

빌이 물러서며 고개를 들어 보니, 거미줄이 흰색 뱀처럼 그를 향해 떨어지고 있었다. 거미줄은 곧바로 스르르 바닥의 틈새로 사라지기 시작했다. 너덜너덜 떨어져 나가 거미줄의 형체를 찾아보기 어려웠다. 파리처럼 거미줄에 매달려 있던 시체 중 하나가 섬뜩한 소리를 내며 바닥으로 떨어졌다.

"거미! 놈은 어디로 갔지?" 빌이 소리쳤다.

빌의 머릿속에는 그때까지도 고통으로 울부짖는 그것의 비명 소리가 떠돌았다. 빌은 자신이 내동댕이쳐졌던 암흑의 터널 속으로 그것이 달아났다는 사실을 어렴풋이 깨달았다. 그러나 빌을 가두어 두려던 곳으로 가 버린 것인지, 아니면 그들이 사라질 때까지 중간쯤에 숨어 있을 작정인지 알 수 없었다. 그것은 죽을 운명인가? 아니면 잠시 도망친 것일까?

"젠장, 불빛! 불이 꺼졌어! 어떻게 된 거야, 빌? 어디를 갔다

온 거야? 네가 죽은 줄 알았잖아!" 리처드가 소리쳤다.

뒤죽박죽 혼란스러운 상태였지만, 빌은 리처드의 말이 사실이 아닐 거라고 생각했다. 만약 빌이 죽었다고 생각했다면 그들은 뿔뿔이 흩어져 도망치다가 그것에게 하나씩 붙잡혔을 테니까. 아니면 빌이 죽었다고 생각하면서도 동시에 그가 여전히 살아 있다고 믿었는지 모를 일이다.

'확실히 해 두어야 해! 놈이 죽었거나 서식지로 돌아갔다면 성공이야. 하지만 놈이 상처만 입은 정도라면? 곧 상처가 아문다면? 그렇다면…….'

스탠리의 비명이 칼날처럼 빌의 생각을 잘랐다. 희미한 빛 속에서 거미줄 하나가 스탠리의 어깨로 내려왔다. 빌보다 먼저 마이클이 가냘픈 체구의 스탠리에게 돌진했다. 다행히 마이클은 스탠리를 멀리 밀칠 수 있었다. 부서진 거미줄의 잔해가 스탠리의 폴로 셔츠에 달라붙었다.

"뒤로 물러서! 피해! 거미줄이 전부 떨어지고 있어!"

벤이 소리쳤다. 그는 비벌리의 손을 잡고 출입문 쪽으로 달렸다. 한편 스탠리는 멍한 표정으로 주변을 두리번거리며 간신히 일어서서 에디의 손을 잡았다. 두 아이는 벤과 비벌리 쪽으로 달려왔는데, 서로 부축하는 모습이 어스름한 빛 속에서 유령처럼 보였다.

천장에서 거미줄이 축축 늘어지면서 촘촘했던 모습도 무너지기 시작했다. 거미줄에 매달린 시체들이 측량추처럼 빙글빙글 돌았다. 거미줄은 썩은 사다리처럼 하나씩 뜯겨 떨어져 내렸다. 떨어진 거미줄에서 고양이의 울음처럼 날카로운 비명소리가 들렸다가 이내 어디론가 사라져 버렸다.

마이클 핸론은 고등학교 풋볼 팀을 뚫고 진격하듯 머리를 수그리고 요리조리 거미줄을 피하며 달려왔다. 뜻밖에도 웃음을 터뜨린 리처드의 머리칼은 호저의 털처럼 빳빳하게 곤두서 있었다. 빛은 점점 희미해졌다. 벽면에서 새어 나오던 푸른 인광도 점점 자취를 감추었다.

"빌! 빨리 와! 어서 빠져나오라니까!" 마이클이 소리쳤다.

"놈이 죽지 않았으면 어쩌지? 놈을 쫓아가야 해, 마이클! 뒤를 남기면 안 돼!"

또 한 차례 살갗이 찢어지는 듯한 섬뜩한 음향과 함께 거미줄이 연신 낙하산처럼 떨어졌다. 마이클은 빌의 손을 잡아끌며 가까스로 출입문 쪽으로 다가왔다.

"죽었어!" 에디가 뒤따라오며 말했다. 눈빛은 뜨거운 등불 같았지만 목구멍에서 씨근대는 숨결은 삭풍처럼 싸늘했다. 거미줄의 잔해가 깁스에 들러붙어 여기저기 타들어 간 자국을 남겨 놓았다. "분명히 들었어. 놈은 죽어 가고 있는 거야. 쌩쌩한데 그런 소리를 내겠어? 곧 죽을 거야. 장담할게!"

리처드는 어둠 속을 더듬거리다 빌을 붙잡고 힘껏 껴안았다. 그리고 빌의 등을 마구 두드렸다. "나도 들었어. 놈은 죽을 거야, 빌! 죽을 거라고……, 그리고 너, 말을 더듬지 않는구나! 전혀! 어떻게 된 일이지? 대체 무슨……."

빌의 머릿속에 소용돌이가 일었다. 서 있기도 힘들 정도로 몹시 피곤했다. 아니, 피곤하다는 생각조차 들지 않았다……. 그저 한없이 늘어지는 듯한 거북이의 음성만 귓가에 맴돌았다. '지금 끝장내야 해. 도망가게 놔두면 안 된다고……. 열한 살 때 할 수 있는 일을 나중에는 엄두도 못내는 경우가 종종 있으니까.'

"하지만 뒤끝이 없게 확실히……."

아이들의 손이 하나 둘 모여들었다. 이제 어둠 속에서 거의 아무것도 보이지 않았다. 빛이 완전히 사라지기 직전, 빌은 비벌리의 얼굴에서……, 스탠리의 얼굴에서 자신과 마찬가지로 미심쩍은 표정을 보았다. 주위에서 여전히 거미줄 떨어지는 소리가 들려왔다.

빌이 진공 속에 빠지다, 성년

—오랜만이군, 애송이! 머리 꼴이 왜 그 모양인가? 백열등처럼 번쩍거리네그려! 서글픈 일이야, 인간의 짧은 생이란 정말! 머저리가 쓴 짧은 팸플릿만도 못 하다니! 쯧쯧, 가엾어라.

'나는 지금도 물론 빌 덴브로다. 네놈은 내 동생을, 사나이 스탠리를 죽였고, 마이클을 죽이려 했다. 네게 해 줄 말이 있어 왔다. 이번에는 네놈의 숨통을 완전히 끊어 주마.'

—거북이는 너무 우둔해서 거짓말도 제대로 못하지. 그 늙은이는 네게 진실을 말해 줬어, 애송이……. 기회는 한 번뿐이라고 말이야. 너희들이 내게 상처를 입히고……, 깜짝 놀랬지. 하지만 두 번 다시 그런 일은 없을 거야. 너희들을 다시 불러들인 게 바로 나니까. 바로 나란 말씀이야.

'그래, 네놈이 우리를 불렀지. 하지만 세상에 너 혼자만 있다고

생각해서는 곤란해.'

—네놈의 친구, 거북이를 말하나 본데……. 그 늙은이는 몇 년 전에 세상을 하직했어. 멍청하게도 자신의 등딱지를 파먹다가 은하 한두 개가 목에 걸리는 바람에 숨이 막혀 죽었어. 정말 애통할 일이야, 안 그런가? 하지만 또 한편으로는 기이한 일이지. 리플리의 『믿거나 말거나』에 기록될 만한 사건이니까. 작가라는 작자들도 질식해서 죽을 듯한 상황을 잘 이해할 거야. 거북이가 죽었다는 사실을 인정해야 할 거야, 애송이 친구.

'내 생각은 달라.'

—아니야, 너도 곧 인정할걸……. 두고 보면 알겠지. 이번만은 애송이 친구, 죽음의 빛을 포함해서 모든 걸 죄다 보여 줄 생각이니까.

빌은 그것의 목소리가 격앙되고 와글와글 고음으로 치솟다가 이윽고 격한 분노에 휩싸이자 두려움을 느꼈다. 그는 상상 속에 있는 그것의 혓바닥을 향해 손을 뻗치며, 어린 시절의 믿음을 온전히 살려 내려고 필사적으로 애썼다. 그러나 한편으로 그것이 하는 말이 사실임을 인정할 수밖에 없었다. 지난번에는 그것이 불의의 일격을 받는 바람에 준비할 여유가 없었다. 그러나 이번에는 그것 외에 그들을 불러들인 존재가 따로 있다고 해도, 그것이 그들을 기다리며 일전을 준비할 여유가 충분했던 셈이다.

그러나…….

빌은 그것의 눈을 뚫어지게 노려보며, 자신의 분노와 순수와 다짐을 떠올렸다. 그것의 오래된 상처를 보았으며, 생각대로 치명적인 그 상처가 여전히 완전하게 아물지 않았다는 사실을 깨달았다.

그것이 빌을 집어던지는 순간, 그는 정신이 육체에서 빠져나오는 걸 느꼈고, 그럴수록 그것의 혀를 붙잡으려고 안간힘을 썼다……, 하지만 잡히지 않았다.

리처드

다른 네 명은 꼼짝도 못한 채 지켜보고만 있었다. 전에 벌어진 상황이 그대로 재현되고 있었다. 금방이라도 빌을 잡아챌 기세였던 거미도 돌연 얼어붙은 모습이었다. 빌의 시선은 거미의 홍옥빛 눈알에 못 박혀 있었다. 서로 교감을 나누는 듯한 눈빛……, 그러나 다른 사람들은 짐작조차 할 수 없는 교감이었다. 다만 양자의 치열한 투쟁과 의지의 충돌만 느껴졌다.

그때 리처드는 거미줄을 바라보다가 27년 전과 다른 것을 발견했다.

반쯤 먹히고 부패한 상태로 거미줄에 매달린 시체들은 예전과 다를 바 없었지만……, 구석에 높이 매달린 시체 한 구는 어딘지 낯설었고 아직 살아 있다는 느낌마저 들었다. 비벌리는 눈치 채지 못했지만 그녀의 시선이 빌과 거미에게 못 박힌 상황이므로 리처드는 비벌리와 거미줄에 매달린 여자가 아주 닮았다는 사실에서 크나큰 충격을 받았다. 여자의 긴 머리칼은 붉은색이었다. 눈을 뜨고 있었지만 흐릿하고 움직임도 없었다. 왼쪽 입가에서 거품이 나와 턱으로 흘러내렸다. 그녀가 매달린 위치는 거미줄의 중심부였고, 얇은 천 같은 것이 허리에 감겨져 그녀는 마치 반절을 하듯 상체를 구부리고 사지를 축 늘어뜨린 모습이었다. 신발이 벗겨져 맨발이었다.

리처드는 그녀 바로 아래에서 또 다른 시체를 보았다. 한번도 본 적 없는 남자……. 그러나 그 남자의 얼굴에서 어른이 된 헨리 바워스가 문득 떠올랐다. 남자의 두 눈에서 피가 흘러 입과 턱에 거품처럼 굳어 있었다. 그는…….

그때 비벌리가 비명을 질렀다. "잘못됐어! 뭔가 이상하단 말이야! 이럴 수가, 어서 빌을 도와줘야 해……."

리처드는 재빨리 빌과 거미를 바라보았고……, 괴물의 웃음소리를 듣고 느꼈다. 빌의 얼굴은 기이할 정도로 일그러져 있었다. 낯빛이 양피지처럼 누르스름한 것이 고령의 노인을 연상시켰다. 허옇게 치켜뜬 눈은 흰자위만 가득했다.

'이런, 빌은 어디로 간 거지?'

리처드가 지켜보는 동안, 빌의 코에서 거품처럼 피가 튀어나왔다. 비명이라도 지르려는 듯 입술이 한껏 일그러지고……, 거미는 그를 향해 한 발 더 다가섰다. 거미가 몸을 비틀자 독침이 드러났다.

'놈은 빌을 죽이려는 거야……. 정신이 빠져나간 몸뚱이를……. 정신이 다른 곳에 가 있는 동안 죽일 셈이야. 그래서 정신이 돌아올 자리를 없애 버리려는 수작이지. 이러다가 놈의 뜻대로 되고야 말겠어……. 빌, 어디 있는 거야? 제기랄, 대체 어디야, 어디?'

어렴풋이나마 까마득히 먼 곳에서 빌의 비명이 들려오는 것 같았다. 그가 외치는 말은 또렷하면서도

(거북이가 죽었어 아 신이시여 거북이는 정말 죽고 말았어)

처절함이 배어 있었지만 리처드는 무슨 의미인지 알 수 없었다.

비벌리가 다시 비명을 지르며 귀를 틀어막았다. 거미가 독침을 치켜들자, 리처드는 최고의 장기인 아일랜드 경찰관의 목소리로 고함을 지르며 거미에게 달려들었다.

"어이, 어이, 외국 아가씨! 대체 무슨 짓을 하시려나? 허튼 짓은 그만두는 게 좋아. 팬티를 벗기고 볼기짝을 후려치기 전에!"

거미가 기이한 웃음을 거둘 때 리처드는 거미의 몸속에서 분노와 고통이 솟구치는 것을 느꼈다. '효과가 있어!' 그는 승리감을 맛보았다. '놈에게 일격을 가한 거야! 근데 어디지? 아, 놈의 혓바닥이야! 빌에게 정신이 팔린 사이, 내가 보기 좋게 놈의 혀를 물어뜯은 셈이야…….'

거미가 리처드를 향해 사납게 울부짖는 동안, 그는 머릿속에서 벌떼가 윙윙거리고, 자기의 육체에서 벗어나 어둠 속으로 팽개쳐지는 기분을 느꼈다. 거미도 리처드에게 일격을 가한 셈이었다. 공포의 물결이 리처드를 휩쓸고 지나면서 엉뚱한 생각이 떠올랐다. 비벌리가 요요를 갖고 슬립, 워크 더 도그, 어라운드 더 월드 같은 기술을 선보이는 모습이 떠올랐다. 어느새 리처드는 자신이 인간 요요로 변했고, 거미의 혀는 요요를 감는 줄처럼 느껴졌다. 워크 더 도그가 아니라 '워크 더 스파이더' 묘기를 보여야 할 판이니, 이거 정말 재밌는 상황이 아닌가, 안 그런가?

리처드는 웃었다. 입 안을 쩍 벌리고 웃어 대는 것이 무례할지 모르지만 지금 에티켓 사전이나 뒤적이고 있을 여유는 없었다. 그래서 더욱더 요란하게 웃다가 있는 힘껏 이빨에 힘을 주었다.

거미는 또 한 차례 오싹한 비명을 지르며, 빌을 떼어 놓으려고 거칠게 몸부림치기 시작했다. 깜짝 놀라고 화가 난 것이 역력했다. 솔직히 그것은 자신에게 덤벼들 만한 인물이 소설가뿐이라고 생각했는데, 잠깐 방심한 사이 도깨비 같은 남자가 미친 아이처럼 웃어 대며 혓바닥을 물고 늘어지니 기가 막혔다.

거미의 몸부림 때문에 리처드는 조금씩 미끄러지는 느낌이 들었다.

'꽉 잡아요, 나리. 함께 이곳을 빠져나갑시다. 나가면 복권을 사 드리지요. 꽝 없는 1등 복권이니, 부자가 될 거예요. 어머니 이름을 걸고 맹세합죠.'

리처드는 더 힘껏 이빨에 힘을 주었다. 이번에는 그 자신의 혀에 깊숙이 파고드는 거미의 독니가 느껴져서 몹시 고통스러웠다. 허허, 그래도 재미있네그려. 어둠 속에서 빌에 이어 괴물의 혀에 매달려 목숨을 다투면서도, 그것의 독니에 물려 머릿속이 온통 시뻘건 안개에 휩싸일 정도로 통증을 느끼면서도 정말 재미있다는 생각이 들었다. '자, 보시라, 여러분. 디스크자키가 정말 하늘을 날잖아요.'

더구나 아주 잘 날고 있었다.

리처드는 그토록 짙은 어둠을 마주한 적도, 존재하리라 생각한 적도 없었으며, 광속으로 날며 사냥개가 쥐를 보고 으르듯 온몸이 미친 듯이 떨릴 줄은 몰랐다. 앞쪽 어딘가에 거대한 시체 같은 것이 버티고 있는 느낌이었다. 빌이 죽었다고 한탄하던 거북이의 시체일까? 그럴 것이다. 그저 죽은 딱딱한 껍질. 리처드는 그 시체를 지나 어둠 속으로 휩쓸렸다.

정말이지 발바닥에서 연기가 날 정도로 아찔하군. 리처드는 또 한 번 미친 듯이 웃고 싶은 충동을 느꼈다.

'빌! 빌, 내 말 들려?'

—녀석은 이미 끝났다. 죽음의 빛 속에 갇혔으니까. 이제 혓바닥을 놔라! 놓으란 말이야!

'리처드?'

끔찍이도 아득한 곳에서, 칠흑 같은 어둠 한쪽에서.

'빌! 빌! 나야! 나를 붙잡아! 젠장, 제발 좀 붙잡으라니까.'

—죽었다니까, 너희 모두 죽은 몸이야. 너는 너무 늙었어. 이해 못 하겠나? 이제 혓바닥에서 좀 떨어지라니까!

'이봐 암캐, 로큰롤에 나이가 무슨 상관이냐.'

—놔라!

'빌에게 데려다 주면 놔주마.'

'리처드…….'

'아, 빌이 가까이 있어, 정말 다행이야……. 내가 왔다, 빌! 리처드가 구해 주러 왔다! 너 같은 미련한 버벅이를 구하러 왔다고! 니볼트 가에서 진 빚을 갚으려고, 기억나?'

—놓으라니까아아아!

갑자기 눈앞이 노래지는 고통이 달려들었다. 리처드는 문득 자기 때문에 그것이 얼마나 깜짝 놀라고 있는지 깨달았다. 놈은 빌이 유일한 적수라고 생각했던 것이다. 하하, 기분 괜찮은데. 멋져, 리처드. 리처드는 곧바로 그것의 숨통을 끊어 놓겠다는 생각은 없었으며, 그럴 수 있을 거라는 자신도 없었다. 그러나 빌이 자칫 죽을 상황이며, 이미 그의 목숨이 경각에 달려 있다는 사실은 분명했다. 빌은 엄청난 충격에 빠져 있지만 과연 어떤 충격인지는 애써 생각하지 않는 편이 좋을 것 같았다.

'리처드, 안 돼! 돌아가! 이곳은 마지막 경계선이야! 죽음의 빛!'

'한밤중에 달리는 영구차 소리를 한번 내 봐요, 나리……. 거기가 어디인지만 말해 봐, 자기야. 미소를 지어 보라고. 그럼 자기가 어디 있는지 금방 찾아낼 테니까!'

불현듯 저 앞에서 이쪽저쪽으로

(왼쪽? 오른쪽? 여기는 방향도 없구나)

미끄러지는 빌의 모습이 보였다. 그리고 빌의 앞쪽에서 리처드의 웃음을 단번에 거두어 버릴 만한 무엇인가가 빠르게 다가오고 있음을 보았다(느꼈다). 장벽이라고 할까, 이성적으로는 도저히 납득이 가지 않는 기이하고 비기하학적인 형태. 리처드는 굳이 이해하려고 애쓰는 대신, 그것의 모습을 거미로 단순하게 환원한 것과 마찬가지로, 그 장벽을 고대의 나무 기둥으로 만들어진 거대한 회색 벽이라고 단정 지었다. 가축 우리처럼 줄지어 선 나무 기둥들은 위나 밑이나 그 끝이 보이지 않았다. 그리고 기둥 너머 거대한 빛이 언뜻 스쳐 갔다. 빛은 휘황한 광채를 내뿜으며 움직이면서, 미소를 띠기도 하고 으르렁대기도 했다. 빛은 살아 있었다.

(죽음의 빛)

살아 있는 것 이상이었다. 자기력과 중력 같은 힘으로 가득 차 있었다. 리처드는 돌연 위로 솟구쳤다가 떨어지는가 싶더니, 빙빙 휘돌리고 끌려가는 것이 마치 어느 내부의 관을 따라 급속도로 솟구치는 기분이었다. 잡아 삼킬 듯 강렬하게 다가서는 빛……. 게다가 빛은 생각하는 능력까지 있었다.

'드디어 그것이 나타났군. 이게 바로 놈의 나머지 부분이야.'

—놔라. 이렇게 네놈 친구한테 데려다 줬잖아.

'자기야, 어떡하니. 나도 모르게 거짓말 할 때가 종종 있거든. 그건 우리 엄마 아빠도 못 말리는 병이지.'

그때 빌이 빙글빙글 돌며 장벽 사이로 휩쓸리자, 기다렸다는 듯이 빛은 사악한 손가락을 들어 빌을 움켜잡으려고 했다. 리처드는 마지막 힘을 쥐어짜며 빌을 향해 돌진했다.

'빌! 이쪽으로 손을 뻗어! 내 손을 잡으라니까! 손, 젠장, 손을 내밀어!'

빌이 불쑥 손을 뻗자, 살아 있는 빛 덩어리는 신비한 무어인의 양식처럼 바퀴와 초승달, 별과 스와스티카불교의 만(卍)자를 역전한 모습의 문양 같은 형태를 오드라의 결혼반지 위에 반사시키며 거대한 사슬처럼 꿈틀꿈틀 빌을 향해 다가왔다. 빌의 얼굴에 이글거리는 빛이 문신처럼 넘실거렸다. 리처드가 있는 힘껏 손을 뻗자, 그것은 비명을 지르며 고통스럽게 신음했다.

(아 놓쳤어, 장벽 사이로 사라져 버렸잖아)

마침내 빌이 리처드의 손을 움켜잡았고, 리처드는 손아귀에 불끈 힘을 주었다. 하지만 빌의 두 다리가 장벽 속으로 빨려들었다. 그 미칠 듯한 순간에 리처드는 장벽 속에 빨려든 빌의 다리에서 훤히 비치는 뼈와 혈관, 모세혈관을 보았다. 세상에서 가장 강력한 엑스선 장치에 발을 댄 것 같았다. 리처드는 팔의 근육이 끈적끈적한 사탕처럼 늘어지고, 어깨 관절이 으드득거리며 금방이라도 떨어져 나가는 기분이 들었다.

리처드는 필사적으로 빌을 잡아당기며 소리쳤다. "우리를 돌려보내! 돌려보내지 않으면 네놈을 죽일 테다! 목……, 내 목소리로 너를 죽여 버리겠어!"

거미가 다시 새된 소리로 울부짖자, 리처드는 순식간에 온몸에 내리꽂히는 강렬한 충격을 맛보았다. 팔뚝이 뜨겁게 달구어진 흰색 막대처럼 끔찍한 고통을 전했다. 빌의 손을 움켜쥔 손아귀에서도 점점 힘이 빠졌다.

"꽉 잡아, 빌!"

"알았어! 리처드, 잡았어!"

'꽉 잡는 편이 좋을 거야.' 리처드는 문득 침울한 생각에 빠졌다. '기를 쓰고 찾아봐도 이곳엔 염병할 유료 화장실 하나 없을 테니까.'

순식간에 두 사람은 그 악랄한 빛으로부터 멀어졌다. 빛은 이내 아주 작은 점으로 변하더니 그마저 사라졌다. 그들이 어뢰처럼 어둠에서 미끄러지는 동안, 리처드는 여전히 그것의 혀를 꽉 깨물고 끊어질 듯 아픈 손으로 빌의 허리를 바짝 감싸 안았다. 다시 거북이가 나타났다가 순식간에 사라졌다.

리처드는 딱히 설명할 길은 없지만 그들이 현실 세계로 돌아가고 있음을 깨달았다(다시는 현실이니 진짜니 하는 생각을 하고 싶지 않았다. 현실이란 그저 그럴듯한 배경이며 그 이면에는 얽히고설킨 전선들이 받쳐져 있다는 생각뿐……, 그것의 거미줄을 형성하고 있는 줄처럼). '하지만 우리는 무사할 거야. 다시 돌아갈 수 있을 테니까. 우리는…….'

그때부터 치고 때리고 양쪽으로 정신없이 흔들리고, 난타전을 방불케 하는 격동이 일기 시작했다. 그들이 제자리로 돌아가기 전에 그들을 떼어 놓고 그 외계의 공간에 버려 두기 위해 그것이 마지막 발악을 하고 있었다. 리처드는 손아귀의 힘이 점점 더 빠져나가는 것을 느꼈다. 승리감에 취한 그것의 으르렁거림이 들리자, 리처드는 그것의 혀를 놓치지 않으려고 마지막 힘을 쥐어짰다. 하지만 점점 더 미끄러질 뿐이었다. 이를 악물어도 이빨 사이에 뭔가를 깨물고 있다는 느낌이 들지 않았다. 그저 가볍고 엷은 기운만 느껴질 뿐.

"도와줘! 놈을 놓칠 것 같아! 도와줘!" 리처드는 울부짖었다.

에디

에디는 무슨 일이 벌어지고 있는지 제대로 알 수 없었다. 그저 얇은 커튼 뒤에 서 있다는 느낌이 들었다. 그리고 빌과 리처드가 다시 돌아오기 위해 안간힘을 쓴다는 것을 어렴풋이나마 감지할 뿐이었다. 그들의 몸은 그곳에 있지만 나머지(그들의 본질)는 아득히 먼 곳에 있었다.

에디는 거미가 빌에게 독침을 겨냥하는 순간, 리처드가 우스꽝스러운 아일랜드 경찰관의 목소리로 외치며 거미에게 달려드는 광경을 지켜보았다. 넬 씨의 목소리와 섬뜩할 정도로 똑같은 걸 보면, 리처드만이 그동안 자신의 장기를 유감없이 갈고 닦은 것 같았다.

거미가 리처드를 향해 돌아서자, 에디는 그 빨건 눈알이 무시무시할 정도로 부풀어 오르는 것을 보았다. 리처드가 이번에는 판초 바닐라의 목소리로 고함을 질렀을 때, 에디는 거미의 비명소리를 느낄 수 있었다. 그것이 오래전에 입은 상처가 다시 벌어지자 벤은 정신없이 소리쳤다. 상처에서 시커먼 원유 같은 점액질이 흘러내렸다. 리처드가 무슨 말인가를 지껄였지만……, 그 목소리가 노래의 여운처럼 점점 희미해졌다. 그는 얼굴을 뒤로 젖히더니 거미의 눈을 노려보았다. 거미는 다시 잠잠해졌다.

시간이 얼마나 흘렀을까, 에디는 가늠할 수 없었다. 리처드와 거미는 여전히 서로를 노려보고 있었다. 에디는 그들 사이에 이루어지는 어떤 교감을 느꼈으며, 멀리서 오가는 듯한 대화와 감정의 소용돌이를 느꼈다. 정확히 설명할 수는 없어도 색채와 분위기로 그런 느낌을 알아챌 수 있었다.

빌은 바닥에 쓰러져 코와 귀에서 피를 흘리며 손가락을 약간 뒤틀었는데, 기다란 얼굴이 창백했고 두 눈은 감은 상태였다.

거미는 너덧 군데에서 피를 쏟고 27년만에 또 한 차례 치명상을 입었음에도 여전히 위협적인 힘이 남아 있었다. 에디는 생각했다. '우리는 왜 이렇게 우두커니 서 있기만 하지? 리처드를 상대하느라 정신이 팔렸을 때 한꺼번에 공격하면 되잖아! 그런데 왜 아무도 움직이질 않는 거야?'

에디는 점점 더 또렷해지는 승리감을 느꼈다. '그들이 돌아오고 있어!' 한껏 소리라도 지르고 싶은 심정이었지만 입속이 바싹 마르고 목구멍이 달라붙어 신음조차 나오지 않았다. '빌과 리처드가 돌아오고 있단 말이야!'

그때 리처드의 얼굴이 양쪽으로 천천히 움직이기 시작했다. 옷에 싸인 육체에서 부드러운 물결이 이는 것 같았다. 미끄러진 안경이 한동안 코끝에 걸려 있다가……, 돌바닥으로 떨어져 깨져 버렸다.

거미가 요동치면서 털북숭이 다리로 덜커덕거리며 뒷걸음질 쳤다. 그러나 그것은 엄청난 승리감에 취한 듯 포효했으며 에디의 귓가로 리처드의 목소리가 또렷하게 들려왔다.

(도와줘! 놈을 놓치겠어! 도와줘!)

에디는 다급히 주머니에서 흡입기를 꺼내며 앞으로 뛰어갔다. 바늘구멍처럼 좁아진 목구멍에서 씨근씨근 가녀린 숨결이 간신히 토해졌다. 느닷없이 어머니의 얼굴이 떠오르는 것도 엉뚱하기 짝이 없었지만 그녀는 냅다 고함까지 지르는 것이었다. "가까이 가지 마라, 에디! 썩 물러나라니까! 그런 것을 잘못 만졌다가는 암에 걸린다고!"

"그만 좀 해요, 엄마!"

에디는 마지막 목소리를 쥐어짜듯 버럭 고함을 질렀다. 에디의 고함소리를 듣고 거미가 고개를 돌리느라 리처드에게서 눈길이 떨어졌다.

"여기다! 이거나 먹어라!"

에디의 외침은 희미했지만, 곧바로 거미에게 뛰어들어 흡입기를 총처럼 겨냥했다. 문득 되살아나는 유년 시절의 믿음, 약이 모든 것을 해결해 주리라는, 덩치 큰 아이들한테 괴롭힘을 당할 때도, 수업이 끝나 한꺼번에 교실 문으로 몰려드는 아이들에게 채여 넘어졌을 때도, 어머니의 반대 때문에 야구 경기에 끼지 못하고 트래커 형제의 차고지 공터 끝에 가만히 앉아 있을 때도 주머니에 약이 있다는 사실만 떠올리면 마음이 편안했다. 에디에게 약은 좋은 것이고 강한 것이었다. 그는 거미의 얼굴을 향해, 그 끔찍한 악취를 향해 뛰어들면서, 그것의 분노와 살의에 움츠러들면서 그것의 홍옥 빛 붉은 눈알을 향해 흡입기를 발사했다.

에디는 그것의 비명소리를 들었다(느꼈다). 분노가 아니라 그저 고통에 몸부림치는 울부짖음이었다. 액체 분말이 그것의 시뻘건 눈 속으로 파고들어 눈알에 닿자마자 흰색으로 변하더니 석탄산처럼 가라앉았다. 그것의 눈알은 핏빛에 물든 달걀 노른자처럼 물컹물컹해졌다. 곧이어 눈알에서 피와 점액질과 구더기가 뒤섞인 액체가 쏟아지기 시작했다.

"정신 차려, 빌!" 에디는 마지막 숨결처럼 비명을 쥐어짜며 거미를 있는 힘껏 내리쳤다. 불쾌하고 뜨뜻한 열기가 느껴졌다. 오싹하리만큼 축축하고 미지근한 느낌이 들었다. 그제야 에디는 한쪽 팔이 거미의 입속에 들어간 것을 깨달았다.

에디는 또 한번 흡입기를 쏘았다. 이번에는 그것의 목구멍 깊숙이, 악취 나는 식도 속에 액체 분말이 뿜어졌다. 그는 불 채찍처럼 달려드는 아찔한 고통과 칼날처럼 서늘하고 또렷한 감각을 느꼈다. 그것이 턱을 악물면서 에디의 팔을 어깨에서 잘라 낸 것이다.

에디는 땅바닥에 쓰러졌고, 잘려 나간 팔의 남은 부분에서 피가 뿜어져 나왔다. 그리고 희미하게 빌이 비틀비틀 일어서고, 리처드가 만취한 사람처럼 뭐라고 지껄이는 소리가 어렴풋이 느껴졌다.

"에즈……."

목소리가 아득했다. 상관없었다. 에디는 피와 함께 모든 것이 빠져나감을 느꼈다……. 그 안의 모든 분노와 고통, 두려움과 혼돈, 그리고 상처까지. 그는 자신이 죽어 가고 있음을 느꼈다. 그리고……, 아, 신이여, 참으로 맑고 깨끗하군요. 깨끗하게 닦아 낸 유리창처럼, 뜻밖에 찬연한 여명이 그 유리창으로 몰려드는 것처럼. 오, 신이여, 저 빛, 완벽한 이성의 빛. 매순간마다 세상의 지평선을 씻어 주는.

"에즈, 이럴 수가, 빌, 벤, 팔이 잘렸어. 팔이……."

에디는 흐느끼는 비벌리를 올려다보았다. 지저분하게 얼룩진 그녀의 뺨 위로 눈물이 흘렀고, 그녀의 손이 에디의 머리를 받쳐 들었다. 그녀는 블라우스를 찢어 에디의 잘린 팔 끝에 대고 피를 멈추려 했지만 이내 절망적으로 울부짖었다. 에디는 리처드를 바라보며 입술을 달싹거렸다. 점점 뒤로 물러나는 느낌. 그러나 몸속에서 불결한 것이 모조리 빠져나가 허전해질수록 점점 맑아지는 정신은, 너무 맑고 투명해서 그 속으로 흘러가는 빛이 느껴질 정도였다. 시간이 남아 있다면 에디는 그 기분을 친구들에게 알려 주고 싶었다. '썩 나쁘지는 않아.' 아마 그렇게 운을 뗄 것이다. '절대 나쁘지 않아.' 하지만 그보다 먼저 꼭 해 둘 말이 있었다.

"리처드." 에디가 속삭였다.

"응?" 리처드는 주저앉아 애처로운 눈빛으로 에디를 바라보았다.

"에즈라고 부르지 말라니까." 그러고는 웃었다. 그는 왼손을 천천히 들어 리처드의 뺨을 어루만졌다. 리처드는 울고 있었다. "너도 알잖아. 내가……, 내가……." 에디는 스르르 눈을 감았다.

그는 어떻게 말을 끝낼까 생각하면서 숨을 거두었다.

데리, 오전 7시부터 9시까지

오전 7시, 데리의 풍속은 시속 60킬로미터까지 치솟았고, 간헐적인 돌풍은 72킬로미터를 기록했다. 뱅고어 국제 공항에 근무하는 국제 기상 통보관, 해리 브룩스는 오거스타에 있는 국제 기상청 본부에 다급한 전갈을 보냈다. 그의 보고에 따르면, 바람은 서쪽에서 불어와 지금까지 한번도 관측된 바 없는 기이한 반원형 형태로 진행 중인데……, 소형 태풍의 변종으로 보이며 무엇보다 데리 시에만 국한된 현상이었다.

오전 7시 10분, 뱅고어의 주요 방송국들은 일제히 태풍 경보를 내보냈다. 트래커 형제의 차고지 인근에서 폭발한 변압기의 영향으로 황무지의 캔자스 가 방면 일대에 전력이 끊어졌다.

오전 7시 17분, 황무지의 올드케이프 방면에서 늙은 단풍나무가 굉음을 내며 쓰러지면서 메리트 가와 케이프 거리 모퉁이에 있는 나이트올 상점을 짓뭉개 버렸다. 상점의 단골 고객인 레이먼드 포가티는 대형 에어컨에 깔려 그 자리에서 숨졌다. 그는 데리 감리 교회의 목사이자 1957년 10월에 조지 덴브로의 장례식을 주관한 인물이었다. 단풍나무가 인근 전신주까지 덮치는 바람에 올드케이프와 그 너머 현대식 셔번 우즈 주택 단지는 정전 사태에 빠졌다. 침례 교회의 첨탑 시계는 6시에도 7시에도 울리지 않았다.

오전 7시 20분, 올드케이프에서 단풍나무가 쓰러진 지 3분 후, 인근 주택의 변기들이 일제히 똥물을 뿜어내며 폭발한 지 1시간 15분이 지난 시각, 첨탑 시계는 열세 번 울렸다. 그로부터 1분 후 청백색 번개가 교회 첨탑에 떨어졌다. 이 교회 목사의 아내, 히더 리비는 사제관 주방에서 우연히 창 밖을 바라보았고 "다이너마이트처럼 폭발했다."라는 말로 그때의 광경을 설명했다. 흰색 판자와 버팀목이 산산이 쪼개지고, 스위스산 시계 부속품이 우수수 떨어졌다. 다 부서지다시피 한 첨탑이 일순 불길에 휩싸이더니 빗줄기에 곧바로 꺼져 버렸다. 그쯤에서 빗줄기는 장대비로 바뀌었다. 도심 상가로 향하는 거리마다 빗물이 거품을 일으키며 거세게 흘러내렸다. 메인 가 밑으로 지나는 운하의 지하 수로에서 줄기차게 흔들림이 전해졌다. 사람들은 불안한 눈빛으로 서로를 힐끔거렸다.

오전 7시 25분, 침례 교회 첨탑이 붕괴되면서 나는 굉음이 여전히 데리 전역에 울려 퍼지는 가운데, 월리 별천지에 들른 잡부 한 명이 비명을 지르며 거리로 뛰쳐나왔다. 그는 11년 전 메인 대학에 입학한 후 알코올중독에 빠진 이력의 소유자로, 청소를 하고 쥐꼬리만 한 돈을 받았으며 일요일만 빼고 월리 별천지를 청소하러 매일 아침 그곳에 들렀다. 그러나 밤사이 술집에 남겨진 맥주와 안주를 마음대로 먹을 수 있다는 것이 그에겐 진정한 보수나 다름없었다. 리처드 토저는 그를 기억할지도 모른다. 그의 이름은 빈센트 카루소 탤리엔도이며, 초등학교 시절에는 '코딱지' 탤리엔도로 더 잘 알려진 인물이었다. 데리에 대참사가 벌어진 그날 아침, 그는 술집 바닥을 천천히 걸레질하다가 일곱 개의 맥주

통을 발견했다. 그중 세 통은 버드와이저, 두 통은 나라간셋, 한 통은 슐츠(월리 별천지의 단골 손님들에겐 '찔끔 맥주'로 통했다), 나머지 한 통은 밀러 맥주였다. 그런데 투명 인간이 흔들어 대는지 맥주 통 일곱 개가 죄다 들썩거리는 것이었다. 통마다 황금빛 거품과 함께 맥주가 쏟아졌다. 탤리엔도는 깜짝 놀라 앞으로 달려갔지만 유령이나 환영 따위는 안중에도 없었고, 그저 아침마다 챙기는 소중한 떡고물이 그대로 배수구로 흘러들어 사라진다는 초조함뿐이었다. 그런데 그는 떡하니 멈추어 서서 눈을 휘둥그렇게 뜨고는 맥주 냄새 가득한 월리 별천지에서 홀로 비명을 지르기 시작했다. 맥주가 피로 변해 있었다. 핏물은 크롬 도금한 배수구로 소용돌이치며 흘러들다가 이내 넘쳐서는 계산대 옆으로 시냇물처럼 흘러갔다. 이어서 맥주통 주둥이에서 머리칼과 살점이 튀어올랐다. '코딱지' 탤리엔도는 완전히 혼비백산해서 계속해서 비명을 지를 엄두도 나지 않았다. 그때 카운터 밑에서 맥주통 하나가 펑 하며 터지는 것 같았다. 찬장 문이 죄다 활짝 열리기 시작했다. 마술사의 속임수처럼 녹색 연기가 찬장에서 흘러나왔다. '코딱지' 탤리엔도는 더 이상 지켜볼 수만은 없었다. 그가 비명을 지르며 거리로 뛰쳐나왔을 때, 거리는 이미 작은 개울처럼 빗물이 넘쳤다. 그는 엉덩방아를 찧었다가 화들짝 일어나서 뒤를 흘끔거렸다. 요란한 총성이 울리며 술집 창문 하나가 깨졌다. 유리 조각이 그의 머리로 날아들었다. 화산재처럼 날아든 유리 조각은 기적적으로 그를 피해 갔지만……, 그는 누이를 보러 이스트포트에 가야 할 때가 왔다고 생각했다. 그는 곧바로 출발했다. 그는 데리의 경계선을 넘기까지의 여정만으로 장편의 무용담을 엮어

낼 정도였지만……, 그 도시를 빠져나갔다는 사실만으로도 천운이나 다름없었다. 다른 사람들은 그런 행운을 잡지 못했다.

알로이시오 넬, 어느덧 일흔여덟 살을 바라보는 전직 경찰관은 스트라팜 가의 자기 집 거실에 아내와 함께 앉아 폭풍이 몰아치는 데리를 바라보고 있었다. 오전 7시 32분, 넬은 갑작스레 발작 증세를 보였다. 일주일 후 그의 아내가 남동생에게 말한 바에 따르면, 넬은 바닥에 커피 잔을 떨어뜨리더니 벌떡 일어서 눈을 휘둥그렇게 뜬 채 고함을 지르기 시작했다. "어이, 어이, 외국 아가씨! 대체 무슨 짓을 하시려나? 허튼 짓은 그만두는 게 좋아. 팬티를 벗기고 볼기짝을 후려치기 전에에에에!" 그러더니 바닥에 떨어진 커피 잔 위로 쓰러져 버렸다. 마우린 넬은 최근 3년 동안 남편의 심장이 부쩍 약해진 사실을 떠올리면서 남편의 윗옷을 느슨하게 풀어 주고 나름대로 마음의 준비를 했다. 그녀는 맥도웰 신부를 부르려고 다급히 전화기를 집어 들었다. 그러나 전화는 불통이었다. 전화기에서 순찰차의 사이렌처럼 묘한 소리가 들려왔다. 할 수 없이 그녀는 신성모독인 줄 알면서도 몸소 병자성사를 하기로 마음먹었다. 그녀는 나중에 신께서도 이해해 주실 거라고 생각했다고 남동생에게 말했다. 알로이시오 넬은 좋은 남편이자 좋은 사람이었으며, 과음하는 경향이 있었지만 그 역시 그의 몸에 밴 아일랜드 인의 기질 때문이라고 능히 이해할 만했다.

오전 7시 49분, 키치너 철공소 자리에 들어선 데리 쇼핑센터에 연이어 폭발음이 진동했다. 다행히 인명 피해는 없었다. 쇼핑센터의 개장 시간은 10시였고, 다섯 명의 관리인도 8시까지만 출근하면 되었기 때문이다(사실 그런 악천후에서 관리인 몇 명이 출근 시간을 어겼다고 탓할 일은 아니었다). 경찰은 수사 과정에서 내부 직원의 범행 가능성에 대해서는 무게를 두지 않았다. 다소 막연한 추측이기는 했지만 경찰은 침수로 인한 전기 누전을 폭발 원인으로 보았다. 원인이 무엇이든, 그 후 오랫동안 사람들은 데리 쇼핑센터를 찾지 않았다. 첫 번째 폭발로 보석 매장이 완전히 날아가 버렸다. 다이아몬드 반지, 소유자의 신분을 새겨 넣는 팔찌, 진주 목걸이, 결혼 반지함, 세이코 디지털 시계 따위가 사방으로 흩어져 번쩍거렸다. 두 번째 폭발은 뮤직 박스(오르골)를 동쪽 복도 끝에 있는 페니 매점까지 날려 버렸다. 뮤직 박스는 그대로 분수 속에 처박혀 「러브 스토리」의 주제가를 수중 버전으로 연주하다가 멈추었다. 폭발의 여파로 베스킨 로빈스 매장까지 벌집이 되는 바람에 서른한 가지의 향료가 섞여 있다는 아이스크림이 걸쭉한 개울물처럼 바닥을 흘러갔다. 이때 떨어져 나간 시어스 가전 매장의 지붕 일부가 연처럼 돌풍을 타고 날아가다 900미터쯤 떨어진 브렌트 킬갤런이라는 농부의 곡물 창고를 두 동강 냈다. 킬갤런의 열여섯 살 먹은 아들이 어머니와 함께 뛰어나와 이 광경을 사진에 담았다. 나중에 《내셔널 인콰이어러》가 그 사진을 60달러에 사들였으며, 킬갤런의 아들은 이 돈으로 야마하 오토바이의 타이어를 새것으로 바꾸었다. 세 번째 폭발로 의류 매장이 박살나면서 불붙은 치마와 청바지, 속옷 따위가 빗물에 잠긴 주차장으로 날아들었다. 그리고 마지막 폭발로 데리 농촌 신용금고 지점이 폭죽 상자처럼 너덜너덜해졌다. 이 은행의 지붕도 날아가 버렸다. 비상벨이 요란하게 울리다가 네 시간 후 보안 시스템의 전용 배선이 끊어진 후에야 잠잠해졌다. 대출 계약서, 사무기기,

예금 및 출금 전표, 대차대조표 등이 하늘로 솟구쳤다가 바람에 날아가 버렸다. 이중에는 지폐도 섞여 있었다. 대부분 10달러와 20달러 지폐였고, 5달러짜리도 꽤 되었으며, 50달러나 100달러짜리는 얼마 없었다. 은행 직원의 말대로라면 75,000달러 이상이 순식간에 날아간 셈인데……, 이후 은행 임직원이 대폭적으로 교체되면서(연방저축보험공사의 비상 지원과 함께) 일부에서 비공식적으로 피해 액이 20만 달러라는 말이 흘러나왔다. 헤이븐 빌리지에 사는 레베카 폴슨은 자기 집 뒷문에서 펄럭거리는 50달러짜리 지폐와 새장 속에서 20달러짜리 지폐 두 장, 뒤뜰 떡갈나무에 찰싹 달라붙은 100달러짜리 지폐를 발견했다. 그녀와 남편은 그 돈을 보태어 스쿠터를 장만했다. 50년 가까이 웨스트 브로드웨이에서 살아온 전직 의사, 헤일 박사가 사망한 시각은 8시였다. 헤일 박사는 웨스트 브로드웨이의 자기 집에서 데리 공원과 데리 초등학교를 도는 3킬로미터 거리를 25년 동안 하루도 거르지 않고 산책했다는 자부심이 대단했다. 비가 오나 눈이 오나 우박이 쏟아져도, 폭풍과 삭풍이 몰아쳐도 그는 산책을 거르지 않았다. 그래서 5월 31일 아침에도 가정부의 만류를 뿌리치고 산책길에 올랐다. 그는 현관에서 모자를 푹 눌러쓰면서 가정부를 향해 생애 마지막 대사를 남겼다. "쓸데없는 걱정일랑 집어치워요, 힐다. 비가 찔끔대는 정도를 가지고 웬 호들갑이오. 당신도 57년에 그 폭우를 봤어야 하는 건데! 정말이지 태풍이 볼 만했다오." 그가 웨스트 브로드웨이 쪽으로 다가가는 순간, 뮬러 저택 앞에서 맨홀 뚜껑이 로켓처럼 튀어 올랐다. 그것은 전광석화처럼 깔끔하게 성품 좋은 의사의 목을 잘라 버렸다. 그는 세 걸음을 더 간 후에 바닥에 고꾸라졌다.

바람은 점점 더 거칠어졌다.

도시의 지하에서, 오후 4시 15분

에디는 친구들을 이끌고 한 시간 동안 어두운 하수도를 헤매다가, 한 시간 반쯤 흐른 뒤에 두려움보다는 당황한 목소리로 난생처음 길을 잃었다고 털어놓았다.

터널마다 물소리가 여전히 요란했지만, 그 소리를 듣고 있는 것 자체가 워낙 정신 사나운 일이라 물이 어디서 와서 어디로 흐르는지, 왼쪽인지 오른쪽인지, 위인지 아래인지 분간조차 할 수 없었다. 그들은 그렇게 어둠 속에서 길을 잃고 말았다.

빌은 너무도 무서웠다. 언젠가 아버지가 해 준 말이 자꾸만 머릿속을 떠돌았다. '전부 합하면 4킬로그램이 넘는 설계도가 감쪽같이 사라진 거야……. 내 말은 데리의 하수도와 배수관이 어떻게 왜 만들어졌는지 아무도 모른다는 소리지. 문제가 없을 때는 아무도 신경 쓰지 않는 법이니까. 물론 문제가 생겨도, 상하수도과에서 서너 명의 불쌍한 직원들이 나와 어디가 잘못됐는지 알아내려고 애쓰긴 하지만……. 너무 어둡고 냄새가 고약한 데다 쥐가 많아. 그 정도 이유만 들어도 그곳에 얼씬하지 않는 편이 좋지. 하지만 더 큰 이유는 길을 잃을지 모른다는 거야. 전에도 그런 일이 있었으니까.'

전에도 그런 일이 있었으니까. 전에도 그런 일이 있었으니까.

전에도…….

그 말은 사실이었다. 그것의 서식지로 가는 과정에도 해골과 헝겊 조각이 널려 있었으니까.

빌은 잔뜩 겁에 질려 그런 생각을 떨쳐 버리려고 애썼다. 하지만 쉽지 않았다. 쫓아내려고 애쓰면 애쓸수록 아버지의 말은 살아 있는 생물처럼 머릿속으로 다시 기어들었다. 게다가 그들이 과연 그것을 죽였는지 죽이지 못했는지 대답하기 어려운 질문까지 달려들었다. 리처드와 마이클과 에디는 죽였다고 자신했다. 그러나 거미줄이 떨어지는 동안, 성냥불이 꺼지기 직전 비벌리와 스탠리의 얼굴에 스쳐 지나간 의혹의 표정이 자꾸 마음에 걸렸다.

"자, 이제 어쩌지?" 스탠리가 물었다. 빌은 꼬마 아이처럼 가날프게 떨리는 스탠리의 목소리에 움찔했으며, 빌 자신을 향해 묻는 질문이라 더욱 그랬다.

"그래, 어떡하지? 젠장, 손전등이라도 가져오는 건데……. 초……, 초라도 챙겨올걸." 벤이 말했다. 빌은 그 잠깐의 공백 속에서 억눌린 흐느낌을 들은 것 같았다. 그것이 무엇보다 빌을 두렵게 했다. 벤은 자기 때문에 빌이 불안해졌다는 사실을 알고 깜짝 놀랄지 모르지만, 빌은 이 뚱뚱한 아이야말로 강하고 지혜로울 뿐 아니라 리처드보다도 낙천적이고 스탠리처럼 갑자기 움츠러들지는 않을 거라고 믿어 왔다. 그런 벤이 갑자기 흔들린다면 모두 어려운 상황에 빠질 터였다. 빌의 머릿속에 끝없이 똬리를 틀고 있는 생각은 상하수도과 직원의 해골이 아니라 맥두갈 동굴에서 길을 잃은 톰 소여와 베키 대처의 모습이었다. 밀어내려고 해도 길 잃은 소설 속의 아이들은 슬그머니 머릿속으로 돌아와 있었다.

그 밖에도 다른 문제 때문에 마음이 어지러웠지만, 기진맥진한 소년에게는 더 이상 생각할 여력이 남아 있지 않았다. 어쩌면 의외로 간단한 문제라서 더욱더 회피하고 싶었는지 모른다. 그들이 따로따로 흩어지고 있다는 불안감이 그것이었다. 그해 여름 내내 그들을 하나로 묶어 준 끈이 스르르 풀리기 시작했다. 그들은 그것과 맞서 싸웠다. 리처드와 에디의 생각처럼 그것이 죽었거나, 치명상을 입고 백 년이나 천 년 또는 1만 년 동안 깊은 잠에 빠져 있을지 몰랐다. 그들은 가면이 벗겨진 그것의 진짜 얼굴을 보았고 너무도 무시무시한 얼굴이었지만, 달리 생각하면 한 번 보고 난 후라 그것의 모습에서 예전처럼 두려움을 느끼지는 않을 것 같았다. 즉 그것의 가장 강력한 무기를 빼앗아 버린 셈이었다. 그들 모두 전에도 거미를 본 일이 많았다. 볼 때마다 거미가 기어가는 모습은 징그럽고 낯설었으며, 앞으로도 거미를 보게 된다면 (만약 그곳에서 빠져나갈 수만 있다면) 누구든 몸서리를 치지 않고는 못 배길 터였다. 그러나 거미는 결국 거미일 뿐이다. 일단 공포의 가면들이 벗겨지면 인간이 극복하지 못할 대상은 없다. 용기를 주는 생각임에 틀림없었다. 다만 저 어딘가에 무엇인가

(죽음의 빛)

버티고 있다는 점이 꺼림칙하지만, 그 기이하게 살아 움직이는 빛도 대우주의 문간에 움츠러들어 죽었거나 죽어 가고 있을지 몰랐다. 죽음의 빛과 그 어둠 속의 끔찍한 여정은 이미 빌의 머릿속에서 가물가물해지 시작했다. 하지만 중요한 문제는 따로 있었

다. 어렴풋한 생각이긴 해도, 문제는 그들의 우정이 끝나고 있다는……, 그들의 유대감이 사라지는 가운데 여전히 어둠 속에 갇혀 있다는 사실이었다. 그것 이외의 또 다른 존재, 그는 그들의 우정을 통해서 아이들 이상의 힘을 발휘하게 만들었는지 몰랐다. 그러나 그들은 다시 어린아이로 돌아가고 있었다. 다른 아이들처럼 빌도 그 사실을 또렷하게 느낄 수 있었다.

"이제 어떡할까, 빌?" 리처드가 빌의 두려움을 들여다보기라도 하듯 입 밖에 낸 결정적인 질문이었다.

"나도 모, 모, 모르겠어." 빌의 말더듬도 되살아났다. 빌도, 다른 아이들도 그 사실을 깨달았다. 빌은 점점 숨막히는 악취와 어둠 속에 우두커니 서서 얼마 후면 누군가(스탠리일 가능성이 컸다) 노골적으로 이런 말을 하지는 않을까 조바심이 났다. '흥, 모른다니? 우리를 이리로 끌고 들어온 사람이 너잖아!'

"헨리는 어떻게 됐을까? 아직 이 주변에 있을까?" 마이클이 불편한 기색으로 물었다.

"이런, 맙소사." 에디가 말했다……, 한탄하듯이. "그 자식 생각은 까맣게 잊고 있었잖아. 맞아, 틀림없어, 그 녀석도 우리처럼 길을 잃었을 거야. 그리고 언제 불쑥 우리한테 덤벼들지 몰라……. 젠장, 빌, 좋은 생각 좀 없어? 네 아빠가 여기서 일하잖아! 정말 방법이 없는 거야?"

빌은 천둥처럼 요란한 물소리에 귀를 기울이며 에디와 다른 아이들의 요구대로 좋은 수를 떠올리려고 애썼다. 친구들을 끌고 들어온 사람이 빌 자신이었으므로, 다시 밖으로 데리고 나가는 일도 당연히 그의 몫이었다. 하지만 아무 생각도 떠오르지 않았다. 아무것도.

"좋은 수가 있어." 비벌리가 조용히 말했다.

곧이어 희미한 뒤척임이 들려왔지만 빌은 어둠 속에서 그 소리의 의미를 알아챌 수 없었다. 속삭이듯 나직한 소리였지만 위험을 뜻하지는 않았다. 잠시 후 이번에는 좀더 정확한 소리……, 지퍼 내리는 소리가 들렸다. '뭐?' 빌은 어리둥절했다가 그러고 나서 뭔지 깨달았다. 비벌리가 옷을 벗고 있었던 것이다. 무슨 이유 때문인지는 몰라도 비벌리는 분명 옷을 벗고 있었다.

"뭐하는 거야?" 리처드의 놀란 목소리가 말끝에서 갈라졌다.

"알 것 같아." 비벌리가 어둠 속에서 말했고, 빌에겐 그 목소리가 좀더 나이 든 목소리로 들렸다. "아빠가 그런 말을 한 적이 있어서 알아. 난 우리가 함께 돌아갈 방법을 알아. 우리가 하나가 되지 않으면 다시는 밖으로 나갈 수 없어."

"뭐라고? 대체 무슨 말을 하는 거야?" 벤은 어안이 벙벙하고 잔뜩 겁에 질린 목소리로 물었다.

"우리를 영원히 하나로 만들어 줄 만한 일이 있어. 그러니까……."

"아, 아, 안 돼, 비, 비, 비벌리!" 빌은 갑자기 이해했다. 모든 것을 깨달았다.

"그러니까 내가 너희 모두를 사랑하고 있다는 걸 보여 주는 일이야. 너희들 모두 내 친구라는 사실 말이야." 비벌리가 말했다.

"대체 비벌리가 무슨 말을 하……."

마이클이 말을 꺼냈지만, 비벌리가 조용히 그의 말을 잘랐다. "누가 먼저 할래? 내 생각에

그것의 서식지에서, 1985년

에디는 죽어 가고 있어." 비벌리는 흐느꼈다. "팔을 좀 봐. 놈이 에디의 팔을 먹었어……." 그녀는 빌에게 손을 뻗어 매달렸지만 빌은 그녀를 뿌리쳤다.

"놈이 또 도망가고 있어!" 빌은 그녀를 향해 고함쳤다. 입술과 턱에 피가 굳어 있었다. "가, 가, 가자! 리처드! 베, 베, 벤! 이번에는 노, 놈을 끄, 끝장내야 해!"

리처드는 빌을 자기에게도 돌려세우더니, 희망 없이 지껄이는 사람을 쳐다보듯 그를 쳐다보았다. "빌, 에디를 돌봐야 해. 지혈을 해서 밖으로 데려가야 한다고."

하지만 비벌리는 이제 축 처진 에디의 머리를 무릎에 받치고 앉아 그를 어르고 있었다. 그녀는 그의 눈을 감겨 주었다. "빌과 함께 가. 만약 너희가 에디의 죽음을 헛되이 한다면……, 25년 후에 50년 후에 아니면 2000년 후에라도 놈이 다시 돌아온다면, 난 맹세해. 난……, 너희의 유령이라도 쫓아다닐 거야. 가!"

리처드는 잠시 그녀를 바라보며 망설였다. 그러고 나서 그녀의 얼굴이 선명함을 잃어 가고 있음을, 자라나는 어둠 속에 얼굴이 아니라 하나의 창백한 형상이 되어 가고 있음을 깨달았다. 빛이 사라지고 있었다. 그 때문에 그는 마음을 굳혔다. "좋아. 이번에는 쫓아가자."

벤은 다시 떨어지기 시작하는 거미집 뒤에 서 있었다. 거미집에 매달린 형체 하나도 따라 흔들렸는데, 벤은 마음 졸이며 제발 빌이 고개를 들어 그 형체를 보지 않기를 바랐다.

그러나 거미집이 덩어리째 또는 실타래처럼 떨어져 내리자, 빌은 고개를 들어 그쪽을 바라보았다.

그는 다 떨어진 고물 엘리베이터처럼 흔들거리는 오드라를 발견했다. 그녀는 3미터쯤 떨어지다 멈추고 양쪽으로 대롱대롱 흔들리더니 다시 4미터 정도를 쑥 내려왔다. 얼굴 표정에 변화가 없었고, 파란 눈동자가 휑하니 열려 있었다. 맨발이 진자처럼 이리저리 흔들거렸다. 긴 머리칼은 어깨 위로 힘없이 늘어져 있었다. 입은 약간 벌어진 채였다.

"오드라!" 빌이 비명을 질렀다.

"빌, 진정해!" 벤이 소리쳤다.

이제 거미줄은 사방으로 떨어져 내리더니 바닥에 닿자마자 줄달음질쳐 사라지기 시작했다. 리처드는 빌의 허리춤을 힘껏 움켜쥐고 앞으로 잡아끌었다. 그들 머리 위 3미터 높이에 거미집이 매달려 있었다.

"가자, 빌! 어서! 가자!"

"오드라야! 저, 저기, 오드라가 있어!" 빌은 절망적으로 울부짖었다.

"오드라가 아니라 교황이라도 상관없어. 에디는 죽었고, 우리는 놈이 살아 있다면 끝장을 내야 해. 이번에는 일을 제대로 끝내야 한단 말이야, 빌. 오드라는 살았거나 죽었거나 둘 중 하나겠지. 더 이상 꾸물대지 마!" 리처드는 냉정하게 말했다.

빌은 여전히 갈피를 잡지 못하다가, 불현듯 머릿속으로 잃어버린 조지의 앨범 사진처럼 죽은 아이들의 시체가 떠올랐다. "학교 친구들"이라고 적혀 있는 사진.

"아, 아, 알았어. 가, 가자. 시, 신이여, 저, 저를 용서하소서."

그와 리처드는 무너지기 직전의 거미집 밑을 지나, 뒤에서 기다리고 있던 벤과 합류했다. 오드라가 15미터 상공에서 거미줄에 둘러싸여 대롱거리는 동안, 그들은 그것을 쫓아 달려갔다.

벤

그들은 그것의 검은 피를 따라갔다. 판석의 틈마다 피와 미끌거리는 점액질이 웅덩이처럼 고여 있었다. 그러나 방 맞은편 끝에 이르자 바닥이 반원형의 검은 공간을 향해 둔덕으로 변했고 벤은 그곳에서 새로운 것을 발견했다. 알이 쭉 늘어서 있었다. 색깔이 검고 표면이 거친 것이 타조 알처럼 보였다. 알 속에서 밀랍 빛이 비춰 보였다. 반투명한 껍질 속에서 검은 형체가 꿈틀거렸다.

'놈의 새끼들이야. 놈이 새끼를 조산한 거야. 이럴 수가! 세상에!' 벤은 속이 뒤집힐 듯 울렁거렸다.

리처드와 빌도 멈춰 서서 무감각한, 어리벙벙한 경이감으로 그 알들을 바라보고 있었다.

"그냥 가! 어서! 이쪽은 내가 맡을 테니까! 가서 놈을 잡아!" 벤이 소리쳤다.

"이거 받아!" 리처드가 벤에게 타운 하우스 성냥을 한 통 던져주었다.

벤이 성냥갑을 받아 쥐었다. 빌과 리처드는 곧바로 달려갔다. 벤은 희미해지는 그들의 뒷모습을 바라보았다. 그들은 그것이 도망친 어둠 속으로 달려갔으며, 이내 벤의 시야에서 완전히 사라졌다. 벤은 반투명한 알과 그 속의 쥐가오리처럼 생긴 새카만 물체를 바라보다 마음의 동요를 느꼈다. 알이 한둘이 아니었다. 끔찍할 따름이었다. 그가 건드리지 않아도 저절로 죽을 거라는 생각도 들었다. 어미의 배에서 떨어졌으므로 그리 오래 살아남지는 못할 터였다.

'놈은 곧 죽을 거야……. 그런데 이 중에서 살아남는 새끼가 있다면……, 단 하나만 살아남는다고 해도…….'

벤은 에디의 싸늘하게 식어 가는 얼굴을 떠올리며 마음을 다잡고 첫 번째 알을 짓밟았다. 소름 끼치는 소리가 나더니 악취와 함께 으깨진 알에서 태반이 나왔다. 곧이어 쥐만 한 크기의 거미가 비실비실 기어갔다. 벤은 머릿속에서 거미의 날카로운 울부짖음을 들었는데, 으스스한 음악을 다급하게 연주하는 악기처럼 몹시 귀에 거슬렸다.

벤은 새끼 거미를 쫓아가 그대로 밟아 버렸다. 거미가 발밑에서 으깨지면서 흩어지는 느낌이 전해졌다. 이번에는 도저히 참을 수 없을 만큼 속이 울렁거렸다. 그는 토악질을 하면서 더 힘껏 거미를 짓이겼다. 머릿속에서 거미의 울음소리가 약해지다 뚝 그쳤다.

'대체 얼마나? 얼마나 알이 많이 있는 거지? 언젠가 신문에서 본 대로라면 거미는 알을 수천 개나 낳는다던데……, 수백만 개였던가? 아무튼 더 이상은 못하겠어. 이러다가 미쳐 버릴지도…….

해야 해. 네가 꼭 해야 해. 어서, 벤……, 힘을 내!'

그는 두 번째 알 앞에 서서 똑같은 과정을 되풀이했다. 모든 것이 전과 똑같았다. 우지끈 깨지고, 징그러운 점액질과 태반, 그리고 마지막 일격. 그런 과정이 수도 없이 이어졌다. 그는 조금씩 친구들이 사라져 간 반원형의 공간으로 다가섰다. 전보다도 더 짙어진 어둠. 비벌리와 허물어지는 거미집이 등 뒤에 있을 터였다. 거미줄 떨어지는 소리가 속삭임처럼 계속 들려왔다. 어둠 속에서 알들은 창백한 돌멩이처럼 보였다. 거미 알을 처치할 때마다 성냥 알도 하나씩 켰다. 매번 거미가 비실비실 도망칠 때마다 성냥불이 꺼지기 전에 밟아 죽일 수 있었다. 그러나 성냥이 먼저 바닥 난다면 알을 어떻게 처치해야 할지 뾰족한 대책은 떠오르지 않았다.

그것, 1985년

여전히 쫓아오고 있었다.

그것은 그들이 점점 거리를 좁혀 온다는 사실에 더욱더 두려워졌다. 어쩌면 자신은 영원불멸의 존재가 아닐지도 몰랐다. 결국 그런 끔찍한 생각까지 이르고 만 것이다. 더 끔찍한 것은 새끼들이 죽어 간다는 사실이었다. 그 저주스러운 일당 중에서 또 한 녀석이 알을 쫓아다니며 미치광이처럼, 그러면서도 조직적으로 자신의 새끼들을 밟아 죽이고 있었다.

안 돼! 그것은 울부짖었다. 백 군데의 상처 중 어느 것 하나 치명적이지 않았지만, 상처마다 고통을 자아내고 그것의 힘을 약하게 만들었다. 다리 하나는 뒤틀린 고깃덩어리처럼 몸뚱이에 매달려 있을 뿐이었다. 한쪽 눈은 이미 시력을 잃었다. 몸속에서도 찢어질 듯한 고통이 느껴졌다. 독약인지는 알 수 없으나 어른이 된 꼬맹이 중 하나가 목구멍에 발사한 물질 때문이었다.

게다가 그들은 여전히 거리를 좁히며 뒤쫓고 있었다. 어떻게 그런 일이 벌어질 수 있는가? 그것은 비탄의 눈물을 흘리다가 그들이 바짝 다가선 것을 깨닫고 마지막 선택을 할 수밖에 없었다. 그것은 싸우기 위해 돌아섰다.

비벌리

마지막 빛이 사라지고 완전한 어둠에 휩싸이기 직전, 비벌리는 6미터 정도 곤두박질치다 다시 대롱거리는 빌의 아내를 보았다. 그녀는 빙빙 돌면서 붉은색의 긴 머리칼을 휘날렸다. '저 사람이 바로 빌의 아내구나.' 비벌리는 생각했다. '하지만 그의 첫사랑은 나였어. 그가 다른 여자를 첫사랑으로 기억하고 있다면, 그건 단지 그가 데리를……, 데리를 잊었기 때문이야.'

얼마 후 비벌리는 어둠 속에, 거미줄 떨어지는 소리와 깃털처럼 가벼워진 에디의 무게를 느끼며 홀로 남았다. 그녀는 그의 머리를 무릎에서 떼어 더러운 바닥에 누이고 싶지 않았다. 그래서 이미 감각이 없어지다시피 한 한쪽 팔로 그의 머리를 받치고 이마에 착 달라붙은 젖은 머리를 어루만져 주었다. 그녀는 새를 생각하며……, 어쩌면 스탠리에게서 비롯됐을 새의 상을 떠올리며 그 상황에 맞설 수 없었던 그가 가엾게만 느껴졌다.

'그들 모두……, 나는 그들 모두의 첫사랑이었어.'

그녀는 그때의 일을 기억하려고 애썼다. 소리에만 의지해서는 아무것도 알아낼 수 없는 어둠 속에서 그나마 떠올리기에 유쾌한 기억이었는지 모른다. 그녀는 혼자가 아니라는 느낌도 들었다. 하지만 처음에는 쉽게 그 기억을 떠올릴 수 없었다. 새의 상이 불쑥 끼어들고, 거리마다 눈이 녹아내리면서 곳곳에 녹다 만 지저분한 눈덩이가 쌓여 있을 즈음, 까마귀와 찌르레기와 철새 무리가 날아들었다.

하늘은 늘 찌푸린 것 같았다. 철새 무리의 지저귐을 듣고 그 모습을 바라보면서 대체 어디서 날아왔을까 하는 궁금함도 예전과 다르지 않았다. 그저 새들은 느닷없이 데리로 돌아와 시끄럽게 대기를 찢어 대는 것일까. 새들은 전신주와 빅토리아풍 저택의 지붕에 앉아 있었다. 월리 별천지의 지붕에 꼼꼼히 설치한 텔레비전 안테나에도, 로어 메인 가의 축축한 느릅나무 가지에도 새들은 몰려들었다. 주말마다 마을 빙고 게임에 참석하는 늙은 아낙처럼 새들의 지저귐은 찢어질 듯 소란스러웠고, 인간이 알아챌 수 없는 신호를 주고받다가 일제히 날아올라 하늘을 새카맣게 뒤덮고……, 어디론가 날아가 버렸다.

'그래, 내가 새들을 떠올리는 이유는 수치심 때문일 거야. 아버지 때문에 수치심을 알게 됐어. 아마 그 역시 그것의 농간이었겠지.'

새들이 날아간 자리에 그 기억이 되살아났지만 여전히 희미하고 산만할 뿐이었다. 그 기억만큼은 늘 그랬다.

돌연 머릿속이 휑하니 비는 느낌이 들며 에디가

사랑과 욕망, 1958년 8월 10일

첫 번째다. 그가 가장 겁에 질려 있었기 때문이다. 그 순간에 에디는 비벌리에게, 그해 여름에 만나 사귄 친구도 아니며 한눈에 반한 연인도 아니었다. 에디는 삼사 년 전까지만 해도 늘 어머니에게 느낄 수 있었던 안식을 이제 비벌리에게서 얻고자 했다. 그가 비벌리의 매끈한 나체에 움찔하지 않아, 비벌리는 혹시 자신이 벌거벗고 있다는 사실조차 에디가 모르는 것은 아닐까 의구심이 든다. 떨고 있는 에디를 비벌리는 어둠 속에서 얼굴을 볼 수 없을 정도로 가까이에서 꽉 껴안는다. 꺼칠꺼칠한 깁스가 아니었다면 아마 에디는 유령처럼 보였을 것이다.

"어떻게 하라는 거야?" 에디가 물었다.

"네 것을 내 몸에 집어넣어."

에디는 몸을 빼려고 하지만 비벌리가 더욱 힘껏 끌어안는다. 누군가(벤이었으리라) 큰 소리로 숨을 들이마신다.

"비벌리, 못하겠어. 몰라, 어떻게 해야……."

"쉬운 일이야. 하지만 옷을 벗어야 할 거야." 비벌리는 깁스를 한 채 옷을 벗기가 무척 번거로울 것 같아 처음 생각을 고쳐 말한다. "아니, 바지를."

"싫어, 난 못해!" 그러나 비벌리는 그의 몸 일부분이 이미 그 일을 할 수 있으며 하고 싶어한다는 사실을 알아챈다. 에디는 더 이상 떨지 않았고 그의 작고 딱딱한 것이 그녀의 복부 오른쪽에서 느껴졌기 때문이다.

"할 수 있어." 그녀는 다시 에디를 바짝 끌어당긴다. 등과 다리의 맨살에 딱딱하게 메마른 진흙 바닥이 느껴진다. 먼 곳에서 요란한 물소리도 이제 자장가처럼 부드럽다. 비벌리는 에디의 사타구니를 향해 손을 뻗는다. 문득 아버지의 얼굴이 떠올라 멈칫하다가

(아무 일 없는지 확인해 봐야겠다)

에디의 목을 감싸 안는다. 서로의 보드라운 뺨이 스치고, 에디가 쭈뼛쭈뼛 비벌리의 작은 가슴을 어루만지자, 비벌리는 옅은 숨을 내쉬며 처음으로 그가 에디라는 걸 느낀다. 비벌리는 7월의 어느 날(고작 한 달 전이던가?) 에디 외에는 아무도 황무지에 나타나지 않았을 때, 단둘이서 리틀 루루 만화책을 읽으며 보낸 그날 오후를 떠올린다. 리틀 루루는 비블베리를 찾으러 가는 길목에서 온갖 이상한 상황에 처하고, 헤이즐 마녀 같은 인물들과 마주친다. 아주 재미있는 내용이었다.

비벌리는 새들을 생각한다. 특히 봄에 찾아드는 찌르레기와 까마귀를. 이제 비벌리의 손길이 에디의 허리띠를 풀자, 에디는 또한 차례 못 하겠다고 말한다. 비벌리는 할 수 있다고, 그녀 자신이 더 잘 안다고 말한다. 이제 비벌리는 수치심이나 두려움이 아니라 승리감을 느낀다.

"어디야?" 에디는 딱딱한 것을 성급하게 비벌리의 사타구니 사이에 밀어 넣는다.

"여기."

"비벌리, 네 위로 올라가야겠어!" 에디의 말에서 비벌리는 고통스레 급해지는 숨결을 듣는다.

"내 생각도 그래." 비벌리는 에디를 부드럽게 끌어당기고 이끌

어 나간다. 급하게 들어오는 에디, 그녀는 고통을 느낀다.

스스스읍! 비벌리는 숨을 들이마시며 아랫입술을 깨물고 다시 새를 떠올린다. 지붕 위에 늘어선 철새와 3월의 낮게 웅크린 창공으로 한꺼번에 날아오르는 날갯짓 소리를.

"비벌리? 괜찮아?" 에디는 머뭇거리며 묻는다.

"조금만 천천히 해. 그래야 네가 숨쉬기 좋을 거야."

비벌리의 말대로, 에디는 천천히 움직이다가 잠시 후 숨을 몰아쉰다. 하지만 비벌리는 그것이 천식 때문이 아님을 알고 있다.

고통이 사라진다. 갑자기 에디의 움직임이 빨라지고, 일순 멈추었다가 딱딱히 굳어지면서 알아들을 수 없는 소리를 뱉는다. 비벌리는 에디에게 특별한……, 날아가는 듯한 순간이 찾아왔음을 느낀다. 그리고 그녀 자신이 강해졌다고 생각한다. 몸속 깊숙이 강렬하게 떠오르는 감정의 실체, 그건 승리감이다. 아버지가 그토록 두려워했던 감정일까? 그럴지 모른다! 비벌리는 이 행위를 통해 핏속 깊숙이 파고드는 해방감과 강렬한 힘을 느낀다. 육체적 즐거움은 없지만 정신적인 환희가 보답한다. 친밀감이 느껴진다. 에디는 비벌리의 목에 얼굴을 파묻고 비벌리는 그를 끌어안는다. 에디는 울고 있다. 비벌리는 좀더 부드럽게 그를 안아 준다. 그리고 둘 사이를 연결해 준 에디의 몸 일부가 멀어짐을 느낀다. 아직 그녀에게서 빠져나간 것은 아니다. 그저 그녀의 몸속에서 작아지고 있다.

에디가 몸을 일으키자, 비벌리도 반쯤 일어나 앉아 어둠 속에서 그의 얼굴을 어루만진다.

"했어?"

"뭘?"

"뭐든 간에. 나는 몰라, 정확히는."

에디는 고개를 젓는다. 그녀는 자기 손이 에디의 뺨과 함께 흔들리는 걸 느낀다.

"나는 그게……, 알지? 덩치 큰 녀석들이 말하는 거. 그거랑 똑같은 것 같지 않아. 하지만……, 정말이지 근사했어." 에디는 아주 작게 말해서 다른 아이들이 들을 수가 없다. "사랑해, 비벌리."

비벌리는 약간 착잡해진다. 어둠 속에서 두런거리는 말소리와 속삭임과 때론 소란한 기척도 들리지만, 비벌리의 마음은 약간 동떨어져 있다. 그건 문제가 아니다. 이 과정을 되풀이하기 위해 한 사람씩 또 설득해야 할까? 그래야 할 것이다. 그러나 그 역시 문제는 아니다. 그들은 이해할 필요가 있다. 인간의 피가 영원과 만나는 무한의 공간과 이 세계를 연결하는 소중한 관계가 있다는 사실을. 그러나 그것도 문제가 아니다. 문제는 사랑과 욕망이다. 그 어느 곳보다 짙은 그곳의 어둠 속에 사랑과 욕망이 있다. 그래서 그곳은 효과적인 공간이다.

마이클 다음에 리처드, 똑같은 행위가 되풀이된다. 이제 비벌리는 설익은 관계에서 희미하게나마 즐거움을 맛본다. 그리고 스탠리가 다가오는 순간, 새와 봄날을 떠올리고 그 이미지를 끝없이 반추하다가 헐벗은 겨울 나무를 휘감는 환한 빛처럼, 충격의 물결처럼 자연의 가장 난폭한 계절을 향해 날아가는 새들의 모습을 본다. 그리고 빨랫줄에 걸린 이불처럼 끝없이 이어지는 날갯짓과 퍼덕임 속에서 생각한다. '앞으로 한 달이 지나면 아이들은 모두 연을 들고 데리 공원에 나타나겠지. 줄이 엉키지 않게 조심

하면서 달려갈 거야.' 또 이런 생각도 떠오른다. '날아가는 기분은 아마 이런 걸 거야.'

스탠리도 역시 멀어짐과 떠남의 서글픈 감정을 남겨 놓는다. 그들이 그 행위에서 얻고자 하는 바가 무엇이든, 목적에 가까워진 느낌이지만 아직 그 무엇을 정확히 찾아내지는 못한다.

"했어?"

비벌리는 또다시 묻는다. 그녀 자신도 뭘 했는지 정확히 이해할 수 없지만, 스탠리 역시 그곳에 이르지 못했음을 깨닫는다.

오랜 기다림 끝에 벤이 나타난다. 벤은 온몸을 떨고 있지만, 스탠리에게서 느껴졌던 두려움의 떨림은 아니다.

"비벌리, 난 할 수 없어." 벤은 짐짓 담담한 어조로 말하지만 비벌리에겐 괜한 과장처럼 느껴진다.

"너도 할 수 있어. 그렇다고 느껴지는걸."

실제로 비벌리는 분명히 느끼고 있다. 벤의 몸은 더 단단하고 그 자신이 생각하는 것 이상이 숨겨져 있다. 비벌리는 벤의 부드럽게 튀어나온 배 아랫부분에서 그것을 확신한다. 벤의 사타구니에서 느껴지는 남다른 크기 때문에 비벌리는 호기심이 동하고 슬쩍 부풀어 오른 물건을 만져 본다. 벤이 그르렁거리며 신음소리를 억누르자 그 숨결이 비벌리의 맨살에 닿아 소름이 돋는다. 비벌리는 처음으로 몸속 깊숙이 전해지는 열기를 느끼며 불현듯 몸속이 넓어진다고 생각한다. 새삼 벤의 것이 너무 크고

(너무 커서 과연 받아들일 수 있을까?)

성숙해서 벅차다는 사실을 깨닫는다. 아직 때 이른 부츠를 신었을 때의 느낌이라고 할까. 헨리의 M80 폭탄처럼 아이들에겐 허

락되지 않았지만, 폭발하면 온몸이 날아가 버릴 듯한 예감 말이다. 그러나 걱정할 만한 공간도, 그럴 시간도 아니다. 그곳엔 사랑과 욕망이 있으며, 어둠이 있다. 사랑과 욕망을 향해 뛰어들지 않으면 그들에게 남는 건 어둠뿐이다.

"비벌리, 안 되겠어."

"돼."

"나는……."

"날아가는 방법을 알려 줘." 비벌리는 침착하게 말하면서도 벤이 그녀의 뺨과 목을 적셔 놓은 축축하고 따뜻한 눈물을 깨닫는다. "알려 줘, 벤."

"안 돼……."

"네가 쓴 시를 행동으로 보여 줘. 원한다면 내 머리칼을 어루만져도 돼, 벤. 정말 괜찮아."

"비벌리……, 난……, 난……."

벤의 몸은 떨리는 정도가 아니라 아예 요동치고 있다. 그러나 비벌리는 여전히 그 떨림이 두려움은 아니며, 곧이어 시작될 행위의 신호탄임을 알고 있다. 비벌리는

(새들을)

벤의 얼굴을, 그 온화하고 솔직한 얼굴을 마음속에 그려 보며 다시 한번 그가 두려워하지 않는다고 확신한다. 그 떨림은 애타는 갈망이자 더 이상 억누를 수 없는 깊은 열정이다. 비벌리는 또 한번 강해지는 느낌이 들며 하늘을 나는 듯, 높은 곳에서 지붕과 월리 별천지의 텔레비전 안테나에 무리 지은 새들을 내려다보고, 지도처럼 펼쳐진 시가지를 바라보는 기분에 빠진다. 아, 욕망, 분

명히 그것은 특별한 감정이며, 우리를 날게 하는 것도 다름 아닌 사랑과 욕망이리라.

"벤! 바로 그거야!" 비벌리의 갑작스러운 탄성과 함께 속박의 끈도 끊어진다.

아픔이 다시 달려들고, 한순간 온몸이 으스러질지도 모른다는 두려움마저 인다. 벤이 손바닥으로 바닥을 짚고 자신의 몸을 지탱하자 아픔과 두려움도 사라진다.

벤의 것이 얼마나 크던지, 에디가 처음 들어올 때보다 훨씬 큰 고통이 곧바로 되돌아왔다. 비벌리는 다시 입술을 깨물고 타는 듯한 통증이 가실 때까지 새를 떠올린다. 아픔은 다시 사라졌으며, 비벌리가 손가락 하나를 들어 벤의 입술을 쓰다듬자 그는 신음한다.

뜨거운 열기가 다시 비벌리의 몸을 꿰뚫는 순간, 그녀는 자신의 힘이 돌연 벤에게 옮아가는 것을 느낀다. 비벌리는 기꺼이 그 힘을 벤에게 보낸다. 격렬한 흔들림과 함께 황홀하게 휘도는 감미로움, 비벌리는 자기도 모르게 머리를 내젓고 꾹 다문 입술에선 곡조 잃은 흐느낌이 새어 나온다. 하늘을 나는 기분, 아, 사랑이며 욕망이며 그것은 부인할 수 없는 무엇이며, 강한 유대감을 잉태하여 더욱 단단히 틀어쥐고……, 다시 날아간다.

"오, 벤, 오, 내 소중한 친구, 그래." 비벌리는 달뜬 숨결을 뱉는다. 얼굴에 땀방울이 맺혀 있다. 하나가 되고, 단단히 맺어져 영원히 사라지지 않을 것이며, 8자를 옆으로 누인 오메가처럼 처음이자 마지막이라는 기분. "너를 정말 사랑해, 벤."

그때 비벌리는 어떤 순간이 다가옴을 깨닫는다……. 여학생들이 여자 탈의실에서 성행위에 대해 소곤대고 키득거리던 순간일까? 그러나 지금 비벌리는 그들이 전혀 알지도 못하고 떠들어 댔을 뿐이라고 자신한다. 그들은 성행위가 끔찍한 짓이라고 몸서리치지만, 비벌리는 이제 그것이 무시무시한 괴물이라는 말들이 얼마나 당치 않은 것인지 깨닫는다. 아이들은 성행위를 '그것'이라고 즐겨 표현한다. 너 그거 해 봤어, 너희 언니와 저 애 오빠가 그거 했다며, 너희 엄마와 아빠는 지금도 그거 하니, 나는 죽어도 그건 안 할 거야 등등. 그런 말들이 지켜진다면 아마 5학년 여자아이들은 죄다 노처녀로 늙어 버릴 테지만 그 누구도 거기까지는 생각이 미치지 못했다……, 역시 성행위의 진정한 느낌에 대해서도 하나도 모르는 게 분명했다. 비벌리는 다른 친구들이 듣고, 혹시 그녀가 다쳤다고 놀랄까 봐 애써 신음을 참는다. 손으로 입을 강하게 틀어막고 있다. 이제 그레타 보위와 샐리 뮬러와 다른 아이들이 왜 그렇게 낄낄거렸는지 비벌리는 문득 깨닫는다. 생애 가장 길고 두려웠던 그해 여름을 함께 지내며, 그들 일곱 명도 바보처럼 웃어 대지 않았던가? 그 웃음의 의미는 즐거움을 모르고 그저 두려워했기 때문이며, 어린아이들이 곡마단의 어릿광대가 다가올 때 재미있겠지 하면서도 웃고 울고 하는 경우와 흡사하다. 그러나 그레타 보위, 샐리 뮬러 같은 아이들은 재미있을 거라고 예상하든 안 하든, 미지의 영원한 힘으로 충만한 성행위의 진실을 알지 못한다.

비벌리는 손등을 깨물며 친구들을(물론 벤을 포함해서) 안심시키느라 긍정의 말을 큰 소리로 되뇐다. "응! 좋아! 응!"

하늘을 나는 황홀한 상과 찌르레기의 찢어질 듯한 지저귐이 뒤엉킨다. 세상에서 가장 달콤한 음악처럼.

그렇게 비벌리가 창공을 날며 더욱더 높이 솟구쳐 오르는 동안, 충만했던 힘은 그녀의 것도 벤의 것도 아닌 곳에, 그들의 중간 어딘가에 놓인다. 벤은 신음을 내지르고, 비벌리는 떨리는 그의 팔을 느끼며, 소용돌이치듯 솟구쳐 그의 내부 깊숙이 뛰어든다. 그녀는 어둠 속에서 벤이 경련하고 있음을, 그의 촉감을, 순식간에 사라지는 그와의 친밀감을 남김없이 받아들인다. 그들은 함께 생명의 빛 속으로 뛰어든다.

이제 그들은 끝에 서 있다. 서로의 팔을 감싸 안은 채 벤이 그녀를 아프게 해서 미안하다고, 너무 꽉 누른 것 같아 미안하다고 엉뚱한 사과를 할 것 같아서, 비벌리는 서둘러 그의 입술에 입 맞추며 아무 말 없이 돌려보낸다.

빌이 그녀에게 온다.

무슨 말인가 하려고 입을 달싹이지만 말더듬증이 어느 때보다 심해졌다.

"아무 말도 하지 마." 비벌리는 새로운 깨달음 속에 염려가 없지만 이제 피로감을 느낀다. 온몸이 축축 늘어지고 욱신거린다. 몸속과 허벅지 뒤쪽이 끈적끈적한데, 벤이 마지막에 이르러 내보낸 것이든가, 아니면 그녀 자신이 흘리는 피일지 모른다. "아무것도 걱정할 게 없어."

"저, 저, 정말이야?"

"그래." 비벌리는 빌의 목을 감싸 안으며, 땀에 젖은 머리칼을 느낀다. "금방 알 거야."

"호, 호, 혹시…… 그, 그, 그거……."

"쉬이……."

벤과는 또 다르다. 역시 열정이 느껴지면서도 똑같지는 않다. 빌과 함께 마지막을 장식할 수 있으니 더없이 좋은 상황이다. 그는 상냥하고 부드러웠으며, 단지 허둥댈 뿐이다. 비벌리를 향한 갈망이 느껴지면서도 그녀를 혹시 다치게 할까 봐 멈칫거렸다. 그와 비벌리 둘 다 그 행동이 얼마나 엄청난 것인지, 누구에게도 말해선 안 되며 그들끼리도 영원히 침묵해야 한다고 직감했다.

이윽고 비벌리는 갑작스레 솟구치는 기분에 깜짝 놀라며 생각한다. '아! 또다시 느껴지는데, 이번에는 견딜 수 있을지 몰라…….'

그러나 더없이 달콤한 물결이 밀려와 모든 생각을 씻어 버리자 그녀는 어렴풋이 빌의 속삭임을 깨닫는다.

"사랑해 비벌리, 너를 사랑해. 영원히 너를 사랑할 거야."

비벌리의 귓가에 끝없이 찰랑이는 속삭임 속엔 조금도 말더듬의 흔적이 없다.

비벌리는 빌을 끌어안으며 잠시 동안 보드라운 얼굴을 맞대고 비벼 본다.

빌은 한마디 말도 없이 물러난다. 비벌리는 한동안 홀로 남아 천천히 옷을 입으며 남자들은 알 수 없을 묵직한 고통과 탈진의 쾌감과 그것이 이제 사라진다는 안도감을 느낀다. 아래쪽 깊숙이 자리 잡는 허전함, 성행위를 통해 온전히 자신을 깨달은 기쁨도 컸지만, 허전함은 도저히 말로 표현할 수 없는 생경한 우울을 낳는다. 그저 창백한 겨울 하늘 아래 헐벗은 나무, 3월 말이면 사라진 눈을 추모하는 목사처럼 찾아올 찌르레기를 기다리는 겨울 나무의 모습만 떠오를 뿐.

비벌리는 친구들의 손을 더듬어 찾는다.

한동안의 침묵, 이윽고 그 침묵을 깨뜨린 아이가 에디라는 사실에도 그녀는 그리 놀라지 않는다.

"지금 생각해 보니까, 오른쪽으로 두 번 꺾어진 게 잘못이었어. 왼쪽으로 가야 했거든. 에이, 어쩐지 이상하다 싶었지만 너무 힘들어서 망설이다 보니까……."

"너는 죽을 때까지 망설일 거야, 에즈." 리처드의 음성은 쾌활하다. 공포의 그림자는 어디에도 없다.

"방향을 잘못 잡은 곳이 몇 군데 더 있나 봐. 그러나 최악의 상황은 아니야. 다시 그곳까지 갈 수 있다면 길을 찾을 수 있으니까." 에디는 리처드의 장난기를 애써 무시하며 말한다.

그들은 약간 어색하게 대오를 갖추고, 에디와 비벌리와 마이클이 손을 맞잡는다. 그들은 이제 전보다 빠르게 움직이기 시작한다. 에디는 언제 그랬냐는 듯이 초조한 기색이 없다.

'이제 집에 가는 거야.' 비벌리는 짙은 안도감과 즐거움을 맛보며 전율한다. '그래, 집 말이야.' 이제 괜찮아질 것이다. 어쨌든 해야 할 일을 마쳤고, 이제 예전의 어린아이로 다시 돌아가는 것이다. 그 역시 괜찮은 일이다.

그들이 어둠을 헤치며 나아가는 동안, 비벌리는 물소리가 가까워짐을 깨닫는다.

터널 밖으로

데리, 오전 9시부터 10시까지

9시 10분, 데리의 평균 풍속은 시속 88킬로미터, 순간 최대 풍속은 130킬로미터까지 치솟았다. 시청 청사의 풍속계가 130킬로미터를 기록하더니 곧바로 0으로 떨어졌다. 청사 지붕에 설치된 컵 모양의 풍속계 장치가 바람에 떨어져 나가 폭우 속으로 날아가 버린 것이다. 조지 덴브로의 종이배처럼 그 장치는 끝내 발견되지 않았다. 9시 30분경, 데리 시 상하수도과에서 다시는 일어날 수 없다고 장담했던 일이 코앞에 닥쳤다. 1958년 8월 이후 처음으로 데리 도심이 홍수를 겪을지 모르는 일촉즉발의 상황이었다. 1958년 당시에 광포한 폭풍우로 낡은 배수관들이 막히거나 무너졌다. 10시 15분 전, 일단의 남자들이 몹시 굳은 얼굴로 자동차와 픽업 트럭을 타고 운하의 양쪽 방면에 다가왔다. 그들이 궂은 날씨에 대비해 착용하고 나왔을 의복들은 화물 열차처럼 달려드는 비바람에 찢어질 듯 펄럭거렸다. 그들은 1957년 10월 이후 처음으로 운하의 시멘트 제방에 모래주머니를 쌓기 시작했다. 운하가 데리 도심 한복판의 삼거리를 지나는 지점에 궁형 수문이 있는데, 수심은 이미 그 꼭대기까지 차올랐다. 메인 가와 커넬 가와 엽마일 언덕은 차량 통행이 금지되었으며, 일손을 돕기 위해 물속을 첨벙첨벙 달려오던 사람들은 발밑에서 거세게 흘러가는 물소리와 진동을 느꼈는데, 마치 대형 트럭이 고가도로 위를 지날 때처럼 땅바닥이 흔들렸다. 그러나 진동은 멈출 기미가 없었고, 사람들이 들린다기보다 느껴지는 물소리에서 벗어나 도심 북쪽에 다다랐을 때에는 마음이 후련해질 정도였다. 헤럴드 가드너는 데리 서쪽에서 부동산 중개소를 운영하는 알프레드 지트너에게 도로가 붕괴될 것 같냐고 물었다. 지트너는 지옥이 얼어붙기 전에는 그런 일이 없을 거라고 장담했다. 헤럴드는 언뜻 아돌프 히틀러와 유다가 지옥에서 나란히 스케이트를 나눠 주는 광경을 떠올리다가 다시 모래주머니를 집어 들었다. 물이 제방으로 흘러넘치기까지 8센티미터 정도밖에 남지 않았다. 황무지를 관통하는 켄더스키그 하천은 이미 제방을 넘어섰는데, 정오쯤이면 그 일대가 호수처럼 물에 잠겨 잡목과 수풀은 오물과 악취 속에서 고개만 빼꼼 내밀 것이다. 모두들 열심히 일했고, 모래주머니가 떨어졌을 때에 잠깐 숨을 돌렸다. 그런데 10시 10분, 그들은 엄청난 굉음을 듣고 그 자리에 얼어붙었다. 헤럴드 가드너는 나중에 아내에게 말했듯이, 세상에 종말이 왔다고 생각했다. 그러나 도시가 붕괴된 것은 아니었으며(그때까지는 아니었다) 굉음의 진원지는 급수탑이었다. 급수탑이 무너지는 광경을 목격한 이는 노버트 킨의 손자인 앤드루 킨이 유일했다. 그는 그날 아침 마리화나를 지나치게 피운 탓에 처음에는 허깨비를 본 게 아닐까 자신의 눈을 의심했다. 그가 폭풍이 휘몰아치는 거리를 배회하기 시작한 시각이 8시 이후였으며, 그때쯤 웨스트 브로드웨이에서는 헤일 박사가 조상 대대로 이어 온 의술을 펼치기 위해 저 세상으로 떠났다. 그는 (겨드랑이 밑에 쑤셔 넣은 60그램의 마약 봉지를 제외하고) 온몸이 흠뻑 젖었다는 사실조차 모를 정도로 마약에 취해 있었다. 눈앞에 펼쳐진 광경이 믿어지지 않아 그는 눈을 크게 치켜떴다. 그는 메모리얼 공원에서 비스듬히 기울어 있는 급수탑을 향해 다가갔다. 허깨비를 본 것이 아니라면 급수탑은 피사의 사탑처럼 기울어 있었다. "억, 와!" 앤드루 킨은 탄성을 지르며, 여전히 눈을 휘둥그렇게 뜬 채 용수철처럼 금방이라도 튀어나올 것처럼 무엇인가 쪼개지는 소리를 들었다. 급수탑은 점점 기울어졌다. 그는 앙상한 허벅지에 짝 달라붙은 청바지 차림으로 눈 속까지 파고드는 빗줄기 속에서 우두망찰 그 광경을 지켜보았다. 도심으로 향한 급수탑의 한쪽 벽에서 하얀 판자가 떨어졌다……, 아니, 떨어진 것이 아니라 로켓처럼 허공으로 튀어 올랐다. 곧이어 급수탑의 석조 토대에서 6미터 정도 위에 균열이 생겼다. 그 틈새에서 갑자기 물줄기가 솟구치면서, 도심지 쪽의 벽면에서 널빤지들이 죄다 떨어져 돌풍에 휘날렸다. 급수탑에서 찢어질 듯한 굉음이 터지는가 싶더니, 앤드루는 거대한 시계가 12에서 1시, 그리고 다시 2시 방향으로 기울 듯 급수탑이 움직이는 모습을 지켜보았다. 마약 봉지가 겨드랑이에서 미끄러져 허리띠 근처에서 멈췄다. 그러나 그는 그런 사실조차 알아차리지 못했다. 완전히 얼빠진 상태였다. 세상에서 가장 거대한 기타에서 줄이 하나씩 끊어지듯 퉁퉁 하는 소리가 급수탑 내부에서 들려오기 시작했다. 그것은 물탱크의 수압을 견디고 균형을 잡는 케이블이 끊어지는 소리였다. 그때부터 급수탑은 급속도로 기울기 시작했고, 판자와 버팀

목이 떨어지면서 공기 중으로 튀어올라 소용돌이쳤다. "제에에기랄, 어어어억!" 앤드루 킨은 비명을 질렀지만, 급수탑이 완전히 무너져 버리는 굉음과 외벽을 뚫고 쏟아지는 175만 갤런, 7,000톤의 노도 소리에 비할 바는 아니었다. 쏟아진 물은 곧 잿빛 파도를 이루었고, 앤드루 킨이 만약 급수탑 아래쪽에 있었다면 그 즉시 목숨을 잃었을 것이다. 그러나 신은 언제나 술주정뱅이와 어린아이와 마약 중독자를 불쌍히 여기는 법이다. 앤드루는 급수탑을 한눈에 내려다보면서도 물 한 방울 튀기지 않는 곳에 서 있었다. "정말 죽이는 특수 효과구나!" 앤드루가 얼빠진 탄성을 질러 대는 동안, 물은 고체 덩어리처럼 쭉 펼쳐지더니, 스탠리라는 소년이 아버지의 쌍안경으로 즐겨 새를 관찰하던 해시계 주변을 휩쓸고 지나갔다. "스티븐 스필버그도 기절초풍할 노릇일세!" 석조 새 목욕통도 물결에 휩쓸려 버렸다. 앤드루가 지켜보는 잠깐 사이, 받침대와 목욕통이 데굴데굴 물속에서 물구나무 서다가 이내 시야에서 사라졌다. 메모리얼 공원과 캔자스 가를 경계 짓는 단풍나무와 자작나무도 볼링 핀처럼 줄줄이 넘어졌다. 나무들이 쓰러지면서 전신주와 전선을 덮쳤다. 해시계와 새 목욕통과 가로수로 이루어진 거대한 물의 장벽이 도로를 가로질러 곳곳으로 퍼져나갔다. 그러나 그 정도로는 성이 차지 않았는지, 캔자스 가 끝에서 십여 채의 가옥을 뿌리째 껴안고 황무지로 흘러가는 것이었다. 집들은 너무도 쉽게 휩쓸려서, 대부분 있는 모습 그대로 떠내려갔다. 앤드루는 그중 하나가 칼 매센시크의 집이라는 사실을 알아차렸다. 매센시크 씨는 앤드루의 6학년 때 담임이었으며 성질이 고약한 인물이었다. 그의 집이 도로 끝에서 내리막길로 미끄러지는 순간, 앤드루는 창가에 켜진 촛불 하나를 똑똑히 볼 수 있었다. 그는 어려운 말이어서 사람들이 이해할지는 모르지만, 그것이 정신적 착란 상태일 거라고 생각했다. 그때 황무지에서 폭발음과 함께 노란색 불꽃이 솟구치는 것이 새는 기름에다 용접용 불대를 갖다 댄 것과 비슷했다. 앤드루는 겨우 40초 전만 해도 말끔한 중산층 저택이 들어서 있던 캔자스 가 끝 쪽을 바라보았다. 집들은 그저 순식간에 죽은 도시처럼 사라져 버렸다. 앤드루에겐 꿈결처럼 달콤한 광경이었다. 집이 휩쓸려 간 자리에는 움푹 팬 웅덩이 십여 개가 수영장처럼 박혀 있었다. 앤드루는 그 멋진 광경에 어울릴 만한 세련된 표현을 구사하고 싶었지, 더 이상 아무 소리도 입 밖에 내놓을 수 없었다. 목구멍까지 폭발해 버린 느낌이었다. 횡경막에 힘이 빠져 기능이 정지된 것 같았다. 곧이어 거인이 신발에다 크래커를 잔뜩 집어넣고 계단을 내려오는 듯한 퍼석거림이 들려오기 시작했다. 그쪽을 바라보니 급수탑이 언덕을 구르면서 흰색 원통에서 마지막 물까지 쏟는 한편, 원통을 지탱하던 굵직한 케이블이 툭툭 끊어져 강철 채찍처럼 축축한 지면을 파헤치자 그 자리에 곧바로 빗물이 들어찼다. 앤드루가 턱을 가슴까지 축 늘어뜨린 채 지켜보는 동안, 높이 40미터에 육박하는 급수탑이 공중으로 치솟았다. 한순간이었지만 급수탑이 공중에 그대로 정지하는 바람에 고무 나라 감옥에서나 벌어질 법한 기이한 이미지처럼 보였다. 원통에 부딪혀 빗방울이 튀어 올랐고, 창문이 죄다 깨져 창틀이 덜렁거렸으며 여전히 지붕에서 반짝이는 빛은 경비행기에게 보내는 경고등처럼 보였지만, 그것도 잠시, 급수탑은 마지막 굉음과 함께 도로를 덮쳤다. 캔자스 가는 물바다로 변했고 물길은 어느새 업마일 언덕을 따라 도심지로 흘러들기 시작했다. '저기는 주거 지역인데.' 앤드루 킨은 문득 그 생각을 떠올리다가 두 다리에서 힘이 다 빠져 버리는 느낌이 들었다. 그는 털썩 주저앉았다. 그는 얼마 전까지 급수탑을 떠받치던 석조 토대를 바라보았다. 자신의 말을 믿어 줄 사람이 있기는 할까 의심이 들었다.

그 자신은 믿고 있는지조차 확신할 수 없었다.

죽음, 1985**년** 5**월** 31**일 오전** 10**시** 2**분**

그것이 돌아서서 아래턱을 벌렸다 다물었다 하며 성한 눈으로 빌과 리처드를 무섭게 노려보았다. 빌은 그것이 반딧불이처럼 빛을 발하는구나 생각했다. 그러나 그 빛도 희미하게 깜빡거렸다. 그것은 치명상을 입은 것이다. 그것의 생각이 웅웅 요란스레

(놔줘! 나를 놔주면 무엇이든 원하는 대로 해 주겠다. 부와 명예, 권력까지 무엇이든 주겠어)

빌의 머릿속으로 전해졌다.

빌은 무기 하나 없이 앞으로 성큼 걸어 나가 한쪽만 남은 그것의 붉은 눈알을 노려보았다. 몸속 깊숙이 느껴지는 강렬한 힘에 팔뚝 근육이 튀어오르고 저절로 양 주먹이 불끈 쥐어졌다. 리처드도 입을 악물고 빌의 곁으로 다가왔다.

(네 아내를 돌려주겠다. 그건 나만이 할 수 있는 일이야. 너희들이 기억을 잃어버렸듯, 그녀도 이 끔찍한 일을 다신 기억하지 못하게 해

주마)

이제 그들의 거리는 닿을 정도로 가까웠다. 빌은 그것의 지독한 악취를 맡으며, 그 악취가 하수도와 오염된 물과 그을린 쓰레기 매립장에서 풍겨 오는 황무지의 냄새임을 깨닫고 돌연한 공포에 휩싸였다. 하지만 그들은 과연 황무지에만 그런 냄새가 난다고 생각했던 것일까? 그것의 냄새는 분명 황무지에서 가장 지독한 냄새였지만, 사실 황무지뿐 아니라 데리 전역에 구름처럼 걸린 냄새였다. 단지 동물원 사육사가 우리의 냄새를 맡지 못하고 심지어 사람들이 왜 인상을 쓰는 걸까 고개를 갸우뚱하듯, 데리 사람들은 어디에나 깊숙이 밴 그것의 냄새를 알아채지 못했을 뿐이다.

"우리는 둘이야." 빌은 리처드에게 나직이 속삭였다. 리처드는 거미를 뚫어져라 바라보며 고개를 끄덕였다. 궁지에 몰린 거미는 북슬북슬 가시가 돋친 발로 달그닥거리며 물러섰다.

(너한테 영생을 줄 수는 없다만 내가 살짝만 건드려도 너는 오래오래, 200년, 300년, 500년까지 살 수 있어. 너를 이 세상의 신으로 만들어 주겠다. 나만 놔준다면, 나만 돌려보내 준다면……)

"빌?" 리처드의 쉰 목소리가 갈라졌다.

머릿속에서 점점 더 크게 비명을 지르며 빌은 앞으로 돌진하기 시작했다. 리처드도 나란히 달려 나갔다. 그들은 동시에 오른 주먹을 휘둘렀지만 빌은 그것이 단지 주먹질이 아니라 다른 존재에 이끌려 하나가 되고 강렬해진 두 사람의 힘이라는 사실을 잘 알고 있었다. 기억과 욕망의 힘, 무엇보다 그것은 사랑의 힘이었고, 거대한 순환처럼 망각할 수 없을 유년의 힘이었다.

거미의 비명소리는 장작으로 후려치듯 빌의 머릿속을 온통 뒤흔들었다. 빌은 축축한 물질 속으로 주먹이 깊숙이 파고드는 것을 느꼈다. 어깨까지 쑥 들어갔다. 팔을 빼내자 거미의 검은 피가 뚝뚝 떨어졌다. 주먹이 들어간 구멍에서 점액질이 분수처럼 쏟아졌다.

피로 얼룩져 잔뜩 부풀어 오른 거미의 몸뚱이 바로 아래에서 리처드는 권투 선수처럼 피가 뚝뚝 떨어지는 주먹을 휘둘렀다.

거미는 발악하듯 그들을 향해 발을 휘둘렀다. 빌은 셔츠가 찢어지면서 옆구리에 뜨거운 불길을 느꼈다. 거미의 독침이 빗나가 바닥을 찍었다. 다시 거미의 절규가 클라리온 소리처럼 빌의 머리에 푹 박혔다. 거미는 비틀비틀 앞으로 다가와 빌을 물어뜯을 태세였다. 빌은 물러서지 않고 이번에는 주먹이 아니라 온몸으로 어뢰처럼 그것에게 돌진했다. 상체를 잔뜩 수그리고 전속력으로 그것의 내장을 향해 뛰어든 것이다.

냄새 고약한 그것의 살결이 닿자마자, 빌은 곧바로 튕겨 나가 허공으로 내동댕이쳐질지 모른다고 생각했다. 그러나 끔찍한 비명의 파고가 높아짐에 따라, 빌은 죽어라 두 발에 힘을 주고 두 손으로 그것의 살을 파헤치며 온몸을 들이밀었다. 마침내 그것의 살이 찢겨졌다. 뜨거운 분비물이 홍수처럼 쏟아졌다. 빌은 얼굴에 온통 액체를 뒤집어썼다. 그는 단말마의 비명을 지르며 코를 실룩거렸다.

또 다른 어둠, 부들부들 떨리는 그것의 몸속에 어깨를 들이밀고 빌은 다시 어둠에 빠져 있었다. 분비물에 귀까지 막혔지만, 큰 북처럼 쿵, 쿵쿵, 쿵, 쿵쿵 하는 소리만은 또렷하게 들려왔다. 기

기묘묘한 구경거리와 으스대며 방정을 떠는 어릿광대들을 앞세우고 곡마단 행렬을 이끄는 북소리처럼.

그것의 심장 소리였다.

갑자기 고통에 찬 리처드의 비명이 들리다가 신음과 함께 뚝 그쳤다. 빌은 다짜고짜 양손을 앞으로 쑤셔 넣었다. 들썩이는 내장과 분비물 때문에 숨을 쉴 수 없었다.

쿵, 쿵쿵, 쿵, 쿵쿵.

그런데 찔러 넣은 손아귀에 무엇인가 거대한 물체가 느껴졌다. 손바닥에 밀려왔다 멀어졌다 하는 일정한 흔들림.

(안돼안돼안돼안돼)

돼! 빌은 숨막히는 고통과 함께 고함을 질렀다. 돼! 돼나 안 되나 한번 해 볼까, 요 암캐야! 한번 해 보잔 말이야! 어때, 엉? 어때 좋아? 좋냐고?

빌은 손가락으로 그것의 심근을 움켜잡고 온 힘을 다해 거꾸로 선 V자 모양으로 잡아 뜯었다.

그것의 심장이 빌의 손아귀에서 파열하는 순간, 고통과 공포의 마지막 비명이 느껴졌다. 곧바로 손가락 사이에 터진 심장이 비집고 흘러나왔다.

쿵, 쿵쿵, 쿵, 쿠우…….

비명이 잦아지기 시작했다. 미끌거리는 고무장갑처럼 그것의 몸뚱이가 갑자기 빌을 조였다. 그러나 이내 모든 힘이 느슨해졌다. 그것의 몸은 한쪽으로 기울더니 천천히 바닥으로 무너지고 있었다. 그와 동시에 빌은 뒤로 물러서며 혼미해지는 의식을 느꼈다.

거미는 한쪽으로 쓰러져 거대한 외계의 생물처럼 널브러졌다. 그때까지도 다리가 발작적인 경련을 일으키며 바닥을 할퀴고 두드렸다.

빌은 숨을 몰아쉬면서, 입속에 든 그것의 느낌을 지우기 위해 연신 헛구역질을 했다. 그러다가 무릎을 꿇고 고꾸라져 버렸다.

그리고 분명히, '다른 존재의 목소리'를 들었다. 거북이는 죽었을지도 모르지만, 그 목소리의 주인공이 누구이든 그는 죽지 않았다.

"얘야, 정말 잘했다."

그 말뿐이었다. 목소리와 함께 힘도 사라졌다. 빌은 몸에서 쑥 빠져나가는 기운에 현기증과 욕지기를 느끼며 반쯤 실성한 기분이었다. 뒤를 힐끔하니, 거미는 끔찍한 악몽의 끝처럼 여전히 경련을 일으켰다.

"리처드! 리처드, 어디 있어?" 빌은 갈라지는 목소리로 리처드를 찾았다. 대답이 없었다.

빛은 완전히 사라져 버렸다. 그것은 거미의 형체로 죽은 것이다. 빌은 헝클어진 셔츠 주머니를 뒤적이며 마지막 성냥을 찾았다. 성냥이 손에 잡혔지만 피로 흥건히 젖어 불이 붙지 않았다.

"리처드!" 빌은 다시 울부짖으며 흐느끼기 시작했다. 손을 더듬거리며 앞으로 기어갔다. 이윽고 한쪽 손에 축 늘어진 물체가 닿았다. 그 위를 더듬거리다가……, 손길이 멈춰 선 자리는 리처드의 얼굴이었다.

"리처드! 리처드!"

그러나 여전히 대답이 없었다. 빌은 휘청거리며 리처드의 등과 무릎을 받쳐 들었다. 그는 간신히 자리에서 일어나 리처드를 품에 안고 어둠을 향해 발길을 돌렸다.

데리, 오전 10시부터 10시 15분까지

10시, 데리 도심의 거리를 끊임없이 뒤흔들어 놓던 진동이 갑자기 거세졌다. 시간이 흐른 후, 《데리 뉴스》는 운하가 도심 밑으로 흘러가는 지하 수로의 지반이 홍수 때문에 붕괴됐다고 보도했다. 그러나 사람들의 생각은 달랐다. "현장에 있었으니 내가 더 잘 알지." 헤럴드 가드너는 나중에 아내에게 말했다. "운하 지반이 무너진 게 아니야. 지진 때문이라고. 망할 놈의 지진 말이야."

지반이 붕괴됐든 지진이 일어났든, 결과는 매한가지였다. 진동이 거세지면서 건물 유리창이 깨지고 천장이 무너지고 대들보와 건물 토대가 뒤틀리면서 공포의 합창을 울렸다. 매켄 상점의 벽돌 외벽을 따라 탐욕스러운 손길처럼 균열이 생겼다. 알라딘 극장의 대형 차양을 받치고 있던 굵은 밧줄이 끊어지면서 차양도 그대로 주저앉고 말았다. 센터 가 약국 뒤로 이어진 리처드 골목은 갑자기 산사태처럼 쏟아져 내린 벽돌로 가득 찼다. 1952년에 세워진 브라이언 X 도드 프로페셔널 건물이 무너졌기 때문이었다. 누런 먼지가 거대한 장막처럼 솟구쳤다가 순식간에 사라져 버렸다.

같은 시각, 시민 회관 앞에 있는 폴 버니언의 동상이 산산조각났다. 마치 오래전 동상을 폭파하겠다고 한 미술 교사의 위협이 결국 아주 심각한 것이었음을 증명하는 것 같았다. 미소를 띤 텁수룩한 얼굴이 공중으로 치솟았다. 격한 운동으로 가랑이가 찢어지듯 폴의 한쪽 다리는 앞으로, 나머지는 뒤로 날아가 버렸다. 동상의 몸통 부분은 포탄의 파편처럼 흩어졌고 플라스틱 도끼가 머리를 곤두세우고 하늘 높이 솟구쳤다가 자루를 빙글빙글 돌리며 곤두박질쳤다. 도끼는 키스 다리의 지붕을 뚫고 바닥에 떨어졌다.

이윽고 10시 2분, 데리 도심이 붕괴됐다.

급수탑에서 쏟아진 물은 대부분 캔자스 가를 가로질러 황무지로 흘러들었지만, 그중 몇 톤가량은 업마일 언덕을 경유해 상업지구로 쇄도했다. 그것이 결정타였는지 모른다. 아니면 헤럴드 가드너의 말대로 실제로 지진이 일어났던가. 메인 가의 지표면에 금이 가기 시작했다. 처음에는 가느다란 실핏줄 같더니……, 이내 굶주린 아가리처럼 벌어져 지하 수로에서 노도처럼 물이 솟구쳤다. 물소리는 더 이상 지하에서 억눌린 신음소리가 아니라 사나운 포효로 변했다. 천지가 흔들리기 시작했다. 쇼티 상가의 한 기념품 매장 앞에서 "노루 가죽 제품 도매점"이라고 적힌 네온사인이 1미터 깊이의 물속으로 처박혔다. 잠시 후, 페이퍼백 서점 바로 옆에 있던 쇼티 상가 건물이 무너지기 시작했다. 그 광경을 처음으로 목격한 사람은 버디 잉스트롬이었다. 그는 알프레드 지트너의 옆구리를 찔렀고, 지트너는 숨을 죽이고 헤럴드 가드너의 옆구리를 찔렀다. 단 몇 초 만에 모래주머니 쌓는 작업이 일순 중단됐다. 운하 양쪽에 줄지어 서 있던 사람들은 우두커니 서서 퍼붓는 장대비 너머 도심을 바라보았는데, 한결같이 겁에 질린 표정이었다. 기념품과 잡화점이 들어선 쇼티 상가 건물은 거대한 엘리베이터에 올라탄 모양으로 곧장 밑으로 내려갔다. 건물은 견고한 콘크리트를 내보이며 마지막 순간까지 위엄을 지키려는 것 같았다. 건물의 붕괴가 멈추었을 때, 물에 잠긴 보도 바닥에 엎드리면 건물의 3층 창문으로 들어갈 수 있을 만큼 건물은 주저앉은 상태였다. 건물 주변으로 연신 물이 튀어오르고 얼마 후, 건물의 소유주인 쇼티가 지붕에 나타나 미친 듯이 손을 흔들며 구조를 청했다. 그러나 곧바로 페이퍼백 서점 건물이 무너지면서 그의 모습도 자취를 감추고 말았다. 불행히도 그 건물은 쇼티 상가처럼 수직으로 내려앉지 않았던 것이다. 페이퍼백 서점은 옆으로 기울면서 무너졌다(그 짧은 순간, 건물은 실제로 피사의 사탑을 연상시키기에 충분했다). 그 건물이 옆으로 무너지면서 지붕과 벽면에서 벽돌이 우수수 떨어졌다. 그중 몇 개는 쇼티의 머리로 날아들었다. 헤럴드 가드너는 쇼티가 두 손으로 머리를 감싸 쥐며 물러서는 모습을 지켜보았다. 순식간에 페이퍼백 서점은 꼭대기부터 팬케이크처럼 쓸려 주저앉았다. 쇼티는 그때 시야에서 사라져 버렸다. 모래주머니를 따라 서 있던 사람들 중 몇몇이 비명을 질렀고, 급기야 모든 사람들이 파괴의 대혼란에 얼이 빠지고 말았다. 그들은 혼비백산한 채 엎치락뒤치락 운하에서 뒷걸음질 쳤다. 헤럴드 가드너는 메인 가를 사이에 두고 건물 두 채가 카드노름에서 훈수하는 아낙처럼 서로를 향해 구부러지다 닿을락 말락 하는 모습을 바라보았다. 두 건물 밑으로 도로 역시 갈라지고 부서지고 주저앉았다. 여기저기 물보라가 일었다. 그때부터 메인 가 양쪽의 건물들이 도로 중심을 향해 도미노처럼 꼬리에 꼬리를 물고 무너져 내렸다. 노스이스트 은행, 슈보트 신발 가게, 엘비스스모큰 조크스 담배 가게, 베일리 식당, 밴들러스 레코드, 뮤직 창고 등등 건물이 잇따라 시야에서 사라졌다. 이미 그때쯤에는 무너지는 건물들을 받아 줄 만한 도로 자체도 존재하지 않았다. 도로는 처음에는 물엿처럼 운하 밑으로 내려앉았고, 부서진 아스팔트 조각이 물속에서 고갯방아를 찧었다. 헤럴드는 삼거리의 교통 안전 지대가 순식간에 사라지고 물길이 치솟는 광경을 지켜보다가 문득 무슨 일이 벌어지고 있는지 깨달았다.

"여기서 빠져나가! 물이 역류할 거야! 알프레드, 물이 거꾸로 흘러들고 있단 말이야!" 헤럴드는 알프레드 지트너에게 고함질렀다.

알프레드 지트너는 아무 소리도 들리지 않는 모양이었다. 몽유병 환자 아니면 최면에 빠진 사람의 얼굴이었다. 붉은색과 파란색의 체크무늬 점퍼와 왼쪽 가슴께 작은 악어 무늬가 있는 고급 셔츠, 하얀 골프채가 엇갈린 모양으로 수놓아진 파란색 양말과 바닥이 고무로 된 갈색의 값비싼 구두 차림으로 그는 흠뻑 젖어 우두커니 서 있었다. 그는 100만 달러에 달하는 자신의 재산과 300만 또는 400만 달러쯤 되는 친구들(함께 포커를 하고, 골프를 치고, 레인즐리의 콘도로 스키를 타러 가는 친구들)의 재산이 가라앉는 모습을 지켜보았다. 눈 깜짝할 사이에 그의 고향, 메인 주의 데리는 기다란 카누로 사람을 실어 나르는 어느 오지 마을로 변해 버렸다. 아직 남아 있는 건물마다 주변으로 물보라와 소용돌이가 일었다. 커넬 가는 휘도는 물결 너머 들쭉날쭉한 다이빙 보드처럼 끊어진 상태였다. 결국 지트너가 헤럴드 가드너의 외침을 듣지 못했다고 해서 이상할 것은 없었다. 그러나 다른 사람들은 가드너와 똑같이 생각했고, 그때부터 서둘러도 사방을 뒤덮은 물속을 건너 탈출하려면 사력을 다할 수밖에 없다는 사실을 알고 있었다. 몇몇 사람은 들고 있던 모래주머니를 팽개치고 도망가기 시작했다. 헤럴드 가드너도 그중 하나였으며 그 덕분에 목숨을 건질 수 있었다. 그러나 그렇지 못한 사람들은 아스팔트와 콘크리트, 벽돌과 석벽, 유리와 400만 달러 이상의 상품들이 뒤섞인 운하 어딘가에 남아 모래주머니와 함께 물속에 휩쓸리고 말았다. 헤럴드는 줄곧 아무리 빨리 도망친다고 해도 어느 순간 물길에 휩쓸릴지 모른다고 생각했다. 그는 관목으로 뒤덮인 가파른 제방 쪽으로 가까스로 올라섰다. 숨을 고르며 뒤돌아보니, 헤럴드 소비자 신용 조합의 대출 책임자인 로저 레너드와 비슷하게 생긴 사람이 커넬 미니 쇼핑센터 주차장에서 차에 시동을 거는 모습이 보였다. 요란한 물소리와 사나운 비바람 속에서도 헤럴드는 걸릴 듯 말 듯 애태우는 자동차 엔진 소리를 또렷하게 들었다. 레너드의 차 양쪽으로 이미 검은 물이 쇄도하고 있었다. 그리고 천둥 같은 굉음과 함께 켄더스키그 하천이 제방을 뛰어넘어 커넬 미니 쇼핑센터와 로저 레너드의 붉은색 자동차를 덮쳐 버렸다. 헤럴드는 나뭇가지와 뿌리를 비롯해 무게를 지탱할 만한 것은 모조리 움켜잡으며 계속해서 제방을 올라갔다. 높은 곳일수록 살아남을 확률이 컸다. 앤드루 킨이라면 그날 아침 헤럴드 가드너가 지상에서 붕 떠오르는 기분을 제대로 깨달았을 거라고 말할지 몰랐다. 헤럴드는 등 뒤에서 계속 붕괴되는 도시의 비명소리를 들었다. 작렬하는 포탄 같은 소리였다.

빌

"비벌리!" 그가 소리쳤다. 등과 팔이 욱신거렸다. 리처드의 몸무게는 200킬로그램도 넘는 것처럼 느껴졌다. '그러니까 그만 리처드를 내려놓으라니까. 이미 죽었어. 너도 잘 알잖아. 그런데 왜 그런 헛고생을 하냐고, 엉?'

그러나 빌은 그럴 생각도, 그렇게 할 수도 없었다.

"비벌리!" 그는 다시 외쳤다. "벤! 아무라도 대답해!"

빌은 생각했다. '이곳에서 놈이 리처드와 나를 내팽개쳤는데, 아주 멀리까지. 어떻게 됐더라? 점점 기억이 희미해지는걸…….'

"빌?" 벤의 목소리였다. 탈진하고 부들부들 떨리는 목소리가 아주 가까운 곳에서 들려왔다. "빌, 어디 있어?"

"여기야, 친구. 리처드도 함께 있어. 리처드는……, 많이 다쳤어."

"계속 말해. 계속 말하라고, 빌." 벤의 목소리가 가까워졌다.

"놈을 죽였어. 그 암캐를 우리가 죽였어. 하지만 리처드가 죽는다면……." 빌도 벤의 목소리가 들려오는 쪽으로 움직이며 말을 계속했다.

"죽어?" 벤이 깜짝 놀라며 소리쳤다. 아주 가까운 거리……, 이윽고 더듬거리는 손길이 빌의 코끝을 가볍게 스쳤다.

"죽는다니 그게 무슨 소리야?"

"그러니까……, 리처드가……."

그들은 리처드를 함께 부축했다.

"리처드의 얼굴을 차마 볼 수 없어, 벤. 리처드를 보, 볼 수 없어!"

"리처드! 리처드, 야, 인마, 정신 차려 봐!" 벤이 소리치며 리처드의 몸을 흔들었다. 벤의 목소리는 점점 더 심하게 떨려 나왔다. "리처드, 제발 눈 좀 떠라, 엉?"

어둠 속에서 방금 잠에서 깨어난 듯 졸린 목소리가 흘러나왔다. "알았어, 노적가리, 알았다니까. 돼지 멱따는 소리 좀 그만해."

"리처드! 리처드, 괜찮아?" 빌이 소리쳤다.

"그년이 나를 집어던졌어." 리처드는 여전히 지치고 졸린 음성이었다.

"뭔가 딱딱한 것에 부딪혔거든. 그게……, 그게 기억나는 것 전부야. 비벌리는 어디 있지?"

"저 뒤에 있어." 벤이 말했다. 그러고는 알들에 대해 말했다. "짓밟은 알이 백 개는 될 거야. 다 없앤 것 같아."

"널 도와달라고 하느님께 기도했지." 리처드가 말했다. 그의 목소리는 좀더 살아났다. "나 좀 내려줘, 빌 대장. 걸을 수 있어……. 혹시 물소리 아니야?"

"맞아. 머리는 어때?"

세 사람은 어둠 속에서 서로 손을 마주잡았다.

"빠개질 것 같지, 뭐. 내가 나가떨어진 다음에 어떻게 됐지?"

빌은 기억나는 부분을 최대한 자세히 설명했다.

"결국 놈이 죽었군. 그렇지, 빌?" 리처드는 경탄했다.

"응. 이번에는 확실히 끄, 끄, 끝냈어."

"정말 다행이야. 빌, 나 좀 잡아 줘. 토할 것 같아." 리처드가 말했다.

빌은 리처드가 토하는 동안 부축해 주었다. 그들은 이내 다시 걷기 시작했다. 금방이라도 부서질 듯한 것들이 발밑에 밟혔다가 이내 사라졌다. 빌은 벤이 처치한 알의 껍질일 거라고 생각하며 몸서리를 쳤다. 일단 제대로 방향을 잡아 간다는 생각에 마음이 놓였고, 무수히 깔려 있을 껍질들을 직접 눈으로 볼 수 없어서 더욱 기뻤다.

"비벌리! 비벌리!" 벤이 소리쳤다.

"여기야……."

비벌리의 음성은 희미했고 순식간에 물소리에 묻혀 버렸다. 그들은 비벌리에게 계속 대답하라고 이른 후, 소리 나는 쪽으로 다가갔다.

마침내 비벌리가 있는 곳까지 이르러, 빌은 성냥이 남아 있는지 물었다. 그녀는 반쯤 쓰고 남은 성냥갑을 내밀었다. 성냥을 켜자, 각자의 얼굴이 유령처럼 나타났다. 관자놀이에서 피를 흘리며 축 처진 리처드를 벤이 부축하고, 비벌리는 에디의 머리를 무릎에 받치고 있었다. 빌은 다른 쪽으로 성냥불을 비추며 주변을 살폈다. 오드라가 바닥에 떨어져 사지를 쭉 뻗은 채 널브러져 있었다. 거미줄은 이미 그녀의 몸에서 거의 다 떨어져 나간 후였다.

성냥불이 꺼졌다. 빌은 어둠 속에서 더듬거리며 오드라의 몸에 걸려 휘청거렸다.

"오드라! 오드라, 내 말 드, 드, 들려?"

그는 오드라의 상체를 일으켜 세웠다. 오드라의 긴 머리칼을 한쪽으로 치우고 그녀의 목 가장자리를 만져 보았다. 느리지만 일정한 맥박이 느껴졌다.

성냥불을 켜자 오드라의 동공이 수축되는 모습이 보였다. 그러나 반사적인 움직임일 뿐 그녀의 시선은 꼼짝도 하지 않았고, 얼굴 가까이 불을 갖다 대도 결과는 마찬가지였다. 살아 있지만 반응이 없었다. 어쩌면 죽음보다 더 끔찍한 상황인지 몰랐다. 긴장성 혼미 상태였다.

두 번째 성냥불도 이내 손끝까지 타들었다. 빌은 성냥불을 껐다.

"빌, 물소리가 기분 나빠. 어서 이곳에서 빠져나가는 게 좋겠어." 벤이 말했다.

"에디가 없는데 길을 찾을 수 있을까?" 리처드는 혼잣말처럼 중얼거렸다.

"할 수 있어. 빌, 벤의 말이 맞아. 어서 이곳을 빠져나가자." 비벌리가 말했다.

"오드라를 데려가야 해."

"물론이지. 아무튼 당장 나가자고."

"어느 쪽이지?"

"알게 될 거야. 놈을 죽였잖아. 네가 알아낼 수 있을 거야, 빌." 비벌리가 담담하게 말했다.

빌은 리처드를 데려왔을 때처럼 오드라를 들어 올린 후 다른 사람들 쪽으로 걸어왔다. 팔에 안긴 오드라에게서 불안하고 섬뜩한 느낌이 전해졌다. 숨 쉬는 밀랍인형 같았다.

"어디로 갈까, 빌?" 벤이 물었다.

"모, 모, 모르겠어……."

(놈을 죽였잖아, 네가 알아낼 수 있을 거야)

"흠, 이, 이쪽으로. 우리가 해낼 수 있을지 한번 부딪혀 보자.

비벌리, 이걸 가, 가, 가지고 있어." 빌은 성냥을 비벌리에게 건네주었다.

"에디를 어쩌지? 데리고 가야 해."

"하, 하, 할 수 있을까? 그러니까……, 비, 비벌리, 이곳은 곧 무, 무너질 거야."

"에디와 함께 가야 해, 빌. 자, 도와줘, 벤." 리처드가 말했다.

벤과 리처드는 양쪽에서 가까스로 에디를 들어 올렸다. 비벌리는 성냥을 켜고 동화에나 나올 법한 출입구 쪽으로 앞장섰다. 빌은 오드라를, 벤과 리처드는 에디를 들고 뒤따랐다.

"에디를 여기다 내려놓자. 이곳은 괜찮을 거야." 비벌리가 말했다.

"너무 어두워." 리처드가 흐느꼈다. "너무……, 너무 어둡잖아. 에즈는……, 그는……."

"아니, 괜찮을 거야. 아마 이곳이 에디가 있을 자리인지 몰라. 그럴 것 같아." 벤이 말했다.

그들은 에디를 내려놓았다. 리처드는 에디의 뺨에 입을 맞추었다. 그러더니 넋 나간 사람처럼 벤을 바라보았다. "정말이지?"

"그래. 자, 이제 가자, 리처드."

리처드는 일어서서 문 쪽으로 돌아섰다. "엿 먹어라, 망할 것!" 그는 갑자기 고함을 지르며 문을 걷어찼다. 찰칵, 문이 닫히면서 걸쇠가 채워지는 듯한 소리가 들려왔다.

"왜 그랬어?" 비벌리가 물었다.

"몰라." 리처드는 물론 자신이 왜 그랬는지 잘 알고 있었다. 비벌리의 손에서 성냥불이 꺼질 즈음, 리처드는 뒤를 돌아보았다.

"빌……, 문에 마크가 있었지?"
"그게 왜?" 빌이 숨을 헐떡였다.
리처드가 말했다. "사라졌어."

데리, 10시 30분

성인 도서관과 아동 도서관을 연결하는 유리 통로가 갑자기 환한 불꽃에 휩싸이며 폭발했다. 깨진 유리 조각이 사방으로 튀어 올라, 도서관 뜰에 드문드문 박힌 채 비바람에 휘청거리는 나무 사이로 날아갔다. 그 정도 유리 파편이라면 중상을 입거나 죽을 수도 있었지만 다행히 도서관 주변에는 아무도 없었다. 그날 도서관은 문을 열지 않았다. 어린 시절, 벤 한스컴의 마음을 송두리째 빼앗아 버린 유리 통로는 앞으로 복원될 확률이 없었다. 데리 시 전체에 찾아든 재난 복구에만 많은 비용이 들 것이므로, 두 개의 도서관을 굳이 연결하지 않고 따로 사용하자는 의견이 나오면 누구도 반대할 상황은 아니었다. 그런 말이 나올 때 즈음에는 시의원 중에서 도서관에 유리 통로가 있었다는 사실을 기억하는 사람조차 없을 것이다. 오직 벤 한스컴만이 콧물이 찔끔거리고 벙어리장갑 속에서 손가락이 얼어 버릴 정도로 싸늘한 1월의 밤하늘 아래 유리 통로를 바라보는 기분이 어땠는지, 두꺼운 외투를 벗어 든 채 환한 빛을 받으며 통로를 지나가는 사람들의 모습이 어떠했는지 말해 줄 수 있을지 모른다. 그는 분명 말해 줄 수 있을 테지만……, 차가운 어둠 속에 서서 어떻게 빛을 사랑하게 되었는지, 그런 문제를 시의회에 출석해 증명해 보일 수는 없는 노릇이리라. 세상 이치가 그랬다. 중요한 사실은 단지 유리 통로가 원인 모르게 폭발했으며, 아무도 다치지 않았다는 데 있다(인간 세계에서 가능한 용어를 빌리자면 그날 아침 불어 닥친 폭풍우의 파괴적인 행보를 놓고 볼 때, 유리 파편에 아무도 다치거나 죽지 않았다는 사실은 천운이나 다름없었다. 그날 폭풍우로 예순일곱 명이 사망했고 320명 이상이 부상을 당했으니까). 결국 유리 통로는 다시 세워질 수 없었다. 1985년 5월 31일 이후, 사람들은 아동 도서관에서 성인 도서관으로 가려면 밖으로 나와 건물을 돌아가야 했다. 몹시 춥거나 비나 눈이 오는 날이면 도서관을 나설 때 외투를 입어야 했다.

터널 밖으로, 1985**년** 5**월** 31**일 오전** 10**시** 54**분**

"기다려, 잠깐 생각 좀 해 보고……. 좀 쉬자고." 빌이 가쁜 숨을 몰아쉬었다.

"내가 좀 도와줄게." 리처드가 다시 말했다. 그들은 에디를 거미의 서식지에 남겨 두었고, 그 사실을 입에 올리고 싶지 않았다. 그러나 에디는 죽은 몸이지만 오드라는 아직 살아 있었다. 적어도 이론적으로는 그랬다.

"나 혼자 할 거야." 빌은 여전히 숨을 헐떡이며 말했다.

"고집불통 같으니. 그러다가 심장마비라도 걸리면 어쩌려고 그래. 내가 도와준다니까, 빌."

"머, 머, 머리는 좀 어때?"
"아직 아파. 딴청 부리지 말고."
빌은 내키지 않는 표정으로, 리처드에게 그녀를 넘겼다. 그나마 다행이었다. 오드라는 원래 키가 큰 편에 63킬로그램 정도로 체중은 보통이었다. 그러나 영화 「다락방」에서 자신을 정치 암살범이라고 생각하는 위험한 정신병자에게 인질로 붙잡히는 여주인공 역을 맡아야 했다. 프레디 파이어스톤이 영화의 첫 장면부터 촬영하기를 원했으므로, 오드라는 억류된 인질의 분위기에 맞게 체중을 10킬로그램이나 감량해야 했다. 그러나 축 처진 오드라를 500미터가량(아니면 800미터인지 1,000미터인지는 솔직히 알 수 없었다) 비틀거리며 부축하다 보니 53킬로그램이 100킬로그램 이상으로 느껴진 게 사실이었다.
"고, 고마워."
"그런 소리 마. 자, 이번에는 네 차례야, 노적가리."
"삑삑, 경고야, 리처드."
벤이 말하는 소리를 듣자, 빌은 암담한 상황에서도 피식 웃음이 나왔다. 지친 미소가 오래가진 않았지만 그래도 한결 마음이 가뿐해지는 느낌이었다.
"어느 쪽이지, 빌? 물소리가 더 요란해졌어. 설마 여기서 빠져 죽는 건 아닐 테지." 비벌리가 말했다.
"곧장 앞으로 가다 왼쪽으로. 좀 서둘러 가는 게 좋겠어."
그들은 30분 정도 계속 걸었다. 빌이 이따금 왼쪽, 오른쪽 하며 방향을 잡았다. 점점 물소리가 거세지며 어둠 속에서 돌비 스테레오 효과처럼 쩌렁쩌렁 울렸으므로 물속에 빠진 느낌이 들었다.

빌이 어느 모퉁이를 돌아 축축한 벽돌에 손을 갖다 대자 갑자기 발치로 물이 흘러들기 시작했다. 깊지 않았지만 물살이 아주 빨랐다.

"이번엔 내가 들게." 빌이 벤에게 말했다. 마침 벤은 숨을 몰아쉬고 있었다. "이제부터 물을 거슬러 가야 해." 벤이 조심스럽게 오드라를 건네자, 빌은 소방관처럼 그녀를 어깨에 들쳐 멨다. 너무 함부로 다루지 말라고, 그녀가 한마디 항의라도 해 준다면, 아니 살짝만 움직여 준다면……, 빌은 답답하고 안타까운 심정이었다.

"비벌리, 성냥 얼마나 남았어?"

"별로 없어. 다섯 개비 정도. 빌……, 제대로 가고 있는 거지?"

"그, 그, 그런 것 같아. 어서, 가자."

그들은 빌을 따라 모퉁이를 돌았다. 물거품이 발목에서 정강이로 올라오더니 이내 허벅지까지 차올랐다. 물소리는 점점 더 거세질 뿐이었다. 터널이 조금씩 흔들렸다. 빌은 물살이 점점 강해지면 걸어가기 힘들겠다고 생각했는데, 그때 마침 터널 속으로 강하게 물을 뿜어내는 급송 배수관을 지나게 되었다. 분출하는 흰색 포말이 깜짝 놀랄 정도로 세찼다. 그 지점을 벗어나면서 물살이 약해졌지만 수심은 계속해서 깊어졌다. 그건…….

'아까 배수관에서 물길이 치솟았잖아! 분명히 그랬어!'

"자, 자, 잠깐만! 혹시 뭐 보, 보, 보이는 거 어, 없어?" 빌이 소리쳤다.

"15분 정도 전부터 좀 밝아진 느낌이야!" 비벌리가 되받아쳤다. "여기가 어디지, 빌? 어딘지 알겠어?"

'그래, 알 것 같아.' 빌은 그렇게 말하려다 그만두었다. "모르겠어! 어서 가자!"

빌은 내심 그들이 켄더스키그의 운하 쪽으로 다가가고 있다고 생각했다. 운하가 지하 수로를 지나가다 배시 공원에서 지상으로 나가는 지점이었다. 그리고 저 밑에 빛이 느껴졌다. 지하 수로의 한복판이라면 빛이 있을 리 없었다. 빛은 점점 밝아졌다.

오드라를 안고 가기가 몹시 힘들어졌다. 물살은 이미 약해졌으므로 문제가 아니었지만 수심이 문제였다. 얼마 후면 오드라와 함께 물에 휩쓸려 허우적댈 것 같았다. 빌의 왼쪽에는 벤이, 오른쪽에는 비벌리가 걷고 있었다. 그리고 벤의 뒤쪽에 리처드가 바짝 따라붙었다. 발밑에 와 닿는 느낌이 이상했다. 바닥이 약간 둔덕을 이루면서 울퉁불퉁한 것이 벽돌이 널려 있는 모양이었다. 그리고 앞쪽에 침몰하는 뱃머리처럼 물위로 솟은 물체가 보였다.

벤은 물이 차가워 연신 몸서리 치며 그 물체 쪽으로 힘겹게 다가갔다. 흠뻑 젖은 시가 담배 상자가 벤의 얼굴 쪽으로 천천히 흘러왔다. 그는 상자를 옆으로 치우고 물밖으로 튀어나온 물체를 움켜잡았다. 그의 눈이 휘둥그레졌다. 커다란 간판 같았다. '알(AL)'이라는 글자와 그 밑으로 '퓨(FUT)'라는 글자가 나타났다. 그는 그 글자가 무엇을 뜻하는지 단번에 알았다.

"빌! 리처드! 비벌리!" 벤은 너털웃음을 터뜨렸다.

"왜 그래, 벤?" 비벌리가 소리쳤다.

벤은 간판을 양손에 움켜쥐고 앞뒤로 흔들어 보았다. 간판 가장자리가 터널 벽에 긁히면서 귀에 거슬리는 소리가 났다. 이제 간판의 글자가 전부 나타났다. '알라딘 극장, 상영작: 백 투 더

퓨처(BACK TO THE FUTURE)'

"알라딘 극장의 차양에 붙어 있는 건데. 어떻게 이게……." 리처드가 말했다.

"거리가 무너진 거야." 빌이 속삭였다. 그도 눈을 크게 치켜뜨고 있었다. 그는 멀리 터널 앞쪽을 바라보았다. 빛은 여전히 앞쪽으로 갈수록 밝아졌다.

"뭐라고, 빌?"

"대체 무슨 일이 벌어진 거지?"

"빌? 빌? 무슨 일이……."

"배수관 때문이야! 낡아 빠진 배수관 때문이라고! 또 한 차례 홍수가 난 게 틀림없어! 그러니까 이번에는……." 빌이 흥분한 어조로 소리쳤다.

그는 말을 멈추고 오드라를 높이 들어 올린 채 앞으로 걸어가기 시작했다. 벤과 비벌리와 리처드도 그 뒤를 따랐다. 5분쯤 걸었을까, 빌이 얼굴을 들자 파란 하늘이 나타났다. 터널 천장이 갈라져 있었는데, 넓이가 20미터 이상이었다. 그 지점부터 앞쪽으로 온갖 물건들이 터널 안으로 휩쓸려 들어와 물길이 막힌 상태였다. 벽돌 더미와 휑하니 열려 물을 뿜어내는 자동차 트렁크, 술 취한 듯 터널 벽에 기댄 주차 미터기, 특히 미터기에는 '시간 초과' 라는 붉은색 깃발까지 올라간 채였다.

발밑에 잡동사니들이 쌓여 있어서 자칫하다가는 발목이 부러질 정도로 움직이기 힘들었다. 물은 겨드랑이 높이에서 천천히 흘러갔다.

'지금은 한풀 꺾였나 보군. 하지만 두 시간 전만 해도 이곳에서 살아남기 힘들었을 거야.' 빌은 생각했다.

"대체 이게 무슨 조화야, 빌?" 리처드는 빌의 곁에서 터널 천장을 바라보며 어리둥절한 표정이었다. 빌은 터널의 천장이라고 생각한 곳이 메인 가라는 사실을 깨달았다. 적어도 얼마 전까지 메인 가라고 불렸던 곳.

"내 생각에는 지금쯤 데리 시가지가 전부 운하에 휩쓸려서 켄더스키그 하천을 따라 떠내려가고 있을 거야. 그러다 페노브스콧에 이르고 대서양까지 가서 밑바닥에 가라앉겠지. 오드라 좀 부축해 줄래, 리처드? 힘이 다 빠져서……."

"그럼, 어려울 것 없지."

리처드는 오드라를 받아 들었다. 빌은 차라리 어둠 속에서 오드라의 얼굴을 제대로 볼 수 없었던 편이 나았다고 생각했다. 이마와 뺨에 오물이 덕지덕지 붙어 있었지만 무서울 만큼 창백한 안색은 그대로 드러났다. 두 눈은 여전히 휑하니 열려……, 그 어떤 것도 기억하지 못한 채 텅 빈 공허만을 담고 있었다. 머리칼은 후줄근하게 머리에 착 달라붙었다. 사람이라기보다는 뉴욕의 플레저 체스트나 함부르크의 리퍼반 거리두 곳 모두 유명한 환락가에서 사 온 고무 인형처럼 느껴졌다. 차이가 있다면 오드라는 천천히 규칙적으로 숨을 쉰다는 사실뿐이지만……, 그 역시 시계 태엽 장치처럼 기계적인 호흡일 뿐이었다.

"이제 여기서 어떻게 올라가지?" 빌이 리처드에게 물었다.

"일단 벤이 두 손을 맞잡고 받침대 역할을 하는 거야. 비벌리가 그 위로 올라간 다음, 너와 오드라가 올라가. 그 다음 내가 올라가서 우리가 함께 벤을 끌어올리면 돼. 우리 모두 올라간 다음에는 여자 대학생 천 명을 모아 놓고 배구 토너먼트하는 방법을 알려 주지."

"삑삑, 리처드."

"그놈의 삑삑 소리, 네 엉덩이한테나 해라, 빌 대장."

빌은 몸속으로 출렁거리며 밀려드는 피로를 느꼈다. 비벌리와 잠시 눈이 마주쳤다. 그녀가 살짝 웃자, 빌 역시 아무 말 없이 미소로 답했다.

"할 수 있겠어, 베, 베, 벤?"

벤도 지친 기색이 역력했지만 고개를 끄덕였다. 한쪽 뺨에 깊은 상처가 나 있었다. "할 수 있을 거야."

벤은 몸을 약간 웅크리면서 두 손을 맞잡았다. 빌이 한쪽 발을 그 위로 걸치고 힘껏 올라섰다. 하지만 천장까지 닿지 않았다. 벤이 깍지 낀 손을 위로 올리자 빌은 부서진 천장의 가장자리를 움켜잡았다. 그는 곧바로 위쪽으로 올라섰다. 처음 눈에 띈 것은 흰색과 적황색으로 이루어진 방호 울타리였다. 그리고 방호 울타리 너머에 사람들이 모여 있었다. 그 다음에 프리즈 백화점이 시야에 들어왔지만 이상할 정도로 작아 보였다. 빌은 잠시 후에야 프리즈 백화점이 도로와 운하의 지하수로 밑으로 반쯤 주저앉아 있다는 사실을 깨달았다. 건물 윗부분이 거리 쪽으로 기울어 여차하면 육중한 책꽂이처럼 넘어질 태세였다.

"저길 봐요! 저기! 사람이 있어요!"

한 여자가 붕괴된 거리 한복판과 그곳에서 불쑥 빠져나온 빌을 가리키며 소리쳤다.

"맙소사, 저기 사람이 있다니까요!"

중년 여자는 농부처럼 손수건을 이마에 질끈 둘러맨 모습으로 빌을 향해 뛰어오려고 했다. 그러나 경찰관이 그녀를 막아섰다.

"위험합니다, 넬슨 부인. 아시잖아요. 나머지 도로가 언제 무너질지 몰라요."

'아, 넬슨 부인이었군. 부인을 기억해요. 부인의 여동생이 조지와 저를 돌봐주곤 했죠.' 빌은 그녀를 향해 괜찮다고 손을 흔들었다. 그녀 역시 손을 들어 인사를 건네자, 그는 문득 희망을 느꼈다.

빌은 돌아서서 살얼음 위에서처럼 몸무게를 분산시키기 위해 납작 엎드렸다. 그는 비벌리를 향해 손을 뻗었다. 그녀가 손목을 붙잡자, 그는 있는 힘껏 그녀를 끌어올렸다. 사라졌던 태양이 고등어의 비늘처럼 생긴 먹구름 뒤에서 얼굴을 내밀며, 비벌리와 빌에게 그림자를 돌려주었다. 비벌리가 올려다보고는 놀랐고 빌의 눈길을 끌자 미소를 지었다.

"사랑해, 빌. 그리고 오드라가 무사하길 빌겠어."

"고, 고마워, 비벌리." 빌의 부드러운 미소에 비벌리는 갑자기 작은 소리로 흐느끼기 시작했다. 그는 비벌리를 껴안았고, 방호울타리 바로 뒤까지 몰려온 사람들이 박수를 보냈다. 《데리 뉴스》에서 나온 기자가 그 모습을 사진에 담았다. 그 사진은 《데리 뉴스》 본사 역시 피해를 입은 관계로 뱅고어에서 인쇄한 6월 1일 자 《데리 뉴스》에 실렸다. 사진 설명은 충분히 단순했고, 충분히 진실했다. 그래서 빌은 그 사진을 오려 몇 해 동안 넣어 다녔다. "생존자들." 사진 설명은 그랬다. 그뿐이었다. 그러나 그것으로 충분했다.

메인 주 데리, 오전 11시 6분이었다.

데리, 같은 날 이후

아동 도서관과 성인 도서관을 연결하는 유리 통로는 오전 10시 30분에 폭발했다. 10시 33분, 비가 멈췄다. 빗줄기가 가늘어지다 멈춘 것이 아니었다. 하늘에서 누군가 잠금 스위치를 누른 것처럼 순식간에 멈추었다. 바람은 이미 전부터 누그러지기 시작했지만, 역시 너무 갑작스럽게 잠잠해진 셈이어서 사람들은 오히려 불편한 기색으로 서로를 흘긋거리며 불길한 징조를 떠올릴 정도였다. 보잉 747이 안전하게 착륙한 직후 엔진이 멈추듯 바람은 잠잠해졌다. 태양이 처음으로 하늘에 모습을 드러낸 것은 10시 47분이었다. 구름이 완전히 사라진 정오 이후, 화창하고 무더운 날씨가 지속됐다. 오후 3시 30분, '세컨드핸드 로즈 앤드 세컨드핸드 클로즈' 중고품 가게 밖에 내놓은 수은주가 28.3도를 가리켰는데, 예년의 초여름 날씨와 비교해도 가장 높은 수치였다. 사람들은 좀비처럼 거리를 거닐며 서로 별 말을 하지 않았다. 사람들의 표정은 놀랄 만큼 비슷했다. 망연자실한 기색만 없었다면 웃지 않고는 못 배길 만큼 멍한 얼굴이었다. 저녁 무렵에는 ABC, CBS, NBC 및 CNN 기자들이 데리에 속속 들어왔고, 진실이라는 이름으로 전국의 시청자들에게 데리 관련 소식을 내보냈다. 어쨌든 진실에 가까운 보도였다. 솔직히 그들 중에는 진실이야말로 가장 믿을 수 없는 개념이며, 거미줄 위에 펼쳐 놓은 천조각처럼 언제 부서질지 모르는 허울일 뿐이라고 주장하는 사람들도 있었다. 다음 날 「투데이 쇼」의 브리얀 검블과 윌러드 스콧까지 데리를 찾았다. 그리고 프로그램 제작 과정에서 검블은 앤드루 킨과 인터뷰했다. "급수탑 전체가 무너져 언덕 아래로 굴러떨어졌어요." 앤드루는 그렇게 말했다. "와, 정말 대단했어요. 무슨 말인지 알죠? 스티븐 스필버그의 영화처럼 심장이 벌렁거리는 거 있잖아요, 네? 근데요, 텔레비전에서 볼 때는 굉장히 덩치가 커 보이던데 실물은 아니네요." 사람들은 텔레비전에 자신이나 가까운 이웃이 등장하는 모습을 보고 현실감을 느끼기 시작했다. 아주 끔찍한 일을 이해하는 데 텔레비전이 도움을 준 것이다. 그것은 '기이한 폭풍'으로 이해되기 시작했다. 그 다음 날 보도에 따르면 "살인적인 폭풍, 사망자 수 더 늘어날 것"으로 보인다고 했다. 그리고 "메인 주 역사상 최악의 폭풍"이라는 보도도 있었다. 자극적이고 끔찍한 표현으로 가득 찬 보도 기사들은 한편으로 꽤 유용한 면도 있었다. 실제로 데리에서 벌어진 일의 기이한 실체, 아니 기이하다는 표현 자체로도 부족한 실상을 은폐할 수 있었으니까. 자신의 모습을 텔레비전에서 확인함으로써 사람들은 그 사건을 광기보다는 구체적인 모습으로 이해하게 되었다. 그러나 보도진들이 데리에 도착하기 몇 시간 전까지만 해도, 사람들은 온갖 파편과 진흙으로 들어찬 거리를 좀비처럼 거닐며 멍한 표정을 지었다. 그들은 그저 묵묵히 거리에 나뒹구는 물건들을 집었다가 내려놓으며, 과연 일여덟 시간 동안 벌어진 일이 과연 무엇이었는지 알아내려고 애쓰는 모습이었다. 남자들은 캔자스 가에 서서 담배를 피우며 황무지까지 흘러가 뒤집힌 저택들을 바라보았다. 또 몇몇 남자와 여자들은 흰색과 적황색으로 이루어진 방호 울타리 너머에서 오전 10시경부터 무너져 내린 도로의 검은 구멍을 바라보고 있었다. 《선데이》의 머리기사는 "우리는 재건할 것이다, 데리 시장 약속"이었으며, 그 약속이 지켜질 수도 있었다. 그러나 이후 몇 주 동안 시의회에서 재건 방법에 대해 열띤 논쟁이 오가는 가운데, 도심을 수놓은 숱한 균열들은 예기치 못한 형태로 그 간극을 넓혀 갔다. 폭풍우가 지나간 지 나흘째 되는 날, 뱅고어 수력 발전소의 사무실 건물이 벌어진 균열 중 한 곳으로 떨어져 버렸다. 사흘 후, 메인 주 동부에서 가장 맛있는 핫도그를 파는 플라잉 도그하우스 매장이 무너졌다. 단독 주택과 아파트와 상가 건물에서 계속해서 배수구가 역류해 오물이 흘러넘쳤다. 특히 올드케이프 지역의 상황이 심각해서 사람들은 그곳을 떠나기 시작했다. 6월 10일은 배시 공원에서 최초로 경마가 열리는 날이었다. 첫 번째 경주는 오후 8시로 예정돼 있었으며, 모든 사람들이 즐거워할 만한 분위기였다. 그러나 첫 번째 경주를 위해 경주마가 출발선으로 이동할 때, 관람석 중 일부가 붕괴되면서 여섯 명이 부상을 당했다. 부상자 중에서 폭시 폭스워스라는 사람은 1973년까지 알라딘 극장의 지배인으로 일한 인물이었다. 폭시는 다리가 부러지고 고환에 구멍이 나는 바람에 2주간 병원에 입원했다. 퇴원한 직후, 그는 뉴햄프셔의 서머워스에 있는 누이의 집으로 이주해 버렸다.

데리를 떠난 사람은 그뿐이 아니었다. 데리라는 도시는 와해되고 있었다.

구급 요원이 구급차 뒷문을 닫고 조수석으로 올라탔다. 구급차는 데리 홈 병원으로 가기 위해 언덕을 오르기 직전이었다. 리처드가 위험을 무릅쓰고 구급차를 가로막자, 바짝 약이 오른 운전사는 더 이상 환자를 실을 공간이 없다는 말만 되풀이했다. 결국 리처드는 구급차 바닥에 오드라를 올려놓는 데 성공했다.

"이제 어쩐다?" 벤이 물었다. 눈가에 커다란 갈색 원이 그려져 있고, 목에는 오물이 목걸이처럼 둘러진 모습이었다.

"나는 타운 하우스로 도, 돌아갈 생각이야. 열여섯 시간쯤 주, 죽은 듯이 잠이나 자고 싶어." 빌이 말했다.

"내 생각도 그래. 혹시 담배 있나요, 깔끔한 여사님?" 리처드는 잔뜩 기대하는 눈빛으로 비벌리에게 물었다.

"없어. 다시 끊을 생각이야."

"생각 잘했어."

그들 네 명은 어깨를 나란히 하고 언덕을 오르기 시작했다.

"이제 끄, 끄, 끝났군." 빌이 말했다.

벤이 고개를 끄덕였다. "우리가 해낸 거야. 네가 해냈어, 빌."

"우리 모두가 해낸 거야. 에디를 데려왔다면 좋았을걸. 그게 가장 마음에 걸려." 비벌리가 말했다.

그들은 어퍼 메인 가와 포인트 가의 모퉁이까지 다다랐다. 빨간색 우비와 녹색 장화를 신은 아이가 도랑을 따라 종이배를 띄우고 달려가고 있었다. 아이는 고개를 들어 그들을 보더니 손을 흔들어 보였다. 빌은 며칠 전 스케이트보드를 타던 아이를 떠올렸다. 친구 한 명이 운하에서 조스를 봤다던 아이였다. 빌은 미소를 띠고 그 아이를 향해 걸어갔다.

"이제 괘, 괘, 괜찮아질 거야."

아이는 심각한 표정으로 그를 뜯어보더니 상그레 웃었다. 맑고 희망에 찬 미소였다. "예. 저도 그럴 거라고 생각해요."

"어, 어, 엉덩이 조심해라."

아이는 까르륵 웃었다.

"조심해서 스, 스, 스케이트보드를 탈 수 있겠니?"

"아뇨." 아이가 말하자 이번에는 빌이 웃었다. 아이의 머리칼을 쓰다듬고 싶다는 충동을 애써 참았다. 아이가 화를 낼지 몰랐으므로 그는 그대로 돌아서 다른 친구들을 바라보았다.

"누구야?" 리처드가 물었다.

"친구." 빌이 말했다. 그는 주머니에 손을 집어넣으며 말을 이었다. "기억나? 예전에 우리가 빠져나왔을 때 말이야."

비벌리가 고개를 끄덕였다. "에디가 우리를 황무지까지 데려갔지. 켄더스키그 맞은편으로 나왔던 것 같아. 올드케이프 쪽 말이야."

"너와 노적가리가 펌프장의 뚜껑을 밀어냈잖아." 리처드가 빌을 바라보며 말했다. "너희 둘이 가장 몸무게가 많이 나갔으니까."

"맞아. 해가 막 떨어질 때였어." 벤이 말했다.

"그래. 그리고 우리 모두 거기 있었지." 빌이 말했다.

"하지만 영원한 건 없어." 리처드는 방금 걸어 올라온 언덕 아래쪽을 돌아보고 한숨을 지었다. "잠시, 이걸 봐."

그는 손을 내밀었다. 손바닥에 있던 흉터가 사라지고 없었다. 비벌리도 손을 펼쳐 보았다. 벤도, 빌도 그랬다. 무척 더러워져 있을 뿐 누구의 손에도 흉터가 없었다.

"영원한 건 없다고." 리처드가 그 말을 되뇌었다. 그는 빌을 바라보았다. 빌은 리처드의 얼굴에서 천천히 흘러내리는 눈물을 보았다.

"어쩌면 사랑만 빼고." 벤이 말했다.

"욕망도." 비벌리가 말했다.

"친구는 어때? 빌이 묻고는 빙그레 웃었다. "네 생각은 어때, 촉새?"

"글쎄……." 리처드는 눈가를 훔치며 역시 웃어 보였다. "하, 고맙구나, 꼬마 신사 분. 이런이런, 고마운 얘기다마다."

빌이 손을 내밀자, 모두 그 손을 잡은 채 한동안 서 있었다. 일곱 명이 네 명으로 줄었지만 아직도 원 모양으로 둘러설 수 있었다. 그들은 서로를 바라보았다. 벤도 그쯤에서 눈물을 흘리고 있었다. 그러나 얼굴만은 웃고 있었다.

"너희들을 정말 사랑한다." 벤은 말했다. 그는 비벌리와 리처드의 손을 꽉 잡았다가 놓으며 말을 이었다. "이렇게 망가진 곳에서도 아침 식사를 할 수 있을지 알아볼까? 마이클이 괜찮은지 전화라도 해 봐야지. 우리가 무사하다고 알려 주자고."

"지당하신 말씀입니다요, 나리. 벤 나리는 항상 옳은 말씀만 한다니까요. 어떻습니까, 빌 나리?" 리처드가 익살을 부렸다.

"네 녀석 주둥이를 한 대 갈겨 주고 싶습니다요." 빌도 질세라 농담으로 응수했다.

그들은 즐거운 마음으로 타운 하우스에 들어섰다. 빌이 유리문을 밀치는 순간, 비벌리는 말은 안 했지만 결코 잊을 수 없는 광경을 목격했다. 그 순간 그녀는 유리 문에 비친 그들의 모습,

여섯 명도 네 명도 아닌 자신들의 모습을 본 것이다. 에디가 리처드의 뒤에서, 스탠리가 빌의 뒤에서 미소 짓는……, 일곱 명의 얼굴을.

터널 밖으로, 1958년 8월 10일 땅거미 질 무렵

태양이 지평선에 살짝 내려앉아 불그스름한 공처럼 황무지에 자줏빛 광선을 내던지고 있다. 펌프장 중 한곳의 철제 뚜껑이 조금씩 들썩이다가 옆으로 움직이기 시작한다.

"빠, 빨리 미, 밀어 버려, 베, 벤. 어깨가 부, 부, 부서지겠어."

뚜껑이 다시 옆쪽으로 밀리더니 곧바로 콘크리트 원통 주변의 무성한 덤불 속으로 떨어진다. 일곱 명의 아이들이 하나씩 밖으로 나와 올빼미처럼 눈을 껌벅이며 놀라는 표정이다. 난생 처음으로 빛을 대한 아이들 같다.

"너무 조용하잖아." 비벌리가 숨죽이며 말한다.

거센 물소리와 졸음에 겨운 벌레의 날갯짓 소리만 들린다. 폭풍우는 끝났지만 켄더스키그 하천은 여전히 부풀어 있다. 도심으로 갈수록, 하천이 콘크리트 옷을 입고 운하라고 불리는 지점부터 제방으로 물이 넘쳤지만 그리 심각한 정도는 아니다. 지하실 몇 동이 물에 잠긴 게 최악의 결과에 속했다. 이번만큼은 그 정도로 지나간 셈이다.

스탠리는 생각에 골몰한 표정으로 다른 아이들과 약간 떨어져 있다. 빌은 주위를 두리번거리다가 처음에는 스탠리가 강둑에서 작은 불꽃이라도 발견했나 보다 생각한다. 사실 똑바로 쳐다보기도 힘들 정도로 붉은 빛을 발했으므로, 언뜻 그것을 불꽃이라고 생각할 만했다. 그러나 스탠리가 오른손으로 그 불꽃을 들어올리자, 빛의 각도가 이상하게 변한다. 그때서야 빌은 그것이 콜라병이며 누군가 강에 버렸을 거라고 생각한다. 그런데 스탠리는 병을 거꾸로 잡더니 강둑에 나와 있는 바위에 대고 힘껏 내리치는 게 아닌가. 병이 깨지고, 아이들의 시선이 이제 일제히 스탠리에게 쏠리자, 그는 무엇에 홀린 듯한 표정으로 깨진 병 조각을 이리저리 뒤집는다. 이윽고 그는 날카로운 병 조각 하나를 집어 든다. 사위어 가는 햇빛을 받고 병 조각이 다시 붉은 광선을 뿜자, 빌은 다시 한번 그것이 불꽃 같다고 생각한다.

스탠리는 빌을 바라보고, 빌은 그 시선에서 불현듯 깨닫는 것이 있다. 너무도 분명하고 당연하게 느껴지는 생각이다. 빌은 손바닥을 위로 펼친 채 스탠리에게 다가간다. 스탠리는 물속으로 뒷걸음질 쳤다. 작은 벌레들이 수면 바로 위를 날아다녔다. 빌은 알록달록한 잠자리 한 마리가 작은 무지개처럼 날아올라 멀리 둑가의 갈대숲으로 사라지는 모습을 바라본다. 개구리가 나직이 우는 가운데, 스탠리가 왼손을 들어 병 조각으로 손바닥을 긋자 핏줄기가 주르륵 흘러내린다. 빌은 그 모습에서 까닭 모를 황홀감을 맛본다. 얼마나 엄청난 생명력이 그곳에서 느껴지는지 모른다!

"빌?"

"당연히 해야지. 두 쪽 다."

스탠리는 오른쪽 손바닥을 마저 긋는다. 아팠지만 대단하지는 않다. 어디선가 들려오는 쏙독새 소리는 청량하고 평화롭다. 빌은 쏙독새가 달을 부르고 있다고 생각한다.

얼마 후, 빌은 피가 흘러내리는 자신의 두 손을 내려다보고 있다. 다른 아이들도 이미 곁에 다가와 있다. 에디는 한 손에 흡입기를 꽉 움켜쥔 모습이다. 벤은 찢긴 셔츠 사이로 커다란 아랫배를 내밀고 있다. 안경이 벗겨진 리처드의 얼굴은 벌거숭이처럼 이상한 느낌이 든다. 마이클은 아무 말 없이 진지한 표정으로 평소처럼 입술을 꼭 다물고 있다. 그리고 비벌리, 맑은 눈을 동그랗게 치켜뜬 모습과 긴 머리칼이 오물투성이인데도 여전히 사랑스럽게 느껴진다.

'우리 모두. 우리 모두 이곳에 있어.'

빌은 이제 친구들을 마지막으로 보는 것이리라, 적어도 지금처럼 일곱 명이 전부 함께하지는 못하리라 예감한다. 침묵이 흐른다. 비벌리가 두 손을 내밀자, 잠시 후 리처드와 벤이 차례차례 손을 내민다. 마이클과 에디도 마찬가지다. 스탠리가 친구들의 손바닥을 하나씩 병 조각으로 긋는 동안, 태양은 슬그머니 지평선 너머로 사라진다. 용광로처럼 이글거리던 하늘가는 어느새 연한 분홍빛으로 물들어 시원해진 느낌이다. 쏙독새의 울음소리가 다시 들려오는 순간, 빌은 수면에 휘도는 엷은 안개를 바라보며 그 자신이 이제 모든 것의 일부가 됐음을 느낀다. 그것은 나중에 비벌리가 타운 하우스의 유리 문에서 두 명의 죽은 친구를 봤을 때와 아주 흡사한 찰나의 황홀감이었을지 모른다.

산들바람에 흔들리는 나무와 수풀에서 약한 한숨 소리가 새어나온다. 빌은 그곳이 얼마나 아름다운지, 죽어도 그곳을 잊지 않으리라 다짐한다. 그곳, 그리고 친구들, 그들 하나하나가 너무도 아름답다. 쏙독새의 달콤하고 촉촉한 울음소리가 또 한번 빌의 귓가로 파고든다. 빌은 이제 쏙독새와 하나가 되어 노래를 부르며 황혼 속으로 날아올라 거침없이 창공을 나는 기분에 빠진다.

빌이 비벌리를 바라보자, 그녀는 그를 향해 미소 짓는다. 비벌리는 눈을 감고 두 손을 양쪽으로 펼친다. 빌이 그녀의 왼쪽에, 벤이 오른쪽에 서 있다. 빌은 손바닥에 느껴지는 비벌리의 피에서 따뜻함을 느낀다. 다른 아이들도 잇따라 원을 그리며 모이고 그들의 손은 아주 특별한 유대감으로 겹쳐지기 시작한다.

스탠리는 빌을 재촉하듯, 두려워하듯 바라본다.

"모두 다, 다시 도, 도, 돌아오겠다고 매, 맹세해. 그, 그, 그것이 주, 죽지 않았다면, 다시 도, 돌아오겠다고 매, 맹세해."

"맹세해." 벤이 말한다.

"맹세해." 리처드가 말한다.

"그래, 맹세하겠어." 비벌리가 말한다.

"맹세해." 마이클 핸론이 중얼거린다.

"그래, 맹세해." 에디가 가녀린 목소리로 말한다.

"나도 맹세해." 스탠리가 속삭이지만, 목소리가 너무 떨리는 탓에 그는 고개를 떨군다.

"매, 매, 맹세해."

빌의 맹세로 모두 끝난다. 그러나 그들은 한동안 그대로 서서 그들 사이에, 그들이 만든 원 속에서 힘이 솟구치는 것을 느낀다. 희미한 빛이 그들의 얼굴을 스친다. 해는 완전히 사라져 황혼도 깊숙이 고개를 떨군다. 그들이 빙 둘러서 있는 동안, 황무지에, 그들이 그해 여름 오가던 길목에, 총싸움과 숨바꼭질을 하던 개간지에, 어린 날의 끝없는 질문과 대답을 궁리하며 때론 비벌리가 가져온 담배를 피우고 때론 묵묵히 앉아 수면에 비친 구름을 바라보던 강둑 어딘가에 어스름이 깔린다.

마침내 벤이 손을 떨어뜨린다. 무슨 말인가 하려다 그냥 고개를 흔들고는 걸어가기 시작한다. 리처드가 그 뒤를 따르고, 비벌리와 마이클이 함께 걷는다. 아무도 말이 없다. 그들은 캔자스 가로 향하는 제방을 올라선 후 각각 집으로 흩어진다. 그리고 빌은 27년이 지난 후 그때의 일을 떠올리며 그들 일곱 명이 그 후 한번도 다시 모이지 않았다는 사실을 깨닫는다. 때론 네 명씩 모이기도 하고, 다섯 명, 한두 번인가는 여섯 명까지 모이기도 했다. 그러나 그들 일곱 명이 한자리에 모인 일은 없었다.

빌이 마지막으로 그 자리를 떠난다. 그는 오랫동안 삐걱거리는 흰색 난간에 기대서서 황무지를 바라본다. 여름 하늘에 첫 별이 모습을 드러낸다. 그는 침울한 마음으로 황무지에 깊어 가는 어둠을 바라볼 뿐이다.

'다시는 이곳에서 놀고 싶지 않아.' 문득 그는 그런 생각을 떠올리다가, 전혀 이상하거나 엉뚱하다고 여기는 대신 강렬한 해방감을 맛본다.

그는 한참 동안 그곳에 서 있다가 천천히 황무지에서 뒤돌아서서 집으로 향한다. 주머니에 손을 찔러 넣고 어두운 거리를 지나 이따금 포근하게 불 밝혀진 데리의 주택을 둘러보면서.

얼마쯤 갔을까, 빌의 발걸음은 빨라지고 저녁 먹을 생각에……, 어느 순간부터 뜀박질을 하기 시작한다.

IT

데리: 마지막 삽화

'요즈음에야 대양에도 선박이 지천으로 깔려서
서로 마주치는 경우가 많아요. 서로 스쳐 갈 뿐이지요.'
미코버 씨가 안경을 만지작거리며 말했다.
'그저 스쳐 가는 거지요.
머네 가깝네 모두 사람들 생각일 뿐입니다.'

— 찰스 디킨스, 『데이비드 코퍼필드』—

1985년 6월 4일

빌이 20분쯤 전에 이 공책을 가져다 주었다. 그가 공책을 찾자, 캐럴이 도서관 책상 밑에서 찾아낸 모양이다. 혹시 레더마커 서장이 가져갔으면 어쩌나 걱정했지만 그는 이번 일에는 더 이상 신경 쓰고 싶지 않은 눈치였다.

빌의 말더듬증은 다시 사라졌지만 가엾게도 지난 나흘 동안 4년은 더 늙어 버린 모습이었다. 빌은 내일 중으로 데리 홈 병원(나 자신이 아직 뭉그적거리고 있는 곳도 바로 이 병원이다)에서 오드라를 퇴원시킨 후, 비밀리에 뱅고어 정신 병원으로 옮길 거라고 말했다. 가벼운 타박상과 찰과상은 이미 치료가 끝나 육체적으로는 아무 문제가 없다고 했다. 그러나 정신적으로는…….

"손을 들어 올리면 그대로 꼼짝도 하지 않아." 빌은 창가에 앉아 다이어트 소다수 캔을 만지작거리며 말했다. "손을 내려 줄 때까지 그대로 들고 있는 거야. 반사 능력이 아직 살아 있지만 너무 느려. 뇌전도 검사 결과, 심각하게 억눌린 알파 파가 발견됐다는군. 기, 기, 긴장성 장애래, 마이클."

"나한테 좋은 방법이 있긴 한데. 효과가 있을지는 모르겠어. 네가 싫다면 관두고, 그냥 해 보는 소리야."

"뭔데?"

"나는 일주일 정도 더 입원해 있어야 해. 오드라를 뱅고어에 보내는 대신 내 집에서 함께 보내면 어떨까? 일주일 동안 함께 있어 보란 말이야. 반응이 없더라도 계속해서 말도 걸어 보고 하면서 말이야. 혹시……, 혹시 대소변은 가리니?"

"아니." 빌은 약간 부루퉁하게 대답했다.

"할 수 있겠어? 내 말은, 그러니까 네가……."

"대소변을 받아 줄 수 있냐고?"

빌은 웃으며 말했지만 그 모습이 너무 안쓰러워서 나는 고개를 돌리고 말았다. 부치 바워스와 병아리 이야기를 할 때 아버지의 얼굴에 스치던 미소가 떠올랐다.

"그럼. 그 일이라면 얼마든지 할 수 있지."

"네가 딱히 내키지 않는다면 권하고 싶지 않아. 너 역시 이번 일의 상당 부분, 아니 그 전부가 숙명처럼 예정돼 있었다고 생각하잖아. 다만 그 생각을 떠올렸으면 하는 거야. 어쩌면 오드라도 그 일부일지도 모르니까."

"이곳에 올 때 데리라는 말을 하지 마, 말았어야 했는데."

때론 말하지 않는 편이 좋을 때가 있다. 그래서 내가 아무 말도 하지 않았는지 모른다.

"좋아. 네가 진심으로 하는 말이라면……."

"진심이야. 집 열쇠는 원무과에 맡겨 놓았어. 냉장고에 스테이크가 남아 있을 거야. 그것도 예정된 일인지 모르겠지만."

"오드라는 주, 주, 죽 같은 부드러운 음식만 먹을 수 있어."

"흠, 그 역시 괜찮네. 찬장 맨 위 선반에 보면 포도주가 꽤 많이 있을 테니까. 국산이지만 맛은 괜찮아." 나는 웃으면서 말했다.

빌이 다가오더니 내 손을 잡았다. "고마워, 마이클."

"내 집은 언제든 써도 돼, 빌 대장."

그는 내 손을 놓았다. "리처드는 오늘 아침 캘리포니아로 돌아갔어."

나는 고개를 끄덕였다. "계속 연락을 주고받을 거야?"

"어쨌든 당분간은 연락하게 될 거야. 하지만……." 그는 나를 솔직하게 바라보았다. "다시 예전처럼 돌아가는 것 같아."

"잊어버린다는 거지?"

"그래. 솔직히 벌써 기억이 희미해지고 있어. 아직까지는 생생한 편이지만. 하지만 점점 사라질 것 같아."

"아마도 그게 최선일 거야."

"아마도." 빌이 창 밖을 내다보며 여전히 다이어트 탄산수를 만지작거리는 것이 아마 아내를 생각하는 모양이었다. 휑한 눈으로 침묵에 빠져 여전히 아름답고 연약해 보이는 오드라를. 긴장성 장애. 그 말의 어감에서 어쩐지 문이 쾅 닫히고 자물쇠 잠그는 소리가 나는 것 같았다. 그는 한숨을 내쉬었다.

"아마도 그렇겠지."

"참, 벤하고 비벌리는?"

빌은 나를 돌아보며 씩 웃었다. "벤이 비벌리에게 네브래스카에 함께 가자고 말했는데, 비벌리도 당분간은 좋다고 했어. 시카고에 있다는 비벌리의 친구 생각나?"

나는 고개를 끄덕였다. 비벌리는 벤에게 그 얘기를 했고, 벤은 어제 그녀에게 전해 들은 얘기를 내게 말해 주었다. 자초지종을 조심스럽게 옮기자면(조심스럽다는 것 자체가 기이한 노릇이지만), 비벌리는 처음 그들이 모인 자리에서 가장 멋진 남편이라고 표현했던 톰이라는 작자에 대해 나중에 다른 말을 했으며, 나중 부분이 사실에 가까웠다. 훌륭하고 멋진 톰은 지난 4년여 동안 비벌리를 감정적, 정신적, 육체적으로 구속했던 인물이었다. 이 훌륭하고 멋진 톰은 비벌리의 유일한 친구를 두들겨 패서 데리라는 도시 이름을 알아내고 쫓아온 모양이었다.

"비벌리는 다음주에 시카고에 가서 남편이 실종됐다고 신고할 생각이래. 톰 말이야."

"현명한 생각이군. 그 작자를 찾아내긴 불가능할 테니까." 나는 그렇게 말하다가 문득 에디 역시 영원히 그 속에 묻혀 있을 거라고 생각했지만, 입 밖에 내지는 않았다.

"그래, 아무도 찾아내지 못할 거야. 그리고 비벌리가 다시 네브래스카로 돌아가면 벤과 함께 새 출발을 하게 될 거야. 그건 내가 장담하지. 아, 참 그거 알아? 정말 희한한 일이 뭔지?"

"뭔데?"

"비벌리는 톰한테 무슨 일이 벌어졌는지 기억하지 못하는 것 같아."

나는 멍하니 빌을 바라보았다.

"이미 잊어버렸거나 잊는 것 같아. 솔직히 나도 그 문이 어떻게 생겼는지 기억이 가물가물하거든. 그것의 서식지로 들어가는 추, 추, 출입문 말이야. 그 기억을 되살리려고 애써 봤지만 정말 황당하게도, 그때마다 다리 위를 걸어가는 여, 여, 염소의 모습이 떠오른단 말이야. '염소 삼형제' 라는 동화에 나오는 내용처럼 말이지. 정말 황당하지 않아?"

"경찰에서 톰 로건의 행방을 쫓다 보면 데리를 찾아내는 건 시간문제일 거야. 남긴 흔적만 해도 한 트럭은 될 테니까. 렌터카, 비행기 표 등등 말이야."

빌은 담뱃불을 붙이며 말했다. "내 생각에 그럴 가능성은 별로 없을 것 같아. 그 작자는 비행기 표를 현금으로 사면서 가명을 사용했을 거야. 데리에 와서도 싸구려 차를 샀거나 훔쳤을 테고."

"왜지?"

"이런, 생각 좀 해 봐. 그 작자가 죽어라 이곳까지 따라와서 비벌리의 볼기짝이나 한 대 때려 주고 말았을까?"

우리 두 사람은 한동안 아무 말 없이 바라보았다. 이윽고 그가 자리에서 일어났다. "내 말이 무슨 뜻이냐면, 마이클. 있잖아……."

"아, 이제 알겠다. 알겠다고."

내가 말하자, 빌은 너털웃음을 터뜨렸다. 그는 한참 웃다가 갑자기 진지한 얼굴로 말했다. "집을 빌려 줘서 고마워, 마이클."

"차도가 있을지는 나도 몰라. 치료책이라고 할 수는 없을 테니."

"흠……, 또 봐, 마이클." 그는 갑자기 이상하면서도 유쾌한 행동을 내게 했다. 내 뺨에 뽀뽀를 한 것이다. "행운을 빌어, 마이클. 또 올게."

"잘될 거야, 빌. 희망을 잃지 말라고. 분명히 잘될 거야."

내가 말했다. 그는 미소를 띠고 고개를 끄덕였다. 하지만 아마 그 순간 우리 두 사람의 머릿속에는 똑같은 단어가 떠올랐을지 모른다. '긴장성 장애.'

1985년 6월 5일

벤과 비벌리가 오늘 작별 인사를 하러 왔다. 항공편을 이용하는 대신, 벤이 허츠 렌터카에서 빌린 대형 캐딜락을 타고 여행 삼아 천천히 돌아갈 생각이라고 했다. 둘이 주고받는 눈길이 심상찮았는데, 나는 그들 사이에 특별한 일이 진행 중이거나 적어도 네브래스카에 도착할 때쯤이면 그렇게 되리라, 내 연금을 걸고 맹세할 수 있다.

비벌리는 쾌차를 빈다며 나를 안다가 울음을 터뜨리고 말았다.

벤도 나를 포옹하며 편지하라는 말을 벌써 몇 번째 되뇌었다. 나는 그러마 대답했고, 실제로 그럴 생각이다……, 당분간은 아마 그럴 것이다. 왜냐하면 내 기억도 이미 가물가물해지기 시작했으니까.

나도 어느덧 예정된 망각에 들어서고 있다.

빌의 말대로 아직은 생생한 부분이 더 많았다. 하지만 얼마 후면 망각의 강물이 기억을 뒤덮을 것이다. 한 달 후 아니면 1년 후가 될지 모르지만, 데리에서 무슨 일이 벌어졌는지 이 공책 말고는 의지할 것이 없으리라. 어쩌면 이 공책 속의 언어들도 점점 희미해져 언젠가는 프리즈 백화점의 문구 매장에서 이 공책을 집어 들었을 때처럼 텅 빈 여백으로 남겨질지 모른다. 그것은 섬뜩한 생각이며 한낮에는 난폭한 망상처럼 나를 사로잡지만……, 한밤의 어둠을 지켜볼 때면 너무도 자연스러운 섭리처럼 느껴지는 것이다.

기억을 잃어 간다는 것……, 말 못할 공포에 휩쓸리는 기분이지만 한편으로는 은근한 안도감을 느낀다. 무엇보다 이번에는 실제로 그것을 죽였다는 암시이자, 더 이상 저주받은 주기를 기다리며 숨죽인 채 상황을 감시할 필요도 없다는 의미이기 때문이다.

둔중한 공포, 은근한 안도감. 은근하든 노골적이든 내가 기꺼이 감싸 안을 것은 그 안도감뿐이다.

오드라와 함께 집으로 옮겼다는 빌의 전화를 받았다. 아직 오드라에게 별다른 차도는 없다고 했다.

"너를 영원히 잊지 않을 거야, 마이클." 비벌리가 마지막으로 내게 한 작별의 말이었다.

나는 그녀의 눈빛에서 말과는 다른 진실을 본 것 같다.

1985년 6월 6일

오늘 자 《데리 뉴스》 1면에 흥미로운 기사가 실렸다. "헨리, 폭풍우로 강당 확장 계획 백지화"라는 제하의 기사였다. 여기서 헨리는 팀 헨리를 말하는데, 그는 막대한 재력의 개발업자로서 60년대 말 데리에 혜성처럼 나타난 인물이었다. 컨소시엄을 결성해 데리 쇼핑센터를 세운 사람이 바로 헨리와 지트너였다(1면의 다른 기사에 따르면 데리 쇼핑센터는 부도 직전인 상황이었다). 팀 헨리는 데리의 성장에 직접 참여할 생각이었다. 물론 이윤을 목적으로 한 일이지만, 그 이상의 동기도 작용한 것으로 보인다. 다시 말해 헨리는 진심으로 데리가 성장하기를 바랐던 것이다. 그런 그가 강당 확장을 포기했다는 사실은 내게 몇 가지 시사하는 바가 있다. 헨리가 데리에 넌덜머리를 낼 만한 이유는 누가 봐도 분명했다. 데리 쇼핑센터 때문에 상당한 피해도 입었을 것이다.

그러나 신문 기사를 보면 헨리 혼자만의 결정은 아닌 듯싶다. 데리의 미래에 투자한 다른 사람들과 잠재적인 투자가들 역시 생각이 달라진 것이다. 물론 알프레드 지트너는 그 문제 때문에 골머리를 앓진 않았다. 도심이 무너질 때 하늘에서 그를 거두어 갔으니 말이다. 헨리를 포함해 그와 비슷한 결정을 내린 사람들은 이제 좀더 난감한 문제에 봉착해 있다. 반 이상 물에 잠긴 데리의 도심을 어떻게 재건할 것인가 하는 문제 말이다.

내 생각에는, 오랜 세월 동안 섬뜩한 생명력으로 지탱해 온 데리라는 도시도 이제 몰락의 운명을 맞은 듯하다. 절정에서 꽃을 피우고 시들어 버리는 야생화처럼.

오늘 오후 빌에게 전화했다. 오드라는 차도가 없었다.

한 시간 전에는 캘리포니아의 리처드 토저에게 전화했다. 크리던스 클리어워터 리바이벌의 음악과 함께 자동 응답기의 메시지가 들려왔다. 나는 자동 응답기를 대하면 늘 언제 말을 해야 할지 때를 놓쳐 버린다. 나는 간신히 내 이름과 전화번호를 남기고 멈칫하다가 리처드가 콘택트렌즈를 계속 착용하는 게 좋겠다고 덧붙였다. 전화를 끊으려는데 갑자기 리처드의 목소리가 들리더니 "마이클! 어떻게 지냈어?" 하는 것이었다. 목소리가 쾌활하고 따뜻했지만……, 당황하는 기색도 역력했다. 도둑질이라도 하다가 붙잡힌 사람의 목소리라고 할까.

"잘 있었어, 리처드. 나는 아주 잘 지내."

"다행이네. 몸은 좀 어때?"

"아직은 약간 안 좋지만 곧 괜찮아질 거야. 아픈 것보다는 가려워서 죽을 노릇이야. 갈비뼈에서 붕대 풀어 주기만을 목 놓아 기다리고 있지. 하지만 크리던스의 음악은 마음에 들어."

리처드가 갑자기 폭소를 터뜨렸다.

"나 참, 크리던스가 아니라, 포가티의 새 앨범에 수록된 「로큰롤 걸스」야. 앨범 타이틀이 「센터필드」인데, 한번도 못 들어 봤어?"

"흠, 흠."

"한번 들어 봐, 굉장하니까. 마치……." 리처드는 잠시 말꼬리를 흐리더니 말했다. "마치 옛날 생각이 나는 것 같거든."

"그래, 한번 들어 볼게."

나는 그 말대로 음반을 살 생각이다. 나도 조 포가티를 좋아했으니까. 그리고 크리던스의 「그린 리버」는 예나 지금이나 내가 가장 좋아하는 곡이다. 나를 고향으로 보내 주오, 가사가 그랬던가.

전화를 끊기 전, 리처드는 빌에 대해 물었다.

"빌은 어때?"

"내가 입원해 있는 동안, 오드라와 함께 우리 집에서 지내기로 했어."

"잘됐네. 좋은 생각이야." 그는 잠시 뜸을 들이다가 말을 이었다. "아주 기막힌 얘기 하나 해 줄까, 마이클?"

"좋지." 나는 그가 무슨 말을 할지 이미 예상하고 있었다.

"그러니까……, 여기 서재에 앉아서 말이야, 인기 순위에 새로 올라온 곡들을 들으면서 그동안 쌓인 광고와 메모 따위를 읽고 있는데……, 두 트럭 분량도 넘어서 밤 새고 읽어도 한 달은 걸릴 거야. 아무튼 자동 응답기 음량을 크게 해 놓고 사람 봐 가면서 전화를 받고 있었거든. 그런데 문득 네 목소리를 듣고 전화를 낚아채긴 했는데, 그 이유가 우습게도……."

"내가 누구인지 전혀 몰랐기 때문이겠지."

"젠장, 바로 그거야! 근데 어떻게 알았지?"

"우리 모두 예전처럼 기억할 수 없게 될 거야. 이번에는 나까지 포함해서 전부."

"마이클, 분명해?"

"스탠리의 성이 뭐였는지 기억해?" 나는 리처드에게 물었다. 수화기 너머 오랜 침묵이 흘렀다. 혼선인지 오마하에서 전화하는 여자의 음성이 희미하게 들려왔다. 아니 애리조나 주의 루스벤이나 미시건 주의 플린트일지도 몰랐다. 로켓을 타고 태양계를 떠나 우주 여행을 하는 느낌처럼, 과자를 보내 줘서 고맙다는 그녀의 음성이 기이하고 아득했다.

이윽고 리처드가 자신 없는 투로 말했다. "언더우드. 아니지, 그건 유대인 성이 아니잖아, 안 그래?"

"유리스."

"유리스!" 리처드의 탄성은 안도감과 충격이 묘하게 뒤섞인 소리였다.

"젠장, 입속에서 간질간질 맴돌 뿐 말이 나오지 않을 때는 정말이지 환장하겠어. 가게에서 물건을 달라고 해 놓고는 한다는 말이 '미안하지만 설사가 나서 집에 가 봐야겠는데, 괜찮겠죠?' 하고 묻는 기분이라니까. 하지만 어쨌든 너는 아직도 기억하고 있는 셈이잖아. 예전처럼 말이야."

"아니. 나도 수첩을 보고 알았어."

다시 긴 침묵이 흘렀다.

"그럼 너도 기억 못한 거야?"

"응."

"조금도?"

"조금도."

"그렇다면 이번에는 정말 끝난 셈이군." 리처드가 말했다. 그리고 그의 목소리에 담긴 안도감을 놓칠 수 없었다.

"응, 내 생각도 그래."

메인 주와 캘리포니아 사이의 거리처럼 긴 침묵이 다시 이어졌다. 우리 둘 다 똑같은 생각을 하고 있었으리라. 이제 그 일이 완전히 끝났으며, 6주 또는 6개월이 지나면 우리 모두 서로에게 잊혀진 존재가 되리라는. 그것은 끝났으며, 우리는 그 대가로 우정과 스탠리와 에디를 잃었다. 벌써 그들이 잊혀진 존재처럼 느껴진다. 끔찍한 이야기일지 모르지만, 나는 벌써 스탠리와 에디를 기억하지 못한다. 에디가 천식을 앓았는지, 만성 편두통에 시달렸는지조차 알 수 없다. 확신한다는 것은 거짓말일 테고, 그저 편두통이지 싶다. 빌에게 물어봐야겠다. 그라면 알고 있을 것이다.

"흠, 빌과 그 어여쁜 제수 씨한테도 내 대신 안부 전해 주라고."

리처드는 기분 좋게 말했으나 어딘지 꾸민 흔적이 역력했다.

"알았어, 리처드."

나는 눈을 감고 이마를 어루만졌다. 리처드는 빌의 아내가 데리에 있다는 사실을 기억하고 있지만……, 그녀의 이름이나 그녀에게 어떤 일이 벌어졌는지는 모르는 게 분명했다.

"그리고 로스앤젤레스에 올 일이 있으면 꼭 연락해. 함께 식사라도 하자."

"그럼." 나는 눈에 뜨거운 눈물이 고이는 걸 느꼈다. "너도 이쪽에 들를 일이 있으면 나한테 연락해."

"마이클?"

"여기 있어."

"널 사랑한다, 친구."

"마찬가지야."

"좋아. 절대 잊으면 안 돼."

"삑삑, 리처드."

그는 웃음을 터뜨렸다. "알았어, 알았다고. 그냥 흘려 버리지 말고, 귀담아 두라는 얘기야, 마이클. 이런이런, 귓구멍에 콕콕 담아 두게나, 어린 친구."

그는 전화를 끊었고, 나도 그랬다. 나는 베개에 깊숙이 몸을 기대고 눈을 감았다. 그리고 오랫동안 눈을 뜨지 않았다.

1985년 6월 7일

1960년대 말 보턴 서장에 이어 데리 경찰서에 취임한 앤드루 레더마커 서장이 죽었다. 의문의 사고였다. 나는 지금까지 데리에서 벌어졌으며……, 방금 데리에서 막을 내린 일련의 일들과 그 사고를 관련지을 수밖에 없다.

경찰과 법원 합동 청사는 운하 속으로 침몰한 지역 끝에 세워져 있으며, 다행히 건물은 살아남았다 해도 진동과 홍수 때문에 누구도 깨닫지 못한 구조적 손상이 있었던 것으로 보인다.

레더마커는 지난밤 늦게까지 업무를 보느라 사무실에 남아 있었고, 신문 기사에 따르면, 폭풍우 이후 매일 늦도록 일에 매달린 모양이다. 경찰 서장실은 3층에서 5층으로 옮긴 상태였는데, 온갖 서류 뭉치와 쓸모없는 도시의 유물들을 보관한 다락방 바로 아래였다. 유물 중에는 앞서 삽화를 통해 내가 언급한 적이 있는 고문 의자도 들어 있었다. 그 철제 의자는 무게가 200킬로그램에 육박했다. 5월 31일의 폭우 때문에 건물이 상당 부분 침수되었다(신문에 따르면). 이유야 어찌 됐든, 다락방에 있던 고문 의자가 곧바로 아래층으로 떨어져 사건 기록을 읽던 레더마커 서장의 머리를 짓누르고 말았다. 그는 현장에서 즉사했다. 브루스 앤딘 경사가 서장실로 뛰어 들어갔을 때, 레더마커 서장은 산산조각 난 책상에 널브러진 상태였고 한 손에는 여전히 펜을 쥐고 있었다.

빌과 다시 통화했다. 오드라는 약간 딱딱한 음식을 먹기 시작했지만 다른 차도는 없다고 했다. 나는 에디가 천식을 앓았는지, 편두통을 앓았는지 물었다.

"천식이야. 흡입기 생각 안 나?" 그는 곧바로 대답했다.

"아, 기억하지." 나는 물론 기억했다. 그러나 빌이 그 말을 한 직후에 떠오른 기억이었다.

"마이클?"

"응?"

"에디의 성이 뭐였지?" 나는 탁자 위에 놓인 수첩을 뒤적였지만, 에디의 이름을 찾을 수 없었다.

"나도 기억이 잘 안 나는걸."

"커코리언 같기도 하고, 아닌 것 같기도 하고. 아, 네가 다 기록해 놓았겠구나, 그렇지?"

"그래."

"천만다행이야."

"혹시 오드라에 대해 생각해 둔 거라도 있어?"

"하나 있어. 하지만 말도 안 되는 소리라 너한테 말하기는 좀 그래."

"그래?"

"응."

"알았어."

"마이클, 두렵지 않아? 이렇게 잊어버리고 만다니 말이야."

"두려워." 나는 정말 두려웠다.

1985년 6월 8일

레이시언 사는 7월부터 데리에 공장을 짓기로 계획했지만, 착공일 바로 직전 공장 부지를 워터빌로 변경했다. 《데리 뉴스》의 사설은 곧바로 유감을 전했고……, 내가 완전히 잘못 짚은 것이 아니라면 사설의 행간마다 약간의 두려움도 묻어 있었다.

빌의 생각이 무엇인지 알 것 같다. 그러나 마법이 완전히 사라지기 전에 빨리 행동에 옮겨야 할 것이다. 아직까지 마법이 남아 있다면.

결국 내가 전부터 생각한 일이 과대망상은 아니었다. 수첩에 적어 놓은 친구들의 이름과 주소가 희미해지고 있다. 수첩의 다른 내용들과 비교해 봐도, 그들에 대한 기록만 유독 50년이나 70년은 지난 것처럼 잉크 색깔이 변해 있다. 지난 사오 일 동안 벌어진 일이었다. 9월경에는 친구들의 이름이 모두 사라져 버릴 것이다.

물론 기록을 지키는 방법이 없지는 않다. 계속 복사를 해 두는 것도 한 방법이다. 그러나 그 역시 복사할 때마다 활자가 희미해질 것이고 결국에는 무의미한 일이 되고 말 것이다. '다시는 수업중에 공놀이를 하지 않겠습니다.' 하고 반성문을 500번 되풀이해 쓰는 학생과 다를 바 없는 일이다. 그들의 이름을 끝없이 써 본다 한들 정작 그들을 기억하지 못한다면 무슨 의미가 있을까.

그냥 내버려 두자, 그냥 내버려 두자.

빌, 서둘러……. 그리고 조심하길!

1985년 6월 9일

악몽에 시달리다 한밤중에 깨어났지만, 무슨 꿈인지는 기억에 없고 그저 숨쉴 수 없을 정도로 무서울 뿐이다. 호출 벨에 손을 뻗었지만 누르지는 못했다. 벨 소리를 듣고 마크 라모니카가 넋나간 표정으로 걸어오는 끔찍한 모습이 떠올랐던 것이다. 아니면 잭나이프를 움켜쥔 헨리 바워스일지도 몰랐다.

나는 황급히 수첩을 뒤적이며 네브래스카의 벤 한스컴에게 전화했다……. 주소와 전화번호가 더욱 희미해졌지만 읽을 정도는 되었다. 믿기지 않는 일이었다. 수화기에서는 '지금 거신 번호는 결번이거나 없는 국번입니다.' 라는 안내원의 목소리만 흘러나왔다.

벤이 뚱뚱했던가, 아니면 안짱다리였던가?

새벽까지 잠들지 못했다.

1985년 6월 10일

퇴원해도 좋다는 전갈이 왔다.

나는 빌에게 전화를 걸었다. 시간이 얼마 남지 않았으니 서두르라는 말을 하고 싶었다. 빌은 내가 기억할 수 있는 유일한 친구였으며 그도 마찬가지였을 것이다. 우리가 아직 데리에 남아 있기 때문일 것이다.

"알았어. 내일쯤이면 집을 비워 줄게."

"아직 생각 중이야?"

"응. 이제 곧 실행에 옮겨 볼 참이야."

"조심해."

그는 소리 내서 웃다가 내가 알 듯 말 듯한 말을 꺼냈다. "이봐, 조, 조, 조심하면서 스, 스케이트보드를 탈 순 없잖아."

"일이 잘됐는지 내가 알 수 있을까, 빌?"

"알게 될 거야." 그는 그렇게 말하고 전화를 끊었다.

결과가 어찌 되든, 제발 무사해라, 빌. 너희 모두와 영원히 함께하마……. 설령 서로를 잊는다 해도 꿈에서나마 만날 수 있지 않을까 하고 나는 생각한다.

이제 일기도 끝낼 때가 된 것 같다. 이제 남은 것은 일기뿐이며, 이 속에 데리의 오랜 사건과 기행들도 영원히 갇힐 것이다. 그래도 나는 만족한다. 내일 퇴원을 하고, 앞으로 살게 될 새로운 삶에 대해 떠올려 볼 생각인데……. 그러나 지금은 그것이 어떤 삶일지 도저히 알 수 없다.

친구들이여, 너희를 사랑한다.

진심으로 너희를 사랑한다.

IT

에필로그

빌 덴브로, 번개처럼 달리다 2

조랑말을 타던 신부를 알고 있네,
한가로이 거닐던 신부를 알고 있네.
파티에 가고 싶어 하던 신부를 알고 있네,
로큰롤을 좋아하던 그녀를 알고 있네.

— 닉 로위 —

조심조심 스케이트보드를 탈 수는 없다고요, 아저씨.

— 어느 꼬마 —

여름날 오후.

빌은 벌거벗은 채, 마이클 핸론의 침실에서 거울에 비친 자신의 여윈 몸을 바라보고 있었다. 창가로 들어온 햇살은 빌의 대머리에서 반짝이다가 바닥을 따라 벽면까지 그림자를 드리워 놓았다. 가슴엔 털이 나지 않았고, 허벅지와 정강이는 깡마른 모습이지만 군살 없는 근육에 감싸여 있었다. '몸은 아직 어른의 것이군. 당연하지. 스테이크와 맥주, 식사 때마다 곁가지로 나온 음식까지 먹어 댔으니 아랫배가 나올 만해. 엉덩이 처진 것 좀 보라고, 빌 아저씨. 아랫배도 나오고, 고환은 중년 남자처럼 축 늘어졌어. 얼굴에는 열일곱 살 때 없던 주름도 생겼고……. 성인이 된 후 처음 찍은 사진, 왜 있잖아, 일상이 너무 피곤하고 힘들어 얼뜨기처럼 찍힌 사진, 그때만 해도 주름은 없었는데, 젠장. 무슨 생각을 하든 너무 늙어 버렸어, 꼬맹이 빌. 성년의 너와 소년의 너를 모두 잃겠지.'

빌은 속옷을 입었다.

'그런 식으로 생각했으면 아무 일도 못 했을걸……. 우리가 무슨 일을 했는지는 모르겠지만.'

그들이 무슨 일을 했는지, 오드라가 어떻게 긴장성 장애에 빠졌는지 그는 사실 기억할 수 없었다. 그저 해야 할 일이 남아 있으며, 당장 그 일을 하지 않으면 끝내 잊으리라는 사실만 알고 있을 뿐. 오드라는 아래층에서 마이클의 안락의자에 앉아, 메마른 머리칼을 어깨에 드리운 채 「다이얼링 포 달러」전화 퀴즈쇼가 나오는 텔레비전을 뚫어지게 바라보고 있었다. 아무 말 없이 그 자리에 얼어붙은 채.

'정말 달라졌어. 자네는 아주 늙었다네, 이 사람아. 정말이야.'

'아니, 그럴 리 있나.'

'그럼 데리에서 죽든 말든 마음대로 해. 허허, 잘났어, 정말.'

그는 양말을 신고 청바지를 입고 전날 뱅고어의 '셔츠색'에서 산 러닝셔츠를 입었다. 러닝셔츠는 화사한 적황색이었다. 앞쪽에 "메인 주의 데리는 어디에?"라는 글자가 새겨져 있었다. 그는 마이클의 침대(지난 한 주 동안 따뜻하면서도 시체 같은 아내와 함께 밤을 보낸 침대)에 걸터앉아, 역시 어제 뱅고어에서 산 운동화를 신었다.

그는 일어서서 다시 한번 거울 앞에 섰다. 아동복을 입고 있는 중년의 사내.

'정말 우스꽝스럽군.'

'무슨 놈의 어린아이가 그 모양인가?'

'너는 아이가 아니야. 집어치워!'

"젠장, 잠시 로큰롤이나 즐겨 볼까." 빌은 나지막이 중얼거린 후 방을 나섰다.

몇 년이 지난 후 그는 황혼녘 데리를 홀로 떠나가는 꿈을 꾼다. 데리는 황량한 폐허처럼 사람들이 모두 떠난 모습이다. 신학교와 웨스트 브로드웨이의 빅토리아풍 저택들도 창백한 하늘 아래 음산하게 웅크렸고, 매년 보고 느꼈던 여름의 황혼은 딱 한 가지 모습으로 변했다.

콘크리트 바닥을 걸어가는 발소리가 들려온다. 다른 소리가 있다면 텅 빈 배수로를 흘러가는 물소리뿐.

그는 실버를 끌고 나와 타이어를 점검해 보았다. 앞바퀴는 괜찮은데 뒷바퀴의 바람이 조금 빠진 듯했다. 그는 마이클이 준비해 둔 펌프로 뒷바퀴에 바람을 넣었다. 바람을 넣고 카드와 빨래집게를 점검했다. 유년 시절의 기억처럼 바퀴 도는 소리에서 흥분이 전해졌다. 아주 괜찮군.

'너는 미쳤어.'

'어쩌면. 그야 곧 알겠지.'

그는 다시 마이클의 차고에서 윤활유를 가지고 와 바퀴에 기름을 쳤다. 일어나서 실버를 살펴보다 가볍게 경적을 눌러 보았다. 멋진 소리였다. 그는 고개를 끄덕인 후 집 안으로 들어갔다.

모든 곳이 예전과 그대로다. 데리 초등학교의 벽돌 건물, 키스 다리에 새겨진 온갖 낙서들, 지금은 열정만으로 세상을 전부 얻은 것 같지만 나중에 보험 설계사와 자동차 영업 사원과 여급과

미용사로 살아갈 고등학생 연인들. 그는 붉게 물든 저녁노을을 등지고 선 폴 버니언 동상과 캔자스 가 보도를 따라 황무지로 향하는 흰색 울타리를 바라보고 있다. 모든 것이 예전 그대로이며, 그의 마음 한구석에 앞으로도 영원히 그대로 남아 있을……, 문득 그는 사랑과 공포에 휩싸인다.

데리에서 점점 멀어지고 있다고 그는 생각한다. '우리는 데리를 떠나고 있으며, 이것이 소설이라면 아마 반쯤 지나왔겠지. 이쯤 되면 책꽂이 깊숙한 곳에 처박아 놓고 잊어버릴 만도 해. 해는 지고 내 발소리와 배수구의 물소리 외엔 적막만 감돌고 있어. 이제는…….'

「다이얼링 포 달러」가 끝나고 「휠 오브 포천」상금이 걸린 퀴즈 프로그램이 시작됐다. 오드라는 여전히 텔레비전에서 시선을 떼지 않았다. 빌이 텔레비전을 끈 후에도 그녀의 행동은 변함이 없었다.

"오드라." 빌은 그녀의 손을 잡아 일으킬 생각이었다.

오드라는 꼼짝도 하지 않았다. 따뜻한 밀랍 같은 손을 빌에게 내맡긴 채. 빌은 나머지 손을 마저 잡아 그녀를 일으켜 세웠다. 오늘 아침 그녀의 옷차림은 빌과 별 차이가 없었다. 리바이스 청바지에 파란색 소매 없는 블라우스 차림이었다. 휘둥그레진 텅 빈 시선만 아니었다면 아주 깜찍해 보이는 모습이었다.

"자, 오드라."

빌은 문가로 그녀를 잡아끌고 밖으로 나왔다. 그녀는 기꺼이 따라오긴 했지만……, 빌이 허리를 붙잡아 주지 않았다면 뒤뚤 계단에서 굴러떨어졌을 정도로 정신이 멍한 상태였다.

그는 실버를 세워 둔 눈부신 오후의 햇살 속으로 걸어갔다. 오드라는 자전거 옆에 서서 마이클의 차고를 묵묵히 바라보았다.

"올라타, 오드라."

그녀는 움직이지 않았다. 빌은 참을성 있게 오드라가 한쪽 발을 실버의 짐칸에 걸치고 올라타도록 이끌었다. 마침내 그녀는 짐칸에 올라섰지만 사타구니를 들어 올린 뻣뻣한 자세 그대로 움직이지 않았다. 빌은 손으로 오드라의 머리를 부드럽게 눌러 앉혔다.

빌은 실버에 올라탄 다음 뒤꿈치로 받침대를 걷어 올렸다. 그는 오드라의 손을 잡아끌어 허리춤에 단단히 고정시켰지만, 그렇게 하기까지 몇 차례나 겁에 질린 작은 쥐처럼 손을 부들부들 떨면서 실랑이를 벌였다.

그는 자신과 오드라의 모습을 살펴보며, 점점 터질 듯 고동치는 심장 소리를 듣고 있었다. 그가 아는 한 오드라는 일주일 만에 처음으로 독립적인 자세를 취하고 있는 셈이었다……. 그 일이 벌어진 이후 처음으로……, 그 일이 무엇인지는 기억할 수 없었지만.

"오드라?"

아무 대답이 없었다. 그는 목을 쭉 빼며 그녀의 얼굴을 살펴보려 하지만 자세가 영 불편했다. 허리에 감싸인 그녀의 손과 손톱에 칠한 붉은 매니큐어 자국만 눈에 들어올 뿐이었다. 이는 생기발랄하고 재능 있는 여배우가 영국의 한 작은 마을에서 손질한 손의 일부였다.

"한 바퀴 돌 생각이야." 빌은 파머 가를 향해 실버를 끌며 타이어에 밟히는 자갈 소리를 들었다. "꽉 잡아, 오드라. 지금부터……, 지금부터 빠, 빠, 빨리 달릴 생각이거든."

'아직 그럴 용기가 남아 있다면.'

그는 문득 데리에 도착하고 얼마 후, 그 일이 아직 진행 중이던 시점에서 마주친 소년을 떠올렸다. "조심하면서 스케이트보드를 탈 수는 없다고요." 아이는 그렇게 말했다.

'진실한 말일수록 안에 담아 두는 법이다, 꼬마야.'

"오드라? 준비됐어?"

역시 대답이 없었다. 그녀가 떨어지지 않을 만큼은 단단히 잡고 있는 걸까? 빌은 그렇다고 생각했다.

그는 차도 끝에 이르러 오른쪽을 바라보았다. 파머 가는 어퍼 메인 가로 곧장 뻗어 있으며, 그 지점에서 왼쪽으로 돌아 언덕을 올라가면 그 다음부터 내리막길로 도심까지 달려갈 수 있었다. 언덕 밑으로. 힘껏 속력을 내서. 문득 그는 그 생각에 몸서리를 치며 불안해졌지만(늙으면 뼈도 금방 부러진다고, 애늙은이 빌 아저씨) 그 표정은 순식간에 나타났다가 사라졌다. 그러나……, 그러나 불안한 마음이 전부는 아니잖아? 물론 아니었다. 한편으로는 욕망처럼 꿈틀대는……, 스케이트보드를 겨드랑이에 끼고 걸어가던 소년을 보고 있을 때처럼 마음 한구석에서 감정이 들썩였다. 질주하고픈 욕망이며 어디를 향해 달리고 있는지조차 모른 채 그저 온몸에 부딪히는 바람을 느끼고픈 욕망이었다. 날고 싶은 욕망.

불안과 욕망. 그것은 현실과 소망의 차이였으며, 치러야 할 대가를 계산하는 어른과 무작정 달려들고 보는 아이의 차이였다. 세상은 둘 중 어딘가에 놓여 있다. 그러나 전혀 느낄 수 없는 차이일지도 모른다. 부부처럼 말이다. 롤러코스터가 레일 정상에 다다랐을 때에야 이제 시작이구나 싶은 느낌처럼.

불안과 욕망. 원하는 것과 그렇게 하기 두려운 것. 익숙한 공간과 가고자 하는 낯선 공간. 연인과 자동차와 든든한 배경을 모두 갖고 싶다고 노래하는 로큰롤 가사 같은 것. '아, 신이여, 제가 그것을 갖게 하소서.'

빌은 잠시 눈을 감고 죽은 듯 축 늘어진 아내의 무게를 느끼고, 앞쪽 어딘가에 언덕이 있음을 느끼며, 가슴속 깊이 고동치는 심장의 고동을 느꼈다.

'당당하게 맞서서, 진실하게, 꿋꿋하게.'

그는 힘껏 실버를 밀어붙이기 시작했다.

"한바탕 신나게 로큰롤이나 즐겨 볼까, 오드라?"

대답이 없었다. 그래도 괜찮았다. 그는 이미 준비가 끝났다.

"꽉 잡아."

그는 페달을 밟기 시작했다. 처음에는 페달 돌리기가 빽빽했다. 실버가 이리저리 요동쳤고 오드라의 무게 때문에 균형을 잡기도 힘들었다. 그러나 오드라는 분명 무의식적일지라도 스스로 균형을 잡기 위해 행동을 취했음에 틀림없었다. 그렇지 않았다면 그들은 곧바로 고꾸라져 버렸을 테니까. 빌은 페달 위에 똑바로 올라서서 핸들을 우악스레 움켜잡으며 하늘을 향해 고개를 치켜 올렸다. 목에 힘줄이 돋았다.

'이 거리에서 산산조각이 나도 좋아, 아내와 내 머리를 박살내

도 좋아…….'

(안 돼, 너랑 어울리지 않아, 빌. 절대 안 돼, 이 멍청한 자식아)

곧추선 자세로 페달을 밟자, 치솟는 혈압과 함께 지난 20년간 몸속에 쌓아 온 니코틴이 혈관 속을 질주하고 심장이 터질 듯 악을 썼다. '헛소리 집어치워!' 그는 이를 악물고, 광기에 가까운 황홀감에 취해 히죽 미소를 지었다.

바퀴살에 매단 카드는 줄곧 단발 총성 같은 소리를 내더니, 탁탁탁탁 하는 거센 연발 사격을 시작했다. 자전거에 안성맞춤인 새 카드, 그래서 소리도 기막히게 우렁찼다. 대머리에 산들바람이 스치자 빌의 미소는 함박웃음으로 변했다. '내가 만들어 낸 바람이야. 페달을 밟아 만든 바람.'

거리 끝에 정지 신호등이 켜져 있었다. 빌은 브레이크를 걸다가……, 곧이어(함박웃음 사이로 더 많은 치아가 보였다) 다시 페달을 밟기 시작했다.

정지 신호들을 무시한 채, 빌 덴브로는 왼쪽으로 돌아 어퍼 메인 가와 배시 공원으로 질주했다. 또 한 차례 오드라의 무게에 휘청거리며 균형을 잃고 넘어질 뻔했다. 자전거가 심하게 흔들리다가 저절로 균형을 잡았다. 거세어진 바람에 이마의 식은 땀방울이 날리고, 지상의 소리 같지 않은 소라 껍데기의 황홀한 고동 소리가 귓가를 빠르게 스쳤다. 빌은 스케이트보드를 타던 아이라면 그 소리에 익숙할 거라고 생각했다. 하지만 영영 추락해 버리는 소리일지도 몰라, 꼬마야. 사물은 변하게 마련이지. 지저분한 속임수니까 만반의 준비를 해 두라고.

페달 밟는 속도가 더 빨라지더니 속도와 함께 균형도 가장 적절한 상태를 유지했다. 왼쪽으로 폴 버니언의 부서진 동상이 스쳤다. 아폴로 신의 거상이 무너져 있는 느낌이 들었다. 빌은 소리쳤다. "이이럇 실버, 가자아아아아!"

빌의 허리를 붙잡은 오드라의 손에 힘이 들어갔다. 뒤에서 들썩이는 몸놀림도 느껴졌다. 그러나 그녀의 상태를 확인하기 위해 돌아보고픈 절박감은 들지 않았다. 절박감도, 어떤 요구도 느껴지지 않았다. 그는 더욱 빠르게 페달을 돌리며 한바탕 웃음을 터뜨렸다. 키가 껑충한 대머리 남자가 핸들을 움켜쥐고 잔뜩 웅크린 채 바람의 저항을 줄이려고 안간힘을 쓰는 형상이었다. 배시 공원을 따라 실버가 질주하는 동안, 사람들의 눈길이 따라붙었다.

이제 어퍼 메인 가는 가파른 내리막길로 변하더니 무너진 도심으로 펼쳐졌다. 빌의 마음속에서 지금 당장 멈추지 않으면 통제 불능 상태에 빠질 거라는 경고의 목소리가 들렸다. 지옥에서 나온 박쥐처럼 삼거리 교차로의 폐허 한복판으로 뛰어들다가는 두 사람 모두 이 세상과 하직할 거라는.

빌은 브레이크를 잡는 대신 더욱 힘차게 페달을 돌리며 실버가 더 빨리 달려 주기를 바랐다. 이제 그는 메인 가 언덕을 쏜살처럼 날았다. 앞쪽에 흰색과 적황색으로 이루어진 방호 울타리와 핼러윈의 불꽃처럼 연기가 흘러나오는 훈증 용기며 작업대가 함몰 지역을 알리고 있었다. 빌은 광인의 상상에나 등장하는 광경처럼 거리 곳곳에 기우뚱 돌출한 건물들을 바라보았다.

"이이럇 실버, 가자아아아아!"

빌 덴브로는 무엇에 홀린 사람처럼 고함을 지르며 무엇이 기다리든 미친 듯이 언덕을 내려갈 뿐이었다. 그 순간은 어쩌면 데리에서의 마지막 시간이 될지 몰랐지만, 하늘 아래 살아서 숨쉰다는 생생한 느낌과 함께 그 모든 것이 욕망, 욕망이라는 생각이 들었다.

그는 언덕을 따라 질주했다. 그는 번개처럼 달려갔다.

떠남.

그래서 그는 이곳을 떠나지만, 곧이어 한 번쯤 뒤돌아보고픈, 저녁노을 지는 엄숙한 뉴잉글랜드의 하늘을 마지막으로 보고픈 충동이 일지 모른다. 첨탑과 급수탑과 도끼를 어깨에 짊어진 폴 버니언을. 그러나 돌아보는 것은 그리 좋은 생각이 아닐 터, 모든 전설과 이야기가 그리 말하지 않는가. 롯의 아내에게 일어난 일도 그렇다. 돌아보지 않는 편이 상책이다. 모두 행복할 거라고 믿는 것이 최선이다. 그렇지 않다고 말해 줄 사람도 없지 않은가? 어둠을 향해 뛰어든 종이배 전부가 햇빛을 다시 보거나 다른 아이의 손에 걸려드는 행운을 누리지는 못한다. 삶이 가르치는 바가 있다면, 얼마든지 행복한 결말이 많으므로 굳이 신을 믿을 필요가 없다고 믿는 사람들은 대부분 자신들의 이성에 이끌려 더 심각한 상황으로 빠져 든다는 점이다.

이제 떠나야 할 때, 태양이 고개를 떨굴 때부터 발길을 서둘러야 한다고, 그는 꿈속에서 생각한다. 그게 남겨진 일이라고. 마지막으로 생각할 여지가 있다면……, 유령처럼 황혼을 등지고 물속에 서 있는 아이들, 둥그렇게 모여 손에 손을 맞잡고 너무도 앳된 얼굴로, 그러나 강인한 모습으로 선 아이들의 모습이다. 어른으로 성장한 이후의 모습을 충분히 예견하고, 어린 시절의 모습으로 거듭날 수 있다고 믿으며, 영원히 살 수 없다는 사실까지 이해하려고 노력할 만큼 강인한 아이들 말이다. 원은 완성되고 운명의 수레바퀴는 구르고, 그것으로 충분하다.

그 아이들을 보기 위해 뒤돌아볼 필요는 없다. 이미 마음 한편으로 그들을 영원히 볼 수 있으며, 그들과 함께 영원히 살며 사랑할 수 있으니까. 그들을 위해 마음속에 가장 좋은 자리를 애써 마련할 필요도 없다. 이미 그들은 그 자리를 차지하고 있으므로.

얘들아, 너희를 사랑한다. 진심으로 사랑한다.

자, 이제 서둘러 떠나자. 마지막 햇살이 남아 있을 때, 데리를, 기억을 떠나……, 다만 욕망만은 남겨 두자. 유년 시절과 그때의 믿음을 대신해 가장 빛나는 조연처럼 남아, 우리가 서로에게 잊혀진 존재가 된다 해도 우리들의 눈동자를 환히 채우고, 한밤의 대기에 미풍을 불러올 테니까.

떠나되 웃음을 잃지 말자. 라디오에서 흘러나오는 로큰롤에 몸을 맡겨도 좋고, 불러낼 수 있는 용기와 신념을 온전히 품고 곧장 삶 속으로 걸어가자. 진실하게, 당당하게, 꿋꿋하게.

이제 남은 것은 어둠뿐이다.

"이봐!"

"형씨, 당신 미친 거……."

"조심해!"

"정신 나간 녀석……."

자전거 뒤로 날아드는 숱한 고함들은 미풍에 흔들리는 깃발처럼, 줄 끊어진 풍선처럼 공허하고 의미 없는 말들이었다. 방호 울타리가 다가왔다. 훈증 용기에서 그을린 석유 냄새가 났다. 얼마 전까지 도로였던 자리는 휑한 검은색 구멍을 드러낸 채, 그 밑 어둠과 뒤엉킨 물소리까지 들려왔다. 빌은 그 물소리를 들으며 크게 웃었다.

그는 실버를 획 왼쪽으로 꺾어 방호 울타리에 부딪힐 태세로, 실제로 청바지 자락이 울타리 옆을 살짝 스칠 정도로 아슬아슬하게 달려갔다. 실버는 시커먼 구멍 가장자리에서 7센티미터 정도 떨어진 곳을 지나갔다. 점점 속력이 떨어졌다. 앞쪽의 거리는 온통 물바다였고, 캐시 보석상 앞 보도의 반 정도까지 물에 잠겨 있었다. 물에 잠기지 않은 보도 가장자리에도 방호 울타리가 세워져 있었다. 막다른 길목이었다.

"빌?" 오드라의 목소리였다. 어리둥절하고 약간 목이 잠긴 듯했다. 깊은 잠에서 금방 깨어난 사람처럼. "빌, 여기가 어디지? 지금 뭐하고 있어?"

"이려, 실버!" 빌은 힘껏 외치며, 캐시 보석상의 텅 빈 진열장 오른쪽으로 삐죽이 세워진 방호 울타리를 향해 실버를 몰아갔다. "이럇, 실버, 가자아아아아!"

실버는 시속 60킬로미터 이상으로 방호 울타리에 부딪히더니, 그 위로 솟구쳐 A자 모양의 버팀대를 뛰어넘었다. 오드라가 비명을 지르며 빌의 허리를 거세게 움켜쥐는 바람에 빌은 숨이 막힐 정도였다. 메인 가와 커넬 가와 캔자스 가에서 사람들이 문간이나 보도에 나와 그들을 바라보았다.

실버는 물에 잠긴 보도 가장자리에 떨어졌다. 빌은 왼쪽 엉덩이와 왼쪽 무릎이 보석상 벽면에 스치는 것을 느꼈다. 실버의 뒷바퀴가 쑥 꺼지는 느낌이 들어 돌아보니, 그 지점에서 보도가 무너져 물속에 잠겨 있었다.

실버는 가속을 받아 딱딱한 보도로 튕겨 올랐다. 빌은 엎어진 쓰레기통을 피해 급히 핸들을 돌려 다시 도로로 접어들었다. 브레이크 소리가 찢어질 듯 허공을 갈랐다. 바로 코앞에 대형 트럭 뒷문이 다가왔지만 그는 웃음을 멈추지 않았다. 그는 곧바로 대형 트럭 옆으로 빠져 간발의 차로 지나갔다.

고함과 함께 글썽이는 눈물, 빌은 실버의 경적을 울렸다. 눈부시게 맑은 창공으로 나귀 울음처럼 시끄러운 경적 소리가 솟구쳤다.

"빌, 이러다가 죽겠어!" 오드라가 소리쳤다. 두려움이 가득한 목소리였으나 그녀는 웃고 있었다.

빌이 실버의 앞바퀴를 살짝 들어 올리자, 곧바로 자신에게 기대는 오드라의 체온을 느낄 수 있었다. 그 덕분에 실버는 쉽게 균형을 잡았다. 실버와 두 사람이 혼연일체가 되어 세 개의 생명체처럼 움직이는 느낌이었다.

"정말 죽을 것 같아?" 빌이 뒤쪽을 향해 소리쳤다.

"그렇다니까!" 그녀는 또 한 차례 비명을 지르며 그의 사타구니를 움켜잡았다. 사타구니 한가운데 기분 좋게 불끈 솟구친 부위를. "하지만 멈추지는 마!"

빌은 딱히 할 말이 없었다. 실버의 속도는 업마일 언덕에서 점점 떨어지더니, 카드 소리도 단발총으로 변해 갔다. 빌은 자전거를 세우고 그녀를 바라보았다. 창백한 얼굴에 휘둥그렇게 뜬 눈, 공포와 혼란……, 그러나 깨어난 흔적과 웃음도 그곳에 있었다.

"오드라."

빌도 그녀와 함께 웃었다. 그는 실버에서 그녀를 내려 준 후 벽돌 벽에 실버를 세워 놓고 그녀를 껴안았다. 그리고 그녀의 이마에 눈에 뺨에 입술에 목에 가슴에 키스를 퍼부었다.

그동안 그녀는 그를 가만히 껴안고 있었다.

"빌, 대체 무슨 일이야? 뱅고어 공항에서 내린 다음에는 아무것도 생각나지 않아. 당신, 괜찮아?"

"응."

"나는?"

"괜찮아. 지금은."

그녀는 그를 밀쳐 내며 그의 얼굴을 자세히 들여다보았다. "빌, 아직도 말을 더듬어?"

"아니. 그 증세도 사라졌어." 빌은 그녀에게 키스하며 말했다.

"영원히?"

"그래. 이번에는 영원히 사라진 것 같아."

"로큰롤에 대해 뭐라고 하지 않았어?"

"글쎄, 내가 그랬던가?"

"당신을 사랑해, 빌."

빌은 고개를 끄덕이며 미소를 지었다. 그가 웃을 때, 아주 어려 보였고 대머리도 아닌 것 같았다. "나도 당신을 사랑해. 그 밖에 뭐가 중요하겠어?"

그는 딱히 설명할 수 없는 꿈에서 깨어난다. 아니, 어쩌면 아이로 돌아간 꿈을 단지 기억 못하는 것인지도 모른다. 그는 잠든 아내의 등을 부드럽게 쓰다듬고, 그녀 역시 포근한 잠 속에서 그녀만의 꿈을 꾸고 있다. 어린아이가 되는 건 좋지만, 어른이 되어 유년 시절의 신비를……, 그때의 신념과 욕망을 반추하는 것도 나쁘지 않다고 그는 생각한다. '하루 내로 이 모든 것을 써야지.' 꿈꾸고 난 뒤의 설익은 생각처럼 느껴진다. 그래도 새벽의 깨끗한 침묵 속에서 잠시 생각에 잠기는 건 유쾌한 일이다. 유년 시절만의 달콤한 비밀이 있으며, 영원히 살 수 없음을 확인하고, 그 유한함이 모든 용기와 사랑을 규정한다는 사실을. 앞날을 보기 위해서는 지나간 날을 돌아보아야 하며, 과거와 미래의 삶은 한 쌍의 수레바퀴처럼 제각각 영원의 모방임을.

빌 덴브로는 꿈꾸고 난 그날 아침을, 자신의 유년 시절과 친구들을 거의 기억하던 그때를 가끔 생각한다.

옮긴이 | 정진영

홍익대학교 영문학과를 졸업 후 전문 번역가로서 활동 중이다. 우리말로 옮긴 책으로는 『러브크래프트 선집』과 『해커들의 폭로』가 있다.

스티븐 킹 걸작선 9

그것(하)

1판 1쇄 펴냄 2004년 5월 13일
1판 11쇄 펴냄 2021년 6월 29일

지은이 | 스티븐 킹
옮긴이 | 정진영
발행인 | 박근섭
편집인 | 김준혁
펴낸곳 | 황금가지

출판등록 | 2009. 10. 8 (제2009-000273호)
주소 | 06027 서울 강남구 도산대로 1길 62 강남출판문화센터 5층
전화 | **영업부** 515-2000 **편집부** 3446-8774 **팩시밀리** 515-2007
홈페이지 | www.goldenbough.co.kr

도서 파본 등의 이유로 반송이 필요할 경우에는 구매처에서 교환하시고
출판사 교환이 필요할 경우에는 아래 주소로 반송 사유를 적어 도서와 함께 보내주세요.
06027 서울 강남구 도산대로 1길 62 강남출판문화센터 6층 민음인 마케팅부

ISBN 978-89-8273-810-4 04840
ISBN 978-89-8273-800-5 04840(세트)

㈜민음인은 민음사 출판 그룹의 자회사입니다.
황금가지는 ㈜민음인의 픽션 전문 출간 브랜드입니다.